《老残游记》
发表120周年
纪念研究版

任光宇（Gary G. Jen）编著

湖南大学出版社

·长沙·

图书在版编目（CIP）数据

《老残游记》发表 120 周年纪念研究版/任光宇编著. —长沙：湖南大学出版社，2023. 12

ISBN 978-7-5667-3189-0

Ⅰ.①老…　Ⅱ.①任…　Ⅲ.①《老残游记》—小说研究

Ⅳ.①I207.419

中国国家版本馆 CIP 数据核字（2023）第 184412 号

《老残游记》发表 120 周年纪念研究版

《LAOCAN YOUJI》FABIAO 120 ZHOUNIAN JINIAN YANJIU BAN

编　　著	任光宇
责任编辑	周文娟
印　　装	湖南省美如画彩色印刷有限公司

开　本：710 mm×1000 mm　1/16	印　张：32.5	字　数：590 千字
版　次：2023 年 12 月第 1 版	印　次：2023 年 12 月第 1 次印刷
书　号：ISBN 978-7-5667-3189-0	
定　价：96.00 元	

出 版 人：李文邦

出版发行：湖南大学出版社

社　　址：湖南·长沙·岳麓山　　　　邮　　编：410082

电　　话：0731-88822559（营销部），88649149（编辑室），88821006（出版部）

传　　真：0731-88822264（总编室）

网　　址：http://press.hnu.edu.cn

电子邮箱：934868581@qq.com

谨以此书

纪念《老残游记》发表双甲子暨一百二十周年

（ 1903—2023 ）

并　向

一百二十年前对中华传统文化做出精准提炼和精彩呈示
并溶入现代文明理念，创作发表《老残游记》的

刘鹗（铁云）先生

致　敬

刘　鹗（铁云）遗照

刘　鹗　1857—1909

（刘鹗手书"鸿都百炼生刘鹗"）

铁公遗像

铁公遗像（宣统元年第罗振玉谨题）

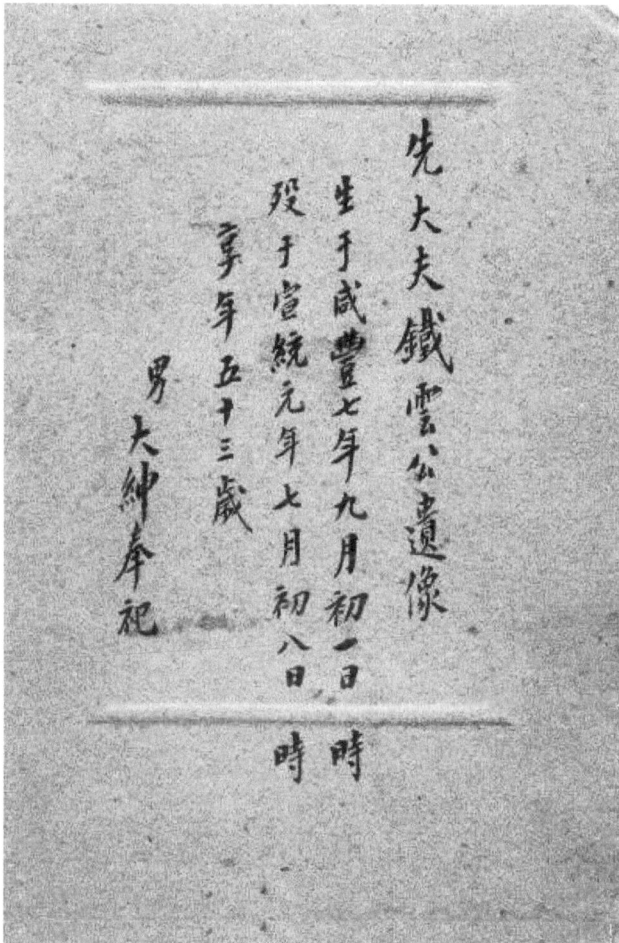

"铁公遗像"背面留有刘大绅手迹：

先大夫铁云公遗像

生于咸丰七年九月初一日　　时

殁于宣统元年七月初八日　　时

享年五十三岁

男　大绅奉祀

刘鹗简介

　　刘鹗（1857—1909），清末著名小说家、金石文字学家、洋务活动家，也是集实业开创者、改良思想家、治河家、医学家、鉴藏家、文学家、哲学家、赈济慈善家、民族音乐家等身份于一身的传奇性全才人物。他也是中国甲骨文发现人之一，以及最早的鉴定、考释、出版、公告人，亦即真正的"甲骨文之父"之一（相关新文献证据、新论证参见本书附录中的系列论文介绍）。谱名震远，原名梦鹏、孟鹏，字云抟；后更名鹗，字铁云，号老残；斋名抱残守缺斋。原籍江苏丹徒，随父迁居淮安。早年拜从太谷学派二代传人李光炘（龙川），后参与河南及山东黄河治理、测绘，功绩卓著。长年致力于开发路矿等多种"养民"实业，屡败屡战、坚韧不拔，是中国近代率先从理论和实践两方面探索借外资发展经济的先驱者之一。1908 年夏被清廷定为要犯遭密捕，流放新疆，次年秋中风，病死于乌鲁木齐。刘鹗的传世名作《铁云藏龟》《老残游记》皆在 1903 年问世——前者是甲骨文鉴定研究和著录的开山著作，在甲骨文发现、甲骨学开创和中国传统学术向现代学术转型过程中都具有里程碑式的历史意义；后者的出版被选为中国近代史大事件，镌刻于北京世纪坛青铜甬道，是拥有最早、最多外文译本和中文再版次数的中国清末经典小说，被联合国教科文组织认定为世界文学名著；也应是继《红楼梦》之后，"一部古往今来原生于中华民族乃至全世界民族之林的，具有一流思想、哲学、文学和艺术境界的'文化小说'，……对于中华和人类文明的走向、发展和升华，都具有相当的启示意义和研究价值"。（引自《〈老残游记〉的超时空成就和文化小说定位新论》，《淮阴师范学院学报》2019 年第 4 期）刘鹗尚有跨文理学科著作《勾股细草》《孤角三术》《历代黄河变迁图考》《治河七说》《铁云藏陶》《铁云藏货》《铁云藏印》《要药分剂补正》《人命安和集》等，当代辑存《刘鹗集》《铁云诗存》等。

引言及《老残游记》简介

2023 年是《老残游记》发表双甲子暨一百二十周年的纪念年。此书自 1903 年面世以来，不但很快获得大众的热烈追捧，还得到了严复、梁启超、王国维、蔡元培、章太炎、胡适、林语堂、周汝昌、毛泽东等人的赞赏（至今中文版已出版近 300 种，代表性评语："得《红楼梦》精神灵魂的一部杰作"——周汝昌）；及海外著名文学家如普实克、顾彬、夏志清、李欧梵、王德威等人的高度评价（代表性评语：刘鹗与诗圣杜甫相形之下毫不逊色——夏志清），并成为在海外引发强烈反响的中国近代小说（至今已有十几种译文译本）。然而由于多重历史原因，在当今社会及学界，《老残游记》的文化成就和研究价值是被大幅低估的。近年编著者在发表的学术论文中指出，《老残游记应》是"一部古往今来原生于中华民族乃至全世界民族之林的，具有一流思想、哲学、文学和艺术境界的'文化小说'。这部作品是继《红楼梦》之后，对中国传统文化作出多方面精彩提炼和呈示的高峰之作，不但具有高度的文化性、思想性、哲学性、文学性、艺术性，而且还是中国历史上鲜见的现实主义和浪漫主义、东方文明与西方文明高度结合的文化经典，对于中国和人类文明的走向、发展和升华，都具有相当的启示意义和研究价值"。

"鉴于中国在大国崛起过程中增强文化自信和文化软实力、大力向世界传播中华文化精华的需要和必要"，理应"将《老残游记》放到弘扬、复兴中国文化精粹的层面上，重新审视，重新定位，重新评价，深入研究开发。"① 本书的出版目的即在于此，即为中国和全球的广大中国文化爱好者集中提供一本兼具文学性、可读性、学术性及纪念研究意义，并可引发进一步探究中国文化

---

① 任光宇：《〈老残游记〉的超时空成就和文化小说定位新论》，后称《新论》，《淮阴师范学院学报》2019 年第 4 期。

精粹的高质量文化读物。为此本书尽量将一百多年来名家对《老残游记》的重要评论和刘鹗在文学之外各个领域的遗文、遗墨精选进行汇聚（第三、四编），以为各种文化背景、不同兴趣层次的读者和研究者，展现一位全面立体、"不同于古今中外的绝大多数小说家"的刘鹗，"一位才学、著述、文化底蕴都罕见广博深厚，阅历丰富的杂家通才刘鹗；而刘鹗自身背靠的，更是几千年绵延不绝、博大精深的中华文化，再加上与之激烈碰撞的、清末西学东渐之中的近现代科学文明。"①

《老残游记》是一部中国清末章回白话体长篇小说。英文名称有"Mr. Decadent"②、"the Travels of Lao Ts'an"③、"The Travel of Lao Can"④，著者刘鹗，最初发表于清光绪二十九年（1903）。初撰 20 回；续写二集 9 回（未完）；另存外编残稿 1 卷，计 16 页，刘鹗生前未公开发表。初集始刊于 1903年第九期的《绣像小说》（见第一编"纪念版"），署名"洪都百炼生撰"，连载 13 回后中断。1905 年又在《天津日日新闻》自第 1 回起重载，至第 20回终，并在 1907 年连载了二集 9 回。初集多数采用章回形式，有作者的自撰评语。其后《老残游记》的各种版本在长达 120 年的时间里，反复再版，一再印行，至今频出不穷。

刘鹗作为一个"抱残守缺、以待将来"的金石文物鉴藏家，提炼萃取中华传统文化的思想家和文学家，开明超前、勇于进取的晚清洋务实业家，他的许多言行在当时难以被理解，"养民"救世的主要事业也屡屡失败。如他在《老残游记·自叙》中所说："吾人生今之时，有身世之感情，有国家之感情，有社会之感情，有种教之感情。其感情愈深者，其哭泣愈痛：此洪都百炼生所以有《老残游记》之作也！"⑤故依刘鹗自言，《老残游记》与《离骚》《史记》《红楼梦》等类同，是他痛惜国家的命运，希望唤醒民众、"补残"救世而未成的"哭泣"之作。

小说主人公铁英自号老残，世事洞明却自甘淡泊，做了一名摇着串铃行走

---

① 任光宇：《〈老残游记〉的超时空成就和"文化小说"定位新论，后称《新论》，《淮阴师范学院学报》2019 年第 4 期。

② 杨宪益译本，独立出版社（南京）1947 年初版。

③ 哈罗德·沙迪克（Harold Shadick）译本，美国康乃尔大学出版社 1952 年初版。

④ 耿智、萧立明译本，湖南大学出版社 2017 年版。

⑤ 刘鹗《老残游记》初集自叙手迹全文，见本书第一编"《老残游记》初集自叙手迹"。

《绣像小说》1903 年第九期封面　　《老残游记》单行本初版扉页　　《老残游记》1925 年亚东版封面

江湖的民间医生。他富有才智，忧国忧民，既希望为国效力但又深感"举世皆病，举世皆睡，真正无下手处"（《老残游记》第一回刘鹗自评）。小说开篇即利用梦境表现了这种尴尬矛盾的处境，成为全书的总纲。梦里残破不堪、颠簸欲倾的大船，正是晚清的象征；趁机搜刮乘客钱财的水手，是老残所憎恨的贪官污吏。但他又指责"演说的英雄豪杰"即革命派，认为攻击掌舵者只会导致"胜负未分，船先覆了"；认为驾船的人即统治者"并未曾错"，只是缺少"方针"——罗盘。罗盘象征着西方的科技，也寓意先进的治国之道。而当老残和朋友们给船主舵手送去"外国方向盘"的时候，却被船上人骂作"卖船的汉奸"。

　　全书通过老残在山东游历的见闻和言行，反映了晚清腐败的社会现实。小说的突出之处，是揭露了过去文学作品中很少触及的"清官"暴政，成功塑造了玉贤、刚弼两个披着"清官"外衣的酷吏。号称"能员"的知府玉贤"急于要做大官"不惜杀民邀功；"清廉得格登登"的刚弼更刚愎自用，滥杀了大量百姓。小说还写了"贤良"的昏官庄宫保，虽求贤若渴，实际上颟顸昏庸，误信书生愚见，导致了数十万黎民葬身于黄河洪水。

　　胡适指出"老残即是刘鹗先生自己的影子"[1]。小说糅合了作者的生活经历，不少人物和事件以真人真事为基础。如玉贤、刚弼明显影射受慈禧重用、

---

[1]　胡适：《老残游记·序》，载亚东图书馆 1925 年版《老残游记》。全文见本书第三编。

后酿成"庚子事变"大祸的大臣毓贤、刚毅,庄宫保影射山东巡抚张曜等,黑妞、白妞也是实有之艺人。"废济阳以下民埝"是光绪十五年(1889)实事,刘鹗当时正在山东测量黄河,亲见惨状。老残即是刘鹗的化身,一个充满理想、行动力、正义感、悲天悯人的悲剧性人物。夏志清教授断言:"刘鹗与诗圣杜甫相形之下毫不逊色……二者同样忧时感世,虽然极其悲戚沮丧,但对中国的传统,信念坚贞不渝。"①

《老残游记》的艺术成就,其绘景写人的语言艺术在明清小说里卓尔不群。书中写济南的千佛山、大明湖、神奇泉水,写黄河的冰岸雪月,写桃花山中的虎行夜月,都细腻逼真,或诗情画意,或惊心动魄。写白妞说唱,用借物赋形、比喻象征等手法,将美妙音乐形容得空前精彩。小说塑造的人物如白妞、玙姑、黄龙子、翠环、黄人瑞、白太守、逸云等,用笔有多有少,但无不跃然纸上,或鲜活精彩,或超凡脱俗。夏志清赞曰"中国的小说家,传统的也好,现代的也好,少能与其功力相比"②;胡适评价"无论写人写景,作者都不肯用套语滥调,总想熔铸新词,作实地的描画。在这一点上,这部书可算是前无古人了"③;周汝昌也有断言:"刘铁云之写妇女,是直承曹雪芹这一脉高手卓识而来的,至写逸云而发展到一个新的高峰。"④

在小说结构上,作者并不以故事情节为中心,而是以游历过程来组织故事,从济南府开始,途经黄河流域诸城镇,最后又回到济南。老残眼中之景不仅是流动的社会写真,也是刘鹗的思想之行、心灵之旅。游记第 8—11 回,离开了老残视野,变成了全知全能的叙述视角,体现了老残对中国和人类未来社会的预期,也是作者思想和理想的展示。李辰冬教授说:"可以把《老残游记》当作断代史来看。从这部断代史,可以看出这个时代的政治、社会、经济、法律、道德、思想宗教的各方面。"⑤

《老残游记》续集(二集),前 6 回写老残携环翠和朋友夫妇游泰山,遇

① 夏志清:《〈老残游记〉新论》(黄维樑译),收入夏志清《文学的前途》,三联书店 2002 年版。节选见本书第三编。
② 夏志清:《〈老残游记〉新论》(黄维樑译),收入夏志清《文学的前途》,三联书店 2002 年版。节选见本书第三编。
③ 胡适:《老残游记·序》,载亚东图书馆 1925 年版《老残游记》。全文见本书第三编。
④ 周汝昌:《"游方郎中"的足迹与心迹——纪念〈老残游记〉问世 90 周年》,载 1995 年 9 月 25 日《文艺报》。全文见本书第三编。
⑤ 李辰冬:《〈老残游记〉的价值》,载《李辰冬古典小说研究论集》,中华书局 2006 年版。

斗姥宫尼姑靓云和逸云，听逸云娓娓讲解她千回百转悟道明理的经历；后 3 回写老残回淮安后梦游地府，申明因果报应、惩恶劝善的见解。二集内容并未承初集的故事发展，但可谓别开生面，更上一层楼。周汝昌曾专门指出："大约正因他在正集里没有来得及放笔写女子异才，乃决意再写《二集》，而二集里再没有什么'描写风景'，整副精气神是用在写两个超凡的青年尼僧，靓云与逸云。这儿，刘先生也写了'爱情'。但这又与西方传来的那种'爱情'是多么的悬殊大异！"①《老残游记》外编残稿，15 页，为刘鹗文孙刘厚滋（蕙孙）1929 年在刘鹗遗物中意外发现，是刘鹗另起炉灶，以清末北京出现新事物的见闻开头，仅写了四千余字后中途放弃的手稿。刘蕙孙教授在晚年撰有《老残游记·补编》和《老残游记·外编》，以刘鹗晚年事迹行止为基本内容，分别将《二编》和《外编》已有的文字续写至 20 回，完成了 60 回的《老残游记·全编》②。

　　《老残游记》的早期版本，有 1906 年天津日日新闻报社线装上下册 20 回

---

　　① 周汝昌：《得〈红楼梦〉精神灵魂的一部杰作》，载《群言》1998 年第一期。全文请见本书第三编。

　　② 刘蕙孙（1909—1996），刘鹗孙、罗振玉外孙，父刘大绅，母罗孝则。中国文化史专家、教授。儿时曾随罗振玉、王国维、刘大绅等寓居日本、上海、天津、北平。早年留学日本，回国后考入北京大学研究所国学门，师从马衡。后任教于私立北平中国大学、辅仁大学、燕京大学、杭州之江大学、福建师范大学，历任讲师、教授、系学术委员会主任，兼任中国孔子基金会理事、中国先秦史学会理事、中国《周易》研究会顾问等职。著有《中国文化史稿》《刘蕙孙论学文集》《铁云先生年谱长编》等。关于《老残游记》外编残稿发现、《老残游记·补编》和《老残游记·外编》的续写详情，参见刘蕙孙《我与〈老残游记·补编〉》（台北建安出版社 1997 年 4 月）。《老残游记·全编》由北京燕山出版社在 1995 年 10 月出版。

本①，1907 年上海神州日报馆出版的《老残游记》20 回单行本②，1913 年新中华书局出版有自叙手迹的《老残游记》初编 4 册 20 回本③，1925 年出版、多次再印的上海亚东图书馆版（初编），以及 1935 年上海良友图书公司初版的二集前 6 回本等。至今较为通行的校注本，有戴鸿森注本（人民文学出版社 1957 年版）、严薇青注本（齐鲁书社 1981 年版）、田素兰注本（台湾三民书局 1986 年版）等。

　　其他各时期、各类的《老残游记》版本，包括章回不等的单行本、节选本、删节本、改写本及图画本，甚至还有盲文版，再加英文、日文、俄文、捷克文、法文、朝鲜文、匈牙利文、西班牙文等近 10 种外文译本，总数尚未见比较确切的统计，估计至今约有各类版本近 300 种④。

任光宇 2023 年 6 月于成都恒大绿洲鑫云台

---

① 据刘德隆、刘瑀《刘鹗年谱长编》（上海交通大学出版社 2019 年版，第 644、663 页），"（1906 年）约 3 月 10 日，天津《日日新闻》连载《老残游记·初集》20 回结束。曾单独装订二十册以存留子女，此为《老残游记》最早单行本。"【约本年天津《日日新闻》出版单行本《老残游记》。……1960 年刘厚泽记如下：我手边尚有天津《日日新闻》单行本一种，共线装两册，上册从第一卷到十二卷，下册从十三卷到二十卷。扉页上题《老残游记》四字，下角有"药雨"两字印章，即是报馆主持人方药雨。后面印"印刷所：天津日日新闻；发行所：天津孟晋书社。每部定价大洋三角半"。惟无出版年月可考（可能是《老残游记》最早的一种单行本）。】

② 据刘德隆、朱禧、刘德平《刘鹗小传》（天津人民出版社 1987 年版，第 180 页）和《160 余种版本的〈老残游记〉》一文（2010 年 1 月 19 日《济南日报》）载，在较为重要的《老残游记》版本中列有"上海神州日报馆排印本 1907 年出版全二册，大三十二开，道林纸，铅印。封面为彩版，绘古树上立一老鹰。《老残游记》四字在左侧，空心，白底红边，上横印'新小说'三红字。扉页中间直行书《老残游记》四字，右上署'光绪三十三年岁次丁未'，左下署'阳湖薛懋绎题'及'李道之印'四字方形印章。书首有作者《自叙》，次为二十卷目次，正文卷端题'洪都百炼生撰'，有自评。今首都图书馆有藏本。"

③ 同上注《160 余种版本的〈老残游记〉》一文中，有"《老残游记》，新中华书局印行，民国二年（1913）秋九月初版，线装一函四册，石印本"在列。该版书影见本书第一编《老残游记》初编自序手迹"。

④ 关于《老残游记》版本的先后、种类，可参见刘德隆《〈老残游记〉版本略说》，初载 1992 年《清末小说》（日）第 15 期；后收入刘德隆《刘鹗散论》，云南人民出版社 1998 年版（全文亦见本书第二编）。关于《老残游记》已出版过的版本总数，前注《160 余种版本的〈老残游记〉》一文中有："刘鹗曾孙刘德隆介绍，到目前为止，《老残游记》已被译成英文、法文、德文、俄文、日文、捷克文、匈牙利文、朝鲜文等近 10 种文字，其版本计有 200 余种，但这仍然只是一个大概的数字。……山东意匠建筑设计公司打造的'老残主题文化旅游区'，已经收藏到 160 余种的《老残游记》版本"。另据《济南成研究收藏〈老残游记〉中心》一文（载 2011 年 10 月 18 日《济南日报》，记者赵晓林），有名为刘奎的济南个人收藏者，共搜集了"各类《老残游记》版本已经近 200 种"。

编写体例及说明

1. 本书第一编"《老残游记》纪念版"中所刊"1903 年《绣像小说》连载"为繁体竖排的原刊图影，为尽量保持全部原始信息，同时使今日的读者能有一个流畅的阅读体验，本书采用"整体左翻、单页竖排"编排方式，以适应全书的现代"横排左翻"方式。

2. 为节省全书的总篇幅，本书第二编"《老残游记》阅读版"的《老残游记》初集（初编①）、续集（二编）和外编残稿字体比正文字体小一号，文字内容版本取自《刘鹗集》（刘德隆整理，吉林文史出版社 2007 年版）。

3. 本书第三编中的"《老残游记》百年来重要评论选载及论文综述"及第四编"刘鹗遗文遗墨及轶事选辑"中较新的全文转载，都已获得作者或作者家人的授权。

4. 本书编著者（任光宇）的按语（包括背景介绍、评论等）统一放在【编著者按】之后（另有"笔者""编者"出现时，仅指原文作者）；尚有若干引文包含的原注，按原注放在"▲"后。手迹、墨迹图影的释文放在【释文】之后。较长、字数较多的引文，为避免与所引原文中所用的""号混淆，多整体放入"【】"中。所有长短摘引、引文均在当页脚注中详细注明引文作者和出处。

5. 本书中所有图片、图影、照片除特别注明外，均来自刘鹗家族后人的收藏和非正式出版的家庭印刷品，或网络公版的可查的书影、人影、历史图

---

① 民国时期对《老残游记》等章回小说的刊载和介绍、评论，"回"多称"卷"，"集"多称"编"，"续集"多称"二集"。虽然刘鹗在续集自序中有"世间于是乎有《老残游记续集》"句，但本书不做统一修改，故请读者注意：初集或初编为一集，续集或续编为二集或二编，卷为回，等等。另《老残游记》的"游"字，严格来讲应是"遊"，清末民初也基本遵守，然自民国中后期始，"遊""游"不分便的情况越来越多，50 年代"遊"字更被完全取代。本书中统一用"游"。

片，或由本书编著者根据这些资料所作的截图、合成图。

6. 为使读者了解刘鹗在文学之外对中国文化的重大学术贡献，并有助于展现一位不同于古今中外所有小说家的刘鹗，附录中特列出了本书编著者所撰写、已发表的四篇"刘鹗与甲骨文发现研究"新近论文摘要及首页。

7. 另外，为表述方便，《老残游记》有时会简写为"《游记》"。

目　次

第四编　刘鹗遗文遗墨及轶事选辑

导论：《老残游记》的超时空成就和文化小说定位①

任光宇

一、"得《红楼梦》精神灵魂的一部杰作"
——少为人知的中国名人评价的《老残游记》

《老残游记》于 1903 年一经发表，即在清末科举废弃后兴起的小说大潮中脱颖而出，获得了从民间读者到学者两方面的高度关注和赞誉。除久为人知的胡适、林语堂分别在 1925 年和 1933 年为新版《老残游记》写序推介之外，根据郭长海教授发现的 1905 年刊登于《天津日日新闻》的一则海报，亦即《老残游记》连载预告，已有当时"中国文界最上乘"之三君子严复、梁启超、王国维对《老残游记》作出过高度称赞，"其推崇如此，则此书之价值可想矣"。《天津日日新闻》之海报全文②转录于下：

《老残游记》最初单行本

---

① 根据《淮阴师范学院学报》已刊的《〈老残游记〉的超时空成就和文化小说定位新论》（2019年第 4 期第 367-386 页）修改补充，所配照片为编著者自藏或根据网络公版照片制作的。本书之内此论文有时将简称为《新论》。

② 转自郭长海：《刘铁云的侠诗和几件联语》，《清末小说通讯》（日），2011 年第 4 期，第 101号，第 2 页。

中国第一白话小说《老残游记》出现

《老残游记》一书，洪都百炼生所撰也。分初、二、三、四等集，每集 20 卷，曾一现于《绣像小说》，海内欢迎。后因绣像馆主人将其第十卷尾改换半页，百炼生遂不发稿。故至十三卷而止。好书不传，人皆惜之。严几道先生云："中国近一百年内无此小说。"梁任公出重价购其全稿，拟编入《新小说》印行。王君晋庵深通英文，曾译心理、伦理、物理等学教科书者，能读英国最深文理之书。读《老残游记》叹曰："不意中国亦有此人！可与英国最高小说平行。"此三子者，皆中国文界最上乘也。其推崇如此，则此书价值可想矣。

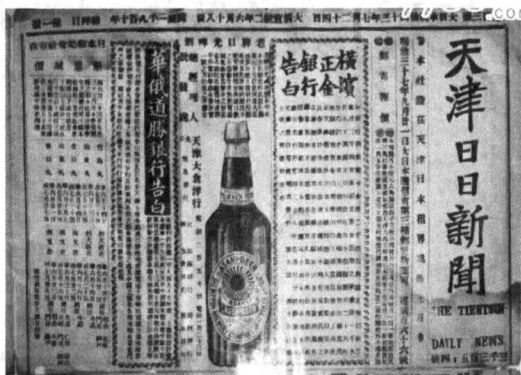

《天津日日新闻》版面

七月间，百炼生过津，本社主人再三婉商，始蒙将初集 20 卷全稿交来。二集稿，面允四个月内交期。今定于九月初一日起，先印百炼生《自叙》一篇，以后每日付印初集一版，以餍海内君子之望。

《天津日日新闻》光绪三十一年乙巳八月二十四日（1905 年 9 月 22 日）

严复（1854—1921）于 1880 年起在李鸿章创办的天津北洋水师学堂任总教习、总办（校长），1897 年在天津创办《国闻报》并翻译发表《天演论》等，1903—1904 年间仍在津京主持开平矿务局及出任京师大学堂附设译书局总办，与天津及报界有 20 多年渊源。梁启超（1873—1929）是近代学术和文学革命的领军人物，与刘鹗也曾有文字交往。王国维（1877—1927）字静安、静庵，22 岁时在上海结识并追随罗振玉，也是刘鹗四子、罗氏长婿刘大绅的密友。王氏于 1903 年开始大量发表有关西方教育和哲学的译作以及中国文学评论，后

严复

集有《静庵文集》等，他对《老残游记》曾有所关注亦合情理。至于在海报中静庵被写作晋庵，应是文人字号同音变体的常见通例，刘鹗研究专家刘德隆曾有考证曰"可以断言：王晋庵就是王国维"①；编著者认为也有可能是因为当时文界和撰写者对王国维尚不熟悉，转述记录时误写所致。

《天津日日新闻》1899 年由日本人接办自《国闻报》，1900 年停办，1903 年更名后由方若任社长兼主编。方若（1869—1955）字药雨，浙江定海人，秀才出身，1894 年独闯天津，谋生定居 50 余年。曾任北洋大学堂文案、《国闻报》编辑，曾因抨击慈禧弊政，与康梁等同遭通缉，出走日本，民国时期成为著名古钱收藏大家、书画家、学者，日据时期曾官至伪市长。方药雨与刘鹗关系密切，早年在鉴藏方面得益于刘鹗颇多，曾在天津玉皇阁附近及中孝里为《天津日日新闻》报社股东刘鹗专门设置办公室。

青年方药雨照

严、梁、王三位对《老残游记》的评价，据编著者迄今所见尚为孤证。方药雨是最可能的该海报撰写人，为自办报纸招揽读者、为好友捉刀虽可能有吹嘘之嫌，然所举三人皆为真名实姓，严、王的评价又应是直接引语，作为清末开放重镇天津知名报纸上公开的文字，应具一定的可信度。

其他少为人知的，尚有蔡元培对刘鹗成就的肯定，和林纾对刘鹗和《老残游记》的评价。

蔡元培（1868—1940）曾在 1934 年夏，为刘鹗三子刘大绂呈文当时民国政府主席林森，建议为

青年蔡元培留学照

刘鹗昭雪。呈文中写道："清末丹徒刘铁云先生鹗，博学嗜古。首先研读甲骨文字，有功文化。所著《老残游记》风行一时，为今日语体文之钜镆，其中隐刺时事以间接助成革命。以近来政府表彰柯凤荪、

---

① 刘德隆：《从王晋庵评价〈老残游记〉谈起》，《清末小说通讯》（日），2011 年 4 月 1 日第 101 号，第 2 页。

廖季平诸先生之例推之，刘先生实有特被表彰之资格。"①

近代译介西方文学的先驱林纾（1852—1924），一生翻译西洋小说约 200 种，曾在一篇序文中谈及英国现实主义批判文学，并与我国同类小说相比较。他指出："迭更司（现译狄更斯。编著者注，下同）极力抉摘下等社会之积弊，作为小说，俾政府知而改之。……顾英（国）之能强，能改革而从善也。吾华从而改之，亦正易易。所恨无迭更司其人，如有能举社会中积弊，著为小说，用告当事，或庶几也。呜呼！李伯元已矣。今日健者，惟孟朴及老残二君（指曾朴、刘鹗）。"②

林 纾

在《新论》论文发表后编著者又发现，一代国学大师章太炎（1869—1936）也曾对《老残游记》评价颇高。章氏"后期门生"陈存仁在一本回忆录中记载，当年讥讽"再写文言文就是死人"的北大教授刘半农，曾到上海拜访"专写文言文的名人章太炎"，章氏则预备好教训刘氏，并安排陈存仁从其诊所到现场记录，遂上演了一出"天文地理、面折半农；怒叱北大、国骂送客"的好戏。特别是章太炎开场便说："白话文不自今日始，……历代以来，有白话性的小说，都是以当时的言语写出来

章太炎

的，写得最好的是《水浒》、《老残游记》等"，后面甚至还挑衅刘半农"各做一书考证甲骨文"，刘半农自然"不敢答应"。③

上面提到的几位名人，都是中国近代学界公认的具国际视野、学贯中西的开山级人物。他们这些早期的、明确的高度评价，对《老残游记》的成就评

① 蔡元培：《呈林森函》，转引自魏绍昌《晚清四大小说家》，台湾商务印书馆 1993 年版，第 182 页。

② 林纾：《贼史·序》，阿英编《晚清文学丛钞·小说戏曲研究卷》，中华书局 1960 年版，第 265 页。

③ 陈存仁：《阅世品人录》，广西师范大学出版社 2008 年版，第 90-92 页。

价和历史定位有着重要的启发价值。

1949 年以后对《老残游记》的评价和批判，学界较为熟知的有中国文联前副秘书长阿英认为"胡适论小说时有错误，对《老残游记》的（写景写人技术）这一方面的评语，基本上是恰当的"，但"（桃花山论道）是毒草的部分。不但破坏了全书现实性的完整，也贬低了全书的价值"；和张毕来在《人民文学》发文断言"《老残游记》是一部坏书""既然在思想内容上是反动的，它就不是好的文学作品"。①

另外鲜为人知的是，毛泽东曾三次（在 1952 年、1964 年、1966 年）向部下提及《老残游记》。1952 年 10 月，毛泽东出京对黄河泛滥最多的河段进行了现场视察，陪同人有杨尚昆、罗瑞卿、滕代远、黄敬、汪东兴、许世友等。在济南期间毛泽东游览了趵突泉等四大名泉，还讲了《老残游记》中的不少故事，一行人听得都很高兴。1964 年 12 月 27 日在毛泽东主持的中央工作会议上，陈伯达发言说到"四清"与"四不清"、"清官"与"贪官"的问题，毛泽东则提到清朝刘鹗《老残游记》中的"清官"比"贪官"害人还厉害。1966 年 5 月，毛泽东在上海西郊宾馆听取"南京路上好八连"战士批判《海瑞罢官》的汇报，有人提到"清官"也是压迫人民的，而且有些"清官"压迫人民更厉害。毛泽东很认同，并说《老残游记》上也讲"清官"杀人厉害，说"清官"的红顶子是用血染的。②另据周为筼《在台湾——国学大师的1949》一书，毛泽东早在 1918 年就曾提及《老残游记》："方东美与毛泽东结识于 1918 年，那年毛泽东孤身行至金陵古城……顺便到南京'少中'分会来参访……当时毛泽东年长大家六七岁，故会友都以'毛大哥'呼之……毛泽东用《老残游记》自嘲口吻笑道：'年纪大了！不中用了！'"③毛泽东对《老残游记》的熟悉程度，充分反映了《游记》在民国知识分子中产生的影响深入人心，即使是在大变革甚至战争年代中忘我奋斗的革命领袖也并不例外。

"文革"结束，拨乱反正之后的《老残游记》研究也迅速回到了瑕瑜互见的基调上。1985 年刘鹗后人刘德隆、朱禧、刘德平编辑的《刘鹗及〈老残游

---

① 张毕来：《〈老残游记〉的反动性和胡适在〈老残游记〉评价中所表现的反动政治立场》，载 1955 年 2 月号《人民文学》。

② 《亲聆毛主席讲"五七指示"》，载《同舟共进》2014 年 3 期。

③ 周为筼：《在台湾——国学大师的 1949》，金城出版社 2008 年版，第 133 页。见《老残游记》第一回第 2 段："他（老残）不过三十多岁，……教书没人要他，学生意又嫌岁数大，不中用了。"

记〉资料》得以出版，用更加丰富的史料为相关研究提供了必要条件。1987
年江苏省社科院文学所所长陈辽发表了《〈老残游记〉新论》（载《北京社会
科学》1987 年第 4 期），并促成召开了淮安"全国首届刘鹗及《老残游记》
学术讨论会"（1987 年 11 月），同时在刘鹗 130 周年诞辰之际举办了一系列纪
念活动，部分修复了淮安刘鹗故居并对外开放。此研讨会的召开和一批论文的
发表，使刘鹗和《老残游记》研究领域回归至较少受到政治干扰的正常状态，
主旋律也进入了延续至今的、以肯定为主的新阶段。

在此阶段中，最重要也是被学界严重忽视的，
是来自文化大家、著名文学评论家周汝昌（1918—
2012）对刘鹗和《老残游记》的评论和研究。众所
周知的是，周汝昌先生把他毕生的极大部分精力献
给了《红楼梦》研究；而鲜为人知的是周老在精研
"红学"之余，尤其在他的暮年，力作专文并在访
谈中对《老残游记》作出了独具慧眼的评价，同时
表达了对刘鹗高度的"敬仰、钦佩"之心（相关
评论见本书第三编）。

周汝昌

1993 年，周老曾专门写出了论文《"游方郎
中"的足迹与心迹——纪念〈老残游记〉问世 90
周年》，以颇具说服力的举例分析和引文比较，力推《老残游记》的多方面成
就："晚清以来，小说出版多得不可胜数，除很少数几部尚为人知人读之外，
皆归湮灭，而独《老残》一记，光焰不磨，魅力长驻……。刘氏在当时是个
极先进的改革派政治实行家，是个'新派'，他的主张如修筑铁路、开采矿产
等有识见的主张与计划，都被守旧派视为邪说，诬为汉奸。他的关心水利治
河，他的愤恨酷吏害民，也都冶铸成为了小说的情节内容，——其实，他把老
残托写为一个游方郎中（走江湖闯四方的巡游医生——原注，下同），其中正
包涵着一个'不为良相，则为良医'的信念，安心立意要治国救民，为群生
疾患解除痛苦。由此可见，他倾注于小说中的感情，并非'闲情''艳情'之
类（当时小说界流行的），而是一种至为复杂、至为深厚的感情，高层次的诸
种感情：由身世到家国，由社会到种教。'种教'者何？我妄拟大约接近于今
日大家都谈的民族文化者是。……是一种伟大民族的精神境界的射影反光，这

就是一种高层次的民族文化修养造诣的文学气质。"①

周汝昌在此文中还指出（并在其他评论《红楼梦》的著作中屡次提及）："由于天资秉赋的超常卓绝，刘铁云对小说《红楼梦》的理解认识是远远胜过当时一般文人的。曹雪芹著书的总纲领与大主题是八个字的谐意隐语：'千红一窟''万艳同杯'，这表面只是赞茶酒之美的词句，实际则是为普天下女子痛哭而悲悯，'窟'谐音哭而'杯'谐音悲，这个奥秘，是他在自序中第一次为人们揭出的！……这真是一桩了不起的文化误解和心灵投契……对比，回顾，'反思'，就实在不能不承认刘铁云的超乎时代的识力了。"

在淮安《纪念刘鹗逝世100周年学术讨论会》召开之前的2009年10月11日，周汝昌在与《刘鹗集》主编刘德隆的谈话中，更加明确了他对刘鹗和《老残游记》的推崇："我一见铁云先生的作品，我就那样地、用我们本地话来说，不仅仅是什么敬仰、钦佩，我应该用天津的土话说，就是着了迷的一般……。"

"我和铁云先生，好像冥冥之中前世有文化因缘，不用这样的话来解释，我就不会说你到底是什么原因那么喜欢《老残游记》，以及铁云先生的一切文化成就和他的生平事迹……"

"这么多年来，我对于铁云先生，怎样的打比方、说他是一位怎样的——是学者呀？还是才子啊？是何如人也啊？这个，我就感觉到难住了。我为什么说难住了呢？我的意思是说，'大道无名'，'大师无界'！……一说界，就把大师给框住了，那就不是他那个伟大的全面。所以呢，我说，我没法给铁云先生定界，那样子就是把他狭隘化了……他不仅仅是个奇才，而是一位奇人！这个人，就是他的才、学、识、性灵、天赋、智慧，我无以名他的哪个精神境界的高度，学识的广度、深度，我都没有、找不着合适的、现成的词语，来形容他。这是我要向您表一表，我多年来积在心里，我是这样看待铁云先生的：推

---

① 周汝昌：《"游方郎中"的足迹与心迹——纪念〈老残游记〉问世90周年》，原载《文艺报》1995年9月25日第三版，后收入周汝昌《砚霓小集》，山西教育出版社1998年版。此处转引自刘德枢、任光宇《刘鹗辞世百年祭》，中国文化出版社（香港）2015年版，第100页；文后的编著者按转述了2009年周汝昌拜托刘德隆对此文的期许："我拜托啊，如果您看完认为有可能，我再加一个或者前面小引，或者后面题跋，我想把那个重发一发，让有些人看看，我对铁云先生的看法，十年前的评价，我把铁云先生摆到我们中华文化的那个位置。"该论文打印稿始得自周宅，后成为2009年12月淮安《纪念刘鹗逝世100周年学术讨论会》现场散发材料。论文全文见本书第三编《谈刘鹗〈老残游记〉》。

崇，钦佩，景仰！" "至于说，通才、思想家、文艺的多方面的那个，那个超、远远超出普通人品格、等级，我从这个坐标来说，我平生，嘿嘿，所阅，嘿嘿，我孤陋寡闻啊，但是我好大胆说话：我平生所见有清一代的、我刚才说的这奇才，异人，你们没法框他的人，我最佩服的只有两个人：前有曹雪芹，后有刘铁云！"①

周汝昌与刘德隆谈话现场留影，2009年10月11日

周汝昌对《老残游记》的迷恋与《红楼梦》相似，同样始于少年时代。那时不但已经"很爱读《老残游记》，还总想能买到续集"，且已觉得"其中对话之美、境界之高真是令人赞叹不已，我那时简直就是崇拜得如神圣一般了"②。由于政治环境等因素导致的社会关注度不高，他不多的对《老残游记》和刘鹗的专门评论在"文革"后才面世，言虽少，但评甚高。除上述1993年的专题论文和2009年的长篇谈话之外，编著者还查找到了周老专讲刘鹗和《老残游记》的一篇书评，另加几首诗词及附记。1997年末，周汝昌应邀为《群言》杂志《我喜欢的一本书》栏目，写了一篇评价《老残游记》的文章《得〈红楼梦〉精神灵魂的一部杰作》。文中周老写道："其实刘先生的真高处并不在什么景不景，是在写人……把范围缩小到小说史的血脉来看，《老残游记》才是真正得《红楼梦》精神灵魂的唯一的一部杰作，它已离形取质，不是低级的'仿''续'那一号货色，它比《儿女英雄传》以至《海上花列传》等，境界高出万万。这种小说，好像从那以后也未再见其同行并坐的倩影——也许是那一时期中华文化正处于剧烈动荡变化的原因？"③

2010年8月，周汝昌为刘德隆编著的《刘鹗年谱长编》（该书推迟至

---

① 谈话录音"周汝昌先生谈刘鹗和《老残游记》"（2009年10月11日），录音整理全文见本书第三编。

② 周汝昌《劝业商场忆旧年》，《今晚报》2009年4月1日"今晚副刊"版。

③ 周汝昌《得〈红楼梦〉精神灵魂的一部杰作》，《群言》1998第1期，第23页。全文见本书第三编。

2019 年才正式出版）写了一篇长诗代序，中有"桥亭沁方溪，崇拜曹芹圃。后来更谁何，叹慨瞻常抚。丹徒刘铁云，天生异灵腑。老残游四方，为民间疾苦。大道本无名，大师本无属。所究际天人，所通变今古"等句；在诗的附记中又写道："我常谓，清季异才我所崇拜者唯有二家，前者曹公子雪芹，后为刘大师铁云先生，此二人者皆属前无古人，后无来者之圣贤。"①而在周老 94 岁、仙逝前仅 30 多天的 2012 年 4 月 26 日，仍勉力作词《风入松·赞〈老残游记〉寄德隆兄》，并让其女电邮刘德隆，再次将曹、刘并列比作"威凤祥麟"。全词为：

"雪芹之后属何人，游履记津门。抱残守缺听来旧，又谁知、化腐生新。公子尼庵情话，郎中湖畔知音。天公抖擞忒辛勤，威凤与祥麟。洪都应作丹徒读，化指柔、百炼成云。心识千红一窟，神伤万马齐喑。"（同收入《刘鹗年谱长编》，见前注）

二、"可与杜甫及胡适、鲁迅并列"
——《老残游记》的海外专家知音

西方的汉学家和外籍华裔文学专家，是对中国文化较为迷恋并深知其优劣的群体。他们不仅长期浸润西方文化，又专门深入研究东方文化，通过搜集、研究各种史料，及时讨论、发表研究成果，从而拥有其独特的研究视野。

据郭延礼《〈老残游记〉在国外》② 一文，"在全球范围内，能够引起如此强烈反响的中国近代小说，《老残游记》独占鳌头。"以翻译中国古诗蜚声文坛的英国学者亚瑟·韦利（Arthur Waley）早在 1929 年就把《老残游记》中"黑白妞说书"片段译为《歌女》（The Singing Girl）。其后，《老残游记》又先后被译为英、法、德、俄、捷克、匈牙利、日、韩等至少 8 种文字，几十个译本（至 2003 年）。2018 年 2 月西班牙文版《老残游记》出版，并得到高

---

① 周汝昌：《刘鹗年谱长编·序》，刘德隆、刘瑀编著《刘鹗年谱长编》，上海交通大学出版社 2019 年版，第 1 页。序文见本书第三编。

② 郭延礼：《老残游记》在国外——为《老残游记》发表百周年而作，《中华读书报》2003 年 5 月 21 日。

度评价。

其中颇具代表性的是捷克汉学家普实克（Jaroslav Prusek，1906—1980）。1946年他在《刘鹗及其小说〈老残游记〉》中写道："刘鹗的著作文笔极佳，而其内涵远较文字表面更为深长。精神与智识的价值远胜于甜蜜的糖，我们需要前者，因为它足以振聋发聩。……《老残游记》是中国古代文明在衰落的最后一篇伟大赞歌。……刘鹗的作品在这段历史上承先启后。中国文学即将重被发现，因为我们的世界需要它。""笔者以为全书最吸引读者之处，应该是作者透过何种方式勾勒老残的人格特质，以及老残这个人物，如何为作者这样的知识分子群体代言，体现出个人生命最崇高的理想。

《老残游记》实现了中国人心中最珍视的梦想。……他将老残描绘为一个有分寸并且思维理性的人物；他的内心充满浪漫情怀与品味，但同时也知道如何与现实生活的严峻相调和。……或许也可以这么说：通过老残身上所形成的气质，我们看到了中国文化里两种理想典型（儒、道）的完美融合。"在另一篇文中，他还分析道："靠着这种敏感和独一无二的表现手段，刘鹗刻画了一系列人物形象。……在这一时期的所有作品中，《老残游记》可能最接近于现代文学，它也可能因此倍受西方读者欢迎，并不断被译为多种文字。"①

波·依·谢曼诺夫（B. N. Cemahob，1933年—）曾任莫斯科大学亚非学院东方文学系主任，是苏联中国文学专家、俄文版《老残游记》（1958）译者。编著者仅看到了他在一篇研究中国"游记"体裁小说的论文中对《老残游记》主角老残的相关分析："J·普实克曾正确指出，老残的某些特征（朴素、讲求实际、为社会谋福——原注），接近资产阶级思想范畴。但他认为，由于作者本身的局限性，没有直接描写资产阶级分子，而主要是塑造了一位传

---

① 普实克（捷克）：《刘鹗及其小说〈老残游记〉》，《东亚观念史集刊 第四期》，罗仕龙译，政大出版社（台北），2013年版，第485—513页；普实克《二十世纪初中国小说中叙事者作用的变化》，《普实克中国现代文学论文集》，湖南文艺出版社1987年版，第130页。

统的隐士。在这方面我们有另外的看法。我们认
为，老残距资产阶级相去甚远，这是他的长处。理
由之一是，这种带有浓郁民族风格的形象，可算作
属于全人类的艺术珍品。另外，他具有浪漫主义特
点，和在某种程度上只有启蒙学派刘鹗所特有的反
资产阶级倾向。"①

　　曾任德国波恩大学汉学系主任的沃尔夫冈·顾
彬（Wolfgang Kubin，1945—）以眼光尖锐、挑剔
著称，其"当代中国文学皆垃圾说"曾引发中国文
坛激烈争论。但他的《二十世纪中国文学史》颇获
赞赏，如中国现代文学研究会会长严家炎教授评价
此书"有很高审美鉴赏能力""具世界文学的眼
光"。②顾彬教授在其书中评及《老残游记》时写
道："我们拿一部也许是世纪之交最著名也最受欢
迎的长篇小说来作代表性示例。……谈到这部小说
的人，实际上总是只讲它的前言以及开场一幕。这
两部分尽管非常了不起，却称不上能代表整部作
品。这里面被精湛地表述的东西，其实更多是遮蔽
而非照亮了传统之残余。把小说化约成两个"原型
场景"的可能性同中国的现代性精神有些关系，它
是危机、片断和哀泣的精神，其影响延续至
今。……主人公取着一个有象征意味的名字，从事一项与之相适应的职业，这

谢曼诺夫

顾彬

① （苏俄）波·依·谢曼诺夫《论中国小说关于"游记"的体裁》，张沛恕译，《论中国近代小
说》，百花洲文艺出版社1991年版，第257页。
② 严家炎：《交流方能进步——顾彬〈二十世纪中国文学史〉给我的启示》，《中国现代文学研究
丛刊》2009年第2期。严教授此文中的相关文字为："顾彬这部著作的一个明显长处，是具有世界文学
的眼光，把中国二十世纪文学放在世界近现代文学的大背景下来考察。……另一个突出的长处，是作
者的艺术感觉非常敏锐，论评相当简洁，却能一语中的，有很高的审美鉴赏能力。……像评析《老残
游记》，顾彬就抓住'主人公取着一个有象征意味的名字'，通过'棋局已残，吾人将老，欲不哭泣也
得乎'这番深沉感叹，点出'残'字背后蕴含的丰富内涵，说'他生活在残中，却以补残也就是创造
秩序为己任'，力求挽救中华这艘业已破损的客船的命运。这就从审美上渲染和烘托出作品的时代气
氛，给予这部较其他'谴责小说'文学性要强的作品以相当准确的评价。"

正代表了那个时代的精神。根本上老残是那样一个人，他生活在残中，却以补残也就是创造秩序为己任。因此他成了游走江湖的郎中，他首先要医治的那人象征的不是其他，正是黄河也就是中国。如果这儿的病愈还仰仗了祖先传下的法子，那么挽救帆船就必须得靠西方技术的投入了。"）①

美国哥伦比亚大学教授夏志清（1921—2013），是对中西文学作品都有着"惊人阅读量"和深入研究的文学评论专家，是让中国现代文学作品和作家在世界范围内"第一次进入人们视野"（李欧梵语）的功臣。②可惜在中国清末文学领域，夏氏的研究和评判尚未得到中国文学评论界的足够重视。而夏志清写于 1969 年的英文长篇论文《〈老残游记〉新论》（以下简称《新论》），堪与周汝昌 20 多年后《"游方郎中"的足迹与心迹》一文遥相呼应，一先一后，一西一中，联手开创了《老残游记》重新定位、评价和研究的新阶段。

夏志清

夏志清在《新论》开篇即指出："清末十年所出的小说中，《老残游记》最受人爱戴。是书风靡一时，而所获得学者的注意，过于同期的任何一部小说。可是，虽然有人下过这种种可嘉的功夫，此书无可置疑的力量和艺术成就，却还没有人用比较严密的批评方法去分析、讨论。……强调作者的留心贪官酷吏，反而容易令人忽略了他对整个中国命运的更大关怀；单纯褒扬作者的描写能力，则他在中国小说传统中形式与技巧两方面所作的革新，我们便可能觉察不到，而这革新远较描写能力来得卓绝。"夏氏在此文中，从作品内容、形式、风格及写作技巧等各方面进行了详细分析、对比、总结，多有独到之见。诸如："刘鹗与杜甫最为接近。刘鹗与诗圣杜甫相形之下毫不逊色，于此可见他的伟大。他能摹善写，在传统中国小说家中无人能出其右，犹如杜甫之于众诗人。二者同样忧时感世，虽然极其悲戚沮丧，但对中国的传统，信念坚贞不渝。""他反对非理性和无政府主义，实表示他维护文明，且非仅中国文

① 沃尔夫冈·顾彬：《二十世纪中国文学史》，范劲等译，华东师范大学出版社 2008 年版，第13 页。
② 见李欧梵：《光明与黑暗之门》，《当代作家评论》2007 年第 2 期，第 14-18 页。

明而已。""续篇第三及第四章中，逸云……的长篇自白……及她最后的觉醒，最能使人对刘鹗的才华啧啧称奇。中国的小说家，传统的也好，现代的也好，少能与其功力相比。""它大类于现代的抒情小说，而不似任何型态的传统中国小说。……可惜他下一代的作家，步武西方小说，以致刘鹗那近乎革命式的成就，一直未获承认。"①

1976 年，夏志清还专门写了一篇与周作人 1918 年著名文章《人的文学》同名的论文，再次肯定、赞同周作人之见："中国文学中，人的文学，本来极少，从儒教道教出来的文章，几乎都不及格"，包括民初极为流行的通俗小说也都是"非人的文学"；随后夏氏明确指出："读章回小说，一直要读到二十世纪初年的《老残游记》，我们才碰到一位在专制政治下真正为老百姓请命，人道主义的作家。……刘鹗大力抨击清官酷吏，坚决否定一千年来理学思想、'吃人礼教'的传统，关心民间疾苦，更同情不幸女子的遭遇——单凭其人道主义精神，实已和胡适，鲁迅、周作人这一代人站在同一阵线。《老残游记》，同杜甫不少诗篇一样，是真正'人的文学'的杰作。"②

近年的中国文学评论界有个说法："影响中国最深的三位美国华裔学者，老的是夏志清，较年轻的是王德威，而中间的就是李欧梵。"③

曾任教哈佛大学教授的李欧梵（1942—），早年论《老残游记》时称老残为"文侠，而文侠用头脑与药草，而不是凭藉刀剑，来洗雪社会的不公"；2010 年又有新的解读，"我们熟悉的晚清小说，如《孽海花》和《官场现形记》都是'野史'，是根据当时的现实情况演绎出来的。唯有《老残游记》不然，它用一种抒情手法，把当时的现实'美化'，变成一幅历史的山水画。……我想

李欧梵

① 夏志清：《〈老残游记〉新论》，黄维樑译，《台湾·香港·海外学者论中国近代小说》，百花文艺出版社 1991 年版，第 173–198 页。（全文节选请参见本书第三编）

② 夏志清：《人的文学》，辽宁教育出版社 1998 年版，第 178–192 页。（全文节选参见本书第三编）

③ 许子东：《李欧梵：人文主义没有过时》，周雯、刘影婷，腾讯网，2015 年 7 月 22 日。

再提出第二个论点，就是中国传统小说里面，以一个主人翁从头到尾贯穿全书的，几乎没有。我讲的是长篇小说……像这样一个主人翁带动的一系列风景，非但在中国传统小说里少见，十八世纪前的西洋古典小说中也并不多。……根据西方一些理论家的观点来看，这是一个典型的现代小说的模式。"李氏并联系当今世界，特别指出："我们现在所处的二十一世纪所面临的是另一种危机……现在很多中学生如果读到老残哭泣或泪水冻结于面，会觉得好笑！这种抒情的灵性早已失落了，因为它和商品经济、物质文明毫无关联，这一种美感的消失，我认为，这反而是当今人类最大的危机。也许，在二十一世纪初，我们正应该唤回一点百年前刘鹗和老残所感受到的抒情美梦。"①

王德威

夏志清的接班人王德威教授（1954—）对《老残游记》的相关评论有："借助老残在自然景观与人文场景茕茕孑立的历险记，他在形形色色的社会环境间的无定漂泊，以及他同友人关于政治问题和哲学问题的辩难，刘鹗展现了大清朝行将崩溃之前，晚清社会的一幅浮世绘。……刘鹗从不曾刻意经营小说著述，以之为主业，但《老残游记》足可使他跻身当代最敏感的文学头脑之列。他的小说捕捉到面临民族危机时，整整一代文士的愤恨与挫折、梦魇与幻想"；《游记》"重新处理了正义、英雄主义以及政治作用等概念，这些概念在后继数十年中，将是其他中国作家梦系魂牵的问题。准此，它更接近于现代小说。"②

三、"胡适低估"应该重估：《老残游记》思想深刻，预言惊人

胡适（1891—1962）是包括五四运动在内的中国新文化运动的真正先锋

---

① 李欧梵：《帝国末日的山水画：老残游记》，文化艺术出版社 2010 年版，第 25、59 页。
② 王德威：《现代中国小说十讲》，复旦大学出版社 2003 年版，第 13 页。

宁鸣而死，
不默而生。
胡适

胡适

和主将。他在 1917 年风靡一时的《文学改良刍议》中，最早将"洪都百炼生"刘鹗列为"足与世界'第一流'文学比较而无愧色者"的三位中国小说家之一。四年后他的《红楼梦考证》开启了中国小说研究的新纪元，而在四年后的 1925 年，胡适即专为《老残游记》亚东版写了近一万四千言的长序。胡适在文中多处举例分析了原文，大力推崇《游记》在"无论写人写景"描写技术上的超凡脱俗和"前无古人"；然而关于《老残游记》的思想性，胡氏虽然用大篇幅剖析肯定了刘鹗对"清廉得格登登"的酷吏们的深刻揭露和对宋儒"灭人欲"的精彩批判，但对刘鹗的政治立场，胡适是明确否定的。其主要根据是桃花山中黄龙子论及国运，因刘鹗持有"根本不赞成革命"的"成见"，故"预言九一不错"，"最可笑的是'北拳南革'的预言"。[①]

一百多年前，当历史的大钟摆进入矫枉过正的激进大时代，"革命风雷激荡"着包括中国在内的全球人类世界，从法国到俄国再到中国，精英们无不被千年变局裹挟。胡适作为新文化的领军人物，难免也被如日中天的身份地位逐渐蒙蔽，亦步亦趋地偏离了"改良"的初衷。于是刘鹗等"老新党"的明智稳健被长时间误解、嘲笑，直至批判，实属在劫难逃。从 1949 年至"文革"期间，《老残游记》更因为牵涉胡适，屡遭公开批判。即使当代学界的夏志清、李欧梵等，仍基本认同当年的胡适论断，或说刘鹗"对这般革命党人的破坏性估计太高了"，或仍认为刘鹗"猜错了"，没能更加深入地进行再反思。

而编著者认为，假如当年的胡适能够读到刘鹗睿智的时评策论，就不会轻易小看刘鹗的政治智慧和超前眼光。诸如写于 1897—1898 年间、公开发表于

① 胡适：《老残游记·序》，亚东版《老残游记》1925 年版。（胡适序文全文节选参见本书第三编）

1903 年的《呈晋抚禀》，其中颇多国民经济数据测算和极富远见、理性现实的惊人之语："我国今日之患，在民失其养。一事而得养者十余万人，善政有又过于此者乎？况有矿必有运矿之路，年丰谷可以出，岁饥谷可以入，隐相酌剂，利益于农民者，更不知凡几。我国出口货值，每不敌进口货之多，病在运路不通。运路既通，土产之销场可旺，工艺之进步可速。倘能风气大开，民富国强屈指可计也。而开矿实为之基矣……"①刘鹗 1907 年为报刊所写社论的《风潮论》残稿近五千言，其中指出："民岂不畏死哉？饥寒迫之则不畏死矣。当轴者应知：风潮不足畏，革命党不足畏，而天下之民不聊生为大可畏也……当轴诸贤，宜去其忌讳之心，直陈于上，而速筹挽救之法也。不然者，一二年后即不堪设想矣。救之之法安在？仍不越修路、开矿、兴工、劝农四项而已"。②论述对时局走向的判断，非常担心俄国不甘心失去东北而悍然入侵新疆和外蒙，英国则将抢占西藏，各国列强大举瓜分中国的野心昭然若揭，"今日为我国存亡之秋也"！刘鹗建议的应对之策，是主动"开放"。刘鹗的担心被后来俄国一系列暴动革命和欧洲爆发的一战所消解，但中国后来失去外蒙、抗日初期蒋介石施行"不抵抗、不宣战"的政策，则是对刘鹗政治智慧的很好验证。而其"夫俄，虎狼之国也。袭大彼得之余威，时欲伸其夙志。所以经营东省者，思先灭日本而传檄以定亚东也。不惜数万万金之巨款，兴筑西伯利亚铁路，岂屑屑于瓜分哉？直欲混一全球耳"③的警示，就是到了现在，对世界很多国家，还有着相当的现实意义。

更可推论的是，如果胡适及革命先驱们，能在今日再读《老残游记》，并悉心回眸对照一百多年来中国的历史脚步，就可发现，刘鹗不但基本预判了历史的走向（"甲寅［1914 年］之后，文明大著，中外之猜嫌，满汉之疑忌，尽皆消灭"。《游记》第十一回，下同），还提出了"南革"的巨大危害：革命首领虽然"都是聪明出众的人才"，但"诸位切忌，若搅入他的党里去，将来也是跟着溃烂，送了性命的"；少数的投机革命者"由愤懑生嫉妒，由嫉妒生

---

① 刘鹗：《刘铁云呈晋抚禀》，公开发表于 1903 年（光绪癸卯年）《中外日报》。（主要内容见本书第三编）

② 刘鹗所作《风潮论》刊登年月日不明，但因文中提及"粤汉废约""时已二年"，故知应撰写于 1907 年。所见存文近 5000 字，是刘鹗为天津《日日新闻》主笔代拟的"时评"。（此处有删节）

③ 刘鹗：《刘观察上政务处书》，全文四千余字，分上下两部分刊登于 1905 年 4 月 21 日和 22 日的《时报》及 4 月出版的《华北杂志·卷四》。

破坏……不管天理、不畏国法、不近人情，放肆做去。这种痛快不有人灾，必有鬼祸，能得长久吗？"

小说行文至此，内容已经超越干支推演游戏，进入了对普遍人性和人类历史的分析思考。当今读者不论以"见证人"，还是以他们后代的身份，回望百来年一系列的过激运动直至"文革"浩劫，都会惊出一身冷汗，对中国 20 世纪愈演愈烈的激进主义所带来的一连串灾祸无不有所警醒，并对刘鹗批评"北拳南革"、主张君主立宪的改良主张心有戚戚。

对刘鹗这些主张，时在台湾的龚鹏程教授，在其 1986 年论文《看〈老残游记〉的内在精神》中，有着比较明白的见解："胡适之……误信了钱玄同的议论，以为桃花山夜遇屿姑一段，掺杂了大量的'迷信'，是刘鹗头脑不清的见解，未免察及秋毫而不见与薪了。胡适又说：'《老残游记》里最可笑的是北拳南革的预言！'依我看来，这个预言悬揣一点也不可笑，它的意义，至为沉重而深刻……刘鹗与梁启超作同样的预测，稍有不验是必然的，也是应该的。他们是心怀热血的知识分子，不是巫师，只能洞观局势，察觉世事变化的必然与应然，没有理由要求他们成为卜龟。今日气象报告运用精密的仪器，以今目测明日，尚多舛误，何况一个国家社会的变化？即令如此，他们对中国未来大势的掌握却仍是极其敏锐、准确而惊人的……刘鹗估计中国将经历一场前所未有的大变局。北拳南革以后，中国才有了自立的基础与吸收欧美文明、重中国旧文明的进程。身处在五千年专制政体下的文人，能有这种眼光和见识，能不令人感到惊诧吗？"[①]

刘鹗还更有一个难能可贵之处，即在指出暴力革命危害之余，还道出了他对中华文明的坚定信心和远期展望。"直至甲子，为文明结实之世，可以自立矣。然后由欧洲新文明进而复我三皇五帝旧文明，进于大同之世矣。然此事尚远，非三五十年事也。"甲子为 1924 年，正是民初的新文化运动如火如荼、中国现代文明开始"自立矣"；之后再经"三五十年"，历史走进 20 世纪七八十年代，岂不正是中华民族聚焦经济和科技发展，大规模引进西学与外资，改革开放，迅猛复兴之时？这一系列历史事实的发生，正是作为一位忧国忧民、通古知今的华夏古国智者刘鹗的期盼。

---

① 龚鹏程：《看〈老残游记〉的内在精神》（原载《幼狮月刊》1986 年四八卷五期），引自龚鹏程《中国小说史论》，北京大学出版社 2008 年版，第 181 页。

百年之后的今人，在更大时空尺度上回首审视，刘鹗在《游记》中所展示的政治立场既不保守，更非狂热，应可说是不偏不倚，中而不庸，不但颇具穿透时代的清醒和先见之明，且蕴含了对人类文明的思考和启发。更不易的是，如此诸多思想理念和智慧，都被作者自然、精彩表述于小说人物所说、所想和故事情节之中，可谓潜移默化，浑然天成。

对文学作品思想性、现代性的重视，也是西方学者青睐《老残游记》的重要原因。除前节所述夏志清、普实克、顾彬等作出的相关论断之外，苏俄汉学家谢曼诺夫也在前述文章中注意到："他用走方郎中老残的嘴，拿普通人与冻僵的鸟雀作比较，……同时，他还用了一种崭新的词汇'言论自由'。这种词汇，在二十世纪前，当欧洲思想尚未向外扩散前，在中国还未出现过。"对玙姑现身说法批判腐儒的谈话，谢氏先引文分析，后评论道："这是玙姑用自己独特的方式，对人类自然情感的流露，是对儒家的'人的情欲永远不能违天命'的辩驳；也是对自欺欺人的道家禁欲主义的抗争。这恐怕是《老残游记》中最诱人和富有哲理的谈话了。这跟近几个世纪来中国一些进步思想家一如谭嗣同的思想是相通的。……在这里，哲理几乎穿插在整本小说里。这又让我们重新想到了欧洲文学，虽然刘鹗关于哲理插话的实质有其自己的特征。"①

美国学者 S. H. 萨金特在一篇评论《老残游记》的论文中，在中国学者（盛成、刘蕙孙、陈辽、王学均等）研究指出太谷学派与《老残游记》有关系的基础上，也把刘鹗思想与太谷学派思想②对照分析。萨金特写道："在谈及作者自我的理想化身时，夏（志清）教授对这样一个事实未给以足够的重视：黄龙子和玙姑确实代表了某些超越表面的东西——太谷学派的哲学，而刘鹗正是作为学派弟子与之有密切的联系。……对他（刘鹗）而言，太谷的说教是种虚幻：它们是僵化的某种结构，并不直接与现实相吻合。但并不排斥一本正

---

① （苏俄）谢曼诺夫：《论中国小说关于"游记"的体裁》，张沛恕译，《台湾·香港·海外学者论中国近代小说》，百花文艺出版社 1991 年版，第 256、258 页。

② 太谷学派也称新泰州学派、崆峒教等，为中国本土哲学在晚清最后一个民间学派，主张还儒家原旨，集儒道释三教精华并加近现代思潮而合一，以教、养天下为己任。由周太谷创立于嘉庆年间，张积中、李龙川为第二代山长，黄葆年、蒋文田为第三代山长。刘鹗 20 岁时在扬州拜师李龙川，后成为学派第三代重要弟子之一。

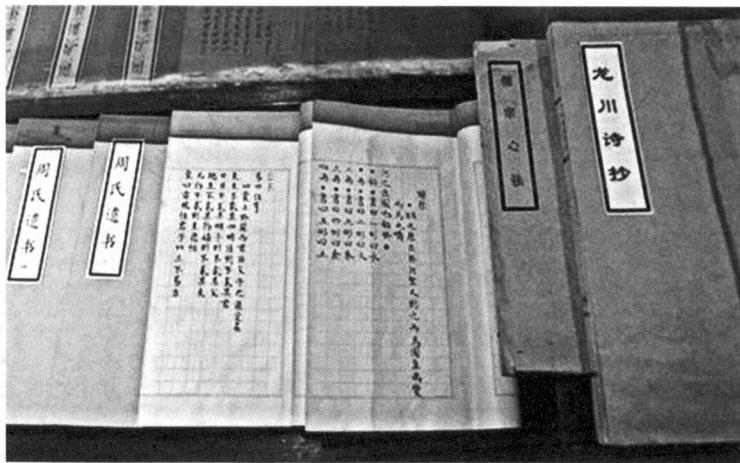

太谷学派第一、二代山长周星垣（太谷）、李光炘（龙川）遗书

经地加以利用。这也就是他在信中①所承认的，尽管他不象黄葆年②一样肯定地'知天'，不论如何，由于'信天'，他也就有可能有目的地行事于世的意义所在……刘鹗的道德观念，按照汉斯（汉斯·范辛格，1852—1933，德国哲学家）的观点，超越了黄葆年或黄龙了，它是基于一种真实的伦理思想方式。他的信仰由他的实践结果来证明（他的"教""养"天下——原注）。"③

　　一部信马由缰只写了 29 回的游记小说，既描绘、鞭挞了封建王朝大厦将倾、民不聊生的腐朽没落，又进一步揭示了"清官"因权欲熏心而心狠手辣的危害，尖锐道出"天下大事坏于君子者倒有十分之六七也"（第十四回）的惊人之语；既颂扬了民间布衣精英替天行道、为民申冤除害的壮举，还批判了腐儒泯灭人性的千年文化糟粕，并借用隐士对话及虚构梦境，警示预言了激进运动对中华民族的巨大伤害；再加上多处可见的对儒释道及太谷学派精义的哲理诠释（更多讨论见后），可见《老残游记》的思想性之丰富，哲学见解之精深，思想之睿智，这在中国和世界古典文学作品中如不是空谷绝响，也属凤毛麟角。

---

①　指刘鹗 1902 年的《致黄葆年》信函。（全文参见本书第三编）

②　黄葆年（1854—1924），字锡朋，刘鹗师兄，晚清民间学派太谷学派第三代山长。

③　萨金特：《〈老残游记〉的虚幻思想和虚构》（邹韬译），《台湾·香港·海外学者论中国近代小说》，百花文艺出版社 1991 年版，第 218 页。

四、"鲁迅误导"应予纠正：
《老残游记》并非"谴责小说"

鲁迅（1881—1936）在其名著《中国小说史略》（1924）（以下简称《史略》）中将《老残游记》列入晚清四大谴责小说，并留下"叙景状物，时有可观，作者信仰，并见于内"的十六字真言，在过去近百年中几乎被所有论及《老残游记》者奉为圭臬。但编著者一直存有疑惑，鲁迅的置评如此惜墨如金、不温不火，是只对《老残游记》不以为意，还是对所有中国古典文学都所保留？

鲁迅

翻开《史略》后发现，鲁迅这部难得的学术著作虽具一定开创性，但其特色就在于"史""略"二字："史"即给出原书梗概，采撷原文举例；"略"是略置简明评论，不求周全。

只有不多的人注意到，鲁迅在该书的"清末之谴责小说"一章开篇介绍中，给出的总评和定义是："虽命意在于匡世，似与讽刺小说同论，而辞气浮露，笔无藏锋，甚且过甚其辞，以合时人嗜好，则其度量技术之相去亦远矣，故别谓之谴责小说。"[①]从上下文看，鲁迅似乎赞许的是"讽刺小说"《儒林外史》，剑指的是《官场现形记》和《二十年目睹之怪现状》；但既然将四部小说都归为"谴责小说"一类，编著者不禁慨然：至今，世人对《老残游记》的代表性评语常常是"'四大谴责小说'中的杰作"，岂知是被定位在评价不佳的一类之中。不过参考一下鲁迅在《史略》中怎样谈及其他中国经典文学作品，就多少可以释然。例如对公认顶级成就的《红楼梦》，鲁迅除了引文，

---

① 鲁迅：《中国小说史略》，人民文学出版社 2006 年版，第 289 页。

评论文字也不过寥寥数语而已："全书所写，虽不外悲喜之情，聚散之迹，而人物故事，则摆脱旧套，与在先之人情小说甚不同。"

还有必要联系参看的，是同一时期鲁迅对中国文化典籍的普遍态度：《史略》出版后数月的 1925 年 1 月，《京报副刊》向名家征求"青年爱读书"和"青年必读书"各 10 部，鲁迅在"书目"栏里填的是："从来没有留心过，所以现在说不出"；然在"附注"说明栏里，他公然明确声明："我要趁这机会，略说自己的经验以供若干读者的参考……中国书虽有劝人入世的话，也多是僵尸的乐观；外国书即使是颓唐和厌世的，却也是活人的颓唐和厌世。我以为要少——或者竟不——看中国书，多看外国书。"

夏志清、周汝昌二人，最先明确提出了《老残游记》并非"谴责小说"。夏志清在《新论》（1979）一文中断言："《老残游记》的作者与当时讽刺小说和谴责小说的作者迥不相侔，他探究国家的现在与未来，所以，它可以被称为中国的第一本政治小说（political novel）。""《老残游记》并非《儒林外史》那种风格的讽刺小说。……它也绝非《官场现形记》和《二十年目睹之怪现状》同类的谴责小说，如鲁迅所称述的"。周汝昌则在文学评论界中，首次以肯定的评语将《老残游记》拉出了"谴责小说"之列。他在《心迹》（1993）一文中明确指出："《老残游记》绝不同于晚清出现的那种'谴责''暴露'的小说，它是一部内涵丰厚的综合性作品。"

另有江苏社科院文学所王学均研究员，先后撰有《〈老残游记〉非谴责小说论》《鲁迅对〈老残游记〉的误解》等文，详析了鲁迅的片面解读及成因。他总结道："鲁迅对《老残游记》的误解，源于谴责小说概念的结构方法和推衍性运用。……这种方法虽然便利，但势必误解作品。博学睿智有如鲁迅，也不能例外。……《老残游记》并没有像鲁迅所说的那样，认为'政府不足与图治'从而予以'抨击'，更不用说迎合'时人嗜好'了。……这源于他（刘鹗）的人生选择、经历遭际，也源于他所从属的太谷学派'思想信仰'以及他对中国现实的见解。而对这一切，鲁迅都没有充分注意。"① 王学均还指出："鲁迅曾说：'我总以为倘要论文，最好是顾及全篇，并且顾及作者的全人，

---

① 王学均：《〈老残游记〉非谴责小说论》，载《南京理工大学学报（社会科学版）》，2004 年 8 月第 4 期，第 20 页；《鲁迅对〈老残游记〉的误解》，载《南京理工大学学报（社会科学版）》，2007 年 6 月第 2 期，第 20 页。

以及他所处的社会状态,这才较为确凿。要不然,是很容易近乎说梦的。'这在理论上无疑是正确的,但在具体的小说史研究和作品解读中却并非易事,因为这需要众多的主客观条件。鲁迅对《老残游记》的解读便没有实践他的主张,而是由片面导致误解。"①

海归长江学者高旭东于 2015 年写有《论〈老残游记〉〈孽海花〉并非谴责小说》一文。文中指出:"批判官场的篇幅在《老残游记》中连四分之一也不到……。半年后鲁迅在西安讲小说史,就不再将《老残游记》《孽海花》同《儒林外史》《官场现形记》《二十年目睹之怪现状》归为同一类型的小说,这显示了鲁迅治学的勇于纠错的精神。"文中还有不少具体分析,如"《老残游记》所运用的艺术技巧也是多样的。……对济南山水的描写,胜过以往任何描写济南的美文,并且绝不逊色于古代的美文《桃花源记》 《醉翁亭记》。……小说在这两回中大量运用了象征、写实与抒情的技巧,而在后面的篇章中,也是以抒情与写实为主而很少讽刺,怎么能将《老残游记》命名为谴责小说呢?"②

鲁迅作为一位中国著名的文学家,对中国现代文学发展和中国文化再造,都有着难以忽视的积极意义和深远影响。但他在文学批评和学术史上带来的一些误导,在近百年后的今天,应予以不讳指出、合理纠正。

五、《老残游记》: 超越时空的文化、文学和艺术境界

如果说夏志清着重于《游记》的思想性,周汝昌则更着重于《游记》的文化、文学和艺术境界。周老在论文《"游方郎中"的足迹与心迹》中还曾写道:"他倾注于小说中的感情……是一种至为复杂、至为深厚的感情,高层次的诸种感情: 由身世到家国,由社会到种教。'种教'者何? 我妄拟大约接近于今日大

---

① 高旭东:《论〈老残游记〉〈孽海花〉并非谴责小说》,《山东师范大学学报 (人文社科版)》,2015 年第 60 卷第 2 期。

② 高旭东:《论〈老残游记〉〈孽海花〉并非谴责小说》,《山东师范大学学报 (人文社科版)》,2015 年第 60 卷第 2 期。

家都谈的民族文化者是也。……再举小例来说，张恨水的《啼笑姻缘》也颇脍炙人口，那乃是以旧京城'鼓姬'沈凤喜（旧日对大鼓曲艺女演员的称呼）为主眼人物的，但他写公子哥儿樊家树到天桥去听她唱，连一句写鼓艺的话也写不出，而刘铁云的大明湖听白妞儿的唱——以至包括弦师的指法，却写得是那样引人入胜，几乎像'折子戏'的精彩段一样，总被选入语文教材，百读不厌。那么张、刘之间，分别究竟又在哪里？这除了'文才'之外，用我的话来说：就是张氏没有这一大方面的文化造诣的那种审美高境界。"

编著者不但赞同周老的评论，而且以为刘鹗在《老残游记》中所提炼、展现的中华文化之丰富、高雅，文艺之优美、上乘，应已超越了历代中国古典小说的成就，达到了前所未有的境界，并进入了可以媲美近代西方一流优秀文学的层次。

在前述的《老残游记》诸多内容内涵之外，还需注意书中包含的文化艺术描写精华。诸如：

初编第二回"历山山下古帝遗踪，明湖湖边美人绝调"中，泉城名胜呈现的"赵千里的一幅大画、数十里长的屏风"的天籁美景，"嗤嗤价响"的擦船荷叶、"格格价飞"的惊起水鸟、崩到船窗的莲籽，和民间艺人白妞融合"西皮、二簧、梆子腔、昆腔、小曲，种种的腔调"，唱出"如一条飞蛇在黄山三十六峰半中腰里盘旋穿插"的百啭之声；

第六回"万家流血顶染猩红，一席谈心辩生狐白"里，老残访贫问苦，细观雀鸦，感叹"苛政猛于虎""鸟雀虽冻饿尚有呱呱自由"，折射出传统士人忧国忧民、悲天悯人的博爱情怀；

第八回"桃花山月下遇虎，柏树峪雪中访贤"中的世外桃源，雪夜绝景；如何惊心动魄地与"眼睛映着月光"的山中之王者猛虎擦身而过，于亦真亦幻之中邂逅颇具林下风范的平民仙子玙姑；

第九回"一客吟诗负手面壁，三人品茗促膝谈心"和第十回"骊龙双珠光照琴瑟，犀牛一角声叶箜篌"里，中国传统知识分子的高谈阔论，高山流水，品茶论道，凤哕龙吟；研讨和畅谈"情随境迁""一切教门异面同里""发乎情止乎礼""空谷传声""此宫彼商相协而不相同的'和而不同'"等高论，同时呈现、演练、辩论古今中外的文化、宗教、哲学、诗文、音乐、装潢、服饰、工艺，直至天文地理、现代科学；

第十二回中的观赏冰河、雪月、寒星，悲天悯人，怆然泣下竟成冰珠的怀古幽情；

从第十二回开始，如何将"传统中国文学中最长的一夜"（夏志清《新论》中语，本段下同）描绘得"趣味盎然，或苦或乐，乍惊乍喜，跃然纸上"，让两位"中国小说中最可爱的瘾君子"与两位艺妓平起平坐、一视同仁，戏说国粹菜肴，妙论古今诗词，嬉笑怒骂中融汇隐含着民间的疾苦悲声；

二编第一至六回中，如何运用传奇尼姑逸云百转回肠的诉说，将玄妙的佛家禅悟和深奥人生哲理，蕴含于儿女情长、喜怒哀乐、幡然醒悟、脱俗超凡之连绵起伏的故事情节之中，展现"与西方传来的那种'爱情'是多么的悬殊大异！"（周汝昌语）。

诸如此类，不胜枚举。

编著者不妨再选具体二例，试作进一步分析：

有如"赵千里的一幅大画、数十里长的屏风"的天籁美景

1）小说通过桃花山中玙姑的娓娓而谈，信手拈来，轻而易举地诠释、弘扬了儒家文化精华中的三大不朽精义："攻乎异端，斯害也已""发乎情，止乎礼"及"和而不同"。其中尤为精彩绝伦的是，在刘鹗的妙笔描绘下，这位亦真亦幻的年轻女子居然能够借助今日也十分前卫的行为艺术（"伸出一只白如玉、软如棉的手"），神奇地诠释"发乎情止乎礼"的六字真意（第九回）。其实，这六个字不但是儒教基本理念之一，也是人类从野蛮走向文明的指路明灯。深究一下，它还是解答普世之谜"爱情为何物，直叫人生死相许"的精辟答案：落后腐朽的礼教只会制造凄惨悲剧，而合乎天性的异性吸引，加之适当的涵养礼节以获得相互尊重，才是文明人类能够拥有

1903 年《绣像小说》载《老残游记》之绣像

美好爱情的实质和前提。

2）以"中国诗文中前所未有的多声部音乐"（辛丰年语）所阐释的"和而不同"理念（第十回），可谓"天趣盎然，世间独步"（夏志清语），正是中华文化的高层次精华，甚至可说是润物无声般指明了人类文明的发展方向。其实，反映出刘鹗音乐造诣之高超，有一文一书可证：辛丰年在《"和而不同"的人与乐》中写道："自有章回小说以来，包括《红楼梦》在内，写到音乐而不流于简单浮泛落套的，太稀见了。……更值得注意的，即第十回《斗龙双珠光照琴瑟，犀牛一角声叶签摸》中写的琴瑟二重奏与更奇特的一场室内乐演奏。这两节，其妙又不仅在于文字，更重要的是它们描述了多声部音乐，这在中土诗文中前所未有。"①彭岩教授在其专著《凤哕龙吟——刘鹗琴学成就探赜》一书中写道："刘鹗还首次提到'同奏'与多声部'合奏'的不同，对习惯于线性思维的中国音乐美学观来说，多声部合奏思想无疑是一种全新的音乐思想。"②2008年北京奥运前夕，编著者就曾在网络论坛互动中建议，如能把"君子和而不同"的理念嵌入奥运核心口号"同一个世界，同一个梦想"（one world，one dream），将之升华为"同一个世界，相似的梦想"（same world，similar dreams）而推向全球，也可能会成为北京奥运的一个亮点。西方

塞缪尔·亨廷顿与中文版《文明的冲突》

世界的精英们如果能够早几百年领会这个精义，也许会减少历史上不同文明、种族和宗教间长年你死我活的战争；直到1993年，美国学者塞缪尔·亨廷顿才凭借其《文明的冲突》轰动西方世界，并异曲同工地提出了"现代化不等

---

① 辛丰年：《"和而不同"的人与乐》，《读书》1993年第2期，第50页。
② 彭岩：《凤哕龙吟——刘鹗琴学成就探赜》，中华工商联合出版社2018版。

于西方化""不同文化文明将互相并存"的相似理念，① 这既比孔子的观点晚了两千多年，也比刘鹗和《老残游记》晚了 90 年。在这层意义上讲，面对玙姑发出"今日幸见姑娘，如对名师"这一肺腑之言的，又何止于那个名叫申子平的中国书生？西方有心的评论家和读者如看到此处，也应会心有灵犀，心悦诚服。

作为一部未经精心打磨的随性作品，《老残游记》并非没有缺点和败笔，如其初编最后两回的内容情节有过于荒诞之嫌，甚至导致了主题的俗化和游离，颇为可惜。但这类局部瑕疵，远不至于影响其在中华传统文化精华提炼和萃取上的显著成就。

刘鹗对民族文化艺术上乘境界的推崇和追求，也反映在小说之外的许多遗存诗词、日记、及各类序跋之中，在此仅举一例：

刘鹗在为琴师张瑞珊出版《十一弦馆琴谱》所作的序二中②，也曾陶然写道："京师者，名利渊薮也……。""乃于最繁盛之区之侧，有蝶园焉，铁云所赁以居者也。园有山、有池。有楼以望月，有台正对西山之爽翠，有大树合三人抱。室中有三代秦汉以来金石文字，有唐宋元明书画，有四朝古琴。每当辰良景美，铁云鼓琴、张君弹琵琶，赵君吹箫，叶《广陵散》等曲，三人精神与音韵相融化。如在曲江天下第一江山山顶，明月高悬，寒涛怒涌，罢尘四绝，天籁横流。人耶？琴耶？情耶？景耶？俱不得而知矣！苏若兰之言曰：'非我佳人，莫之能解。'陶靖节之言曰：'此中人语，不足为外人道也。'"刘鹗这一现实记叙，应可视为《游记》中桃花山上黄龙子、玙姑等人雅集合奏场景的原型；所提及的苏若兰（苏蕙《璇玑图》③）、陶靖节（陶渊明，田园诗文），不但可称为中国历代文人中出类拔萃的人物，也堪当人类文化艺术

---

① 编著者以为世人过分看重了这部名著的"冲突"预言，而忽视了其"共存"的结论。如作者在第一部分及全书的结论性结尾所指出："现代化加强了那些文化，并减弱了西方的相对力量。世界正在从根本上变得更加现代化和更少西方化。""在正在来临的时代，文明的冲突是对世界和平的最大威胁，而建立在多文明基础上的国际秩序是防止世界大战的最可靠保障。"塞缪尔·亨廷顿《文明的冲突与世界秩序的重建》，新华出版社，1998 年版，第 71、372 页。

② 刘德隆：《刘鹗集（下）》，吉林文史出版社 2007 年版，第 628 页。全部序文见本书第三编。

③ 《璇玑图》相传是前秦时期才女苏蕙（若兰）所作的回文诗章，又常称为回文诗。史载苏蕙将《璇玑图》织于锦缎之上，寄予其夫秦州（今甘肃天水）刺史窦滔。苏蕙的《璇玑图》总计八百四十一字，纵横各二十九字，纵、横、斜、交互、正、反读或退一字、迭一字读均可成诗，诗有三、四、五、六、七言不等，共有一千多种成诗方法，极为绝妙，广为流传，是中国独有文字游戏的登峰造极之作。

之林里独具特色的峣峣秀木。

苏若兰（苏蕙）与《璇玑图》、陶靖节（渊明）的桃花源

　　细品以上罗列的种种，编著者得以体会、中外读者也可看出：即使在这幅信手而准确描绘出的风雨飘摇民不聊生的晚清历史画卷上，《老残游记》仍然可以长歌当哭，让精彩纷呈的传统文化春风化雨，无处不在，随遇而安。正可谓传统艺术的精华，化腐朽为神奇，出污泥而不染；中华文化之精髓，贫贱不能移，富贵不能淫，威武不能屈。这些丰富鲜明的中华文明元素，经刘鹗的精炼萃取，无不呈现着古国文明的灿烂，无不折射出东方文化的睿智，遂将中国古典文学和中华优秀传统文化，提升至近现代人类文明所能到达的一流层次。

六、中国古典文学前所未见的智慧独立女性

　　编著者尚认为，《老残游记》现代性成就中的另一重要部分，是刘鹗在书中成功塑造了至少是在中国古典文学中前所未见的智慧女性。她们可谓德智、品学、才貌俱全，近乎完美，这使《游记》在文学成就和文化意义上，尤其在人类现代文明意识上，真正实现了对《红楼梦》和中国古典文学的继承和超越。

　　在《老残游记》上下两编共29回中，刘鹗精彩塑造出三位非凡女性：玙姑，翠环和逸云。她们一个是乡间官绅的女儿，一个是被迫为娼的艺妓，一个

是带发修行的尼姑。她们虽然没有红楼十二钗们的显赫家世、教育背景和优越的生活环境，也不一定在诗词歌赋、琴棋书画上样样皆精，刘鹗在她们身上所用笔墨更远远少于曹雪芹笔下的女性；但读者可以感受到的是她们（尤其玙姑和逸云）的智识和精神境界，明显要比《红楼梦》姐妹们高超，同时女性魅力也无多相让，遂获得了以老残为代表的文化精英的真正尊重。就是今日具一定传统或现代人文修养的读者，面对她们也会不禁怦然心动，甚至一"见"倾心。林语堂曾在《老残游记》二集序中明言："刘铁云此人，吾看得慎重。初喜读其《老残游记》，尤好玙姑"；"斗姥宫果有（逸云）此人，吾非上泰山不可。"①李欧梵更曾坦言："我第一次看到玙姑，就差点爱上她了"。

如周汝昌先生在前述论文中所言，"那些写妇女的书总缺少刘氏那样思想、文化的高超境界，因此总成凡品。……刘铁云之写妇女，是直承曹雪芹这一脉高手卓识而来的，至写逸云而发展到一个新的高峰。"在前述《一部杰作》短文中他还指出："其实刘先生的真高处并不在什么景不景，是在写人，写异样的妇女人才。"林语堂也在前述序文中说："大概铁翁最喜才识高超议论风采十足之女子。玙姑与逸云又同是得道隐居、韬晦自适之才女，想见其为人，如嗅空谷兰之味。"编著者还特别注意到，刘鹗还专门描绘了逸云能在陡峭山路上健步如飞（并非杜撰的武侠神技），鲜见兼具了现代西方女性的"健美"之美，不但一改传统女性"花木兰""穆桂英"等夸张俗套形象，也一扫中国传统才女"心较比干多一窍，病如西子胜三分"的病态审美观。

有出版社将《老残游记》和《浮生六记》合编为《晚清双记》出版，编著者以为颇有见地和创意，因为这两部作品都深得中国文化精髓。对《浮生六记》的佳评，俞平伯有"奇在全不着力

《晚清双记》

---

① 林语堂：《老残游记二集·序》，1925 年良友版，转引自台湾三民书局《老残游记》，台北 1996 年四版附录，第 366 页。

而得妙肖"，林语堂有"'布衣菜饭，可乐终身'的生活，是宇宙最美丽的东西"，而这些评语也完全适用于《游记》。中西文化交流巨擘林语堂不但明言他对芸娘、玙姑、逸云的迷恋喜爱，还曾亲手将两书译为英文，延伸了它们在西方世界的影响。然而，《浮生六记》是写实的笔记，读者看到芸娘后面的悲惨结局，无不伤感唏嘘、悲观宿命。正如晚清文豪王韬的跋所云："才人与才妇旷古不一合，苟合矣，即寡夭焉，何憾！"中国传统文史中，自古红颜薄命，高才必遭天忌，其成就虽登峰造极的《红楼梦》也未能出此窠臼。

古今流传下来的中国文学作品中，既不乏沉鱼落雁的美女，也有不少知书达理的才女，但自信自立，又兼具智慧、学养、德行、才貌、健康、温婉的女性可谓凤毛麟角。而在刘鹗笔下，玙姑学富五车潇洒自如，气质风采略带几分仙气；逸云朝气蓬勃朴实无华，精神境界却几近圣贤——但都合理可信，自洽圆融，就是放到今日来看，也不乏中外现代社会、于公于私都推崇的"正能量"。她们以言、以识、以行、以身对中华优秀传统文化的精彩呈示，也可说到达了不似西方、胜似西方的上乘境界。

《老残游记》展现的男女平等观念之现代、先进，得益于刘鹗身为清末最早洋买办的身份，和亲身参与建立新式学堂、妇女天足会等公益活动①。兼容并蓄西方的平等、博爱新思想，加上他从儒、释和太谷学派中汲取的精华，使他得以独步高楼。

于是，《老残游记》中的女主角们遂得以吐气扬眉，一改千年在现实和文学作品中陪衬、从属、悲剧的形象和地位，凭借她们自身的资质、智慧而不是夫君、门庭或特殊权势，惊鸿照影，不卑不亢，从容走上中国和世界近代文学舞台和文化殿堂。她们不但能够赢得不亚于同时代西方优秀女性的尊严，而且还破天荒成为弘扬中国文化精华的女性代言人。

七、《老残游记》：
重新定位与评价研究

刘鹗非凡的"文化造诣"和"审美高境界"（周汝昌语）从何而来？编著

---

① 参见刘鹗《抱残守缺斋·乙己日记》。

者认为：

一则来自"生而敏异"、书香门户家教、和"放旷不守绳墨而不废读书"的成长经历（罗振玉语）；

二则来自其多才多艺的天赋才能，即以一人之身精通多领域学科：文（包括小说、诗文、对联），理（哲学、数学），工（治河、测绘），音乐（琴学成就可"步入晚清琴学大家之列"①、曾收藏黄庭坚题记的"九霄环佩""鸣玉"等唐宋明名琴在内的数十张古琴），碑帖书法（收藏大量碑帖字画，并长年临摹习字），医药（著过医书，出任过官医，曾为盛宣怀、郑观应等诊治②）等；

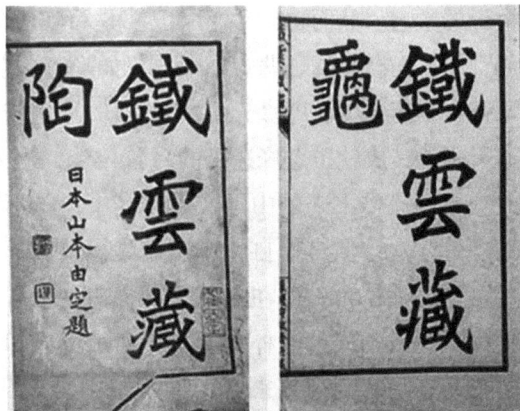

刘鹗《铁云藏龟》《铁云藏陶》

三则来自刘鹗对中国文物、金石甲骨和古文字的深入研究（刘鹗是中国甲骨文发现人之一和考释研究的开创者即 1903 年《铁云藏龟》的编著出版人、1904 年中国甲骨文发现公告的撰写和刊登人，在中国传统学术向现代学术转型过程中具有典型意义③），并长年与学者型鉴藏家罗振玉、王孝禹、方药雨等人密切交往；

四则来自多领域的洋务实业的实践及社会游历（在河南和山东治理黄河，

---

① 见彭岩《凤哕龙吟——刘鹗琴学成就探赜》。此书为 2014 年教育部规划基金项目"刘鹗琴学研究"的成果总结，内容翔实。彭岩研究结论包括："与刘鹗在甲骨文研究、小说创作等方面所取得的举世瞩目的成就一样，刘鹗的琴学成就与名噪一时的晚清琴学大家相比也毫不逊色，刘鹗在琴学研究上所取得的成就，可以使他步入晚清琴学大家之列"（第 250 页）；"与屈原、白居易、刘禹锡等以文学成就著称，同时在音乐方面有所造诣的文人相比，刘鹗在编撰琴谱、收藏古琴等方面所取得的成就更具体，对后世音乐发展的影响更深远；而与嵇康、徐上瀛、李贽等琴艺精绝、影响深远的古琴大家相比，刘鹗的音乐思想更明晰，更具前瞻性。"（第 267 页）

② 参见《刘鹗集（上）》，吉林文史出版社 2007 年版；《刘鹗年谱长编》，上海交通大学出版社 2019 年版；及编著者论文《王献唐日记等文献佐证甲骨文发现新说——再论"王懿荣刘鹗联合发现说"及"刘鹗发现说"》第三章，《南都学坛》2022 第 6 期。

③ 参见任光宇《"王刘联合发现说"和甲骨文发现研究新论》，《广西师范大学学报》2018 第 6 期，人大报刊复印资料《历史学》2019 第 3 期。

在山西、河南及浙江开矿修铁路，深度参与庚子慈善救助，及办学、办报、办厂、开书店等大量社会活动，在国内和日、韩游历）。

由此可见，不同于古今中外的绝大多数小说家、文学家，藏身于《老残游记》之后的，是一位才学、著述、文化底蕴都罕见广博深厚，人生阅历丰富多舛的全才奇才刘鹗；而刘鹗自身背靠的，更是几千年绵延不绝、博大精深的中华文化，再加上与之激烈碰撞的、清末西学东渐之际的近现代科学文明。

台湾文学专家李辰冬曾在《老残游记的价值》一文中指出，刘鹗在办实业上的失败"当然是一种不幸；但在文学上，反是一种大幸，因为如果他在事业上成功了，就不会产生《老残游记》"，并随之联想到法国伟大小说家巴尔扎克，"他也是事事失败的事业家，也是由于事业的失败，才变成了一位小说家"。①

1999 年，香港《亚洲周刊》组织来自全球各地的学者、作家（包括王蒙、刘再复、刘以鬯、王德威、南方朔等）联合评选并公布了"二十世纪中文小说一百强排行榜"，《老残游记》影响力荣列第十。②同期建成的北京中华世纪坛，已在其壮观的青铜甬道上，将"刘鹗的小说《老残游记》发表"铸刻于 1903年板块，使之与中华五千年文明史上的重要大事件并列永存。

而关于《老残游记》这一部约 16万字小说的定位和归类，百多年来众说纷纭、见仁见智，至今尚无趋同之论，成为一件罕见的文学经典作品归类悬案。在早年胡适的"自传的性质"③、鲁迅的"谴责小说"、夏志清的"政治

铸刻"刘鹗的小说《老残游记》发表"
的北京中华世纪坛青铜甬道

---

① 李辰冬：《李辰冬古典小说研究论集》，中华书局 2006 年版，第 347 页。
② 特刊专文《二十世纪中文小说一百强》，香港《亚洲周刊》，1999 年。
③ 胡适：《五十年来的中国文学》，《胡适文集3》，北京大学出版社 1998 年版，第 248 页；初载1922 年《申报》五十周年纪念特刊。

小说"归类之后，近些年学者的看法如下，李欧梵在前述文中写道："一般研究《老残游记》的人，大部分只注重这本小说的政治意义。……可是我个人不是用这种方式，我是把它当作一个有哲学意义的抒情作品来看。"①王德威也曾在其《现代中国小说十讲》中言及《老残游记》的归类："《老残游记》已被评者解作一篇伟大的谴责小说，一部错综复杂的寓言叙事，一篇独特的冒险小说，一部抒情小说，以及'中国现代第一部政治小说'。……但尚有一个层面有待讨论，即《老残游记》亦为一篇侠义公案小说。"② 李辰冬在其前述《老残游记的价值》一文中的结论是："我们可以把《老残游记》当成断代史来看。从这部断代史，可以看出这个时代的政治、社会、经济、法律、道德、思想宗教的各方面。我们看这部书，就像看一部关于那时代的一部立体电影。那时代人的服饰、行为、言谈、环境、情感都浮现在我们的眼前。不朽的作品都是如此，《老残游记》如此，所以《老残游记》也就不朽了。"③

　　而在编著者看来，还是周汝昌先生在《一部杰作》和《游方郎中》论文中说得更好："一句话，它有情有味，有事有文——即有文化，有境界。……是真正得《红楼梦》精神灵魂的唯一的一部杰作"；《老残游记》中"倾注的感情"是"至为复杂、至为深厚"的"高层次感情"，"接近于今日大家都谈的民族文化者是也"。人类较高级的精神文明和其产物，皆可视为"文化"，如民族历史、宗教风俗、思想哲学、知识典籍，直至古今各种文学和各类艺术。

　　故综上所述，编著者认为，不应再将《老残游记》归类于谴责小说、揭露小说、公案小说、政治小说等等，它更恰当的定位和归属，应该是继《红楼梦》之后又一部上乘的"文化小说"，而且是一部古往今来原生于中华民族乃至全世界民族之林的，具有一流思想、哲学、文学和艺术境界的"文化小说"。这部作品是继《红楼梦》之后，对中国传统文化作出多方面精彩提炼和呈示的高峰之作，不但具有高度的文化性、思想性、哲学性、文学性、艺术性，而且还是中国历史上鲜见的现实主义和浪漫主义、东方文明与西方文明高度结合的文学文化经典，对于中国和人类文明的走向、发展和升华，都具有相当的启示意义和研究价值。

---

① 李鸥梵：《帝国末日的山水画：老残游记》，文化艺术出版社 2010 年版，第 16 页。
② 王德威：《现代中国小说十讲》，复旦大学出版社 2003 年版，第 14 页。
③ 李辰冬：《李辰冬古典小说研究论集》，中华书局 2006 年版，第 357 页。

　　《红楼梦》和《老残游记》这两部著作，一个如描绘群芳夜宴的工笔画，把世间精致的美丽精心毁灭，令人感叹不已；一个似展现民间社会生活的水墨图，将东方多彩的文化高妙挥洒，使人回味无穷。遗憾的是，纵观百年来中国文学界的研究状况，"红学"门庭若市，长盛不衰，难免已有挤踏和异化之虞；而"残学"（即《老残游记》及刘鹗研究）蕴藏丰富且与现代文明接轨，却门庭冷落，亟待、值得全面研究，深度开掘。不妨仿照周汝昌先生在其《红楼梦与中国文化》一书中推崇《红楼梦》的句式，来向全世界推介《老残游记》：如果你想要了解中华民族文化精华的特点特色，最好的——既最有趣味又最为便捷的办法，就是去细读《老残游记》。

　　鉴于中国在大国崛起过程中增强文化自信和文化软实力、大力向世界传播中华文化精华的需要和必要，根据编著者所述的多方面理由，参照前述中外学者们百年来的推崇，笔者在此谨向中国文化界和文学界倡议：将《老残游记》放到弘扬、复兴中国文化精粹的层面上，重新审视，重新定位，重新评价，深入研究开发。

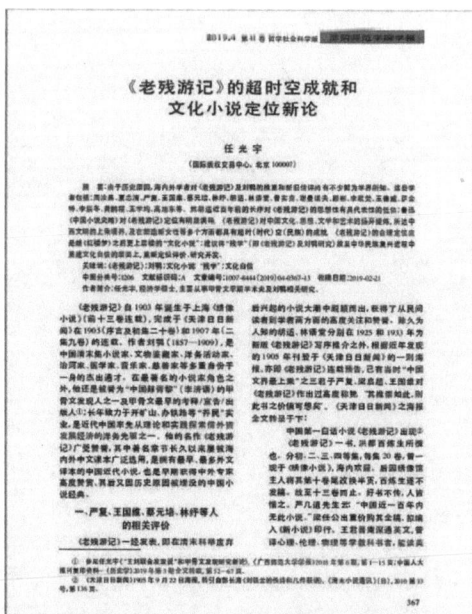

（《〈老残游记〉的超时空成就和文化小说定位新论》论文首页及刊载期刊）

第一编 《老残游记》纪念版

《绣像小说》半月刊第九期封面，
该刊自此期起连载《老残游记》

《老残游记》初集第十一回刘鹗手稿遗珍（1903）
《老残游记》初集自叙手迹（1906）
1903 年《绣像小说》连载《老残游记》纪念版图影

《老残游记》初集第十一回刘鹗手稿遗珍（1903）

【编著者按】据刘德隆讲，《老残游记》初集手稿现仅存六页（见右图），"写在印有淡绿直行格的毛边线上，中缝印有'百登斋摹古'五字，内容即商务所删第十一回的后面大半回，从申子平听得欢欣鼓舞，'因又问道'四字起，直至'且听下回分解'止，共三千另八十四字，和单行本核对，中间除了少'总之这种乱'至'要紧要紧'一小段七十八字之外，其它一字不异"。原件存南京博物院。"①另据刘德隆《〈老残游记〉手稿管见》（载《文学遗产》1989 年 3 期），手稿由刘鹗文孙刘厚泽 1962 年捐献，六页的字数分别是 536 字、514 字、504 字、493 字、512 字、495 字。此六页手稿（每页又分上下）被装裱为三幅，故又被刘蕙孙、刘厚泽称为"三张（三页）"。

《老残游记》初集手稿遗存

然编著者近期查看自存的几年前由刘德隆提供的图影资料中的单页手稿，对比《刘鹗及老残游记资料》（四川人民出版社 1985 年版）已公布的初编四页遗稿，并不见刘鹗手稿六页中的第一页"遗珍"。故在此特补发此一页。

---

① 刘德隆：《老残游记版本概说》，《清末小说》第 15 期，见本书第三编。另刘厚泽相关跋记见本书第四编、第 23 篇附录。

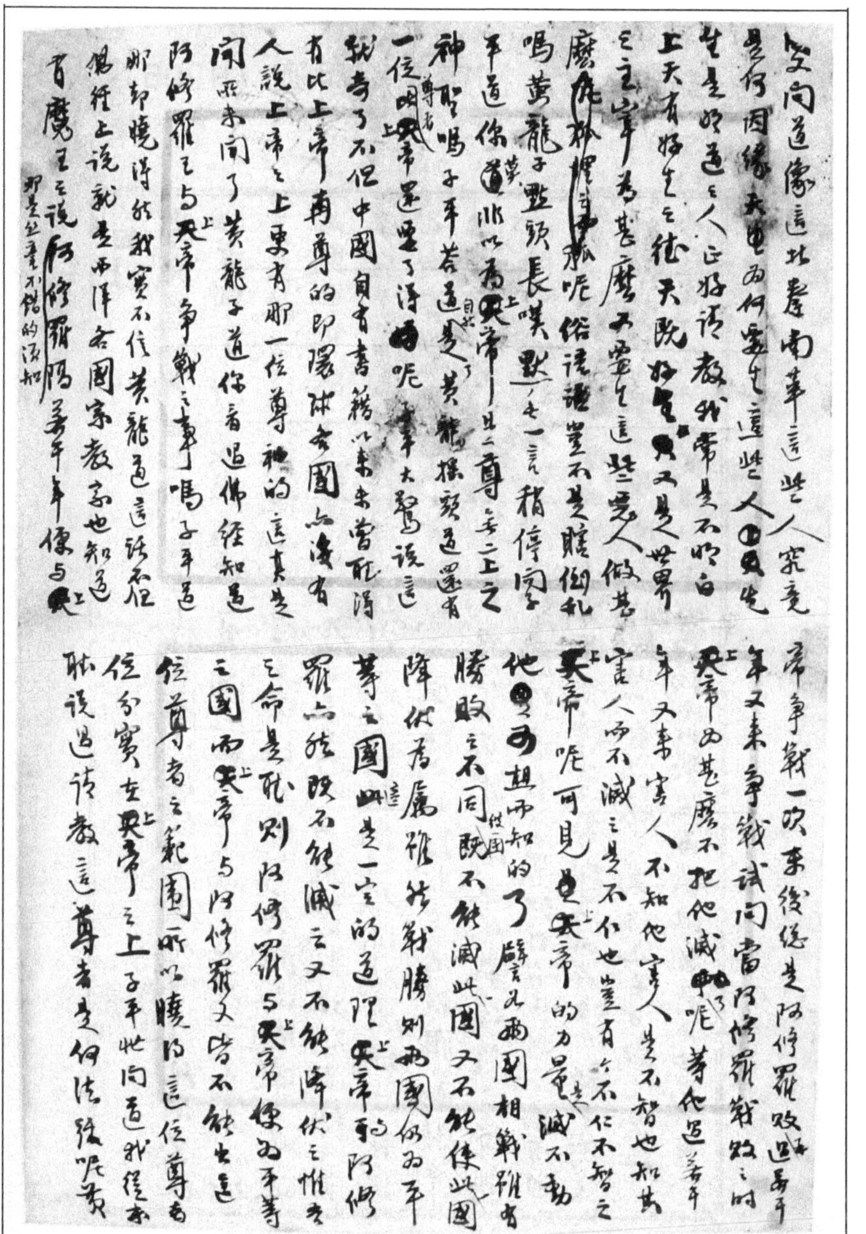

《老残游记》初集刘鹗手稿遗存六页之一

《老残游记》初集自叙手迹（1906）[①]

《老残游记》初集自叙手迹影印（第一页）

---

① 新中华书局 1913 年版等版本所载 1906 年秋《老残游记》初编刘鹗自叙手迹。

离骚为屈大夫之哭泣，庄子为蒙叟之哭泣，史记为太史公之哭泣，草堂诗集为杜工部之哭泣；李后主以词哭，八大山人以画哭；王实甫寄哭泣于西厢，曹雪芹寄哭泣于红楼梦。王之言曰：别恨离愁，满纸荒唐，不过供人之笑骂。曹之言曰：满纸荒唐言，一把辛酸泪，都云作者痴，谁解其中味。名其茶曰千芳一窟，名其酒曰万艳同杯者，千芳一哭，万艳同悲也。吾人生今之时，有身世之感情，有家国之感情，有社会之感情，有种教之感情。其感情愈深者，其哭泣愈痛，此洪都百炼生所以有老残游记之作也。棋局已残，吾人将老，欲不哭泣也得乎？吾知海内千芳，人间万艳，必有与吾同哭同悲者焉。

丙午之秋，洪都百炼生作于海上浮秋气斋。

《老残游记》初集自叙手迹影印（第二页）

【释文】

自 叙

婴儿堕地，其泣也呱呱。及其老死，家人环绕，其哭也号啕。然则哭泣也者，固人之所以成始成终也。其间人品之高下，以其哭泣之多寡为衡。盖哭泣者，灵性之现象也，有一分灵性，即有一分哭泣，而际遇之顺逆不与焉。

马与牛，终岁勤苦，食不过刍秣，与鞭策相始终，可谓辛苦矣，然不知哭泣，灵性缺也。猿猴之为物，跳掷于深林，厌饱乎梨栗，至逸乐也，而善啼。啼者，猿猴之哭泣也。故博物家云：猿猴，动物中性最近人者，以其有灵性也。古诗云："巴东三峡巫峡长，猿啼三声断人肠。"其感情为何如矣。

灵性生感情，感情生哭泣。计有两类①：一为有力类，一为无力类。痴儿騃②女，失果即③啼、遗簪则④泣，此为无力类之哭泣；城崩杞妇之哭，竹染湘妃之泪，此乃有力类之哭泣也。有力类之哭泣，又分两种：以哭泣为哭泣者，其力尚弱；不以哭泣为哭泣者，其力甚劲，其行亦弥远也。《离骚》为屈大夫之哭泣，《庄子》为蒙叟之哭泣，《史记》为太史公之哭泣，《草堂诗集》为杜工部之哭泣；李后主以词哭，八大山人以画哭；王实甫寄哭泣于《西厢记》，曹雪芹寄哭⑤于《红楼梦》。王之言曰："别恨离愁，满肺腑难陶泄。除纸笔代喉舌，我千种相思对谁说？"曹之言曰："满纸荒唐言，一把辛酸泪；都云作者痴，谁解其中意？"名其茶曰"千芳一窟"，名其酒曰"万艳同杯"者：千芳一哭，万艳同悲也！

吾人生今之时，有身世之感情，有国家之感情，有社会之感情，有种教之感情。其感情愈深者，其哭泣愈痛：此洪⑥都百炼生所以有《老残游记》之作也！棋局已残，吾人将老，欲不哭泣也安可得乎？吾知海内千芳，人间万艳，必有与吾同哭同悲者焉！

丙午之秋洪都百炼生作于海上得秋气斋 ［秋气斋］［醉石词人］⑦印

---

① 通行自序此处为"哭泣计有两类"。

② 通行自序为"呆女"。

③ 通行自序为"则啼"。

④ 通行自序为"亦泣"。

⑤ 通行自序为"哭泣"。

⑥ 通行版为"鸿都"。初集署名"洪都"，因二集开始自署"鸿都百炼生"，且外编残稿中有"在下姓百名炼生，鸿都人氏。这个'鸿都'，……是'临邛道士鸿都客，能以精神致魂魄'的那个'鸿都'"，故多统一改为"鸿都百炼生"。

⑦ 为与其他内容相区别，释文中印用"［ ］"表示，之后不再说明。

【编著者按】该手迹释文中个别字词与通行本自叙有小异，详见"释文"页下注。

《老残游记·自叙》于 1905 年 9 月 29 日首刊于《天津日日新闻》，此篇落款"丙午之年秋洪都百炼生作于海上得秋气斋"的手迹，是自书还是他人代笔，及出版方"新中华书局"（书影见下）如何得之等详情，尚存疑待考。另据网络书影，尚有民国四年上海文艺书局《精图老残游记》、民国五年百新公司《老残游记上编》等多个早期版本亦刊有相同的自叙手迹（书影亦见下）。

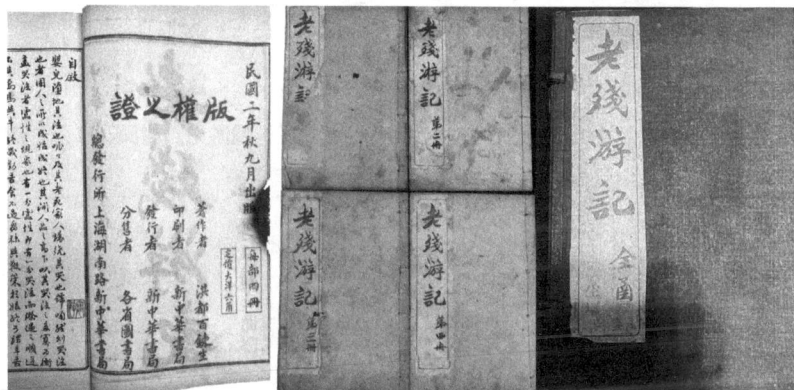

新中华书局 1913 年（民国二年）版《老残游记》自叙、一函四册及版权页书影

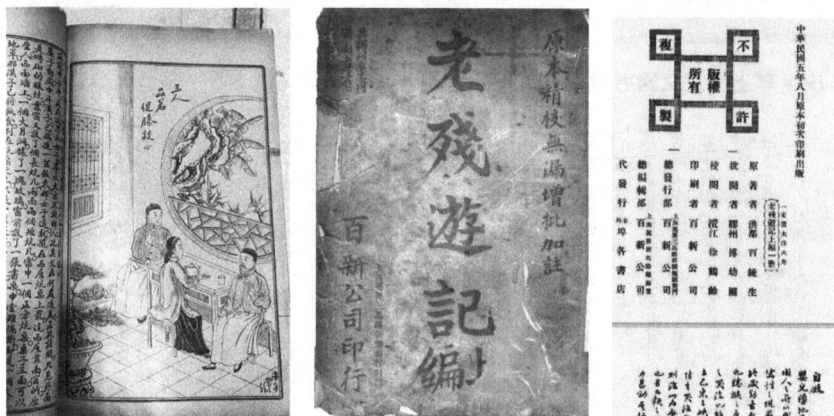

新中华书局 1913 年版内页书影　　百新公司 1916 年版《老残游记》封面、版权页及自叙书影

编著者近年收存了百新公司民国五年（1916）八月初印版的《老残游记·上编》书影，然在编排本书的过程中方注意到，刘德隆在《〈老残游记〉版本概说》中论述"仿续本"时曾写道："曾有人续写，但仍署名刘鹗者应称之为'伪续本'。笔者仅见一种，系上海百新公司出版，初版时间为'中华民

— 41 —

1923 年上海大文书局印发 1915 年上海文艺书室印行的《精图老残游记》封面、扉页、自叙书影

1928 年上海汉文渊书肆重印《大字全图/精图老残游记》封面、扉页及自叙书影

钱启猷：《读〈老残游记〉感言》手迹（1906）

国 5 年 8 月'。此书最少有廿九版或署'百新公司',或署'百新书店'。""此书上编系《老残游记》初集之原二十回,下编系伪作。"(《概说》全文见本书第三编第五篇)而胡适在长序中曾点名批驳钱启敔序文中的"推算兴亡"为妄言,又讥"伪作"的文笔"丑陋",剑指的印行者"民国八年上海有一家书店"应就是出版《老残游记下编》的"百新书店"。(胡适《老残游记·序》见本书第三编)也许因这些负面信息的影响,迄今未见论者详察这篇序文。但编著者发现,钱启敔在 1916 百新初版所载这篇《读〈老残游记〉感言》中还明确写道:"闻百新公司有新出之批注《老残游记》上下两编,余思是书上编行世有年,并无批注,其下编则未之见也。急往购阅,乃多不类前所见者,因怅然訾其错误。该公司执事徐君(徐鹤龄①)出而笑曰:君自误矣,仆又何常误哉!遂出上编旧书数本示余,曰某书为某坊出版,均有异同并非一致。又出上下编两草稿曰:此洪都百炼生之原稿,仆费数载经营物色,得之于其嗣君之手,劝令寿世者也。略一翻阅则见铅丹盈帙,议论闳深,与余旧藏之本彷佛似之。"如钱氏转述徐氏所言皆不虚,这应是在刘鹗家人之外,迄今所知描述亲见《老残游记》手稿的最早原始文献。

由此还可作出相关推测:这位向徐鹤龄出售刘鹗手稿的"嗣君",可能是刘鹗的二公子刘大黻②,《老残游记》"自叙手迹"落款中的"得秋气斋",是否可能是刘二公子书斋?甚至该手迹是否可能出自他的手笔?当然这些大胆假设还有待于日后的"小心求证";且徐氏如真的得到了"铅丹盈帙",为何之后没有选几页刊出并撰文公布于广大读者?其中缘由也应一并存疑待考。

刘大黻

①　该版《老残游记》版权页有"校阅者:澄江徐鹤龄"字样。另据 2020 年 7 月 3 日《文汇报》刊文《百年文化招牌福州路重启》:"100 多年前,福州路还叫四马路。……1912 年,在书局、出版社林立的福州路上,徐鹤龄先生创办了'百新书店'。"

②　刘大黻,字宸仲、彝仲,刘鹗的实际长子(大章为过继的长子;参见本书末"世系简表"),毛庆蕃四女婿。刘鹗流放途中和病逝之后,他都曾远行至兰州送迎,备及艰辛。但后来染上鸦片瘾,生计无着,曾将孙诒让《契文举例》写本以 5 元出售给蟫隐庐,恰好被王国维撞见而买下。相关论述参见编著者论文《罗振玉等人早期甲骨文研究学术史新探》第二章(论文摘要见本书附录)。

1903 年《绣像小说》连载《老残游记》纪念版图影

《绣像小说》第 9—15 期，节选《老残游记》前十回，原始版面呈现如下：

《绣像小说》第九期封面

《绣像小说》目录

《绣像小说》连载《老残游记》第一回

《绣像小说》连载《老残游记》第一回/卷一 一

爲這兩天困於酒食。覺得怪膩的慌。二人道。我們現在要往登州府去。訪蓬萊閣的勝
景。因此特來約你。車子已替你僱了。你趕緊收拾行李。就此動身罷。老殘行李本不甚
多。不過古書數卷。儀器幾件。收檢也極容易。頃刻之間。便上了車。無非風餐露宿。不久
便到了登州。就在蓬萊閣下。覓了兩間客房。大家住下。也就玩賞玩賞海市的虛情。蜃
樓的幻相。次日老殘。向文德二公說道。人人都說日出好看。我們今夜何妨不睡。看一
看日出何如。二人說道。老兄有此清興。弟等一定奉陪。秋天雖是晝夜停勻時候。究竟
日出日入。有蒙氣傳光。還覺得夜是短的。三人開了兩瓶酒。取出攜來的肴饌。一面喫
酒。一面談心。不知不覺。那東方已漸漸發了白了。其實離日出尚遠。這就是蒙氣傳光
的道理。三人又略談片刻。德慧生道。此刻也差不多是時候了。我們何妨先到閣子上
頭去等呢。文章伯說。耳邊風聲甚急。上頭窗子太敞。恐怕寒冷。比不得這屋子裏暖和。
須多穿兩件衣服上去。各人照樣辦了。又都帶了千里鏡。攜了毯子。由後面扶梯曲折
上去。到了閣子中間。靠窗一張桌子。旁邊坐下。朝東觀看。只見海中白浪如山。一望無
際。東北青烟數點。最近的是長山島。再遠便是大竹大黑等島了。那閣子旁邊。風聲呼
呼價響。彷彿閣子都要搖動似的。天上雲氣。一片一片價疊起。只見北邊有一片大雲。

老殘遊記　卷一　二　商務印書館印行

第九期

飛到中間。將原有的雲壓將下去。並將東邊的一片雲擠的越過越緊。越緊越不能相
讓。情狀甚爲譎詭。過了些時。也就混成一片了。慧生道。殘兄看此光景。今兒日出。是看
不着的了。老殘道。天風海水。能移我情。即是看不着日出。此行亦不爲辜負。章伯正在
用遠鏡凝視。說道。你們看東邊。有一絲黑影。隨波出沒。定是一隻輪船。由此經過。於是
大家皆拿出遠鏡。對着觀看。看了一刻。說道是的。你看有極細一絲黑線。在那天
水交界的地方。那不就是船身嗎。大家看了一回。那輪船也就過去看不見了。慧生還
拿遠鏡。左右觀視。正在凝神。忽然大叫。噯呀噯呀。你瞧那邊一隻帆船。在那洪波巨浪
之中。好不危險。兩人道。在什麼地方。慧生道。你望正東北瞧。那一片雪白浪花。不是長
山島嗎。在長山島的這邊。漸漸來得近了。兩人用遠鏡一看。都道。噯呀噯呀。實在危險
得極。幸而是向這邊來。不過二三十里。就可泊岸了。相隔不過一點鐘之久。那船來得
業已甚近。三人用遠鏡凝神細看。原來船身長有二十三四丈。原是隻很大的船。船主
坐在舵樓之上。樓下四人。專管轉舵的事。前後六枝桅桿。掛着六扇舊帆。又有兩枝新
桅。掛着一扇簇新的帆。一扇半新不舊的帆。算來這船。便有八枝桅了。船身喫載很重。
想那艙裏。一定裝的各項貨物。船面上坐的人口。男男女女。不計其數。卻無蓬窗等件

《绣像小说》连载《老残游记》第一回/卷一　二

遮蓋風日。同那天津到北京火車的三等客位一樣。面上有北風吹着。身上有浪花濺
着。又溼又寒。又飢又怕。看這船上的人。都有民不聊生的氣象。那八扇帆下。各有兩
人。專管繩腳的事。船頭及船幫上。又有許多的人。彷彿水手的打扮。這船雖有二十三
四丈長。却是破壞的地方不少。東邊有一塊。約有三丈長短。已經破壞。浪花直灌進去。
那旁仍在東邊。又有一塊。約長一丈。水波亦漸漸浸入。其餘的地方。無一處沒有傷痕。
那八箇管帆的。却是認眞的在那裏管。只是各人管各人的帆。彷彿在八隻船上似的。
彼此不相關照。那水手只管在那坐船的男男女女隊裏亂竄。不知所做何事。用遠鏡
仔細看去。方知道他在那裏搜他們男男女女所帶的乾糧。並剝那些人身上穿的衣
服。章伯看得親切。不禁狂叫道。這些該死的奴才。你看這船眼睜睜就要沈覆。他們不
知想法。敷衍着早點泊岸。反在那裏蹂躪好人。氣死我了。慧生道。章哥不用着急。此船
目下。相距不過七八里路。等他泊岸的時候。我們上去勸勸他們便是。正在說話之間。
忽見那船上。殺了幾箇人。拋下海去。捩過舵來。又向東邊去了。章伯氣的兩腳直跳。罵
道。好好的一船人。無窮性命。無緣無故。斷送在這幾箇駕駛的人手裏。豈不冤枉。好在
我們山腳下。有的是漁船。何不駕一隻去。將那幾箇駕駛的人打死。換上幾箇。豈不救

老殘遊記　卷一　三　商務印書館印行

第九期

了一船人的性命。何等功德。何等痛快。慧生道。這箇辦法。雖然痛快。究竟未免鹵莽。恐
有未妥。請教殘哥以爲何如。老殘笑向章伯道。章哥此計甚妙。只是不知你帶幾營人
去。章伯憤道。殘哥怎麼也這們糊塗。此時人家正在性命交關。不過一時救急。自然是
我們三箇人去。那裏有幾營人來給你帶去。老殘道。既然如此。他們船上駕駛的不下
頭二百人。我們三箇人。要去殺他。恐怕只會送死。不會成事。罷高明以爲何如。章伯一
想。理路却也不錯。便道。依你該怎麼樣。難道白白地看他們死嗎。老殘道。依我看來。駕
駛的人。並未曾錯。只因兩箇緣故。所以把這船就弄的狼狽不堪了。怎麼兩箇緣故呢。
一則他們是走太平洋的。只會過太平日子。若遇風平浪靜的時候。他駕駛的情狀亦
有操縱自如之妙。不意今日遇見這大的風浪。所以都毛了手腳。二則他們未曾預備
方鍼。平常晴天的時候。上有日月星辰可看。所以南北東西。尚還不大很錯。這就叫做
靠天喫飯。那知遇了這陰天。日月星辰。都被雲氣遮了。所以他們就沒了依傍。心裏不
是不想望好處去做。只是不知東南西北。所以越走越錯。爲今之計。依章兄的法子。駕
隻漁艇。追將上去。他的船重。我們的船輕。一定追得上的。到了之後。送他一箇羅盤。他
有了方向。便會走了。再將這有風浪與無風浪時駕駛不同之處。告知船主。他們依了

《绣像小说》连载《老残游记》第一回/卷一　三

老殘遊記卷一 四 商務印書館印行 〔第九期〕

我們的話登時不立刻就登彼岸了喝黑彼岸了我們就趕緊照樣辦去。然倒一船人實在可危的極。設着三人就下閣子，呌子呀時從人着守行李物件，下那三人卻俱是空身帶了一箇。船塢都是漁船停泊之處，選了一隻輕快漁船，掛起帆來，一直追向前去。幸喜本日括的是北風，所以向東向西都順。使帆快行，船掛起帆來，一直追向前去。那三人仍拿遠鏡，看着及至離大船十餘丈時，連聲喊呌，那船上人並無一言答應。就到那管船的人弄了船，就向他罵道：「我們都來救你命，你不但不感激，反將我們用力亂砍亂刴，直口喊罵，說我們的話好不好呢？」衆人一齊拍掌稱快。……血誓你們抱箇萬世安穩自由的基業。你們看好不好呢？衆人一齊拍掌稱快。章伯道……

《绣像小说》连载《老残游记》第一回/卷一 四

道麗見對二人說道：「不想那船上竟有這等的英雄豪傑，早知如此，我們可以不必來了。」慧生道且將我們的帆落幾業下來，不必追上那船，看他是如何的。老殘道：「依愚見看他這等人，恐怕不是辦事的人，富時三人便將帆葉落下小綹綹，再見那船上人，歇了許多錢，交給演說的人，看他如何動手，誰將帆葉落下。」着的地方行住了脚，便道你這些沒血性的人涼血種類的苦生還不覺害，那不懂事的少年，依着他們的，俱被那旁邊人殺的殺了，一箇一箇殺了，那知就有幾箇剛剛救住了脚，便去打掌舵的，也有去罵船主的……棄了海的拋下海了，依着他們的廢沒，全船人大叫大嚷的如何動手，誰將帆葉落下大船，那演說的人就有老年曉事的人，也高聲叫道……向章伯道原幸而俞俞各船法，慧生聽得此語，切不可亂動偷着遺樣做去……向伯道那人不說這裏錢別人流血的爲萬沒有這箇……那箇拿舵的嗎又呌道你，這些沒血性的人，去找了一塊衆人傷害不著的地方……給演說的人看他如何動手，誰將帆葉落下小綹綹，再見那船上人歇了許多錢……工用篙子鈎住大船，三人便跳將上去，走至舵樓底下，深深的唱了一箇喏，便將外國棄了海的少年……向伯道原來的一齊動手，一個一齊……船一齊，依着他們的廢沒，全體若是……切不可亂動，偷着遺樣做去……成持重的人，不久這船裏別人流血的更快了。說着三人便跳將上去，走至舵樓底下深深的唱了一箇喏，便將外國……

老殘遊記卷一 五 商務印書館印行 〔第九期〕

向盤及紀限儀等項取出呈上，舵工看見，到也和氣便問此物怎樣用法，有何徵處。正在議論那知那下等水手裏面忽然起了呼號，說道船主是天主教的漢奸。他們用的是外國向盤，一定是洋鬼子，差遣來的漢奸。他們……他們已經說到那下等水手裏面，所以幾句話再用了他的向盤……思倘與他們的船一陣嚷罵猶鬧不已，那人便喝起算收了那演說的英雄豪傑，必是洋鬼子的定錢。他要拿我們的演說之後及見那船上人，歇了許多錢……船主的叔叔說道你這人好沒道理，衆怒奕奕只是黎怒道三人上了小船忙用力亂砍亂刴之間，將那漁船打得粉碎，看着沈下海中去了……你想一隻小漁船怎禁得幾百箇人用力亂砍亂刴，早已將那三人斬做幾段，一齊拋下海去……白樂天云我是玉皇香案吏，謫居猶得似神仙……世間又無三人性命何等，那知三人用力亂砍亂刴……舉世皆睡眞正無下手處……搖串鈴先醒其睡，無論何等病症非先……便知本是仙史……

《绣像小说》连载《老残游记》第一回/卷一 五

老殘遊記卷一終

照更喚醒許多癡夢，不必替人枉送頭顱。
原來這裏衆人傷害不管自己飲錢叫人流血的爲近日造時世的爲日本的英雄寫一小……
找了一塊衆人傷害不著的地方立住了脚，我想不是上海便是日本……
駕駛的並未曾錯，二語心平氣和，以下兩箇病源也說得至富不易……
無治法具菩薩婆心，得異人口訣鈴，而曰串則盼望同志相助，心苦情切……

明湖湖边美人绝调

历山山下古帝遗踪

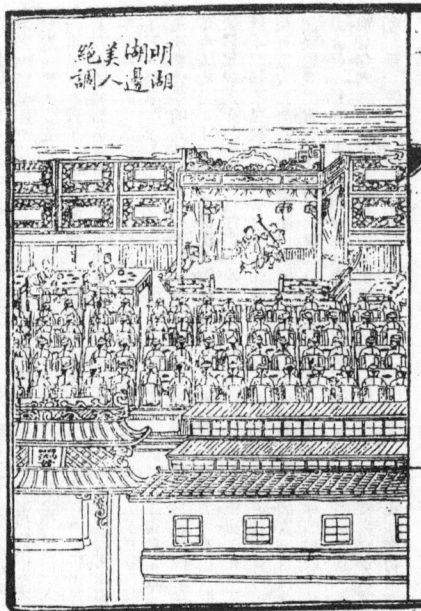

《绣像小说》连载《老残游记》第二回

老残游记卷之二

历山山下古帝遗踪　　明湖湖边美人绝调

洪都百炼生撰

《绣像小说》连载《老残游记》第二回/卷二　一

老残遊記　卷之二　二

正在凝神，只聽得耳邊有兩個挑擔子的說道：「明兒白妞說書，我們可以不必做生意，都來聽書罷。」一個說道：「前次白妞說書是你們的事，我們愛聽戲，不愛聽書。」那人道：「你不知道這說書的妙處。」老殘聽了，也不懂什麼白妞、黑妞，什麼說書的這一檔子事，心裏詫異。

回到店裏，茶房上來沏了一碗茶。老殘借此閒談，便問道：「你們此地說鼓書是個什麼調子？何以這許多人都去聽？」茶房說：「客人，你不知道。這說鼓書本是山東鄉下的土調，用一面鼓，兩片梨花簡，名叫梨花大鼓，演說些前人的故事，本也沒甚稀奇。自從王家出了這個白妞、黑妞姊妹兩個，這白妞名字叫做王小玉，此人是天生的怪物！他十二三歲時就學會了這說書的本事。他卻嫌這鄉下的調兒沒什麼出奇，他就常到戲園裏看戲，所有什麼西皮、二簧、梆子腔等，他一聽就會；什麼餘三勝、程長庚、張二奎等人的調子，他一聽也就會唱。仗著他那幾分姿色，他的喉嚨，要多高有多高，他的中氣，要多長有多長。他把那南方的崑腔、小曲種種的腔調，他都拿來裝在這大鼓書的調兒裏面。不過二三年工夫，創出這個調兒，竟至無論南北高下的人，聽了他唱，無不神魂顛倒。這不是說他的調兒好，就是長相兒也有些動人。明兒白妞說書，我們可以不必做生意，都來聽書罷，又好聽，又不花錢。你不信去聽一聽就知道了。只是要聽還要早去，他雖是一點鐘開唱，若到十點鐘去，便沒有坐位。」

《绣像小说》连载《老残游记》第二回/卷二　二

老残遊記　卷之二　三

便沒有坐位。若到十一點，連立足的地方都沒有了。」老殘聽了，也不甚相信。

次日六點鐘起，先到南門內看了舜井，又出南門到歷山脚下。此時已是九點鐘的光景，趕忙便到了明湖居。才不過十點鐘時候，這明湖居本是個大戲園子，戲臺前有一百多張桌子。那知進去看時，已經坐了十分之五六。只有中間七八張桌子還無人坐，桌子上都貼著一張紅紙條兒，寫著「撫院定」、「學院定」等類字樣。老殘看了半天，無處落脚，只好袖子裏送了看座兒的二百個錢，纔弄了一張短板凳，在人縫裏坐下。看那戲臺上，只擺了一張半桌，桌子上放了一面板鼓，鼓上放了兩個鐵片兒，心裏知道這就是所謂梨花簡了。旁邊放了一個三弦子，半桌後面放了兩張椅子，並無一個人在那臺上。看了這樣子，都知道是做生意的人，又有些像是本地讀書人的樣子。

園子裏面，頂著籃子賣燒餅油條的有一二十個，都是為那不吃飯來的人買了充飢的。看看人來得多了，也不到十二點鐘，前面幾張空桌俱已滿了。不斷還有人往裏面送茶的，往裏面送點心的，往裏面送手巾把子的，從那人縫裏擠來擠去，但覺布滿了的人，也就擠得渾身大汗。此時不斷的還有人來，那後面進來的人，也沒有坐處，看坐的人，又不得不安插他坐。真是擠得擁擠不堪，所以說的什麼話都聽不清楚，也不去聽他。

到了十二點半鐘，看那臺上，從後臺簾子裏面，出來一個男人，穿了一件藍布長衫，長長的臉兒，一臉疙瘩，彷彿風乾福橘皮似的，甚為醜陋。但覺那人氣味倒還沉靜，出得臺來，並無一語，就往半桌後面左手一張椅子上坐下，慢慢的將三弦子取來，隨便和了和弦，彈了一兩個小調，人也不甚留神去聽。後來彈了一枝大調，也不知道叫什麼牌子。只是到後來全用輪指，那抑揚頓挫，入耳動心，恍若有幾十根弦，幾百個指頭，在那裏彈似的。這時臺下叫好的聲音不絕於耳，卻也壓不下那弦子去。

停了數分鐘時，簾子裏面出來一個姑娘，約有十六七歲，長長鴨蛋臉兒，梳了一個抓髻，戴了一副銀耳環，穿了一件藍布外褂兒，一條藍布裙子，都是黑布鑲滾的。雖是粗布衣裳，倒十分潔淨。來到半桌後面右手椅子上坐下。那彈弦子的便取了弦子，錚錚鏦鏦彈起。這姑娘便立起身來，左手取了梨花簡，夾在指頭縫裏，便丁丁當當的敲，與那弦子聲音相應和；右手持了鼓捶子，凝神聽那弦子的節奏。忽羯鼓一聲，歌喉遽發，字字清脆，聲聲宛轉，如新鶯出谷，乳燕歸巢。每句七字，每段數十句，或緩或急，忽高忽低；其中轉腔換調之處，百變不窮，覺一切歌曲腔調俱出其下，以為觀止矣。

《绣像小说》连载《老残游记》第二回/卷二　三

旁坐有两人,其一人低声问那人道:此想必是白妞了罢?其一人道:不是。这人叫黑妞,是白妞的妹子,他的调门儿都是白妞教的,若比白妞,还不晓得差多远呢!他的好处,人说得出;白妞的好处,人说不出。他的好处,人学得到;白妞的好处,人学不到。你想,几年来好顽耍的谁不学他们的调儿呢!就是不学他们的调儿,他的好处,人也学不到的。正在热闹哄哄的时候,只见那后台里又出来了一位姑娘,年纪约十八九岁,装束与前一个毫无分别,瓜子脸儿,白净面皮,相貌不过中人以上之姿,只觉得秀而不媚,清而不寒,半低着头出来,立在半桌后面,把梨花简丁当了几声,煞是奇怪:只是两片顽铁,到他手里,便有了五音十二律似的。又将鼓捶子轻轻的点了两下,方抬起头来,向台下一盼。那双眼睛,如秋水,如寒星,如宝珠,如白水银里头养着两丸黑水银,左右一顾一看,连那坐在远远墙角子里的人,都觉得王小玉看见我了;那坐得近的,更不必说。就这一眼,满园子里便鸦雀无声,比皇帝出来还要静悄得多呢,连一根针跌在地下都听得见响!

王小玉便启朱唇,发皓齿,唱了几句书儿。声音初不甚大,只觉入耳有说不出来的妙境:五脏六腑里,像熨斗熨过,无一处不伏贴;三万六千个毛孔,像吃了人参果,无一个毛孔不畅快。唱了十数句之后,渐渐的越唱越高,忽然拔了一个尖儿,像一线钢丝抛入天际,不禁暗暗叫绝。那知他于那极高的地方,尚能回环转折;几啭之后,又高一层,接连有三四叠,节节高起。恍如由傲来峰西面攀登泰山的景象:初看傲来峰削壁千仞,以为上与天通;及至翻到傲来峰顶,才见扇子崖更在傲来峰上;及至翻到扇子崖,又见南天门更在扇子崖上:愈翻愈险,愈险愈奇。那王小玉唱到极高的三四叠后,陡然一落,又极力骋其千回百折的精神,如一条飞蛇在黄山三十六峰半中腰里盘旋穿插,顷刻之间,周匝数遍。从此以后,愈唱愈低,愈低愈细,那声音渐渐的就听不见了。满园子的人都屏气凝神,不敢少动。约有两三分钟时候,如一声霹雳,忽然霍然一声,人弦俱寂。这时台下叫好之声,轰然雷动。

老残游记 卷之二 第十期 商务印书馆印行 四

《绣像小说》连载《老残游记》第二回/卷二 四

停了一会,闹声稍定,只听那台上正座上,有一少年人,不到三十岁光景,是湖南口音,说道:当年读书时,见古人形容歌声的好处,有那"余音绕梁,三日不绝"的话,我总不懂。空中设想,余音怎样会绕梁呢?又怎会三日不绝呢?及至听了小玉先生说书,才知古人措辞之妙。每次听他说书之后,总有好几天耳朵里无非都是他的书,无论做什么事,总不入神,反觉得"三日不绝",这"三日"二字下得太死;还是孔子三月不知肉味,"三月"二字形容得透彻些!又复听说道:梦湘先生论得透彻极了!于我心有戚戚焉!说着,又将鼓捶子轻轻一点,满座人都侧着耳朵听。这一段又是怎样的好法,不知道那一段又是怎样的好法,且不言这回书的下回分解。黄山谷诗云:"济南潇洒似江南"。据他看来济南风景犹在江南之上。

作者云明湖景致似一幅赵千里画,作者例写得出吾恐赵千里还画不出。昔年曾游泰山,由泰安府出北门,上山过斗姥宫,览经石峪,历柏树洞,上一天门,看万松崖也;逶迤而上,甚为平坦,比到南天门十八盘方觉斗峻,不知作者几时曾从西面上去,经得如许险境,为登泰山者闻所未闻,却又无一字虚假,出人意表。

王小玉说书为声色绝调,百炼生著书为文章绝调。

老残游记卷之二终

老残游记 卷之二 第十期 商务印书馆印行 五

《绣像小说》连载《老残游记》第二回/卷二 五

《绣像小说》连载《老残游记》第三回

《绣像小说》连载《老残游记》第三回/卷三　一

搖擺擺。煞是好看。走着看着。見河岸南面。有幾箇大長方池子。許多婦女。坐在池邊石上搗衣。再過去有一箇大池。池南幾間草房。走到面前。知是一箇茶館。進了茶館。靠北窗坐下。就有一箇茶房。泡了一壺茶來。茶壺都是宜興壺的樣子。却是本地仿照燒的。老殘坐定。問茶房道。聽說你們這裏有箇黑虎泉。可知道在甚麼地方。那茶房笑道。先生。你伏到這窗臺上。朝外看。不就是黑虎泉嗎。老殘果然望外一看。原來就在自己脚底下。有一箇石頭雕的老虎頭。約有二尺餘長。到有尺五六的寬。從那老虎口中。噴出一股泉來。力量很大。從池子這邊直沖到池子那面。然後轉到兩邊。流入城河去了。坐了片刻。看那夕陽有漸漸下山的意思。遂付了茶錢。緩步進南門。回寓。到了次日。覺得游興已足。就拿了串鈴。到街上去混混。踅過撫臺衙門。望西一條胡同口上。有所中等房子。朝南的大門。門旁貼了高公館三箇字。只見那公館門口。貼了一箇瘦長臉的人。穿了件棕紫熟羅棉大襖。手裏捧了一支洋白銅二馬車水烟袋。面帶愁容。看見老殘。喚道。先生。先生。你會看喉嚨嗎。老殘答道。懂得一點半點兒的。那人便說。請裏面坐。進了大門。望西一拐。便是三間客廳。鋪設也還妥當。兩邊字畫。多半是時下名人的筆墨。只有中間。挂着一幅中堂。只畫了一箇人。彷彿列子御風的形狀。衣服冠帶均被風

老殘遊記　卷三　二　商務印書館印行

吹起。筆力甚爲遒勁。上題大風張風四字。也寫得極好。坐定。彼此問過名姓。原來這人。係江蘇人。號紹殷。充當撫院內文案差使。他說道。有箇小妾。害了喉蛾。已經五天。今日滴水不能進了。請先生診視。倘有救沒有。老殘道。須看了病。方好說話。當時高公。卽叫家人。到上房。關照一聲。說有先生來看病。隨後就同着進了二門。卽是三間上房。進得堂屋。有老媽子。打起西房的門簾。說聲請裏面坐。進去房門。貼西墻靠北。一張大床。床上懸着印花夏布帳子。床面前靠西。放了一張半桌。床前兩張杌凳。高公讓老殘。西面杌凳上坐下。帳子裏伸出一隻手來。老媽子拿了幾本書。墊在手下。診了一隻手。又換一隻。老殘道。兩手脈。沉數而弦。是火被寒氣逼住。不得出來。所以越過越重。請看一看喉嚨。高公便將帳子打起。看那婦人。約有二十歲光景。面上通紅。人却甚爲委頓的樣子。高公將他。輕輕扶起。對着窗戶的亮光。老殘低頭一看。兩邊腫的。已將要合縫了。顏色淡紅。看過。對高公道。這病本不甚重。原起只是一點火氣。被醫家用苦寒藥一逼。火不得發。兼之平常肝氣易動。抑鬱而成。目下只須喫兩劑辛涼發散藥就好了。又在自己藥囊內。取出一箇藥瓶。一支喉槍。替他吹了些藥上去。出到廳房。開了箇藥方。名叫加味甘桔湯。用的是生甘草、苦桔梗、牛蒡子、荊芥、防風、薄荷、辛夷、飛滑石、八味藥。鮮荷

第十期

《绣像小说》连载《老残游记》第三回/卷三　二

梗做的引子。方子開畢。送了過去。高公道。高明得極。不知喫幾帖。老殘道。今日喫兩帖。明日再來覆診。高公又問。藥金請教幾何。老殘道。鄙人行道。沒有一定的藥金。果然醫好了姨太太病。等我肚子餓時。賞碗飯喫。走不動時。給幾箇盤川。儘够的了。高公道。既如此說。病好一總酬謝。尊寓在何處。以便倘有變動。着人來請。老殘道。在布政司街。高陞店。說畢分手。從此天天來請。不過三四天。病勢漸退。已經同常人一樣。高公喜歡得無可如何。送了八兩銀子謝儀。還在北柱樓。擺了一席酒。邀請文案上同事作陪。也是箇揄揚的意思。誰知一箇傳十。十箇傳百。官幕兩途。拿轎子來接的。漸漸有日不暇給之勢。那日又在北柱樓喫飯。是箇候補道請的。席上右邊上首。一箇人說道。毓佐臣要補曹州府了。左邊下首。緊靠老殘的。一箇人道。他的班次很遠。怎樣會補缺呢。右邊人道。因爲他辦強盜。辦的好。不到一年。竟有路不拾遺的景象。宮保賞識非凡。前日有人對宮保說。曾走曹州府某鄉莊過。親眼見有箇藍布包袱棄在路旁。無人敢拾。某就問土人。這包袱是誰的。爲何沒人收起。土人道。昨兒夜裏。不知何人放在這裏的。某問。你們爲甚麼不拾了回去。都笑着搖搖頭道。俺還要一家子性命嗎。如此可見路不拾遺古人。竟不是欺人。今日也竟做得到的。宮保聽着很是喜歡。所以打算專摺明保他。左

老殘遊記　卷三　三　商務印書館印行

邊的人道。佐臣人是能幹的。只嫌太殘忍些。未到一年。站籠站死兩千多人。難道沒有寃枉嗎。旁邊一人道。寃枉一定是有的。自無庸議。但不知有幾成不寃枉的。右邊人道。大凡酷吏的政治。外面都是好看的。諸君記得當年常剝皮做兗州府的時候。何常不是這樣。總做的人人側目而視。就完了。又一人道。佐臣酷虐是誠然酷虐然曹州府的民情。也實在可恨。那年兄弟署曹州的時候。幾乎無一天無盜案。養了二百名小隊子。像那不捕鼠的貓一樣。毫無用處。及至各縣捕快捉來的強盜。不是老實鄉民。就是被強盜脅了去。看守騾馬的人。至於眞強盜。一百箇裏。也沒有幾箇。現在被這毓佐臣雷厲風行的。一辦。盜案竟自沒有了。相形之下。兄弟實在慚愧的很。左邊人道。依兄弟愚見。還是不多殺人的爲是。此人名震一時。恐將來果報也在不可思議之列。說完大家都道。酒也夠了。賜飯罷。飯後各散。過了一日。老殘下午無事。正在廟中閒坐。忽見門口一乘藍呢轎落下。進來一箇人。口中喊道。鐵先生在家嗎。老殘一看。原來就是高紹殷。趕忙迎出。說在家在家。請房裏坐。只是地方卑污。屈駕的很。紹殷一面道。說那裏的話。一面就往裏走。進得二門。是箇朝東的兩間廂房。房裏靠南一張磚炕。炕上鋪著被褥。北面一張方桌。兩張椅子。西面兩箇小小竹箱。桌上放了幾本書。一方小硯臺。幾枝筆。

第十期

《绣像小说》连载《老残游记》第三回/卷三　三

一箇印色盒子。老殘讓他上首坐了。他就隨手揭過書來。細細一看。驚訝道。這是部宋版。張君房刻本的莊子。從那裏得來的。此書世上久不見了。季滄葦黃丕烈諸人。俱未見過。要算希世之寶呢。老殘道。不過先人遺留下來的幾本破書。賣又不值錢。隨便帶在行篋。解解悶兒。當小說書看罷了。何足挂齒。再望下翻。是一本蘇東坡手寫的陶詩。就是毛子晉所仿刻的祖本。紹殷再三贊歎不絕。隨便問道。先生本是科第世家。爲甚不在功名上講求。却操此冷業。雖說富貴浮雲。未免太高尚了罷。老殘歎道。閣下以高尚二字許我。實過獎了。鄙人並非無志功名。一則性情過於疏放。不合時宜。二則俗說。攀得高。跌得重。不想攀高。是想跌輕些的意思。紹殷道。昨晚在裏頭喫便飯。宮保談起。幕府人才濟濟。凡有所聞的。無不羅致於此了。同坐姚雲翁便道。目下就有一箇人在此。宮保並未羅致。宮保急問是誰。姚雲翁就將閣下學問怎樣。品行怎樣。而又通達人情。熟諳世勢怎樣。說得宮保抓耳撓腮。十分歡喜。宮保就叫兄弟立刻寫箇內文案札子送來。那是兄弟答道。這樣恐不妥當。此人既非候補。又非投效。且還不知他有甚麼功名。札子不甚好下。宮保說。那們就下箇關書去請。兄弟說。若要請他看病。那是一請就到的。若要招致幕府。不知他願意不願意。須先問他一聲纔好。宮保說很好。你明天

老殘遊記　卷三　四　商務印書館印行

就去。探探口氣。你就同了他來見我一見。爲此兄弟今日特來與閣下商議。可否今日同到裏面見宮保一見。老殘道。那也沒有甚麼不可。只是見宮保須要冠帶。我却穿不慣。能便衣相見就好。紹殷道。自然便衣。稍停一刻。我們同去。你到我書房裏坐等宮保午後從裏邊下來。我們就在簽押房裏見了。說着又喊了一乘轎子。老殘穿着隨身衣服。同高紹殷進了撫署。原來這山東撫署。是明朝的齊王府。故許多地方。仍用舊名。進了三堂。就叫宮門口。旁邊就是高紹殷的書房。對面便是宮保的簽押房。方到紹殷書房坐下。不到半時。只見宮保已從裏面出來。身體甚是魁梧。相貌却還仁厚。高紹殷看見。立刻迎上前去。低低說了幾句。只聽張宮保連聲叫道。請過來。請過來。便有箇差官。跑來喊道。宮保請鐵老爺。老殘連忙走來。向張宮保對面一站。張云。久慕得很。用手一伸。腰一呵。說請裏面坐。差官早將軟簾打起。老殘進了房門。深深作了一箇揖。宮保讓在紅木炕上首坐下。紹殷對面相陪。另外搬了一張方杌凳。在兩人中間。宮保坐了。便問道。聽說補殘先生。學問經濟。都出衆的很。兄弟以不學之資。謬思叫我做這封疆大吏。別省不過盡心吏治就完了。本省更有這箇河工。實在難辦。所以兄弟沒有別的法子。但凡聞有奇才異能之士。都想請來。也是集思廣益的意思。倘有見到的所在。能指

第十期

《绣像小说》连载《老残游记》第三回/卷三　四

教一二。那就受賜得多了。老殘道。宮保的政聲。有口皆碑。那是沒有得說的了。只是河工一事。聽得外邊議論。皆是本賈讓三策。主不與河爭地的。宮保道。原是呢。你看河南的河面多寬。此地的河面多窄呢。老殘道。不是這們說。河面窄。容不下。只有伏汛幾十天。其餘的時候水力甚軟。沙所以易淤。要知賈讓只是文章做得好。他也沒有辦過河工。賈讓之後。不到一百年。就有箇王景出來了。他治河的法子。乃是從大禹一脈下來的。專主禹抑洪水的抑字。與賈讓之說正相反。背自他治過之後。一千多年沒河患。明朝潘季馴。本朝靳文襄。皆略仿其意。遂享盛名。宮保想必也是知道的。宮保道。王景是用何法子呢。老殘道。他是從播爲九河。同爲逆河。播同兩箇字上。悟出來的。後漢書上。也只有十里立一水門。令更相洄注。兩句話。至於其中曲折。亦非傾蓋之間。所能盡的。容慢慢的做箇說帖。呈覽便了。張宮保聽了。甚爲喜歡。向高紹殷道。你叫他們趕緊把那南書房三間。收拾出來。請鐵先生就搬到衙門裏來住罷。以便隨時領教。老殘道。宮保雅愛。甚爲感激。只是目下有箇親戚。在曹州府住。打算去探望一遭。並且風聞這毓守的政聲。也要去參考參考。究竟是箇何等樣人。等鄙人從曹州回來。再領宮保的教罷。宮保神色甚爲快快。說完。老殘卽告辭。同紹殷出了衙門。各自回去。未知老殘究竟

老殘遊記　卷三　五　商務印書館印行

是到曹州與否。且聽下回分解。

第二卷前半。可當大明湖記讀。此卷前半。可當濟南名泉記讀。

北柱樓一席話。各人俱有不滿毓賢之意。只以路不拾遺四字美名。無人敢直發其奸。亦由省城距曹州較遠。未能得其確耗。

濟南撫署相傳爲齊王府。署中有東朝房西朝房。宮門口。東宮西宮。五鳳樓。五朝門等名目。至今仍舊。

張勤果公延攬海內名士。有見善若不及之勢。

第十期

老殘遊記卷三終

《绣像小说》连载《老残游记》第三回/卷三　五

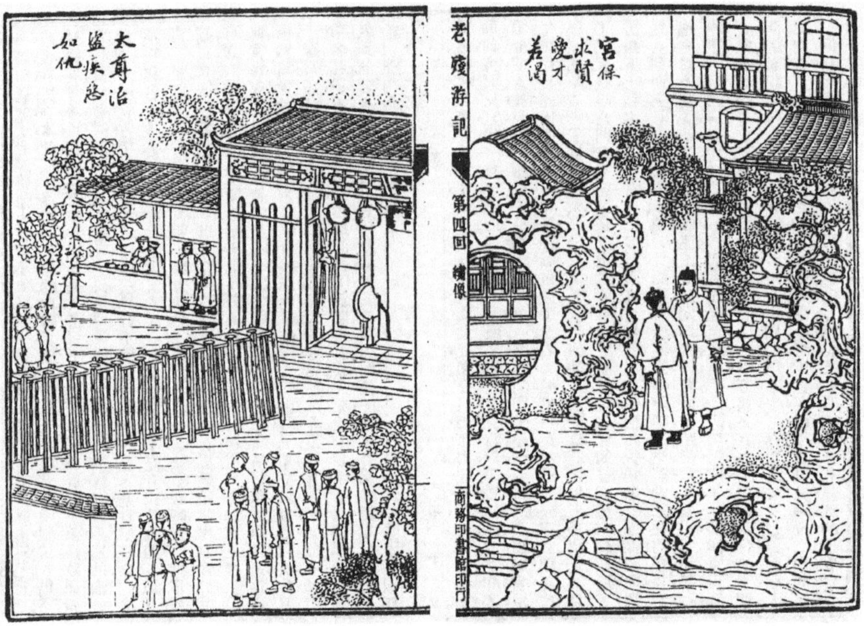

《绣像小说》连载《老残游记》第四回

老殘遊記卷之四

宮保求賢愛才若渴　太尊治盜疾惡如仇

洪都百鍊生撰

話說老殘從撫署出來。卽將轎子辭去。步行在街上遊玩了一會兒。又在古玩店裏盤桓些時。傍晚回到店裏。店裏掌櫃的。連忙跑進屋來。說聲恭喜。老殘茫然不知道是何事。掌櫃的道。我適纔聽說院上高大老爺。親自來請你老。說是撫臺要想見你老。因此一路進衙門的。你老眞好造化。上房一箇李老爺一箇張老爺都拿着京城裏的信去見撫臺三次五次的見不着。偶然見着回把。這就要鬧脾氣。罵人動不動就要拿片子送人到縣裏去打。像你老這樣撫臺央出文案老爺來請進去談談。這面子有多大。那怕不是立刻就有差使的嗎。怎麼樣不給你老道喜呢。老殘道。沒有的事。你聽他們胡說呢。高大老爺是我替他家醫治好了病。我說撫臺衙門裏有箇珍珠泉。可能引我們去見識見識。所以昨日高大老爺偶然得空。來約我看泉水的。那裏有撫臺來請我的話。掌櫃的道。我知道的。你老別騙我。先前高大老爺在這裏說話的時候我聽他管家說。撫臺進去喫飯。走從高大老爺房門口過。還嚷說。你趕緊喫過飯。就去約那箇鐵公

老殘遊記　卷之四　一　商務印書館印行

來。哪去遲恐怕他出門今兒就見不着了。老殘笑道。你別信他們胡謅。沒有的事。掌櫃的道。你老放心。我不問你借錢。只聽外邊大嚷。掌櫃的在那兒呢。掌櫃的慌忙跑出去。只見一箇人戴了亮藍頂子。拖着花翎。穿了一雙抓地虎靴子。紫呢夾袍。天青哈喇馬褂。一手提着燈籠。一手拿了箇雙紅名帖。嘴裏喊掌櫃的呢。掌櫃的說在這兒。在這兒。你老啥事。那人道。你這兒有位鐵爺嗎。掌櫃的道。不錯不錯。在這東廂房裏住着呢。我引你去。兩人走進來。掌櫃指着老殘道。這就是鐵爺。那人趕了一步。進前請了一箇安。舉起手中帖子。口中說道。宮保說請鐵老爺的安。今晚因學臺請喫飯。沒有能留鐵老爺在衙門裏喫飯。所以叫厨房裏趕緊辦了一桌酒席。叫立刻送過來。宮保說不中喫。請鐵老爺格外包涵些。那人回頭道。把酒席抬上來。那後邊的兩箇人。抬着一箇三屜的長方抬盒。揭了蓋子。頭屜是碟子小碗。第二屜是燕窩魚翅等類大碗。第三屜是一箇燒小猪。一隻鴨子。還有兩盤點心。打開看過。那人就叫掌櫃的呢。這時掌櫃同茶房等人。站在旁邊久已看獃了。聽叫。忙應道。啥事。那人道。你招呼着送到厨房裏去。老殘忙道。宮保這樣費心。是不敢當的。一面讓那人房裏去坐坐喫茶。那人再三不肯。老殘固讓。那人纔進房。在下首一箇杌子上坐下。讓他上炕。死也不肯。老殘拿茶壺替他倒

第十一期

《绣像小说》连载《老残游记》第四回/卷四　一

老殘遊記 卷之四 二

客，就將這本店的住客都請到上房明間裏去。老殘同知今年春初黃河未併大清河的時候，凡城裏有得過愛的科總要越過巡撫這本想再盤桓幾天，無奈這光景恐兩人又力勸了一回各自回房安歇。老殘心裏想道南府西門北行十八里有箇鎮市名叫雒口當中事情都一一奉承一句一席酒，一席完一席酒，一席完知遣張李二公又親自陪房以捐過同知今年春初黃河未併得過愛的科總要越過巡撫七十二泉泉水皆從此地入河本是箇極繁盛的所在自從黃河來了雖仍有貨船來往

一面茶房來給了挑盒子的四百錢一面寫了個領謝帖子遞那人出去箇安把金子來抵還你不信試試的話就靈不靈老殘笑道大明湖來過幾次的遊你去請客罷我很不願意喫他怪煩二人講了些時仍是老殘

固説老殘仍舊寫帖子諸位位體面客商你看老殘豈是箇貪錢得了銀子不買罷却是老殘的話有人送幾箇買你就賣你就可有人送你無奈這幾回送的都不必要你開發你不抵還你不信試試的話就靈不靈

了碗那人連忙立起請了箇安老殘明後天進去住不管到底是武巡捕差管到武巡捕呼喚一聲就過去伺候道你老還要買我這二年再也不出山西一位掌櫃的迎著老殘大老爺是今晚還是明日要走
商務印書館印行

《绣像小说》连载《老残游记》第四回/卷四 二

老殘遊記 卷之四 三

當中箇關帝廟下了馬吩咐手下的馬隊派了八箇人東南西北一面兩邊馬把住想觀這官不必到那時候也不必到這下手的追遠遠遠追了一直的追去不不氣走去一定在這村上了當時勒加追趕捕役也不到當時看着兩三聲槍火把就滅了城遠遠看見強盜的火把追了火把走街上城裏大人罵道你這些

家過的日子很爲安逸不料前事臨頭去年秋間被強盜搶了一次其實也不過去些衣服首飾所值不過百把吊經隣村被強盜打兩箇從前他不知因甚麼計消布衣服那強盜竟在府縣直着也没有放火不過幾天也没有了箇自然鬧起馬隊走街上前兩家却都自然鬧天也有你一家子搶過東昇詳細囑咐當時放馬追着兩三聲槍火把就滅了火把城遠遠看見強盜的火把

往究竟不過十分之一二差得遠了老殘到了雒口雇了一隻小船講明逆流送到曹州府屬董家口下船先付了兩吊船家買點柴火却好本日是東南風掛帆向北開了走到太陽將要落山仍到了齊河縣城裏鋪住了。第二日住了不險第三日到了董家口仍住在船家這家店就叫蕭二家店掌櫃的本是曹州府到六十多歲的人名叫王三老殘住在店內該是手太辣。蕭二老殘道這董家因有辦案的很究竟這情形那莊上有二百多戶人家那莊財主家的就叫董朝着他的牌氣做了強盜的兵器了老殘道賄着他的牌氣做了強盜的兵器了老殘道話怎講繞繞起行以便繞訪這董強盜案的名叫王三老殘住在店內該雁車緩緩起行以便繞訪這董南角上有兩箇兒子一箇女兒二子都娶了媳婦養了兩箇孫子女兒也出了門這家人

《绣像小说》连载《老残游记》第四回/卷四 三

— 55 —

《绣像小说》连载《老残游记》第四回/卷四　四

《绣像小说》连载《老残游记》第四回/卷四　五

缺逢意無人鄉

烈婦有心殉節

老殘游記　第五回　補像　商務印書館印行

《绣像小说》连载《老残游记》第五回

老残游記卷五

烈婦有心殉節
鄉人無意逢殃

洪都百鍊生撰

話說老董說到此處，老殘問道：那不就把這遣人家爺兒三箇站死了嗎？老董道：可不是呢，那吳舉人的時候，他女兒也跟著到衙門口借了延生堂生藥鋪裏坐著，打聽消息。老殘不見他父親已到曹州府請來師爺去了，吳氏便知事情不好，立刻叫三班頭役請來，那頭兒姓陳名仁美，是曹州府第一個能幹的，一面央從中設法，陳仁美聽了，把頭連搖搖道，這是強盜報仇做的圈套，你們家有上夜的又有保家的，怎麽就誤强盜把贓物送到家中屋子裏還不知道，也算得箇糊塗極了，怕你們田地房產賣盡咱一家子要了飯去都使不得，無論花多少力量我趕快替你少奶奶打點去我罷恐怕要到了大人已是坐在堂上等着呢我趕快替少奶奶打點去...

《绣像小说》连载《老残游记》第五回

房把金鐲子望堂中桌上一擺開口道諸位兄弟叔的們今兒于家查案明是寃枉諸位有甚麼法子大家賞臉想怎麼救他們三人性命一則大家心裏可泊灑幾銀子誰能出這付道機行事做到妙就是的性命賞妙就是那裏說如能救他性命咱當日龍沒有空子呢今日龍沒有空子呀可到三人拉去了就走道初頭已點下去只有十二箇兒是三天到大人示下到那裏示下點兒我見他兒叔相請道那有甚麼事工就是家查案明那裏有一准公案面前竟站起來就有幾箇影形人先出方便燈相機行事做到妙就是那裏說如能救他們三人性命一則人一要件二三四五兒是五...

站大人一查案今日三人兒是兩方便燈相機行事做到妙就是的話今日最恨的他是把大前天站的那些東西把大前天示著四人祭子說道還有點游氣復行坐上堂去說每一箇...

《绣像小说》连载《老残游记》第五回／卷五页　一

— 57 —

《绣像小说》连载《老残游记》第五回/卷五页　二

《绣像小说》连载《老残游记》第五回/卷五页　三

老殘遊記　卷之五

四

商務印書館印行

恐怕總是寃枉得很罷那人道不寃枉不寃枉老殘道既隨便見着甚麼人只要不順他的他就把他站起站死或者說話說的不得法到他那裏也是一箇死漸漸紅聽了那步田的話說沒有法子就到他那裏一看却是一箇一箇的墜下那找尋物件的婦人朝着一看却見那珠子掩了他的眼睛跑在後面再望下問那步田那步田已經過去有一刻看了兩三晝見光景必有一箇貧居的苦纔見那珠子到那人家店門口就把那兒子到這家店裏去緣故老董這人姓王只有夫妻兩箇三十歲上成家的女人小他十歲也成家的只生了一箇兒子今年已經二十一歲了看他本莊有集的時候這家只見老董問他忙些完過去看那人家店門口就把他抓着衙門大人坐堂天黑了一句說你這東西

老殘遊記　卷之五　四　商務印書館印行

諸言總還了得貼起貼籠不到兩天就貼死了你這王姓的妻子呢他也四十歲外有此子另外更無別人就是這地熬是怪我年我若利老殘實正死有餘辜的人怎樣省城裏聲好好的那步田他樣我年我若利老殘小點瑟子你老在此地隨便說地熬是怪我年我若利說了老殘小點瑟子要索性命的老殘道承照我留也是是當日喫過晚飯安歇第二天到了老董上車動身到晚上看了只有三家車店兩家已經住小些離曹州府城只有四十五里遠近老殘推進城去找不着人半天纔有一箇人滿只有一家未有人住大門却是掩着老殘推進城在街上看了只有三家車店兩家已經住他再三商讓那人纔沒精打采的開了一間房門嘴裏還說這店水飯車來說我家這兩天不住客人間他必欲往別家已無隙地不得已同口南邊有箇飯館可以去的老殘連壁收不了店裏沒有一箇人牛天纔有一箇人得的那人說我閒在大門旁邊南屋裏有老有事來招呼我說老殘喫了收了心裏着實放心不下晚間喫完了飯回到店裏買了幾塊茶乾四五包長生菜又沽了兩

《绣像小说》连载《老残游记》第五回/卷五页　四

老殘遊記　卷之五

五

商務印書館印行

瓶酒連那沙瓶捲了回來那箇店夥已把燈掌上老殘對店夥你們了大門可以來吃一杯罷店夥欣然應諾跑去把大門一直進來借用罷俺是不敢當的老殘拉他坐下倒了一杯先到他初起那步田的支吾牙連說你方纔進寶酒杯下去了我這話怎講難道了初起說你們店裏到晚成了賣酒喫得門店夥道使勁把這箇城裏賺錢的進城又是他妹夫老殘便問你老方纔說那步田天背了四五白布進城在廟門口擺的地上賣些要子竟把這箇城裏賺了幾幾進城就是他妹夫也是箇極老實的因為賣進寶旁邊一箇人見人多賣些要子的自然就給他撕了誰知府縣沒有不要撕過那步田一撕八尺五寸這箇城裏大人罵那步田拿馬出過一活閻王爺錢有一箇也不知說了兩句那步田就說這箇晨賣去兩匹後來又賣去了五尺末後又來一撕城裏常常有這人連布帶到衙門大人就坐堂叫把布呈上去看了一看自然拍案慧堂

老殘遊記　卷之五　五　商務印書館印行

尤其可憐

陳仁美成吳少奶奶節烈獝有人心賢遠矣

就賢對稿案所發議論罪不容誅哀哀我民何遭此不幸站籠裏多添箇屈死鬼

是你搶的嗎你還想狡強嗎也聽下分解

報上說你這布一箇是二丈五尺一箇是一丈尺一箇是八尺五寸大人說你既是零賣兩箇是一樣的布為甚麼這箇上講這麼多那箇上講這麼少你若說不出來叫差人替你量一量當時就過尺來用大刀在我肩膀上砍了一刀搶去大錢一吊四百四十五文了十七早上金四報昨日太陽落山時候在西門外十五里地方被刮去一箇人從樹林子裏出來用大刀在我肩膀上砍了一刀搶去大錢一吊四百四十五文報上這布一箇長二丈一尺五寸你先問道你遣布那裏買來的他說我這是零買來的又問每箇有多少尺寸他說一箇是二丈五尺一箇是一丈尺問道你遣布那裏買來的他說我這是零買來的又問每箇有多少尺寸他說一箇是零買過八尺五寸大人說你既是零買兩箇是一樣的布為甚麼這箇上講這麼多那箇上講這麼少

《绣像小说》连载《老残游记》第五回/卷五页　五

萬家流血頂染猩紅

老残遊記　第六回補傳
商務印書館印行

狐生曰序
辯心狐

《绣像小说》连载《老残游记》第六回

老残遊記卷六

洪都百鍊生撰

萬家流血頂染猩紅　一席談心辯生狐白

話說店夥說到將他妹夫扯去站籠一事，我已明白了。都是捕快做的圈套，你們掌櫃收尸去的，但是他一箇老爹，沒有婆婆。他爸爸做些小生意，住了三間草房。站著磕見了府裏馬隊上什麼花肱膊王三，把他閨女帶了一頓，就把大門上鎖，巴越的就把他弄了。過了些時活該有事，被他爸爸回來，一頭碰見了這箇強盜川站籠。強盜王三不但仙閨女算了王三的媳婦，就編了法子把他爸爸弄死，後來不知怎麼道了，都是為他嘴快悲下來的亂子。我也是聽人家說的，府裏南門大街西邊小胡同裏還有一家子，只有父子兩箇。他爸爸四十來歲，他女兒十七八歲，長的有十分人材。

他家知道這件事情，有一天在飯店裏多喫了兩鍾酒，就發起瘋來，同這北街上張二禿子一面喫酒，一面說說怎麼樣箇緣故。這些人原來是箇不知利害的人，聽得高興儘往下問。這時候張二禿子知道勢頭不好，使着他一面說話得烟起有數箇月的工夫，那張四十五逃往河南歸德府去，毀了張二禿子得了他們一面獨自一人面貌記得爛熟天倫若進城千萬說他們這話小心偷若不用甲軍子店夥送出單三回叮囑進了城去不過朋友去了也完了各自睡罷明天偷兒若飛到晤兒的於是站起來上燈來添上些熱茶三分驚險大意

點心箇飛到烟緣線香把燈撥給我去拿油壺來搬上車子來一面車夫將車子推勤向南大路進發不次日早晨老残收檢行李叫車夫來多話要緊要緊老残笑着答道多謝關照一面

老残遊記　卷之六　二

商務印書館印行

《绣像小说》连载《老残游记》第六回/卷六　二

老残遊記　卷之六　三

商務印書館印行

《绣像小说》连载《老残游记》第六回/卷六　三

《绣像小说》连载《老残游记》第六回/卷六　四

《绣像小说》连载《老残游记》第六回/卷六　五

納楹閒訪問百城書

老殘遊記　第七回　繡像

借箸代籌一縣策

《绣像小说》连载《老残游记》第七回

借箸代籌一縣策　　　　　老殘遊記卷七

納楹閒訪問百城書

洪都百鍊生撰

話說老殘與申東造議論餘賢正為有才應於做官所以喪天害理至如此彼此歎息一回東造就是我昨日說有要事與先生密商這是為先生密商起見也他說實在不敢當實先生閣下你他倒做得最多所以諛其隱阻親難備嘗之衆民之衆之多其有良策其何以教我老殘道五十名小隊所費誠然太多以此缺論則易安至受閣下既不肯做官亦何必依他做官呢則須請教宗旨何如若求其在上官面上討好做得知縣

苦未免免形稍大縣境稍寬署暴分太苦非前任養小隊五十名盜仍是疊出加以蔭空官款因此掛誤去官弟思如賠累倒不可得算是為何事呢老殘道

民除害亦由化盜賊亦非不能造道閣下不依此造閣下東造道自然可以東造道若江南地方靜倘可設法彌補若俱不加以蔭空子孫喫他借害尤苦比若止此一縣若干則苦太苦前任養小隊五十名

烈蠹蠹亦壁有色則只在他閣下之造若官階稍大轄境稍寬盜案仍是疊出加以

《绣像小说》连载《老残游记》第七回/卷七　一

籌款若干便不致賠累呢東造道一年籌一千二百金卻不用管如何辦法可以包你查一萬盜案何如東造道我無庸去只是敷衍下箇行此法則的人惟此人千萬不可慢若不去遭閣下懷西南桃花山裏面其人少時十四五歲在嵩山少林寺學拳棒學了近十年在四川峨眉山上遇見一箇

就百拜的感激了老殘道我正為鷹一箇盜即號劉仁甫即是此地陰縣人家在陰縣西南桃花山裏面其人少時慢此人彼必立刻便去此後續此人姓劉號仁甫即是此地陰縣人家在

去這法則誰能行呢他倒閣下以何如奇致勝處他奔走江湖將近十年在四川峨眉山五年見沒有一箇太祖神拳因教這和尚拳法卻不從少林學來的那少林寺拳法卻不是達摩傳下來的那少林寺拳學習了這拳法

有虛名無甚出奇致勝處他拜他為師學了一套太祖神拳一套少林神拳因教這和尚拳法卻不從少林學來的那少林學是達摩傳下來的那少林寺拳法卻不是達摩傳下來的那少林寺拳學習了這拳法

陰縣名無甚出奇致勝處他拜他為師學了一套太祖神拳一套少林神拳因教這和尚拳法卻不從少林學來的那少林寺拳法卻不是達摩傳下來的那少林寺拳學習了這拳法

拳可以結壯精神可以悠久若當朝山訪道的時候單身走路或遇虎豹或遇強人和尚和俗人們練習了這拳法

拳現在色拳法師父從那箇和尚學的呢那和尚道這是達摩老祖傳下來的那少林學就是達摩傳下來的那少林寺拳法卻不是達摩傳下來的那少林寺拳學習了這拳法

來說是紳光像下來的拳法來的那所學者太祖拳就是達摩傳下來的那少林學就是達摩傳下來的那少林寺拳法

老残遊記　卷之七　二

商務印書館印行

《绣像小说》连载《老残游记》第七回/卷七　二

老残遊記　卷之七　三

商務印書館印行

《绣像小说》连载《老残游记》第七回/卷七　三

有了七八寸深，走不過去了，只有這上房到大門口的一條路，常有人來往，所以才不住的掃，那裏看不出路影，同別處一樣的高。東造叫人趕忙鑵取火點起來，想寫信。家裏筆墨雖萬分不適，調度只好睡了。次日雪雖止，寒氣卻更甚。

於前起來，喊店家稱了五斤木炭，升於前房裏。推開門來，燈已滅了，上房送下一箇燭臺，兩支紅燭油點止此，寒氣卻更甚了。到了一箇大火盆叫叫了，不到四五箇。

條來讓老殘回房，推開門來，燈已滅了，上房送下一箇燭臺，兩支紅燭油點止此，寒氣卻更甚了。到了住在西邊店裏，洗完臉就過來，又清談了片時，只見家人來報，一箇同師爺門來，一箇送於枕頭邊，就送往。

一面將姚雲岫的信詳細封好，又將一總送於劉仁甫的信亦寫好。又將一封送往驛站。劉仁甫的信封之間，房屋氣暖陽回，昨日未曾寫完的信詳細封好，又將一總送於劉仁甫，一函送往師爺門來。

住在西邊店裏，洗完臉就過來，又清談了片時，只見家人來報，一箇同師爺門來，一函送往驛站。一面致姚雲岫的一函，加箇馬封送往驛站。

於是弟號子平，回過臉來說，這是鐵補殘先生進堂屋，先蒙平兄走近一步作了箇揖。那時又想到住的人儼未留鬚，這是鐵補殘先生進堂屋，先蒙平兄走近一步作了箇揖。

進一面將姚雲岫的信詳細封好，又將致劉仁甫的信亦寫好。一面致姚雲岫的一函，加箇馬封送往驛站。

寫完的信詳細封好，又將致劉仁甫的信封之間，房屋氣暖陽回，的很東造便問東造，飯子沒有子說穢到洗了臉就過來的喫飯。

老殘遊記　卷之七　四

《绣像小说》连载《老残游记》第七回/卷七　四

內找了一家乾淨車店住下，富晚安置停妥，次日早飯後，便往街上要寬書店，尋了許久，始覓着一間間小小書店，三門面半邊寶紙張筆墨半邊賣舊書籍，那些什麼書籍都是當行地方俗語所不能道也。

臺外坐了一間間小小書店，三門面半邊寶紙張筆墨半邊賣舊書籍，所管十數種地方行銷的書籍，都是最著名的，只見有那八銘塾課之類。

所管十數種地方行銷的書，是向小號去販的，到外縣無不暢銷的。書省是那八銘塾課之類。

三百首，還有那要高古的，即有些古文釋義，唐詩三百首，還有八銘塾課，這些書都是講正經學問的。

的還有那要高古的，即有八銘塾課，這些書都是講正經學問的。這裏幾種都是向小號去販的。

雕板不用到外縣去販賣，你這裏笑道，我們小號上白紙黑字都是全備的，只管去就是，到外縣無不暢銷的。

雕板不用到外縣去販賣，只管去就是。這裏老殘笑道，我們小號上白紙黑字都是全備的。

書省是那八銘塾課之類，到外縣去販賣。老殘問道你這裏有那八銘塾課之類的書，都是最著名的。

到外縣去販賣，你這裏有若干種。老殘問掌櫃的道，你這裏賣書的方向，是全省裏都要的。

娶娶娶娶，黃河以北城池那都是大地方的，這裏都要。你這掌櫃的道，這些書，都是全省裏都要的。

的還有那要高古的，即有八銘塾課，這些書都是講正經學問的。

娶娶黃河以北，淮河以北城池那都是大地方的，有要那。你這掌櫃的道，別處州縣要，一面做些理學精義和二三集再往別處州縣要。

的還有那要高古的，即有些古文釋義，唐詩三百首，還有八銘塾課。這些書都是講正經學問的。

三百千，我到沒有見過這一部呢，你看老殘很不能道，別的城池要，一總賣到三百千的也算是米元板的，就賣了三百千也不為。

不知道怎麼銷道，正經書怎麼樣銷，老殘道，這一部書五經百把，這一部書一年要銷上萬，本呢，老殘道貫庭行銷道三百千，我到沒有見過這一部呢。

雕道四書五經沒有那麼多呢，他說過，一年也不過銷，其實銷到三百千文那三字經百把，這一部書一年要銷上萬本呢，老殘道貫庭行銷道三百千。

老殘道這些書，還有若干種。老殘道是書叫什麼人買，他也說他們富庶的呢，這掌櫃的道，這些書，都是全省裏都要的。

剝了一箇大書叫俺偶餘都是米元板的，就做信到省城裏的朋友，你就去問他們少爺也是這樣子，呢掌櫃的道，這些書，都是講正經學問的。

早已去世他們少爺也怕，偶們這裏賣百把呢坐，只怕有好幾百箇的百千，呢掌櫃的道，你就去問他們少爺也。

大板箱裝着只怕有好幾百箇的坐，我問過他你們這裏難，偶們這裏賣百把呢坐，只怕有好幾百箇的百千。

我們聽過罷罷罷咧，我也沒有看見過，老殘就問他有近房楊三，難道就那們收些什麼寶貝，不怕蛀蟲咬。

嗎掌櫃的歡到此處只見外面走進一箇人來，拉了老殘說趕緊回去罷曹州府裏。

老殘遊記　卷之七　五

《绣像小说》连载《老残游记》第七回/卷七　五

《绣像小说》连载《老残游记》第七回/卷七　六

《绣像小说》连载《老残游记》第八回

老残游记卷八

桃花山月下遇虎
柏树峪雪中访贤

洪都百炼生撰

話說老殘聽見店小二來告說曹州府有差人來尋心中甚為詫異難道竟拿我當強盜緝待嗎及至步回店去仍提着盞燈向椅子上一看原來是中東造店夥雙手呈上口一封信來雙手捧上口一個包袱並無行色不符但因在估衣鋪內選了一身皮袍子馬褂專差送來知信家將取出一封信來一看說你是那差人說你是府裏的差人並寫了一回說是申州府城武縣裏的壯班老爺能笑了一笑就向那差人說你是府的差人麼是說你是漏下方縣知道揚家書碓係關鎖在大箱子內不但外人見不着就是他族中人亦不能得見問問一回…

（商務印書館印行）

（下接正文）

大約還有六七里地呢路又難走車子又走不快怎麼好呢車夫道那也沒有法子好在今兒是箇十三日月亮出得早不管怎麼總要趕上集上去大約這荒僻山徑不會有強盜雖走晚些也不怕他子平道強盜雖沒有偷或者有李狼不可不防他拿就拿去也不要緊實在可怕的是豺狼虎豹天晚了偷着出來傷人只是狼多些聽見他們都拿棍

子下來奉了這依着你的原是本山的一支小瀑布流歸谿河的暴布冬夏難說有別處流來一條山溝尚有一丈多寬約有二丈多寬當住一邊是陡山每條一尺二寸寬兩柱又不緊相黏露當中還峰又有一屑冰滑溜滑溜的子平道可嚇煞我了這橋怎麼過法一

他車說這山裏頭也不怕他不多有神他管不着從不傷人只是狠多些聽見他們都拿棍棍子在手裏也不怕他車夫道原是本山的一支小瀑布流歸谿河的到了下來轉過大彎裏有人架了一條石柱只一塊石頭下瞧罷只一順走來走差了路走到死路上了不禁起慌怀了

滑鷗就是死我真沒有道箇膽子走車夫大家看了說不要緊我有法子好在我們穿的都是蒲草毛窩那下狠把滑的走過去了蒲毛窩不怕他一蹶試逾跳跳竄的過去那麼還饒好走却沒法推我們四箇人抬作兩舖抬過去我却走不那車子又怎麼過了他車夫道你老就不用管子平立刻又走

我也不是不敢告訴你就是不用管他那子平道別的我就不告訴你先把子平車子抬過去的夫道我們先把你老扶過去了再把車子抬過去子平道這樣罷我一箇車夫扶着一箇車人抬着一箇繩頭這樣罷一箇車人抬着繩頭抬過去如何子平一壯膽就

軟着子平只好走了頭挽着一箇繩頭在後面挽着一箇繩頭扶着兩箇車人抬着車身繩子一緊都軟了那人還能走他車夫把繩子向後一拉那他過去抬過去又把兩輛車子抬過去

有辦法你老走罷我也不怕了不妨這樣你老就這過去我把他扶過去就是他道別人扶你那人在路子上有人扶他車人抬過去了那人在腰裏蒙上一箇人的眼睛蒙上眼睛就看不見那繩頭了這樣罷一箇車人扶着你老抬着繩子一繩頭抬過去子平在前就說

我這就走過去了他大家着了說不要我大家好容易到了子平平只是好走過那箇許多時光已經很亮的了再望前進去了不下四十步聽得達聲連聲又走了數十步車夫將車子歇下說老爺你

橋走過歡了一歐哩子一袋煙再望前進去了又走了數十步車夫將車子歇下失道虎叫虎叫一頭走着一頭留神聽着又走了數十步車夫將車子歇下說老爺你

別聽驢子下來罷聽那虎叫從西邊來越近了恐怕是要向這路上來我們避避倘若下跟前就避不及了說着子平下了車子就放在驢子西邊人都躲在山坡高壁縫裏有一處石壁縫裏車夫有繩子就放身子平扶了車夫遍了

路旁有兩箇車夫數十步就子平小松把驢子韁繩拴在小松樹上又一聲是鳴的都把眼睛映西面看冷風都松樹上呼呼地響樹葉瑟瑟地動靜這箇大家子這邊又一聲却道這裏頭原來第二聲不好走的死的車夫拉着

看着這箇人次對着那虎把那箇韁繩子又一聲月光之下望西一看又一虎怎麼過了去呢走到到了月下一看只見子平藏在山坡高壁縫裏有一處石壁縫裏車夫有繩子就放身子平扶了車物件却都是死的活的哪箇車夫拉着

了到上月光之下竄上一個子平物件的都把眼睛那西一看是鳴的車夫有線在大石脚下用些雪球亂打這個都是活的哪車夫拉着子平子平往下一探已經候衆人近了對着這箇人近我們人次卻出方幾地上一勤静看那時

嚇得魂飛卻聽得樹梢上呼的一聲鳥子一齊向東北飛去遠了衆人大大舒一口氣卻不見虎的動静大家面面相覷都不敢動彈只聽得樹梢上殘葉瑟瑟割這邊本來還有一探已經候那時

卻聽得虎嘯一聲向東走去衆人吁了一口氣這回氣却走差了路走到死路上大家喊叫怕甚至不住格格亂抖道虎遠了不怕了放我們走罷

餓身上又冷活命難保不送在虎口了於是子平强走步於是就走到小樹旁邊看幾知道自己餓了一齊向東北了遠了衆人次出方纔地上動静看那時

子真不敢我調皮了於心來說我遍向集裏去不是立在這遍我的後又是一總已經到了這道東邊上邊鳴一聲向東走子平扶了韁那樣的橋轉過價走剛到那邊鳴一聲向東走又是鳴也笑了原是被那片燈光約有許多房子大家喊道好衆人歡心

了一口氣道命雖不送在虎口說着走到小樹旁邊看幾知道自己餓了說着也是笑了原是伏在地下知道那被那片燈光約有許多房子也是伏在地下知前人精片裏面房子看衆人精神一覽於是車夫上前扣門扣了幾下裏面出來一箇老者鬂髮蒼然手中持了一枝

時走近一家外面係虎皮石砌的牆一箇牆門裏面房子看不來不少大約總有十幾間的光覽於是車夫上前扣門扣了幾下裏面出來一箇老者鬂髮蒼然手中持了一枝

刻工夫已到燈光之下原來並不是此大家商議斷不再走硬行敲門求宿更無他法當高下故看出如樓疊瓦一般到此大家商議斷不再走硬行敲門求宿更無他法當

神震動面一片燈光約有許多房子大家喊道好衆人歡忽前神震動面一片燈光約有許多房子住在這山坡之上因山高下故看出如樓疊瓦一般

燭台燃了一枝白蠟燭口中間道你們來做甚麼的申子平急上前和顏悅色的把原委說了一遍說道明知並非客店我去問我們姑娘去無奈從人萬不能行妥請著老翁行方便那老翁點點頭道你等一等我進去說著便進裏面去了十分詫異難道這家人竟無家主嗎何以去問姑娘難道這是箇女兒當家嗎既而想道一定不會錯了想必是箇老太太做主嗎那老者想了一箇中年漢子出來手中仍拿著一個燭台請客人裏面坐原來這家進了牆門就是一平五間房子再進一層廠屋就是這老者了由坦坡進這房子這老者已立於牆門裏正中年漢子請客先生說道請裏面坐就是過了穿堂就是台階上去過有塊空地都是栽的花木映著月色異常幽雅眾人進得房來是三間廠屋兩頭有一間隔斷的是廚房裏頭有一個姓朱名叫家炕南邊有一站等說進去把他們把車子平推了轎原來堂西說道北邊有一站等說進去把車子平牽了轎子平便叫他們把車子平推了轎原來這是過了這屋北頭來是過了這屋就是了再坦坡進這裏道諸客大門眾人進得房來是三間廠屋兩頭一轉俱

商務印書館印行

掛了四盞紙燈斑竹扎的甚為靈巧兩間廠著一間隔斷做箇房間的樣子桌椅几案布置極為安協房間挂了一幅褐色布簾老者到房門口喊了一聲姑娘那姓申的客人進來了却着門簾撳起裏面出來一箇十八九歲的女子穿了一件青布二藍掛子青布裙見相貌端莊舉止嫻雅閒適女子福一福客人退位一躬女子道劉先生當初就住這裏邊的現坐即命老者趕緊去收拾仁甫的話說了一遍那女子道剛才家父退回來告訴我們要款待並設慢了聲將茶葉趁逻劉先生富初就住住這集裏東有三十多里的現在已搬到柏樹峪去了子平問柏樹峪在甚麼地方又無奈暑地都茫古人所謂有林下風範的就是這樣嗎到要間箇明白不知申子平能否參透這女子形蹤且聽下回分解

間客明天就會知道呢這女子何以如此大方光景那邊路比這邊還更愈加老者特訪到劉仁甫的話說了一遍那女子道剛才家父退回來告訴我們要款待並設慢了聲將茶葉趁逻遠奉家兄來此虑客千萬不要怠性之至荒山裏面又無甚暑地點虑驚吓我們遣客將命老者趕緊去收拾仁甫的話說了一遍那女子道劉先生當初就住這裏邊的現坐即命老者趕緊去坐坐於是過了穿堂就是台階上去過著說的是死虎白鍊生筆墨的是种虎悲說的是凡虎白鍊生筆墨所提來的是死虎施耐菴說虎不及百鍊生殺虎施耐遣女子人耶仙耶鬼耶魑魅我見着的墨下一回早日出臺矣

《绣像小说》连载《老残游记》第八回/卷八　五

《绣像小说》连载《老残游记》第九回

老殘遊記卷九

洪都百鍊生撰

一客吟詩負手面壁　三人品茗促膝談心

話說申子平正在凝思。此女子舉止大方。不類鄉人。況其父在何處退值。正欲詰問。只見外面。簾子動處。中年漢子。已端進一盤飯來。那女子道。就擱在這西屋炕桌上罷。這西屋靠南窗。原是一箇磚砌的暖炕。靠窗設了一箇長炕几。兩頭兩箇短炕几。當中一箇正方炕桌。桌子三面。好坐人的。西面牆上。是箇大圓月洞窗子。正中鑲了一塊玻璃。窗前設了一張書案。中堂雖未隔斷。却是一箇大落地罩。那漢子已將飯食。列在炕桌之上。却只是一盤饅頭。一壺酒。一罐小米稀飯。到有四肴小菜。無非山蔬野菜之類。並無葷腥。女子道。先生請用飯。我少停就來。說着便向東屋房裏去了。子平本來頗覺饑寒。於是上炕。先飲了兩杯酒。隨後喫了幾箇饅頭。雖是蔬菜。却清香滿口。比葷菜更爲適用。喫過饅頭。喝了稀飯。那漢子舀了一盆水來。洗過臉。立起身來。在房內徘徊徘徊。舒展肢體。擡頭看見北牆上。挂着四幅大屏。草書寫得。龍飛鳳舞。出色驚人。下面却是雙款。上寫着西峰柱史正非。下寫着黃龍子呈稿。草字雖不能全識。也可十得八九。仔

老殘遊記　卷之九　一　商務印書館印行

細看去。原來是六首七絕詩。非佛非仙。咀嚼起來。到也有些意味。既不是寂滅虛無。又不是鉛汞龍虎。看那月洞窗下。書案上。有現成的紙筆。遂把幾首詩抄下來。預備帶回衙門去。當新聞紙看。你道是怎樣箇詩。請看詩曰。

曾拜瑤池九品蓮。希夷授我指元篇。光陰荏苒眞容易。回首滄桑五百年。

紫陽屬和翠虛吟。傳響空山霹靂琴。刹那未除人我相。天花黏滿護身雲。

情天慾海足風波。渺渺無邊是愛河。引作園中功德水。一齊都種曼陀羅。

石破天驚一鶴飛。黑漫漫夜五更雷。自從三宿空桑後。不見人間有是非。

野馬塵埃晝夜馳。五蟲百卉互相吹。偸來鷲嶺涅槃藥。換取壺公杜德機。

菩提葉老法華新。南北同傳一點燈。五百天童齊得乳。香花供奉小夫人。

子平將詩抄完。回頭看那月洞窗外。月色又清又白。映着那層層疊疊的山。一步高一步的上去。眞是仙境迥非凡俗。此時覺得并無一點倦容。何妨出去上山閒步一回。豈不更妙。纔要動腳。又想道。這山不就是我們剛纔來的那山嗎。這月不就是剛纔踏的那月嗎。爲何來的時候。便那樣的陰森慘淡。令人怵魄動心。此刻山月依然。何以令人心曠神怡呢。就想到王右軍說的。情隨境遷。感慨係之矣。眞正不錯。低徊了一刻。也想

《绣像小说》连载《老残游记》第九回/卷九　一

做兩首詩。只聽身後邊。嬌滴滴的聲音。說道。飯用過了罷。怠慢得狠。慌忙轉過頭來。見那女子。又換了一件淡綠印花布棉襖。青布大腳褲子。愈顯得眉似春山。眼如秋水。兩腮穠厚。如帛裹朱。從白裏隱隱透出紅來。不似時下南北的打扮。用那臙脂塗得同猴子屁股一般。口頰之間。若帶喜笑。眉眼之際。又頗似振矜。眞令人又愛又敬。女子說道。何不請炕上坐。暖和些。於是彼此坐下。那老蒼頭進來。問姑娘道。申老爺行李。放在什麼地方呢。姑娘說。太爺前日去時。吩咐就在這裏間。太爺榻上睡。行李不用解了。跟隨的人。都喫過飯了嗎。你叫他們早點歇罷。驢子喂了沒有。蒼頭一一答應。說都齊備妥協了。姑娘又說。你煑茶來罷。蒼頭連聲應是。子平道。塵俗身體。斷不敢在此地下榻。來時見前面有箇大炕。就同他們一道睡罷。女子說。無庸過謙。此是家父吩咐的。不然。我一箇山鄉女子。也斷不擅自迎客。子平道。蒙惠過分。感謝已極。只是還不曾請教貴姓。尊大人是做何處的官。在何處值日。女子道。敝姓涂氏。家父說是在碧霞宮上值。五日一班。合計半月在家。半月在宮。子平問道。這屏上詩。是何人做的。看來只怕是箇仙家罷。女子道。是家父的朋友。常來此地閒談。就是去年在此地寫的。這箇人也是箇不衫不履的人。與家父最爲相契。子平道。這人究竟是箇和尚。還是箇道士。何以詩上又像

老殘遊記　卷之九　二　商務印書館印行

道家的話。又有許多佛家的典故呢。女子道。既非道士。又非和尚。其人也是俗裝。他常說儒釋道三教。譬如三箇鋪面。掛了三箇招牌。其實都是賣的雜貨。柴米油鹽。都是有的。不過儒家的鋪子大些。佛道的鋪子小些。皆是無所不包的。又說凡道總分兩層。一箇叫道面子。一箇叫道裏子。道裏子都是同的。道面子就各有分別了。如和尚剃了頭。道士挽了箇髻。叫人一望而知。那是和尚。那是道士。倘若叫那和尚留了頭。也挽箇髻子。披件鶴氅。道士剃了髮。着件袈裟。人又要顚倒呼喚起來了。難道眼耳鼻舌不是那箇用法嗎。又說道面子有分別。道裏子實是一樣的。所以這黃龍先生不拘三教。隨便吟咏的。子平道。得聞至論。佩服已極。只是既然三教道裏子。都是一樣。在下愚蠢得極。到要請教。這同處在甚麼地方。異處在甚麼地方。何以又有大小之分。儒教最大。又大在甚麼地方。敢求指示。女子道。其同處在誘人爲善。引人處於大公。人人好公。則天下太平。人人營私。則天下大亂。惟儒教公到極處。你看孔子一生。遇了多少異端。如長沮桀溺荷蕢丈人等類。均不十分佩服孔子。而孔子反讚揚他們不置。是其公處。是其大處。所以說攻乎異端。斯害也已。若佛道兩教。就有了褊心。惟恐後世人不崇奉他的教。所以說出許多天堂地獄的話來。嚇唬人。這還是勸人行善。不失爲公。甚則說崇奉他

《绣像小说》连载《老残游记》第九回/卷九　二

老残游记　卷之九　三　　商务印书馆印行

抓住了，他箇打校呢，何話說呀聖人意思。殼誘人為善引人公起見，都無不可。所以叫做大德不踰閑小德出入可也。若非祖朱陸孫叔攻陸隨處要攻朱來此之謂失其本心反被孔子斯害也，不及四箇字的地方也是白對明此也就跳的把正風俗這箇字來矯其陋習含唇啓齒又似有一陣幽香沁入肌骨不禁神魂飄蕩話去甸如理猷一字主敬等字雖皆是古聖之言一經宋儒提出後世貫受惠不少人由此而正少年坐在書房裏葉業師握著子平的手細批了之後說道請問先生道箇香的心殼道色也乃人之本性宋儒要講存誠豈不可恨聖人言情言禮不言住著手朴作教刑的候何如子平黙無以對女子又道憑良心說你喜好色如惡臭比愛食色孟子說食色性也子夏說賢賢易色這好德如好色孔子説好德非自欺而何自欺欺人不誠殼矣他偏要這樣存誠豈不可好色孟子説好色也子

他又要闔佛老道他們的又要鬧儒教他他說佛老道的人學得孔孟的道理太覽事不如佛道儒家的原道去改孔子的論語把那攻乎異端之小而又小以至於不省事弄的子聽儒廢然而起不懂長沮桀溺講起端端闊佛老道又是而朱夫子也出不了異端字一意孤行斷的朱陸不同端正頭講執其兩端便是兩端執其兩頭不如弄兩箇字倒又和尙箇佛老倒又簡範圍闔只好佛道去改孔孟的儒教宋儒竟簡簡罔闔去自道去改孔子的論語把那攻乎異端之他說君不出命則失其為君民的而做樣出命的又罵君不出命則失其唐朝直沒人到黎到只是儒教不道的脚色可惜失傳已久漢儒拘守章句反讀大到到玫瑰紫的血光如此榛更騙人到極之民全是而榛利奉其上則如此豈不是那榛利狠念去到那榛利狠念去那榛利狠念去究

的教就一切罷黜浩滅不崇奉他的教就是魔鬼入富死之必下地獄就辭書就是私至於外國一切教門更要爭教與兵接戰殺人如麻所以說愈小。若回回教說為教戰死的血光如到

老残游記　卷之九　四　　商务印书馆印行

種茶其味必薄又加以水火俱不得法道自然差的只聽窗外有人喊道瑅姑今日有佳客怎不招呼我一聲女子聞聲連忙立起說龍叔道這時候會來說那人已經進來著了一件藍布衫頭不着帽戴有五十來歲光景面如滿月精神甚足氣象不着帽戴亦不作朱墨點綴到有兩三筒鐘頭了請問先生貴姓名不拱手說大作已經許久了請問女子道也在坑來坐龍叔為號子平瑅姑道上坑桌面些時想想的他便忘記了小說你說瑅姑笑道你何處遇六公佔去丁龍叔說必是大名罷女子道小名叫仲璵家姊叫伯璵故叔伯聚皆自小喊慣的琔姑二字想必是大商量罷黃龍子仰天大笑說道何以知之答暈作明我喫茶正好相遇了子平聽說大喜說道何以知之答暈作明說回首滄桑五百年可知好柏樹蛉峪蛉峪地方陰險狠不好走久有遇諸仙三生有幸鍋教上仙誕辰憂劉仁甫今天晚上檢點行李大約明日午晨時候可以到集上過帝廟過早飯還是在唐在宋黃龍子又大笑說道今日之辰

竟澄然見不是儼然矜持未了着頭游入茶來嘍一回覺清涼爽舌而又香了一口覺得渾身舒暢如飮了一口吐向喉去一直臻到了小腹之中反覺香到澄然見宋儒之種種罪都有如此如此如此如此說道是天理不是人欲嗚呼聖人又道孔夕有德之又不及如今之境界如此豈不是處若今之講學先生命坐命坐道今一杯學做學先生命茶來嘍一回道是两箇醬碗又澄然見宋儒之種種理都已乃亦乃亦平情止乎禮若人皆如此皆平情止乎禮君子好逑此之謂不欺人也平情平情止平禮先生來道渡泊泊嘍竟是用松花作米沙瓶蔽的三合其美所以好了尊處喫的都是外間寶的茶葉無非

又是那女子接過茶來嘍一回道是两箇醬碗無端鬧起宋茶為何道們好喫茶葉女子道茶葉是汲的東山頂上的泉泉水的味愈高愈美

設道是天理不是人欲設道是天理不是人欲設道是天理不是人欲竟道不是人欲呢不見聖人又欲刪詩以關雎為首試問窈窕淑女君子好逑豈不得至於展轉反側道可以欲到那然而欲界之內今夕是何夕忽此良賓賓主人皆難比不喜婆平情止乎禮先生來道狠喜歡如此亦亦平情止乎禮

《绣像小说》连载《老残游记》第九回/卷九　五

《绣像小说》连载《老残游记》第十回

老殘遊記卷之十

驪龍雙珠光照琴瑟　　犀牛一角璧叶熒磷　　洪都百鍊生撰

話說玙姑聽得天崩地塌價一聲，脚下震震搖動，得魂不附體，怕是這山上的凍雪被泉水漱空了滾下一大塊來。黃龍子在身後說道不怕的……

《绣像小说》连载《老残游记》第十回/卷十　一

《绣像小说》连载《老残游记》第十回/卷十　二

老残遊記　卷之十　三

商務印書館印行

《绣像小说》连载《老残游记》第十回/卷十　三

老残遊記　卷之十　四

商務印書館印行

《绣像小说》连载《老残游记》第十回/卷十　四

老殘遊記　卷之十

五

商務印書館印行

《绣像小说》连载《老残游记》第十回/卷十　五

【编著者按】第一编的"1903年《绣像小说》连载《老残游记》纪念版图影"选载至卷十止。从此卷的最后两页的文字开始,内容与其后的通行版本有所不同(读者可自行与第二编"阅读版"中第十回的相应文字比对)。据刘德隆《〈老残游记〉版本概说》一文:【《老残游记》最初于《绣像小说》以连载形式刊出,计刊出《老残游记》卷一至卷十三。但刊出时删去了作者原著之第十一回"疫鼠传殃成害马　痴犬流灾化毒龙"。所以《绣像小说》第十一回"寒风冻塞黄河水　暖气催成白雪辞"是以后各种版本的第十二回;其第十二回"娓娓青灯女儿酸语　滔滔黄水观察嘉谟"是以后各种版本的第十三回;其第十三回"大县若蛙半浮水面　小船如蚁分送馒头"是以后各种版本的第十四回。……刘鹗于1905年农历9月初10离开天津到沈阳,至10月初9日回到天津,整整一个月。在这为海北公司奔波之时,他不忘《老残游记》(重写和续写,编著者注)的创作。日记中记录:十月初三日:撰《老残游记》卷十一告成。……之所以要写"卷十一"系因"卷十一"已被《绣像小说》删去,之所以要撰"卷十五"、"卷十六",因此书到此时仅写到卷十四。之所以要在10月,在沈阳赶写,是因在《天津日日新闻》连载之《老残游记》卷一至卷十已将刊完,亟等下文。】(此文全文请见本书第三编)

第二编　《老残游记》阅读版

《老残游记·初集》及刘鹗自评

目 录

自　叙

　　婴儿堕地，其泣也呱呱；及其老死，家人环绕，其哭也号啕。然则哭泣也者，固人之所以成始成终也。其间人品之高下，以其哭泣之多寡为衡。盖哭泣者，灵性之现象也，有一分灵性，即有一分哭泣，而际遇之顺逆不与焉。

　　马与牛，终岁勤苦。食不过刍秣，与鞭策相终始，可谓辛苦矣，然不知哭泣，灵性缺也。猿猴之为物，跳掷于深林，厌饱乎梨栗，至逸乐也，而善啼。啼者，猿猴之哭泣也。故博物家云：猿猴，动物中性最近人者，以其有灵性也。古诗云："巴东三峡巫峡长，猿啼三声断人肠。"其感情为何如矣！

　　灵性生感情，感情生哭泣。哭泣计有两类：一为有力类，一为无力类。痴儿呆女，失果即啼，遗簪亦泣，此为无力类之哭泣；城崩杞妇之哭，竹染湘妃之泪，此为有力类之哭泣也。而有力类之哭泣又分两种：以哭泣为哭泣者，其力尚弱；不以哭泣为哭泣者，其力甚劲，其行乃弥远也。

　　《离骚》为屈大夫之哭泣，《庄子》为蒙叟之哭泣，《史记》为太史公之哭泣，《草堂诗集》为杜工部之哭泣；李后主以词哭，八大山人以画哭；王实甫寄哭泣于《西厢》，曹雪芹寄哭泣于《红楼梦》。王之言曰："别恨离愁，满肺腑难陶泻。除纸笔代喉舌，我千种想思向谁说？"曹之言曰："满纸荒唐言，一把辛酸泪；都云作者痴，谁解其中意？"名其茶曰"千芳一窟"，名其酒曰"万艳同杯"者：千芳一哭，万艳同悲也。

　　吾人生今之时，有身世之感情，有家国之感情，有社会之感情，有种教之感情。其感情愈深者，其哭泣愈痛：此洪都百炼生所以有《老残游记》之作也。

　　棋局已残，吾人将老，欲不哭泣也得乎？吾知海内千芳，人间万艳，必有与吾同哭、同悲者焉！

卷一

土不制水历年成患　风能鼓浪到处可危

　　话说山东登州府东门外有一座大山，名叫蓬莱山。山上有个阁子，名叫蓬莱阁。这阁造得画栋飞云，珠帘卷雨，十分壮丽。西面看，城中人户，烟雨万家；

东面看，海上波涛，峥嵘千里。所以城中人士往往于下午携樽挈酒，在阁中住宿，准备次日天未明时，看海中出日。习以为常，这且不表。

却说那年有个游客，名叫老残。此人原姓铁，单名一个英字，号补残。因慕懒残和尚煨芋的故事，遂取这"残"字做号。大家因他为人颇不讨厌，契重他的意思，都叫他老残。不知不觉，这"老残"二字便成了个别号了。他年纪不过三十多岁，原是江南人氏。当年也曾读过几句诗书，因八股文章做得不通，所以学也未曾进得一个，教书没人要他，学生意又嫌岁数大，不中用了。其先，他的父亲原也是个三四品的官，因性情迂拙，不会要钱，所以做了二十年实缺，回家仍是卖了袍褂做的盘川。你想，可有余资给他儿子应用呢？

这老残既无祖业可守，又无行当可做，自然"饥寒"二字渐渐的相逼来了。正在无可如何，可巧天不绝人，来了一个摇串铃的道士，说是曾受异人传授，能治百病，街上人找他治病，百治百效。所以这老残就拜他为师，学了几个口诀。从此也就摇个串铃，替人治病糊口去了，奔走江湖近二十年。

这年刚刚走到山东古千乘地方，有个大户，姓黄，名叫瑞和，害了一个奇病：浑身溃烂，每年总要溃几个窟窿。今年治好这个，明年别处又溃几个窟窿。经历多年，没有人能治得这病。每发都在夏天，一过秋分，就不要紧了。

那年春天，刚刚老残走到此地，黄大户家管事的，问他可有法子治这个病，他说："法子尽有，只是你们未必依我去做。今年权且略施小技，试试我的手段。若要此病永远不发，也没有什么难处，只须依着古人方法，那是百发百中的。别的病是神农、黄帝传下来的方法，只有此病是大禹传下来的方法。后来唐朝有个王景得了这个传授，以后就没有人知道此方法了。今日奇缘，在下到也懂得些个。"于是黄大户家遂留老残住下，替他治病。说也奇怪，这年虽然小有溃烂，却是一个窟窿也没有出过。为此，黄大户家甚是喜欢。

看看秋分已过，病势今年是不要紧的了。大家因为黄大户不出窟窿。是十多年来没有的事，异常快活，就叫了个戏班子，唱了三天谢神的戏。又在西花厅上，搭了一座菊花假山，今日开筵，明朝设席，闹的十分畅快。

这日，老残吃过午饭，因多喝了两杯酒，觉得身子有些困倦，就跑到自己房里一张睡榻上躺下，歇息歇息。才闭了眼睛，看外边就走进两个人来：一个叫文章伯，一个叫德慧生。这两人本是老残的至友，一齐说道："这么长天大日的，老残，你蹲家里做甚？"老残连忙起身让坐，说："我因为这两天困于酒食，觉得怪腻的。"二人道："我们现在要往登州府去访蓬莱阁的胜景，因此特来约你。车子已替你雇了，你赶紧收拾行李，就此动身罢。"老残行李本不甚多，不过古书数卷，仪器几件，收检也极容易，顷刻之间便上了车。无非风餐露宿，不久便到了登州，就在蓬莱阁下觅了两间客房，大家住下，也就玩赏玩赏海市的虚情，蜃楼的幻相。

次日，老残向文、德二公说道："人人都说日出好看，我们今夜何妨不睡，看一看日出何如？"二人说道："老兄有此清兴，弟等一定奉陪。"秋天虽是昼夜停匀时候，究竟日出日入，有蒙气传光，还觉得夜是短的。三人开了两瓶酒，取出携来的肴馔，一面吃酒，一面谈心，不知不觉，那东方已渐渐发大光明了。其实离日出尚远，这就是蒙气传光的道理。三人又略谈片刻，德慧生道："此刻也差不多是时候了，我们何妨先到阁子上头去等呢？"文章伯说："耳边风声甚急，上头窗子太敞，恐怕寒冷，比不得这屋子里暖和，须多穿两件衣服上去。"各人照样办了。又都带了千里镜，携了毯子，由后面扶梯曲折上去。到了阁子中间，靠窗一张桌子旁边坐下，朝东观看，只见海中白浪如山，一望无际。东北青烟数点，最近的是长山岛，再远便是大竹、大黑等岛了。那阁子旁边，风声"呼呼"价响，仿佛阁子都要摇动似的。天上云气一片一片价叠起，只见北边有一片大云，飞到中间，将原有的云压将下去。并将东边一片云挤得越过越紧：越紧越不能相让，情状甚为谲诡。过了些时，也就变成一片红光了。

慧生道："残兄，看此光景，今儿日出是看不着的了。"老残道："天风海水，能移我情，即是看不着日出，此行亦不为辜负。"章伯正在用远镜凝视，说道："你们看！东边有一丝黑影，随波出没，定是一只轮船由此经过。"于是大家皆拿出远镜，对着观看。看了一刻，说道："是的，是的。你看，有极细一丝黑线，在那天水交界的地方，那不就是船身吗？"大家看了一会，那轮船也就过去，看不见了。

慧生还拿远镜左右观视。正在凝神，忽然大叫："嗳呀，嗳呀！你瞧，那边一只帆船在那洪波巨浪之中，好不危险！"两人道："在什么地方？"慧生道："你望正东北瞧，那一片雪白浪花，不是长山岛吗，在长山岛的这边，渐渐来得近了。"两人用远镜一看，都道："嗳呀，嗳呀！实在危险得极！幸而是向这边来，不过二三十里就可泊岸了。"

相隔不过一点钟之久，那船来得业已甚近。三人用远镜凝神细看，原来船身长有二十三、四丈，原是只很大的船。船主坐在舵楼之上，楼下四人专管转舵的事。前后六枝桅杆，挂着六扇旧帆，又有两枝新桅，挂着一扇簇新的帆，一扇半新不旧的帆，算来这船便有八枝桅了。船身吃载很重，想那舱里一定装的各项货物。船面上坐的人口，男男女女，不计其数，却无篷窗等件遮盖风日，同那天津到北京火车的三等客位一样，面上有北风吹着，身上有浪花溅着，又湿又寒，又饥又怕。看这船上的人都有民不聊生的气象。那八扇帆下，备有两人专营绳脚的事。船头及船帮上有许多的人，仿佛水手的打扮。

这船虽有二十三四丈长，却是破坏的地方不少：东边有一块，约有三丈长短，已经破坏，浪花直灌进去；那旁，仍在东边，又有一块，约长一丈，水波亦渐渐侵入；其余的地方，尤一处没有伤痕。那八个管帆的却是认真的在那里管，只是各人管各人的帆，仿佛在八只船上似的，彼此不相关照。那水手只管在那坐船的男男女女队里乱窜，不知所做何事。用远镜仔细看去，方知道他在那里搜他们男男女女所带的干粮，并剥那些人身上穿的衣服。

章伯看得亲切，不禁狂叫道："这些该死的奴才！你看，这船眼睁睁就要沉覆，他们不知想法敷演着早点泊岸，反在那里蹂躏好人，气死我了！"慧生道："章哥，不用着急，此船目下相距不过七八里路，等他泊岸的时候，我们上去劝劝他们便是。"

正在说话之间，忽见那船上杀了几个人，抛下海去，捩过舵来，又向东边丢了。章伯气得两脚直跳，骂道："好好的一船人，无穷性命，无缘无故断送在这几个驾驶的人手里，岂不冤枉！"沉思了一下，又说道："好在我们山脚下有的是渔船，何不驾一只去，将那几个驾驶的人打死，换上几个，岂不救了一船人的性命？何等功德！何等痛快！"慧生道："这个办法虽然痛快，究竟未免卤莽，恐有未妥。请教残哥以为何如？"

老残笑向章伯道："章哥此计甚妙，只是不知你带几营人去？"章伯愤道："残哥怎么也这么糊涂！此时人家正在性命交关，不过一时救急，自然是我们三个人去。那里有几营人来给你带去！"老残道："既然如此，他们船上驾驶的不下头二百人，我们三个人要去杀他，恐怕只会送死，不会成事罢。高明以为何如？"章伯一想，理路却也不错，便道："依你该怎么样？难道白白地看他们死吗？"老残道："依我看来，驾驶的人并来曾错，只因两个缘故，所以把这船就弄得狼狈不堪了。怎么两个缘故呢？一则他们是走太平洋的，只会过太平日子，若遇风平浪静的时候，他驾驶的情状亦有操纵自如之妙，不意今日遇见这大的风浪，所以都毛了手脚。二则他们未曾预备方针。平常晴天的时候，照着老法子去走，又有日月星辰可看，所以南北东西尚还不大很错。这就叫做'靠天吃饭'。那知遇了这阴天，日月星辰都被云气遮了，所以他们就没了依傍。心里不是不想望好处去做，只是不知东南西北，所以越走越错。为今之计，依章兄法子，驾只渔艇，追将上去，他的船重，我们的船轻，一定追得上的。到了之后，送他一个罗盘，他有了方向，便会走了。再将这有风浪与无风浪时驾驶不同之处，告知船主，他们依了我们的话，岂不立刻就登彼岸了吗？"德慧生道："老残所说极是，我们就赶紧照样办去。不然，这一船人，实在可危的极！"

说着，三人就下了阁子，分付从人看守行李物件，那三人却俱是空身，带了一个最准的向盘，一个纪限仪，并几件行船要用的物件，下了山。山脚下有个船坞，都是渔船停泊之处。选了一只轻快渔船，挂起帆来，一直追向前去。幸喜本日刮得是北风，所以向东向西都是旁风，使帆很便当的。一霎时，离大船已经不远了，三人仍拿远镜不住细看。

及至离大船十余丈时，连船上人说话都听得见了。谁知道除那管船的人搜括众人外，又有一种人在那里高谈阔论地演说。只听他说道："你们各人均是出了船钱坐船的，况且这船也就是你们祖遗的公司产业，现在已被这几个驾驶人弄得破坏不堪，你们全家老幼性命都在船上，难道都在这里等死不成？就不想个法儿挽回挽回吗？真真该死奴才！"

众人被他骂得值口无言。内中便有数人出来说道："你这先生所说的都是我们肺腑中欲说说不出的话，今日被先生唤醒，我们实在惭愧、感激得很！只是请教有甚么法子呢？"那人便道："你们知道现在是非钱不行的世界了，你们大家敛几个钱来，我们舍出自己的精神，拼着几个人流血，替你们挣个万世安稳自由的基业，你们看好不好呢？"众人一齐拍掌称快。

章伯远远听见，对二人说道："不想那船上竟有这等的英雄豪杰！早知如此，我们可以不必来了。"慧生道："姑且将我们的帆落几叶下来，不必追上那船，看他是如何的举动。倘真有点道理，我们便可回去了。"老残道："慧哥所说甚是。依愚见看来，这等人恐怕不是办事的人，只是用几句文明的辞头骗几个钱用用罢了！"

当时三人便将帆叶落小，缓缓地尾大船之后。只见那船上人敛了许多钱，交给演说的人，看他如何动手。谁知那演说的人，敛了许多钱去，找了一块众人伤害不着的地方，立住了脚，便高声叫道："你们这些没血性的人，凉血种类的畜生，还不赶紧去打那个掌舵的吗？"又叫道："你们还不去把这些管船的一个一个杀了吗？"那知就有那不懂事的少年，依着他去打掌舵的，也有去骂船主的，俱被那旁边人杀的杀了，抛弃下海的抛下海了。那个演说的人，又在高处大叫道："你们为甚么没有团体？若是全船人一齐动手，还怕打不过他么？"那船上人，就有老年晓事的人，也高声叫道："诸位切不可乱动！倘若这样做去，胜负未分，船先覆了！万万没有这个办法！"

慧生听得此语，向章伯道："原来这里的英雄只管自己敛钱，叫别人流血的。"老残道："幸而尚有几个老成持重的人，不然，这船覆得更快了。"说着，三人便将帆叶抽满，顷刻便与大船相近。篙工用篙子钩住大船，三人便跳将上去，走至舵楼底下，深深地唱了一个喏，便将自己的向盘及纪限仪等项取出呈上。舵工看见，倒也和气，便问："此物怎样用法？有何益处？"

正在议论，那知那下等水手里面，忽然起了咆哮，说道："船主！船主！千万不可为这人所惑！他们用的是外国向盘，一定是洋鬼子差遣来的汉奸！他们是天主教！他们将这只大船已经卖与洋鬼子了，所以才有这个向盘。请船主赶紧将这三人绑去杀了，以除后患。倘与他们多说几句话，再用了他的向盘，就算收了洋鬼子的定钱，他就要来拿我们的船了！"谁知这一阵嘈嚷，满船的人俱为之震动。就是那演说的英雄豪杰，也在那里喊道："这是卖船的汉奸！快杀，快杀！"

船主、舵工听了，俱犹疑不定。内中有一个舵工，是船主的叔叔，说道："你们来意甚善，只是众怒难犯，赶快去罢！"三人垂泪，赶忙回了小船。那知大船上人余怒未息，看三人上了小船，忙用被浪打碎了的断桩破板打下船去。你想，一只小小渔船，怎禁得几百个人用力乱砸！顷刻之间，将那渔船打得粉碎，看着沉下海中去了。未知三人性命如何，且听下回分解。

【刘鹗自评】

白乐天云："我是玉皇香案史，谪居犹得住蓬莱。"此书由蓬莱阁起，可知本是仙吏谪落人间。

举世皆病，又举世皆睡，真正无下手处。摇串铃先醒其睡。无论何等病症，非先醒无法治。其菩萨婆心，得异人口诀，铃而曰"串"，则盼望同志相助，心苦情切。

"驾驶的并未曾错"二语，心平气和。以下两个病源，也说得至当不易。

"找了一块众人伤害不着的地方，立住了脚。"我想不是上海，便是日本。

"原来这里的英雄，只管自己敛钱，叫别人流血的。"为近日造时世的英雄写一小照，更唤醒许多痴汉，不必替人枉送头颅。

（《老残游记》卷一终）

卷二

历山山下古帝遗踪　明湖湖边美人绝调

话说老残在渔船上被众人砸得沉下海去，自知万无生理，只好闭着眼睛，听他怎样。觉得身体如落叶一般，飘飘荡荡，顷刻工夫沉了底了。只听耳边有人叫道："先生，起来罢！先生，起来罢！天已黑了，饭厅上饭已摆好多时了。"老残慌忙睁开眼睛，愣了一愣道："呀！原来是一梦！"

自从那日起，又过了几天，老残向管事的道："现在天气渐寒，贵居停的病也不会再发。明年如有委用之处，再来效劳。目下鄙人要往济南府去看看大明湖的风景。"管事的再三挽留不住，只好当晚设酒饯行，封了一千两银子奉给老残，算是医生的酬劳。老残略道一声"谢谢"，也就收入箱笼，告辞动身上车去了。

一路秋山红叶，老圃黄花，颇不寂寞。到了济南府，进得城来，家家泉水，户户垂杨，比那江南风景，觉得更为有趣。到了小布政司街，觅了一家客店，名叫高升店，将行李卸下，开发了车价酒钱，胡乱吃点晚饭，也就睡了。

次日清晨起来，吃点儿点心，便摇着串铃满街逛了一趟，虚应一应故事。午后便步行至鹊华桥边，雇了一只小船，荡起双桨，朝北不远，便到历下亭前。下船进去，入了大门，便是一个亭子，油漆已大半剥蚀。亭子上悬了一副对联，写的是"历下此亭古，济南名士多"，上写着"杜工部句"，下写着"道州何绍基"。书亭子旁边虽有几间群房，也没有甚么意思。复行下船，向西荡去。不甚远，又到了铁公祠畔。你道铁公是谁？就是明初与燕王为难的那个铁铉。后人敬他的忠义，所以至今春秋时节，土人尚不断地来此进香。

到了铁公祠前，朝南一望，只见对面千佛山上，梵宇僧楼，与那苍松翠柏，高下相间，红的火红，白的雪白，青的靛青，绿的碧绿，更有那一株半株的丹枫夹在里面，仿佛宋人赵千里的一幅大画，做了一架数十里长的屏风。正在叹赏不绝，忽听一声渔唱，低头看去，谁知那明湖业已澄净得同镜子一般。那千佛山的倒影映在湖里，显得明明白白。那楼台树木，格外光彩，觉得比上头的一个千沸山还要好看，还要清楚。这湖的南岸，上去便是街市，却有一层芦苇，密密遮住。现在正是著花的时候，一片白花映着带水气的斜阳，好似一条粉红绒毯，做了上下两个山的垫子，实在奇绝。

老残心里想道："如此佳景，为何没有甚么游人？"看了一会儿，回转身来，看那大门里面楹柱上有副对联，写的是"四面荷花三面柳，一城山色半城湖"，暗暗点头道："真正不错！"进了大门，正面便是铁公享堂，朝东便是一个荷池。绕着曲折的回廊，到了荷池东面，就是个圆门。圆门东边有三间旧房，有个破匾，上题"古水仙祠"四个字。祠前一副破旧对联，写的是"一盏寒泉荐秋菊，三更画船穿藕花"。过了水仙祠，仍旧上了船，荡到历下亭的后面。两边荷叶荷花将船夹住，那荷叶初枯，擦得船嗤嗤价响；那水鸟被人惊起，格格价飞；那已老的莲蓬，不断地绷到船窗里面来。老残随手摘了几个莲蓬，一面吃着，一面船已到了鹊华桥畔了。

到了鹊华桥，才觉得人烟稠密，也有挑担子的，也有推小车子的，也有坐二人抬小蓝呢轿子的。轿子后面，一个跟班的戴个红缨帽子，膀子底下夹个护书，拼命价奔，一面用手巾擦汗，一面低着头跑。街上五八岁的孩子不知避人，被那轿夫无意踢倒一个，他便哇哇的哭地。他的母亲赶忙跑来问："谁碰倒你的？谁碰倒你的？"那个孩子只是哇哇地哭，并不说话。问了半天，才带哭说了一句道："抬轿子的！"他母亲抬头看时，轿子早已跑得有二里多远了。那妇人牵了孩子，嘴里不住咕咕咕咕地骂着，就回去了。

老残从鹊华桥往南，缓缓向小布政司街走去。一抬头，见那墙上贴了一张黄纸，有一尺长，七八寸宽的光景。居中写着"说鼓书"三个大字，旁边一行小字是"二十四日明湖居"。那纸还未十分干，心知是方才贴的，只不知道这是甚么事情，别处也没有见过这样招子。一路走着，一路盘算，只听得耳边有两个挑担子的说道："明儿白妞说书，我们可以不必做生意，来听书罢。"又走到街上、听铺子里柜台上有人说道："前次白妞说书是你告假的，明儿的书，应该我告假了。"一路行来，街谈巷议，大半都是这话，心里诧异道："白妞是何许人？说的是何等样书？为甚一纸招贴，便举国若狂如此？"信步走来，不知不觉已到高升店口。

进得店去，茶房便来回道："客人，用什么夜膳？"老残一一说过，就顺便问道："你们此地说鼓书是个甚么顽意儿，何以惊动这么许多的人？"茶房说："客人，你不知道。这说鼓书本是山东乡下的土调，同一面鼓，两片梨花简，名叫'梨花大鼓'，演说些前人的故事，本也没甚稀奇。自从王家出了这个白妞、黑妞姊妹两个，这白妞名字叫做王小玉，此人是天生的怪物！他十二三岁时就学会了这说书的本事。他却嫌这乡下的调儿没甚么出奇。他就常到戏园里看戏，所有甚么西皮、二簧、梆子腔等唱，一听就会；甚么俞三胜、程长庚、张二奎等人的调子，他一听也就会唱。仗着他的喉咙，要多高有多高；他的中气，要多长有多长。他又把那南方的甚么昆腔、小曲，种种的腔调，他都拿来装在这大鼓书的调儿里面。不过二三年工夫，创出这个调儿，竟至无论南北高下的人，听了他唱书，无不神魂颠倒。现在已有招子，明儿就唱。你不信，去听一听就知道了。只是要听还要早去，他虽是一点钟开唱，若到十点钟去，便没有坐位的。"老残听了，也不甚相信。

次日六点钟起，先到南门内看了舜井。又出南门，到历山脚下，看看相传大舜昔日耕田的地方。及至回店，已有九点钟的光景，赶忙吃了饭，走到明湖居，才不过十点钟时候。

那明湖居本是个大戏园子，戏台前有一百多张桌子。那知进了园门，园子里面已经坐得满满的了。只有中间七八张桌子还无人坐，桌子却都贴着"抚院定""学院定"等类红纸条儿。老残看了半天，无处落脚，只好袖子里送了看坐儿的二百个钱，才弄了一张短板凳，在人缝里坐下。看着戏台上，只摆了一张半桌，桌子上放了一面板鼓，鼓上放了两个铁片儿，心里知道这就是所谓梨花简。旁边放了一个三弦子，半桌后面放了两张椅子，并无一个人在台上。偌大的个戏台，空空洞洞，别无他物，看了不觉有些好笑。园子里面，顶着篮子卖烧饼油条的有一二十个，都是为那不吃饭来的人买了充饥的。

到了十一点钟，只见门口轿子渐渐拥挤，许多官员都着了便衣，带着家人，陆续进来。不到十二点钟，前面几张空桌俱已满了。不断还有人来，看坐儿的也只是搬张短凳，在夹缝中安插。这一群人来了，彼此招呼，有打千儿的，有作揖的，大半打千儿的多。高谈阔论，说笑自如。这十几张桌子外，看来都是做生意的人，又有些像是本地读书人的样子，大家都喊喊喳喳地在那里说闲话。因为人太多了，所以说的甚么话都听不清楚，也不去管他。

到了十二点半钟，看那台上，从后台帘子里面，出来一个男人：穿了一件蓝布长衫，长长的脸儿，一脸疙瘩，仿佛风干福橘皮似的，甚为丑陋，但觉得那人气味倒还沉静。出得台来，并无一语，就往半桌后面左手一张椅子上坐下。慢慢地将三弦子取来，随便和了和弦，弹了一两个小调，人也不甚留神去听。后来弹了一枝大调，也不知道叫什么牌子。只是到后来，全用轮指，那抑扬顿挫，入耳动心，恍若有几十根弦，几百个指头，在那里弹似的。这时台下叫好的声音不绝于耳，却也压不下那弦子去。这曲弹罢，就歇了手，旁边有人送上茶来。

停了数分钟时，帘子里面出来一个姑娘，约有十六七岁，长长鸭蛋脸儿，梳了一个抓髻，戴了一副银耳环，穿了一件蓝布外褂儿，一条蓝布裤子，都是黑布镶滚的。虽是粗布衣裳，倒十分洁净。来到半桌后面右手椅子上坐下。那弹弦子的便取了弦子，铮铮钺钺弹起。这姑娘便立起身来，左手取了梨花简，夹在指头缝里，便丁了当当地敲，与那弦子声音相应；右手持了鼓捶子，凝神听那弦子的节奏。

忽羯鼓一声，歌喉遽发，字字清脆，声声宛转，如新莺出谷，乳燕归巢。每句七字，每段数十句，或缓或急，忽高忽低。其中转腔换调之处，百变不穷，觉一切歌曲腔调俱出其下，以为观止矣。

旁坐有两人，其一人低声问那人道："此想必是白妞了罢？"其一人道："不是。这人叫黑妞，是白妞的妹子。他的调门儿都是白妞教的，若比白妞，还不晓得差多远呢！他的好处人说得出，白妞的好处人说不出；他的好处人学得到，白妞的好处人学不到。你想，这几年来，好顽耍的谁不学他们的调儿呢？就是窑子里的姑娘，也人人都学，只是顶多有一两句到黑妞的地步。若白妞的好处，从没有一个人能及他十分里的一分的。"说着的时候，黑妞早唱完，后面去了。这时满园子里的人，谈心的谈心，说笑的说笑。卖瓜子、落花生、山里红、核桃仁的高声喊叫着卖。满园子里听来都是人声。

正在热闹哄哄的时节，只见那后台里，又出来了一位姑娘，年纪约十八九岁，装束与前一个毫无分别，瓜子脸儿，白净面皮，相貌不过中人以上之姿，只觉得秀而不媚，清而不寒。半低着头出来，立在半桌后面，把梨花简丁当了几声，煞是奇怪：只是两片顽铁，到他手里，便有了五音十二律似的。又将鼓捶子轻轻地点了两下，方抬起头来，向台下一盼。那双眼睛，如秋水，如寒星，如宝珠，如白水银里头养着两丸黑水银，左右一顾一看，连那坐在远远墙角子里的人，都觉得王小玉看见我了，那坐得近的，更不必说。就这一眼，满园子里便鸦雀无声，比皇帝出来还要静悄得多呢，连一根针吊在地卜都听得见响！

王小玉便启朱唇，发皓齿，唱了几句书儿。声音初不甚大，只觉入耳有说不出来的妙境：五脏六腑，像熨斗熨过，无一处不伏贴；三万六千个毛孔，像吃了人参果，无一个毛孔不畅快。唱了十数句之后，渐渐地越唱越高，忽然拔了一个尖儿，像一线钢丝抛入天际，不禁暗暗叫绝。那知他于那极高的地方，尚能回环转折。几啭之后，又高一层，接连有三四叠，节节高起。恍如由傲来峰西面攀登泰山的景象：初看傲来峰削壁千仞，以为上与天通；及至翻到傲来峰顶，才见扇子崖更在傲来峰上；及至翻到扇子崖，又见南天门更在扇子崖上，愈翻愈险，愈险愈奇。那王小玉唱到极高的三四叠后，陡然一落，又极力骋其千回百折的精神，如一条飞蛇在黄山三十六峰半中腰里盘旋穿插。顷刻之间，周匝数遍。从此以后，愈唱愈低，愈低愈细，那声音渐渐地就听不见了。满园子的人都屏气凝神，不敢少动。约有两三分钟之久，仿佛有一点声音从地底下发出。这一出之后，忽又扬起，像放那东洋烟火，一个弹子上天，随化作千百道五色火光，纵横散乱。这一声飞起，即有无限声音俱来并发。那弹弦子的亦全用轮指，忽大忽小，同他那声音相和相合，有如花坞春晓，好鸟乱鸣。耳朵忙不过来，不晓得听那一声的为是。正在撩乱之际，忽听霍然一声，人弦俱寂。这时台下叫好之声，轰然雷动。

停了一会，闹声稍定，只听那台下正座上，有一个少年人，不到三十岁光景，是湖南口音，说道："当年读书，见古人形容歌声的好处，有那'余音绕梁，三日不绝'的话，我总不懂。空中设想，余音怎样会得绕梁呢？又怎会三日不绝呢？及至听了小玉先生说书，才知古人措辞之妙。每次听他说书之后，总有好几天耳朵里无非都是他的书，无论做什么事，总不入神。反觉得'三日不绝'，这'三日'二字下得太少。还是孔子'三月不知肉味'，'三月'二字形容得透彻些!"旁边人都说道："梦湘先生论得透辟极了！'于我心有戚戚焉'!"

说着，那黑妞又上来说了一段，底下便又是白妞上场。这一段，闻旁边人说，叫做"黑驴段"。听了去，不过是一个士子见一个美人，骑了一个黑驴走过去的故事。将形容那美人，先形容那黑驴怎样怎样好法，待铺叙到美人的好处，不过数语，这段书也就完了。其音节全是快板，越说越快。白香山诗云："大珠小珠落玉盘。"可以尽之。其妙处，在说得极快的时候，听的人仿佛都赶不上听，他却字字清楚，无一字不送到人耳轮深处。这是他的独到，然比着前一段却未免逊了一筹了。

这时不过五点钟光景，算计王小玉应该还有一段。不知那一段又是怎样好法，究竟如何，且听下回分解。

【刘鹗自评】

黄山谷诗云"济南潇洒似江南"。据此看来，济南风景犹在江南之上。

作者云"明湖景致似一幅赵千里画。"作者倒写得出，吾恐赵千里还画不出。

昔年曾游泰山，由泰安府出北门上山，过斗姥宫，览经石峪，历柏树洞，上一天门，看万松崖。迤逦而上，甚为平坦。比到南天门，十八盘方觉斗峻。不知作者几时从西面上去，经得如许险境，为登泰山者所未闻，却又无一字虚假，出人意表。

王小玉说书，为声色觉调；百炼生著书，为文章绝调。

（《老残游记》卷之二终）

卷三

金线东来寻黑虎　布帆西去访苍鹰

话说众人以为天时尚早，王小玉必还要唱一段。不知只是他妹子出来敷衍几句就收场了，当时一哄而散。

老残到了次日，想起一千两银子放在寓中，总不放心。即到院前大街上找了一家汇票庄，叫个日升昌字号，汇了八百两寄回江南徐州老家里去，自己却留了一百多两银子。本日在大街上买了一匹茧绸，又买了一件大呢马褂面子，拿回寓去，叫个成衣做一身棉袍子、马褂。因为已是九月底，天气虽十分和暖，倘然西北风一起，立刻便要穿棉了。分付成衣已毕，吃了午饭，步出西门，先到趵突泉上吃了一碗茶。

这趵突泉乃济南府七十二泉中的第一个泉，在大池之中，有四五亩地宽阔，两头均通溪河。池中流水，汩汩有声。池子正中间有三股大泉，从池底冒出，翻上水面有二三尺高。据土人云：当年冒起有五六尺高，后来修池，不知怎样就矮下去了。

这三股水，均比吊桶还粗。池子北面是个吕祖殿，殿前搭着凉棚，摆设着四五张桌子、十几条板凳卖茶，以便游人歇息。

老残吃完茶，出了趵突泉后门，向东转了几个弯，寻着了金泉书院。进了二门，便是投辖井，相传即是陈遵留客之处。再望西去，过一重门，即是一个蝴蝶厅，厅前厅后均是泉水围绕。厅后许多芭蕉，虽有几批败叶，尚是一碧无际，西北角上，芭蕉丛里，有个方池，不过二丈见方，就是金线泉了。金线乃四大名泉之二。你道四大名泉是那四个？就刚才说的趵突泉，此刻的金线泉，南门外的黑虎泉，抚台衙门里的珍珠泉，叫做"四大名泉"。

这金线泉相传水中有条金线。老残左右看了半天，不要说金线，连铁线也没有。后来幸而走过一个士子来，老残便作揖请教这"金线"二字有无着落。那士子便拉着老残趱到池子西面，弯了身体，侧着头，向水面上看，说道："你看，那水面上有一条线，仿佛游丝一样，在水面上摇动。看见了没有？"老残也侧了头，照样看去。看了些时，说道："看见了，看见了！"这是什么缘故呢？想了一想，道："莫非底下是两股泉水，力量相敌，所以中间挤出这一线来？"那士子道："这泉见于著录好几百年，难道这两股泉的力量，经历这久就没有个强弱吗？"老残道："你看这线，常常左右摆动，这就是两边泉力不匀的道理了。"那士子倒也点头会意。说完，彼此各散。

老残出了金泉书院，顺着西城南行。过了城角，仍是一条街市，一直向东。这南门城外好大一条城河，河里泉水湛清，看得河底明明白白。河里的水草都有一丈多长，被那河水流得摇摇摆摆，煞是好看。走着看着，见河岸南面，有几个大长方池子，许多妇女坐在池边石上捣衣。再过去，有一个大池，池南几间草房。走到面前，知是一个茶馆。进了茶馆，靠北窗坐下，就有一个茶房泡了一壶茶来。茶壶都是宜兴壶的样子，却是本地仿照烧的。老残坐定，问茶房道："听说你们这里有个黑虎泉，可知道在什么地方？"那茶房笑道："先生，你伏到这窗台上朝外看，不就是黑虎泉吗？"老残果然望外一看，原来就在自己脚底下，有一个石头雕的老虎头，约有二尺余长，倒有尺五六的宽径。从那老虎口中喷出一股泉来，力量很大，从池子这边直冲到池子那面，然后转到两边，流入城河去了。坐了片刻，看那夕阳有渐渐下山的意思，遂付了茶钱，缓步进南门回寓。

到了次日，觉得游兴已足，就拿了串铃，到街上去混混。趱过抚台衙门，望西一条胡同口上，有所中等房子，朝南的大门，门旁贴了"高公馆"三个字。只见那公馆门口站了一个瘦长脸的人，穿了件棕紫熟罗棉大袄，手里捧了一支洋白铜二马车水烟袋，面带愁容。看见老残，唤道："先生，先生！你会看喉咙吗？"老残答道："懂得一点半点儿的。"那人便说："请里面坐。"

进了大门，望西一拐，便是三间客厅，铺设也还妥当。两边字画，多半是时下名人的笔墨。只有中间挂着一幅中堂，只画了一个人，仿佛列子御风的形状，衣服冠带均被风吹起，笔力甚为遒劲，上题"大风张风"四字，也写得极好。坐定，彼此问过名姓。原来这人系江苏人，号绍殷，充当抚院内文案差使。他说道："有个小妾害了喉蛾，已经五天，今日滴水不能进了。请先生诊视尚有救没有？"老残道："须看了病，方好说话。"当时高公即叫家人："到上房关照一声，说有先生来看病。"随后就同着进了二门，即是三间上房。进得堂屋，有老妈子打起西房的门帘，说声："请里面坐。"走进房门，贴西墙靠北一张大床，床上悬着印花夏布帐子，床面前靠西放了一张半桌，床前两张机凳。

高公让老残西面机凳上坐下。帐子里伸出一只手来，老妈子拿了几本书垫在手下，诊了一只手，又换一只。老残道："两手脉沉数而弦，是火被寒逼住，不得出来，所以越过越重。请看一看喉咙。"高公便将帐子打起。看那妇人，约有二十岁光景，面上通红，人却甚为委顿的样子。高公将他轻轻扶起，对着窗户的亮光。老残低头一看，两边肿的已将要合缝了，颜色淡红。看过，对高公道："这病本不甚重，原起只是一点火气，被医家用苦寒药一逼，火不得发，兼之平常肝气易动，抑郁而成。目下只须吃两剂辛凉发散药就好了。"又在自己药囊内取出一个药瓶、一支喉枪，替他吹了些药上去。出到厅房，开了个药方，名叫"加味甘桔汤"。用的是生甘草、苦桔梗、牛蒡子、荆芥、防风、薄荷、辛夷、飞滑石八味药，鲜荷梗做的引子。方子开毕，送了过去。

高公道："高明得极。不知吃几帖？"老残道："今日吃两帖，明日再来复诊。"高公又问："药金请教几何？"老残道："鄙人行道，没有一定的药金。果然医好了姨太太病，等我肚子饥时，赏碗饭吃；走不动时，给几个盘川，尽够的了。"高公道："既如此说，病好一总酬谢。尊寓在何处，以便倘有变动，着人来请。"老残道："在布政司街高升店。"说毕分手。从此，天天来请。不过三四天，病势渐退，已经同常人一样。高公喜欢得无可如何，送了八两银子谢仪，还在北柱楼办了一席酒，邀请文案上同事作陪，也是个揄扬的意思。谁知一个传十，十个传百，官幕两途，拿轿子来接的，渐渐有日不暇给之势。

那日，又在北柱楼吃饭，是个候补道请的。席上右边上首一个人说道："玉佐臣要补曹州府了。"左边上首，紧靠老残的一个人道："他的班次很远，怎样会补缺呢？"右边人道："因为他办强盗办的好，不到一年竟有路不拾遗的景象，宫保赏识非凡。前日有人对宫保说：'曾走曹州府某乡庄过，亲眼见有个蓝布包袱弃在路旁，无人敢拾。某就问土人："这包袱是谁的？为何没人收起？"土人道："昨儿夜里，不知何人放在这里的。"某问："你们为甚么不拾了回去?"都笑着摇摇头道:"俺还要一家子性命吗!"如此,可见路不拾遗,古人竟不是欺人,今日也竟做得到的!'宫保听着很是喜欢,所以打算专折明保他。"他左边的人道:"佐臣人是能干的,只嫌太残忍些。来到一年,站笼站死两千多人,难道没有冤枉吗?"旁边一人道:"冤枉一定是有的,自无庸议,但不知有几成不冤枉的?"右边人道:"大凡酷吏的政治,外面都是好看的。诸君记得当年常剥皮做兖州府的时候,何尝不是这样?总做的人人侧目而视就完了。"又一人道:"佐臣酷虐,是诚然酷虐,然曹州府的民情也实在可恨。那年,兄弟署曹州的时候,几乎无一天无盗案。养了二百名小队子,像那不捕鼠的猫一样,毫无用处。及至各县捕快捉来的强盗,不是老实乡民,就是被强盗胁了去看守骡马的人。至于真强盗,一百个里也没有几个。现在被这玉佐臣雷厉风行地一办,盗案竟自没有了。相形之下,兄弟实在惭愧得很。"左边人道:"依兄弟愚见,还是不多杀人的为是。此人名震一时,恐将来果报也在不可思议之列。"说完,大家都道:"酒也够了,赐饭罢。"饭后各散。

过了一日,老残下午无事,正在寓中闲坐,忽见门口一乘蓝呢轿落下,进来一个人,口中喊道:"铁先生在家吗?"老残一看,原来就是高绍殷,赶忙迎出,说:"在家,在家。请房里坐"只是地方卑污,屈驾得很。"绍殷一面道:"说那里的话!"一面就往里走。进得二门,是个朝东的两间厢房。房里靠南一张砖炕,炕上铺着被褥;北面一张方桌,两张椅子;西面两个小小竹箱。桌上放了几本书,一方小砚台,几枝笔,一个印色盒子。老残让他上首坐了。他就随手揭过书来,细细一看,惊讶道:"这是部宋版张君房刻本的《庄子》,从那里得来的?此书世上久不见了,季沧苇、黄丕烈诸人俱未见过,要算希世之宝呢!"老残道:"不过先人遗留下来的几本破书,卖又不值钱,随便带在行箧,解解闷儿,当小说书看罢了,何足挂齿。"再望下翻,是一本苏东坡手写的陶诗,就是毛子晋所仿刻的祖本。

绍殷再三赞叹不绝,随又问道:"先生本是科第世家,为甚不在功名上讲求,却操此冷业?虽说富贵浮云,未免太高尚了罢。"老残叹道:"阁下以'高尚'二字许我,实过奖了。鄙人并非无志功名:一则,性情过于疏放,不合时宜;二则,俗说'攀得高,跌得重',不想攀高是想跌轻些的意思。"绍殷道:"昨晚在里头吃便饭,宫保谈起:'幕府人才济济,凡有所闻的,无不罗致于此了。'同坐姚云翁便道:'目下就有一个人在此,宫保并未罗致。'宫保急问:'是谁?'姚云翁就将阁下学问怎样,品行怎样,而又通达人情、熟谙世务,怎样,说得宫保抓耳挠腮,十分欢喜。宫保就叫兄弟立刻写个内文案札子送来。那是兄弟答道:'这样恐不妥当,此人既非候补,又非投放,且还不知他有什么功名,札子不甚好下。'宫保说:'那么就下个关书去请。'兄弟说:'若要请他看病,那是一请就到的;若要招致幕府,不知他愿意不愿意,须先问他一声才好。'宫保说:'很好。你明天就去探探口气,你就同了他来见我一见。'为此,兄弟今日特来与阁下商议,可否今日同到里面见宫保一见?"老残道:"那也没有甚么不可,只是见宫保须要冠带,我却穿不惯,能便衣相见就好。"绍殷道:"自然便衣。稍停一刻,我们同去。你到我书房里坐等。宫保午后从里边下来,我们就在签押房里见了。"说着,又喊了一乘轿子。

老残穿着随身衣服,同高绍殷进了抚署。原来这山东抚署是明朝的齐王府,故许多地方仍用旧名。进了三堂,就叫"宫门口"。旁边就是高绍殷的书房,对面便是宫保的签押房。方到绍殷书房坐下,不到半时,只见宫保已从里面出来,身体甚是魁梧,相貌却还仁厚。高绍殷看见,立刻迎上前去,低低说了几句。只听庄宫保连声叫道:"请过来,请过来。"便有个差官跑来喊道:"宫保请铁老爷!"老残连忙走来,向庄宫保对面一站。庄云:"久慕得很!"用手一伸,腰一呵,说:"请里面坐。"差官早将软帘打起。

老残进了房门,深深作了一个揖。宫保让在红木炕上首坐下。绍殷对面相陪。

另外搬了一张方杌凳在两人中间,宫保坐了,便问道:"听说补残先生学问经济都出众得很。兄弟以不学之资,圣恩叫我做这封疆大吏,别省不过尽心吏治就完了,本省更有这个河工,实在难办。所以兄弟没有别的法子,但凡闻有奇才异能之士,都想请来,也是集思广益的意思。倘有见到的所在,能指教一二,那就受赐得多了。"老残道:"宫保的政声,有口皆碑,那是没有得说的了。只是河工一事,听得外边议论,皆是本贾让三策,主不与河争地的?"宫保道:"原是呢。你看,河南的河面多宽,此地的河面多窄呢。"老残道:"不是这么说。河面窄,容不下,只是伏汛几十天;其余的时候,水力甚软,沙所以易淤。要知贾让只是文章做得好,他也没有办过河工。贾让之后,不到一百年,就有个王景出来了。他治河的法子乃是从大禹一脉下来的,专主'禹抑洪水'的'抑'字,与贾让之说靳正相反背。自他治过之后,一千多年没河患。明朝潘季驯,本朝靳文襄,皆略仿其意,遂享盛名。宫保想必也是知道的。"宫保道:"王景是用何法子呢?"老残道:"他是从'播为九河,同为逆河','播''同'两个字上悟出来的。《后汉书》上也只有'十里立一水门,令更相回注'两句话。至于其中曲折,亦非倾盖之间所能尽的,容慢慢地做个说帖呈出览了,何如?"

庄宫保听了,甚为喜欢,向高绍殷道:"你叫他们赶紧把那南书房三间收拾,只便请铁先生就搬到衙门里来住罢,以便随时领教。"老残道:"宫保雅爱,甚为感激,参来目下有个亲戚在曹州府住,打算去探望一道。并且风闻玉守的政声,也要去是考参考,究竟是个何等样人。等鄙人从曹州回来,再领宫保的教罢。"宫保神色甚为快快。说完,老残即告辞,同绍殷出了衙门,各自回去,未知老残究竟是到曹州与否,且听下回分解。

【刘鹗自评】

第二卷前半可当《大明湖记》读。此卷前半可当《济南名泉记》读。

北柱楼一席话,各人俱有不满玉贤之意,只以"路不拾遗"美名。无人敢直发其奸。

亦由省城距曹州较远未能得其确耗。

济南抚署，相传为齐王府。署中有东朝房、西朝房、宫门口、动宫、西宫、五凤楼、五朝门等名目，至今仍旧。

庄勤果公挺揽海内名士有见善若不及之势。

（《老残游记》卷三终）

卷四

宫保爱才求贤若渴　太尊治盗疾恶如仇

话说老残从抚署出来，即将轿子辞去，步行在街上游玩了一会儿，又在古玩店里盘桓些时。傍晚回到店里，店里掌柜的连忙跑进屋来说声"恭喜"。老残茫然不知道是何事。

掌柜的道："我适才听说院上高大老爷亲自来请你老，说是抚台要想见你老，因此一路进衙门的。你老真好造化！上房一个李老爷，一个张老爷，都拿着京城里的信去见抚台，三次五次的见不着。偶然见着回吧，这就要闹脾气、骂人，动不动就要拿片子送人到县里去打。像你老这样抚台央出文案老爷来请进去谈谈，这面子有多大！那怕不是立刻就有差使的吗？怎么样不给你老道喜呢！"老残道："没有的事，你听他们胡说呢。高大老爷是我替他家医治好了病。我说，抚台衙门里有个珍珠泉，可能引我们去见识见识？所以昨日高大老爷偶然得空，来约我看泉水的。那里有抚台来请我的话！"掌柜的道："我知道的，你老别骗我。先前高大老爷在这里说话的时候，我听他管家说，抚台进去吃饭，走从高大老爷房门口过，还嚷说：'你赶紧吃过饭，就去约那个铁公来哪！去迟，恐怕他出门，今儿就见不着了。'"老残笑道："你别信他们胡诌，没有的事。"掌柜的道："你老放心，我不问你借钱。"

只听外边大嚷："掌柜的在那儿呢？"掌柜的慌忙跑出去。只见一个人，戴了亮蓝顶子，拖着花翎，穿了一双抓地虎靴子，紫呢夹袍，天青哈喇马褂，一手提着灯笼，一手拿了个双红名帖，嘴里喊："掌柜的呢？"掌柜的说："在这儿，在这儿！你老啥事？"那人道："你这儿有位铁爷吗？"掌柜的道："不错，不错，在这东厢房里住着呢，我引你去。"

两人走进来，掌柜指着老残道："这就是铁爷。"那人赶了一步，进前请了一个安，举起手中帖子，口中说道："宫保说，请铁老爷的安！今晚因学台请吃饭，没有能留铁老爷在衙门里吃饭，所以叫厨房里赶紧办了一桌酒席，叫立刻送过来。宫保说，不中吃，请铁老爷格外包涵些。"那人回头道："把酒席抬上来。"那后边的两个人抬着一个三屉的长方抬盒，揭了盖子，头屉是碟子、小碗，第二屉是燕窝、鱼翅等类大碗，第三屉是一个烧小猪、一只鸭子，还有两碟点心。打开看过，那人就叫："掌柜的呢？"这时，掌柜同茶房等人站在旁边，久已看呆了，听叫，忙应道："啥事？"那人道："你招呼着送到厨房里去。"老残忙道："宫保这样费心，是不敢当的。"一面让那人房里去坐坐吃茶，那人再三不肯。老残固让，那人才进房，在下首一个杌子上坐下。让他上炕，死也不肯。

老残拿茶壶，替他倒了碗茶。那人连忙立起，请了个安道谢，因说道："听宫保吩咐，赶紧打扫南书房院子，请铁老爷明后天进去住呢。将来有甚么差遣，只管到武巡捕房呼唤一声，就过去伺候。"老残道："岂敢，岂敢！"那人便站起来，又请了个安，说："告辞，要回衙消差，请赏个名片。"老残一面叫茶房来，给了挑盒子的四百钱；一面写了个领谢帖子，送那人出去。那人再三固让，老残仍送出大门，看那人上马去了。

老残从门口回来，掌柜的笑迷迷地迎着说道："你老还要骗我！这不是抚台大人送了酒席来了吗？刚才来的，我听说是武巡捕赫大老爷，他是个参将呢。这二年里，住在俺店里的客，抚台也常有送酒席来的，都不过是寻常酒席，差个戈什么就算了。像这样尊重，俺这里是头一回呢！"老残道："那也不必管他，寻常也好，异常也好，只是这桌菜怎样销法呢？"掌柜的道："或者分送几个至好朋友，或者今晚赶写一个帖子，请几位体面客，明儿带到大明湖上去吃。抚台送的，比金子买的还荣耀得多呢。"老残笑道："既是比金子买的还要荣耀，可有人要买？我就卖他两把金子来，抵还你的房饭钱罢。"掌柜的道："别忙，你老房饭钱，我很不怕，自有人来替你开发。你老不信，试试我的话，看灵不灵！"老残道："管他怎么呢，只是今晚这桌菜，依我看，倒是转送了你去请客罢。我很不愿意吃他，怪烦得慌。"二人讲了些时，仍是老残请客，就将这本店的住客都请到上房明间里去。这上房住的，一个姓李，一个姓张，本是极倨傲的。今日见抚台如此契重，正在想法联络联络，以为托情谋保举地步。却遇老残借他的外间请本店的人，自然是他二人上坐，喜欢得无可如何。所以这一席间，将个老残恭维得浑身难受。十分没法，也只好敷衍几句。好容易一席酒完，各自散去。

那知这张、李二公，又亲自到厢房里来道谢，一替一句，又奉承了半日。姓李的道："老兄可以捐个同知，今年随折一个过班，明年春间大案，又是一个过班，秋天引见，就可得济东泰武临道。先署后补，是意中事。"姓张的道："李兄是天津的首富，如老兄可以照应他得两个保举，这捐官之费，李兄可以拿出奉借。等老兄得了优差，再还不迟。"老残道："承两位过爱，兄弟总算有造化的了。只是目下尚无出山之志，将来如要出山，再为奉恳。"两人又力劝了一回，各自回房安寝。

老残心里想道："本想再为盘桓两天，看这光景，恐无谓的纠缠，要越逼越紧了。'三十六计，走为上计'。"当夜遂写了一封书，托高绍殷代谢庄宫保的厚谊。天未明，即将店帐算清楚，雇了一辆二把手的小车，就出城去了。

出济南府西门，北行十八里，有个镇市，名叫雒口。当初黄河未并大清河的时候，凡城里的七十二泉泉水，皆从此地入河，本是个极繁盛的所在。自从黄河并了，虽仍有货船来往，究竟不过十分之一二，差得远了。老残到了雒口，雇了一只小船，讲明逆流送到曹州府属董家口下船，先付了两吊钱，船家买点柴米。却好本日是东南风，挂起帆来，"呼呼"地去了。走到太阳将要落山，已到了齐河县城，抛锚住下。第二日住在平阴，第三日住在寿张，第四日便到了董家口，仍在船上住了一夜。天明开发船钱，将行李搬在董家口一个店里住下。

这董家口，本是曹州府到大名府的一条大道，故很有几家车店。这家店就叫个董二房老店。掌柜的姓董，有六十多岁，人都叫他老董。只有一个伙计，名叫王三。老残住在店内，本该雇车就往曹州府去，因想沿路打听那玉贤的政绩，故缓缓起行，以便察访。

这日有辰牌时候，店里住客，连那起身极迟的，也都走了。店伙打扫房屋，掌柜的帐已写完，在门口闲坐。老残也在门口长凳上坐下，向老董说道："听说你们这府里的大人，办盗案好得很，究竟是个甚么情形？"那老董叹口气道："玉大人官却是个清官，办案也实在麻利，只是手太辣些。初起还办着几个强盗，后来强盗摸着他的脾气，这玉大人倒反做了强盗的兵器了。"

老残道："这话怎么讲呢？"老董道："在我们此地西南角上，有个村庄，叫于家屯。这于家屯也有二百多户人家。那庄上有个财主，叫于朝栋，生了两个儿子，一个女儿。二子都娶了媳妇，养了两个孙子。女儿也出了阁。这家人家，过的日子很为安逸，不料祸事临门。去年秋间，被强盗抢了一次。其实也不过抢去些衣服首饰，所值不过几百吊钱。这家就报了案，经这玉大人极力地严拿，居然也拿住了两个为从的强盗伙计，追出来的赃物不过几件布衣服。那强盗头脑早已不知跑到那里去了。

"谁知因这一拿，强盗结了冤仇。到了今年春天，那强盗竟在府城里面抢了一家子。玉大人雷厉风行的，几天也没有拿着一个人。过了几天，又抢了一家子。抢过之后，大明大白地放火。你想，玉大人可能依呢？自然调起马队，追下来了。

"那强盗抢过之后，打着火把出城，手里拿着洋枪，谁敢上前拦阻。出了东门，望北走了十几里地，火把就灭了。玉大人调了马队，走到街上，地保、更夫就将这情形详细禀报。当时放马追出了城，远远还看见强盗的火把。追了二三十里，看见前面又有火光，带着两三声枪响。玉大人听了，怎能不气呢？仗着胆子本来大，他手下又有二三十匹马，都带着洋枪，还怕什么呢。一直地追去，不是火光，便是枪声。到了天快明时，眼看离追上不远了，那时也到了这于家屯了。过了于家屯再往前追，枪也没有，火也没有。

"玉大人心里一想，说道：'不必往前追，这强盗一定在这村庄上了。'当时勒回了马头，到了庄上，在大街当中有个关帝庙下了马。吩咐手下的马队，派了八个人，东南西北，一面两匹马把住，不许一个人出去，将地保、乡约等人叫起。这时天已大明了。这玉大人自己带着马队上的人，步行从南头到北头，挨家去搜。搜了半天，一些形迹没有。又从东望西搜去，刚刚搜到这于朝栋家，搜出三枝土枪，又有几把刀，十几根竿子。

"玉大人大怒，说强盗一定在他家了。坐在厅上，叫地保来问：'这是甚么人家？'地保回道：'这家姓于。老头子叫于朝栋，有两个儿子：大儿子叫于学诗，二儿子叫于学礼，都是捐的监生。'玉大人立刻叫把这于家父子三个带上来。你想，一个乡下人，见了府里大人来了，又是盛怒之下，那有不怕的道理呢？上得厅房里，父子三个跪下，已经是飒飒地抖，那里还能说话。

"玉大人说道：'你好大胆！你把强盗藏到那里去了？'那老头子早已吓得说不出话来。还是他二儿子，在府城里读过两年书，见过点世面，胆子稍为壮些，跪着伸直了腰，朝上回道：'监生家里向来是良民，从没同强盗往来的，如何敢藏着强盗？'玉大人道：'既没有勾通强盗，这军器从那里来的？'于学礼道：'因去年被盗之后，庄上不断常有强盗来，所以买了几根竿子，叫田户、长工轮班来几个保家。因强盗都有洋枪，乡下洋枪没有买处，也不敢买，所以从他们打鸟儿的回了两三枝土枪，夜里放两声，惊吓惊吓强盗的意思。'玉大人喝道：'胡说！那有良民敢置军火的道理！你家一定是强盗！'回头叫了一声：'来！'那手下人便齐声像打雷一样答了一声：'喳！'玉大人说：'你们把前后门都派人扎了，替我切实地搜！'这些马勇遂到他家，从上房里搜起，衣箱橱柜，全行抖擞一个尽，稍为轻便值钱一点的首饰，就掖在腰里去了。搜了半天，倒也没有搜出甚么犯法的东西。那知搜到后来，在西北角上，有两间堆破烂农器的一间屋子里，搜出了一个包袱，里头有七八件衣裳，有三四件还是旧绸子的。马兵拿到厅上，回说：'在堆东西的房里搜出这个包袱，不像是自己的衣服。请大人验看。'

"那玉大人看了，眉毛一皱，眼睛一凝，说道：'这几件衣服，我记得仿佛是前天城里失盗那一家子的。姑且带回衙门去，照失单查对。'就指着衣服向于家父子道：'你说这衣服那里来的？'于家父子面面相窥，都回不出。还是于学礼说：'这衣服实在不晓得那里来的。'玉大人就立起身来，吩咐：'留下十二个马兵，同地保将于家父子带回城去听审！'说着就出去。跟从的人，拉过马来，骑上了马，带着余下的人先进城去。

"这里于家父子同他家里人抱头痛哭。这十二个马兵说：'我们跑了一夜，肚子里很饿，你们赶紧给我们弄点吃的，赶紧走罢！大人的脾气谁不知道，越迟去越不得了。'地保也慌张地回去交代一声，收拾行李，叫于家预备了几辆车子，大家坐了进去。赶到二更多天，才进了城。

"这里于学礼的媳妇，是城里吴举人的姑娘，想着他丈夫同他公公、大伯子都被捉去的，断不能松散。当时同他大嫂子商议，说：'他们爷儿三个都被拘了去，城里不能没个人照料。我想，家里的事，大嫂子，你老照管着，这里我也赶忙追进城去，找俺爸爸想法子去。你看好不好？'他大嫂子说：'很好，很好。我正想着城里不能没人照应。这些管庄子的都是乡下老儿，就差几个去，到得城里，也跟傻子一样，没有用处的。'说着，吴氏就收拾收拾，选了一挂双套飞车，赶进城去。

到了他父亲面前，嚎啕大哭。这时候不过一更多天，比他们父子三个，还早十几里地呢。

"吴氏一头哭着，一头把飞灾大祸告诉了他父亲。他父亲吴举人一听，浑身发抖，抖着说道：'犯着这位丧门星，事情可就大大的不妥了。我先去走一趟看罢！'连忙穿了衣服，到府衙门求见。号房上去回过，说：'大人说的，现在要办盗案，无论甚么人，一应不见。'吴举人同里头刑名师爷素来相好，连忙进去见了师爷，把这种种冤枉说了一遍。师爷说：'这案在别人手里，断然无事。但这位东家向来不照律例办事的。如能交到兄弟书房里来，包你无事。恐怕不交下来，那就没法了。'"

"吴举人接连作了几个揖，重托了出去。赶到东门口等他亲家、女婿进来。

不过一钟茶的时候，那马兵押着车子已到。吴举人抢到面前，见他三人，面无人色。于朝栋看了看，只说了一句'亲家救我'，那眼泪就同潮水一样地直流下来。

"吴举人方要开口，旁边的马兵嚷道：'大人久已坐在堂上等着呢！已经四五拨子马来催过了，赶快走罢！'车子也并不敢停留。吴举人便跟着车子走着，说道：'亲家宽心！汤里火里，我但有法子，必去就是了。'说着，已到衙门口。只见衙里许多公人出来催道：'赶紧带上堂去罢！'当时来了几个差人，用铁链子将于家父子锁奷，带上去。方跪下，玉大人拿了失单交下来，说：'你们还有得说的吗？'于家父子方说得一声'冤枉'，只听堂上惊堂一拍，大嚷道：'人赃现获，还喊冤枉！把他站起来！去！'左右差人连拖带拽，拉下去了。"未知后事如何，且听下回分解。

【刘鹗自评】

庄勤果公抚东时，内文案一百三十余人，随工差遣者三百余人，有战国四公子之风。然而，鸡鸣狗道间出其间，国士羞之。

玉贤抚山西，其虐待教士并令兵丁强奸女教士，种种恶状，人多知之。至其守曹州，大得贤声。当时所为，人多不知。幸赖此书传出，将来可资正史採用小说云乎哉！

（《老残游记》卷四终）

卷五

烈妇有心殉节　乡人无意逢殃

话说老董说到此处，老残问道："那不成就把这人家爷儿三个都站死了吗？"

老董道："可不是呢！那吴举人到府衙门请见的时候，他女儿——于学礼的媳妇——也跟到衙门口，借了延生堂生药铺里坐下，打听消息。听说府里大人不见他父亲，已到衙门里头求师爷去了，吴氏便知事体不好，立刻叫人把三班头儿请来。

"那头儿姓陈，名仁美，是曹州府著名的能吏。吴氏将他请来，把被屈的情形告诉了一遍，央他从中设法。陈仁美听了，把头连摇几摇，说：'这是强盗报仇做的圈套。你们家又有上夜的，又有保家的，怎么就让强盗把赃物送到家中屋里还不知道？也算得个特等马糊了！'吴氏就从手上抹下一副金镯子，递给陈头，说：'无论怎样，总要头儿费心！但能救得三人性命，无论花多少钱都愿意。不怕将田地房产卖尽，咱一家子要饭吃去都使得。'陈头儿道：'我去替少奶奶设法，做得成也别欢喜，做不成也别埋怨。俺有多少力量用多少力量就是了。这早晚，他爷儿三个恐怕要到了，大人已是坐在堂上等着呢。我赶快替少奶奶打点去。'

"说罢告辞。回到班房，把金镯子望堂中桌上一搁，开口道：'诸位兄弟叔伯们，今儿于家这案明是冤枉，诸位有甚么法子，大家帮凑想想。如能救得他们三人性命，一则是件好事，二则大家也可沾润几两银子。谁能想出妙计，这副镯就是谁的。'大家答道：'那有一准的法子呢！只好相机行事，做到那里说那里话罢。'说过，各人先去通知已站在堂上的伙计们留神方便。

"这时于家父子三个已到堂上。玉大人叫把他们站起来。就有几个差人横拖倒拽将他三人拉下堂去。这边值日头儿就走到公案面前，跪了一条腿，回道：'禀大人的话，今日站笼没有空子，请大人示下。'那玉大人一听，怒道：'胡说！我这两天记得没有站甚么人，怎会没有空子呢？'值日差回道：'只有十二架站笼，三天已满。请大人查簿子看。'大人一查簿子，用手在簿子上点着说：'一，二三，咋儿是三个。一，二，三，四，五，前儿是五个。一，二，三，四，大前儿是四个。没有空，倒也不错的。'差人又回道：'今儿可否将他们先行收监，明天定有几个死的，等站笼出了缺，将他们补上好不好？请大人示下！'

"玉大人凝了一凝神，说道：'我最恨这些东西！若要将他们收监，岂不是又他多活了一天去了吗？断乎不行！你们去把大前天站的四个放下，拉来我看。'差人去将那四人放下，拉上堂去。大人亲自下案，用手摸着四人鼻子，说道：'是还有点游气。'复行坐上堂去，说：'每人打二千板子，看他死不死！'那知每人不消得几十板子，那四个人就都死了。众人没法，只好将于家父子站起，却在脚下选了三块厚砖，让他可以三四天不死，赶忙想法。谁知什么法子都想到，仍是不济。

"这吴氏真是好个贤惠妇人！他天天到站笼前来灌点参汤，灌了回去就哭，哭了就去求人，响头不知磕了几千，总没有人挽回得动这玉大人的牛性。于朝栋究竟上了几岁年纪，第三天就死了。于学诗到第四天也就差不多了。吴氏将于朝栋尸首领回，亲视含殓，换了孝服，将他大伯、丈夫后事嘱托了他父亲，自己跪到府衙门口，对着于学礼哭了个死去活来。末后向他丈夫说道：'你慢慢地走，我替你先到地下收拾房子去！'说罢，袖中掏出一把飞利的小刀，向脖子上只一抹，就没有了气了。

"这里三班头脑陈仁美看见，说：'诸位，这吴少奶奶的节烈，可以请得旌表的。我看，倘若这时把于学礼放下来，还可以活。我们不如借这个题目上去替他求一求罢。'众人都说：'有理。'陈头立刻进去找了稿案门上，把那吴氏怎样节烈说了一遍。又说：'民间的意思说：这节妇为夫自尽，情实可悯，可否求大人将他丈夫放下，以慰烈妇幽魂？'稿案说：'这话很有理，我就替你回去。'抓了一顶大帽子戴上，走到签押房，见了大人，把吴氏怎样节烈，众人怎样乞恩，说了一遍。玉大人笑道：'你们倒好，忽然地慈悲起来了！你会慈悲于学诗，你就不会慈悲你主人吗？这人无论冤枉不冤枉，若放下他，一定不能甘心，将来连我前程都保不住。俗语说得好，"斩草要除根"，就是这个道理。况这吴氏尤其可恨，他一肚子觉得我冤枉了他一家子。若不是个女人，他虽死了，我还要打他二千板子出出气呢！你传话出去：谁要再来替于家求情，就是得贿的凭据，不用上来回，就把这求情的人也用站笼站起来就完了！'稿案下来，一五一十将话告知了陈仁美。大家叹口气就散了。

"那里吴家业已备了棺木前来收殓。到晚，于学诗、于学礼先后死了。一家四口棺木，都停在西门外观音寺里。我春间进城还去看了看呢！"

老残道："于家后来怎么样呢，就不想报仇吗？"老董说道："那有甚么法子呢！民家被官家害了，除却忍受，更有什么法子？倘若是上控，照例仍旧发回来审问，再落在他手里，还不是又饶上一个吗？

"那于朝栋的女婿倒是一个秀才。四个人死后，于学诗的媳妇也到城里去了一趟，商议着要上控。就有那老年见过世面的人说：'不妥，不妥！你想叫谁去呢？外人去，叫做事不干己，先有个多事的罪名。若说叫于大奶奶去罢，两个孙子还小，家里偌大的事业，全靠他一人支撑呢，他再有个长短，这家业怕不是众亲族一分，这两个小孩子谁来抚养？反把于家香烟绝了。'又有人说：'大奶奶是去不得的，倘若是姑老爷去走一趟蹚，倒没有什么不可。'他姑老爷说：'我去是很可以去，只是与正事无济，反叫站笼里多添个屈死鬼。你想，抚台一定发回原官审问，纵然派个委员前来会审，官官相护，他又拿着人家失单衣服来顶我们。我们不过说：那是强盗的移赃。他们问：你瞧见强盗移的吗？你有什么凭据？那时自然说不出来。他是官，我们是民；他是有失单为凭的，我们是凭空里没有证据的。你说，这官事打得赢打不赢呢？'众人想想也是真没有法子，只好罢了。

"后来听得他们说，那移赃的强盗听见这样，都后悔得了不得，说：'我当初恨他报案，毁了我两个弟兄，所以用个借刀杀人的法子，让他家吃几个月官事，不怕不毁他一两千吊钱。谁知道就闹的这么利害，连伤了他四条人命！委实我同他家也没有这大的仇隙。'"

老董说罢，复道："你老想想，这不是给强盗做兵器吗？"老残道："这强盗所说的话又是谁听见的呢？"老董道："那是陈仁美他们碰了顶子下来，看这于家死的实在可惨，又平白的受了人家一副金镯子，心里也有点过不去，所以大家动了公愤，齐心齐意要破这一案。又加着那邻近地方，有些江湖上的英雄，也恨这伙强盗做得太毒，所以不到一个月，就捉住了五六个人。有三四个牵连着别的案情的，都站死了。有两三个专只犯于家移赃这一案的，被玉大人都放了。"

老残说："玉贤这个酷吏，实在令人可恨！他除了这一案不算，别的案子办的怎么样呢？"老董说："多着呢，等我慢慢地说给你老听。就咱这个本庄，就有一案，也是冤枉。不过条把人命就不算事了，我说给你老听……"

正要往下说时，只听他伙计王三喊道："掌柜的，你怎么着了？大家等你挖面做饭吃呢！你老的话布口袋破了口儿，说不完了！"老董听着就站起，走往后边挖面做饭。接连又来了几辆小车，渐渐地打尖的客陆续都到店里，老董前后招呼，不暇来说闲话。

过了一刻，吃过了饭，老董在各处算饭钱，招呼生意，正忙得有劲。老残无事，便向街头闲逛。出门望东走了二三十步，有家小店，卖油盐杂货。老残进去买了两包兰花潮烟。顺便坐下，看柜台里边的人，约有五十多岁光景，就问他："贵姓？"那人道："姓王，就是本地人氏。你老贵姓？"老残道："姓铁，江南人氏。"那人道："江南真好地方！'上有天堂，下有苏杭'，不像我们这地狱世界。"老残道："此地有山有水，也种稻，也种麦，与江南何异？"那人叹口气道："一言难尽！"就不往下说了。

老残道："你们这玉大人好吗？"那人道："是个清官！是个好官！衙门口有十二架站笼，天天不得空，难得有天把空得一个两个的。"说话的时候，后面走出一个中年妇人，在山架上检寻物件，手里拿着一个粗碗，看柜台外边有人，他看了一眼，仍找物件。

老残道："那有这么些强盗呢？"那人道："谁知道呢！"老残道："恐怕总是冤枉得多罢？"那人道："不冤枉，不冤枉！"老残道："听说他随便见看甚么人，只要不顺他的眼，他就把他用站笼站死；或者说话说得不得法，犯到他手里，也是一个死。有这话吗？"那人说："没有！没有！"只是觉得那人一面答话，那脸就渐渐发青，眼眶子就渐渐发红。听到"或者说话说得不得法"这两句的时候，那人眼里已经搁了许多泪，未曾坠下。那找寻物件的妇人，朝外一看，却止不住泪珠直滚下来，也不找寻物件，一手拿着碗，一手用袖子掩了眼睛，跑往后面去，才走到院子里，就觑觑地哭起来了。

老残颇想再望下问，因那人颜色过于凄惨，知道必有一番负屈含冤的苦，不敢说出来的光景，也只好搭讪着去了。走回店去就到本房坐了一刻，看了两页书，见老董事也忙完，就缓缓地走出，找着老董闲话，便将刚才小杂货店里所见光景告诉老董。问他是甚么缘故。老董说："这人姓王，只有夫妻两个，三十岁上成家。他女人小他头十岁呢。成家后，只生了一个儿子，今年已经二十一岁了。这家店里的货，粗笨的，本庄有集的时候买进；那细巧一点子的，都是他这儿子到府城里去贩买。春间，他儿子在府城里，不知怎样，多吃了两杯酒，在人家店门口，就把这玉大人怎样糊涂，怎样好冤枉人，随口瞎说。被玉大人心腹私访的人听见，就把他抓进衙门。大人坐堂，只骂了一句说：'你这东西谣言惑众，还了得吗！站起！'站笼不到两天就站死了。你老才见的那中年妇人就是这王姓的妻子，他也四十岁外了。夫妻两个只有此子，另外更无别人。你提起玉大人，叫他怎样不伤心呢？"

老残说："这个玉贤真正是死有余辜的人，怎样省城官声好到那步田地？煞是怪事！我若有权，此人在必杀之例。"老董说："你老小点嗓子！你老在此地，随便说说还不要紧。若到城里，可别这么说了，要送性命的呢！"老残道："承关照，我留心就是了。"当日吃过晚饭，安歇。

第二天，辞了老董，上车动身。到晚，住了马村集。这集比董家口略小些，离曹州府城只有四五十里远近。老残在街上看了，只有三家车店，两家已经住满，只有一家未有人住。大门却是掩着。老残推门进去，找不着人。半天，才有一个人出来说："我家这两天不住客人。"问他甚么缘故，却也不说。欲往别家，已无隙地，不得已，同他再三商议。那人才没精打采地开了一间房间，嘴里还说："茶水饭食都没有的，客人没地方睡，在这里将就点罢。我们掌柜的进城收尸去了，店里没人。你老吃饭喝茶，门口南边有个饭店带茶馆，可以去的。"老残连声说："劳驾，劳驾！行路的人怎样将就都行得的。"那人说："我困在大门旁边南屋里，你老有事，来招呼我罢。"

老残听了"收尸"二字，心里着实放心不下。晚间吃完了饭，回到店里，买了几块茶乾，四五包长生果，又沽了两瓶酒，连那沙瓶携了回来。那个店伙早已把灯掌上。老残对店伙道："此地有酒，你闩了大门，可以来喝一杯吧。"店伙欣然应诺，跑去把大门上了大闩，一直进来，立着说："你老请用罢，俺是不敢当的。"老残拉他坐下，倒了一杯给他。他欢喜地支着牙，连说"不敢"，其实酒杯子早已送到嘴边去了。

初起说些闲话，几杯之后，老残便问："你方才说掌柜的进城收尸去了，这话怎讲？难道又是甚人害在玉大人手里了吗？"那店伙说道："仗着此地一个人也没有，我可以放肆说两句，俺们这个玉大人真了不得！赛过活阎王，碰着了，就是个死！

"俺掌柜的进城，为的是他妹夫。他这妹夫也是个极老实的人。因为掌柜的哥妹两个极好，所以都住在这店里后面。他妹夫常常在乡下机上买几匹布，到城里去卖，赚几个钱贴补着零用。那天背着四匹白布进城，在庙门口摆在地下卖，早晨卖去两匹，后来又卖去了五尺。末后又来一个人，撕八尺五寸布，一定要在那整匹上撕，说情愿每尺多给两个大钱，就是不要撕过那匹上的布，乡下人见多卖十几个钱，有个不愿意的吗？自然就给他撕了。谁知没有两顿饭工夫，玉大人骑着马，走庙门口过。旁边有个人上去不知说了两句甚么话，只见玉大人朝他望了望，就说：'把这个人连布带到衙门里去。

"到了衙门，大人就坐堂，叫把布呈上去，看了一看，就拍着惊堂问道：'你这布那里来的？'他说：'我乡下买来的，'又问：'每个有多少尺寸？'他说：'一个卖过五尺，一个卖过八尺五寸。'大人说：'你既是零卖，两个是一样的布，为甚么这个上撕撕，那个上扯扯呢？还剩多少尺寸，怎么说不出来呢？'叫差人：'替我把这布量一量！'当时量过，报上去说：'一个是二丈五尺，一个是二丈一尺五寸。'

"大人听了，当时大怒，发下一个单子来，说：'你认识字吗？'他说；'不认识。'大人说：'念给他听！'旁边一个书办先生拿过单子念道：'十六七日早，金四报：昨日太阳落山时候，在西门外十五里地方被劫。是一个人从树林子里出来，用大刀在我肩膀上砍了一刀，抢去大钱一吊四百，白布两个：一个长二丈五尺，一个长二丈一尺五寸。'念到此，玉大人说：'布匹尺寸颜色都与失单相行，这案不是你抢的吗？你还想狡强吗？拉下去站起来！把布匹交还金四，完案。'"未知后事如何，且听下回分解。

【刘鹗自评】

玉贤残酷，吴氏节烈，都写得奕奕如生。有功于人心世道不少。

陈仁美成吴少奶奶节烈，犹有人心。贤于玉贤远矣！

玉贤对稿案所发议论，罪不容诛。哀哀我民，遭此不幸，多添个屈死鬼尤其可惨。

（《老残游记》卷五终）

卷六

万家流血顶染猩红　一席谈心辩生狐白

话说店伙说到将他妹夫扯去站了站笼，"布匹交金四，完案"。老残便道："这事我已明白，自然是捕快做的圈套，你们掌柜的自然应该替他收尸去的。但是，他一个老实人，为什么人要这么害他呢？你掌柜的就没有打听打听吗？"

店伙道："这事，一被拿，我们就知道了，都是为他嘴快惹下来的乱子。我也是听人家说的：府里南门大街西边小胡同里，有一家子，只有父子两个：他爸爸四十来岁，他女儿十七八岁，长的有十分人材，还没有婆家。他爸爸做些小生意，住了三间草房，一个土墙院子。这闺女有一天在门口站着，碰见了府里马队上什长花胳膊王三，因此王三看他长得体面，不知怎么，胡二巴越的就把他弄上手了。过了些时，活该有事，被他爸爸回来一头碰见，气了个半死。把他闺女着实打了一顿，就把大门锁上，不许女儿出去。不到半个月，那花胳膊王三就编了法子，把他爸爸也算了个强盗，用站笼站死。后来不但他闺女算了王三的媳妇，就连那点小房子也算了王三的产业。

"俺掌柜的妹夫，曾在他家卖过两回布，认得他家，知道这件事情。有一天，在饭店里多吃了两钟酒，就发起疯来。同这北街上的张二秃子，一面吃酒，一面说话，说怎么样缘故，这些人怎么样没个天理。那张二秃子也是个不知利害的人，听得高兴，尽往下问，说：'他还是义和团里的小师兄呢。那二郎、关爷多少正神常附在他身上，难道就不管管他吗？'他妹夫说：'可不是呢。听说前些时，他请孙大圣，孙大圣没有到，还是猪八戒老爷下来的。倘若不是因为他昧良心，为什么孙大圣不下来，倒叫猪八戒下来呢？我恐怕他这样坏良心，总有一天碰着大圣不高兴的时候，举起金箍棒来给他一棒。那他就受不住了。'二人谈得高兴，不知早被他们团里朋友报给王三，把他们两人面貌记得烂熟。没有数个月的工夫，把他妹夫就毁了。张二秃子知道势头不好，仗着他没有家眷，'天明四十五'，逃往河南归德府去找朋友去了。

"酒也完了，你老睡罢。明天倘若进城，千万说话小心！俺们这里人人都担着三分惊险，大意一点儿，站笼就会飞到脖儿梗上来的。"于是站起来，桌上摸了个半截线香，把灯拨了拨，说："我去拿油壶来添添这灯。"老残说："不用

了，各自睡罢。"两人分手。

到了次日早晨，老残收检行李，叫车夫来搬上车子。店伙送出，再三叮咛："进了城去，切勿多话。要紧，要紧！"老残笑着答道："多谢关照。"一面车夫将车子推动，向南大路进发。不过午牌时候，早已到了曹州府城。进了北门，就在府前大街寻了一家客店，找了个厢房住下。跑堂的来问了饭菜，就照样办来。吃过了，便到府衙门前来观望观望。看那大门上悬着通红的彩绸，两旁果真有十二个站笼，却都是空的，一个人也没有。心里诧异道："难道一路传闻都是谎话吗？"趑了一会儿，仍自回到店里。只见上房里有许多戴大帽子的人出入，院子里放了一肩蓝呢大轿，许多轿夫穿了棉袄裤，也戴着大帽子，在那里吃饼。又有几个人穿着号衣，上写着"城武县民壮"字样，心里知道这上房住的必是城武县了。过了许久，见上房里家人喊了一声"伺候"，那轿夫便将轿子搭到阶下。前头打红伞的拿了红伞，马棚里牵出了两匹马。登时上房里红呢帘子打起，出来了一个人，水晶顶，补褂朝珠，年纪约在五十岁上下，从台阶上下来，进了轿子，呼的一声，抬起出门

去了。

老残见了这人，心里想到："何以十分面善？我也未到曹署来过，此人是在那里见过的呢？……"想了些时，想不出来，也就罢了。因天时尚早，复到街上访问本府政绩，竟是一口同声说好，不过都带有惨淡颜色，不觉暗暗点头，深服古人"苛政猛于虎"一语真是不错。

回到店中，在门口略为小坐。却好那城武县已经回来，进了店门，从玻璃窗里朝外一看，与老残正属四目相对。一恍的时候，轿子已到上房阶下，那城武县从轿子里出来，家人放下轿帘，跟上台阶。远远看见他向家人说了两句话，只见那家人即向门口跑来，那城武县仍站在台阶上等着。家人跑到门口，向老残道："这位是铁老爷么？"老残道："正是。你何以知道？你贵上姓甚么？"家人道："小的主人姓申，新从省里出来，抚台委署城武县的。说请铁老爷上房里去坐呢。"老残恍然想起，这人就是文案上委员申东造。因虽会过两三次，未曾多余接谈，故记不得了。

老残当时上去，见了东造，彼此作了个揖。东造让到里间屋内坐下，嘴里连称："放肆，我换衣服。"当时将官服脱去，换了便服，分宾主坐下，问道："补翁是几时来的？到这里多少天了？可是就住在这店里吗？"老残道："今日到的，出省不过六七天，就到此地了。东翁是几时出省？到过任再来的吗？"东造道："兄弟也是今天到，大前天出省。这夫马人役是接到省城去的。我出省的前一天，还听姚云翁说：宫保看补翁去了，心里着实难过，说自己一生契重名士，以为无不可招致之人。今日竟遇着一个铁君，真是浮云富贵。反心内照，愈觉得龌龊不堪了！"

老残道："宫保爱才若渴，兄弟实在钦佩的。至于出来的原故，并不是肥遁鸣高的意思。一则深知自己才疏学浅，不称揄扬，二则因这玉太尊声望过大，到底看看是个何等人物。至'高尚'二字，兄弟不但不敢当，且亦不屑为。天地生才有数，若下愚蠢陋的人，高尚点也好借此藏拙。若真有点济世之才，竟自遁世，岂不辜负天地生才之心吗？"东造道："屡闻至论，本极佩服。今日之说，则更五体投地。可见长沮、桀溺等人为孔子所不取的了。只是目下在补翁看来，我们这玉太尊究竟是何等样人？"老残道："不过是下流的酷吏，又比郅都、甯成等人次一等了。"东造连连点头。又问道："弟等耳目有所隔阂，先生布衣游历，必可得其实在情形。我想太尊残忍如此，必多冤枉，何以竟无上控的案件呢？"老残便将一路所闻细说一遍。

说得一半的时候，家人来请吃饭。东造遂留老残同吃，老残亦不辞让。吃过之后，又接着说去。说完了，便道："我只有一事疑惑：今日在府门前瞻望，见十二个站笼都空着，恐怕乡人之言，必有靠不住处。"东造道："这却不然。我适在菏泽县署中，听说太尊是因为晚日得了院上行知，除已补授实缺外，在大案里又特保了他个以道员在任候补，并俟归道员班后，赏加二品衔的保举。所以停刑三日，让大家贺喜。你不见衙门口挂着红彩绸吗？

听说停刑的头一日，即是昨日，站笼上还有几个半死不活的人，都收了监了。"彼此叹息了一回。老残道："旱路劳顿，天时不早了，安息罢。"东造道："明日晚间，还请枉驾谈谈，弟有极难处置之事，要得领教，还望不弃才好。"说罢，各自归寝。

到了次日，老残起来，见那天色阴得很重，西北风虽不甚大，觉得棉袍子在身上有飘飘欲仙之致。洗过脸，买了几根油条当了点心，没精打采地到街上徘徊些时。正想上城墙上去眺望远景，见那空中一片一片地飘下许多雪花来，顷刻之间，那雪便纷纷乱下，回旋穿插，越下越紧。赶急走回店中，叫店家笼了一盆火来。那窗户上的纸，只有一张大些的，悬空了半截，经了雪的潮气，迎着风"霍铎霍铎"价响。旁边零碎小纸，虽没有声音，却不住地乱摇。房里便觉得阴风森森，异常惨淡。

老残坐着无事，书又在箱子里不便取，只是闷闷地坐，不禁有所感触，遂从枕头匣内取出笔砚来，在墙上题诗一首，专咏玉贤之事。诗曰：

得失沦肌髓，因之急事功。冤埋城阙暗，血染顶珠红。

处处鸺鹠雨，山山虎豹风。杀民如杀贼，太守是元戎！

下题"江南徐州铁英题"七个字。

写完之后，便吃午饭。饭后，那雪越发下得大了。站在房门口朝外一看，只见大小树枝，仿佛都用簇新的棉花裹着似的，树上有几个老鸦，缩着颈项避寒，不住地抖擞翎毛，怕雪堆在身上。又见许多麻雀儿，躲在屋檐底下，也把头缩着怕冷，其饥寒之状殊觉可悯。因想：这些鸟雀，无非靠着草木上结的实，并些小虫蚁儿充饥度命。现在各样虫蚁自然是都人蛰，见不着的了。就是那草木之实，经这雪一盖，那里还有呢？倘若明天晴了，雪略为化一化，西北风一吹，雪又变做了冰，仍然是找不着，岂不要饿到明春吗？想到这里，觉得替这些鸟雀愁苦的受不得。转念又想：这些鸟雀虽然冻饿，却没有人放枪伤害他，又没有什么网罗来捉他，不过暂时饥寒，撑到明年开春，便快活不尽了。若像这曹州府的百姓呢，近几年的年岁，也就很不好。又有这么一个酷虐的父母官，动不动就捉了去当强盗待，用站笼站杀，吓得连一句话也说不出来，于饥寒之外，又多一层惧怕，岂不比这鸟雀还要苦吗！想到这里，不觉落下泪来。又见那老鸦有一阵"刮刮"地叫了几声，仿佛他不是号寒啼饥，却是为有言论自由的乐趣，来骄这曹州府百姓似的。想到此处，不觉怒发冲冠，恨不得立刻将玉贤杀掉，方出心头之恨。

正在胡思乱想，见门外来了一乘蓝呢轿，并执事人等，知是申东造拜客回店了。因想：我为甚么不将这所见所闻的，写封信告诉庄宫保呢？于是从枕箱里取出信纸信封来，提笔便写。那知刚才题壁，在砚台上的墨早已冻成坚冰了。于是呵一点写一点，写了不过两张纸，天已很不早了。砚台上呵开来，笔又冻了；笔呵开来，砚台上又冻了。呵一回，不过写四五个字，所以耽搁工夫。

正在两头忙着，天色又暗起来，更看不见。因为阴天，所以比平常更黑得早，于是喊店家拿盏灯来。喊了许久，店家方拿了一盏灯，缩手缩脚地进来，嘴里还喊道："好冷呀!"把灯放下，手指缝里夹了个纸煤子，吹了好几吹，才吹着。那灯里是新倒上的冻油，堆得像大螺丝壳似的，点着了还是不亮。店家道："等一会，油化开就亮了。"拨了拨灯，把手还缩到袖子里去，站着看那灯灭不灭。起初灯光不过有大黄豆大，渐渐地得了油，就有小蚕豆大了。忽然抬头看见墙上题的字，惊惶道："这是你老写的吗？写的是啥？可别惹出乱子呀！这可不是玩儿的！"赶紧又回过头，朝外看看，没有人。又说道："弄的不好，要坏命的！我们还要受连累呢！"老残笑道："底下写着我的名字呢，不要紧的。"

说着，外面进来了一个人，戴着红缨帽子，叫了一声"铁老爷"，那店家就趔趔趄趄地去了。那进来的人道："敝上请钱老爷去吃饭呢。"原来就是申东造的家人。老残道："请你们老爷自用罢，我这里已经叫他们去做饭，一会儿就来了。说我谢谢罢。"那人道："敝上说：店里饭不中吃。我们那里有人送的两只山鸡，已经都片出来了，又片了些羊肉片子，说请铁老爷务必上去吃火锅子呢。敝上说，如铁老爷一定不肯去，敝上就叫把饭开到这屋里来吃。我看，还是请老爷上去罢：那屋子里有大火盆，有这屋里火盆四五个大，暖和得多呢，家人们又得伺候，请你老成全家人罢！"

老残无法，只好上去。申东造见了，说："补翁，在那屋里做什么，怎大雪天，我们来喝两杯酒罢！今儿有人送来极新鲜的山鸡，烫了吃，很好的，我就借花献佛了。"说着，便入了座。家人端上山鸡片，果然有红有白，煞是好看。烫着吃，味更香美。东造道："先生吃得出有点异味吗？"老残道："果然有点清香，是什么道理？"东造道："这鸡出在肥城县桃花山里头的。这山里松树极多，这山鸡专好吃松花松实，所以有点清香，俗名叫做'松花鸡'。虽在此地，亦很不容易得的。"老残赞叹了两句，厨房里饭菜也就端上桌子。

两人吃过了饭。东造约到里间房里吃茶、向火。忽然看见老残穿着一件棉袍子，说道："这种冷天，怎么还穿棉袍子呢？"老残道："毫不觉冷。我们从小儿不穿皮袍子的人，这棉袍子的力量恐怕比你们的狐皮还要暖和些呢。"东造道："那究竟不妥。"喊："来个人！你们把我扁皮箱里，还有一件白狐一裹圆的袍子取出来，送到铁老爷屋子里去。"

老残道："千万不必，我决非客气！你想，天下有个穿狐皮袍子摇串铃的吗？"东造道："你那串铃，本可以不摇，何必矫俗到这个田地呢！承蒙不弃，拿我兄弟还当个人，我有两句放肆的话要说，不管你先生恼我不恼我。昨儿听先生鄙薄那肥遁鸣高的人，说道：'天地生才有限，不宜妄自菲薄。'这话，我兄弟五体投地地佩服。然而先生所做的事情，却与至论有点违背。宫保一定要先生出来做官，先生却半夜里跑了，一定要出来摇串铃。试问，与那凿坏而遁，洗耳不听的，有何分别呢？兄弟话未免卤莽，有点冒犯，请先生想一想，是不是呢？"

老残道："摇串铃，诚然无济于世道，难道做官就有济于世道吗？请问：先生此刻已经是城武县一百里万民的父母了，其可以有济于民处何在呢？先生必有成竹在胸，何妨赐教一二呢？我知先生在前已做过两三任官的，请教已过的善政，可有出类拔萃的事迹呢？"东造道："不是这么说。像我们这些庸才，只好混混罢了。阁下如此宏才大略，不出来做点事情，实在可惜。无才者抵死要做官，有才者抵死不做官，此正是天地间第一憾事！"

老残道："不然。我说无才的要做官很不要紧，正坏在有才的要做官。你想，这个玉大尊，不是个有才的吗？只为过于要做官，且急于做大官，所以伤天害理地做到这样。而且政声又如此其好，怕不数年之间就要方面兼圻的吗！官愈大，害愈甚。守一府则一府伤，抚一省则一省残，宰天下则天下死！由此看来，请教还是有才的做官害大，还是无才的做官害大呢？倘若他也像我，摇个串铃子混混，正经病，人家不要他治；些小病痛，也死不了人。即使他一年医死一个，历一万年，还抵不上他一任曹州府害的人数呢！"未知申东造又有何说，且听下回分解。

【刘鹗自评】

鸟雀饥寒，犹无虞害之心。读之令人酸鼻。至闻鸦噪以为有害言论自由之乐以此骄人，是加一倍写法。此回为玉贤传之总结。

有才的急于做官，又急于要做大官，所以伤天害理。历朝国家俱受此等人物之害。

（《老残游记》卷六终）

卷七

借箸代筹一县策　纳楹闲访百城书

话说老残与申东造议论玉贤正为有才，亟于做官，所以丧天害理，至于如此，

彼此叹息一回。东造道："正是。我昨日说有要事与先生密商，就是为此。先生想，此公残忍至于此极，兄弟不幸，偏又在他属下。依他做，实在不忍；不依他做，又实无良法。先生阅历最多，所谓'险阻艰难，备尝之矣；民之情伪，尽知之矣'，必有良策，其何以教我？"老残道："知难则易者至矣。阁下既不耻下问，弟先须请教宗旨何如。若求在上官面上讨好，做得烈烈轰轰，有声有色，则只有依玉公办法，所谓逼民为盗也；若要顾念'父母官'三字，求为民除害，亦有化盗为民之法。若官阶稍大，辖境稍宽，略为易办；若止一县之事，缺分又苦，未免稍形棘手，然亦非不能也。"

东造道："自然以为民除害为主。果能使地方安静，虽无不次之迁，要亦不至于冻馁。子孙饭，吃他做什么呢！但是缺分太苦，前任养小队五十名，盗案仍是叠出。加以亏空官

款，因此挂误去官。弟思如赔累而地方安静，尚可设法弥补；若俱不可得，算是为何事呢！"老残道："五十名小队，所费诚然太多。以此缺论，能筹款若干，便不致赔累呢？"东造道："不过千金，尚不吃重。"

老残道："此事却有个办法。阁下一年筹一千二百金，却不用管我如何办法。我可以代画一策，包你境内没有一个盗案。倘有盗案，且可以包你顷刻便获。阁下以为何如？"东造道："能得先生去为我帮忙，我就百拜的感激了。"老残道："我无庸去，只是教阁下个至良极美的法则。"东造道："阁下不去，这法则谁能行呢？"老残道："正为荐一个行此法则的人。惟此人千万不可怠慢。若怠慢此人，彼必立刻便去，去后祸必更烈。

"此人姓刘，号仁甫，即是此地平阴县人，家在平阴县西南桃花山里面。其人少时，十四五岁在嵩山少林寺学拳棒。学了些时，觉得徒有虚名，无甚出奇致胜处。于是奔走江湖将近十年，在四川峨眉山上遇见了一个和尚，武功绝伦。他就拜他为师，学了一套'太祖神拳'，一套'少祖神拳'。因请教这和尚，拳法从那里得来的，和尚说系少林寺。他就大为惊讶，说：'徒弟在少林寺四五年，见没有一个出色拳法，师父从那一个学的呢？'那和尚道：'这是少林寺的拳法，却不从少林寺学来。现在少林寺里的拳法，久已失传了。你所学者太祖拳，就是达摩传下来的；那少祖拳，就是神光传下来的。当初传下这个拳法来的时候，专为和尚们练习了这拳，身体可以结壮，精神可以悠久。若当朝山访道的时候，单身走路，或遇虎豹，或遇强人，和尚家又不作带兵器，所以这拳法专为保护身命的。筋骨强壮，肌肉坚固，便可以忍耐冻饿。你想，行脚僧在荒山野墅里，访求高人古德，于"宿食"两字，一定难以周全的，此太祖、少祖传下拳法来的美意了。那知后来少林寺拳法出了名，外边来学的日多。学出去的人，也有做强盗的，也有奸淫人家妇女的，屡有所闻。因此，在现在这老和尚以前四五代上的一个老和尚，就将这正经拳法收起不传，只用些外面光、不管事的拳法敷衍门面而已。我这拳法系从汉中府里一个古德学来的，若能认真修练，将来可以到得甘凤池的位分。

"刘仁甫在四川住了三年，尽得其传。当时正是粤匪扰乱的时候，他从四川出来，就在湘军、淮军营盘里混过些时。因是两军，湘军必须湖南人，淮军必须安徽人，方有照应。若别省人，不过敷衍故事，得个把小保举而已，大权万不会有的。

"此公已保举到个都司。军务渐平，他也无心恋栈，遂回家乡，种了几亩田，聊以度日。闲暇无事，在这齐、豫两省随便游行。这两省练武功的人，无不知他的名气。他却不肯传授徒弟。若是深知这人一定安分的，他就教他几手拳棒，也十分慎重。所以这两省有武艺的，全敌他不过，都惧怕他。若将此人延为上宾，将这每月一百两交付此人，听其如何应用。大约他只要招十名小队，供奔走之役，每人月饷六两，其余四十两，供应往来豪杰酒水之资，也就够了。

"大概这河南、山东、直隶三省，及江苏、安徽的两个北半省，共为一局。此局内的强盗计分大小两种：大盗系有头领，有号令，有法律的，大概其中有本领的甚多；小盗则随时随地无赖之徒，及失业的顽民，胡乱抢劫，既无人帮助，又无枪火兵器。抢过之后，不是酗酒，便是赌博，最容易犯案的。譬如玉大尊所办的人，大约十分中九分半是良民，半分是这些小盗。若论那些大盗，无论头目人物，就是他们的羽翼，也不作兴有一个被玉大尊捉着的呢。但是大盗却容易相与，如京中保镖的呢，无论十万二十万银子，只须一两个人，便可保得一路无事。试问如此巨款，就聚了一二百强盗抢去，也很够享用的，难道这一两个镖司务就敌得过他们吗？只因为大盗相传有这个规矩，不作兴害镖局的。所以凡保镖的车上，有他的字号，出门要叫个口号。这口号喊出，那大盗就觌面碰着，彼此打个招呼，也决不动手。镖局几家字号，大盗都知道的；大盗有几处窝巢，镖局也是知道的。倘若他的羽翼，到了有镖局的所在，进门打过暗号，他们就知道是那一路的朋友。当时必须留着喝酒吃饭，临行还要送他三二百个钱的盘川。若是大头目，就须尽力应酬。这就叫做江湖上的规矩。

"我方才说这个刘仁甫，江湖都是大有名的。京城里镖局上请过他几次，他都不肯去，情愿埋名隐姓，做个农夫。若是此人来时，待以上宾之礼，仿佛贵县开了一个保护本县的镖局。他无事时，在街上茶馆饭店里坐坐，这过往的人，凡是江湖上朋友，他到眼便知，随便会几个茶饭东道，不消十天半个月，各处大盗头目就全晓得了，立刻便要传出号令：某人立足之地，不许打搅的。每月所余的那四十金就是给他做这个用处。至于小盗，他本无门径，随意乱做。就近处，自有人来暗中报信，失主尚未来县报案，他的手下人倒已先将盗犯获住。若是稍远的地方做了案子，沿路也有他们的朋友，替他暗中捕下去，无论走到何处，俱捉得到的。所以要十名小队子，其实，只要四五个应手的人已经足用了。那多余的五六个人，为的是本县轿子前头摆摆威风，或者按差送差，跑信等事用的。"

东造道："如阁下所说，自然是极妙的法则。但是此人既不肯应镖局之聘，若是兄弟衙署里请他，恐怕也不肯来，如之何呢？"老残道："只是你去请他，自然他不肯来的，所以我须详详细细写封信去，并拿救一县无辜良民的话打动他，自然他就肯来了。况他与我交情甚厚，我若劝他，一定肯的。因为我二十几岁的时候，看天下将来一定有大乱，所以极力留心将才，谈兵的朋友颇多。此人当年在河南时，我们是莫逆之交，相约倘若国家有用我辈的日子，凡我同人，俱要出来相助为理的。其时讲舆地、讲阵图、讲制造、讲武功的，各样朋友都有。此公便是讲武功的巨擘。后来大家都明白了：治天下的，又是一种人才。若是我辈所讲所学，全是无用的。故尔各人都弄个谋生之道，混饭吃去，把这雄心便抛入东洋大海去了。虽如此说，然当时的交情义气，断不会败坏的。所以我写封信去，一定肯来的。"

东造听了，连连作揖道谢，说："我自从挂牌委署斯缺，未尝一夜安眠。今日得闻这番议论，如梦初醒，如病初愈，真是万千之幸！但是这封信是派个何等样人送去方妥呢？"老残道："必须有个亲信朋友吃这一趟辛苦才好。若随便叫个差人送去，便有轻慢他的意思，他一定不肯出来，那就连我都要遭怪了。"东造连连说："是的，是的。我这里有个族弟，明天就到的，可以让他去一趟。先生信几时写呢？就费心写起来最好。"老残道："明日一天不出门。我此刻正写一长函致庄宫保，托姚云翁转呈，为细述玉太尊政绩的，大约也要明天写完；并此信一总写起，我后天就要动身了。"东造问："后天往那里去？"老残答说："先往东昌府访柳小惠家的收藏，想看看他的宋、元版书，随后即回济南省城过年。再后的行踪，连我自己也不知道了。今日夜已深了，可以睡罢。"立起身来。东造叫家人："打个手照，送铁老爷回去。"

揭起门帘来，只见天地一色，那雪已下得混混沌沌价白，觉得照得眼睛发胀似的。那阶下的雪已有了七八寸深，走不过去了。只有这上房到大门口的一条路，常有人来往，所以不住地扫。那到厢房里的一条路已看不出路影，同别处一样的高了。东造叫人赶忙铲出一条路来，让老残回房。推开门来，灯已灭了。上房送下一个烛台，两支红烛，取火点起，再想写信，那笔砚竟违抗万分，不遵调度，只好睡了。

到了次日，雪虽已止，寒气却更甚于前。起来喊店家秤了五斤木炭，生了一个大火盆，又叫买了几张桑皮纸，把那破窗户糊了。顷刻之间，房屋里暖气阳回，非昨日的气象了。遂把砚池烘化，将昨日未曾写完的信，详细写完封好，又将致刘仁甫的信亦写毕，一总送到上房，交东造收了，东造一面将致姚云翁的一函，加个马封，送往驿站；一面将刘仁甫的一函，送人枕头箱内。厨房也开了饭来。二人一同吃过，又复清谈片时，只见家人来报："二老爷同师爷们都到了，住在西边店里呢。洗完脸，就过来的。"

停了一会，只见门外来了一个不到四十岁模样的人，尚未留须，穿了件旧宁绸二蓝的大毛皮袍子，玄色长袖皮马褂，蹬了一双绒靴，已经被雪泥浸了帮子了，慌忙走进堂屋，先替乃兄作了个揖。东造就说："这就是舍弟，号子平。"回过脸来说："这是铁补残先生。"申子平走近一步，作了个揖，说声："久仰得很！"东造便问："吃过饭了没有？"子平说："才到，洗了脸就过来的，吃饭不忙呢。"东造说："吩咐厨房里做二老爷的饭，"子平道："可以不必。停一刻，还是同他们老夫子一块吃罢。"家人上来回说："厨房里已经吩咐，叫他们送一桌饭去，让二老爷同师爷们吃呢。"那时又有一个家人揭了门帘，拿了好几个大红全帖进来。老残知道是师爷们来见东家的，就趁势走了。

到了晚饭之后，申东造又将老残请到上房里，将那如何往桃花山访刘仁甫的话对着子平详细问了一遍。子平又问："从那里去最近？"老残道："从此地去怎样走法，我却不知道。昔年是从省城顺黄河到平阴县，出平阴县向西南三十里地，就到了山脚下了。进山就不能坐车，最好带个小驴子，到那平坦的地方，就骑驴，稍微危险些，就下来走两步。进山去有两条大路。西峪里走进有十几里的光景，有座关帝庙。那庙里的道士与刘仁甫常相往来的。你到庙里打听，就知道详细了。那山里关帝庙有两处：集东一个，集西一个。这是集西的一个关帝庙。"申子平问得明白，遂各自归房安歇去了。

次日早起，老残出去雇了一辆骡车，将行李装好。候申东造上衙门去禀辞，他就将前晚送来的那件狐裘，加了一封信，交给店家，说："等申大老爷回店的时候，送上去。此刻不必送去，恐有舛错。"店里掌柜的慌忙开了柜房里的木头箱子，装了进去，然后送老残动身上车，径往东昌府去了。

无非是风餐露宿，两三日工夫已到了东昌城内，找了一家干净车店住下。当晚安置停妥，次日早饭后便往街上寻觅书店。寻了许久，始觅着一家小小书店，三间门面，半边卖纸张笔墨，半边卖书。遂走到卖书这边柜台外坐下，问问此地行销些什么书籍。

那掌柜的道："我们这东昌府，文风最著名的。所管十县地方，俗名叫做'十美图'，无一县不是家家富足，户户弦歌。所有这十县用的书，皆是向小号来贩。

小号店在这里，后边还有栈房，还有作坊。许多书都是本店里自雕版，不用到外路去贩买的。你老贵姓，来此有何贵干？"老残道："我姓铁，来此访个朋友的。你这里可有旧书吗？"掌柜的道："有，有，有。你老要什么罢？我们这儿多着呢！"一面回过头来指着书架子上白纸条儿数道："你老瞧！这里《崇辨堂墨选》、《目耕斋初二三集》。再古的还有那《八铭塾钞》呢。这都是讲正经学问的。要是讲杂学的，还有《古唐诗合解》、《唐诗三百首》。再要高古点，还有《古文释义》。还有一部宝贝书呢，叫做《性理精义》，这书看得懂的，可就了不得了！"

老残笑道："这些书我都不要。"那掌柜的道："还有，还有。那边是《阳宅三要》、《鬼撮脚》、《渊悔子平》，诸子百家，我们小号都是全的。济南省城，那是大地方，不用说。若要说黄河以北，就要算我们小号是第一家大书店了。别的城池里都没有专门的书店，大半在杂货铺里带卖书。所有方圆二三百里，学堂里用的《三》、《百》、《千》、《千》都是在小号里贩得去的，一年要销上万本呢。"老残道："贵处行销这'三百千千'，我倒没有见过。是部什么书？怎样销得这么多呢？"掌柜的道："嗳！别哄我罢！我看你老很文雅，不能连这个也不知道。这不是一部书，'三'是《三字经》，'百'是《百家姓》，'千'是《千字文》，那一个'千'字呢，是《千家诗》。这《千家诗》还算一半是冷货，一年不过销百把部；其余《三》、《百》、《千》，就销得广了。"

老残说："难道《四书》《五经》都没有人买吗？"他说："怎么没有人买呢，《四书》小号就有。《诗》、《书》、《易》三经也有。若是要《礼记》、《左传》呢，我们也可以写信到省城里捎去。你老来访朋友，是那一家呢？"

老残道："是个柳小惠家。当年他老太爷做过我们的漕台。听说他家收藏的书极多。他刻了一部书，名叫《纳书楹》，都是宋、元版书。我想开一开眼界，不知道有法可以看得见吗？"掌柜的道："柳家是俺们这儿第一个大人家，怎么不知道呢！只是这柳小惠柳大人早已去世。他们少爷叫柳凤仪，是个两榜，那一部的主事。听说他家书多得很，都是用大板箱装着，只怕有好几百箱子呢。堆在个大楼上，永远没有人去问他。有近房柳三爷，是个秀才，常到我们这里来坐坐。我问过他：'你们家里那些书是些甚么宝贝？可叫我们听听罢咧。'他说：'我也没有看见过是甚么样子。'我说：'难道就那么收着不怕蛀虫吗？'"

掌柜的说到此处，只见外面走进一个人来，拉了拉老残，说："赶紧回去罢，曹州府里来的差人，急等着你老说话呢，快点走罢。"老残听了，说道："你告诉他等着罢，我略停一刻就回去了。"那人道："我在街上找了好半天了。俺掌柜的着急得了不得，你老就早点回店罢。"老残道："不要紧。你既找着了我，你就没有错儿了，你去罢。"

店小二去后，书店掌柜的看了看他去得远了，慌忙低声向老残说道："你老店里行李值多少钱？此地有靠得住的朋友吗？"老残道："我店里行李也不值多钱，我此地亦无靠得住的朋友。你问这话是什么意思呢？"掌柜的道："曹州府现是个玉大人。这人很惹不起的。无论你有理没理，只要他心里觉得不错，就上了站笼了。现在既是曹州府里来的差人，恐怕不知是谁扳上你老了。我看是凶多吉少，不如趁此逃去罢。行李既不值多钱，就舍去了的好，还是性命要紧！"老残道："不怕的。他能拿我当强盗吗？这事我很放心。"说着，点点头，出了店门。

街上迎面来了一辆小车，半边装行李，半边坐人。老残眼快，看见喊道："那车上不是金二哥吗？"即忙走上前去。那车上人也就跳下车来，定了定神，说道："嗳呀！这不是铁二哥吗？你怎样到此地，来做什么的？"老残告诉了原委，就说："你应该打尖了，就到我住的店里去坐坐谈谈罢。你从那里来？往那里去？"那人道："这是甚么时候，我已打过尖了，今天还要赶路程呢。我是从直隶回南，因家下有点事情，急于回家，不能耽搁了。"老残道："既是这样说，也不留你。只是请你略坐一坐，我要寄封信给刘大哥，托你带去罢。"说过，就向书店柜台对面，那卖纸张笔墨的柜台上，买了一枝笔，几张纸，一个信封。借了店里的砚台，草草地写了一封，交给金二。大家作了个揖，说："恕不远送了。山里朋友见着都替我问好。"那金二接了信，便上了车。老残也就回店去了。不知那曹州府来的差人究竟是否捉拿老残，且听下回分解。

【刘鹗自评】

前两回写玉贤之酷烈至此矣。此回却以"逼民为盗"四字总束前两回，为玉贤定罪。有逼民为盗之人，即不可无化盗为民之人。惜乎老残既不能见用于世，申东造亦仅一小小县令，无从展其骥足。世道之所以日坏也夫。

中国拳法系从印度传来，可资考证。

此种拳法，日本谓之柔术，是体操中至精之术，较西洋体操高出数倍。世间尚有传者不觅手药，不知何人能物色之。

（《老残游记》卷七终）

卷八

桃花山月下遇虎　柏树峪雪中访贤

话说老残听见店小二来告，说曹州府有差人来寻，心中甚为诧异："难道玉贤竟拿我当强盗待吗？"及至步回店里，见有一个差人，赶上前来请了一个安，手中提了一个包袱，提着放在旁边椅子上，向怀内取出一封信来，双手呈上。口中说道："申大老爷请铁老爷安！"老残接过信来一看，原来是申东造回寓，店家将狐裘送上，东造甚为难过，继思狐裘所以不肯受，必因与行色不符，因在估衣铺内选了一身羊皮袍子马褂，专差送来，并写明如再不收，便是绝人太甚了。

老残看罢，笑了一笑，就向那差人说："你是府里的差吗？"差人回说："是曹州府城武县里的壮班。"老残遂明白，方才店小二是漏掉下三字了。当时写了一封谢信，赏了来差二两银子盘费，打发去后，又住了两天。方知这柳家书，确系关锁在大箱子内，不但外人见不着，就是他族中人，亦不能得见。闷闷不乐，提起笔来，在墙上题一绝道：

沧苇遵王士礼居，艺芸精舍四家书。

一齐归入东昌府，深锁娜嬛饱蠹鱼！

题罢，唏嘘了几声，也就睡了。暂且放下。

却说那日东造到府署禀辞，与玉公见面，无非勉励些"治乱世，用重刑"的话头。他姑且敷衍几句，也就罢了。玉公端茶送出。东造回到店里，掌柜的恭恭敬敬将袍子一件、老残信一封，双手奉上。东造接来看过，心中悒悒不乐。适申子平在旁边，问道："大哥何事不乐？"东造便将看老残身上着的仍是棉衣，故赠以狐裘，并彼此辩论的话述了一遍，道："你看，他临走到底将这袍子留下，未免太矫情了！"子平道："这事大哥也有点失于检点。我看他不肯，有两层意思：一则嫌这裘价值略重，未便遽受；二则他受了，也实无用处，断无穿狐皮袍子，配上棉马褂的道理。大哥既想略尽情谊，宜叫人去觅一套羊皮袍子、马褂，或布面子，或茧绸面子均可，差人送去，他一定肯收。我看此人并非矫饰作伪的人。不知大哥以为何如？"东造说："很是，很是。你就叫人照样办去。"

子平一面办妥，差了个人送去，一面看着乃兄动身赴任。他就向县里要了车，轻车简从地向平阴进发。到了平阴，换了两部小车，推着行李，在县里要了一匹马骑着，不过一早晨，已经到了桃花山脚下。再要进去，恐怕马也不便。幸喜山口有个村庄，只有打地铺的小店，没法，暂且歇下。向村户人家雇了一条小驴，将马也打发回去了。打过尖，吃过饭，向山里进发。才出村庄，见面前一条沙河，有一里多宽，却都是沙。惟有中间一线河身，土人架了一个板桥，不过丈数长的光景。桥下河里虽结满了冰，还有水声，从那冰下潺潺的流，听着像似环佩摇曳的意思。知道是水流带着小冰，与那大冰相撞击的声音了。过了沙河，即是东峪。原来这山从南面迤逦北来，中间龙脉起伏，一时虽看不到，只是这左右两条大峪，就是两批长岭，冈峦重叠，到此相交。除中峰不计外，左边一条大溪河，叫东峪；右边一条大溪河，叫西峪。两峪里的水，在前面相会，并成一溪，左环右转，弯了三湾，才出溪口。出口后，就是刚才所过的那条沙河了。

子平进了山口，抬头看时，只见不远前面就是一片高山，像架屏风似的，迎面竖起，土石相间，树木丛杂。却当大雪之后，石是青的，雪是白的，树上枝条是黄的，又有许多松柏是绿的，一丛一丛，如画上点的苔一样。骑着驴，玩着山景，实在快乐得极，思想做两句诗，描摹这个景象。正在凝神，只听"壳铎"一声，觉得腿（左面是"月"，右面是"当"）里一软，身子一摇，竟滚下山涧去了。幸喜这路，本在涧旁走的，虽滚下去，尚不甚深。况且涧里两边的雪本来甚厚，只为面上结了一层薄冰，做了个雪的包皮。子平一路滚着，那薄冰一路破着，好像从有弹簧的褥子上滚下来似的。滚了几步，就有一块大石将他拦住，所以一点没有碰伤。连忙扶着石头，立起身来，那知把雪倒戳了两个一尺多深的窟窿。看那驴子在上面，两只前蹄已经立起，两只后蹄还陷在路旁雪里，不得动弹。连忙喊跟随的人，前后一看，并那推行李的车子，影响俱无。

你道是甚么缘故呢？原来这山路，行走的人本来不多，故那路上积的雪，比旁边稍为浅些，究竟还有五六寸深，驴走来，一步步的不甚吃力。子平又贪看山上雪景，未曾照顾后面的车子。可知那小车轮子，是要压倒地上往前推的，所以积雪的阻力显得很大，一人推着，一人挽着，尚走得不快，本来去驴子已落后有半里多路了。申子平陷在雪中，不能举步，只好忍着性子，等小车子到。约有半顿饭工夫，车子到了，大家歇下来想法子。下头人固上不去，上头的人也下不来。想了半天，说："只好把捆行李的绳子解下两根，接续起来，将一头放了下去。"申子平自己系在腰里，那一头，上边四五个人齐力收绳，方才把他吊了上来。跟随人替他把身上雪扑了又扑，然后把驴子牵来，重复骑上，慢慢地行。

这路虽非羊肠小道，然而上高，忽而下低，石头路径，冰雪一凉，异常的滑。自饭后一点钟起身，走到四点钟，还没有十里地。心里想道：听村庄上人说，到山集不过十五里地，然走了三个钟头，才走了一半。冬天日头本容易落，况又是个山里，两边都有岭子遮着，愈黑得快。一面走着，一面的算，不知不觉，那天已黑下来了。勒住了驴缰，同推车子商议道："看看天已黑下来了，大约还有六七里地呢。路又难走，车子又走不快，怎么好呢？"车夫道："那也没有法子，好在今儿是个十三日，月亮出得早，不管怎么，总要赶到集上去。大约这荒僻山径，不会有强盗，虽走晚些，到也不怕他。"子平道："强盗虽没有，倘或有了，我也无多行李，很不怕他，拿就拿去，也不要紧。实在可怕的是豺狼虎豹。

天晚了，倘若出来个把，我们就坏了。"车夫说："这山里虎到不多，有神虎管着，从不伤人，只是狼多些。听见他来，我们都拿根棍子在手里，也就不怕他了。"

说着，走到一条横涧跟前，原是本山的一支小瀑布，流归溪河的。瀑布冬天虽然干了，那冲的一条山沟，尚有两丈多深，约有二丈多宽，当面隔住，一边是陡山，一边是深峪，更无别处好绕。子平看见如此景象，心里不禁作起慌来，立刻勒住驴头，等那车子走到，说："可了不得！我们走差了路，走到死路上了！"那车夫把车子歇下，喘了两口气，说："不能，不能！这条路影一顺来的，并无第二条路，不会差的。等我前去看看，该怎么走。"朝前走了几十步，回来说："路倒是有，只是不好走，你老下驴罢。"

子平下来，牵了驴，依着走到前面看时，原来转过大石，靠里有人架了一条石桥。只是此桥仅有两条石柱，每条不过一尺一二寸宽，两柱又不紧相粘靠，当中还罅着几寸宽一个空当儿，石上又有一层冰，滑溜滑溜的。子平道："可吓煞我了！这桥怎么过法？一滑脚就是死，我真没有这个胆子走！"车夫大家看了说："不要紧，我有法子。好在我们穿的都是蒲草毛窝，脚下很把滑的，不怕他。"一个人道："等我先走一趟试试。"遂跳窜跳窜地走过去了，嘴里还喊着："好走，好走！"立刻又走回来说："车子却没法推，我们四个人抬一辆，作两趟抬过去罢。"申子平道："车子抬得过去，我却走不过去；那驴子又怎样呢？"车夫道："不怕的，且等我们先把你老扶过去，别的你就不用管了。"子平道"就是有人扶着，我也是不敢走。告诉你说罢，我两条腿已经软了，那里还能走路呢！"车夫说；"那们也有办法。你老大总睡下来，我们两个人抬头，两个人抬脚，把你老抬过去，何如？"子平说："不妥，不妥！"又一个车夫说："还是这样罢，解根绳子，你老拴在腰里，我们伙计，一个在前头挽着一个绳头，一个伙计在后头挽着一个绳头，这个样走，你老胆子一壮，腿就不软了。"子平说："只好这样。"于是先把子平照样扶掖过去，随后又把两辆车子抬了过去。倒是一个驴死不肯走，费了许多事，仍是把他眼睛蒙上，一个人牵，一个人打，才混了过去。等到忙定归了。那满地已经都是树影子，月光已经很亮的了。

大家好容易将危桥走过，歇了一歇，吃了袋烟，再望前进。走了不过三四十步，听得远远"呜呜"的两声。车夫道："虎叫！虎叫！"一头走着，一头留神听着。又走了数十步，车夫将车子歇下，说："老爷，你别骑驴了，下来罢。听那虎叫，从西边来，越叫越近了，恐怕是要到这路上来，我们避一避罢，倘到了跟前，就避不及了。"说着，子平下了驴。车夫说："咱们舍掉这个驴子喂他罢。"路旁有个小松，他把驴子缰绳拴在小松树上，车子就放在驴子旁边，人却倒回走了数十步，把子平藏在一处石壁缝里。车夫有躲在大石脚下，用些雪把身子遮了的，有两个车夫，盘在山坡高树枝上的，都把眼睛朝西面看着。

说时迟，那时快，只见西边岭上月光之下，窜上一个物件来。到了岭上，又是"呜"的一声，只见把身子往下一探，已经到了西涧边了，又是"呜"的一声。这里的人，又是冷，又是怕，止不住格格价乱抖，还用眼睛看着那虎。那虎既到西涧，却立住了脚，眼睛映着月光，灼亮的亮，并不朝着驴子看，却对着这几个人，又"呜"的一声，将身子一缩，对着这边扑过来了。这时候，山里本来无风，却听得树梢上呼呼地响，树上残叶漱漱地落，人面上冷气棱棱地割。这几个人早已吓得魂飞魄散了。

大家等了许久，却不见虎的动静。还是那树上的车夫胆大，下来喊众人道："出来罢！虎去远了。"车夫等人次第出来，方才从石壁缝里把子平拉出，已经吓得呆了。过了半天，方能开口说话，问道："我们是死的是活的哪？"车夫道："虎过去了。"子平道："虎怎样过去的？一个人没有伤么？"那在树上的车夫道："我看他从涧西沿过来的时候，只是一穿，仿佛像鸟儿似的，已经到了这边了。他落脚的地方，比我们这树梢还高着七八丈呢。落下来之后，又是一纵，已经到了这东岭上边，'呜'的一声向东去了。"

申子平听了，方才放下心来，说："我这两只脚还是稀软稀软，立不起来，怎样是好？"众人道："你老不是立在这里呢吗？"子平低头一看，才知道自己并不是坐着，也笑了，说道："我这身子真不听我调度了。"于是众人搀着，勉强移步，走了约数十步，方才活动，可以自主。叹了一口气道："命虽不送在虎口里，这夜里若再遇见刚才那样的桥，断不能过！肚里又饥，身上又冷、活冻也冻死了。"说着，走到小树旁边，看那驴子，也是伏在地下，知是被那虎叫吓的如此。跟人把驴子拉起，把子平扶上驴子，慢慢价走。转过一个石嘴，忽见前面一片灯光，约有许多房子。大家喊道："好了，好了！前面到了集镇了！"只此一声，人人精神震动。不但人行脚下觉得轻了许多，即驴子亦不似从前畏难苟安地行动。

那消片刻工夫，已到灯光之下。原来并不是个集镇，只有几家人家，住在这山坡之上。因山有高下，故看出如层楼叠榭一般。到此大家商议，断不再走，硬行敲门求宿，更无他法。

当时走近一家，外面系虎皮石砌的墙，一个墙门，里面房子看来不少，大约总有十几间的光景。于是车夫上前扣门。扣了几下，里面出来一个老者，须发苍然，手中持了一枝烛台，燃了一枝白蜡烛，口中问道："你们来做甚么的？"申子平急上前，和颜悦色地把原委说了一遍，说道："明知并非客店，无奈从人万不能行，要请老翁行个方便。"那老翁点点头，道："你等一刻，我去问我们姑娘去。"说着，门也不关，便进里面去了。子平看了，心下十分诧异："难道这家人家竟无家主吗？何以去问姑娘，难道是个女孩儿当家吗？"既而想道："错了，错了。想必这家是个老太太做主。这个老者想必是他的侄儿。姑娘者，姑母之谓也。理路甚是，一定不会错了。"

霎时，只见那老者随了一个中年汉子出来，手中仍拿烛台，说声："请客人里面坐"。原来这家，进了墙门，就是一平五间房子，门在中间，门前台阶约十余级。中年汉子手持烛台，照着申子平上来。子平吩咐车夫等："在院子里略站一站，等我进去看了情形，再招呼你们。"

子平上得台阶，那老者立于堂中，说道："北边有个坦坡，叫他们把车子推了，驴子牵了，由坦坡进这房子来罢。"原来这是个朝西的大门。众人进得房来，是三间敞屋，两头各有一间，隔断了的。这敞屋北头是个炕，南头空着，将车子同驴安置南头，一众五人，安置在炕上。然后老者问了子平名姓，道："请客人里边坐。"于是过了穿堂，就是台阶。上去有块平地，都是栽的花木，映着月色，异常幽秀。且有一阵阵幽香，清沁肺腑。向北乃是三间朝南的精舍，一转俱是回廊，用带皮杉木做的阑柱。进得房来，上面挂了四盏纸灯，斑竹扎的，甚为灵巧。两间敞着，一间隔断，做个房间的样子。桌椅几案，布置极为妥协。房间挂了一幅褐色布门帘。

老者到房门口，喊了一声："姑娘，那姓申的客人进来了。"却看门帘掀起，里面出来一个十八九岁的女子，穿了一身布服，二蓝裷子，青布裙儿，相貌端庄莹静，明媚闲雅，见客福了一福。子平慌忙长揖答礼。女子说："请坐。"即命老者："赶紧地做饭，客人饿了。"老者退去。

那女子道："先生贵姓？来此何事？"子平便将奉家兄命，特访刘仁甫的话说了一遍。那女子道："刘先生当初就住这集东边的，现在已搬到柏树峪去了。"子平问："柏树峪在什么地方？"那女子道："在集西，有三十多里的光景。那边路比这边更僻，愈加不好走了。家父前日退值回来，告诉我们说，今天有位远客来此，路上受了点虚惊。吩咐我们迟点睡，预备些酒饭，以便款待。并说：'简慢了尊客，千万不要见怪。'"子平听了，惊讶之至：荒山里面，又无衙署，有什么值日、退值？何以前天就会知道呢？这女子何以如此大方，岂古人所谓有林下风范的，就是这样吗？倒要问个明白。不知申子平能否察透这女子形迹，且听下回分解。

【刘鹗自评】

唐子畏画虎，不及施耐庵说虎；唐子畏画的是死虎，施耐庵说的是活虎。施耐庵说虎，不及百炼生说虎；施耐庵说的是凡虎，百炼生说的是神虎。

这女子人耶？鬼耶？仙耶？魅耶？我盼望下一回早日出书矣。

（《老残游记》卷八终）

卷九

一客吟诗负手面壁　三人品茗促膝谈心

话说申子平正在凝思：此女子举止大方，不类乡人，况其父在何处退值？正欲诘问，只见外面帘子动处，中年汉子已端进一盘饭来。那女子道："就搁在这西屋炕桌上罢。"这西屋靠南窗原是一个砖砌的暖炕，靠窗设了一个长炕几，两头两个短炕几，当中一个正方炕桌，桌子三面好坐人的。西面墙上是个大圆月洞窗子，正中镶了一块玻璃，窗前设了一张书案。中堂虽未隔断，却是一个大落地罩。那汉子已将饭食列在炕桌之上，却只是一盘馒头，一壶酒，一罐小米稀饭，倒有四肴小菜，无非山蔬野菜之类，并无荤腥。女子道："先生请用饭，我少停就来。"说着，便向东房里去了。

子平本来颇觉饥寒，于是上炕先次了两杯酒，随后吃了几个馒头。虽是蔬菜，却清香满口，比荤菜更为适用。吃过馒头，喝了稀饭，那汉子舀了一盆水来，洗过脸，立起身来，在房内徘徊徘徊，舒展肢体。抬头看见北墙上挂着四幅大屏，草书写得龙飞凤舞，出色惊人，下面却是双款：上写着"西峰柱史正非"，下写着"黄龙子呈稿"。草字虽不能全识，也可十得八九。仔细看去，原来是六首七绝诗，非佛非仙，咀嚼起来，倒也有些意味。既不是寂灭虚无，又不是铅汞龙虎。看那月洞窗下，书案上有现成的纸笔，遂把几首诗抄下来，预备带回衙门去，当新闻纸看。

你道是怎样个诗？请看，诗曰：

曾拜瑶池九品莲，希夷授我《指元篇》。

光阴荏苒真容易，回首沧桑五百年。

紫阳属和《翠虚吟》，传响空山霹雳琴。

刹那未除人我相，天花粘满护身云。

情天欲海足风波，渺渺无边是爱河。

引作园中功德水，一齐都种曼陀罗。

石破天惊一鹤飞，黑漫漫夜五更鸡。

自从三宿空桑后，不见人间有是非。

野马尘埃昼夜驰，五虫百卉互相吹。

偷来鹫岭涅槃乐，换取壶公杜德机。

菩提叶老《法华》新，南北同传一点灯。

五百天童齐得乳，香花供奉小夫人。

子平将诗抄完，回头看那月洞窗外，月色又清又白，映着那层层叠叠的山，一步高一步地上去，真是仙境，迥非凡俗。此时觉得并无一点倦容，何妨出去上山闲步一回，岂不更妙。才要动脚，又想道：这山不就是我们刚才来的那山吗？这月不就是刚才踏的那月吗？为何来的时候，便那样的阴森惨淡，令人怵魄动心？此刻山月依然，何以令人心旷神怡呢？就想到王右军说的"情随境迁，感慨系之矣"真正不错。低徊了一刻，也想做两首诗，只听身后边娇滴滴的声音说道："饭用过了罢？怠慢得很。"慌忙转过头来，见那女子又换了一件淡绿印花布棉袄，青布大脚裤子，愈显得眉似春山，眼如秋水，两腮浓厚，如帛裹朱，从白里隐隐透出红来。不似时下南北的打扮，用那胭脂涂得同猴子屁股一般。口颊之间若带喜笑，眉眼之际又颇似振矜，真令人又爱又敬。女子说道："何不请炕上坐，暖和些。"于是彼此坐下。

那老苍头进来，问姑娘道："申老爷行李放在什么地方呢？"姑娘说："太爷前日去时，吩咐就在这里间太爷榻上睡，行李不用解了。跟随的人都吃过饭了吗？你叫他们早点歇罢。驴子喂了没有？"苍头一一答应，说："都齐备妥协了。"姑娘又说："你煮茶来罢。"苍头连声应是。

子平道："尘俗身体，断不敢在此地下榻。来时见前面有个大炕，就同他们一道睡罢。"女子说："无庸过谦，此是家父吩咐的。不然，我一个山乡女子，也断不擅自迎客。"子平道："蒙惠过分，感谢已极。只是还不曾请教贵姓？尊大人是做何处的官，在何处值日？"女子道："敝姓涂氏。家父在碧霞宫上值。五日一班，合计半月在家，半月在宫。"

子平问道："这屏上诗是何人做的？看来只怕是个仙家罢？"女子道："是家父的朋友，常来此地闲谈，就是去年在此地写的。这个人也是个不衫不履的人，与家父最为相契。"子平道："这人究竟是个和尚，还是个道士？何以诗上又像道家的话，又有许多佛家的典故呢。"女子道："既非道士，又非和尚，其人也是俗装。他常说：'儒、释、道三教，譬如三个铺面挂了三个招牌，其实都是卖的杂货，柴米油盐都是有的，不过儒家的铺子大些，佛、道的铺子小些，皆是无所不包的，'又说：'凡道总分两层：一个叫道面子，一个叫道里子。道里子都是同的，道面子就各有分别了。如和尚剃了头，道士挽了个髻，叫人一望而知，那是和尚、那是道士。倘若叫那和尚留了头，也挽个髻子，披件鹤氅；道士剃了发，着件袈裟，人又要颠倒呼唤起来了，难道眼耳鼻舌不是那个用法吗？'又说：'道面子有分别，道里子实是一样的。'所以这黄龙先生，不拘三教，随便吟咏的。"

子平道："得闻至论，佩服已极。只是既然三教道里子都是一样，在下愚蠢得极，倒要请教这同处在甚么地方？异处在甚么地方？何以又有大小之分？儒教最大，又大在甚么地方？敢求揭示。"女子道："其同处在诱人为善，引人处于大公。人人好公，则天下太平；人人营私，则天下大乱。惟儒教公到极处。你看，孔子一生遇了多少异端，如长沮、桀溺、荷蒉丈人等类，均不十分佩服孔子，而孔子反赞扬他们不置：是其公处，是其大处。所以说：'攻乎异端，斯害也已。'若佛、道两教，就有了褊心：惟恐后世人不崇奉他的教，所以说出许多天堂地狱的话来吓唬人。这还是劝人行善，不失为公。甚则说崇奉他的教，就一切罪孽消灭；不崇奉他的教，就是魔鬼入宫，死了必下地狱等辞：这就是私了。至于外国一切教门，更要为争教兴兵接战，杀人如麻。试问，与他的初心合不合呢？所以就愈小了。若回回教说，为教战死的血光如玫瑰紫的宝石一样，更骗人到极处！只是儒教可惜失传已久，汉儒拘守章句，反遗大旨，到了唐朝，直没人提及。韩昌黎是个通文不通道的脚色，胡说乱道！他还要做篇文章，叫做《原道》，真正原到道反面去了！他说：'君不出令，则失其为君；民不出粟、米、丝、麻以奉其上，则诛。'如此说去，那桀、纣很会出令的，又很会诛民的，然则桀、纣之为君是，而桀、纣之民全非了，岂不是是非颠倒？他却又要辟佛、老，倒又与和尚做朋友。所以后世学儒的人，觉得孔、孟的道理太费事，不如弄两句辟佛、老的口头禅，就算是圣人之徒，岂不省事。弄的朱夫子也出不了这个范围，只好据韩昌黎的《原道》去改孔子的《论语》，把那'攻乎异端'的'攻'字，百般扭捏，究竟总说不圆，却把孔、孟的儒教被宋儒弄得小而又小，以至于绝了！"

子平听说，肃然起敬道："与君一夕话，胜读十年书，真是闻所未闻！只是还不懂：长沮、桀溺倒是异端，佛老倒不是异端，何故？"女子道："皆是异端。先生要知'异'字当不同讲，'端'字当起头讲。'执其两端'是说执其两头的意思。若'异端'当邪教讲，岂不'两端'要当桠杈教讲？'执其两端'便是抓住了他个桠杈教呢，成何话说呀？圣人意思，殊途不妨同归，异曲不妨同工。只要他为诱人为善，引人为公起见，都无不可。所以叫做'大德不逾闲，小德出入可也。'若只是为攻讦起见，初起尚只攻佛攻老，后来朱、陆异同，遂操同室之戈。并且是祖孔、孟的，何以朱之子孙要攻陆，陆之子孙要攻朱呢？比之谓'失其本心'，反被孔子'斯害也已'四个字定成铁案！"

子平闻了，连连赞叹，说："今日幸见姑娘，如对明师。但是宋儒错会圣人意旨的地方，也是有的。然其发明正教的功德，亦不可及。即如'理''欲'二字，'主敬''存诚'等字，虽皆是古圣之言，一经宋儒提出，后世实受惠不少，人心由此而正，风俗由此而醇。"那女子嫣然一笑，秋波流媚，向子平睄了一眼。子平觉得翠眉含娇，丹唇启秀，又似有一阵幽香，沁入肌骨，不禁神魂飘荡。那女子伸出一只白如玉、软如棉的手来，隔着炕桌子，握着子平的手。握住了之后，说道："请问先生，这个时候，比你少年在书房里，贵业师握住你手'扑作教刑'的时候何如？"子平默无以对。

女子又道："凭良心说，你此刻爱我的心，比爱贵业师何如？圣人说的，'所谓诚其意者，毋自欺也。如恶恶臭，如好好色。'孔子说：'好德如好色。'孟子说：'食色，性也。'子夏说：'贤贤易色。'这好色乃人之本性。宋儒要说好德不好色，非自欺而何？自欺欺人，不诚极矣！他偏要说'存诚'，岂不可恨！圣人言情言礼，不言理欲。删《诗》以《关雎》为首，试问'窈窕淑女，君子好逑''求之不得'，至于'辗转反侧'，难直可以说这是天理，不是人欲吗？举此可见圣人决不欺人处。《关雎》序上说道：'发乎情，止乎礼义。'发乎情，是不期然而然的境界。即如今夕，嘉宾惠临，我不能不喜，发乎情也。先生来时，甚为困惫，又历多时，宜更惫矣，乃精神焕发，可见是很喜欢。如此，亦发乎情也。以少女中男，深夜对坐，不及乱言，止乎礼义矣。此正合圣人之道。若宋儒之种种欺人，口难罄述。然宋儒固多不是，然尚有是处；若今之学宋儒者，直乡愿而已，孔、孟所深恶而痛绝者也!"

话言未了,苍头送上茶来,是两个旧瓷茶碗,淡绿色的茶,才放在桌上,清香已竟扑鼻。只见那女子接过茶来,漱了一回口,又漱一回,都吐向炕池之内去,笑道:"今日无端谈到道学先生,令我腐臭之气,沾污牙齿,此后只许谈风月矣。"子平连声诺诺,却端起茶碗,呷了一口,觉得清爽异常,咽下喉去,觉得一直清到胃脘里,那舌根左右,津液汩汩价翻上来,又香又甜,连喝两口,似乎那香气又从口中反窜到鼻子上去,说不出来的好受。问道:"这是什么茶叶?为何这么好吃?"女子道:"茶叶也无甚出奇,不过本山上出的野茶。所以味是厚的,却亏了这水,是汲的东山顶上的泉。泉水的味,愈高愈美。又是用松花作柴,沙瓶煎的。三合其美,所以好了。尊处吃的都是外间卖的茶叶,无非种茶,其味必薄;又加以水火俱不得法,味道自然差的。"

只听窗外有人喊道:"玙姑,今日有佳客,怎不招呼我一声?"女子闻声,连忙立起,说:"龙叔,怎样这时候会来?"说着,只见那人已经进来,着了一件深蓝布百衲大棉袄,科头,不束带亦不着马褂,有五十来岁光景,面如渥丹,须鬓漆黑。见了子平,拱一拱手,说:"申先生,来了多时了?"子平道:"有两三个钟头了。请问先生贵姓?"那人道:"隐姓埋名,以黄龙子为号。"子平说:"万幸,万幸!拜读大作,已经许久。"女子道:"也上炕来坐罢。"黄龙子遂上炕,至炕桌里面坐下,说:"玙姑,你说请我吃笋的呢。笋在何处?拿来我吃。"弯姑道:"前些时倒想挖去的,偶然忘记,被滕六公占去了。龙叔要吃,自去找滕六公商量罢。"黄龙子仰天大笑。子平向女子道:"不敢冒犯,这'玙姑'二字想必是大名罢?"女子道:"小名叫仲屿,家姊叫伯璠,故叔伯辈皆自小喊惯的。"

黄龙于向子平道:"申先生困不困?如其不困,今夜良会,可以不必早睡,明天迟迟起来最好。柏树峪地方,路极险峻,很不好走,又有这场大雪,路影看不清楚,跌下去有性命之忧。刘仁甫今天晚上检点行李,大约明日午牌时候,可以到集上关帝庙。你明天用过早饭动身,正好相遇了。"子平听说大喜,说道:"今日得遇诸仙,三生有幸。请教上仙诞降之辰,还是在唐在宋?"黄龙子又大笑道:"何以知之?"答:"尊作明说'回首沧桑五百年',可知断不止五六百岁了。"黄龙子道:"'尽信书,则不如无书。'此鄙人之游戏笔墨耳。公直当《桃花源记》读可矣。"就举起茶杯,品那新茶。玙姑见子平杯内茶已将尽,就持小茶壶代为斟满。子平连连欠身道:"不敢。

"亦举起杯来详细品量。却听窗外远远"唔"了一声,那窗纸微觉飒飒价动,屋尘簌簌价落。想起方才路上光景,不觉毛骨森悚,勃然色变。黄龙子道:"这是虎啸,不要紧的。山家看惯此种物事,如你们城市中人看骡马一样,虽知他会踢人,却不怕他。因为相习已久,知他伤人也不是常有的事。山上人与虎相习,寻常人固避虎,虎也避人,故伤害人也不是常有的事,不必怕他。"

子平道:"听这声音,离此尚远,何以窗纸竟会震动,屋尘竟会下落呢?"黄龙道:

"这就叫做虎威。因四面皆山，故气常聚，一声虎啸，四山皆应。在虎左右二三十里，皆是这样。虎若到了平原，就无这威势了。所以古人说：龙若离水，虎若离山，便要受人狎侮的。即如朝廷里做官的人，无论为了甚么难，受了甚么气，只是回家来对着老婆孩子发发彪，在外边决不敢发半句硬话，也是不敢离了那个官。同那虎不敢去山，龙不敢失水的道理，是一样的。"

子平连连点头，说："不错，是的。只是我还不明白，虎在山里，为何就有这大的威势，是何道理呢？"黄龙子道："你没有念过《千字文》么？这就是'空谷传声，虚堂习听'的道理。虚堂就个小空谷，空谷就是个大虚堂。你在这门外放个大爆竹，要响好半天呢。所以山城的雷，比平原的响好几倍，也是这个道理。"说完，转过头来，对女子道："玙姑，我多日不听你弹琴了，今日难得有嘉客在此，何妨取来弹一曲，连我也沾光听一回。"玙姑道："龙叔，这是何苦来！我那琴如何弹得，惹人家笑话！申公在省城里，弹好琴的多着呢，何必听我们这个乡里逃鼓！倒是我去取瑟来，尤叔鼓一调瑟罢，还稀罕点儿。"黄龙子说："也罢，也罢。就是我鼓瑟，你鼓琴罢，搬来搬去，也很费事，不如竟到你洞房里去弹罢。好在山家女儿，比不得衙门里小姐，房屋是不准人到的。"说罢，便走下炕来，穿了鞋子，持了烛，对子平挥手说："请里面去坐。玙姑引路。"

玙姑果然下了炕，接烛先走，子平第二，黄龙子第三。走过中堂，揭开了门帘，进到里间，是上下两个榻：上榻设了衾枕，下榻堆积着书画。朝东一个窗户，窗下一张方桌。上榻面前有个小门。玙姑对子平道："这就是家父的卧室。"进了榻旁小门，仿佛回廊似的，却有窗轩，地下驾空铺的木板。向北一转，又向东一转，朝北朝东俱有玻璃窗。北窗看着离山很近，一片峭壁，穿空而上，朝上看，像甚深似的。正要前进，只听"砰硼"、"霍落"几声。仿佛山倒下来价响，脚下震震摇动。子平吓得魂不附体。未知后事如何，且听下回分解。

【刘鹗自评】

诗在郭璞、曹、唐之间，文合留仙、西河二而一。

（《老残游记》卷九终）

卷十

骊龙双珠光照琴瑟　犀牛一角声叶箜篌

话说子平听得天崩地塌价一声，脚下震震摇动，吓得魂不附体，怕是山倒下来。黄龙子在身后说道："不怕的，这是山上的冻雪被泉水漱空了，滚下一大块来，夹冰夹雪，所以有这大的声音。"说着，又朝向北一转，便是一个洞门。这洞不过有两间房大，朝外半截窗台，上面安着窗户，其余三页俱斩平雪白，顶是圆的，像城门洞的样子。洞里陈设甚简，有几张树根的坐具，却是七大八小的不匀，又都是磨得绢光。几案也全是古藤天生的，不方不圆，随势制成。东壁横了一张枯槎独睡榻子，设着衾枕。榻旁放了两三个黄竹箱子，想必是盛衣服什物的。洞内并无灯烛，北墙上嵌了两个滴圆夜明珠，有巴斗大小，光色发红，不甚光亮。地下铺着地毯，甚厚软，微觉有声。榻北立了一个曲尺形书架，放了许多书，都是草订，不曾切过书头的。双夜明珠中间挂了几件乐器，有两张瑟，两张琴，是认得的，还有些不认得的。

玙姑到得洞里，将烛台吹息，放在窗户台上。方才坐下，只听外面"唔唔"价七八声，接连又许多声，窗纸却不震动。子平说道："这山里怎样这么多的虎？"玙姑笑道："乡里人进城，样样不识得，被人家笑话；你城里人下乡，却也是样样不识得，恐怕也有人笑你。"子平道："你听，外面'唔唔'价叫的，不是虎吗？"玙姑说："这是狼嗥，虎那有这么多呢？虎的声音长，狼的声音短，所以虎名为'啸'，狼名为'嗥'。古人下字眼都是有斟酌的。"

黄龙子移了两张小长几，摘下一张琴，一张瑟来。玙姑也移了三张凳子，让子平坐了一张。彼此调了一调弦，同黄龙子各坐了一张凳子。弦已调好，玙姑与黄龙子商酌了两句，就弹起来了，初起不过轻挑漫剔，声响悠柔。一段以后，散泛相错，其声清脆，两段以后，吟揉渐多。那瑟之勾挑，夹缝中与琴之绰注相应，粗听若弹琴鼓瑟，各自为调，细听则如珠鸟一双，此唱彼和，问来答往。四五段以后，吟揉渐少，杂以批拂；苍苍凉凉，磊磊落落，下指甚重，声韵繁兴。六七八段，间以曼衍，愈转愈清，其调愈逸。

子平本会弹十几调琴，所以听得入毂。因为瑟是未曾听过，格外留神。那知瑟的妙用，也在左手，看他右手发声之后，那左手进退揉颤，其余音也就随着猗猗靡靡，真是闻所未闻。初听还在算计他的指法、调头，既而便耳中有音，目中无指。久之，耳目俱无，觉得自己的身体，飘飘荡荡，如随长风，浮沉于云霞之际。久之又久，心身俱忘，如醉如梦。于恍惚杳冥之中，铮鈜数声，琴瑟俱息，乃通见闻，人亦警觉，欠身而起，说道："此曲妙到极处！小子也曾学弹过两年，见过许多高手。从前听过孙琴秋先生弹琴，有《汉宫秋》一曲，似为绝非凡响，与世俗的不同。不想今日得闻此曲，又高出孙君《汉宫秋》数倍，请教叫什么曲名？有谱没有？"玙姑道："此曲名叫《海水天风》之曲，是从来没有谱的。不但此曲为尘世所无，即此弹法亦山中古调，非外人所知。你们所弹的皆是一人之曲，如两人同弹此曲，则彼此宫商皆合而为一。如彼宫，此亦必宫；彼商，此亦必商，断不敢为羽为徵。即使三四人同鼓，也是这样，实是同奏，并非合奏。我们所弹的曲子，一人弹与两人弹，迥乎不同。一人弹的，名'自成之曲'；两人弹，则为'合成之曲'。所以此宫彼商，彼角此羽，相协而不相同。圣人所谓'君子和而不同'，就是这个道理。'和'之一字，后人误会久矣。"

当时玙姑立起身来，向西壁有个小门，开了门，对着大声喊了几句，不知甚话，听不清楚。看黄龙子亦立起身，将琴瑟悬在壁上。子平于是也立起，走到壁间，仔细看那夜明珠到底甚么样子，以便回去夸耀于人。及走至珠下，伸手一摸，那夜明珠却甚热，有些烙手，心里诧异道"这是甚么道理呢？"看黄龙子琴瑟已俱挂好，即问道："先生，这是什么？"笑答道："骊龙之珠，你不认得吗？"问："骊珠怎样会热呢？"答："这是火龙所吐的珠，自然热的。"子平说："火龙珠那得如此一样大的一对呢？虽说是火龙，难道永远这么热么？"笑答道："然则我说的话，先生有不信的意思了。既不信，我就把这热的道理开给你看。"说着，便向那夜明珠的旁边有个小铜鼻子一拔，那珠子便像一扇门似的张开来了。原来是个珠壳，里面是很深的油池，当中用棉花线卷的个灯心，外面用千层纸做的个灯筒，上面有个小烟囱，从壁子上出去，上头有许多的黑烟，同洋灯的道理一样，却不及洋灯精致，所以不免有黑烟上去，看过也就笑了。再看那珠壳，原来是用大螺蚌壳磨出来的，所以也不及洋灯光亮。子平道："与其如此，何不买个洋灯，岂不省事呢？"黄龙子道："这山里那有洋货铺呢？这油就是前山出的，与你们点的洋油是一样物件。只是我们不会制造，所以总嫌他浊，光也不足，所以把他嵌在壁子里头，"说过便将珠壳关好，依旧是两个夜明珠。

子平又问："这地毯是什么做的呢？"答："俗名叫做'蓑草'。因为可以做蓑衣用，故名。将这蓑草半枯时，采来晾干，劈成细丝，和麻织成的。这就是玙姑的手工。山地多潮湿，所以先用云母铺了，再加上这蓑毯，人就不受病了。这壁上也是云母粉和着红色胶泥涂的，既御潮湿，又避寒气，却比你们所用的石灰好得多呢。"

子平又看，壁上悬着一物，像似弹棉花的弓，却安了无数的弦，知道必是乐器，就问："叫甚名字？"黄龙子道："名叫'箜篌'。"用手拨拨，也不甚响，说道："我们从小读诗，题目里就有《箜篌引》，却不知道是这样子。请先生弹两声，以广见闻，何如？"黄龙子道："单弹没有什么意味。我看时候何如，再请一个客来，就行了。"走至窗前，朝外一看月光，说："此刻不过亥正，恐怕桑家姊妹还没有睡呢，去请一请看。"遂向玙姑道："申公要听箜篌，不知桑家阿宧能来不能？"玙姑道："苍头送茶来，我叫他去问声看。"于是又各坐下。苍头捧了一个小红泥炉子，外一个水瓶子，一个小茶壶，几个小茶杯，安置在矮脚几上。玙姑说："你到桑家，问宧姑、胜姑能来不能？"苍头诺声去了。

此时三人在靠窗个梅花几旁坐着。子平靠窗台甚近，玙姑取茶布与二人，大家静坐吃茶。子平看窗台上有几本书，取来一看，面子上题了四个大字，曰"此中人语"。揭开来看，也有诗，也有文，惟长短句的歌谣最多，俱是手录，字迹娟好。看了几首，都不甚懂。偶然翻得一本，中有张花笺，写着四首四言诗，是个单张子，想要抄下，便向玙姑道：

"这纸我想抄去，可以不可以？"玙姑拿过去看了看，说："你喜欢，拿去就是了。"

子平接来，再细看，上写道：

银鼠谚

东山乳虎，迎门当户。明年食麋，悲生齐鲁。一解

残骸狼籍，乳虎乏食。飞腾上天，立桀当国。二解

乳虎斑斑，雄据西山。亚当孙子，横被摧残。三解

四邻震怒，天眷西顾。毙桀殪虎，黎民安堵，四解

子平看了又看，说道："这诗仿佛古歌谣，其中必有事迹，请教一二。"黄龙子道："既叫做'此中人语'，必不能'为外人道'可知矣。阁下静候数年便会知悉。"玙姑道："'乳虎'就是你们玉太尊，其余你慢慢地揣摹，也是可以知道的。"子平会意，也就不往下问了。

其时远远听有笑语声。一息工天，只听回廊上"格登格登"，有许多脚步儿响，顷刻已经到了面前。苍头先进，说："桑家姑娘来了。"黄、玙姑皆接上前去。

子平亦起身直立。只见前面的一个约有二十岁上下，着的是紫花袄子，紫地黄花，下着燕尾青的裙子，头上倒梳云髻，挽了个坠马妆。后面的一个约有十三四岁，着了个翠蓝袄子，红地白化的裤子，头上正中挽了髻子，插了个慈菇叶子似的一枝翠花，走一步颤巍巍的。进来彼此让了坐。

玙姑介绍，先说："这是城武县申老父台的令弟，今日赶不上集店，在此借宿。适值龙叔也来，彼此谈得高兴，申公要听箜篌，所以有劳两位芳驾。搅破清睡，罪过得很！"两人齐道："岂敢，岂敢。只是下里之音，不堪入耳。"黄龙子说："也无庸过谦了。"玙姑随又指着年长着紫衣的，对子平道："这位是扈姑姐姐。"指着年幼着翠衣的道："这位是胜姑妹子。都住在我们这紧邻，平常最相得的。"子平又说了两句客气的套话，却看那扈姑，丰颊长眉，眼如银杏，口辅双涡，唇红齿白，于艳丽之中，有股英俊之气；那胜姑幽秀俊俏，眉目清爽。苍头进前，取水瓶，将茶壶注满，将清水注入茶瓶，即退出去。玙姑取了两个盏子，各敬了茶。黄龙子说："天已不早了，请起手罢。"

玙姑于是取了箜篌，递给扈姑。扈姑不肯接手，说道："我弹箜篌，不及玙妹。我却带了一枝角来，胜妹也带得铃来了，不如竟是玙姑弹箜篌，我吹角，胜妹摇铃，岂不大妙？"黄龙子道："甚善，甚善。就是这么办。"扈姑又道："龙叔做什么呢？"黄龙子道："我管听。"扈姑道："不言臊，稀罕你听！龙吟虎啸，你就吟罢。"黄尤道："水龙才会吟呢。我这个田里的龙，只会潜而不用。"玙姑说："有了法子了。即将箜篌放下，跑到靠壁几上，取过一架特磬来，放在黄龙子面前，说："你就半啸半击磬，帮衬帮衬音节罢。"

扈姑遂从襟底取出一枝角来，光彩夺目，如元玉一般，先缓缓地吹起。原来这角上面有个吹孔，旁边有六七个小孔，手指可以按放，亦复有宫商徵羽，不似巡街兵吹的海螺只是

"呜呜"价叫。听那角声,吹得呜咽顿挫,其声悲壮。当时玙姑已将箜篌取在膝上,将弦调好,听那角声的节奏。胜姑将小铃取出,左手揪了四个,右手揪了三个,亦凝神看着扈姑。只见扈姑角声一阕将终,胜姑便将两手七铃同时取起,商商价乱摇。铃起之时,玙姑已将箜篌举起,苍苍凉凉,紧钩漫摘,连批带拂。铃声已止,箜篌丁东断续,与角声相和,如狂风吹沙,屋瓦欲震。那七个铃便不一齐都响,亦复参差错落,应机赴节。

这时黄龙子隐几仰天,撮唇齐口,发啸相和。尔时,喉声,角声,弦声,铃声,俱分辨不出。耳中但听得风声,水声,人马蹂踏声,旌旗熠耀声,干戈击轧声,金鼓薄伐声。约有半小时,黄龙子举起磬击子来,在磬上铿铿锵锵地乱击,协律谐声,乘虚蹈隙。其时箜篌渐稀,角声渐低,惟余清磬,铮钶未已。少息,胜姑起立,两手笔直,乱铃再摇,众乐皆息。子平起立拱手道:"有劳诸位,感戴之至。"众人俱道:"见笑了。"子平道:"请教这曲叫什么名头,何以颇有杀伐之声?"黄龙子道:"这曲叫《枯桑引》。又名《胡马嘶风曲》,乃军阵乐也。凡箜篌所奏,无和平之音,多半凄清悲壮。其至急者,可令人泣下。"

谈心之顷,各人已将乐器送还原位,复行坐下。扈姑对玙姑道:"璠姊怎样多日未归?"玙姑道:"大姐姐因外甥子不舒服,闹了两个多月了,所以不曾来得。"胜姑说:"小外甥子甚么病?怎么不赶紧治呢?"玙姑道:"可不是么。小孩子淘气,治好了,他就乱吃,所以又发,已经发了两次了。何尝不替他治呢!"又说了许多家常话,遂立起身来,告辞去了。子平也立起身来,对黄龙子说:"我们也前面坐罢,此刻怕有子正的光景,玙姑娘也要睡了。

说着,同向前面来,仍从回廊行走。只是窗上已无月光,窗外峭壁,上半截雪白烁亮,下半截已经乌黑,是十三日的月亮,已经大歪西了。走至东房,玙姑道:"二位就在此地坐罢,我送扈、胜姐姐出去。"到了堂屋,扈、胜也说:"不用送了,我们也带了个苍头来,在前面呢。"听他们又喁喁哝哝了好久,玙姑方回。黄龙子说:"你也回罢,我还坐一刻呢。"玙姑也就告辞回洞,说:"申先生就在榻上睡罢,失陪了。"

玙姑去后,黄龙道:"刘仁甫却是个好人,然其病在过真,处山林有余,处城市恐不能久。大约一年的缘分,你们是有的。过此一年之后,局面又要变动了。"子平问:"一年之后是甚么光景?"答:"小有变动。五年之后,风潮渐起;十年之后,局面就大不同了。"子平问:"是好是坏呢?"答:"自然是坏。然坏即是好,好即是坏;非坏不好,非好不坏。"子平道:"这话我真正不懂。好就是好,坏就是坏。像先生这种说法,岂不是好坏不分了吗?务请指示一二。不才往常见人读佛经,什么'色即是空,空即是色',这种无理之口头禅,常觉得头昏脑闷。今日遇见先生,以为如拨云雾见了青天,不想又说出这套懵懂话来,岂不令人闷煞?"

黄龙子道:"我且问你:这个月亮,十五就明了,三十就暗了,上弦下弦就阴暗各半了,那初三四里的月亮只有一牙,请问他怎么便会慢慢地长满了呢?十五以后怎么慢慢地又会烂掉了呢?"子平道:"这个理容易明白:因为月球本来无光,受太阳的光,所以朝太阳的半个是明的,背太阳的半个是暗的。初三四,月身斜对太阳,所以人眼看见的正是三分明,七分暗,就像一牙似的。其实,月球并无分别,只是半个明,半个暗,盈亏圆缺,都是人眼睛现出来的景相,与月球毫不相干。"

黄龙子道:"你既明白这个道理,应须知道好即是坏,坏即是好,同那月球的明暗,是一个道理。"子平道:"这个道理实不能同。月球虽无圆缺,实有明暗。因永远是半个明的,半个暗的,所以明的半边朝人,人就说月圆了;暗的半边朝人,人就说月黑了。初八、二十三,人正对他侧面,所以觉得半明半暗,就叫做上弦、下弦。因人所看的方面不同,唤做盈亏圆缺。若在二十八九,月亮全黑的时候,人若能飞到月球上边去看,自然仍是明的。这就是明暗的道理,我们都懂得的。然究竟半个明的,半个暗的,是一定不移的道理。半个明的终久是明,半个暗的终久是暗。若说暗即是明,明既是暗,理性总不能通。"正说得高兴,只听背后有人道:"申先生,你错了。"毕竟此人是谁,且听下回分解。

(《老残游记》卷十终)

卷十一

疫鼠传殃成害马　痴犬流灾化毒龙

却说申子平正与黄龙子辩论,忽听背后有人喊道:"申先生,你错了。"回头看时,却原来正是玙姑,业已换了装束,仅穿一扱花布小袄,小脚裤子,露出那六寸金莲,着一双灵芝头报鞋,愈显得聪明俊俏。那一双眼珠儿,黑白分明,都像透水似的。申子平连忙起立,说:"玙姑还没有睡吗?"玙姑道:"本待要睡,听你们二位谈得高兴,故再来听二位辩论,好长点学问。"子平道:"不才那敢辩论!只是性质愚鲁,一时不能彻悟,所以有劳黄龙子先生指教。方才姑娘说我错了,请指教一二。"

玙姑道:"先生不是不明白,是没有多想一想。大凡人都是听人家怎样说,便怎样信,不能达出自己的聪明。你方才说月球半个明的,终久是明的。试思月球在天,是动的呢,是不动的呢?月球绕地是人人都晓得的。既知道他绕地,则不能不动,即不能不转,是很明显的道理了。月球既转,何以对着太阳的一面永远明呢?可见月球全身都是一样的质地,无论转到那一面,凡对太阳的总是明的了。由此可知,无论其为明为暗,其于月球本体,毫无增减,亦无生灭。其理本来易明,都被宋以后的三教子孙挟了一肚子欺人自欺的心去做经注,把那三教圣人的精义都注歪了。所以天降奇灾,北拳南革要将历代圣贤一笔抹煞,

— 127 —

此也是自然之理，不足为奇的事。不生不死，不死不生；即生即死，即死即生，那里会错过一丝毫呢？"

申子平道："方才月球即明即暗的道理，我方有二分明白，今又被姑娘如此一说，又把我送到'浆糊缸'里去了。我现在也不想明白这个道理了。请二位将那五年之后风潮渐起，十年之后就大不同的情形，开示一二。"

黄龙子道："三元甲子之说，阁下是晓得的。同治三年甲子，是上元甲子第一年，阁下想必也是晓得的？"子平答应一声道："是。"黄龙子又道："此一个甲子与以前三个甲子不同，此名为'转关甲子'。此甲子，六十年中要将以前的事全行改变：同治十三年，甲戌，为第一变；光绪十年，甲申，为第二变；甲午，为第三变；甲辰，为第四变；甲寅，为第五变。五变之后，诸事俱定。若是咸丰甲寅生人的人，活到八十岁，这六甲变态都是亲身阅历，倒也是个极有意味的事。"

子平道："前三甲的变动，不才大概也都见过了：大约甲戌穆宗毅皇帝上升，大局为之一变；甲申为法兰西福建之役、安南之役，大局又为之一变；甲午为日本侵我东三省，俄、德出为调停，借收渔翁之利，大局又为之一变，此都已知道了。请问后三甲的变动如何？"

黄龙子道："这就是北拳南革了。北拳之乱，起于戌子，成于甲午，至庚子、子午一冲而爆发，其兴也勃然，其灭也忽然，北方之强也。其信从者，上自宫闱，下至将相而止，主义为'压汉'。南革之乱，起于戊戌，成于甲辰，至庚戌，辰戌一冲而爆发，然其兴也渐进，其灭也潜消，南方之强也。其信从者，下自士大夫，上亦至将相而止，主义为'逐满'。此二乱党，皆所以酿劫运，亦皆所以开文明也。北拳之乱，所以渐渐逼出甲辰之变法；南革之乱，所以逼出甲寅之变法。甲寅之后，文明大著，中外之猜嫌，满、汉之疑忌，尽皆销灭。魏真人《参同契》所说'元年乃芽滋'，指甲辰而言。辰属上，万物生于土，故甲辰以后为文明芽滋之世，如木之拆甲，如笋之解箨。其实，满目所见者皆木甲、竹箨也，而真苞已隐藏其中矣。十年之间，箨甲渐解，至甲寅而齐。寅属木，为花萼之象。甲寅以后为文明华敷之世，虽灿烂可观，尚不足与他国齐趋并驾。直至甲子，为文明结实之世，可以自立矣。然后由欧洲新文明进而复我三皇五帝旧文明，进于大同之世矣。然此事尚远，非三五十年事也。"

子平听得欢欣鼓舞，因又问道："像这北拳南革，这些人究竟是何因缘？天为何要生这些人？先生是明道之人，正好请教。我常是不明白，上天有好生之德，天既好生，又是世界之主宰，为甚么又要生这些恶人做甚么呢？俗语话岂不是'瞎捣乱'吗？"黄龙子点头长叹，默无一言。稍停，问子平道："你莫非以为上帝是尊无二上之神圣吗？"子平答道："自然是了。"黄龙摇头道："还有一位尊者，比上帝还要了得呢！"

子平大惊，说道："这就奇了！不但中国自有书籍以来，未曾听得有比上帝再尊的，即环球各国亦没有人说上帝之上更有那一位尊神的。这真是闻所未闻了！"黄龙子道："你看过佛经，知道阿修罗王与上帝争战之事吗？"子平道："那却晓得，然我实不信。"

黄龙子道："这话不但佛经上说，就是西洋各国宗教家，也知道有魔王之说。那是丝毫不错的。须知阿修罗隔若干年便与上帝争战一次，末后总是阿修罗败。再过若干年，又来争战。试问，当阿修罗战败之时，上帝为甚么不把他灭了呢，等他过若干年，又来害人？不知道他害人，是不智也；知道他害人，而不灭之，是不仁也。岂有个不仁不智之上帝呢？足见上帝的力量是灭不动他，可想而知了。譬如两国相战，虽有胜败之不同，彼一国即不能灭此一国，又不能使此一国降伏为属国。虽然战胜，则两国仍为平等之国，这是一定的道理。上帝与阿修罗亦然。既不能灭之，又不能降伏之，惟吾之命是听，则阿修罗与上帝便为平等之国。而上帝与阿修罗又皆不能出这位尊者之范围。所以晓得这位尊者，位分实在上帝之上。"

子平忙问道："我从未听说过！请教这位尊者是何法号呢？"黄龙子道："法号叫做'势力尊者'。势力之所至，虽上帝亦不能违拗他。我说个比方给你听：上天有好生之德，由冬而春，由春而夏，由夏而秋，上天好生的力量已用足了。你试想，若夏天之树木、百草、百虫，无不满足的时候，若由着他老人家性子再往下去，好生不要一年，这地球便容不得了，又到那里去找块空地容放这些物事呢？所以就计这霜雪寒风出世，拼命地一杀，杀得干干净净的，再让上天来好生。这霜雪寒风就算是阿修罗的部下了，又可知这一生一杀都是'势力尊者'的作用。此尚是粗浅的比方，不其的确。要推其精义，有非一朝一夕所能算得尽的。"

玙姑听了，道："龙叔，今朝何以发出这等奇辟的议论？不但申先生未曾听说，连我也未曾听说过。究竟还是真有个'势力尊者'呢，还是龙叔的寓言？"黄龙子道："你且说是有一个上帝没有？如有一个上帝，则一定有一个'势力尊者'。要知道上帝同阿修罗都是'势力尊者'的化身。"玙姑拍掌大笑道："我明白了！'势力尊者'就是儒家说的个'无极'，上帝同阿修罗王合起来就是个'太极'！对不对呢？"黄龙子道："是的，不错。"申子平亦欢喜，起立道："被玙姑这一讲，连我也明白了！"

黄龙子道："且慢。是却是了，然而被你们这一讲，岂不上帝同阿修罗都成了宗教家的寓言了吗？若是寓言，就不如竟说'无极''太极'的妥当。要知上帝同阿修罗乃实有其人，实有其事。且等我慢慢讲与你听。不懂这个道理，万不能明白那北拳南革的根源。将来申先生庶几不至于搅到这两重恶障里去。就是玙姑，道根尚浅，也该留心点是。

"我先讲这个'势力尊者'，即主持太阳宫者是也。环绕太阳之行星皆凭这个太阳为主动力。由此可知，凡属这个太阳部下的势力总是一样，无有分别。又因这感动力所及之处与那本地的应动力相交，生出种种变相，莫可纪述。所以各宗教家的书总不及儒家的《易经》为最精妙。《易经》一书专讲爻象。何以谓之爻象？你且看这'爻'字。"乃用手指在桌上画道："一撇一捺，这是一爻；又一撇一捺，这又是一爻：天上天下一切事理尽于这两交了，初交为正，再交为变，一正一变，互相乘除，就没有纪极了。这个道理甚精微，他们算学家略懂得一点。算学家说同名相乘为'正'。异名相乘为'负'，无论你加减乘除，怎样变法，总出不了这'正''负'两个字的范围。所以'季文子三思而后行'，孔子说'再思可矣'，只有个再，没有个三……

"话休絮聒。我且把那北拳南革再演说一番。这'拳'譬如人的拳头，一拳打去，行就行，不行就罢了，没甚要紧。然一拳打得巧时，也会送了人的性命。倘若躲过去，也就没事。将来北拳的那一'拳'，也几乎送了国家的性命，煞是可怕！然究竟只是一拳，容易过的。若说那'革'呢，革是个皮，即如马革牛革，是从头到脚无处不包着的。莫说是皮肤小病，要知道浑身溃烂起来，也会致命的，只是发作地慢，若留心医治，也不致于有害大事。惟此'革'字上应卦象，不可小觑了他。诸位切忌：若搅入他的党里去，将来也是跟着溃烂，送了性命的！

"小子且把'泽火革'卦演说一番。先讲这'泽'字。山泽通气，泽就是溪河，溪河里不是水吗？《管子》说'泽下尺，升上尺。'，常云'思泽下于民'，这'泽'字不明明是个好字眼吗？为甚么'泽火革'便是个凶卦呢？偏又有个'水火既济'的吉卦放在那里，岂不令人纳闷？要知这两卦的分别就在'阴''阳'二字上。坎水是阳水，所以就成个'水火既济'，吉卦；兑水是阴水，所以成了个'泽火革'，凶卦。坎水阳德，从悲天悯人上起的，所以成了个既济之象；兑水阴德，从愤懑嫉妒上起的，所以成了个革象。你看，《象辞》上说道：'泽火革，二女同居，其志不相得。'你想，人家有一妻一妾，互相嫉妒，这个人家会兴旺吗？初起总想独据一个丈夫，及至不行，则破败主义就出来了，因爱丈夫而争，既争之后，虽损伤丈夫也不顾了；再争，则破丈夫之家也不顾了；再争，则断送自己性命也不顾了：这叫做妒妇之性质。圣人只用'二女同居，其志不相得'两句，把这南革诸公的小像直画出来，比那照像照得还要清爽。

"那些南革的首领，初起都是官商人物，并都是聪明出众的人才。因为所秉的是妇女阴水嫉妒性质，只知有已，不知有人，所以在世界上就不甚行得开了。由愤懑生嫉妒，由嫉妒生破坏。这破坏岂是一人做得的事呢！于是同类相呼，'水流湿，火就燥'，渐渐地越聚越多，钩连上些人家的败类子弟，一发做得如火如荼。其已得举人、进士、翰林、部曹等官的呢，就谈朝廷革命；其读书不成，无着子弟，就学两句爱皮西提衣或阿衣乌爱窝，便谈家庭革命。一谈了革命，就可以不受天理国法人情的拘束，岂不大痛快？可知太痛快了不是好事：吃得痛快，伤食；饮得痛快，病酒。今者，不管天理，不畏国法，不近人情，放肆做去，这种痛快，不有人灾，必有鬼祸，能得长久吗？"

玙姑道："我也常听父亲说起，现在玉帝失权，阿修罗当道。然则这北拳南革都是阿修罗部下的妖魔鬼怪了？"黄龙子道："那是自然，圣贤仙佛，谁肯做这些事呢？"

子平问道："上帝何以也会失权？"黄龙子道："名为'失权'，其实只是'让权'，并

'让权'二字，还是假名。要论其实在，只可以叫做'伏权'。譬如秋冬的肃杀，难道真是杀吗？只是将生气伏一伏，蓄点力量，做来年的生长。道家说道'天地不仁，以万物为刍狗；圣人不仁，以百姓为刍狗。'又云'取已陈之刍狗而卧其下，必眯。'春夏所生之物，当秋冬都是已陈之刍狗了，不得不洗刷一番。我所以说是'势力尊者'的作用。上自三十三天，下至七十二地，人非人等，共总只有两派：一派讲公利的，就是上帝部下的圣贤仙佛；一派讲私利的，就是阿修罗部下的鬼怪妖魔。"

申子平道："南革既是破败了天理国法人情，何以还有人信服他呢？"黄龙子道："你当天理国法人情是到南革的时代才破败吗？久已亡失的了！《西游记》是部传道的书，满纸寓言。他说那乌鸡国王现坐着的是个假王，真王却在八角琉璃井内。现在的天理国法人情就是坐在乌鸡国金銮殿上的个假王，所以要借着南革的力量，把这假王打死，然后慢慢地从八角琉璃井内把真王请出来。等到真天理国法人情出来，天下就太平了。"

子平又问："这真假是怎样个分别呢？"黄龙子道："《西游记》上说着呢：叫太子问母后，便知道了。母后说道："三年之前温又暖，三年之后冷如冰。'这'冷''暖'二字便是真假的凭据。其讲公利的人，全是一片爱人的心，所以发出来是口暖气；其讲私利的人，全是一片恨人的心，所以发出来是口冷气。

"还有一个秘诀，我尽数奉告，请牢牢记住，将来就不至入那北拳南革的大劫数了。北拳以有鬼神为作用，南革以无鬼神为作用。说有鬼神，就可以装妖作怪，盅惑乡愚，其志不过如此而已。若说无鬼神，其作用就很多了：第一条，说无鬼就可以不敬祖宗，为他家庭革命的根源；说无神则无阴谴，无天刑，一切违背天理的事都可以做得，又可以煽动破败子弟的兴头。他却必须住在租界或外国，以骗他反背国法的手段；必须痛诋人说有鬼神的，以骗他反背天理的手段；必须说叛臣贼子是豪杰，忠臣良吏为奴性，以骗他反背人情的手段。大都皆有辩才，以文其说。就如那妒妇破坏人家，他却也有一番堂堂正正的道理说出来，可知道家也却被他破了。南革诸君的议论也有惊采绝艳的处所，可知道世道却被他搅坏了。

"总之，这种乱党，其在上海、日本的容易辨别，其在北京及通都大邑的难以辨别。但牢牢记住：事事托鬼神便是北拳党人，力辟无鬼神的便是南革党人。若遇此等人，敬而远之，以免杀身之祸，要紧，要紧！"

申子平听得五体投地佩服，再要问时，听窗外晨鸡已经"喔喔"地啼了。玙姑道："天可不早了，真要睡了。"遂道了一声"安置"，推开角门进去。黄龙子就在对面榻上取了几本书做枕头，身子一欹，已经鼾声雷起。申子平把将才的话又细细地默记了两遍，方始睡卧。欲知后事如何，且听下回分解。

【刘鹗自评】

闻人说《易经》能辟邪，一切妖魔鬼怪见之即走。此卷书亦能辟邪，一切妖魔鬼怪见之亦走。

闻人说《陀罗尼咒》若虔心诵读，刀兵水火不能伤害。此卷书若虔心诵读，刀兵水火亦不能伤害。

闻人说《大洞玉真宝箓》佩在身边，自有金甲神将暗中保护。此卷书佩在身边，亦有金甲神将暗中保护。

闻人说通天犀燃着时，能洞见鬼物，此卷书读十遍，亦能洞见鬼物。

闻人说洞天石室有《绿文金简天书》，凡夫读之不能解释，不能信从。此卷书凡夫读之亦不能解释，不能信从。

（《老残游记》卷十一终）

卷十二

寒风冻塞黄河水　暖气催成白雪辞

话说申子平一觉睡醒，红日已经满窗，慌忙起来。黄龙子不知几时已经去了。老苍头送进热水洗脸，少停又送进几盘几碗的早饭来。子平道："不用费心，替我姑娘前道谢，我还要赶路呢。"说着，玙姑已走出来，说道："昨日龙叔不说吗，倘早去也是没用，刘仁甫午牌时候方到关帝庙呢，用过饭去不迟。"

子平依话用饭。又坐了一刻，辞了玙姑，径奔山集上。看那集上，人烟稠密。

店面虽不多，两边摆地摊，售卖农家器具及乡下日用物件的，不一而足。问了乡人，才寻着了关帝庙。果然刘仁甫已到。相见叙过寒温，便将老残书信取出。

仁甫接了，说道："在下粗人，不懂衙门里规矩，才具又短，恐怕有累令兄知人之明，总是不去的为是。因为接着金二哥捎来铁哥的信，说一定叫去，又恐住的地方柏树峪难走，觅不着，所以迎候在此面辞。一切总请二先生代为力辞方好。不是躲懒，也不是拿乔，实在恐不胜任，有误尊事，务求原谅。"子平说："不必过谦。家兄恐别人请不动先生，所以叫小弟专诚敦请的。"

刘仁甫见辞不掉，只好安排了自己私事，同申子平回到城武。申东造果然待之以上宾之礼，其余一切均照老残所嘱咐的办理。初起也还有一两起盗案，一月之后，竟到了"犬不夜吠"的境界了。这且不表。

却说老残由东昌府动身，打算回省城去。一日，走到齐河县城南门觅店，看那街上，家家客店都是满的。心里诧异道："从来此地没有这么热闹。这是甚么缘故呢？"正在踌躇，只见门外进来一人，口中喊道："好了，好了！快打通了！大约明日一早晨就可以过去了！"老残也无暇访问，且找了店家，问道："有屋子没有？"店家说："都住满了，请到别家去罢。"老残说："我已走了两家，都没有屋子，你可以对付一间罢，不管好歹。"店家道："此地实在没法了。东隔壁店里，午后走了一帮客，你老赶紧去，或者还没有住满呢。"

老残随即到东边店里，问了店家，居然还有两间屋子空着，当即搬了行李进去。店小二跑来打了洗脸水，拿了一枝燃着了的线香放在桌上，说道："客人抽烟。"老残问："这儿为甚么热闹？各家店都住满了。"店小二道："刮了几天的大北风，打大前儿，河里就淌凌，凌块子有间把屋子大，摆渡船不放走，恐怕碰上凌，船就要坏了。到了昨日，上湾子凌插住了，这湾子底下可以走船呢，却又被河边上的凌，把几只渡船都冻得死死的。昨儿晚上，东昌府李大人到了，要见抚台回话，走到此地，过不去，急得甚么似的。住在县衙门里，派了河夫、地保打冻。今儿打了一天，看看可以通了，只是夜里不要歇手，歇了手，还是冻上。你老看，客店里都满着，全是过不去河的人。我们店里今早晨还是满满的。因为有一帮客，内中有个年老的，在河沿上看了半天，说是'冻是打不开的了，不必在这里死等，我们赶到雒口，看有法子想没有，到那里再打主意罢。'午牌时候才开车去的，你老真好造化。不然，真没有屋子住。"店小二将话说完，也就去了。

老残洗完了脸，把行李铺好，把房门锁上，也出来步到河堤上看。见那黄河从西南上下来，到此却正是个湾子，过此便向正东去了。河面不甚宽，两岸相距不到二里。若以此刻河水而论，也不过百把丈宽的光景，只是面前的冰，插得重重叠叠的，高出水面有七八寸厚。再望上游走了一二百步，只见那上流的冰，还一块一块地漫漫价来，到此地，被前头的拦住，走不动就站住了。那后来的冰赶上他，只挤得"嗤嗤"价响。后冰被这溜水逼得紧了，就窜到前冰上头去；前冰被压，就渐渐低下去了。看那河身不过百十丈宽，当中大溜约莫不过二三十丈，两边俱是平水。

这平水之上早已有冰结满，冰面却是平的，被吹来的尘土盖住，却像沙滩一般。中间的一道大溜，却仍然奔腾澎湃，有声有势，将那走不过去的冰挤得两边乱窜。那两边平水上的冰，被当中乱冰挤破了，往岸上跑，那冰能挤到岸上有五六尺远。许多碎冰被挤得站起来，像个小插屏似的。看了有点把钟工夫，这一截子的冰又挤死不动了。老残复行往下游走去，过了原来的地方，再往下走，只见有两只船。船上有十来个人都拿着木杵打冰，望前打些时，又望后打。河的对岸，也有两只船，也是这么打。看看天色渐渐昏了，打算回店。再看那堤上柳树，一棵一棵的影子，都已照在地下，一丝一丝地摇动，原来月光已经放出光亮来了。

回到店里，开了门，喊店小二来，点上了灯，吃过晚饭，又到堤上闲步。这时北风已息，谁知道冷气逼人，比那有风的时候还厉害些。幸得老残早已换上申东造所赠的羊皮袍子，故不甚冷，还支撑得住。只见那打冰船，还在那里打。每个船上点了一个小灯笼，远远看去，仿佛一面是"正堂"二字，一面是"齐河县"三字，也就由他去了。

抬起头来，看那南面的山，一条雪白，映着月光分外好看。一层一层的山岭，却不大分辨得出，又有几片白云夹在里面，所以看不出是云是山。及至定神看去，方才看出那是云、那是山来。虽然云也是白的，山也是白的，云也有亮光，山也有亮光，只因为月在云上，云在月下，所以云的亮光是从背面透过来的。

那山却不然，山上的亮光是由月光照到山上，被那山上的雪反射过来，所以光是两样子的。然只就稍近的地方如此，那山往东去，越望越远，渐渐地天也是白的，山也是白的，云也是白的，就分辨不出甚么来了。

老残对着雪月交辉的景子，想起谢灵运的诗"明月照积雪，北风劲且哀"两句。若非经历北方苦寒景象，那里知道"北风劲且哀"的个"哀"字下得好呢？这时月光照得满地的亮，抬起头来，天上的星，一个也看不见。只有北边，北斗七星，开阳摇光，像几个淡白点子一样，还看得清楚。那北斗正斜倚在紫微垣的西边上面，杓在上，魁在下。心里想道：岁月如流，眼见斗杓又将东指了，人又要添一岁了。一年一年地这样瞎混下去，如何是个了局呢？又想到《诗经》上说的"维北有斗，不可以挹酒浆。"——现在国家正当多事之秋，那王公大臣只是恐怕担处分，多一事不如少一事，弄得百事俱废，将来又是怎样个了局，国是如此，丈夫何以家为！想到此地，不觉滴下泪来，也就无心观玩景致，慢慢回店去了。

一面走着，觉得脸上有样物件附着似的，用手一摸，原来两边着了两条滴滑的冰。初起不懂什么缘故，既而想起，自己也就笑了。原来就是方才流的泪，天寒，立刻就冻住了，地下必定还有几多冰珠子呢。闷闷地回到店里，也就睡了。

次日早起，再到堤上看看，见那两只打冰船，在河边上，已经冻实了。问了堤旁的人，知道昨儿打了半夜，往前打去，后面冻上；往后打去，前面冻上。所以今儿歇手不打了，大总等冰结牢壮了，从冰上过罢。因此老残也就只有这个法子了。闲着无事，到城里散步一回，只有大街上有几家铺面，其余背街上，瓦房都不甚多，是个荒凉寥落的景象。因北方大都如此，故看了也不甚诧异。

回到房中，打开书箧，随手取本书看，却好拿着一本《八代诗选》，记得是在省城里替一个湖南人治好了病，送了当谢仪的。省城里忙，未得细看，随手就收在书箱子里了，趁今天无事，何妨仔细看他一遍？原来是二十卷书：头两卷是四言，卷三至十一是五言，十二至十四是新体诗，十五至十七是杂言，十八是乐章，十九是歌谣，卷二十是杂著。再把那细目翻来看看，见新体里选了谢朓二十八首，沈约十四首；古体里选了谢朓五十四首，沈约三十七首。心里狠不明白，就把那第十卷与那十二卷同取出来对着看看，实看不出新体古体的分别处来。心里又想，这诗是王壬秋闿运选的。这人负一时盛名，而《湘军志》一书做得委实是好，有目共赏，何以这诗选得未惬人意呢？既而又想，沈归愚选的《古诗源》，将那歌谣与诗混杂一起，也是大病；王渔洋《古诗选》，亦不能有当人意；算来还是张翰风的《古诗录》差强人意。莫管他怎样呢，且把古人的吟咏消遣闲愁罢了。

看了半日，复到店门口闲立。立了一会，方要回去，见一个戴红缨帽子的家人，走近面前，打了一个千儿，说："铁老爷，几时来的？"老残道："我昨日到的。"嘴里说着，心里只想不起这是谁的家人。那家人见老残愣着，知道是认不得了，便笑说道："家人叫黄升。敝上是黄应图黄大老爷。"老残道："哦！是了，是了。我的记性，真坏！我常到你们公馆里去，怎么就不认得你了呢！"黄升道："你老'贵人多忘事'罢咧。"老残笑道："人虽不贵，忘事倒实在多的。你们贵上是几时来的？住在什么地方呢？我也正闷得慌，找他谈天去。"黄升道："敝上是总办张大人委的，在这齐河上下买八百万料。现在料也买齐全了，验收委员也验收过了，正打算回省销差呢。刚刚这河又插上了，还得等两天才能走呢。你老也住在这店里吗？在那屋里？"老残用手向西指道："就在这西屋里。"黄升道："敝上也就住在上房北屋里，前儿晚上才到。前些时都在工上，因为验收委员过去了，才住到这儿的。此刻是在县里吃午饭，吃过了，李大人请着说闲话，晚饭还不定回来吃不吃呢。"老残点点头，黄升也就去了。

原来此人名黄应图，号人瑞，三十多岁年纪，系江西人氏。其兄由翰林转了御史，与军机达拉密至好，故这黄人瑞捐了个同知，来山东河工投效。有军机的八行，抚台是格外照应的。眼看大案保举出奏，就是个知府大人了。人倒也不甚俗，在省城时，与老残亦颇来往过数次，故此认得。

老残又在店门口立了一刻，回到房中，也就差不多黄昏的时候。到房里又看了半本诗。看不见了，点上蜡烛。只听房门口有人进来，嘴里喊道："补翁，补翁！久违得很了！"老残慌忙立起来看，正是黄人瑞。彼此作过了揖，坐下，各自谈了些别后的情事。

黄人瑞道："补翁还没有用过晚饭罢？我那里虽然有人送了个一品锅，几个碟子，恐怕不中吃，倒是早起我叫厨子用口蘑漱了一只肥鸡，大约还可以下饭，请你到我屋里去吃饭罢。古人云'最难风雨故人来'，这冻河的无聊，比风雨更难受，好友相逢，这就不寂寞了。"老残道："甚好，甚好，既有嘉肴，你不请我，也是要来吃的。"人瑞看桌上放的书，顺手揭起来一看，是《八代诗选》，说："这诗总还算选得好的。"也随便看了几首，丢下来说道："我们那屋里坐罢。"

于是两个人出来。老残把书理了一理，拿把锁把房门锁上，就随着人瑞到上房里来，看是三间屋子：一个里间，两个明间。堂屋门上挂了一个大呢夹板门帘，中间安放一张八仙桌子，桌上铺了一张漆布。人瑞问："饭得了没有？"家人说："还须略等一刻，鸡子还不十分烂。"人瑞道："先拿碟子来吃酒罢。"

　　家人应声出去，一霎时转来，将桌子架开，摆了四双筷子，四只酒杯。老残问："还有那位？"人瑞道："停一会儿你就知道了。"杯筷安置停妥，只有两张椅子，又出去寻椅子去。人瑞道："我们炕上坐坐罢。"明间西首本有一个土炕，炕上铺满了芦席。炕的中间，人瑞铺了一张大老虎绒毯，毯子上放了一个烟盘子，烟盘两旁两条大狼皮褥子，当中点着明晃晃的个太谷灯。

　　怎样叫做"太谷灯"呢？因为山西人财主最多，却又人人吃烟，所以那里烟具比别省都精致。太谷是个县名，这县里出的灯，样式又好，火力又足，光头又大，五大洲数他第一。可惜出在中国，若是出在欧美各国，这第一个造灯的人，各报上定要替他扬名，国家就要给他专利的凭据了。无奈中国无此条例，所以叫这太谷第一个造灯的人，同那寿州第一个造斗的人，虽能使器物利用，名满天下，而自己的声名埋没。虽说择术不正，可知时会使然。

　　闲话少说。那烟盘里摆了几个景泰蓝的匣子，两枝广竹烟枪，两边两个枕头。人瑞让老残上首坐了，他就随手躺下，拿了一枝烟签子，挑烟来烧，说："补翁，你还是不吃吗？其实这样东西，倘若吃得废时失业的，自然是不好；若是不上瘾，随便消遣消遣，倒也是个妙品。你何必拒绝得这么厉害呢？"老残道："我吃烟的朋友很多，为求他上瘾吃的，一个也没有，都是消遣消遣，就消遣进去了。及至上瘾以后，不但不足以消遣，反成了个无穷之累。我看你老哥，也还是不消遣的为是。"人瑞道："我自有分寸，断不上这个当的。"

　　说着，只见门帘一响，进来了两个妓女：前头一个有十七八岁，鸭蛋脸儿；后头一个有十五六岁，瓜子脸儿。进得门来，朝炕上请了两个安。人瑞道："你们来了？"朝里指道："这位铁老爷，是我省里的朋友。翠环，你就伺候铁老爷，坐在那边罢。"只见那个十七八岁的就挨着人瑞在炕沿上坐下了。那十五六岁的，却立住，不好意思坐。老残就脱了鞋子，挪到炕里边去盘膝坐了，让他好坐。他就侧着身，趔趄着坐下了。

　　老残对人瑞道："我听说此地没有这个的，现在怎样也有了？"人瑞道："不然，此地还是没有。他们姐儿两个，本来是平原二十里铺做生意的。他爹妈就是这城里的人，他妈同着他姐儿俩在二十里铺住。前月他爹死了，他妈回来，因恐怕他们跑了，所以带回来的，在此地不上店。这是我闷极无聊，叫他们找了来的。这个叫翠花，你那个叫翠环，都是雪白的皮肤，很可爱。你瞧他的手呢，包管你合意。"老残笑道；"不用瞧，你说的还会错吗？"

　　翠花倚住人瑞对翠环道："你烧口烟给铁老爷吃。"人瑞道："铁爷不吃烟，你叫他烧给我吃罢。"就把烟签子递给翠环。翠环鞠拱着腰烧了一口，上在斗上，递过去。人瑞"呼呼"价吃完。翠环再烧时，那家人把碟子、一品锅均已摆好，说："请老爷们用酒罢。"

　　人瑞立起身来说："喝一杯罢，今天天气很冷。"遂让老残上坐，自己对坐，命翠环坐在上横头，翠花坐下横头。翠花拿过酒壶，把各人的酒加了一加，放下酒壶，举箸来先布老残的菜。老残道："请歇手罢，不用布了。我们不是新娘子，自己会吃的。"随又布了黄人瑞的菜。人瑞也替翠环布了一箸子菜。翠环慌忙立起身来说："您那歇手。"又替翠花布了一箸。翠花说："我自己来吃罢。"就用勺子接了过来，递到嘴里，吃了一点，就放下来了。人瑞再三让翠环吃菜，翠环只是答应，总不动手。

人瑞忽然想起，把桌子一拍，说："是了，是了！"遂直着嗓子喊了一声："来啊！"只见门帘外走进一个家人来，离席六七尺远，立住脚。人瑞点点头，叫他走进一步，遂向他耳边低低说了两句话。只见那家人连声道："喳，喳。"回过头就去了。

过了一刻，门外进来一个着蓝布棉袄的汉子，手里拿着两个三弦子，一个递给翠花，一个递给翠环。嘴里向翠环说道："叫你吃菜呢，好好地伺候老爷们。"翠环仿佛没听清楚，朝那汉子看了一眼。那汉子道："叫你吃菜，你还不明白吗？"翠环点头道："知道了。"当时就拿起筷子来布了黄人瑞一块火腿，又夹了一块布给老残。老残说："不用布最好。"人瑞举杯道："我们干一杯罢。让他们姐儿两个唱两曲，我们下酒。"

说着，他们的三弦子已都和好了弦，一递一段地唱了一支曲子。人瑞用筷子在一品锅里捞了半天，看没有一样好吃的，便说道："这一品锅里的物件，都有徽号，您知道不知道？"老残说："不知道。"他便用筷子指着说道："这叫'怒发冲冠'的鱼翅，这叫'百折不回'的海参，这叫'年高有德'的鸡，这叫'酒色过度'的鸭子，这叫'恃强拒捕'的肘子，这叫'臣心如水'的汤。"说着，彼此大笑了一会。

他们姐儿两个，又唱了两三个曲子。家人捧上自己做的鸡来。老残道："酒很够了，就趁热盛饭来吃罢。"家人当时端进四个饭来。翠花立起，接过饭碗，送到各人面前，泡了鸡汤，各自饱餐。饭后，擦过脸，人瑞说："我们还是炕上坐罢。"家人来撤残肴，四人都上炕去坐。老残歆在上首，人瑞歆在下首。翠花倒在人瑞怀里，替他烧烟。翠环坐在炕沿上，无事做，拿着弦子，崩儿崩儿价拨弄着玩。

人瑞道："老残，我多时不见你的诗了，今日总算'他乡遇故知'，您也该做首诗，我们拜读拜读。"老残道："这两天我看见冻河，很想做诗，正在那里打主意，被你一阵胡搅，把我的诗也搅到那'酒色过度'的鸭子里去了！"人瑞道："你快别'恃强拒捕'，我可就要'怒发冲冠'了！"说罢，彼此呵呵大笑。老残道："有，有，有，明天写给你看。"人瑞道："那不行！你瞧，这墙上有斗大一块新粉的，就是为你题诗预备的。"老残摇头道："留给你题罢。"人瑞把烟枪望盘子里一放，说："稍缓即逝，能由得你吗！"就立起身来，跑到房里，拿了一枝笔，一块砚台，一碇墨出来，放在桌上，说："翠环，你来磨墨。"翠环当真倒了点冷茶，磨起墨来。

霎时间，翠环道："墨得了，您写罢。"人瑞取了个布掸子，说道："翠花掌烛，翠环捧砚，我来掸灰。"把枝笔递到老残手里。翠花举着蜡烛台，人瑞先跳上炕，立到新粉的一块底下，把灰掸了。翠花、翠环也都立上炕去，站在左右。人瑞招手道："来，来，来！"

老残笑说道:"你真会乱!"也就站上炕去,将笔在砚台上蘸好了墨,呵了一呵,就在墙上七歪八扭地写起来了。翠环恐怕砚上墨冻,不住地呵,那笔上还是裹了细冰,笔头越写越肥。顷刻写完,看是:

> 地裂北风号,长冰蔽河下。后冰逐前冰,相陵复相亚。
>
> 河曲易为塞,嵯峨银桥架。归人长咨嗟,旅客空叹咤。
>
> 盈盈一水间,轩车不得驾。锦筵招妓乐,乱此凄其夜。

人瑞看了,说道:"好诗,好诗!为甚不落款呢?"老残道:"题个江右黄人瑞罢。"人瑞道:"那可要不得!冒了个会做诗的名,担了个狎妓饮酒革职的处分,有点不合算。"老残便题了"补残"二字,跳下炕来。

翠环姐妹放下砚台、烛台,都到火盆边上去烘手。看炭已将烬,就取了些生炭添上。老残立在炕边,向黄人瑞拱拱手,道:"多扰,多扰!我要回屋子睡觉去了。"

人瑞一把拉住,说道:"不忙,不忙!我今儿听见一件惊天动地的案子,其中关系着无限的性命,有夭矫离奇的情节,正要与你商议,明天一黑早就要复命的。你等我吃两口烟,长点精神,说给你听。"老残只得坐下。未知究竟是段怎样的案情,且听下回分解。

(《老残游记》卷十二终)

卷十三

娓娓青灯女儿酸语　滔滔黄水观察嘉谟

话说老残复行坐下,等黄人瑞吃几口烟,好把这惊天动地的案子说给他听,随便也就躺下来了。翠环此刻也相熟了些,就倚在老残腿上,问道:"铁老,你贵处是那里?这诗上说的是什么话?"老残一一告诉他听。他便凝神想了一想道:"说的真是不错。但是诗上也兴说这些话吗?"老残道:"诗上不兴说这些话,更说什么话呢?"翠环:"我在二十里铺的时候,过往客人见得很多,也常有题诗在墙上的。我最喜欢请他们讲给我听,听来听去,大约不过两个意思:体面些的人总无非说自己才气怎么大,天下人都不认识他;次一等的人呢,就无非说那个姐儿长得怎么好,同他怎么样的恩爱。

"那老爷们的才气大不大呢,我们是不会知道的。只是过来过去的人怎样都是些大才,为啥想一个没有才的看看都看不着呢,我说一句傻话:既是没才的这么少,俗语说的好,'物以稀为贵',岂不是没才的倒成了宝贝了吗。这且不去管他。

"那些说姐儿们长得好的,无非却是我们眼面前的几个人,有的连鼻子眼睛还没有长得周全呢。他们不是比他西施，就是比他王嫱；不是说他沉鱼落雁，就是说他闭月羞花。王嫱俺不知道他老是谁，有人说，就是昭君娘娘。我想，昭君娘娘跟那西施娘娘难道都是这种乏样子吗？一定靠不住了。

"至于说姐儿怎样跟他好，恩情怎样重，我有一回发了傻性子，去问了问，那个姐儿说：'他住了一夜就麻烦了一夜。天明问他要讨个两数银子的体己，他就抹下脸来，直着脖儿梗，乱嚷说：我正账昨儿晚上就开发了，还要什么体己钱？'那姐儿哩，再三央告着说：'正账的钱呢，店里伙计扣一分，掌柜的又扣一分，剩下的全是领家的妈拿去，一个钱也放不出来。俺们的胭脂花粉，跟身上穿的小衣裳，都是自己钱买。光听听曲子的老爷们，不能向他要，只有这留住的老爷们，可以开口讨两个伺候辛苦钱。'再三央告着，他给了二百钱一个小串子，望地下一摔，还要撅着嘴说：'你们这些强盗婊子，真不是东西！混账王八旦！'你想有恩情没有？因此，我想，做诗这件事是很没有意思的，不过造些谣言罢了。你老的诗，怎么不是这个样子呢？"老残笑说道："'各师父各传授，各把戏各变手。'我们师父传我们的时候，不是这个传法，所以不同。"

黄人瑞刚才把一筒烟吃完，放下烟枪，说道："真是'人不可貌相，海水不可斗量'。做诗不过是造些谣言，这句话真被这孩子说着了呢！从今以后，我也不做诗了，免得造些谣言，被他们笑话。"翠环道："谁敢笑话你老呢！俺们是乡下没见过世面的孩子，胡说乱道，你老爷可别怪着我，给你老磕个头罢！"就侧着身子，朝黄人瑞把头点了几点。黄人瑞道："谁怪着你呢，实在说得不错，倒是没有人说过的话！可见'当局者迷，旁观者清'。"

老残道："这也罢了，只是你赶紧说你那稀奇古怪的案情罢。既是明天一黑早要复命的，怎么还这么慢腾斯礼的呢？"人瑞道："不用忙，且等我先讲个道理你听，慢慢地再说那个案子。我且问你，河里的冰明天能开不能开？"答道："不能开。"问："冰不能开，冰上你敢走吗？明日能动身吗？"答："不能动身。"问："既不能动身，明天早起有甚么要事没有？"答："没有。"

黄人瑞道："却又来！既然如此，你慌着回屋子去干甚么？当此沉闷寂寥的时候，有个朋友谈谈，也就算苦中之乐了。况且他们姐儿两个，虽比不上牡丹、芍药，难道还及不上牵牛花、淡竹叶花吗？剪烛斟茶，也就很有趣的。我对你说：在省城里，你忙我也忙，息想畅谈，总没有个空儿。难得今天相遇，正好畅谈一回。我常说：人生在世，最苦的是没地方说话。你看，一天说到晚的话，怎么说没地方说话呢？大凡人肚子里，发话有两个所在：一个是从丹田底下出来的，那是自己的话；一个是从喉咙底下出来的，那是应酬的话。省城里那么些人，不是比我强的，就是不如我的。比我强的，他瞧不起我，所以不能同他说话；那不如我的，又要妒忌我，又不能同他说话。难道没有同我差不多的人吗？境遇虽然差不多，心地却就大不同了。他自以为比我强，就瞧不起我；自以为不如我，就妒我，所以直没有说话的地方。像你老哥总算是圈子外的人，今日难得相逢，我又素昔佩服你的，我想你应该怜惜我，同我谈谈。你偏急着要走，怎么教人不难受呢？"老残道："好，好，好！我就陪你谈谈。我对你说罢：我回屋子也是坐着，何必矫强呢？因为你已叫了两个姑娘，正好同他们说说情义话，或者打两个皮科儿，嘻笑嘻笑。我在这里不便。其实我也不是道学先生想吃冷猪肉的人，作甚么伪呢！"人瑞道："我也正为他们的事情，要同你商议呢。"站起来，把翠环的袖子抹上去，露出臂膊来，指给老残看。说："你瞧，这些伤痕教人可惨不可惨呢！"老残看时，有一条一条青的，有一点一点紫的。人瑞又道："这是膀子上如此，我想身上更可怜了。翠环，你就把身上解开来看看。"

翠环这时两眼已搁满了汪汪的泪，只是忍住不叫他落下来，被他手这么一拉，却滴滴地连滴了许多泪。翠环道："看什么，怪臊的！"人瑞道："你瞧！这孩子傻不傻？看看怕甚么呢？难道做了这项营生，你还害臊吗？"翠环道："怎不害臊！"翠花这时眼眶子里也搁着泪，说道："您别叫他脱了。"回头朝窗外一看，低低向人瑞耳中不知说了两句什么话，人瑞点点头，就不作声了。

老残此刻欹在炕上，心里想着：这都是人家好儿女。父母养他的时候，不知费了几多的精神，历了无穷的辛苦，淘气碰破了块皮，还要抚摩的。不但抚摩，心里还要许多不受用。倘被别家孩子打了两下，恨得甚么似的。那种痛爱怜惜，自不待言。谁知抚养成人，或因年成饥馑，或因其父吃鸦片烟，或好赌钱，或被打官司拖累，逼到万不得已的时候，就糊里糊涂将女儿卖到这门户人家，被鸨儿残酷，有不可以言语形容的境界。因此触动自己的生平所见所闻，各处鸨儿的刻毒，真如一个师父传授，总是一样的手段，又是愤怒，又是伤心，不觉眼睛角里，也自有点潮丝丝的起来了。

此时大家默无一言，静悄悄的。只见外边有人捆了一卷行李，由黄人瑞家人带着，送到里间房里去了。那家人出来向黄人瑞道："请老爷要过铁老爷的房门钥匙来，好送翠环行李进去。"老残道："自然也捆到你们老爷屋里去。"人瑞道："得了，得了！别吃冷猪肉了。把钥匙给我罢。"老残道："那可不行！我从来不干这个的。"人瑞道："我早吩咐过了，钱已经都给了。你这是何苦呢？"老残道："钱给了不要紧，该多少我明儿还你就结了。既已付过了钱，他老鸨子也没有甚么说的，也不会难为了他，怕什么呢？"翠花道："你当真地教他回去，跑不了一顿饱打，总说他是得罪了客。"老残道："我还有法子：今儿送他回去，告诉他，明儿仍旧叫他，这也就没事了。况且他是黄老爷叫的人，干我甚么事呢？我情愿出钱，岂不省事呢？"黄人瑞道："我原是为你叫的，我昨儿已经留了翠花，难道今儿好叫翠花回去吗？不过大家解解闷儿。我也不是一定要你如此云云。昨晚翠花在我屋里讲了一夜，坐到天明，不过我们借此解个闷，也让他少挨两顿打，那儿不是积功德呢。我先是因为他们的规矩，不留下是不准动筷子的。倘若不黑就来，坐到半夜里饿着肚子，碰巧还省不了一顿打。因为老鸨儿总是说：客人既留你到这时候，自然是喜欢你的，为甚么还会叫你回来？一定是应酬不好，碰得不巧，就是一顿。所以我才叫他们告诉说：

都已留下了。你不看见他那伙计叫翠环吃菜么？那就是个暗号。"

　　说到此处，翠花向翠环道："你自己央告央告铁爷，可怜可怜你罢。"老残道："我也不为别的，钱是照数给。让他回去，他也安静，我也安静些。"翠花鼻子里哼了一声，说："你安静是实，他可安静不了的！"翠环歪过身子，把脸儿向着老残道："铁爷，我看你老的样子，怪慈悲的，怎么就不肯慈悲我们孩子一点吗？你老屋里的炕，一丈二尺长呢，你老铺盖不过占三尺宽，还多着九尺地呢，就舍不得赏给我们孩子避一宿难吗？倘若赏脸，要我孩子伺候呢，装烟倒茶，也还会做；倘若恶嫌得很呢，求你老包涵些，赏个炕畸角混一夜，这就恩典得大了！"

　　老残伸手在衣服袋里将钥匙取出，递与翠花，说："听你们怎么搅去罢，只是我的行李可动不得的。"翠花站起来，递与那家人，说："劳您驾，看他伙计送进去，就出来，请你把门就锁上。劳驾，劳驾！"那家人接着钥匙去了。

　　老残用手抚摩着翠环的脸，说道："你是那里人，你鸨儿姓甚么？你是几岁卖给他的？"翠环道："俺这妈姓张。"说了一句就不说了，袖子内取出一块手巾来擦眼泪，擦了又擦，只是不作声。老残道："你别哭呀。我问你老底子家里事，也是替你解闷的，你不愿意说，就不说也行，何苦难受呢？"翠环道："我原底子没有家！"

　　翠花道："你老别生气，这孩子就是这脾气不好，所以常换打。其实，也怪不得他难受。二年前，他家还是个大财主呢，去年才卖到俺妈这儿来。他为自小儿没受过这个折蹬，所以就种种的不讨好，其实，俺妈在这里头，算是顶善和的哩。他到了明年，恐怕要过今年这个日子也没有了！"说到这里，那翠环竟掩面呜咽起来。翠花喊道："嘿！这孩子可是不想活了！你瞧，老爷们叫你来为开心的，你可哭开自己咧！那不得罪人吗？快别哭咧！"

　　老残道："不必，不必！让他哭哭很好。你想，他憋了一肚子的闷气，到那里去哭？难得遇见我们两个没有脾气的人，让他哭个够，也算痛快一回。"用手拍着翠环道："你就放声哭也不要紧，我知道黄老爷是没忌讳的人。只管哭，不要紧的。"黄人瑞在旁大声嚷道："小翠环，好孩子，你哭罢！劳你驾，把你黄老爷肚里憋的一肚子闷气，也替我哭出来罢！"

　　大家听了这话，都不禁发了一笑，连翠环遮着脸也"扑嗤"地笑了一声。原来翠环本来知道在客人面前万不能哭的，只因老残问到他老家的事，又被翠花说出他二年前还是个大财主，所以触起他的伤心，故眼泪不由得直穿出来，要强忍也忍不住。及至听到老残说他受了一肚子闷气，到那里去哭，让他哭个够，也算痛快一回。心里想道：自从落难以来，从没有人这样体贴过他，可见世界上男子并不是个个人都是拿女儿家当粪土一般作践的。只不知道像这样的人世界上多不多，我今生还能遇见几个？想既能遇见一个，恐怕一定总还有呢。心里只顾这么盘算，倒把刚才的伤心盘算得忘记了，反侧着耳朵听他们再说什么。忽然被黄人瑞喊着，要托他替哭，怎样不好笑呢？所以含着两包眼泪，"扑嗤"地笑了一声，并抬起头来看了人瑞一眼。那知被他们看了这个形景，越发笑个不止。翠环此刻心里一点主意没有，看看他们傻笑，只好糊里糊涂，陪着他们嘻嘻地傻了一回。

老残便道："哭也哭过了，笑也笑过了，我还要问你：怎么二年前他还是个大财主？翠花，你说给我听听。"翠花道："他是俺这齐东县的人。他家姓田，在这齐东县南门外有二顷多地。在城里，还有个杂货铺子。他爹妈只养活了他，还有他个小兄弟，今年才五六岁呢。他还有个老奶奶，俺们这大清河边上的地，多半是棉花地，一亩地总要值一百多吊钱呢，他有二顷多地，不就是两万多吊钱吗？连上铺子，就够三万多了。俗说'万贯家财'，一万贯家财就算财主，他有三万贯钱，不算个大财主吗？"

老残道："怎么样就会穷呢？"翠花道："那才快呢！不消三天，就家破人亡了！这就是前年的事情。俺这黄河不是三年两头也倒口子吗？庄抚台为这个事焦得了不得似的。听说有个甚么大人，是南方有名的才子，他就拿了一本甚么书给抚台看，说这个河的毛病是太窄了，非放宽了不能安静，必得废了民埝，退守大堤。这话一出来，那些候补大人个个说好。抚台就说：'这些堤里百姓怎样好呢？须得给钱叫他们搬开才好。'谁知道这些总办、候补道王八旦大人们说：'可不能叫百姓知道。你想，这堤埝中间五六里宽，六百里长，总有十几万家，一被他们知道了，这几十万人守住民埝，那还废得掉吗？'庄抚台没法，点点头，叹了口气，听说还落了几点眼泪呢。

"这年春天就赶紧修了大堤，在济阳县南岸，又打了一道隔堤。这两样东西就是杀这几十万人的一把大刀！可怜俺们这小百姓那里知道呢！看看到了六月初几里，只听人说：'大汛到咧！大汛到咧！'那埝上的队伍不断地两头跑。那河里的水一天长一尺多，一天长一尺多，不到十天工夫，那水就比埝顶低不很远了。比着那埝里的平地，怕不有一两丈高！到了十三四里，只见那埝上的报马，来来往往，一会一匹，一会一匹。到了第二天晌午时候，各营盘里，掌号齐人，把队伍都开到大堤上去。

"那时就有机灵人说：'不好！恐怕要出乱子！俺们赶紧回去预备搬家罢！'谁知道那一夜里，三更时候，又赶上大风大雨，只听得稀里花拉，那黄河水就像山一样地倒下去了。那些村庄上的人，大半都还睡在屋里。呼的一声，水就进去，惊醒过来，连跑是跑，水已经过了屋檐。天又黑，风又大，雨又急，水又猛，你老想，这时候有什么法子呢？"未知后事如何，且听下回分解。

【刘鹗自评】

止水结冰是何情状？流水结冰是何情状？小河结冰是何情状？大河结冰是何情状？河南黄河结冰

是何情况状？山东黄河结冰是何情状？须知前一卷所写是山东黄河结冰。

野史者，补正史之缺也。名可托诸子虚，事须征诸实在。此两回所写北妓一斑，毫厘无爽。而至于别项，亦可知矣！

庄勤果公慈祥恺悌，齐人至今思之。惟治河一端，不免乖谬。而废济阳以下民埝，退守大堤之举尤属荒谬之至。惨不忍闻，况目见乎！此所以寄泪也。

（《老残游记》卷十三终）

卷十四

大县若蛙半浮水面　小船如蚁分送馒头

话说翠花接着说道："到了四更多天，风也息了，雨也止了，云也散了，透出一个月亮，湛湛澄澄。那村庄里头的情形是看不见的了，只有靠民埝近的，还有那抱着门板或桌椅板凳的，飘到民埝跟前，都就上了民埝。还有那民埝上住的人，拿竹竿子赶着捞人，也捞起来的不少。这些人得了性命，喘过一口气来，想一想，一家人都没有了，就剩了自己，没有一个不是号啕痛哭。喊爹叫妈的，哭丈夫的，疼儿子的，一条哭声，五百多里路长。你老看惨不惨呢！"

翠环接着道："六月十五这一天，俺娘儿们正在南门铺子里，半夜里听见人嚷说：'水下来了！'大家听说，都连忙起来。这一天本来很热，人多半是穿着裈裤在院子里睡的。雨来的时候，才进屋子去。刚睡了一蒙蒙觉，就听外边嚷起来了，连忙跑到街上看，城也开了，人都望城外跑。城圈子外头，本有个小埝，每年倒口子用的，埝有五尺多高，这些人都出去守小埝。那时雨才住，天还阴着。

"一霎时，只见城外人，拼命价望城里跑；又见县官也不坐轿子，跑进城里来，上了城墙。只听一片声嚷说：'城外人家，不许搬东西！叫人赶紧进城，就要关城，不能等了！'俺们也都扒到城墙上去看，这里许多人用蒲包装泥，预备堵城门。县大老爷在城上喊：'人都进了城了，赶紧关城！'城厢里头本有预备的土包，关上城，就用土包把门后头叠上了。

"俺有个齐二叔住在城外，也上了城墙。这时候，云彩已经回了山，月亮很亮的。俺妈看见齐二叔，问他：'今年怎正厉害？'齐二叔说：'可不是呢！往年倒口子，水下来，初起不过尺把高；正水头到了，也不过二尺多高，没有过三尺的；总不到顿把饭的工夫，水头就过去，总不过二尺来往水。今年这水，真霸道！一来就一尺多，一霎就过了二尺！县大老爷看势头不好，恐怕小埝守不住，叫人赶紧进城罢。那时水已将近有四尺的光景了。大哥这两天没见，敢是在庄子上么？可担心得很呢！'俺妈就哭了，说：'可不是呢！'

"当时只听城上一片嘈嚷，说：'小埝浸咧！小埝漫咧！'城上的人呼呼价往下跑。俺

— 143 —

妈哭着就地一坐，说：'俺就死在这儿不回去了！'俺没法，只好陪着在旁边哭。只听人说：'城门缝里过水！'那无数人就乱跑，也不管是人家，是店，是铺子，抓着被褥就是被褥，抓着衣服就是衣服，全拿去塞城门缝子。一会儿把咱街上估衣铺的衣服，布店里的布，都拿去塞了城门缝子。渐渐听说：'不过水了！'又听嚷说：'土包单弱，恐怕挡不住！'这就看着多少人到俺店里去搬粮食口袋，望城门洞里去填。一会看着搬空了。又有那纸店里的纸，棉花店里的棉花，又是搬个干净。

"那时天也明了，俺妈也哭昏了。俺也设法，只好坐地守着。耳朵里不住地听人说：'这水可真了不得！城外屋子已经过了屋檐！这水头怕不快有一丈多深吗！从来没听说有过这么大的水！'后来还是店里几个伙计上来，把俺妈同俺架了回去。回到店里，那可不像样子了！听见伙计说：'店里整布袋的粮食都填满了城门洞，囤子里的散粮被乱人抢了一个精光。只有拨洒在地下的，扫了扫，还有两三担粮食。'店里原有两个老妈子，他们家也在乡下，听说这么大的水，想必老老小小也都是没有命了，直哭得想死不想活。

"一直闹到太阳大歪西，伙计们才把俺妈灌醒了。大家喝了两口小米稀饭。俺妈醒了，睁开眼看看，说：'老奶奶呢？'他们说：'在屋里睡觉呢，不敢惊动他老人家。'俺妈说：'也得请他老人家起来吃点么呀！'待得走到屋里，谁知道他老人家不是睡觉，是吓死了。摸了摸鼻子里，已经没有气。俺妈看见，'哇'地一声，吃的两口稀饭，跟着一口血块子一齐呕出来，又昏过去了。亏得个老王妈在老奶奶身上尽自摩挲，忽然嚷道：'不要紧！心口里滚热的呢。'忙着嘴对嘴地吹气，又喊快拿姜汤来。到了下午时候，奶奶也过来了，俺妈也过来了，这算是一家平安了。

"有两个伙计，在前院说话：'听说城下的水有一丈四五了，这个多年的老城，恐怕守不住；倘若是进了城，怕一个活的也没有！'又一个伙计道：'县大老爷还在城里，料想是不要紧的。'"

老残对人瑞道："我也听说，究竟是谁出的这个主意，拿的是什么书，你老哥知道么？"人瑞道："我是庚寅年来的，这是己丑年的事，我也是听人说，未知确否。据说是史钧甫史观察创的议，拿的就是贾让的《治河策》。他说当年齐与赵、魏以河为境，赵、魏濒山，齐地卑下，作堤去河二十五里，河水东抵齐堤，则西泛赵、魏。赵、魏亦为堤，去河二十五里。

"那天，司道都在院上，他将这几句指与大家看，说：'可见战国时两堤相距是五十里地了，所以没有河患。今日两民埝相距不过三四里，即两大堤相距尚不足二十里，比之古人，未能及半，若不废民埝，河患断无已时。'宫保说：'这个道理，我也明白。只是这夹堤里面尽是村庄，均属膏腴之地，岂不要破坏几万家的生产吗？'

"他又指《治河策》给宫保看，说：'请看这一段说"难者将曰：若此败坏城郭、田庐、家墓以万数，百姓怨恨。"贾让说："昔大禹治水，山陵当路者毁之，故凿龙门，辟伊阀，折砥柱，破碣石，堕断天地之性，尚且为之，况此乃人工所造，何足言也？"'且又说：'"小不忍则乱大谋"，宫保以为夹堤里的百姓、庐墓生产可惜，难道年年决口就不伤人命吗？此一劳永逸之事。所以贾让说："大汉方制万里，岂其与水争咫尺之地哉！此功一立，河定民安，千载无恙，故谓之上策。"汉朝方制，不过万里，尚不当与水争地；我国家方制数万里，若反与水争地，岂不令前贤笑后生吗？'又指储同人批评云：'"三策遂成不刊之典，然自汉以来，治河者率下策也。悲夫！汉、晋、唐、宋、元、明以来，读书人无不知贾让《治河策》等于圣经贤传，惜治河者无读书人，所以大功不立也。"宫保若能行此上策，岂不是贾让二千年后得一知己？功垂竹帛，万世不朽！'宫保皱着眉头道：'但是一件要紧的事，只是我舍不得这十几万百姓现在的身家。'两司道：'如果可以一劳永逸，何不另酬一笔款项，把百姓迁徙出去呢？'宫保说：'只有这个办法，尚属较妥。'后来听说筹了三十万银子，预备迁民，至于为甚么不迁，我却不知道了。"

人瑞对着翠环道："后来怎么样呢？你说呀。"翠环道："后来我妈拿定主意，听他去，水来，俺就淹死去！"翠花道："那下一年我也在齐东县，俺住在北门俺三姨家。北门离民埝挺近，北门外大街铺子又整齐，所以街后两个小埝都不小，听说是一丈三的顶。那边地势又高，所以北门没有漫出来。十六那天，俺到城墙上，看见那河里漂的东西，不知有多少呢，也有箱子，也有桌椅板凳，也有窗户门扇。那死人，更不待说，漂得满河都是，不远一个，不远一个，也没人顾得去捞。有有钱的，打算搬家，就是雇不出船来。"

老残道："船呢？上那里去了？"翠花道："都被官里拿了差，送馒头去了。"老残道："送馒头给谁吃？要这些船干啥？"翠花道："馒头功德可就大了！那庄子上的人，被水冲的有一大半。还有一少半呢，都是机灵点的人，一见水来，就上了屋顶，所以每一个庄子里屋顶上总有百把几十人。四面都是水，到那儿摸吃的去呢？有饿急了，重行跳到水里自尽的。亏得有抚台派的委员，驾着船各处去送馒头，大人三个，小孩两个。第二天又有委员驾着空船，把他们送到北岸。这不是好极的事吗？谁知这些浑蛋还有许多蹲在屋顶上不肯下来呢！问他为啥，他说在河里有抚台给他送馍馍，到了北岸就没人管他吃，那就饿死了。其实抚台送了几天就不送了，他们还是饿死。您说这些人浑不浑呢？"

老残向人瑞道："这事真正荒唐！是史观察不是虽未可知，然创此议主人，却也不是坏心，并无一毫为己私见在内。只因但会读书，不谙世故。举手动足便错。孟子所以说'尽信书，则不如无书。'岂但河工为然？天下大事，坏于奸臣者十之三四；坏于不通世故之君子者，倒有十分之六七也！"又问翠环道："后来你爹找着了没有？还是就被水冲去了呢？"翠环收泪道："那还不是跟水去了吗！要是活着，能不回家来吗？"大家叹息了一会。

老残又问翠花道："你才说他，到了明年，只怕要过今年这个日子也没有了，这话是个甚么缘故？"翠花道："俺这个爹不是死了吗？丧事里多花了一百几十吊钱；前日俺妈赌钱、掷骰子又输了二三百吊钱，共总亏空四百多吊。今年的年，是万过不去的了。所以前儿打算把环妹卖给蒯二秃子家。这蒯二秃子出名的厉害，一天没有客，就要拿火筷子烙人。俺妈要他三百银子，他给了六百吊钱，所以没有说妥。你老想，现在到年，还能有多少天？这日子眼看着越过越紧，倘若到了年下，怕他不卖吗？这一卖，翠环可就够他难受了。"

老残听了，默无一言。翠环却只揩泪。黄人瑞道："残哥，我才说，为他们的事情要同你商议，正是这个缘故。我想，眼看着一个老实孩子送到鬼门关里头去，实在可怜。算起不过三百银子的事情，我愿意出一半。那一半找几个朋友凑凑，你老哥也随便出几两，不拘多少。但是这个名我却不能担。倘若你老哥能把他要回去，这事就容易办了。你看好不好？"老残道："这事不难。银子呢，既你老哥肯出一半，那一半就是我兄弟出了罢。再要跟人家化缘，就不妥当了。只是我断不能要他，还得再想法子。"

翠环听到这里，慌忙跳下炕来，替黄、铁二公磕了两个头，说道："两位老爷菩萨，救命恩人，舍得花银子把我救出火坑，不管做甚么，丫头、老妈子，我都情愿。只是有一件事，我得禀明在前：我所以常挨打，也不怪俺妈，实在是俺自己的过犯。俺妈当初，因为实在饿不过了，'所以把我卖给俺这妈，得了二十四吊钱，谢犒中人等项，去了三四吊，只落了二十吊钱。接着去年春上，俺奶奶死了，这钱可就光了，俺妈领着俺个小兄弟讨饭吃，不上半年，连饿带苦，也就死了。只剩了俺一个小兄弟，今年六岁。亏了俺有个旧街坊李五爷，现在也住在这齐河县，做个小生意，他把他领了去，随便给点吃吃。只是他自顾还不足的人，那里能管他饱呢？穿衣服是更不必说了。所以我在二十里铺的时候，遇着好客，给个一吊八百的呢，我就一两个月攒个三千两吊的他寄来。现在蒙两位老爷救我出来，如在左近二三百里的地方呢，那就不说了，我总能省几个钱给他寄来；倘要远去呢，请两位恩爷总要想法，许我把这个孩子带着。或寄放在庵里、庙里，或找个小户人家养着。俺田家祖上一百世的祖宗，做鬼都感激二位爷的恩典，结草衔环，一定会报答你二位的！可怜俺田家就这一线的根苗！……"说到这里，便又号啕痛哭起来。

人瑞道："这又是一点难处。"老残道："这也没有什么难，我自有个办法。"遂喊道："田姑娘，你不用哭了，包管你姊儿两个一辈子不离开就是了。你别哭，让我们好替你打主意；你把我们哭昏了，就出不出好主意来了。快快别哭罢！"翠环听罢，赶紧忍住泪，"骨咚、骨咚"替他们每人磕了几个响头。老残连忙将他搀起。谁知他磕头的时候，用力太猛，把额头上碰了一个大包，包又破了，流血呢。

老残扶他坐下，说："这是何苦来呢！"又替他把额上血轻轻揩了，让他在炕上躺下。这就来向人瑞商议说："我们办这件事，当分个前后次第：以替他赎身为第一步，以替他择配为第二步。赎身一事又分两层：以私商为第一步；公断为第二步。此刻别人出他六百吊，我们明天把他领家的叫来，也先出六百吊，随后再添。此种人不宜过于爽快；你过爽快，他就觉得奇货可居了。此刻银价每两换两吊七百文，三百两可换八百一十吊，连一切开销，一定足用的了。看他领家的来，口气何如。倘不执拗，自然私了的为是。如怀疑刁狡呢，就托齐河县替他当堂公断一下，仍以私了结局。人翁以为何如？"人瑞道："极是，极是！"

老残又道："老哥固然万无出名之理，兄弟也不能出全名，只说是替个亲戚办的就是了。等到事情办妥，再揭明择配的宗旨；不然，领家的是不肯放的。"人瑞道："很好。这个办法，一点不错。"老残道："银子是你我各出一半，无论用多少，皆是这个分法。但是我行箧中所有，颇不敷用，要请你老哥垫一垫；到了省城，我就还你。"人瑞道："那不要紧，赎两个翠环，我这里的银子都用不了呢。只要事情办妥，老哥还不还都不要紧的。"老残道："一定要还的！我在有容堂还存着四百多银子呢。你不用怕我出不起，怕害得我没饭吃。你放心罢。"

人瑞道："就是这么办，明天早起，就叫他们去喊他领家的去。"翠花道："早起你别去喊。明天早起，我们姐儿俩一定要回去的。你老早起一喊。倘若被他们知道这个意思，他一定把环妹妹藏到乡下去再讲盘子，那就受他的拿捏了。况且他们抽鸦片烟的人，也起不早；不如下午，你老先着人叫我们姐儿俩来，然后去叫俺妈，那就不怕他了。只是一件：这事千万别说我说的：环妹妹是超升了的人，不怕他，俺还得在火坑里过活两年呢。"人瑞道："那自然，还要你说吗！明天我先到县衙门里，顺便带个差人来。倘若你妈作怪，我先把翠环交给差人看管，那就有法制他了。"说着，大家都觉得喜欢得很。

老残便对人瑞道："他们事已议定，大概如此，只是你先前说的那个案子呢，我到底不放心。你究竟是真话是假话？说了我好放心。"未知后事如何，且听下回分解。

【刘鹗自评】

废济阳以下民埝是光绪己丑年事。其时，作者正奉檄测量东省黄河。目睹尸骸随流而下，自朝至暮不知凡几。山东村居，屋皆平顶，水来，民尽升屋而处。一日作者船泊小街子，见屋顶上人约八九十口，购馒头五十金散之。值夜大风雨，耳中时闻坍屋声。天微明，风息雨未止。急开船窗视之，仅十余人矣！不仅痛哭。作者告予"生平有三大伤心事"，山东民埝是其伤心之一也。

（《老残游记》卷十四终）

卷十五

烈焰有声惊二翠　严刑无度逼孤孀

话说老残与黄人瑞方将如何拔救翠环主法商议停妥，老残便向人瑞道："你适才说，有个惊天动地的案子，其中关系着无限的人命，又有夭娇离奇的情节，到底是真是假？我实实地不放心。"人瑞道："别忙，别忙。方才为这一个毛丫头的事，商议了半天。正经勾当，我的烟还没有吃好，让我吃两口烟，提提神，告诉你。"

翠环此刻心里蜜蜜地高兴，正不知如何是好，听人瑞要吃烟，赶紧拿过签子来，替人瑞烧了两口吃着。人瑞道："这齐河县东北上，离城四十五里，有个大村镇，名叫齐东镇，就是周朝齐东野人的老家。这庄上有三四千人家，有条大街，有十几条小街。路南第三条小街上，有个贾老翁。这老翁年纪不过五十望岁，生了两个儿子，一个女儿。大儿子在时，有三十多岁了，二十岁上娶了本村魏家的姑娘。魏、贾这两家都是靠庄田吃饭，每人家有四五十顷地。魏家没有儿子，只有这个女儿，却承继了一个远房侄儿在家，管理一切事务。只是这个承继儿子不甚学好，所以魏老儿很不喜欢他，却喜欢这个女婿如同珍宝一般，谁知这个女婿去年七月，感了时气，到了八月半边，就一命呜呼哀哉死了。过了百日，魏老头恐怕女儿伤心，常常接回家来过个十天半月的，解解他的愁闷。

"这贾家呢，第二个儿子今年二十四岁，在家读书。人也长得清清秀秀的，笔下也还文从字顺。贾老儿既把大儿子死了，这二儿子便成了个宝贝，恐怕他劳神，书也不教他念了。他那女儿今年十九岁，相貌长得如花似玉，又加之人又能干，家里大小事情，都是他做主。因此本村人替他起了个浑名，叫做'贾探春'。老二娶的也是本村一个读书人家的女儿，性格极其温柔，轻易不肯开口，所以人越发看他老实没用，起他个浑名叫'二呆子'。

"这贾探春长到一十九岁，为何还没有婆家呢？只因他才貌双全，乡庄户下，那有那么俊俏男子来配他呢？只有邻村一个吴二浪子，人却生得倜傥不群，相貌也俊，言谈也巧，家道也丰富，好骑马射箭。同这贾家本是个老亲，一向往来，彼此女眷都是不回避的。只有这吴二浪子曾经托人来求亲。贾老儿暗想，这个亲事倒还做得。只是听得人说，这吴二浪子，乡下已经偷上了好几个女人，又好赌，又时常好跑到省城里去玩耍，动不动一两个月的不回来。心里算计，这家人家，虽算乡下的首富，终究家私要保不住，因此就没有应许。以后却是再要找个人材家道相平的，总找不着，所以把这亲事就此搁下了。

"今年八月十三是贾老大的周年。家里请和尚拜了三天忏，是十二、十三、十四三天。经忏拜完，魏老儿就接了姑娘回家过节。谁想当天下午，陡听人说，贾老儿家全家丧命。这一慌真就慌得不成话了！连忙跑来看时，却好乡约、里正俱已到齐。全家人都死尽，止有贾探春和他姑妈。来了都哭得泪人似的。顷刻之间，魏家姑奶奶，就是贾家的大娘子也赶到了；进得门来，听见一片哭声，也不晓得青红皂白，只好号陶大哭。

"当时里正前后看过，计门房，死了看门的一名，长工二名；厅房堂屋，倒在地下死了书童一名；厅房里间，贾老儿死在炕上；二进上房，死了贾老二夫妻两名，傍边老妈子一名，炕上三岁小孩子一名；厨房里，老妈子一名，丫头一名；厢房里，老妈子一名；前厅厢房里，管账先生一名：大小男女，共死了一十三名。当时具禀，连夜报上县来。

"县里次日一清早，带同仵作下乡——相验。没有一个受伤的人，骨节不硬，皮肤不发青紫，既非杀伤，又非服毒，这没头案子就有些难办。一面贾家办理棺敛，一面县里具禀串报抚台。县里正在序稿，突然贾家遣个抱告，言已查出被人谋害形迹。"方说到这里，翠环抬起头来喊道："您瞧！窗户怎样这么红呀？"一言未了，只听得"必必剥剥"的声音，外边人声嘈杂，大声喊叫说："起火！起火！"几个连忙跑出上房门来，才把帘子一掀，只见那火正是老残住的厢房后身。老残连忙身边摸出钥匙去开房门上的锁，黄人瑞大声喊道："多来两个人，帮铁老爷搬东西！"

老残刚把铁锁开了，将门一推，只见房内一大团黑烟，望外一扑，那火舌已自由窗户里冒出来了。老残被那黑烟冲来，赶忙望后一退，却被一块砖头绊住，跌了一跤。恰好那些来搬东西的人正自赶到，就势把老残扶起，搀过东边去了。

当下看那火势，怕要连着上房。黄人瑞的家人就带着众人，进上房去抢搬东西。黄人瑞踮在院心里，大叫道："赶先把那账箱搬出，别的却还在后！"说时，黄升已将账箱搬出。那些人多手杂的，已将黄人瑞箱笼行李都搬出来放在东墙脚下。

店家早已搬了几条长板凳来，请他们坐。人瑞检点物件，一样不少，却还多了一件，赶忙叫人搬往柜房里去。看官，你猜多的一件是何物事？原来正是翠花的行李。

人瑞知道县官必来看火，倘若见了，有点难堪，所以叫人搬去。并对二翠道："你们也往柜房里避一避去，立刻县官就要来的。"二翠听说，便顺墙根走往前面去了。

且说火起之时，四邻人等及河工夫役，都寻觅了水桶水盆之类，赶来救火。无奈黄河两岸俱已冻得实实的，当中虽有流水之处，人却不能去取。店后有个大坑塘，却早冻得如平地了。城外只有两口井里有水，你想，慢慢一桶一桶打起，中何用呢？这些人急智生，就把坑里的冰凿开，一块一块地望火里投。那知这冰的力量比水还大，一块冰投下去，就有一块地方没了火头。这坑正在上房后身，有七八个人立在上房屋脊上，后边有数十个人运冰上屋，屋上人接着望火里投，一半投到火里，一半落在上房屋上，所以火就接不到上房这边来。

老残与黄人瑞正在东墙看人救火，只见外面一片灯笼火把，县官已到，带领人夫手执挠钩、长杆等件，前来救火。进得门来，见火势已衰，一面用挠钩将房扯倒，一面饬人取黄河浅处薄冰抛入火里，以压火势，那火也就渐渐地熄了。

县官见黄人瑞立在东墙下，步上前来，请了一个安，说道："老宪台受惊不小！"人瑞道："也还不怎样，但是我们补翁烧得苦点。"因向县官道："子翁，我介绍你会个人。此人姓铁，号补残，与你颇有关系。那个案子上要倚赖他才好办。"县官道："嗳呀呀！铁补翁在此地吗？快请过来相会。"人瑞即招手大呼道："老残，请这边来！"

老残本与人瑞坐在一条凳上，因见县官来，踱过人丛里，借看火为回避。今闻招呼，遂走过来，与县官作了个揖，彼此道些景慕的话头。县官有马扎子，老残与人瑞仍坐长凳子上。原来这齐河县姓王，号子谨，也是江南人，与老残同乡。虽是个进士出身，倒不糊涂。

当下人瑞对王子谨道："我想阁下齐东村一案，只有请补翁写封信给宫保，须派白子寿来，方得昭雪；那个绝物也不敢过于倔强。我辈都是同官，不好得罪他的。补翁是方外人，无须忌讳。尊意以为何如？"子谨听了，欢喜非常，说："贾魏氏活该有救星了！好极，好极！"老残听得没头没脑，答应又不是，不答应又不是，只好含糊唯诺。

当时火已全熄，县官要扯二人到衙门去住。人瑞道："上房既未烧着，我仍可以搬入去住，只是铁公未免无家可归了。"老残道："不妨，不妨！此时夜已深，不久便自天明。天明后，我自会上街置办行李，毫不碍事。"县官又苦苦地劝老残到衙门里去。老残说："我打搅黄兄是不妨的，请放心罢。"县官又殷勤问："烧些甚么东西？未免大破财了。但是敝县购办得出的，自当稍尽绵薄。"老残笑道："布衾一方，竹筒一只，布衫裤两件，破书数本，铁串铃一枚，如此而已。"县官笑道："不确罢。"也就笑着。

正要告辞，只见地保同着差人，一条铁索，锁了一个人来，跪在地下，像鸡子鹌米似的，连连磕头，嘴里只叫："大老爷天恩！大老爷天恩！"那地保跪一条腿在地下，喊道："火就是这个老头儿屋里起的。请大老爷示：还是带回衙门去审，还是在这里审？"县官便问道："你姓甚么？叫甚么？那里人？怎么样起的火？"只见那地下的人又连连磕头，说道："小的姓张，叫张二，是本城里人，在这隔壁店里做长工。因为昨儿从天明起来，忙到晚上二更多天，才稍为空闲一点，回到屋里睡觉。谁知小衫裤汗湿透了，刚睡下来，冷得异样，越冷越打战战，就睡不着了。小的看这屋里放着好些粟秸，就抽了几根，烧着烤一烤。又想起窗户台上有上房客人吃剩下的酒，赏小的吃的，就拿在火上煨热了，喝了几钟。谁知道一天乏透的人，得了点暖气，又有两杯酒下了肚，糊里涂糊，坐在那里，就睡着了。刚睡着，一霎儿的工夫，就觉得鼻子里烟呛得难受，慌忙睁开眼来，身上棉袄已经烧着了一大块，那粟秸打的壁子已通着了。赶忙出来找水来泼，那火已自出了屋顶，小的也没有法子了。所招是实，求大老爷天恩！"县官骂了一声"浑蛋"说："带到衙门里办去罢！"说罢，立起身来，向黄、铁二公告辞。又再三叮嘱人瑞，务必设法玉成那一案，然后地匆匆去了。

那时火已熄尽，只冒白气。人瑞看着黄升带领众人，又将物件搬入，依旧陈列起来。人瑞道："屋子里烟火气太重，烧盒万寿香来薰薰。"人瑞笑向老残道："铁公，我看你还忙着要回屋去不回呢？"老残道："都是被你一留再留的。倘若我在屋里，不至于被他烧得这么干净。"人瑞道，"咦！不害臊！要是让你回去，只怕连你还烧死在里头呢！你不好好地谢我，反来埋怨我，真是不识好歹。"老残道："难道我是死人吗？你不赔我，看我同你干休吗！"

说着，只见门帘揭起，黄升领了一个戴大帽子的进来，对着老残打了一个千儿，说："敝上说给铁大老爷请安。送了一副铺盖来，是敝上自己用的，腌臜点，请大老爷不要嫌弃。明天叫裁缝赶紧做新的送过来，今夜先将就点儿罢。又狐皮袍子马褂一套，请大老爷随便用罢。"老残立起来道："累你们贵上费心。行李暂且留在这里，借用一两天。等我自己买了，就缴还。衣裳我都已经穿在身上，并没有烧掉，不劳贵上费心了。回去多多道谢。"那家人还不肯把衣服带去。仍是黄人瑞说："衣服，铁老爷决不肯收的。你就说我说的，你带回去罢。"家人又打了个千儿去了。

老残道："我的烧去也还罢了，总是你瞎倒乱，平白的把翠环的一卷行李也烧在里头，你说冤不冤呢？"黄人瑞道："那才更不要紧呢！我说他那铺盖总共值不到十两银子，明日赏他十五两银子，他咬要喜欢的受不得呢。"翠环道："可不是呢，大约就是我这个倒霉的人，一卷铺盖害了铁爷许多好东西都毁掉了。"老残道："物件倒没有值钱的，只可惜我两部宋版书，是有钱没处买的，未免可惜。然也是天数，只索听他罢了。"人瑞道："我看宋版书倒也不稀奇，只是可惜你那摇的串铃子也毁掉，岂不是失了你的衣饭碗子吗？"老残道："可不是呢。这可应该你赔了罢，还有甚么说的？"人瑞道："罢，罢，罢！烧了他的铺盖，烧了你的串铃。大吉大利，恭喜，恭喜！"对着翠环作了个揖，又对老残作了个揖，说道："从今以后，他也不用做卖皮的婊子，你也不要做说嘴的郎中了！"

老残大叫道："好，好，骂的好苦！翠环，你还不去拧他的嘴！"翠环道："阿弥陀佛！总是两位的慈悲！"翠花点点头道："环妹由此从良，铁老由此做官，这把火倒也实在是把大吉大利的火，我也得替二位道喜。"老残道："依你说来，他却从良，我却从贱了？"黄人瑞道："闲话少讲，我且问你：是说话是睡？如睡，就收拾行李；如说话，我就把那奇案再告诉你。"随即大叫了一声："来啊！"

老残道："你说，我很愿意听。"人瑞道："不是方才说到贾家遭丁抱告，说查出被人谋害的情形吗？原来这贾老儿桌上有吃残了的半个月饼，一大半人房里都有吃月饼的痕迹。这月饼却是前两天魏家送得来的。所以贾家新承继来的个儿子名叫贾干，同了贾探春告说是他嫂子贾魏氏与人通奸，用毒药谋害一家十三口性命。

"齐河县王子谨就把这贾干传来，问他奸夫是谁，却又指不出来。食残的月饼，只有半个，已经掰碎了，馅子里却是有点砒霜。王子谨把这贾魏氏传来，问这情形。贾魏氏供：'月饼是十二日送来的。我还在贾家，况当时即有人吃过，并未曾死。'又把那魏老儿传来。魏老儿供称：'月饼是大街上四美斋做的，有毒无毒，可以质证了。'及至把四美斋传来，又供月饼虽是他家做的，而馅子却是魏家送得来的。就是这一节，却不得不把魏家父女暂且收管。虽然收管，却未上刑具，不过监里的一间空屋，听他自己去布置罢了。子谨心里觉得作作相验，实非中毒；自己又亲身细验，实无中毒情形。即使月饼中有毒，未必人人都是同时吃的，也没有个毒轻毒重的分别吗？

"苦主家催求讯断得紧，就详了抚台，请派员会审。前数日，齐巧派了刚圣慕来。此人姓刚，名弼，是吕谏堂的门生，专学他老师，清廉得格登登的。一跑得来，就把那魏老儿上了一夹棍，贾魏氏上了一拶子。两个人都晕绝过去，却无口供。

那知冤家路儿窄，魏老儿家里的管事的却是愚忠老实人，看见主翁吃这冤枉官司，遂替他筹了些款，到城里来打点，一投投到一个乡绅胡举人家。"

说到此处，只见黄升揭开帘子走进来，说："老爷叫呀。"人瑞道："收拾铺盖。"黄升道："铺盖怎样放法？"人瑞想了一想，说："外间冷，都睡到里边去罢。"就对老残道："里间炕很大，我同你一边睡一个，叫他们姐儿俩打开铺盖卷睡当中，好不好？"老残道："甚好，甚好。只是你孤栖了。"人瑞道："守着两个，还孤栖个甚么呢？"老残道："管你孤栖不孤栖，赶紧说，投到这胡举人家怎么样呢？"要知后事如何，且听下回分解。

【刘鹗自评】

疏密相间，大小杂出，此定法也。历来文章家每叙一大事，必夹叙一小事，点缀其间，以歇目力而纾文气。此卷叙贾魏事一大案，热闹极矣，中间应插叙一段冷淡事，方合成法。乃忽然火起，热上加热，闹中添闹，文笔真不可思议功德。

（《老残游记》卷十五佟）

卷十六

六千金买得凌迟罪　一封书驱走丧门星

话说老残急忙要问他投到胡举人家便怎样了。人瑞道："你越着急，我越不着急！我还要抽两口烟呢！"老残急于要听他说，就叫："翠环，你赶紧烧两口，让他吃了好说。"翠环拿着签子便烧。黄升从里面把行李放好，出来回道："他们的铺盖，叫他伙计来放。"人瑞点点头。一刻，见先来的那个伙计，跟着黄升进去了。原来马头上规矩：凡妓女的铺盖，必须他伙计自行来放，家人断不肯替他放的。又兼之铺盖之外还有甚么应用的物事，他伙计知道放在甚么所在，妓女探手便得，若是别人放的，就无处寻觅了。

却说伙计放完铺盖出来，说道："翠环的烧了，怎么样呢？"人瑞道："那你就不用管罢。"老残道："我知道。你明天来，我赔你二十两银子，重做就是了。"伙计说："不是为银子，老爷请放心。为的是今儿夜里。"人瑞道："叫你不要管，你还不明白吗？"翠花也道："叫你不要管，你就回去罢。"那伙计才低着头出去。

人瑞对黄升道："天很不早了，你把火盆里多添点炭，坐一壶开水在旁边，把我墨盒子、笔取出来，取几张红格子白八行书同信封子出来，取两枝洋蜡，都放在桌上，你就睡去罢。"黄升答应了一声"是"，就去照办。

这里人瑞烟也吃完。老残问道："投到胡举人家怎样呢？"人瑞道："这个乡下糊涂老儿，见了胡举人，趴下地就磕头，说：'如能救得我主人的，万代封侯！'胡举人道：'封侯不济事，要有钱才能办事呀。这大老爷，我在省城里也与他同过席，是认得的。你先拿一千银子来，我替你办。我的酬劳在外。'那老儿便从怀里摸出个皮靴页儿来，取出五百一张的票子两张，交与胡举人，却又道：'但能官司了结无事，就再花多少，我也能办。'胡举人点点头，吃过午饭，就穿了衣冠来拜老刚。"

老残拍着炕沿道："不好了！"人瑞道："这浑蛋的胡举人来了呢，老刚就请见，见了略说了几句套话。胡举人就把这一千银票子双手捧上，说道：'这是贾魏氏那一家，魏家孝敬老公祖的，求老公祖格外成全。'"

老残道："一定翻了呀！"人瑞道："翻了倒还好，却是没有翻。"老残道："怎么样呢？"人瑞道："老刚却笑嘻嘻的双手接了，看了一看，说道：'是谁家的票子，可靠得住吗？'胡举人道：'这是同裕的票子，是敝县第一个大钱庄，万靠得住。'老刚道：'这们大个案情，一千银子那能行呢？'胡举人道：'魏家人说，只要早早了结没事，就再花多些，他也愿意。'老刚道：'十三条人命，一千银子一条，也还值一万二呢。也罢，既是老兄来，兄弟情愿减半算，六千五百两银子罢。'胡举人连声答应道：'可以行得，可以行得！'

"老刚又道：'老兄不过是个介绍人，不可专主，请回去切实问他一问，也不必开票子来，只须老兄写明云：减半六五之数，前途愿出。兄弟凭此，明日就断结了。'胡举人欢喜得了不得，出去就与那乡下老儿商议。乡下老儿听说官司可以了结无事，就擅专一回。谅多年宾东，不致遭怪。况且不要现银子，就高高兴兴地写了个五千五百两的凭据交与胡举人。又写了个五百两的凭据，为胡举人的谢仪。

"这浑蛋胡举人写了一封信，并这五千五百两凭据，一并送到县衙门里来。老刚收下，还给个收条。等到第二天升堂，本是同王子谨会审的。这些情节，子谨却一丝也不知道。坐上堂去，喊了一声'带人'。那衙役们早将魏家父女带到，却都是死了一半的样子。两人跪到堂上，刚弼便从怀里摸出那个一千两银票并那五千五百两凭据和那胡举人的书子，先递给子谨看了一遍。子谨不便措辞，心中却暗暗地替魏家父女叫苦。

"刚弼等子谨看过，便问魏老儿道：'你认得字吗？'魏老儿供：'本是读书人，认得字。'又问贾魏氏：'认得字吗？'供：'从小上过几年学，认字不多。'老刚便将这银票、笔据叫差人送与他父女们看。他父女回说：'不懂这是什么原故。'刚弼道：'别的不懂，想必也是真不懂。这个凭据是谁的笔迹，下面注着名号，你也不认得吗？'叫差人：'你再

给那个老头儿看！'魏老儿看过，供道：'这凭据是烦官家里管事的写的，但不知他为甚么事写的。'

"刚弼哈哈大笑说：'你不知道，等我来告诉你，你就知道了！昨儿有个胡举人来拜我，先送一千两银子，说你们这一案，叫我设法儿开脱。又说如果开脱，银子再要多些也肯。我想你们两个穷凶极恶的人，前日颇能熬刑，不如趁势讨他个口气罢，我就对胡举人说："你告诉他管事的去，说害了人家十三条性命，就是一千两银子一条，也该一万三千两。"胡举人说："恐怕一时拿不出许多。"我说："只要他心里明白，银子便迟些日子不要紧的。如果一千银子一条命不肯出，就是折半五百两银子一条命，也该六千五百两，不能再少。"胡举人连连答应。我还怕胡举人孟浪，再三叮嘱他，叫他把这折半的道理告诉你们管事的，如果心服情愿，叫他写个凭据来，银子早迟不要紧的。第二天，果然写了这个凭据来。我告诉你，我与你无冤无仇，我为甚么要陷害你们呢？你要摸心想一想，我是个朝廷家的官，又是抚台特特委我来帮着王大老爷来审这案子，我若得了你们的银子，开脱了你们，不但辜负抚台的委任，那十三条冤魂，肯依我吗，我再详细告诉你：倘若人命不是你谋害的，你家为什么肯拿几千两银子出来打点呢？这是第一据，在我这里花的是六千五百两，在别处花的且不知多少，我就不便深究了。倘人不是你害的，我告诉他照五百两一条命计算，也应该六千五百两，你那管事的就应该说"人命实不是我家害的，如蒙委员代为昭雪，七千八千俱可，六千五百两的数目却不敢答应。"为甚么他毫无疑义，就照五百两一条命算帐妮？是第二据。我劝你们早迟总得招认，免得饶上许多刑具的苦楚。'

"那父女两个连连叩头说：'青天大老爷！实在是冤枉！'刚弼把桌子一拍，大怒道：'我这样开导你们，还是不招，再替我夹拶起来？'底下差役炸雷似的答应了一声'喳'，夹棍、拶子望堂上一摔，惊魂动魄价响。

"正要动刑，刚弼又道：'慢着，行刑的差役上来，我对你讲。'几个差役走上几步，跪一条腿，喊道：'请大老爷示。'刚弼道：'你们伋俩我全知道：你看那案子是不要紧的呢，你们得了钱，用刑就轻轻，让犯人不甚吃苦；你们看那案情重大，是翻不过来的了，你们得了钱，就猛一紧，把那犯人当堂治死，成全他个整尸首，本官又有个严刑毙命的处分，我是全晓得的。今日替我先拶贾魏氏，只不许拶得他发昏，看神色不好，就松刑，等他回过气来再拶，预备十天工夫，无论你甚么好汉，也不怕你不招！'

"可怜一个贾魏氏，不到两天，就真熬不过了，哭得一丝半气的，又忍不得老父受刑，就说道：'不必用刑，我招就是了！人是我谋害的，父亲委实不知情！'刚弼道：'你为什么害他全家？'魏氏道：'我为妯娌不和，有心谋害。'刚弼道：'妯娌不和，你害他一个人很够了，为甚么毒他一家子呢？'魏氏道：'我本想害他一人，因没有法子，只好把毒药放在月饼馅子里。因为他最好吃月饼，让他先毒死了，旁人必不至再受害了。'刚弼问：'月饼馅子里，你放的甚么毒药呢？'供：'是砒霜。''那里来的砒霜呢？'供：'叫人药店里买的。'‘那家药店里买的呢？'‘自己不曾上街，叫人买的，所以不晓得那家药店。'问：‘叫谁买的呢？'供：‘就是婆家被毒死了的长工王二。'问：‘既是王二替你买的，何以他又肯吃这月饼受毒死了呢？'供：‘我叫他买砒霜的时候，只说为毒老鼠，所以他不知道。'问：‘你说你父亲不知情，你岂有个不同他商议的呢？'供：‘我砒霜是在婆家买的，买得好多天了。正想趁个机会放在小婶吃食碗里，值几日都无隙可乘。恰好那日回娘家，看他们做月饼馅子，问他们何用，他们说送我家节礼，趁无人的时候，就把砒霜搅在馅子里了。'

"刚弼点点头道：‘是了，是了。'又问道：‘我看你人很直爽，所招的一丝不错。只是我听人说，你公公平常待你极为刻薄，是有的罢？'魏氏道：‘公公待我如待亲身女儿一般恩惠，没有再厚的了。'刚弼道：‘你公公横竖已死，你何必替他回护呢？'魏氏听了，抬起头来，柳眉倒竖，杏眼圆睁，大叫道：‘刚大老爷！你不过要成就我个凌迟的罪名！现在我已遂了你的愿了。既杀了公公，总是个凌迟！你又何必要坐成个故杀呢，你家也有儿女呀！劝你退后些罢！'刚弼一笑道：‘论做官的道理呢，原该追究个水尽山穷；然既已如此，先让他把这个供画了再说。'"

黄人瑞道："这是前两天的事，现在他还要算计那个老头子呢。昨日我在县衙门里吃饭，王子谨气得要死，憋得不好开口。一开口，仿佛得了魏家若干银子似的。李太尊在此地，也觉得这案情不妥当，当然也没有法想。商议除非能把白太尊白子寿弄来才行。这瘟刚是以清廉自命的，白太尊的清廉，恐怕比他还靠得住些。白子寿的人品学问，为众所推服，他还不敢藐视，舍此更无能制伏他的人了。只是一两天内就要上详，宫保的性子又急，若奏出去就不好设法了。只是没法通到宫保面前去，凡我们同寅，都要避点嫌疑。昨日我看见老哥，我从心眼里欢喜出来，请你想个甚么法子。"

老残道："我也没有长策。不过这种事情，其势已迫，不能计出万全的。只有就此情形，我详细写封信禀宫保，请宫保派白太尊来覆审。至于这一炮响不响，那就不能管了。天下事冤枉的多着呢，但是碰在我辈眼目中，尽心力替他做一下子就罢了。"人瑞道："佩服，佩服。事不宜迟，笔墨纸张都预备好了，请你老人家就此动笔。翠环，你去点蜡烛，泡茶。"

老残凝了一凝神，就到人瑞屋里坐下。翠环把洋烛也点着了。老残揭开墨盒，拔出笔来，铺好了纸，拈笔便写。那知墨盒子已冻得像块石头，笔也冻得像个枣核子，半笔也写不下去。翠环把墨盒子捧到火盆上供，老残将笔拿在手里，向着火盆一头烘，一头想。半霎功夫，墨盒里冒白气，下半边已烊了，老残蘸墨就写，写两行，烘一烘。不过半个多时辰，信已写好，加了个封皮，打算问人瑞，信已写妥，交给谁送去？对翠环道："你请黄老爷进来。"

翠环把房门帘一揭，"格格"地笑个不止，低低喊道："铁老，你来瞧！"老残望外一看，原来黄人瑞在南首，双手抱着烟枪，头歪在枕头上，口里拖三四寸长一条口涎，腿上却盖了一条狼皮褥子。再看那边，翠花睡在虎皮毯上，两只脚都缩在衣服里头，两只手抄在袖子里、头却不在枕头上，半个脸缩在衣服大襟里，半个脸靠着袖子，两个人都睡得实沉沉的了。

老残看了说："这可要不得，快点喊他们起来！"老残就去拍人瑞，说："醒醒罢，这样要受病的！"人瑞惊觉，懵里懵懂的，睁开眼说道："呵，呵！信写好了吗？"老残说："写好了。"人瑞扎挣着坐起。只见口边那条涎水，由袖子上滚到烟盘里，跌成几段，原来久已化作一条冰了！老残拍人瑞的时候，翠环却到翠花身边，先向他衣服摸着两只脚，用力往外一扯。翠花惊醒，连喊："谁，谁，谁？"连忙揉揉眼睛，叫道："可冻死我了！"

两人起来，都奔向火盆就暖。那知火盆无人添炭，只剩一层白灰，几星余火，却还有热气。翠环道："屋里火盆旺着呢，快向屋里烘去罢。"四人遂同到里边屋来。翠花看铺盖，三分俱已摊得齐楚，就去看他县里送来的，却是一床蓝湖绉被，一床红湖绉被，两条大呢褥子，一个枕头。指给老残道："你瞧这铺盖好不好？"老残道："太好了些。"便向人瑞道："信写完了，请你看看。

人瑞一面烘火，一面取过信来，从头至尾读了一遍，说："很切实的。我想总该灵罢。"老残道："怎样送去呢？"人瑞腰里摸出表来一看；说："四下钟，再等一刻天亮了，我叫县里差个人去。"老残道："县里人都起身得迟，不如天明后，同店家商议，雇个人去更妥。只是这河难得过去。"人瑞道："河里昨晚就有人跑凌，单身人过河很便当的。"大家烘着火，随便闲话。

两三点钟工夫，极容易过，不知不觉，东方已自明了。人瑞喊起黄升，叫他向店家商议，雇个人到省城送信，说："不过四十里地，如晌午以前送到，下午取得收条来，我赏银十两。"停了一刻，只见店伙同了一个人来说："这是我兄弟，如大老爷送信，他可以去。他送过几回信，颇在行，到衙门里也敢进去。请大老爷放心。"当时人瑞就把上抚台的禀交给他，自收拾投递去了。

这里人瑞道："我们这可该睡了。"黄、铁睡在两边，二翠睡在当中，不多一刻都已鼾鼾地睡着。一觉醒来，已是午牌时候。翠花家伙计早已在前面等候，接了他姊妹两个回去，将铺盖卷了，一并捎着就走。人瑞道："傍晚就送他们姐儿俩来，我们这儿不派人去叫了。"伙计答应着"是"，便同两人前去。翠环回过头来眼泪汪汪的道："您别忘了啊！"人瑞、老残俱笑着点点头。

二人洗脸。歇了片刻就吃午饭。饭毕，已两下多钟，人瑞自进县署去了，说："倘有回信，喊我一声。"老残说："知道，你请罢。"

人瑞去后，不到一个时辰，只见店家领那送信的人，一头大汗，走进店来，怀里取出一个马封，紫花大印。拆开，里面回信两封：一封是庄宫保亲笔，字比核桃还大；一封是内文案上袁希明的信，言"白太尊现署泰安，即派人去代理，大约五七天可到。"并云

"宫保深盼阁下少候两日，等白太尊到，商酌一切"云云。

老残看了，对送信人说："你歇着罢，晚上来领赏。喊黄二爷来。"店家说："同黄大老爷进衙门去了。"老残想："这信交谁送去呢？不如亲身去走一道罢。"就告店家锁了门，竟自投县衙门来。

进了大门，见出出进进人役甚多，知有堂事。进了仪门，果见大堂上阴气森森，许多差役两旁立着。凝了一凝神，想道："我何妨上去看看，什么案情？"立在差役身后，却看不见。

只听堂上嚷道："贾魏氏，你要明白你自己的死罪已定，自是无可挽回。你却极力开脱你那父亲，说他并不知情，这是你的一片孝心，本县也没有个不成全你的。但是你不招出你的奸夫来，你父亲的命就保全不住了。你想，你那奸夫出的主意，把你害得这样苦法，他倒躲得远远的，连饭都不替你送一碗，这人的情义也就很薄的了，你却抵死不肯招出他来，反令生身老父，替他担着死罪。圣人云'人尽夫也，父一而已。'原配丈夫，为了父亲尚且顾不得他，何况一个相好的男人呢！我劝你招了的好。"只听底下只是嘤嘤啜泣。又听堂上喝道："你还不招吗？不招我又要动刑了！"

又听底下一丝半气地说了几句，听不出甚么话来。只听堂上嚷道："他说甚么？"一个书吏上去回道："贾魏氏说，是他自己的事，大老爷怎样吩咐，他怎样招；叫他捏造一个奸夫出来，实实无从捏造。"

又听堂上把惊堂一拍，骂道："这个淫妇，真正刁狡！拶起来！"堂下无限的人大叫了一声"喳"，只听跑上几个人去，把拶子往地下一摔，"霍绰"的一声，惊心动魄。

老残听到这里，怒气上冲，也不管公堂重地，把站堂的差人用手分开，大叫一声："站开！让我过去！"差人一闪。老残走到中间，只见一个差人一手提着贾魏氏头发，将头提起，两个差人正抓他手在上拶子。老残走上，将差人一扯，说道："住手！"便大摇大摆走上暖阁，见公案上坐着两人，下首是王子谨，上首心知就是这刚弼了，先向刚弼打了一躬。

子谨见是老残，慌忙立起。刚弼却不认得，并不起身，喝道："你是何人？敢来搅乱公堂！拉他下去！"未知老残被拉下去，后事如何，且听下回分解。

【刘鹗自评】

赃官可恨，人人知之；清官尤可恨，人多不知。盖赃官自知有病，不敢公然为非；清官则自以为我不要钱，何所不可。刚愎自用，小则杀人，大则误国，吾人亲目所睹不知凡几矣。试观徐桐、李秉衡其显然者也。《廿四史》中指不胜屈。作者苦心，愿天下清官勿以"不要钱"便可任性妄为也。历来小说皆揭赃官之恶，有揭清官之恶者，自《老残游记》始。

（《老残游记》卷十六终）

卷十七

铁炮一声公堂解索　瑶琴三叠旅舍衔环

话说老残看贾魏氏正要上刑，急忙抢上堂去，喊了"住手"。刚弼却不认得老残为何许人，又看他青衣小帽，就喝令差人拉他下去。谁知差人见本县大老爷早经站起，知道此人必有来历，虽然答应了一声"喳"，却没一个人敢走上来。

老残看刚弼怒容满面，连声吆喝，却有意呕着他玩，便轻轻地说道："你先莫问我是什么人，且让我说两句话。如果说得不对，堂下有的是刑具，你就打我几板子，夹我一两夹棍，也不要紧。我且问你：一个垂死的老翁，一个深闺的女子，案情我却不管，你上他这手铐脚镣是什么意思？难道怕他越狱走了吗？这是制强盗的刑具，你就随便施于良民，天理何存？良心安在？"

王子谨想不到抚台回信已来，恐怕老残与刚弼堂上较量起来，更下不去，连忙喊道："补翁先生，请厅房里去坐，此地公堂，不便说话。"刚弼气得目瞪口呆，又见子谨称他"补翁"，恐怕有点来历，也不敢过于抢白。老残知子谨为难，遂走过西边来，对着子谨也打了一躬。子谨慌忙还揖，口称："后面厅房里坐。"老残说道："不忙。"却从袖子里取出庄宫保的那个覆书来，双手递给子谨。

子谨见有紫花大印，不觉喜逐颜开，双手接过，拆开一看，便高声读道："示悉。白守耆札到便来，请即传谕王、刚二令，不得滥刑。魏谦父女取保回家、候白守覆讯。弟耀顿首。"一面递给刚弼去看，一面大声喊道："奉抚台传谕，叫把魏谦父女刑具全行松放，取保回家，候白大人来再审！"底下听了，答应一声"喳"，又大喊道："当堂松刑罗！当堂松刑罗！"却早七手八脚，把他父女手铐脚镣，项上的铁链子，一松一个干净，教他上来磕头，替他喊道："谢抚台大人恩典！谢刚大老爷、王大老爷恩典！"那刚弼看信之后，正自敢怒而不敢言，又听到谢刚大老爷、王大老爷恩典，如同刀子戳心一般，早坐不住，退往后堂去了。

子谨仍向老残拱手道："请厅房里去坐。兄弟略为交代此案，就来奉陪。"老残拱一拱手道："请先生治公，弟尚有一事，告退。"遂下堂，仍自大摇大摆地走出衙门去了。这里王子谨吩咐了书吏，叫魏谦父女赶紧取保，今晚便要叫他们出去才好。书吏一一答应，击鼓退堂。

却说老残回来，一路走着，心里十分高兴，想道：前日闻得玉贤种种酷虐，无法可施。

今日又亲目见了一个酷吏，却被一封书便救活了两条性命，比吃了人参果心里还快活！一路走着，不知不觉已出了城门，便是那黄河的堤埝了。上得堤去，看天色欲暮，那黄河已冻得同大路一般，小车子已不断地来往行走，心里想来：行李既已烧去，更无累赘，明日便可单身回省，好去置办行李。转又念道：袁希明来信，叫我等白公来，以便商酌。明知白公办理此事，游刃有余，然倘有未能周知之处，岂不是我去了害的事吗？只好耐心等待数日再说。一面想着，已到店门，顺便踱了回去。看有许多人正在那里刨挖火里的烬余，堆了好大一堆，都是些零绸碎布，也就不去看他。回到上房，独自坐地。

过了两个多钟头，只见人瑞从外面进来，口称："痛快，痛快！"说："那瘟刚退堂之后，随即命家人检点行李回省。子谨知道宫保耳软，恐怕他回省又出差子，故极力留他。说：'宫保只有派白太尊覆审的话，并没有叫阁下回省的示谕。此案未了，断不能走。你这样去销差，岂不是同宫保怄气吗？恐不合你主敬存诚的道理。'他想想也只好忍耐着了。子谨本想请你进去吃饭，我说：'不好，倒不如送桌好好的菜去，我替你陪客罢。'我讨了这个差使来的。你看好不好？"老残道："好！你吃白食，我担人情，你倒便宜！我把他辞掉，看你吃甚么！"人瑞道："你只要有本事辞，只管辞，我就陪你挨饿。"说着，门口已有一个戴红缨帽儿的拿了一个全帖，后面跟着一个挑食盒的进来。直走到上房，揭起暖帘进来，对着人瑞望老残说："这位就是铁老爷罢？"人瑞说："不错。"那家人便抢前一步，请了一个安，说："敝上说：小县分没有好菜，送了一桌粗饭，请大老爷包涵点。"老残道："这店里饭很便当，不消贵上费心，请挑回去，另送别位罢。"家人道："主人吩咐，总要大老爷赏脸。家人万不敢挑回去，要挨骂的。"人瑞在桌上拿了一张笺纸，拨开笔帽，对着那家人道："你叫他们挑到前头灶屋里去。"那家人揭开盒盖，请老爷们过眼。原来是一桌甚丰的鱼翅席。老残道："便饭就当不起。这酒席大客气，更不敢当了。"人瑞用笔在花笺上已经写完，递与那家人，说："这是铁老爷的回信，你回去说谢谢就是了。"又叫黄升赏了家人一吊钱，挑盒子的二百钱。家人打了两个千儿。

这里黄升掌上灯来。不消半个时辰，翠花、翠环俱到。他那伙计不等吩咐，已捎了两个小行李卷儿进来，送到里房去。人瑞道："你们铺盖真做得快，半天工夫，就齐了吗？"翠花道："家里有的是铺盖，对付着就够用了。"黄升进来问，开饭不开饭。人瑞说："开罢。"停了一刻，已先将碟子摆好。人瑞道："今日北风虽然不刮，还是很冷，快温酒来吃两杯。今天十分快乐，我们多喝两杯。"二翠俱拿起弦字来唱两个曲子侑酒。人瑞道："不必唱了，你们也吃两杯酒罢。"翠花看二人非常高兴，便问道："您能这么高兴，想必抚台那里送信的人回来了吗？"人瑞道："岂但回信来了，魏家爷儿俩这时候准都回到了家呢！"便将以上事情，一五一十的告诉了二翠。他姊儿俩个，也自喜欢的了不得，自不消说。

却说翠环听了这话，不住地迷迷价笑。忽然又将柳眉双锁，默默无言。你道什么缘故？他因听见老残一封书去，抚台便这样地信从，若替他办那事，自不费吹灰主力，一定妥当的，所以就迷迷价笑。又想他们的权力，虽然够用，只不知昨晚所说的话，究竟是真是假。倘若随便说说就罢了的呢？这个机会错过，便终身无出头之望，所以双眉又锁起来了。又想到他妈今年年底，一定要转卖他，那蒯二秃子凶恶异常，早迟是个死，不觉脸上就泛了死灰的气色。又想到自己好好一个良家女子，怎样流落得这等下贱形状，倒不如死了的干净，眉宇间又泛出一种英毅的气色来，又想到自己死了，原无不可，只是一个六岁的小兄弟有谁抚养，岂不也是饿死吗？他若饿死，不但父母无人祭供，并祖上的香烟，从此便绝。这么想去，是自己又死不得了。想来想去，活又活不成，死又死不得，不知不觉那泪珠子便扑簌簌地滚将下来，赶紧用手绢子去擦。

翠花看见道："你这妮子！老爷们今天高兴，你又发什么昏？"人瑞看着他，只是憨笑。老残对他点了点头，说："你不用胡思乱想，我们总要替你想法子的。"人瑞道："好，好！有铁老爷一手提拔你，我昨晚说的话，可是不算数的了。"翠环听了大惊，愈觉得他自己虑得是不错。正要向人瑞请问，只见黄升同了一个人进来，朝人瑞打了一千儿，递过一个红纸封套去。人瑞接过来，撑开封套口，朝里一窥，便揣到怀里去，说声"知道了"，更不住地嘻嘻价笑。只见黄升说："请老爷出来说两句话。"人瑞便走出去。

约有半个时辰进来，看着三个人俱默默相对，一言不发，人瑞愈觉高兴。又见那县里的家人进来，向老残打了个千儿，道："敝上说，叫把昨儿个的一卷旧铺盖取回去。"老残一愣，心里想道："这是甚么道理呢？你取了去，我睡什么呢？"然而究竟是人家的物件，不便强留，便说："你取了去罢。"心里却是纳闷。看着那家人进房取将去了。只见人瑞道："今儿我们本来很高兴的，被这翠环一个人不痛快，惹得我也不痛快了。酒也不吃了，连碟子都撤下去罢。"又见黄升来，当真把些碟子都撤了下去。

此时不但二翠摸不着头脑，连老残也觉得诧异得很。随即黄升带着翠环家伙计，把翠环的铺盖卷也搬走了。翠环忙问："啥事？啥事？怎么不教我在这里吗？"伙计说："我不知道，光听说叫我取回铺盖卷去。"

翠环此时按捺不住，料到一定凶多吉少，不觉含泪跪到人瑞面前，说："我不好。你是老爷们呢，难道不能包涵点吗？你老一不喜欢，我们就活不成了！"人瑞道："我喜欢得很呢。我为啥不喜欢？只是你的事，我却管不着。你慢慢地求铁老爷去。"

翠环又跪向老残面前，说："还是你老救我！"老残道："甚么事，我救你呢？"翠环道："取回铺盖，一定是昨儿话走了风声，俺妈知道，今儿不让我在这儿，早晚要逼我回去，明天就远走高飞了。他敢同官斗吗？就只有走是个好法子。"老残道："这话也说的是。人瑞哥，你得想个法子，挽留住他才好。一被他妈接回去，这事就不好下手了。"人瑞道："那是何消说！自然要挽留他。你不挽留他，谁能挽留他呢？"

老残一面将翠环拉起，一面向人瑞道："你的话我怎么不懂？难道昨夜说的话，当真不算数了吗？"人瑞道："我已彻底想过，只有不管的一法。你想拔一个姐儿从良，总也得有个辞头。你也不承认，我也不承认，这话怎样说呢？把他弄出来，又望那里安置呢？若是在店里，我们两个人都不承认，外人一定说是我弄的，断无疑义。我刚才得了个好点的差使，忌妒的人很多，能不告诉宫保吗？以后我就不用在山东混了，还想什么保举呢？所以是断乎做不得的。"老残一想，话也有埋。只是因此就见死不救，于心实也难忍，加着翠环不住地啼哭，实在为难。便向人瑞道："话虽如此，也得想个万全的法子才好。"人瑞道："就请你想，如想得出，我一定助力。"

老残想了想，实无法子。便道："虽无法子，也得大家想想。"人瑞道："我倒有个法子，你又做不到，所以只好罢休。"老残道："你说出来，我总可以设法。"人瑞道："除非你承认了要他，才好措辞。"老残道："我就承认，也不要紧。"人瑞道："空口说白话，能行吗？事是我办，我告诉人，说你要，谁信呢？除非你亲笔写封信给我，那我就有法办了。"老残道："信是不好写的。"人瑞道："我说你做不到，是不是呢？"

老残正在踌躇，却被二翠一齐上来央告，说："这也不要紧的事，你老就担承一下子罢。"老残道："信怎样写？写给谁呢？"人瑞道："自然写给王子谨。你就说，见一妓女某人，本系良家，甚为可悯，弟拟拔出风尘，纳为簉室，请兄鼎力维持。身价若干，如数照缴云云。我拿了这信就有办法，将来任凭你送人也罢，择配也罢，你就有了主权，我也不遭声气。不然，那有办法？"

正说着，只见黄升进来说："翠环姑娘出来，你家里人请你呢。"翠环一听，魂飞天外，一面说就去，一面拼命央告老残写信。翠花就到房里取出纸笔墨砚来，将笔蘸饱，递到老残手里。老残接过笔来，叹口气，向翠环道："冤不冤？为你的事，要我亲笔画供呢！"翠环道："我替你老磕一千个头！你老就为一回难，胜造七级浮屠！"老残已在纸上如说写就，递与人瑞，说："我的职分已尽，再不好好地办，罪就在你了。"人瑞接过信来，递与黄升，说："停一会送到县里去。"

当老残写信的时刻，黄人瑞向翠环耳中说了许多话。黄升接过信来，向翠环道："你妈等你说话呢，快去罢。"翠环仍腻着不肯去，眼看着人瑞，有求救的意思。人瑞道："你去，不要紧的，诸事有我呢。"翠花立起来，拉了翠环的手，说："环妹，我同你去，你放心罢，你大大地放心罢！"翠环无法，只得说声"告假"，走出去了。

这里人瑞却躺到烟炕上去烧烟，嘴里七搭八搭地同老残说话。约计有一点钟工夫，人瑞烟也吃足了。只见黄升戴着簇新的大帽子进来，说："请老爷们那边坐。"人瑞说："啊！"便站起来拉了老残，说："那边坐罢。"老残诧异道："几时有个那边出来？"人瑞说："这个那边，是今天变出来的。"原来这店里的上房，一排本是两个三间，人瑞住的是西边三间，还有东边的个三间，原有别人住着，今早动身过河去了，所以空下来。

黄、铁二人携手走到东上房前，上了台阶，早有人打起暖帘。只见正中方桌上挂着桌裙，桌上点了一对大红蜡烛，地下铺了一条红毡。走进堂门，见东边一间摆了一张方桌，朝南也系着桌裙。上首平列两张椅子，两旁一边一张椅子，都搭着椅披。桌上却摆了满满一桌的果碟，比方才吃的还要好看些。西边是隔断的一间房，挂了一条红大呢的门帘。

老残诧异道："这是甚么原故？"只听人瑞高声嚷道："你们搀新姨奶奶出来，参见他们老爷。"只见门帘揭处，一个老妈子在左，翠花在右，搀着一个美人出来。满头戴着都是花，穿着一件红青外褂，葵绿袄子，系一条粉红裙子，却低着头走到红毡子前。

老残仔细一看，原来就是翠环，大叫道："这是怎么说？断乎不可！"人瑞道："你亲笔字据都写了，还狡狯甚么？"不由分说，拉老残往椅子上去坐。老残那里肯坐！这里翠环早已磕下头去了。老残没法，也只好回了半礼。又见老妈子说："黄大老爷请坐。谢大媒。"翠环却又磕下头去。人瑞道："不敢当，不敢当！"也还了一礼。当将新人送进房内。翠花随即出来磕头道喜。老妈子等人也都道完了喜。人瑞拉老残到房里去。原来房内新铺盖已陈设停妥，是红绿湖绉被各一床，红绿大呢褥子各一条，枕头两个。炕前挂了一个红紫鲁山绸的幔子。桌上铺了红桌毡，也是一对红蜡烛。墙上却挂了一副大红对联，上写着：

愿天下有情人，都成了眷属；

是前生注定事，莫错过姻缘。

老残却认得是黄人瑞的笔迹，墨痕还没有甚干呢。因笑向人瑞道："你真会淘气！这是西湖上月老祠的对联，被你偷得来的。"人瑞道："对题便是好文章。你敢说不切当吗？"

人瑞却从怀中把刚才县里送来的红封套递给老残，说："你瞧，这是贵如夫人原来的卖身契一纸，这是新写的身契一纸，总共奉上。你看愚弟办事周到不周到？"老残说："既已如此，感激得很。你又何苦把我套在圈子里做甚么呢？"人瑞道："我不对你说'是前生注定事，莫错过姻缘'吗？我为翠环计，救人须救彻，非如此，总不十分妥当。为你计，亦不吃亏。天下事就该这么做法，是不错的。"说过，呵呵大笑。又说："不用费话罢，我们肚子饿得了不得，要吃饭了。"人瑞拉着老残，翠花拉着翠环，要他们两个上坐。老残决意不肯，仍是去了桌裙，四方两对面坐的。这一席酒，不消说，各人有各人快乐处，自然是尽欢而散，以后无非是送房睡觉，无庸赘述。

却说老残被人瑞逼成好事，心里有点不痛快，想要报复。又看翠花昨日自己冻着，却拿虎皮褥子替人瑞盖腿。为翠环事，他又出了许多心，冷眼看去，也是个有良心的，须得把他也拔出来才好，且等将来再作道理。

次日，人瑞跑来，笑向翠环道："昨儿炕畸角睡得安稳罢？"翠环道："都是黄老爷大德成全，慢慢供您的长生禄位牌。"人瑞道："岂敢，岂敢！"说着，便向老残道："昨日三百银子是子谨垫出来的，今日我进署替你还帐去。这衣服衾枕是子谨送的，你也不用客气了。想来送钱，他也是不肯收的。"老残道："这从那里说起！叫人家花这许多钱，也只好你先替我道谢，再图补报罢。"说着，人瑞自去县里。

老残因翠环的名字太俗，且也不便再叫了，遂替他颠倒一下，换做"环翠"，却算了一个别号，便雅得多呢。午后命人把他兄弟找得来，看他身上衣服过于蓝缕，给了他几两银子，仍叫李五领去买几件衣服给他穿。

光阴迅速，不知不觉，已经五天过去。那日，人瑞已进县署里去，老残正在客店里教环翠认字，忽听店中伙计报道："县里王大老爷来了！"霎时，子谨轿子已到阶前下轿，老残迎出堂屋门口。子谨入来，分宾主坐下，说道："白太尊立刻就到，兄弟是来接差的，顺便来此与老哥道喜，并闲谈一刻。"老残说："前日种种承情，已托人瑞兄代达谢忱。因刚君在署，不便亲到拜谢，想能曲谅。"子谨谦逊道："岂敢。"随命新人出来拜见。子谨又送了几件首饰，作拜见之礼。忽见外面差人飞奔也似的跑来报："白大人只已对岸下轿，从冰上走过来了。"子谨慌忙上轿去接。未知后事如何，且听下回分解。

【刘鹗自评】

"山重水複疑无路，柳暗花明又一村"，此卷惯用此等笔墨。反面逼得愈紧，正面转得愈活。

金圣叹批《西厢记·拷红》一阕都说快事。若见此卷，必又说出许多快事。

（《老残游记》卷十七终）

卷十八

白太守谈笑释奇冤　铁先生风霜访大案

话说王子谨慌忙接到河边，其时白太尊已经由冰上走过来了。子谨递上手板，赶到面前请了个安，道声"大人辛苦"。白公回了个安，说道："何必还要接出来？兄弟自然要到贵衙门请安去的。"子谨连称"不敢"。

河边搭着茶棚，挂着彩绸。当时让到茶棚小坐。白公问道："铁君走了没有？"子谨回道："尚未。因等大人来到，恐有话说。卑职适才在铁公处来。"白公点点头道："甚善。我此刻不便去拜，恐惹刚君疑心。"吃了一口茶，县里预备的轿子，执事早已齐备，白公便坐了轿子，到县署去。少不得升旗放炮，奏乐开门等事。进得署去，让在西花厅住。

刚弼早穿好了衣帽，等白公进来，就上手本请见。见面上后，白公就将魏贾一案，如何问法，详细问了一遍。刚弼一一诉说，颇有得意之色，说到："宫保来函，不知听信何人的乱话。此案情形，据卑职看来，已成铁案，决无疑义。但此魏老颇有钱文。送卑职一千银子，卑职未收，所以买出人来到宫保处搅乱黑白。听说有个甚么卖药的郎中，得了他许多银子，送信给宫保的。这个郎中因得了银子，当时就买了个妓女，还在城外住着。听说这个案子如果当真翻过来，还要谢他几千银子呢，所以这郎中不走，专等谢仪。似乎此人也该提了来讯一堂。讯出此人赃证，又多添一层凭据了。"白公说："老哥所见甚是。但是兄弟今晚须将全案看过一遍，明日先把案内人证提来，再作道理。或者竟照老哥的断法，也未可知，此刻不敢先有成见。像老哥聪明正直，凡事先有成竹在胸，自然投无不利。兄弟资质甚鲁，只好就事论事，细意推求，不敢说无过，但能寡过，已经是万幸了。"说罢，又说了些省中的风景闲话。

吃过晚饭，白公回到自己房中，将全案细细看过两遍，传出一张单子去，明日提人。第二天巳牌时分，门口报称："人已提得齐备。请大人示下：是今天下午后坐堂，还是明天早起？"白公道："人证已齐，就此刻坐大堂。堂上设三个坐位就是了。"刚、王二君连忙上去请了个安，说："请大人自便，卑职等不敢陪审，恐有不妥之处，理应回避。"白公道："说那里的话。兄弟鲁钝，精神照应不到，正望两兄提携。"二人也不敢过谦。

停刻，堂事已齐，稿签门上求请升堂。三人皆衣冠而出，坐了大堂。白公举了红笔，第一名先传原告贾干。差人将贾干带到，当堂跪下。白公问道："你叫贾干？"底下答着："是。"白公问："今年十几岁了？"答称："十七岁了。"问："是死者贾志的亲生，还是承继？"答称："本是嫡堂的侄儿，过房承继的。"问："是几时承继的？"答称："因亡父被害身死，次日入殓，无人成服，由族中公议入继成服的。"

白公又问："县官相验的时候，你已经过来了没有？"答："已经过来了。"问："入殓的时候，你亲视含殓了没有？"答称："亲视含殓的。"问："死人临入殓时，脸上是什么颜色？"答称："白支支的，同死人一样。"问："有青紫斑没有？"答："没有看见。"问："骨节僵硬不僵硬？"答称："并不僵硬。"问："既不僵硬，曾摸胸口有无热气？"答："有人摸的，说没有热气了。"问："月饼里有砒霜，是几时知道的？"答："是入殓第二天知道的。"问："是谁看出来的？"答："是姐姐看出来的。"问："你姐姐何以知道里头有砒霜？"答："本不知道里头有砒霜，因疑心月饼里有毛病，所以揭开来细看，见有粉红点子，就托出问人。有人说是砒霜，就找药店人来细瞧，也说是砒霜，所以知道是中了砒毒。"白公说："知道了。下去！"又甩朱笔一点，说："传四美斋来。"差人带上。白公问道："你叫什么？你是四美斋的甚么人。"答称："小人叫王辅庭，在四美斋掌柜。"问："魏家定做月饼，共做了多少斤？"答："做了二十斤。"问："馅子是魏家送来的吗？"答称："是。"问："做二十斤，就将将的不多不少吗？"说："定的是二十斤，做成了八十三个。"问："他定做的月饼，是一种馅子？是两种馅子？"答："一种，都是冰糖芝麻核桃仁的。"问："你们店里卖的是几种馅子？"答："好几种呢。"问："有冰糖芝麻核桃仁的没有？"答："也有。"问："你们店里的馅子比他家的馅子那个好点？"答："是他家的好点。"问："好处在甚么地方？"答："小人也不知道，听做月饼的司务说，他家的材料好，味道比我们的又香又甜。"白公说:"然则你店里司务先尝过的,不觉得有毒吗?"回称:"不觉得。"

白公说:"知道了。下去!"又将朱笔一点,说:"带魏谦。"魏谦走上来,连连磕头说:"大人哪!冤枉哟!"白公说:"我不问你冤枉不冤枉!你听我问你的话!我不问你的话,不许你说!"两旁衙役便大声"嘎"的一声。

看官,你道这是什么缘故?凡官府坐堂,这些衙役就要大呼小叫的,名叫"喊堂威",把那犯人吓昏了,就可以胡乱认供了。不知道是那一朝代传下来的规矩,却是十八省都是一个传授。今日魏谦是被告正凶,所以要喊个堂威,吓唬吓唬他。

闲话休题。却说白公问魏谦道:"你定做了多少个月饼?"答称:"二十斤。"

问:"你送了贾家多少斤?"答:"八斤。"问:"还送了别人家没有?"答:"送了小儿子的丈人家四斤。"问:"其余的八斤呢?"答:"自己家里人吃了。"

问:"吃过月饼的人有在这里的没有?"答:"家里人人都分的。现在同了来的人,没有一个不是吃月饼的。"白公向差人说:"查一查,有几个人跟魏谦来,都传上堂来。"

一时跪上一个有年纪的,两个中年汉子,都跪下。差人回禀道:"这是魏家的一个管事,两个长工。"白公问道:"你们都吃月饼么?"同声答道:"都吃的。"问:"每人吃了几个,都说出来。"管事的说:"分了四个,吃了两个,还剩两个。"长工说:"每人分了两个,当天都吃完了。"白公问管事的道:"还剩的两个月饼,是几时又吃的?"答称:"还没有吃,就出了这件案子,说是月饼有毒,所以就没敢再吃,留着做个见证。"白公说:"好,带来了没有?"答:"带来,在底下呢。"白公说:"很好。"叫差人同他取来。又说:"魏诚同长工全下去罢。"又问书吏:"前日有砒霜的半个月饼呈案了没有?"书吏回:"呈案在库。"白公说:"提出来。"

霎时差人带着管事的,并那两个月饼,都呈上堂来,存库的半个月饼也提到。

白公传四美斋王辅庭,一面将这两种月饼详细对校了,送刚、王二公看,说:"这两起月饼,皮色确是一样,二公以为何如?"二公皆连忙欠身答应着:"是。"其时四美斋王辅庭已带上堂。白公将月饼掰开一个交下,叫他验看,问:"是魏家叫你定做的不是?"王辅庭仔细看了看,回说:"一点不错,就是我家定做的。"白公说:"王辅庭叫他具结回去罢。"

白公在堂上把那半个破碎月饼,仔细看了,对刚弼道:"圣慕兄,请仔细看看。这月饼馅子是冰糖芝麻核桃仁做的,都是含油性的物件,若是砒霜做在馅子里,自然同别物粘合一气。你看这砒霜显系后加入的,与别物绝不粘合。况四美斋供明,只有一种馅子。今日将此两种馅子细看,除加砒霜外,确系表里皆同,既是一样馅子,别人吃了不死,则贾家之死。不由月饼可知。若是有汤水之物,还可将毒药后加入内。月饼之为物,面皮干硬,断无加入之理。二公以为何如?"俱欠身道:"是。"

白公又道:"月饼中既无毒药,则魏家父女即为无罪之人,可以令其具结了案。"王子谨即应了一声："是。"刚弼心中甚为难过，却也说不出甚么来，只好随着也答应了一声"是"。

白公即吩咐带上魏谦来，说："本府已审明月饼中实无毒药。你们父女无罪，可以具结了案，回家去罢。"魏谦磕了几个头去了。

白公又叫带贾干上来。贾干本是个无用的人，不过他姊姊支使他出面。今日看魏家父女已结案释放，心里就有点七上八下。听说传他去，不但以前人教导他说的话都说不上，就是教他的人，也不知此刻从那里教起了。

贾干上得堂来，白公道："贾干，你既是承继了你亡父为子，就该细心研究，这十二个人怎样死的。自己没有法子，也该请教别人，为甚的把月饼里加进砒霜去，陷害好人呢？必有坏人挑唆你。从实招来，是谁教你诬告的。你不知道律例上有反坐的一条吗？"贾干慌忙磕头，吓得只格格价抖，带哭说道："我不知道！都是我姐姐叫我做的！饼里的砒霜，也是我姐姐看出来告诉我的，其余概不知道。"白公说："依你这么说起来，非传你姐姐到堂，这砒霜的案子是究不出来的了？"贾干只是磕头。

白公大笑道："你幸儿遇见的是我，倘若是个精明强干的委员，这月饼案子才了，砒霜案子又该闹得天翻地覆了。我却不喜欢轻易提人家妇女上堂。你回去告诉你姐姐，说本府说的，这砒霜一定是后加进去的。是谁加进去的，我暂时尚不忙着追究呢！因为你家这十三条命，是个大大的疑案，必须查个水落石出。因此，加砒霜一事倒只好暂行缓究了，你的意下如何？"贾干连连磕头道："听凭大人天断。"白公道："既是如此，叫他具结，听凭替他查案。"临下去时，又喝道："你再胡闹，我就要追究你们加砒霜诬控的案子了！"贾干连说："不敢，不敢！"下堂去了。

这里白公对王子谨道："贵县差人有精细点的吗？"子谨答应："有个许亮还好。"白公说："传上来。"只见下面走上一个差人，四十多岁，尚未留须。走到公案前跪下，道："差人许亮叩头。"白公道："差你往齐东村明查暗访这十三条命案是否服毒？有甚么别样案情？限一个月报命。不许你用一点官差的力量。你若借此招摇撞骗，可要置你于死的！"许亮叩头道："不敢。"当时王子谨即标了牌票，交给许亮。

白公又道："所有以前一切人证，无庸取保，全行释放。"随手翻案，检出魏谦笔据两纸，说："再传魏谦上来。"

白公道："魏谦，你管事的送来的银票，你要不要？"魏谦道："职员沉冤，蒙大人昭雪，所有银子，听凭大人发落。"白公道："这五千五百凭据还你。这一千银票，本府却要借用。却不是我用，暂且存库，仍为查贾家这案，不得不先用资斧。俟案子查明，本府回明了抚台，仍旧还你。"魏谦连说："情愿，情愿。"当将笔据收好，下堂去了。

白公将这一千银票交给书吏，到该钱庄将银子取来，凭本府公文支付。回头笑向刚弼道："圣慕兄，不免笑兄弟当堂受贿罢？"刚弼连称："不敢。"于是击鼓退堂。

却说这起大案，齐河县人人俱知。昨日白太尊到，今日传人，那贾、魏两家都预备至少住十天半个月，那知道未及一个时辰，已经结案，沿路口碑啧啧称赞。

却说白公退至花厅，跨进门槛，只听当中放的一架大自鸣钟，正铛铛地敲了十二下，仿佛像迎接他似的。王子谨跟了进来，说："请大人宽衣用饭罢。"白公道："不忙。"看着刚弼也跟随进来，便道："二位且请坐一坐，兄弟还有话说。"二人坐下。白公向刚弼道："这案兄弟断得有理没理？"刚弼道："大人明断，自是不会错的。只是卑职总不明白：这魏家既无短处，为什么肯花钱呢？卑职一生就没有送过人一个钱。"

白公呵呵大笑道："老哥没有送过人的钱，何以上台也会契重你？可见天下人不全是见钱眼开的哟。清廉人原是最令人佩服的。只有一个脾气不好，他总觉得天下人都是小人，只他一个人是君子。这个念头最害事的，把天下大事不知害了多少！老兄也犯这个毛病，莫怪兄弟直言。至于魏家花钱，是他乡下人没见识处，不足为怪也。"又向子谨道："此刻正案已完，可以差个人拿我们两个名片，请铁公进来坐坐罢。"又笑向刚弼道："此人圣慕兄不知道吗？就是你才说的那个卖药郎中。姓铁，名英，号补残，是个肝胆男子，学问极其渊博，性情又极其平易，从不肯轻慢人的。老哥连他都当做小人，所以我说未免过分了。"

刚弼道："莫非就是省中传的'老残老残'，就是他吗？"白公道："可不是呢！"刚弼道："听人传说，宫保要他搬进衙门去住，替他捐官，保举他，他不要，半夜里逃走了的，就是他吗？"白公道："岂敢。阁下还要提他来讯一堂呢。"刚弼红胀了脸道："那真是卑职的卤莽了。此人久闻其名，只是没有见过。"子谨又起身道："大人请更衣罢。"白公道："大家换了衣服，好开怀畅饮。"

王、刚二公退回本屋，换了衣服，仍到花厅。恰好老残也到，先替子谨作了一个揖，然后替白公、刚弼各人作了一揖，让到炕上上首坐下。白公作陪。老残道："如此大案，半个时辰了结，子寿先生，何其神速！"白公道："岂敢！前半截的容易差使，我已做了了；后半截的难题目，可要着落在补残先生身上了。"老残道："这话从那里说起！我又不是大人老爷，我又不是小的衙役，关我甚事呢？"白公道："然则宫保的信是谁写的？"老残道："我写的。应该见死不救吗？"白公道："是了。未死的应该救，已死的不应该昭雪吗？你想，这种奇案，岂是寻常差人能办的事？不得已，才请教你这个福尔摩斯呢。"老残笑道："我没有这么大的能耐。你要我去也不难，请王大老爷先补了我的快班头儿，再标一张牌票，我就去。"

说着，饭已摆好。王子谨道："请用饭罢。"白公道："黄人瑞不也在这里么？为甚不请过来？"子谨道："已请去了。"话言未了，人瑞已到，作了一遍揖。

子谨提了酒壶，正在为难。白公道："自然补公首坐。"老残道："我断不能占。"让了一回，仍是老残坐了首座，白公二座。吃了一回酒，行了一回令，白公又把虽然差了许亮去，是个面子，务请老残辛苦一趟的话，再三敦嘱。子谨、人瑞又从旁怂恿，老残只好答应。

白公又说："现有魏家的一千银子，你先取去应用。如其不足，子谨兄可代为筹画，不必惜费，总要破案为第一要义。"老残道："银子可以不必，我省城里四百银子已经取来，正要还子谨兄呢，不如先垫着用。如果案子查得出呢，再向老庄讨还；如查不出，我自远走高飞，不在此地献丑了。"白公道："那也使得。只是要用便来取，切不可顾小节误大事为要。"老残答应："是了。"霎时饭罢，白公立即过河，回省销差。次日，黄人瑞、刚弼也俱回省去了。未知后事如何，且听下回分解。

（《老残游记》卷十八终）

卷十九

齐东村重摇铁串铃　济南府巧设金钱套

却说老残当日受了白公之托，下午回寓，盘算如何办法。店家来报："县里有个差人许亮求见。"老残说："叫他进来。"许亮进来，打了个千儿，上前回道："请大老爷的示：还是许亮在这里伺候老爷的吩咐，还是先差许亮到那里去？县里一千银子已拨出来了，也得请示：还是送到此地来，还是存在庄上听用？"老残道："银子还用不着，存在庄上罢。但是这个案子真不好办：服毒一定是不错的，只不是寻常毒药；骨节不硬，颜色不变，这两节最关紧要。我恐怕是西洋甚么药，怕是'印度草'等类的东西。我明日先到省城里去，有个中西大药房，我去调查一次。你却先到齐东村去，暗地里一查，有同洋人来往的人没有。能查出这个毒药来历，就有意思了。只是我到何处同你会面呢？"许亮道："小的有个兄弟叫许明，现在带来，就叫他伺候老爷。有什么事，他人头儿也很熟，吩咐，就好办的了。"老残点头说："甚好。"

许亮朝外招手，走进一个三十多岁的人来，抢前打了一个千儿。许亮说："这是小的兄弟许明。"就对许明道："你不用走了，就在这里伺候铁大老爷罢。"许亮又说："求见姨太太。"老残揭帘一看，环翠正靠着窗坐着，即叫二人见了，各人请了一安，环翠回了两拂。许亮即带了许明，回家搬行李去了。

待到上灯时候，人瑞也回来了，说："我前两天本要走的，因这案子不放心，又被子谨死命地扣住。今日大案已了，我明日一早进省销差去了。"老残道："我也要进省去呢。一则要往中西大药房等处去调查毒药；二则也要把这个累赘安插一个地方，我脱开身子，好办事。"人瑞道："我公馆里房子甚宽绰，你不如暂且同我住。如嫌不好，再慢慢地找房，如何呢？"老残道："那就好得很了。"伺候环翠的老妈子不肯跟进省，许明说："小的女人可以送姨太太进省，等到雇着老妈子再回来。"——安排妥帖。环翠少不得将他兄弟叫来，付了几两银子，姊弟对哭了一番。车子等类自有许明照料。

次日一早，大家一齐动身。走到黄河边上，老残同人瑞均不敢坐车，下车来预备步行过河。那知河边上早有一辆车子等着，看见他们来了，车中跳下一个女人，拉住环翠，放声大哭。

你道是谁？原来人瑞因今日起早动身，故不曾叫得翠花，所有开销叫黄升送去。翠花又怕客店里有官府来送行，晚上亦不敢来，一夜没睡。黎明即雇了挂车子在黄河边伺候，也是十里长亭送别的意思。哭了一会，老残同人瑞均安慰了他几句，踏冰过河去了。

过河到省，不过四十里地，一下钟后，已到了黄人瑞东箭道的公馆面前，下车进去，黄人瑞少不得尽他主人家的义务，不必赘述。

老残饭后一面差许明去替他购办行李，一面自己却到中西大药房里，找着一个掌柜的，细细地考较了一番。原来这药房里只是上海贩来的各种瓶子里的熟药，却没有生药。再问他些化学名目，他连懂也不懂，知道断不是此地去的了。心中纳闷，顺路去看看姚云松。恰好姚公在家，留着吃了晚饭。

姚公说："齐河县的事，昨晚白子寿到，已见了宫保，将以上情形都说明白。并说托你去办，宫保喜欢得了不得，却不晓得你进省来。明天你见宫保不见？"老残道："我不去见，我还有事呢。"就问曹州的信："你怎样对宫保说的？"姚公道："我把原信呈宫保看的。宫保看了，难受了好几天，说以后，再不明保他了。"老残道："何不撤他回省来？"云松笑道："你究竟是方外人。岂有个才明保了的就撤省的道理呢？天下督抚谁不护短！这宫保已经是难得的了。"老残点点头。又谈了许久，老残始回。

次日，又到天主堂去拜访了那个神甫，名叫克扎斯。原来这个神甫，既通西医，又通化学。老残得意已极，就把这个案子前后情形告诉了克扎斯，并问他是吃的什么药。克扎斯想了半天想不出来，又查了一会书，还是没有同这个情形相对的，说："再替你访问别人罢。我的学问尽于此矣。"

老残听了，又大失所望。在省中已无可为，即收拾行装，带着许明，赴齐河县去。因想到齐东村怎样访查呢？赶忙仍旧制了一个串铃，买了一个旧药箱，配好了许多药材。却叫许明不须同往，都到村相遇，作为不识的样子。许明去了。却在齐河县雇了一个小车，讲明包月，每天三钱银子。又怕车夫漏泄机关，连这个车夫都瞒却，便道："我要行医，这县城里已经没甚么生意了，左近有什么大村镇么？"车夫说："这东北上四十五里有大村镇，叫齐东村，热闹着呢！每月三、八大集，几十里的人都去赶集。你老去那里找点生意罢。"老残说："很好。"第二天，便把行李放在小车上，自己半走半坐的，早到了齐东村。

　　原来这村中一条东西大街，甚为热闹，往南往北，皆有小街。老残走了一个来回，见大街两头都有客店，东边有一家店，叫三合兴，看去尚觉干净，就去赁了一间西厢房住下。房内是一个大炕，叫车夫睡一头，他自己睡一头。

　　次日睡到巳初方才起来，吃了早饭，摇个串铃上街去了，大街小巷乱走一气。未刻时候，走到大街北一条小街上，有个很大的门楼子，心里想着：这总是个大家。就立住了脚，拿着串铃尽摇。只见里面出来一个黑胡子老头儿，问道："你这先生会治伤科么？"老残说："懂得点子。"那老头儿进去了，出来说："请里面坐。"进了大门，就是二门，再进就是大厅。行到耳房里，见一老者坐在炕沿上，见了老残，立起来，说："先生，请坐。"

　　老残认得就是魏谦，却故意问道："你老贵姓？"魏谦道："姓魏。先生，你贵姓？"老残道："姓金。"魏谦道："我有个小女，四肢骨节疼痛，有甚么药可以治得？"老残道："不看症，怎样发药呢？"魏谦道："说的是。"便叫人到后面知会。

　　少停，里面说："请。"魏谦就同了老残到厅房后面东厢房里。这厢房是三间，两明一暗。行到里间，只见一个三十余岁妇人，形容憔悴，倚作个炕几子，盘腿坐在炕上。要勉强下炕，又有力不能支的样子。老残连喊道："不要动，好把脉。"魏老儿却让老残上首坐了，自己却坐在凳子上陪着。

　　老残把两手脉诊过，说："姑奶奶的病是停了瘀血。请看看两手。"魏氏将手伸在炕几上，老残一看，节节青紫，不免肚里叹了一口气，说："老先生，学生有句放肆的话不敢说。"魏老道："但说不妨。"老残道："您别打嘴。这样像是受了官刑的病，若不早治，要成残废的。"魏老叹口气道："可不是呢。请先生照症施治，如果好了，自当重谢。"老残开了一个药方子去了，说："倘若见效，我住三合兴店里，可以来叫我。"

　　从此每天来往，三四天后，人也熟了，老魏留在前厅吃酒。老残便问："府上这种大户人家，怎会受官刑的呢？"魏老道："金先生，你们外路人不知道。我这女儿许配贾家大儿子，谁知去年我这女婿死了。他有个姑子贾大妮子，同西村吴二浪子眉来眼去，早有了意思。当年说亲，是我这不懂事的女儿打破了的，谁知贾大妮子就恨我女儿入了骨髓。今年春天，贾大妮子在他姑妈家里，就同吴二浪子勾搭上了。不晓得用什么药，把贾家全家药死，却反到县里告了我的女儿谋害的。又遇见了千刀剐、万刀剁的个姓刚的，一口咬定了，说是我家送的月饼里有砒霜，可怜我这女儿不晓得死过几回了。听说凌迟案子已经定了。好天爷有眼，抚台派了个亲戚来私访，就住在南关店里，访出我家冤枉，报了抚台。抚台立刻下了公文，叫当堂松了我们父女的刑具。没到十天，抚台又派了个白大人来。真是青天大人！一个时辰就把我家的冤枉全洗刷净了！听说又派了什么人来这里访查这案子呢。吴二浪子那个王八羔子，我们在牢里的时候，他同贾大妮子天天在一块儿。听说这案翻了，他就逃走了。"

　　老残道："你们受这么大的屈，为什么不告他呢？"魏老儿说："官司是好打的吗？我告了他，他问凭据呢？'拿奸拿双'，拿不住双，反咬一口，就受不得了。天爷有眼，总有一天报应的！"

老残问："这毒药究竟是什么？你老听人说了没有？"魏老道："谁知道呢！因为我们家有个老妈子，他的男人叫王二，是个挑水的。那一天，贾家死人的日子，王二正在贾家挑水，看见吴二浪子到他家里去说闲话。贾家正煮面吃，王二看见吴二浪子用个小瓶往面锅里一倒就跑了。王二心里有点疑惑，后来贾家厨房里让他吃面，他就没敢吃。不到两个时辰，就吵嚷起来了。王二到底没敢告诉一个人，只他老婆知道，告诉了我女儿。及至我把王二叫来，王二又一口咬定，说：'不知道。'再问他老婆，他老婆也不敢说了。听说老婆回去被王二结结实实地打了一顿。你老想，这事还敢告到官吗？"老残随着叹息了一番。当时出了魏家，找着了许亮，告知魏家所闻，叫他先把王二招呼了来。

次日，许亮同王二来了。老残给了他二十两银子安家费，告诉他跟着做见证："一切吃用都是我们供给，事完，还给你一百银子。"王二初还极力抵赖，看见桌上放着二十两银子，有点相信是真，便说道："事完，你不给我一百银子，我敢怎样？"老残说："不妨。就把一百银子交给你，存个妥当铺子里，写个笔据给我，说：'吴某倒药水确系我亲见的，情愿作个干证。事毕，某字号存酬劳银一百两，即归我支用。两厢情愿，决无虚假。'好不好呢？"

王二尚有点犹疑。许亮便取出一百银子交给他，说："我不怕你跑掉，你先拿去，何如？倘不愿意，就扯倒罢休。"王二沉吟了一晌，到底舍不得银子，就答应了。老残取笔照样写好，令王二先取银子，然后将笔据念给他听，令他画个十字，打个手模。你想，乡下挑水的几时见过两只大元宝呢，自然欢欢喜喜的打了手印。

许亮又告诉老残："探听切实，吴二浪子现在省城。"老残说："然则我们进省罢。你先找个眼线，好物色他去。"许亮答应着"是"，说："老爷，我们省里见罢。"

次日，老残先到齐河县，把大概情形告知子谨，随即进省。赏了车夫几两银子，打发回去。当晚告知姚云翁，请他转禀宫保，并饬历城县派两个差人来，以备协同许亮。

次日晚间，许亮来禀："已经查得。吴二浪子现同按察司街南胡同里张家土娼叫小银子的打得火热。白日里同些不三不四的人赌钱，夜间就住在小银子家。"老残问道："这小银子家还是一个人，还是有几个人？共有几间房子？你查明了没有？"许亮回道："这家共姊妹两个，住了三间房子。西厢两间是他爹妈住的。东厢两间：一间做厨房，一间就是大门。"老残听了，点点头，说："此人切不可造次动手。案情太大，他断不肯轻易承认。只王二一个证据，镇不住他。"于是向许亮耳边说了一番详细办法，无非是如此如此，这般这般。

许亮去后，姚云松来函云："宫保酷愿一见，请明日午刻到文案为要。"老残写了回书。

次日上院，先到文案姚公书房，姚公着家人通知宫保的家人。过了一刻，请入签押房内相会。庄宫保已迎到门口，迎入屋内，老残长揖坐下。老残说："前次有负宫保雅意，实因有点私事，不得不去。想宫保必能原谅。"宫保说："前日捧读大札，不料玉守残酷如此，实是兄弟之罪，将来总当设法。但目下不敢出尔反尔，似非对君父之道。"老残说："救民即所以报君，似乎也无所谓不可。"宫保默然。又谈了半点钟功夫，端茶告退。

却说许亮奉了老残的擘画，就到这土娼家，认识了小金子，同嫖共赌。几日工夫，同吴二扰得水乳交融。初起，许亮输了四五百银子给吴二浪子，都是现银。吴二浪子直拿许亮当做个老土。谁知后来渐渐地被他捞回去了，倒赢了吴二浪子七八百银子，付了一二百两现银，其余全是欠账。

一日，吴二浪子推牌九，输给别人三百多银子，又输给许亮二百多两，带来的钱早已尽了。当场要钱，吴二浪子说："再赌一场，一统算账。"大家不答应，说："你眼前输的还拿不出，若再输了，更拿不出。"吴二浪子发急道："我家里有的是钱，从来没有赖过人的账。银子成总了，我差人回家取去！"众人只是摇头。

许亮出来说道："吴二哥，我想这么办法：你几时能还？我借给你。但是我这银子，三日内有个要紧用处，你可别误了我的事。"吴二浪子急于要赌，连忙说："万不会误的！"许亮就点了五百两票子给他，扣去自己赢的二百多，还余二百多两。

吴二看仍不够还帐，就央告许亮道："大哥，大哥！你再借我五百，我翻过本来立刻还你。"许亮问："若翻不过来呢？"吴二说："明天也一准还你。"许亮说："口说无凭，除非你立个明天期的期票。"吴二说："行，行，行！"当时找了笔，写了笔据，交给许亮。又点了五百两银子，还了三百多的前账，还剩四百多银子。有钱胆就壮，说："我上去推一庄！"见面连赢了两条，甚为得意。那知风头好，人家都缩了注子。心里一恨，那牌就倒下霉来了，越推越输，越输越气，不消半个更头，四百多银子又输得精光。

坐中有个姓陶的，人都喊他陶三胖子。陶三说："我上去推一庄。"这时吴二已没了本钱，干看着别人打。陶三上去，第一条拿了个一点，赔了个通庄。第二条拿了个八点，天门是地之八，上下庄是九点，又赔了一个通庄。看看比吴二的庄还要倒霉。

吴二实在急得直跳，又央告许亮："好哥哥！好亲哥哥！好亲爷！你再借给我二百银子罢！"许亮又借他二百银子。吴二就打了一百银子的天上角，一百银子的通。许亮说："兄弟，少打点罢。"吴二说："不要紧的！"翻过牌来，庄家却是一个毙十。吴二得了二百银子，非常欢喜，原注不动。第四条，庄家赔了天门、下庄吃了上庄，吴二的二百银子不输赢。换第二方，头一条，庄家拿了个天杠，通吃，吴二还剩一百银子。

那知从此庄家大炊起来，不但吴二早已输尽，就连许亮也输光了。许亮大怒，拿出吴二的笔据来往桌上一搁，说："天门孤丁！你敢推吗？"陶三说："推到敢推，就是不要这种取不出钱来的废纸。"许亮说："难道吴二爷骗你，我许大爷也会骗你吗？"两人几至用武。众人劝说："陶三爷，你赢得不少了，难道这点交情不顾吗？我们大家作保：如你赢了去，他二位不还，我们众人还！"陶三仍然不肯，说："除非许大写上保中。"许亮气极，拿笔就写一个保，并注明实系正用情借，并非闲账。陶三方肯推出一条来，说："许大，听你挑一副去，我总是赢你！"许亮说："你别吹了！你掷你的倒霉骰子罢！"一掷是个七出。许亮揭过牌来是个天之九，把牌望桌上一放，说："陶三小子！你瞧瞧你父亲的牌！"陶三看了看，也不出声，拿两张牌看了一张，那一张却慢慢地抽，嘴里喊道："地！地！地！"一抽出来，望桌上一放，说："许家的孙子！瞧瞧你爷爷的牌！"原来是副人地相宜的地杠。把笔据抓去，嘴里还说道："许大！你明天没银子，我们历城县衙门里见！"当时大家钱尽，天时又有一点多钟，只好散了。

许、吴二人回到小银子家敲门进去，说："赶紧拿饭来吃！饿坏了！"小金子房里有客坐着，就同到小银子房里去坐。小金子揩到许亮脸上，说："大爷，今儿赢了多少钱，给我几两花罢。"许亮说："输了一千多了！"小银子说："二爷赢了没有？"吴二说："更不用提了！"说着，端上饭来，是一碗鱼，一碗羊肉，两碗素菜，四个碟子，一个火锅，两壶酒。许亮说："今天怎么这么冷？"小金子说："今天刮了一天西北风，天阴得沉沉的，恐怕要下雪呢。"两人闷酒一替一杯价灌，不知不觉都有了几分醉。

只听门口有人叫门。又听小金子的妈张大脚出去开了门，跟着进来说："三爷，对不住，没屋子啰，您请明儿来罢。"又听那人嚷道："放你妈的狗屁！三爷管你有屋子没屋子！甚么王八旦的客？有胆子的快来跟三爷碰碰，没胆子的替我四个爪子一齐望外扒！"听着就是陶三胖子的声音。许亮一听，气从上出，就要跳出去。这里小金子、小银子姊妹两个拼命地抱住，未知后事如何，且听下回分解？

（《老残游记》十九卷终）

卷二十

浪子金银伐性斧　道人冰雪返魂香

却说小金子、小银子，拼命把许亮抱住。吴二本坐近房门，就揭开门帘一个缝儿，偷望外瞧。只见陶三已走到堂屋中间，醉醺醺的一脸酒气，把上首小金子的门帘往上一摔，有五六尺高，大踏步进去了。小金子屋里先来的那客用袖子蒙拑着脸，嗤溜的一声，跑出去了。张大脚跟了进去。陶三问："两个王八羔子呢？"张大脚说："三爷请坐，就来，就来。"张大脚连忙跑过来说："您二位别吱声。这陶三爷是历城县里的都头，在本县红得了不得。本官面前说一不二的，没人惹得起他。您二位可别怪，叫他们姊儿俩赶快过去罢。"许亮说："咱老子可不怕他！他敢怎么样咱？"

说着，小金子、小银子早过去了。吴二听了，心中握一把汗，自己借据在他手里，如何是好！只听那边屋里陶三不住地哈哈大笑，说："小金子呀，爷赏你一百银子！小银子呀，爷也赏你一百银子！"听他二人说："谢三爷的赏。"又听陶三说："不用谢，这都是今儿晚上我几个孙子孝敬我的，共孝敬了三千多银子呢。我那吴二孙子还有一张笔据在爷爷手里，许大孙子做的中保，明天到晚不还，看爷爷要他们命不要！"

这许大却向吴二道："这个东西实在可恶！然听说他武艺很高，手底下能开发五六十个人呢，我们这口闷气咽得下去吗？"吴二说："气还是小事，明儿这一千银子笔据怎样好呢？"许大说："我家里虽有银子，只是派人去，至少也得三天，远水救不着近火！"

又听陶三嚷道："今儿你们姐儿俩都伺候三爷，不许到别人屋里去！动一动，叫你白刀子进去，红刀子出来！"小金子道："不瞒三爷说，我们俩今儿都有客。"只听陶三爷把桌子一拍，茶碗一摔，"琅瑯"价一声响，说："放狗屁！三爷的人，谁敢住？问他有脑袋没有？谁敢在老虎头上打苍蝇，三爷有的是孙子们孝敬的银子！预备打死一两个，花几千银子，就完事了！放你去，你去问问那两个孙子敢来不敢来！"

小金子连忙跑过来把银票给许大看，正是许大输的银票，看着更觉难堪。小银子也过来低低地说道："大爷，二爷！您两位多抱屈，让我们姊儿俩得二百银子。我们长这么大，还没有见过整百的银子呢。你们二位都没有银子了，让我们挣两百银子，明儿买酒菜请你们二位。"许大气急了，说："滚你的罢！"小金子道："大爷别气！您多抱屈。您二位就在我炕上歪一宿，明天他走了，大爷到我屋里赶热被窝去。妹妹来陪二爷，好不好？"许大连连说道："滚罢！滚罢！"小金子出了房门，嘴里还嘟哝道："没有了银子，还做大爷呢！不言个臊！"

许大气白了脸，呆呆地坐着。歇了一刻，扯过吴二来说："兄弟，我有一件事同你商议。我们都是齐河县人，跑到这省里，受他们这种气，真受不住！我不想活了！你想，你那一千银子还不出来，明儿被他拉到衙门里去，官儿见不着，私刑就要断送了你的命了。不如我们出去找两把刀子进来，把他剁掉了也不过是个死！你看好不好？"

吴二正在沉吟，只听对房陶三嚷道："吴二那小子是齐河县里犯了案，逃得来的个逃凶！爷爷明儿把他解到齐河县去，看他活得成活不成！许大那小子是个帮凶，谁不知道的？两个人一路逃得来的囚犯！"许大站起来就走。吴二浪子扯住道："我倒有个法子，只是你得对天发个誓，我才能告诉你。"许大道："你瞧！你多么酸呀！你倘若有好法子，我们弄死了他，主意是我出的。倘若犯了案，我是个正凶，还你是个帮凶，难道我还跟我过不去吗？"吴二想了想，理路倒不错，加之明天一千银子一定要出乱子，只有这一个办法了。便说道："我的亲哥！我有一种药水，给人吃了，脸上不发青紫，随你神仙也验不出毒来！"许亮诧异道："我不信！真有这么好的事吗？"吴二道："谁还骗你呢！"许亮道："在那里买？我快买去！"吴二道："没处买！是我今年七月里在泰山洼子里打生一个山里人家得来的。只是我给你，千万可别连累了我！"许亮道："这个容易。"随即拿了张纸来写道"许某与陶某怄气，起意将陶某害死。知道吴某有得来上好药水，人吃了立刻致命，再三央求吴某分给若干。此案与吴某毫无干涉。"写完，交给吴二，说："倘若犯了案，你有这个凭据，就与你无干了。"

　　吴二看了，觉得甚为妥当。许亮说："事不宜迟，你药水在那里呢？我同你取去。"吴二说："就在我枕头匣子里，存在他这里呢。"就到炕里边取出个小皮箱来，开了锁，拿出个磁瓶子来，口上用蜡封好了的。

　　许亮问："你在泰山怎样得的？"吴二道："七月里，我从垫台这条西路上的山。回来从东路回来，尽是小道。一天晚了，住了一家子小店，看他炕上有个死人，用被窝盖得好好的。我就问他们：'怎把死人放在炕上？'那老婆子道：'不是死人，这是我当家的。前日在山上看见一种草，香得可爱，他就采了一把回来，泡碗水喝。谁知道一喝，就仿佛是死了。我们自然哭得不得的了。活该有救，这内山石洞里住了一个道人，叫青龙子。他那天正从这里走过，见我们哭，他来看看，说："你老儿是啥病死的？"我就把草给他看。他拿去，笑了笑，说："这不是毒药，名叫'千日醉'，可以有救的。我去替你寻点解救药草来罢。你可看好了身体，别叫坏了。我再过四十九天送药来，一治就好。"算计目下也有二十多天了。'我问他："那草还有没有？"他就给了我一把子，我就带回来，熬成水，弄瓶子装起玩的。今日正好用着了！"

　　许亮道："这水灵不灵？倘若药不倒他，我们就毁了呀。你试验过没有？"吴二说："百发百中的。我已……"说到这里，就噤住了。许亮问："你已怎么样？你已试过吗？"吴二说："不是试过，我已见那一家被药的人的样子是同死的一般。若没有青龙子解救，他早已埋掉了。"

　　二人正在说得高兴，只见门帘子一揭，进来一个人，一手抓住了许亮，一手捺住吴二，说："好！好！你们商议谋财害命吗？"一看，正是陶三。许亮把药水瓶子紧紧握住，就挣扎逃走，怎禁陶三气力如牛，那里挣扎得动。吴二酒色之徒，更不必说了。只见陶三窝起嘴唇，打了两个胡哨，外面又进来两三个大汉，将许、吴二人都用绳子缚了。陶三押着解到历城县衙门口来。

　　陶三进去告知了稿签门上，传出话来，今日夜已深了，暂且交差看管，明日辰刻过堂。押到官饭店里。幸亏许大身边还有几两银子，拿出来打点了官人，倒也未尝吃苦。

　　明日早堂在花厅问案，是个发审委员。差人将三人带上堂去。委员先问原告。陶三供称："小人昨夜在土娼张家住宿，因多带了几百银子，被这许大、吴二两人看见，起意谋财，两人商议要害小人性命。适逢小人在窗外出小恭听见，进去捉住，扭禀到堂，求大老爷究办。"

委员问许大、吴二:"你二人为什么要谋财害命?"许大供:"小的许亮,齐河县人。陶三欺负我二人,受气不过,所以商同害他性命。吴二说,他有好药,百发百中,已经试过,很灵验的。小人们正在商议,被陶三捉住。"吴二供:"监生吴省干,齐河县人。许大被陶三欺负,实与监生无干。许大决意要杀陶三,监生恐闹出事来,原为缓兵之计,告诉他有种药水,名'千日醉',容易醉倒人的,并不害性命。实系许大起意,并有笔据在此。"从怀中取出呈堂。

委员问许大:"昨日你们商议时,怎样说的?从实告知,本县可以开脱你们。"许大便将昨晚的话一字不改说了一遍。委员道:"如此说来,你也不过气愤话,那也不能就算谋杀呀。"许大磕头,说:"大老爷明见!开恩!"

委员又问吴二:"许大所说各节是否切实?"吴二说:"一字也不错的。"委员说:"这件事,你们很没有大过。"吩咐书吏照原全供。又问许大:"那瓶药水在那里呢?"许大从怀中取出呈上。委员打开蜡封一闻,香同兰麝,微带一分酒气,大笑说道:"这种毒药,谁都愿意吃的!"就交给书吏,说:"这药水收好了。将此二人并全案分别解交齐河县去。"只此"分别"二字,许大便同吴二拆开两处了。

当晚许亮就拿了药水来见老残。老残倾出看看,色如桃花,味香气浓;用舌尖细试,有点微甜。叹道:"此种毒药怎不令人久醉呢!"将药水用玻璃漏斗仍灌入瓶内,交给许亮:"凶器、人证俱全,却不怕他不认了。但是据他所说的情形,似乎这十三个人并不是死,仍有复活的法子。那青龙子,我却知道,是个隐士,但行踪无定,不易觅寻。你先带着王二回去禀知贵上,这案虽经审定,不可上详。我明天就访青龙子去,如果找着此公,能把十三人救活,岂不更妙?"许亮连连答应着"是"。

次日,历城县将吴二浪子解到齐河县。许亮同王二两人作证,自然一堂就讯服了。暂且收监,也不上刑具,静听老残的消息。

却说老残次日雇了一匹驴,驮了一个被搭子,吃了早饭,就往泰山东路行去。忽然想到舜井旁边有个摆命课摊子的,招牌叫"安贫子知命",此人颇有点来历,不如先去问他一声,好在出南门必由之路。一路想着,早已到了安贫子的门首,牵了驴,在板凳上坐下。

彼此叙了几句闲话,老残就问:"听说先生同青龙子长相往来,近来知道他云游何处吗?"安贫子道:"嗳呀!你要见他吗?有啥事体呢?"老残便将以上事告知安贫子。安贫子说:"太不巧了!他昨日在我这里坐了半天,说今日清晨回山去,此刻出南门怕还不到十里路呢。"老残说:"这可真不巧了!只是他回甚么山?"安贫子道:"里山玄珠洞。他去年住灵岩山。因近来香客渐多,常有到他茅篷里的,所以他厌烦,搬到里山玄珠洞去了。"老残问:"玄珠洞离此地有几十里?"安贫子道:"我也没去过。听他说,大约五十里路不到点。此去一直向南,过黄芽嘴子,向西到白雪坞,再向南,就到玄珠洞了。"

老残道了"领教，谢谢"，跨上驴子，出了南门，由千佛山脚下往东，转过山坡，竟向南去。行了二十多里，有个村庄，买了点饼吃吃，打听上玄珠洞的路径，那庄家老说道："过去不远，大道旁边就是黄芽嘴。过了黄芽嘴往西九里路便是白雪坞，再南十八里便是玄珠洞。只是这路很不好走，会走的呢，一路平坦大道。若不会走，那可就了不得了！石头七大八小，更有无穷的荆棘，一辈子也走不到的！不晓得多少人送了性命！"老残笑道："难不成比唐僧取经还难吗？"庄家老作色道："也差不多！"

老残一想，人家是好意，不可简慢了他。遂恭恭敬敬地道："老先生恕我失言。还要请教先生：怎样走就容易，怎样走就难，务求指示。"庄家老道："这山里的路，天生成九曲珠似的，一步二曲。若一直向前，必走入荆棘丛了。却又不许有意走曲路，有意曲，便陷入深阱，永出不来了。我告诉你个诀窍罢：你这位先生颇虚心，我对你讲，眼前路，都是从过去的路生出来的。你走两步，回头看看，一定不会错了。"

老残听了，连连打恭，说："谨领指示。"当时拜辞了庄家老，依说去走，果然不久便到了玄珠洞口。见一老者，长须过腹。进前施了一礼，口称："道长莫非是青龙子吗？"那老者慌忙回礼，说："先生从何处来？到此何事？"老残便将齐东村的一桩案情说了一遍。青龙子沉吟了一会，说："也是有缘。且坐下来，慢慢地讲。"

原来这洞里并无桌椅家具，都是些大大小小的石头。青龙子与老残分宾主坐定，青龙子道："这'千日醉'力量很大，少吃了便醉一千才醒，多吃就不得活了。只有一种药能解，名叫'返魂香'，出在西岳华山大古冰雪中，也是草木精英所结。若用此香将文火慢慢地炙起来，无论你醉到怎样田地，都能复活。几月前，我因泰山坳里一个人醉死，我亲自到华山找一个故人处，讨得些来，幸儿还有些子在此。大约也敷衍够用了。"遂从石壁里取出一个大葫芦来，内中杂用物件甚多，也有一个小小瓶子，不到一寸高。递给老残。

老残倾出来看看，有点像乳香的样子，颜色黑黯；闻了闻，像做臭支支的。老残问道："何以色味俱不甚佳？"青龙子道："救命的物件，那有好看好闻的！"老残恭敬领悟，恐有舛错，又请问如何用法？青龙子道："将病人关在一室内，必须门窗不透一点儿风。将此香炙起，也分人体质善恶：如质善的，一点便活；如质恶的，只好慢慢价熬，终究也是要活的。"

老残道过谢，沿着原路回去。走到吃饭的小店前，天已黑透了。住得一宿，清晨回省，仍不到巳牌时分。遂上院将详细情形禀知了庄宫保，并说明带着家眷亲往齐东村去。宫保说："家眷去有何用处？"老残道："这香治男人，须女人炙；治女人，须男人炙。所以非带小妾去不能应手。"宫保说："既如此，听凭尊便。但望早去早回，不久封印，兄弟公事稍闲，可以多领些教。"

老残答应着"是"，赏了黄家家人几两银子，带着环翠先到了齐河县，仍住在南关外店里，却到县里会着子谨，亦甚为欢喜。子谨亦告知："吴二浪子一切情形俱已服认。许亮带去的一千银子也缴上来。接白太尊的信，叫交还魏谦。魏谦抵死不肯收，听其自行捐入善堂了。"

老残说："前日托许亮带来的三百银子，还阁下，收到了吗？"子谨道："岂但收到，我已经发了财了！宫保听说这事，专差送来三百两银子，我已经收了；过了两日，黄人瑞又送了代阁下还的三百两来；后来许亮来，阁下又送三百两来，共得了三份，岂不是发财吗？宫保的一份是万不能退的，人瑞同阁下的都当奉缴。"老残沉吟了一会，说道："我想人瑞也有个相契的，名叫翠花，就是同小妾一家子的。其人颇有良心，人瑞客中也颇寂寞，不如老哥竟一不做二不休，将此两款替人瑞再挥一斧罢。"子谨拍掌叫好，说："我明日要同老哥到齐东村去，奈何呢？"想了想，说："有了！立刻叫差门来告知此事，叫他明天就办。"

次日，王子谨同老残坐了两乘轿子，来到齐东村。早有地保同首事备下了公馆。到公馆用过午饭，踏勘贾家的坟茔。不远恰有个小庙，老残选了庙里小小两间房子，命人连夜裱糊，不让透风。

次日清晨，十三口棺柩都起到庙里。先打开一个长工的棺木看看，果然尸身未坏，然后放心。把十三个尸首全行取出，安放在这两间房内，焚起"返魂香"来，不到两个时辰，俱已有点声息。老残调度着，先用温汤，次用稀粥，慢慢地等他们过了七天，力遣各自送回家去。

王子谨三日前已回城去。老残各事办毕，方欲回城，这时魏诚已知前日写信给宫保的就是老残。于是魏、贾两家都来磕头，苦苦挽留。两家各送了三千银子，老残丝毫不收。两家没法，只好请听戏罢。派人到省城里招呼个大戏班子来，并招呼北柱楼的厨子来，预备留老残过年。

那知次日半夜里，老残即溜回齐河县了。到城不过天色微明，不便往县署里去，先到自己住的店里来看环翠。把堂门推开，见许明的老婆睡在外间未醒。再推开房门，望炕上一看，见被窝宽大，枕头上放着两个人头，睡得正浓呢，吃了一惊。再仔细一看，原来就是翠花。不便惊动，退出房门，将许明的老婆唤醒。自己却无处安身，跑到院子里徘徊徘徊。见西上房里，家人正搬行李装车，是远处来的客，要动身的样子，就立住闲看。

只见一人出来吩咐家人说话。老残一见，大叫道："德慧生兄！从那里来？"那人定神一看，说："不是老残哥吗，怎样在此地？"老残便将以上二十卷书述了一遍。又问："慧兄何往？"德慧生道："明年东北恐有兵事，我送家眷回扬州去。"老残说："请留一日，何如？"慧生允诺。此时二翠俱已起来洗脸，两家眷属先行会面。

已刻，老残进县署去，知魏家一案，宫保批吴二浪子监禁三年。翠花共用了四百二十两银子，子谨还了三百银子，老残收了一百八十两，说："今日便派人送翠花进省。"子谨将详细情形写了一函。

　　老残回寓，派许明夫妇送翠花进省去。夜间托店家雇了长车，又把环翠的兄弟带来，老残携同环翠并他兄弟同德慧生夫妇天明开车，结伴江南去了。

　　却说许明夫妇送翠花到黄人瑞家，人瑞自是欢喜，拆开老残的信来一看，上写道：

　　　　愿天下有情人，都成了眷属；

　　　　是前生注定事，莫错过姻缘。

　　　　　　　　　　　　　　　　　　（《老残游记》二十卷终）

【《刘鹗集》原说明】

　　《老残游记》作者署名：鸿都百炼生。最初连载于商务印书馆编辑出版之《绣像小说》第9号（光绪癸卯八月初一·1903年9月21日）—18号（光绪癸卯十二·1904年1月~2月）。连载十一卷而中止。卷末有评语。每卷有插图两幅。后重新发表于《天津日日新闻》，计20卷。有叙与卷末评语（未见原件）。1906年出版单行本，二册，上册1—12卷，下册13—20卷。方药雨封面题签。天津日日新闻社印刷，天津孟晋书局发行。每本定价大洋三角半。

　　《老残游记》中文版约有300多种，并被翻译成英、法、德、俄、日、捷克、匈牙利（未见）等多种文本。

　　1961年刘厚泽将家中部分文物捐献给南京博物院。其中有《老残游记》手稿六页及刘大绅题签和刘厚泽跋。

　　刘大绅的题签为：

　　式绳式承　岁在丙子九月　大绅敬署

　　刘厚泽的跋文为：

　　先祖铁云公遗著《老残游记》六十年来流传极为广泛。鲁迅先生《中国小说史略》评定为清末四大谴责小说之一。全国解放以来在党的批判继承祖国文学遗产的正确方针指导之下，对这部作品有了更全面的评价。国外学者移译者也有苏联、捷克、英、日等国文字。但手稿墨迹，几经家难，大部分久已荡然无寸。只有先父季英公手存第十一回残稿三页一向由我保存。因属先人手泽，宝袭珍藏，深锁箱笥之中。至1936年，始装裱成册。当时，再请先父亲自题签，故语含勖勉之意。日月奄忽，匆匆至今又已25年。今年七一，值党的四十周年纪念，欢欣鼓舞之余，为能使这一作品的仅存手迹在党的庇荫下得以永存，谨以捐献给南京博物院，以志澄忱。并赘数语。

　　　　　　　　　　　　　　　　　　　　　　　丹徒刘厚泽谨跋

　　　　　　　　　　　　　　　　　　　　　　　1961年6月10于上海

　　刘蕙孙先生对《老残游记》研究多年，上世纪90年代将《老残游记·外编（残稿）》

补成二十回、又将《老残游记·二集》九回续补十一回计成二十回，名《老残游记·补篇》，与《老残游记》初集合为六十回。再撰《我与〈老残游记〉·补篇》一册，将四书合为《老残游记全书》，1997 年由台湾建安出版社出版。

关于《老残游记》版本的考证，可见刘德隆《〈老残游记〉版本概说》（原载 1992 年 12 月 1 日，日本清末小说研究会出版的《清末小说》第 15 期。1998 年云南人民出版社出版的《刘鹗散论》全文收录）。

《刘鹗集》根据 1906 年《天津日日新闻》本标点。对原书中的前后不一，错字、衍文、误植等未做过多改动。

《老残游记》在《绣像小说》发表到第十一卷，后因《绣像小说》编辑不经作者同意删改了其中第十、十一两卷的内容，且目录也随之而变动，因此中止了在《绣像小说》上的连载。现将《绣像小说》连载本的目录和卷十、卷十一全文附录于后。

【《刘鹗集》相关说明（上，P. 496）】

《老残游记》作者署名：洪都百炼生。最初连载于商务印书馆编辑出版之《绣像小说》第 9 号（光绪癸卯八月初一·1903 年 9 月 21 日）—18 号（光绪癸卯十二·1904 年 1 月—2 月）。连载 11 卷而中止。卷末有评语。每卷有插图两幅。后重新发表于《天津日日新闻》，计 20 卷。有叙与卷末评语（未见原件）。1906 年出版单行本，二册，上册 1–12 卷，下册 13—20 卷。方药雨封面题签。天津日日新闻社印刷，天津孟晋书局发行。每本定价大洋三角半。《老残游记》中文版约有三百多种，并被翻译成英、法、德、俄、日、捷克、匈牙利（未见）等多种文本。……《刘鹗集》根据 1906 年《天津日日新闻》本标点。对原书中的前后不一，错字、衍文、误植等未做过多改动。

老残游记·二集

序

　　人生如梦耳。人生果如梦乎？抑或蒙叟之寓言乎？吾不能知。趋而质诸蜉蝣子，蜉蝣子不能决；趋而质诸灵椿子，灵椿子亦不能决。遂而叩之昭明。昭明曰："昨日之我如是，今日之我复如是。观我之室，一榻、一几、一席、一灯、一砚、一笔、一纸，昨日之榻、几、席、灯、砚、笔、纸若是，今日之榻、几、席、灯、砚、笔、纸仍若是。固明明有我，并有此一榻、一几、一席、一灯、一砚、一笔、一纸也。非若梦为鸟而厉乎天，觉则鸟与天俱失也；非若梦为鱼而没于渊，觉则鱼与渊俱无也。更何所谓厉与没哉？顾我之为我，实有其物，非若梦之为梦，实无其事也。"

　　然则人生如梦，固蒙叟之寓言也夫！吾不敢决，又以质诸杳冥。杳冥曰："子昨日何为者？"对曰："晨起洒扫，午餐而夕寐，弹琴读书，晤对良朋，如是而已。"杳冥曰："前月此日，子何为者？"吾略举以对。又问："去年此月此日，子何为着？"强忆其略，遗忘过半矣。"十年前之此月此日，子何为者？"则茫茫然矣。推之二十年前、三十年前、四五十年前，此月此日子何为者？缄口结舌，无以复应也。杳冥曰："前此五十年之子，固已随风驰云捲，雷奔电激以去，可知后五十年间之子，亦必随风驰云捲，雷奔电激以去。然则与前日之梦、昨日之梦、其人、其物、其事之同归于无者，又何以别乎？前此五十年间之日月既已渺其知何之，今日之子固俨然其犹存也。以俨然犹存之子尚不能保前此五十年之日月使之暂留，则后此五十年后之子必且与物俱化，更不能保其日月之暂留，断断然矣！谓之如梦，蒙叟岂欺我哉？

　　夫梦之情境，虽已为幻为虚，不可复得，而叙述梦中情境之我，固俨然其犹在也。若百年后之我，且不知其归于何所，虽有此如梦之百年之情境，更无叙述此情境之我而叙述之矣。是以人生百年，比之于梦，犹觉百年更虚于梦也！呜呼！以此更虚于梦之百年，而必欲孜孜然，斤斤然，骎骎然，狺狺然，何为也哉？虽然前此五十年间之日月固无法使之暂留，而其五十年间可惊，可喜，可歌，可泣之事固历劫而不可以忘者也夫。夫此如梦五十年间，可惊，可喜，可歌，可泣之事，既不能忘；而此五十年间之梦，亦未尝不有可惊，可喜，可歌，可泣之事，亦同此而不忘也。同此而不忘，世间于是乎有《老残游记续集》。

鸿都百炼生自序

卷一

元机旅店传龙语　素壁丹青绘马鸣

话说老残在齐河县店中，遇着德慧生携眷回扬州去，他便雇了长车，结伴一同起身。当日清早，过了黄河，眷口用小轿搭过去，车马经从冰上扯过去。过了河不向东南往济南府那条路走，一直向正南奔垫台而行。到了午牌时分，已到垫台，打过了尖，晚间遂到泰安府南门外下了店。因德慧生的夫人要上泰山烧香，说明停车一日，故晚间各事自觉格外消停了。

却说德慧生名修福，原是个汉军旗人，祖上姓乐，就是那燕国大将乐毅的后人。在明朝万历末年，看着朝政日衰，知道难期振作，就搬到山海关外锦州府去住家。崇帧年间，随从太祖入关，大有功劳，就赏了他个汉军旗籍。从此一代一代的便把原姓收到荷包里去，单拿那名字上的第一字做了姓了。这德慧生的父亲，因做扬州府知府，在任上病故的，所以家眷就在扬州买了花园，盖一所中等房屋住了家。德慧生二十多岁上中进土，点了翰林院庶吉士，因书法不甚精，朝考散馆散了一个吏部主事，在京供职。当日在扬州与老残会过几面，彼此甚为投契，今日无意碰着，同住在一个店里，你想他们这朋友之乐，尽又不言而喻了。

老残问德慧生道："你昨日说明年东北恐有兵事，是从那里看出来的？"慧生道："我在一个朋友座中，见张东三省舆地图，非常精细，连村庄地名俱有。至于山川险隘，尤为详尽。图末有'陆军文库'四字。你想日本人练陆军，把东三省地图当作功课，其用心可想而知了！我把这话告知朝贵，谁想朝贵不但毫不惊慌，还要说：'日本一个小国，他能怎样？'大敌当前，全无准备，取败之道，不待智者而决矣。况闻有人善望气者云：'东北杀气甚重，恐非小小兵戈蠢动呢！'"老残点头会意。

慧生问道："你昨日说的那青龙子，是个何等样人？"老残道："听说是周耳先生的学生。这周耳先生号柱史，原是个隐君子，住在西岳华山里头人迹不到的地方，学生甚多。但是周耳先生不甚到人间来。凡学他的人，往往转相传授，其中误会意旨的地方，不计其数。惟这青龙子等兄弟数人，是亲炙周耳先生的，所以与众不同。我曾经与黄龙子盘桓多日，故能得其梗概。"慧生道："我也久闻他们的大名。据说决非寻常炼气士的蹊径，学问都极渊博的。也不拘拘专言道教，于儒教、佛教，亦都精通。但有一事，我不甚懂，以他们这种高人，何以取名又同江湖术士一样呢？既有了青龙子、黄龙子，一定又有白龙子、黑龙子、赤龙子了。这等道号实属讨厌。"

老残道："你说得甚是，我也是这么想。当初曾经问过黄龙子，他说道：'你说我名字俗，我也知道俗，但是我不知道为什么要雅，雅有怎么好处？卢杞、秦桧名字并不俗；张献忠、李自成名字不但不俗，"献忠"二字可称纯臣，"自成"二字可配圣贤。然则可能因他名字好就算他是好人呢？老子《道德经》说："世人皆有以，我独愚且鄙。"鄙还不俗吗？所以我辈大半愚鄙，不像你们名士，把个"俗"字当做毒药，把个"雅"字当做珍宝。推到极处，不过想借此讨人家的尊敬。要知这个念头，倒比我们的名字，实在俗得多呢。我们当日，原不是拿这个当名字用。因为我是己巳年生的，青龙子是乙巳年生的，赤龙子是丁巳年生的，当年朋友随便呼唤着顽儿，不知不觉日子久了，人家也这么呼唤。难道好不答应人家？譬如你叫老残，有这么一个老年的残废人，有什么可贵？又有什么雅致处？只不过也是被人叫开了，随便答应罢了。怕不是呼牛应牛，呼马应马的道理吗？'"德慧生道："这话也实在说得有理。佛经说人不可以着相，我们总算着了雅相，是要输他一筹哩？"

慧生道："人说他们有前知，你曾问过他没有？"老残道："我也问过他的。他说叫做有也可，叫做没有也可。你看儒教说'至诚之道，可以前知'，是不错的。所以叫做有也可。若像起课先生，琐屑小事，言之凿凿，应验的原也不少，也是那只叫做术数小道，君子不屑言。邵尧夫人颇聪明，学问也极好，只是好说术数小道，所以就让朱晦庵越过去的远了。这叫做谓之没有也可。"

德慧生道："你与黄龙子相处多日，曾问天堂地狱究竟有没有呢？还是佛经上造的谣言呢？"老残道："我问过的。此事说来真正可笑了。那日我问他的时候，他说：'我先问你，有人说你有个眼睛可以辨五色，耳朵可以辨五声，鼻能审气息，舌能别滋味，又有前后二阴，前阴可以撒溺，后阴可以放粪。此话确不确呢？'我说：'这是三岁小孩子都知道的，何用问呢？'他说：'然则你何以教瞎子能辨五色？你何以能教聋子能辨五声呢？'我说：'那可没有法子。'他就说：'天堂地狱的道理，同此一样。天堂如耳目之效灵，地狱如二阴之出秽，皆是天生成自然之理，万无一毫疑惑的。只是人心为物欲所蔽，失其灵明，如聋盲之不辨声色，非其本性使然。若有虚心静气的人，自然也会看见。只是你目下要我给个凭据与你。让你相信，譬如拿了一幅吴道子的画给瞎子看，要他深信真是吴道子画的，虽圣人也没这个本领。你若要想看见，只要虚心静气，日子久了，自然有看见的一天。'我又问：'怎样便可以看见？'他说：'我已对你讲过，只要虚心静气，总有看见的一天。你此刻着急,有什么法子呢?慢慢的等着罢。'"德慧生笑道:"等你看见的时候,务必告诉我知道。"老残也笑道:"恐怕未必有这一天。"

两人谈得高兴,不知不觉,已是三更时分。同说道:"明日还要起早,我们睡罢。"德慧生同夫人住的西上房,老残住的是东上房,与齐河县一样的格局。各自回房安息。

次日黎明,女眷先起梳头洗脸。雇了五肩山轿。泰安的轿子像个圈椅一样,就是没有四条腿。底下一块板子,用四根绳子吊着,当个脚踏子。短短的两根轿杠,杠头上拴一根挺厚挺宽的皮条,比那轿车上驾骡子的皮条稍为软和些。轿夫前后两名,后头的一名先趱到皮条底下,将轿子抬起一头来,人好坐上去,然后前头的一个轿夫再趱进皮条去,这轿子就抬起来了。当时两个女眷,一个老妈子,坐了三乘山轿前走,德慧生同老残坐了两乘山轿,后面跟着。

进了城,先到岳庙里烧香。庙里正殿九间,相传明朝盖的时候,同北京皇宫是一样的。德夫人带着环翠正殿上烧过了香,走着看看正殿四面墙上画的古画。因为殿深了,所以殿里的光,总不大小分够。墙上的画年代也很多,所以看不清楚,不过是些花里胡哨的人物便了。

小道士走过来,向德夫人道:"请到西院里用茶。还有块温凉玉,是这庙里的镇山之宝,请过去看看。"德夫人说:"好。只是耽搁时候太多了,恐怕赶不回来。"环翠道:"听说上山四十五里地哩!来回九十里,现在天光又短,一霎就黑天,还是早点走罢!"

老残说:"依我看来,泰山是五岳之一,既然来到此地,索兴痛痛快快地逛一下子。今日上山,听说南天门里有个天街,两边都是香铺,总可以住人的。"小道士说:"香铺是有的,他们都预备干净被褥,上山的客人在那儿住的多着呢。老爷太太们今儿尽可以不下山,明天回来,消停得多,还可以到日观峰去看出太阳。"德慧生道:"这也不错。我们今日竟拿定主意,不下山罢。"德夫人道:"使也使得。只是香铺子里被褥,什么人都盖,肮脏得了不得,怎么盖呢?若不下山,除非取自己行李去,我们又没有带家人来,叫谁去取呢?"老残道:"可以写个纸条儿,叫道士着个人送到店里,叫你的管家雇人送上山去,有何不可?"慧生道:"可以不必。横竖我们都有皮斗篷在小轿上山,到了夜里披着皮斗篷,歪一歪就算了。谁正当真睡吗?"德夫人道:"这也使得。只是我瞧铁二叔他们二位,都没有皮斗篷,便怎么好?"老残笑道:"这可多虑了!我们走江湖的人,比不得你们做官的,我们那儿都可以混。不要说他山上有被褥,就是没被褥,我们也混得过去。"慧生说:"好,好!我们就去看温凉玉去罢。"

说着就随了小道士走到西院,老道士迎接出来,深深施了一礼,各人回了一礼。走进堂屋,看见收拾得甚为干净。道士端出茶盒,无非是桂圆、栗子、玉带糕之类。大家吃了茶,要看温凉玉。道士引到里间,一个半桌上放着,还有个锦幅子盖着,道士将锦幅揭开,原来是一块青玉,有三尺多长,六七寸宽,一寸多厚,上半截深青,下半截淡青。道士说:

"您用手摸摸看，上半多冻扎手，下半截一点不凉，仿佛有点温温的似的，上古传下来是我们小庙里镇山之宝。"德夫人同环翠都摸了，诧异的很。老残笑道："这个温凉玉，我也会做。"大家都怪问道："怎么？这是做出来假的吗？"老残道："假却不假，只是块带半璞的玉，上半截是玉，所以甚凉；下半截是璞，所以不凉。"德慧生连连点头说："不错，不错。"

稍坐了一刻，给了道人的香钱。道士道了谢，又引到东院去看汉柏。有几棵两人合抱的大柏树，状貌甚是奇古，旁边有块小小石碣，上刻"汉柏"两个大字。诸人看过走回正殿，前面二门里边山轿俱已在此伺候。

老残忽抬头，看见西廊有块破石片嵌在壁上，心知必是一个古碣，问那道士说："西廊下那块破石片是什么古碑？"道士回说："就是秦碣，俗名唤做'泰山十字'。此地有拓片买，老爷们要不要？"慧生道："早已有过的了。"老残笑道："我还有廿九字呢！"道士说："那可就宝贵的了不得了。"

说着，各人上了轿，看看褡裢里的表已经十点过了。轿子抬着出了北门，斜插着向西北走。不到半里多路，道旁有大石碑一块立着，刻了六个大字："孔子登泰山处。"慧生指与老残看，彼此相视而笑。此地已是泰山跟脚，从此便一步一步的向上行了。

老残在轿子上，看泰安城西南上有一座圆陀陀的山，山上有个大庙，四面树木甚多，知道必是个有名的所在。便问轿夫道："你瞧城西南那个有庙的山，你总知道叫什么名字罢？"轿夫回道："那叫蒿里山。山上是阎罗王庙，山下有金桥、银桥、奈河桥。人死了都要走这里过的，所以人活着的时候多烧几回香，死后占大便宜呢！"老残诙谐道："多烧几回香，譬如多请几回客，阎王爷也是人做的，难道不讲交情吗？"轿夫道："你老真明白，说的一点不错。"

这时已到真山脚，路渐弯曲，两边都是山了。走有点把钟的时候，到了一座庙宇，轿子在门口歇下。轿夫说："此地是斗姥宫，里边全是姑子，太太们在这里吃饭很便当的。大凡上等客官，上山都是在这庙里吃饭。"德夫人说："既是姑子庙，我们就在这里歇歇罢。"又问轿夫："前面没有卖饭的店吗？"轿夫说："老爷太太们都是在这里吃，前面有饭篷子，只卖大饼咸菜，没有别的，也没地方坐，都是蹲着吃，那是俺们吃饭的地方。"慧生说："也好，我们且进去再说。"

走进客堂，地方却极干净。有两个老姑子接出来，一个约五六十岁，一个四十多岁。大家坐下谈了几句，老姑子问："太太们还没有用过饭罢？"德夫人说："是的。一清早出来的，还没吃饭呢。"老姑子说："我们小庙里粗饭是常预备的，但不知太太们上山烧香，是用荤菜是素菜？"德夫人道："我们吃素吃荤，倒也不拘，只是他们爷们家恐怕素吃不来，还是吃荤罢！可别多备，吃不完可惜了的。"老姑子说："荒山小庙，要多也备不出来。"又问："太太们同老爷们是一桌吃两桌吃呢？"德夫人道："都是自家爷们，一桌吃罢，可得劳驾快点。"老姑子问："您今儿还下山吗？恐来不及哩！"德夫人说："虽不下山，恐赶不上山可不好。"老姑子道："不要紧的，一霎就到山顶了。"

当这说话之时，那四十多岁的姑子，早已走开，此刻才回，向那老姑子耳边咕咕了一阵。老姑子又向四十多岁姑子耳边咕咕了几句，老姑子回头便向德夫人道："请南院里坐罢。"便叫四十多岁的姑子前边引道，大家让德夫人同环翠先行，德慧生随后，老残打末。

出了客堂的后门，向南拐弯，过了一个小穿堂，便到了南院。这院子朝南五间北屋甚大，朝北却是六间小南屋，穿堂东边三间，西边两间。那姑子引着德夫人出了穿堂，下了台阶，望东走到三间北屋跟前。看那北屋中间是六扇窗格，安了一个风门，悬着大红昵的夹板棉门帘。两边两间，却是砖砌的窗台，台上一块大玻璃，掩着素绢书画玻璃挡子，玻璃上面系两扇纸窗，冰片梅的格子眼儿，当中三层台阶。那姑子抢上那台阶，把板帘揭起，让德夫人及诸人进内。

走进堂门，见是个两明一暗的房子，东边两间敞着，正中设了一个小圆桌，退光漆漆得灼亮。围着圆桌六把海梅八行书小椅子，正中靠墙设了一个窄窄的佛柜，佛柜上正中供了一尊观音像。走近佛柜细看，原来是尊康熙五彩御窑鱼篮观音，十分精致。观音的面貌，又美丽，又庄严，约有一尺五六寸高。龛子前面放了一个宣德年制的香炉，光彩夺目，从金子里透出朱砂斑来。龛子上面墙上挂了六幅小屏，是陈章侯画的马鸣、龙树等六尊佛像。佛柜两头放了许多大大小小的经卷。再望东看，正东是一个月洞大玻璃窗，正中一块玻璃，足足有四尺见方，四面也是冰片梅格子眼儿，糊着高丽白纸。月洞窗下放了一张古红木小方桌，桌子左右两张小椅子，椅子两旁却是一对多宝橱，陈设各样古玩。圆洞窗两旁挂了一副对联，写的是：

靓妆艳比莲花色

云幕香生贝叶经

上款题"靓云道友法鉴"，下款写"三山行脚僧醉笔"。屋中收拾得十分干净。再看那玻璃窗外，正是一个山涧，涧里的水花喇花喇价流，带着些乱冰，玎玲珰琅价响，煞是好听。又见对面那山坡上一片松树，碧绿碧绿，衬着树根下的积雪，比银子还要白些，真是好看。

德夫人一面看，一面赞叹，回头笑向德慧生道："我不同你回扬州了，我就在这儿做姑子罢，好不好？"慧生道："很好。可是此地的姑子是做不得的。"德夫人道："为什么呢？"慧生道："稍停一会，你就知道了。"老残说道："您别贪看景致，您闻闻这屋里的香，恐怕你们旗门子里虽阔，这香倒未必有呢！"德夫人当真用鼻子细细价齅了会子，说："真是奇怪，又不是芸香、麝香，又不是檀香、降香、安息香，怎么这么好闻呢？"只见那两个老姑子上前，打了一个稽首说："老爷太太们请坐，恕老僧不陪，叫他们孩子们过来伺候罢。"德夫人连称："请便，请便。"

老姑子出去后，德夫人道："这种好地方给这姑子住，实在可惜！"老残道："老姑子去了，小姑子就来了，但不知可是靓云来？如果他来，可妙极了！这人名声很大，我也没见过，很想见见。倘若沾大嫂的光，今儿得见靓云，我也算得有福了。"未知来者，可是靓云，且听下回分解。

卷二

宋公子蹂躏优昙花　德夫人怜惜灵芝草

话说老残把个靓云说得甚为郑重，不但德夫人听得诧异，连环翠也听得傻了，说道："这屋子想必就是靓云的罢？"老残道："可不是呢！你不见那对子上落的款吗？"环翠把脸一红，说："我要认得对子上的款，敢是好了！"老残道："你看这屋子好不好呢？"环翠道："这屋子要让我住一天，死也甘心。"老残道："这个容易，今儿我们大家上山，你不要去，让你在这儿住一夜。明天山上下来再把你捎回店去，你不算住了一天了吗？"大家听了都呵呵大笑。德夫人说："这地不要说他羡慕，连我都舍不得去哩！"

说着，只见门帘开处，进来了两个人，一色打辫：穿着二蓝摹本缎羊皮袍子，元色摹本皮坎肩，剃了小半个头，梳作一个大辫子，搽粉点胭脂，穿的是挖云子镶鞋。进门却不打稽首，对着各人请了一个双安。看那个大些的，约有三十岁光景；二的有二十岁光景。大的长长鸭蛋脸儿，模样倒还不坏，就是脸上粉重些，大约有点烟色，要借这粉盖下去的意思；二的团团面孔，淡施脂粉，却一脸的秀气，眼睛也还有神。各人还礼已毕，让他们坐下。大家心中看去：大约第二个是靓云。因为觉得他是靓云，就便越看越好看起来了。

只见大的问慧生道："这位老爷贵姓是德罢？您是到那里上任去吗？"慧生道："我是送家眷回扬州，路过此地上山烧香，不是上任的官。"他又问老残道："您是到那儿上任，还是有差使？"老残道："我一不上任，二不当差，也是送家眷回扬州。"只见那二的说道："您二位府上都是扬州吗？"慧生道："都不是扬州人，都在扬州住家。"二的又道："扬州是好地方，六朝金粉，自古繁华。不知道隋堤杨柳现在还有没有？"老残道："早没有了！世间那有一千几百年的柳树吗？"二的又道："原是这个道理。不过我们山东人性拙，古人留下来的名迹都要点缀点缀。如果隋堤在我们山东，一定有人补种些杨柳，算一个风景。譬如这泰山上的五大夫松，难道当真是秦始皇封的那五棵松吗？不过既有这个名迹，总得种五棵松在那地方，好让那游玩的人看了，也可以助点诗兴；乡下人看了，也多知道一件故事。"

  大家听得此话，都吃了一惊。老残也自悔失言，心中暗想看此吐属，一定是靓云无疑了。又听他问道："扬州本是名士的聚处，像那'八怪'的人物，现在总还有罢？"慧生道："前几年还有几个，如词章家的何莲舫，书画家的吴让之，都还下得去，近来可就一扫光了！"慧生又道："请教法号，想必就是靓云罢？"只见他答道："不是，不是，靓云下乡去了。我叫逸云。"指那大的道："他叫青云。"老残插口问道："靓云为什么下乡？几时来？"逸云道："没有日子来。不但靓云师弟不能来，恐怕连我这样的乏人，只好下乡去哩！"老残忙问："到底什么缘故？请你何妨直说呢。"只见逸云眼圈儿一红，停了一停说："这是我们的丑事，不便说。求老爷们不用问罢！"

  当时只见外边来了两个人，一个安了六双杯箸，一个人托着盘子，取出八个菜碟，两把酒壶，放在桌上。青云立起身来说："太太老爷们请坐罢。"德慧生道："怎样坐呢？"德夫人道："你们二位坐东边，我们姐儿俩坐西边，我们对着这月洞窗儿，好看景子。下面两个坐位，自然是他们俩的主位了。"说完大家依次坐下，青云持壶斟了一遍酒。逸云道："天气寒，你多用一杯罢，越往上走越冷哩！"德夫人说："是的，当真我们喝一杯罢。"家举杯替二云道了谢，随便喝了两杯。

  德夫人惦记靓云，向逸云道："你才说靓云为什么下乡？咱娘儿们说说不要紧的。"逸云叹口气道："您别笑话。我们这个庙是从前明就有的，历年以来都是这样。您看我们这样打扮，并不是像那倚门卖笑的娼妓。当初原为接待上山烧香的上客：或是官，或是绅，大概全是读书的人俱多，所以我们从小全得读书，读到半通就念经典、做功课。有官绅来陪着讲讲话，不讨人嫌。又因为尼姑的装束颇犯人的忌讳，若是上任，或有甚喜事，大概俗说看见尼姑不吉祥，所以我们三十岁以前全是这个装束，一过三十就全剃了头了。虽说一样的陪客，饮酒行令；间或有喜欢风流的客，随便诙谐两句，也未尝不可对答。倘若停眠整宿的事情，却说是犯着祖上的清规，不敢妄为的。"德夫人道："然则你们这庙里人，个个都是处女身体到老的吗？"逸云道："也不尽然，老子说的好：'不见可欲，使心不乱。'若是过路的客官，自然没有相干的了。若本地绅衿，常来起坐的，既能夹以诙谐，这其中就难说了！男女相爱，本是人情之正，被情丝系缚，也是有的。但其中十个人里，一定总有一两个守身如玉，始终不移的。"

  德夫人道："您说的也是，但是靓云究竟为什么下乡呢？"逸云又叹一口气道："近来风气可大不然了，倒是做买卖的生意人还顾点体面；若官幕两途，牛鬼蛇神，无所不有！比那下等还要粗暴些！俺这靓云师弟，今年才十五岁，模样长得本好，人也聪明，有说有笑，过往客官，没有不喜欢他的。他又好修饰，您瞧他这屋子，就可略见一斑了。前日，这里泰安县宋大老爷的少爷，带着两位师爷来这里吃饭，也是庙里常有的事。谁知他同靓云闹很不像话。靓云起初为他是本县少爷，不敢得罪，只好忍耐着；到后来，万分难忍，就逃到北院去了。这少爷可就发了脾气，大声嚷道：'今儿晚上如果靓云不来陪我睡觉，明天一定来封庙门！'老师父没了法了，把两师爷请出去，再三央求，每人送了他二十两银子，才算免了那一晚上的难星。昨儿下午，那个张师爷好意，特来送信说：'你们不要执意，若不教靓云陪少爷睡，庙门一定要封的。'昨日我们劝了一晚上，他决不肯依。你们想想看罢。老师父听了没有想法，哭了一夜，说：'不想几百年的庙，在我手里断送掉了！'今天早起才把靓云送下乡去。我明早也要走了。只留青云、素云、紫云三位师兄在此等候封门。"

说完，德夫人气得摇头，对慧生道："怎么外官这么厉害！咱们在京里看御史们的折，总觉言过其实。若像这样，还有天日吗？"慧生本已气得脸上发白，说："宋次安还是我乡榜同年呢！怎么没家教到这步田地！"这时外间又端进两个小碗来，慧生说："我不吃了。"向逸云要了笔砚同信纸，说："我先写封信去，明天当面见他，再为详说。"

当时逸云在佛柜抽屉内取出纸笔，慧生写过，说："叫人立刻送去。我们明天下山，还在你这里吃饭。"重新入座，德夫人问："信上怎样写法？"慧生道："我只说今日在斗姥宫，风闻因得罪世兄，明日定来封门。弟明日下山，仍须借此地一饭，因偕同女眷，他处不便，请缓封一日，俟弟与阁下面谈后，再封何如？鹄候玉音。"

逸云听了，笑吟吟地提了酒壶满斟了一遍酒，摘了青云袖子一下，起身离座，对德公夫妇请了两个双安，说："替斗姥娘娘谢您的恩惠。"青云也跟着请了两个双安。德夫人慌忙道："说那儿话呢，还不定有用没有用呢。"

二人坐下，青云楞着个脸说道："这信要不着劲，恐怕他更要封的快了。"逸云道："傻小子，他敢得罪京官吗？你不知道像我们这种出家人，要算下贱到极处的，可知那娼妓比我们还要下贱，可知那州县老爷们比娼妓还要下贱！遇见驯良百姓，他治死了还要抽筋剥皮，锉骨扬灰。遇见有权势的人，他装王八给人家踹在脚底下，还要昂起头来叫两声，说我唱个曲子您听听罢。他怕京官老爷们写信给御史参他。你瞧着罢！明天我们这庙门口，又该挂一条彩绸、两个宫灯哩！"大家多忍不住的笑了。

说着，小碗大碗俱已上齐，催着拿饭吃了好上山。霎时饭已吃毕，二云退出，顷刻青云捧了小妆台进来，让德夫人等匀粉。老姑子亦来道谢，为写信到县的事。德慧生问："山轿齐备了没有？"青云说："齐备了。"于是大家仍从穿堂出去，过客堂，到大门，看轿夫俱已上好了板。又见有人挑了一肩行李。轿夫代说是客店里家人接着信，叫送来的。慧生道："你跟着轿子走罢。"老姑子率领了青云、紫云、素云三个小姑子，送到山门外边。等轿子走出，打了稽首送行，口称："明天请早点下山。"轿子次序仍然是德夫人第一，环翠第二，慧生第三，老残第四。

出了山门，向北而行，地甚平坦，约数十步始有石级数层而已。行不甚远，老残在后，一少年穿库灰褡裤，布棉袍，青布坎肩，头上戴了一顶新褐色毡帽，一个大辫子，漆黑漆黑拖在后边，辫穗子有一尺长，却同环翠的轿子并行。后面虽看不见面貌，那个雪白的颈项，却是很显豁的。老残心里诧异，山路上那有这种人？留心再看，不但与环翠轿子并行，并且在那与环翠谈心。山轿本来离地甚近，走路的人比坐轿子的人，不过低一头的光景，所以走着说话甚为便当。又见那少年指手画脚，一面指，一面说。又见环翠在轿子上也用手指着，向那少年说话，仿佛像同他很熟似的。心中正在不解什么缘故，忽见前面德夫人也回头用手向东指着，对那少年说话。又见那少年赶走了几步，到德夫人轿子眼前说了两句，见那轿子就渐渐走得慢了。老残正在纳闷，想不出这个少年是个何人，见前面轿子已停，后面轿子也一齐放下。

慧生、老残下轿，走上前去，见德夫人早已下轿，手搀着那少年，朝东望着说话呢。老残走到跟前，把那少年一看，不觉大笑，说道："我当是谁，原来是你哟！你怎么不坐轿子，走了来吗？快回去罢。"环翠道："他师父说，教他一直送我们上山呢。"老残道："那可使不得，几十里地，跑得了吗？"只见逸云笑说道："俺们乡下人，没有别的能耐，跑路是会的。这山上别说两天一个来回，就一天两个来回也累不着。"

德夫人向慧生、老残道："您见那山涧里一片红吗？刚才听逸云师兄说，那就是经石峪，在一块大磐石上，北齐人刻的一部《金刚经》。我们下去瞧瞧好不好？"慧生说："好哪！"逸云说："下去不好走，您走不惯。不如上这块大石头上，就都看见了。"大家都走上那路东一块大石上去，果然一行一行的字，都看得清清楚楚。连那"我相人相众生相"等字，都看得出来。德夫人问："这经全吗？"逸云说："本来是全的，历年被山水冲坏的不少，现在存的不过九百多字了。"德夫人又问道："那北边有个亭子干什么的？"逸云说："那叫晾经亭，仿佛说这一部经晾在这石头上似的。"

说罢各人重复上轿，再往前行。不久到了柏树洞，两边都是古柏交柯，不见天日。这柏树洞有五里长，再前是水流云在桥了。桥上是一条大瀑布冲下来，从桥下下山去。逸云对众人说："若在夏天大雨之后，这水却不从桥下过。水从山上下来力量过大，径射到桥外去；人从桥上走，就是从瀑布底下钻过去，这也是一有趣的奇景。"

说完，又往前行，见面前有"回马岭"三个字，山从此就险峻起来了。再前，过二天门，过五大夫松，过百丈崖，到十八盘。在十八盘下，仰看南天门，就如直上直下似的，又像从天上挂下一架石梯子似的。大家看了都有些害怕，轿夫到此也都要吃袋烟歇歇脚力。

环翠向德夫人道："太太您怕不怕？"德夫人道："怎么不怕呢？您瞧那南天门的门楼子，看着像一尺多高，你想这够多么远。都是直上直下的路，倘若轿夫脚底下一滑，我们就成了肉酱了，想做了肉饼子都不成。"逸云笑道："不怕的，有娘娘保祐，这里自古没闹过乱子，您放心罢。您不信，我走给您瞧。"说着放开步，如飞似的去了。走得一半，只见逸云不过有个三四岁小孩子大，看他转过身来，面朝下看，两只手乱招。德夫人大声喊道："小心着，别栽下来！"那里听得见呢？看他转身，又望上去了。这里轿夫脚力已足，说："太太们请上轿罢。"德夫人袖中取出块花绢子，来对环翠道："我教你个好法子，你拿手绢子把眼上，捅上，死活存亡，听天由命去罢。"环翠说："只好这样。"当真也取块帕子把眼遮上，听他去了。

顷刻工夫，已到南天门里，听见逸云喊道："德大太，到了平地啦，您把手帕子去了罢!"德夫人等惊魂未定，并未听见，直至到了元宝店门口停了轿。逸云来揽德夫人，替他把绢子除下。德夫人方立起身来，定了定神，见两头都是平地，同街道一样，方敢挪步。老残也替环翠把绢子除下，环翠回了一口气说："我没摔下去罢!"老残说："你要摔下去早死了! 还会说话吗?"两人笑了笑，同进店去。

原来逸云先到此地，吩咐店家将后房打扫干净，他复往南天门等候轿子，所以德夫人来时，诸事俱已齐备。这元宝店外面三间临街，有柜台发卖香烛、元宝等件。里边三间专备香客住宿的。

各人进到里间，先作堂屋坐下，店家婆送水来洗了脸。天时尚早，一角斜阳，还未沉山。坐了片刻，挑行李的也到了。逸云叫挑夫搬进堂屋内，说："你去罢。"逸云问："怎样铺法?"老残说："我同慧哥两人住一间，他们三人住一间，何如?"慧生说："甚好。"就把老残的行李放在东边，慧生的放在西边。逸云将东边行李送过去，就来拿西边行李。环翠说："我来罢，不敢劳您驾。"其时逸云已将行李提到西房打开，环翠帮着搬铺盖。德夫人说："怎好要你们动手，我来罢。"其实已经铺陈好了。那边一付，老残等两人亦布置停妥。逸云赶过来，说道："我可误了差使了，怎么您已经归置好了吗?"慧生说："不敢当，你请坐一会歇歇好不好?"逸云说声："不累，歇什么! 又往西房去了。慧生对老残说："你看逸云何如?"老残："实在好。我又是喜爱，又是佩服。倘若在我们家左近，我必得结交这个好友。"慧生说："谁不是这么想呢?"

慢提慧生、老残这边议论。却说德夫人在庙里就契重逸云，及至一路同行，到了一个古迹，说一个古迹，看他又风雅，又泼辣，心里想："世间那里有这好的一个文武双全的女人? 若把他弄来做个帮手，白日料理家务，晚上灯下谈禅; 他若肯嫁慧生，我就不要他认嫡庶，姊妹称呼我也是甘心的。"自从打了这个念头，越发留心去看逸云。见他肤如凝脂，领如蝤蛴，笑起来一双眼又秀又媚，却是不笑起来又冷若冰霜。趁逸云不在眼前时，把这意思向环翠商量。环翠喜得直蹦说："您好歹成就这件事罢，我替您磕一个头谢谢您。"德夫人笑道："你比我还着急吗? 且等今晚试试他的口气。他若肯了，不怕他师父不肯。"究竟慧生姻缘能否成就，且听下回分解。

卷三

阳偶阴奇参大道　男欢女悦证初禅

却说德夫人因爱惜逸云，有收做个偏房的意思，与环翠商量。那知环翠看见逸云，比那宋少爷想靓云还要热上几分。正算计明天分手，不知何时方能再见。忽听德夫人这番话，以为如此便可以常常相见，所以欢喜得了不得，几乎真要磕下头去。被德夫人说要试试口气，意在不知逸云肯是不肯，心想倒也不错，不觉又冷了一段。说时，看逸云带着店家婆子摆桌子，搬椅子，安杯箸，忙了个够，又帮着摆碟子。摆好，斟上酒说："请太太们老爷们坐罢。今儿一天乏了，早点吃饭，早点安歇。"大家走出来说："山顶上那来这些碟子？"逸云笑说："不中吃，是俺师父送来的。"德夫人说："这可太费事了。"

闲话休提。晚饭之后，各人归房。逸云少坐一刻，说："二位太太早点安置，我失陪了。"德夫人说："你上那儿去？不是咱三人一屋子睡吗？"逸云说："我有地方睡，您放心罢。这家元宝店，就是婆媳两个，很大的炕，我同他们婆媳一块儿睡，舒服着呢。"德夫人说："不好，我要同你讲话呢。这里炕也很大，你怕我们三个人同睡不暖和，你就抱付铺子里预备香客的铺盖，来这儿睡罢。你不在这儿，我害怕，我不敢睡。"环翠也说："你若不来，就是恶嫌咱娘儿们。你快点来罢。"逸云想了想，笑道："不嫌脏，我就来。我有自己带来的铺盖，我去取来。"说着，便走出去，取进一个小包袱来，有尺半长，五六寸宽，三四寸高。环翠急忙打开一看，不过一条薄羊毛毯子，一个活脚竹枕而已。看官，怎样叫活脚竹枕？乃是一片大毛竹，两头安两片短毛竹，有枢轴，支起来像个小儿，放下来只是两片毛竹，不占地方。北方人行路常用的，取其便当。且说德夫人看了说："嗳呀！这不冷吗？"逸云道："不要他也不冷。不过睡觉不盖点不像个样子，况且这炕在墙后头烧着火呢，一点也不冷。"

德夫人取表一看，说："才九点钟还不曾到，早的很呢。你要不困，我们随便胡说乱道好不好呢？"逸云道："即便一宿不睡，我也不困，谈谈最好。"德夫人叫环翠："劳驾您把门关上，咱们三人上炕谈心去，这底下坐着怪冷的。"说着，三人关门、上炕。

炕上有个小炕几儿，德夫人同环翠对面坐，拉逸云同自己并排坐，小小声音问道："这儿说话，他们爷儿们听不着，咱们胡说行不行？"逸云道："有什么不行的？您爱怎么说都行。"德夫人道："你别怪我。我看青云、紫云他们姐妹三，同你不一样，大约他们都常留客罢？"逸云说："留客是有的，也不能常留，究竟庙里比不得住家，总有点忌讳。"德夫人又问："我瞧您没有留过客，是罢？"逸云笑说："您何以见得我没有留过客呢？"德夫人说："我那么想。然则你留过客吗？"逸云道："却真没留过客。"德夫人说："你见了标致的爷们，你爱不爱呢？"逸云说："那有不爱的呢！"德夫人说："既爱，怎么不同他亲近呢？"逸云笑吟吟的说道："这话说起来很长。您想一个女孩儿家长到十六七岁的时候，什么都知道了。又在我们这个庙里，当的是应酬客人的差使。若是疤麻歪嘴呢，自不必说。但是有一二分姿色，搽粉抹胭脂，穿两件新衣裳，客人见了自然人人喜欢，少不得甜言蜜语的灌两句。我们也少不得对人家瞧瞧，朝人家笑笑，人家就说我们飞眼传情了，少不得更亲近点，这时候您想，倘若是个平常人倒也没啥，倘若是个品貌又好，言语又有情意的人，你一句我一句，自然而然的那个心就到了这人身上了。可是咱们究竟是女孩儿家，一半是害羞，一半是害怕，断不能像那天津人的话'三言两语成夫妻'，毕竟得避忌点儿。

"记得那年有个任三爷，一见就投缘，两三面后别提多好。那天晚上睡了觉，这可就胡思乱想开了。初起想，这个人跟我怎么这么好，就起了个感激他的心，不能不同他亲近；再想他那模样，越想越好看；再想他那言谈，越想越有味。闭上眼就看见他，睁开眼还是想着他，这就着上了魔，这夜觉可别想睡得好了！到了四五更的时候，脸上跟火烧的一样，飞热起来。用个镜子照照，真是面如桃花。那个样子，别说爷们看了要动心，连我自己看了都动心。那双眼珠子，不知为了什么，就像有水泡似的，拿个手绢擦擦，也真有点湿漉漉的。奇怪！到天明，头也昏了，眼也涩了，强勉睡一霎儿。刚睡不大工夫，听见有人说话，一骨碌就坐起来了。心里说：'是我那三爷来了罢？'再定神听听，原来是打粗的火工清晨扫地呢。歪下头去再睡，这一觉可就到了响午了。等到起来，除了这个人没第二件事听见。人说什么马褂子颜色好，花样新鲜，冒冒失失的就问：'可是说三爷的那件马褂不是？'被人家瞅一眼笑两笑，自己也觉得失言，臊得脸通红的。停不多大会儿，听人家说，谁家兄弟中了举了。又冒失问：'是三爷家的五爷不是？'被人家说：'你敢是迷了罢。'又臊得跑开去，等到三爷当真来了，就同看见自己的魂灵似的，那一亲热，就不用问了。可是闺女家头一回的大事，那儿那么容易呢？自己固然不能启口，人家也不敢轻易启口，不过干亲热亲热罢哩！

"到了几天后，这魔着的更深了，夜夜算计，不知几时可以同他亲近。又想他要住下这一夜，有多少话都说得了；又想在爹妈眼前说不得的话，对他都可以说得。想到这里，不知道有多欢喜。后来又想：我要他替我做什么衣裳，我要他替我做什么帐幔子，我要他替我做什么被褥，我要他买什么木器，我要问师父要那南院里那三间北屋。这屋子我要他怎么收拾，各式长桌、方桌，上头要他替我办什么摆饰。当中桌上、旁边墙上要他替我办坐钟、挂钟，我大襟上要他替我买个小金表。我们虽不用首饰，这手肐膊上实金镯子是一定要的，万不能少，甚至妆台、粉盒，没有一样不曾想到。这一夜又睡不着了。又想知道他能照我这样办不能？又想任三爷昨日亲口对我说：'我真爱你，爱极了，倘若能成就咱俩人好事，我就破了家，我也情愿；我就送了命，我也愿意。古人说得好：牡丹花下死，做鬼也风流。只是不知你心里有我没有？'我当时怪臊的，只说了一句：'我心同你心一样。'我此刻想来要他买这些物件，他一定肯的。又想我一件衣服，穿久了怪腻的，我要大毛做两套，是什么颜色，什么材料；中毛要两套；小毛要两套；棉、夹、单、纱要多少套，颜色花纹不要有犯重的。想到这时候，仿佛这无限若干的事物，都已经到我手里似的。又想，正月香市，初一我穿什么衣裳，十五我穿什么衣裳；二月二龙抬头，我穿什么衣裳，清明我穿什么衣裳，四月初八佛爷生日，各庙香火都盛，我应该穿什么衣裳；五月节，七月半，八月中秋，九月重阳，十月朝，十一月冬至，十二月腊，我穿什么衣裳；某处大会，我得去看，怎么打扮；某处小会，我也得去，又应该怎样打扮。青云、紫云他们没有这些好装饰，多寒蠢，我多威武。又想我师父从七八岁抚养我这么大，我该做件什么衣服酬谢他；我乡下父母，我该买什么东西叫他二老欢喜喜。他必叫着我的名儿说：'大妞儿，你今儿怎么穿得这么花躁？真好看煞人！'又想二姨娘、大姑姑，我也得买点啥送他。还没有盘算得完，那四面的鸡子，胶胶角角，叫个不住。我心里说这鸡真正浑蛋，天还早着呢！再抬头看，窗户上已经白洋洋的了，这算我顶得意的一夜。

"过了一天，任三爷又到庙里来啦！我抽了个空儿，把三爷扯到一个小屋子里，我说：'咱俩说两句话。'到了那屋子里，我同三爷并肩坐在炕沿上，我说：'三爷我对你说……'这句才吐出口，我想那有这们不害臊的人呢？人家没有露口气，咱们女孩儿家倒先开口了。这一想把我臊的真没有地洞好钻下去，那脸登时飞红，振开腿就往外跑。三爷一见，心里也就明白一大半了，上前一把把我抓过来望怀里一抱，说：'心肝宝贝，你别跑，你的话我知道一半啦，这有什么害臊呢？人人都有这一回的，这事该怎么办法？你要什么物件？我都买给你，你老老实实说罢！'"

逸云说："我那心勃腾勃腾的乱跳。跳了会子，我就把前儿夜里想的事都说出来了。说了一遍，三爷沉吟了一沉吟说：'好办，我今儿回去就裹知老太太商量，老太太最疼爱我的，没那个不依。俺三奶奶暂时不告诉他，娘们没有不吃醋的，恐怕在老太太眼前出坏。就是这么办，妥当，妥当。'话说完了，恐怕别人见疑，就走出来了。我又低低嘱咐一句：'越快越好，我听您的信儿。'三爷说：'那还用说。'也就匆匆忙忙下山回家去了。我送他到大门口，他还站住对我说：'倘若老太太允许下，我这两天就不来，我托朋友来先把你师父的盘子讲好了，我自己去替你置办东西。'我说'狠好，狠好，盼望着哩！'

"从此，有两三夜也没睡好觉，可没有前儿夜里快活。因为前儿夜里只想好的一面。这两夜，却是想到好的时候，就上了火焰山；想到不好的时候。就下了北冰洋：一霎热，一霎凉，仿佛发连环疟子似的。一天两天还好受，等到第三天，真受不得了！怎么还没有信呢？俗语说的好，真是七窍里冒火，五脏里生烟；又想他一定是慢慢的制买物件，成作衣裳去了。心里埋怨他'你买东西忙什么呢？先来给我送个信儿多不是好，叫人家盼望的不死不活的干么呢？'到了第四天，一会儿到大门上去看看，没有人来；再一会儿又到大门口着看，还没有人来！腿也跑酸啦，眼也望穿啦。到得三点多钟，只见大南边老远的一肩山轿来了，其实还隔着五六里地呢！不知道我眼怎么那们尖，一见就认准了，一点也不错，这一喜欢可就不要说了！可是这四五里外的轿子，走到不是还得一会子吗？忽然想起来，他说倘若老太太允许，他自己不来，先托个朋友来跟师父说妥他再来。今儿他自己来，一定事情有变！这一想，可就是仿佛看见阎罗王的勾死鬼似的，两只脚立刻就发软，头就发昏，万站不住，飞跑进了自己屋子，掩上脸就哭。哭了一小会，只听外边打粗的小姑子喊道：'华云，三爷来啦！快去罢！'二位太太，您知道为什么叫华云呢，因为这逸云是近年改的，当年我本叫华云。我听打粗的姑子喊，赶忙起来，擦擦眼，匀匀粉，自己怪自己：这不是疯了吗？谁对你说不成呢？自言自语的，又笑起来了！脸还没匀完，谁知三爷已经走到我屋子门口，揭起门帘说：'你干什么呢？'我说：'风吹砂子迷了眼啦！我洗脸的。'

"我一面说话，偷看三爷脸神，虽然带着笑，却气像冰冷，跟那冻了冰的黄河一样。我说：'三爷请坐。'三爷在炕沿上坐下，我在小条桌旁边小椅上坐下，小姑子揭着门帘，站着支着牙在那里瞅。我说：'你还不泡茶去！'小姑子去了。我同三爷两个人脸对脸，白瞪了有半个时辰，一句话也没有说。等到小姑子送进茶来，吃了两碗，还是无言相对。我耐不住了，我说：'三爷，今儿怎么着啦，一句话也没有？'三爷长叹一口气，说：'真急死人，我对你说罢！前儿不是我从你这里回去吗？当晚得空，我就对老太太说了个大概。老太太问得多少东西，我还没敢全说，只说了一半的光景，老太太拿算盘一算，说："这不得上千的银子吗？"我就不敢言语了。老太太说："你这孩子，你老子千辛万苦挣下这个家业，算起来不过四五万银子家当。你们哥儿五个，一年得多少用项。你五弟还没有成家，你平常喜欢在山上跑跑，我也不禁止。你今儿想到这种心思，一下子就得用上千的银子，还有将来呢？就不花钱了吗？况且你的媳妇模样也不寒碜。你去年才成的家，你们两口子也怪好的。去年我看你小夫妇狠热，今年就冷了好些，不要说是为这华云，所以变了心了。我做婆婆的为疼爱儿子，拿上千的银子给你干这事，你媳妇不敢说什么。他倘若说：'赔嫁的衣服不时样了。'要我给他做三二百银子衣服，明明是挤我这个短儿，我怎么发付他呢？你大嫂子、二嫂子都来赶罗我，我又怎么样？我不给他们做，他们当面不说，背后说：'我们制买点物件，姓任的买的，还在姓任的家里，老太太就不愿意了；老三花上千的银子，给别人家买东西，三天后就不姓任了，老太太倒愿意。也不知道是护短呢，是老昏了！'这话要传到我耳朵里，我受得受不得呢？你是我心疼的儿子，你替我想想，你在外边快乐，我在家里受气，你心里安不安呢？倘若你媳妇是不贤慧的，同你吵一回，闹一回，也还罢了；倘若竟仍旧的同你好，格外的照应你，你就过意得去吗？倘若依你做了去，还是永远就住在山，不回家呢？还是一边住些日子呢？倘若你久在山上，你不要媳妇，你连老娘都不要了，你成什么人呢？你一定在山上住些时，还得在家里住些时，是不用说的了。你在家里住的时候，人家山上又来了别的客，少不得也要留人家住。你花钱买的衣裳真好看，穿起来给别人看；你买的器皿，给别人用；你买的帐幔，给别人遮羞；你买的被褥，给人家盖；你心疼心爱心里怜惜的人，陪别人睡。别人脾气未必有你好，大概还要闹脾气，睡的不乐意还要骂你心爱的人，打你心爱的人，你该怎么样呢？好孩子！你是个聪明孩子，把你娘的话，仔细想想，错是不错。依我看，你既爱他，我也不拦你，你把这第一个傻子让给别人做，你做第二个人去，一样的称心，一样的快乐，却不用花这么多的冤钱，这是第一个办法。你若不以为然，还有第二个办法：你说华云模样长得十分好，心地又十分聪明，对你又是十二分的恩爱，你且问他是为爱你的东西，是为爱你的人？若是为爱你的东西，就是为你的钱财了。你的钱财几时完，你的恩爱就几时断绝；你算花钱租恩爱，你算算你的家当，够租几年的恩爱，倘若是爱你的人，一定要这些东西吗？你正可以拿这个试试他的心，若不要东西，真是爱你；要东西，就是假爱你。人家假爱你，你真爱人家，不成了天津的话'剃头挑子一头想'吗？我共总给你一百银子，够不够你自己斟酌办理去罢!'"

逸云追述任三爷当日叙他老太太的话到此已止。德夫人对着环翠伸了一伸舌头说："好个利害的任太太，真会管教儿子!"环翠说："这时候虽是逸云师兄，也一点法子没有吧!"德夫人向逸云道："你这一番话，真抵得上一卷书呢! 任三爷说完这话，傉怎么样呢?"逸云说："我怎么呢? 哭罢咧! 哭了会子，我就发起狠来了。我说：'衣服我也不要了! 东西我也不要了! 任么我都不要了! 傉跟师父商议去罢!'任三爷说：'这话真难出口。我是怕你着急，所以先来告诉你。我还得想法子，就这样是万不行! 傉别难受。缓两天我再向朋友想法子去。'我说：'您别找朋友想法子了，借下钱来，不还是老太太给吗? 到成了个骗上人的事，更不妥了。我更对不住傉老太太了!'那一天就这么，我们俩人就分手了!"

逸云便向二人道："二位太太如果不嫌絮烦，愿意听听，话还长着呢!"德夫人道："愿意听，愿意听，你说下去罢，"且听下回分解。

卷四

九转成丹破壁飞　七年返本归家坐

却说逸云又道："到了第二天，三爷果然托了个朋友来跟师父谈论，把以前的情节述了一遍，问师父肯成就这事不肯? 并说华云已经亲口允许什么都不要，若是师父肯成就，将来补报的日子长呢。老师父说道：'这事听华云自主。我们庙里的规矩可与窑子里不同：窑子里妓女到了十五六岁，就要逼令他改装，以后好做生意。庙里留客本是件犯私的事。只因祖上传下来年轻的人都要搽粉抹胭脂，应酬客人。其中便有难于严禁处，恐怕伤犯客人面子。前几十年还是暗的，渐渐的近来，就有点大明大白的了! 然而也还是个半暗的事。傉只可同华云商量着办，倘若自己愿意，我们断不过问的。但是有一件不能不说，在先也是本庙里传下来的规矩，因为这比丘尼本应该是童贞女的事，不应该沾染红尘；在别的庙里犯了这事，就应逐出庙去，不再收留，惟我们这庙不能打这个官话欺人。可是也有一点分别：若是童女呢，一切衣服用度，均是庙里供给，别人的衣服，童女也可以穿，别人的物件，童女也可以用。若一染尘事，他就算犯规的人了，一切衣服等项，俱得自己出钱制买，并且每月还须津贴庙里的用项。若是有修造房屋等事，也须摊在他们几个染尘人的身上。因为庙里本没有香火田，又没有缘簿，但凡人家写缘簿的，自然都写在那清修的庙里去，谁肯写在这半清不浑的庙里呢？停还不知道吗？况且初次染尘，必须大大的写笔功德钱，这钱谁也不能得，收在公账上应用。停才说的一百银子，不知算功德钱呢？还是给他置买衣服同那动用器皿呢？若是功德钱，任三爷府上也是本庙一个施主，断不计较；若是置办衣物，这功德钱指那一项抵用呢？所以这事我们不便与闻，停请三爷自己同华云斟酌去罢。况且华云现在住的是南院的两间北屋，屋里的陈设，箱子里的衣服，也就不大离值两千银子；要是做那件事，就都得交出来。照他这一百两银子的牌子，那一间屋子也不称，只好把厨房旁边堆柴火的那一间小屋腾出来给他，不然别人也是不服的。停瞧是不是呢？'

"那朋友听了这番话，就来一五一十的告诉我，我想师父这话也确是实情，没法驳回。我就对那朋友说：'叫我无论怎么寒蠢，怎么受罪，我为着三爷都没有什么不肯。只是关着三爷面子，恐怕有些不妥。不必着急，等过一天三爷来，我们再商议罢。'那个朋友去了，我就仔细的盘算了两夜，我起初想，同三爷这么好，管他有衣服没衣服，比要饭的叫化子总强点；就算那间厨房旁边的小房子，也怪暖和的，没有什么不可的。我瞧那戏上王三姐抛彩球打了薛平贵，是个讨饭的，他舍掉了相府小姐不做，去跟那薛平贵、落后做了西凉国王，何等荣耀，有何不可。又想，人家那是做夫妻，嫁了薛平贵。我这算什么呢？就算我苦守了十七年，任三爷做了西凉国王，他家三奶奶自然去做娘娘，我还不是斗姥宫的穷姑子吗？况且皇上家恩典、虽准其赐封，也从没有听见有人说过：谁做了官赐封到他相好的女人的，何况一个姑子呢！《大清会典》上有赐封尼姑的一条吗？想到这里，可就凉了半截了！又想，我现在身上穿的袍子是马五爷做的，马褂是牛大爷做的，还有许多物件都是客人给的；若同任三爷落了交情，这些衣物都得交出来。马五爷、牛大爷来的时候不问吗？不告诉他不行。若告诉他，被他们损两何呢？说：'你贪图小白脸，把我们东西都断送了！把我们待你的好意，都摔到东洋大海里去，真没良心！真没出息！'那时我说什么呢？况且既没有好衣服穿，自然上不了台盘。正经客来，立刻就是青云他们应酬了，我只好在厨房里端菜，送到门帘子外头，让他们接进去，这是什么滋味呢！等到吃完了饭，刷洗锅碗是我的差使。这还罢了。顶难受是清早上扫屋子里的地！院子里地是火工扫，上等姑子屋里地是我们下等姑子扫。倘若师兄们向客人睡在炕上，我进去扫地，看见帐幔外两双鞋，心里知道：这客当初何等契重我，我还不愿意理他，今儿我倒来替他扫地！心里又应该是什么滋味呢！如是又想：在这儿是万不行的了！不如跟任三爷逃走了罢。又想逃走，我没有什么不行，可是任三爷人家有老太太，有太太，有哥哥，有兄弟，人家怎能同我逃走呢？这条计又想左了。翻来复去，想不出个好法子来。后来忽然间得了一条妙计：我想这衣服不是马五爷同牛大爷做的吗？马五爷是当铺的东家，牛大爷是汇票庄掌柜的。这两个人待我都不错，要他们拿千把银子不吃力的，况且这两个人从去年就想算计我，为我不喜欢他们，所以吐不出口来，眼前我只要略为撩拨他们下子，一定上钩。待他们把冤钱花过了，我再同三爷漫慢的受用，正中了三爷老太大的第一策，岂不大妙？

"想到这里，把前两天的愁苦都一齐散尽，狠是喜欢。停了一会子，我想两个人里头，找谁好呢？牛大爷汇票庄，钱便当，找他罢。又想老西儿的脾气，不卡住脖儿梗是不花钱的，花过之后，还要肉疼：明儿将来见了衣裳，他也说是他做的；见了物件，也要说是他买的，唧唧咕咕，絮叨的没有完期。况且醋心极大，知道我同三爷真好，还不定要唧咕出什么样子来才罢呢！又抽鸦片，一嘴的烟味，比粪还臭，教人怎么样受呢？不用顾了眼前，以后的罪不好受。算了罢！还是马五爷好得多呢。又想马五爷这个人，专吃牛羊肉。自从那年县里出告示，禁宰耕牛，他们就只好专吃羊肉了。吃的那一身的羊膻气，五六尺外，就教人作恶心，怎样同他一被窝里睡呢，也不是主意！又想除了这两个呢，也有花得起钱的，大概不像个人样子；像个人的呢，都没有钱。我想到这里，可就有点醒悟。大概天老爷看着钱与人两样都狠重的，所以给了他钱，就不教他像人；给了他个人，就不教他有钱：这也是不错的道理。后来又想任三爷人才极好，可也并不是没有钱，只是拿不出来，不能怨他。这心可就又迷回任三爷了，既迷回了任三爷，想想还是刚才的计策不错，管他马呢牛呢，将就几天让他把钱花够了，我还是跟任三爷快乐去。看银子同任三爷面上，就受几天罪也不要紧的。这又喜欢起来了，睡不着，下炕剔明了灯，没有事做，拿把镜子自己照照，觉得眼如春水，面似挑花，同任三爷配过对儿，真正谁也委曲不了谁。

"我正在得意的时候，坐在椅子上，倚在桌子上，又盘算盘算，想道：这事还有不妥当处。前儿任三爷的话不知真是老太太的话呢，还是三爷自家使的坏呢？他有一句话很可疑的，他说老太太说，'你正可以拿这个试试他的心'，直怕他是用这个毒着儿来试我的心的罢？倘若是这样，我同牛爷、马爷落了交，他一定来把我痛骂一顿，两下绝交。嗳呀，险呀！我为三爷含垢忍污的同牛、马落交，却又因亲近牛马，得罪了三爷，岂不大失算吗？不好，不好！再想看三爷的情形，断不忍用这个毒着下我的手，一定是他老太太用这个着儿破三爷的迷。既是这样，老太太有第二条计预备在那里呢！倘若我与牛爷、马爷落了交情，三爷一定装不知道，拿二千银票来对我说：'我好容易千方百计的凑了这些银子来践你的前约，把银子交给你，自己去采办罢。'这时候我才死不得活不得呢！逼到临了，他总得知道真情，他就把那二千银票扯个粉碎，赌气走了。请教我该怎么样呢？其实他那二千的票子，老早挂好了失票，虽然扯碎票子，银子一分也损伤不了，只是我可就没法做人，活臊也就把我臊死了！这们说，以前那个法子可就万用不得了！

"又想，这是我的过虑，人家未必这么利害，又想就算他下了这个毒手，我也有法制他。什么法子呢？我先同牛、马商议，等有了眉目，我推说我还得跟父母商议，不忙作定。然后把三爷请来，光把没有钱不能办的苦处告诉他，再把为他才用这忍垢纳污的主意说给他，请他下个决断。他说办得好，以后他无从挑眼；他说不可以办，他自然得给我个下落，不怕他不想法子去。我不赚个以逸待劳吗？这法好的。

"又想，还有一事，不可不虑，倘若三爷竟说：'实在筹不出款来，你就用这个法子，不管他牛也罢，马也罢，只要他拿出这宗冤钱来，我就让他一头地也不要紧。'自然就这们办了。可是还有那朱六爷、苟八爷，当初也花过几个钱。你没有留过客，他没有法想；既有人打过头客，这朱爷、苟爷一定也是要住的了。你敢得罪谁呢？不要说，这打头客的一住，无论是马是牛，他要住多少天，得陪他多少天，他要住一个月两个月，也得陪他一个月两个月；剩下来日子，还得应酬朱、苟。算起来一个月里的日子，被牛、马、朱、苟占去二十多天，轮到任三爷不过三两天的空儿。再算到我自己身上，得忍八九夜的难受，图了一两夜的快乐，这事还是不做的好。又想，嗳呀，我真昏了呀！不要说别人打头客，朱、苟、牛、马要来，就是三爷打头客，不过面子大些，他可以多住些时，没人敢撑他。可是他能常年在山上吗？他家里三奶奶就不要了吗？少不得还是在家的时候多，我这里还是得陪着朱苟牛马睡。

"想到这里，我就把镜子一摔，心里说：都是这镜子害我的！我要不是镜子骗我搽粉抹胭脂，人家也不来撩我，我也惹不了这些烦恼。我是个闺女，何等尊重，要起什么凡心？堕的什么孽障？从今以后，再也不与男人交涉。剪了辫子，跟师父睡去。到这时候，我仿佛大澈大悟了不是？其实天津落子馆的话，还有题目呢。

"我当时找剪子去剪辫子。忽然想，这可不行，我们庙里规矩过三十岁才准剪辫子呢！我这时剪了，明天怕不是一顿打！还得做几个月的粗工。等辫子养好了，再上台盘，这多们丢人呢！况且辫子碍着我什么事，有辫子的时候，糊涂难过；剪了辫子，得会明白吗？我也见过多少剪辫子的人，比那不剪辫子的时候，还要糊涂呢！自要自己拿得稳主意，剪辫子不剪辫子一样的事。那时我仍旧上炕去睡，心里又想，从今以后无论谁我都不招惹就完了

"谁知道一面正在那里想斩断葛藤，一面那三爷的模样就现在眼前，三爷的说话就存在耳朵里，三爷的情意就卧在心坎儿上，到底舍不得。转来转去，忽然想到我真糊涂了！怎么这们些天数，我眼前有个妙策，怎么没想到呢？你瞧，任老太太不是说吗：花上千的银子给别人家买东西，三天后就不姓任。可见得不是老太太不肯给钱，为的这样用法，过了几天，东西也是人家的，人还是人家的，岂不是人财两空吗？我本没有第二个人在心上，不如我径嫁了三爷，岂不是好？这个主意妥当。又想有五百银子给我家父母，也很够欢喜的；有五百银子给我师父，也没有什么说的。我自己的衣服，有一套眼面前的就行了，以后到他家还怕没得穿吗？真正妙计！巴不得到天明着人请三爷来商量这个办法。谁知道往常天明的很快，今儿要他天明，越看那窗户越不亮，真是恨人！又想我到他家，怎样伺候老太太，老太太怎样喜欢我；我又怎样应酬三奶奶，三奶奶又怎样喜欢我；我又怎样应酬大奶奶、二奶奶，他们又怎样喜欢我。将来生养两个儿子，大儿子叫他念书，读文章中举，

中进士，点翰林，点伏元，放八府巡按，做宰相，我做老太太，多威武；二儿子，叫他出洋，做留学生，将来放外国钦差，我再跟他出洋，逛那些外国大花园，岂不快乐死了我吗？咳！这个主意好！这个主意好！

"可是我听说七八年前，我们师叔嫁了李四爷，是个做官的，做过那里的道台。去的时候，多么耀武扬威！未后听人传说，因为被正太太凌虐不过，喝生鸦片烟死了。又见我们彩云师兄，嫁了南乡张三爷，也是个大财主。老爷在家的时候，待承的同亲姊妹一样，老爷出了门，那磨折就说不上口了，身上烙的一个一个的疮疤。老爷回来，自然先到太太屋里了，太太对老爷说：'你们这姨太太，不知道向谁偷上了，着了一身的杨梅疮，我好容易替他治好了。你明儿瞧瞧他身上那疮疤子，怕人不怕人？你可别上他屋里去，你要着上杨梅疮，可就了不得啦！'把个老爷气的发抖。第二天清早起，气狠狠的拿着马鞭子，叫他脱衣裳看疮，他自然不肯。老爷更信太太说的不错，扯开衣服，看了两处，不问青红皂白，举起鞭子就打。打了二三百鞭子，教人锁到一间空屋子里去，一天给两碗冷饭，吃到如今，还是那么半死不活的呢！再把那有姨太太的人盘算盘算：十成里有三成是正太太把姨太太折磨死了的；十成里也有两成是姨太太把正太太憋闷死了的；十成里有五成是唧唧咕咕，不是斗口就是淘气；一百里也没有一个太太平平的。我可不知道任三奶奶怎么，听说也很利害。然则我去到他家，也是死多活少。况且就算三奶奶人不利害，人家结发夫妻过的太太平平、和和气气的日子，要我去扰得人家六畜不安，末后连我也把个小命儿送掉了，图着什么呢？嗳！这也不好，那也不好，不如睡我的觉罢。

"刚闭上眼，梦见一个白发白须的老翁对我说道：'逸云！逸云！你本是有大根基的人，只因为贪恋利欲，埋没了你的智慧，生出无穷的魔障。今日你命光发露，透出你的智慧，还不趁势用你本来具足的慧剑，斩断你的邪魔吗？'我听了连忙说：'是，是！'我又说：'我叫华云，不叫逸云。'那老者道：'迷时叫华云，悟时就叫逸云了。'我惊了一身冷汗，醒来可就把那些胡思乱想一扫帚扫清了，从此改为逸云的。"

德夫人道："看你年纪轻轻的真好大见识，说的一点也不错。我且问你：譬如现在有个人，比你任三爷还要好点，他的正太太又爱你，又契重你的，说明了同你姊妹称呼，把家务全交给你一个人管，永远没有那咕咕咕咕的事，你还愿意嫁他，不愿意呢？"逸云道："我此刻且不知道我是女人，教我怎样嫁人呢？"德夫人大惊道："我不解你此话怎讲？"未知逸云说出甚话，且听下回分解。

卷五

俏逸云除欲除尽　德慧生救人救澈

话说德夫人听逸云说：他此刻且不知道他是女人，怎样嫁人呢？慌忙问道："此话怎讲?"逸云道:"《金刚经》云:'无人相,无我相。'世间万事皆坏在有人相我相。《维摩诘经》:维摩诸说法的时候,有天女散花,文殊菩萨以下诸大菩萨,花不着身,只有须菩提花着其身,是何故呢?因为众人皆不见天女是女人,所以花不着身;须菩提不能免人相我相,即不能免男相女相,所以见天女是女人,花立刻便着其身。推到极处,岂但天女不是女身,维摩诘室中,那得会有天女?因须菩提心中有男女相,故维摩诘化天女身而为说法。我辈种种烦恼,无穷痛苦,都从自己知道自己是女人这一念上生出来的;若看明白了男女本无分别,这就入了西方净土极乐世界了。"

德夫人道:"你说了一段佛法,我还不能甚懂,难道你现在无论见了何等样的男子,都无一点爱心吗?"逸云道:"不然。爱心怎能没有?只是不分男女,却分轻重。譬如见了一个才子,美人,英雄,高士,却是从钦敬上生出来的爱心;见了寻常人却与我亲近的,便是从交感上生出来的爱心;见了些下等愚蠢的人,又从悲悯上生出爱心来。总之,无不爱之人,只是不管他是男是女。"德夫人连连点头说:"师兄不但是师兄,我真要认你做师父了。"又问道:"你是几时澈悟到这步田地的呢?"逸云道:"也不过这一、二年。"德夫人道:"怎样便会证明到这地步呢?"逸云道:"只是一个变字。《易经》说:'穷则变,变则通。'天下没有个不变会通的人。"

德夫人道:"请你把这一节一节怎样变法,可以指示我们罢?"逸云道:"两位太太不嫌烦琐,我就说说何妨。我十二三岁时什么都不懂,却也没有男女相。到了十四五岁,初开知识,就知道喜欢男人了,却是喜欢的美男子。怎样叫美男子呢?像那天津捏的泥人子,或者戏子唱小旦的,觉得他实在是好。到了十六七岁,就觉得这一种人真是泥捏的、绢糊的,外面好看,内里一点儿没有,必须有点斯文气,或者有点英武气,才算个人,这就是同任三爷要好的时候了。再到十七八岁,就变做专爱才子英雄,看那报馆里做论的人,下笔千言,天下事没有一件不知道的,真是才子!又看那出洋学生,或者看人两国打仗要去观战,或在自己请赴前敌,或者借个题目自己投海而死,或者一洋枪把人打死,再一洋枪把自己打死,真是英雄!后来细细察看,知道那发议论的,大都知一不知二,为私不为公,不能算个才子;那些借题目自尽的,一半是发了疯痰病,一半是受人家愚弄,更不能算个英雄。只有像曾文正,用人也用得好,用兵也用得好,料事也料得好,做文章也做得好,方能算得才子;像曾忠襄自练一军,救兄于祁门,后来所向无敌,因守雨花台,毕竟克复南京而后己,是个真英雄!再到十八九岁又变了,觉得曾氏弟兄的才子英雄,还有不足处,必须像诸葛武侯才算才子,关公、赵云才算得英雄;再后觉得管仲、乐毅方是英雄,庄周、列御寇方是才子;再推到极处,除非孔圣人、李老君、释迦牟尼才算得大才子、大英雄呢!

"推到这里,世间就没有我中意的人了。既没有我中意的,反过来又变做没有我不中意的人,这就是屡变的情形。近来我的主意把我自己分做两个人:,一个叫做住世的逸云,既做了斗姥宫的姑子,凡我应做的事都做。不管什么人,要我说话就说话,要我陪酒就陪酒,要搂就搂，要抱就抱，都无不可，只是陪他睡觉做不到；又一个我呢，叫做出世的逸云，终日里但凡闲暇的时候，就去同那儒、释、道三教的圣人顽耍，或者看看天地日月变的把戏，狠够开心的了。”

德夫人听得喜欢异常，方要再往下问，那边慧生过来说："天不早了，睡罢！还要起五更等着看日出呢。"德夫人笑道："不睡也行，不看日出也行，俺没有听见逸云师兄谈的话好极了，比一卷书还有趣呢！我真不想睡，只是愿意听。"慧生说："这们好听，你为什么不叫我来听听呢？"德夫人说："我听入了迷，什么都不知道了，还顾得叫你呢！可是好多时没有喝茶了。王妈，王妈！咦！这王妈怎么不答应人呢？"

逸云下了炕说："我去倒茶去。"就往外跑。慧生说："你真听迷了，那里有王妈呢？"德夫人说："不是出店的时候，他跟着的吗？"慧生又大笑。环翠说："德太太，俺忘记了，不是我们出岳庙的时候，他嚷头疼的了不得，所以打发他回店去，就顺便叫人送行李来的吗？不然这铺盖怎样会知道送来呢？"德夫人说："可不是，我真听迷糊了。"慧生又问："你们谈的怎么这们有劲？"德夫人说："我告诉你罢，我因为这逸云有文有武，又能干，又谦和，真爱极了！我想把他……"说到这里，逸云笑嘻嘻的提了一壶茶进来说："我真该死！饭后冲了一壶茶，搁在外间桌上，我竟忘了取进来，都凉透了！这新泡来的，俺喝罢。"左手拿了几个茶碗，一一斟过。逸云既来，德夫人适才要说的话，自然说不下去。略坐一刻，就各自睡了。

天将欲明，逸云先醒，去叫人烧了茶水、洗脸水，招呼各人起来人，煮了几个鸡蛋，烫了一壶热酒，说："外边冷的利害，吃点酒挡寒气。"各人吃了两杯，觉得腹中和暖，其时东方业已发白，德夫人、环翠坐了小轿，披了皮斗篷。环翠本没有，是慧生不用借给他的。慧生、老残步行，不远便到了日观峰亭子等日出。看那东边天脚下已通红，一片朝霞，越过越明。见那地下冒出一个紫红色的太阳牙子出来。逸云指道："您瞧那地边上有一条明的跟一条金丝一样的，相传那就是海水。"只说了两句话，那太阳已半轮出地了。只可恨地皮上面，有条黑云像带子一样横着。那太阳才出地，又钻进黑带子里去，再从黑带子里出来，轮脚已离了地，那一条金线也看不见了。德夫人说："我们去罢。"回头向西，看了丈人峰、舍身岩、玉皇顶，到了秦始皇没字碑上，摩挲了一会儿。原来这碑并不是个石片子，竟是叠角斩方的一枝石柱，上面竟半个字也没有。

再往西走，见一个山峰，仿佛劈开的半个馒头，正面磨出几丈长一块平面，刻了许多八分书。逸云指着道："这就是唐太宗的《纪太山铭》。"旁边还有许多本朝人刻的斗大字，如栲栳一般，用红油把字画里填得鲜明照眼。书法大都学洪钧殿试策子的，虽远不及洪钧的饱满，也就肥大的可爱了。又向西走，回到天街，重入元宝店里，吃了逸云预备下的汤面，打了行李，一同下山。

出天街，望南一拐，就是南天门了。出得南天门，便是十八盘。谁知下山比上山更属可怕，轿夫走的比飞还快，一霎时十八盘已走尽。不到九点钟，已到了斗姥宫门首。慧生抬头一看，果然挂了大红彩绸，一对宫灯。其时大家已都下了轿子，老残把嘴对慧生向彩绸一努，慧生说："早已领教了。"彼此相视而笑。

两个老姑子迎在门口，打过了稽首，进得客堂，只见一个杏仁脸儿，面若桃花，眼如秋水，琼瑶鼻子，樱桃口儿，年纪十五六岁光景，穿一件出炉银颜色的库缎袍子，品蓝坎肩，库金镶边有一寸多宽，满脸笑容赶上来替大家请安。明知一定是靓云了。正要问话，只见旁边走上一个戴薰貂皮帽沿没顶子的人，走上来向德慧生请了一安，又向众人略为打了个千儿，还对慧生手中举着"年愚弟宋琼"的帖子，说："敝上给德大人请安，说昨儿不知道大人驾到，失礼的狠。接大人的信，敝上狠怒，叫了少爷去问，原来都是虚诳，没有的事。已把少爷申饬了几句。说请大人万安，不要听旁人的闲话。今儿晚上请在衙门里便饭，这里挑选了几样菜来，先请大人胡乱吃点。"

慧生听了，大不悦意，说："请你回去替你贵上请安，说送菜、吃饭，都不敢当，谢谢罢。既说都是虚诳，不用说就是我造的谣言了。明天我们动身后，怕不痛痛快快奈何这斗姥宫姑子一顿吗？既不准我的情，我自有道理就是了。你回去罢！"那家人也把脸沉下来说："大人不要多心，敝上不是这个意思。"回过脸对老姑子说："你们说实话，有这事吗？"慧生说："你这不是明明当我面逞威风吗？我这穷京官，你们主人瞧不起，你这狗才也敢这样放肆！我摇你主人不动，难道办你这狗才也办不动吗？今天既是如此，我下午拜泰安府，请他先把你这狗才打了，递解回籍，再向你们主人算帐！子弟不才，还要这们护短。"回头对老残说："好好的一个人，怎样做了知县就把天良丧到这步田地！"那家人看势头不好，赶忙跪在地下磕头。德夫人说："我们里边去罢。"慧生把袖子一拂，竟往里走，仍在靓云房里去坐。泰安县里家人知道不妥，忙向老姑子托付了几句，飞也似的下山去了。暂且不题。

却说德夫人看靓云长的实在是俊，把他扯在怀里，仔细抚摩了一回说："你也认得字吗？"靓云说："不多几个。"问："念经不念经？"答："经总是要念的。"问："念的什么经？"答："无非是眼面前几部：《金刚经》、《法华经》、《楞严经》等罢了。"问："经上的字，都认得吗？"答："那几个眼面前的字，还有不认的吗？"德夫人又一惊，心里想，以为他年纪甚小，大约认不多几个字，原来这些经都会念了，就不敢怠慢他。又问："你念经，懂不懂呢？"靓云答："略懂一二分。"德夫人说："你要有不懂的，问这位铁老爷，他都懂得。"老残正在旁边不远坐，接上说："大嫂不用冤人，我那里懂得什么经呢？"又因久闻靓云的大名，要想试他一试，就兜过来说了一句道："我虽不懂什么，靓云！你如要问也不妨问问看，碰得着，我就说；碰不着，我就不说。"

靓云正待要问，只见逸云已经换了衣服，搽上粉，点上胭脂，走将进来：穿得一件粉红库缎袍子，却配了一件元色缎子坎肩，光着个头，一条乌金丝的辫子。靓云说："师兄偏劳了。"逸云说:"岂敢,岂敢!"说:"师兄,这位铁老爷佛理精深,德太太叫我有不懂的问他老人家呢。"逸云说:"好,你问,我也沾光听一两句。"

靓云遂立向老残面前,恭恭敬敬问道:"《金刚经》云:'若人满三千大千世界七宝以用布施,其福德多,不如以四句偈语为他人说,其福胜彼。'请问那四句偈本经到底没有说破?有人猜是:'一切有为法,如梦幻泡影,如露亦如电,应作如是观。'"老残说:"问的利害!一千几百年注《金刚经》的都注不出来,你问我,我也是不知道。"逸云笑道:"你要那四句,就是那四句,只怕你不要。"靓云说:"为么不要呢?"逸云一笑不语。老残肃然起敬的立起来,向逸云唱了一个大肥喏,说:"领教得多了!"靓云说:"你这话铁老爷倒懂了,我还是不懂。为么我不要呢?三十二分我都要,别说四句。"逸云说:"为的你三十二分都要,所以这四句偈语就不给你了。"靓云说:"我更不懂了。"老残说:"逸云师兄佛理真通达,你想六祖只要了'因无所住,而生其心'两句,就得了五祖的衣钵,成了活佛,所以说'只怕你不要'。真正生花妙舌。"老残因见逸云非凡,便问道:"逸云师兄,屋里有客么?"逸云说:"我屋里从来无客。"老残说:"我想去看看许不许?"逸云说:"你要来就来,只怕你不来。"老残说:"我历了无限劫,才遇见这个机会,怎肯不来?请你领路同行。"当真逸云先走,老残后跟。德夫人笑道:"别让他一个人进桃源洞,我们也得分点仙酒饮饮。"

说着大家都起身同去,就是这西边的两间北屋。进得堂门,正中是一面大镜子,上头一块横匾,写着"逸情云上"四个行书字,旁边一副对联写道:

妙喜如来福德相

姑射仙人冰雪姿

只有下款"赤龙"二字,并无上款。慧生道:"又是他们弟兄的笔墨。"老残说:"这人几时来的?是你的朋友吗?"逸云说:"外面是朋友,内里是师弟。他去年来的,在我这里住了四十多天呢。"老残道:"他就住在你这庙里吗?"逸云道:"岂但在这庙里,剪直住在我炕上。"德夫人忙问:"你睡在那里呢?"逸云笑道:"太太有点疑心山顶上说的话罢?我睡在他怀里呢!"德夫人道:"那么说,他竟是坐怀不乱的柳下惠吗?"逸云道:"柳下惠也不算得头等人物,不过散圣罢咧,有什么稀奇!若把柳下惠去比赤龙子,他还要说是贬他呢!"大家都伸舌头。

德夫人走到他屋里看看,原来不过一张炕,一个书桌,一架书而已,别无长物。却收拾得十分干净。炕上挂了个半旧湖绉幔子,叠着两床半旧的锦被。德夫人说:"我乏了,借你炕上歇歇,行不行?"逸云说:"不嫌肮脏,宁请歇着。"其时环翠也走进房里来。德夫人说:"咱俩徜一徜罢。"慧生、老残进房看了一看,也就退到外间,随便坐下。慧生说:"刚才你们讲的《金刚经》,实在讲的好。"老残道:"空谷幽兰,真想不到这种地方,会有这样高人,而且又是年轻的尼姑,外像仿佛跟妓女一样。古人说:'莲花出于污泥。'真是不错的！"慧生说："你昨儿心目中只有靓云，今儿见了靓云，何以很不着意似的？"老残道："我在省城只听人称赞靓云，从没有人说起逸云，可知道曲高和寡呢！"慧生道："就是靓云，也就难为他了，才十五六岁的孩子家呢……"

正在说话，那老姑子走来说道："泰安县宋大老爷来了，请问大人在那里会？"慧生道："到你客厅上去罢。"就同老姑子出去了。此地剩了老残一个人，看旁边架上堆着无限的书，就抽一本来看，原来是本《大般若经》，就随便看将下去。

话分两头。慧生自去会宋琼，老残自是看《大般若经》。

却说德夫人喊了环翠同到逸云炕上，逸云说："停徜下来，我替您盖点子被罢。"德夫人说："你来坐下，我不睡。我要问你赤龙子是个何等样人？"逸云说："我听说他们弟兄三个，这赤龙子年纪最小，却也最放纵不羁的。青龙子、黄龙子两个呢，道貌严严，虽然都是极和气的人，可教人一望而知他是有道之士。若赤龙子，教人看着说不出个所以然来，嫖赌吃饮，无所不为；官商士庶，无所不交。同尘俗人处，他一样的尘俗；同高雅人处，他又一样的高雅，并无一点强勉处，所以人都测不透他。因为他同青龙、黄龙一个师父传授的，人也不敢不敬重他些，究竟知道他实在的人很少。去年来到这里，同大家伙儿嘻嘻呵呵的乱说。也是上山回来在这里吃午饭，师父留他吃晚饭。晚饭后师父同他谈的话就很不少。师父说：'你就住在这里罢。'他说：'好，好！'师父说：'停愿意一个人睡，愿意有人陪你睡？'他说：'都可以。'师父说：'两个人睡，你叫谁陪你？'他说：'叫逸云陪我。'师父打了个楞，接着就说：'好，好！'师父就对我说：'你意下何如？'我心里想，师父今儿要考我们见识呢，我就也说：'好，好！'从那一天起，就住了有一个多月。白日里他满山去乱跑，晚上围一圈子的人听他讲道，没有一个不是喜欢的了不得，所以到底也没有一个人说一句闲话，并没有半点不以为然的意思。到了极熟的时候，我问他道：'听说你老人家窑子里颇有相好的，想必也都是有名无实罢？'他说：'我精神上有戒律，形骸上无戒律，都是因人而施。譬如你清我也清，你浊我也浊，或者妨害人或者妨害自己，都做不得：这是精神上戒律。若两无妨碍，就没什么做不得，所谓形骸上无戒律。……'"

正谈得高兴，听慧生与老残在外间说话。德夫人惦记庙里的事，赶忙出来问："怎样了？"慧生道："这个东西初起还力辩其无，我说子弟倚父兄势。凌逼平民，必要闹出大案来。这件事以情理论，与强奸闺女无异，幸尚未成，你还要竭力护短。俗语说得好：'要得人不知，除非己莫为。'阁下一定要纵容世兄，我也不必饶舌，但看御史参起来，是坏你的官，是坏我的官？不瞒你说，我已经写信告知庄宫保说：途中听人传说有这一件事，不知道确不确，请他派人密查一查。你管教世兄也好，不管教也好，我横竖明日动身了。他听了这话，才有点惧怕，说：'我回衙门，把这个小畜生锁起来。'我看锁虽是假的，以后再闹，恐怕不敢了。"德夫人说："这样最好。"靓云本随慧生进来的，上前忙请安道谢。究竟宋少爷来与不来，且听下回分解。

卷六

斗姥宫中逸云说法　观音庵里环翠离尘

话说靓云听说宋公已有惧意，知道目下可望无事，当向慧生夫妇请安道谢。少顷老姑子也来磕头，慧生连忙掺起说："这算怎样呢，值得行礼吗？可不敢当！"老姑子又要替德夫人行礼，早被慧生抓住了，大家说些客气话完事。逸云却也来说："请吃饭了。"众人回至靓云房中，仍旧昨日坐法坐定。只是青云不来，换了靓云。今日是靓云执壶，劝大家多吃一杯。德夫人亦让二云吃菜饮酒，于是行令猜枚，甚是热闹。瞬息吃完，席面撤去。德夫人说："天时尚早，稍坐一刻，下山如何？"靓云说："您五点钟走到店，也黑不了天。我看您今儿不走，明天早上去好不好？"德夫人说："人多，不好打搅的。"逸云说："有的是屋子，比山顶元宝店要好点。我们哥儿俩屋子让您四位睡，还不够吗？我们俩同师父睡去。"德夫人说："你们走了，我们图甚么呢？"逸云说："那我们就在这里伺候也行。"德夫人戏说道："我们两口子睡一间屋。"指环翠说："他们两口子睡一间屋。"问逸云："你睡在那里呢？"逸云说："我睡在您心上。"德夫人笑道："这个无赖，你从昨儿就睡在我心上，几时离开了吗？"大家一齐微笑。

德夫人又问："你几时剃辫子呢？"逸云摇头道："我今生不剃辫子了。"德夫人说："不是这庙里规定三十岁就得剃辫子吗？"答道："也不一定，倘若嫁人走的呢，就不剃辫子了。"问："你打算嫁人吗？"答："不是这个意思，我这些年替庙里挣的功德钱虽不算多，也够赎身的分际了，无论何时都可以走。我目下为的是自己从小以来，凡有在我身上花过钱的人，我都替他们念几卷消灾延寿经，稍尽我点报德的意思。念完了我就走，大约总在明年春夏天罢。"德夫人说："你走，可以到我们扬州去住几天，好不好呢？"逸云说："很好，我大约出门先到普陀山进香，必走过扬州。您开下地名来，我去瞧您去。"老残说："我来写，您给管笔给张纸我。"靓云忙到抽屉里取出纸笔递与老残。老残就开了两个地名递与逸云说："你也惦记着看看我去呀！"逸云说："那个自然。"又谈了半天话，轿夫来问过数次，四人便告辞而去。送了打搅费二十两银子，老姑子再三不肯收，说之至再，始强勉收去。老姑子同逸云、靓云送出庙门而归。

这里四人回到店里，天尚未黑。德夫人把山顶与逸云说的话一一告诉了慧生与老残，二人都赞叹逸云得未曾有。慧生问夫人道："可是呢，你在山顶上说爱极了他，你想把他怎样，后来没有说下去。到底你想把他怎样？"德夫人说："我想把他替你收房。"慧生说：

"感谢之至，可行不行呢？"夫人道："别想吃天鹅肉了，大约世界上没有能中他的意了。"慧生道："这个见解倒也是不错的，这人做妾未免太亵渎了。可是我却不想娶他们一个妾，倒真想结交他们一个好朋友。"老残说："谁不是这么想呢？"环翠说："可惜前几年我见不着这个人，若是见着，我一定跟他做徒弟去。"老残说："你这话真正糊涂，前几年见着他，他正在那里热任三爷呢，有啥好处？况且你家道未坏，你家父母把你当珍宝一样的看待，也断不放你出家，到是此刻却正是个机会。逸云的道也成了，你的辛苦也吃够了，你真要愿意，我就送你上山去。"环翠因提起他家旧事，未免伤心，不觉泪如雨下，掩面啜泣。听老残说道送他上山，此时却答不出话来，只是摇头。德夫人道："他此时既已得了你这么个主儿，也就离不开了。"

正在说话，只见慧生的家人连贵进来回语，立在门口不敢做声。慧生问："你来有什么事？"连贵禀道："昨儿王妈回来就不舒服得很，发了一夜的大寒热，今儿一天没有吃一点什么，只是要茶饮；老爷车上的辕骡也病倒了，明日清早开车恐赶不上。请老爷示下，还是歇半天，还是怎么样？"慧生说："自然歇一天再看，骡子叫他们赶紧想法子。王妈的病请铁老爷瞧瞧，抓剂药吃吃。"正要央求老残，老残说："我此刻就去看。"站起身来就走。少顷回来对慧生说："不过冒点风寒，一发散就好了。"

此时店家已送上饭来，却是两份，一份是本店的，一份是宋琼送来的。大家吃过了晚饭，不过八点多钟，仍旧坐下谈心。德夫人说："早知明日走不成功，不如今日住在斗姥宫了，还可同逸云再谈一晚上。"慧生说："这有何难，明日再去花上几个轿钱，有限得很。"老残道："我看逸云那人洒脱得很，不如明天竟请他来，一定做得到的。我正有话同他商量呢。"慧生说："也好，今晚写封信，我们两人联名请他来，今晚交与店家，明日一早送去。"老残说："甚好，此信你写我写？"慧生说："我的纸笔便当，就是我写罢。"

当时写好交与店家收了，明日一早送去。老残遂对环翠道："你刚才摇头，没有说话，是什么意思？我对你说罢：我不是勒令要你出家，因为你说早几年见他，一定跟他做徒弟，我所以说早年是万不行的，惟有此刻倒是机会，也不过是据理而论，其实也是做不到的事情。何以呢，其余都无难处，第一条：现在再要你去陪客，恐怕你也做不到了；若说逸云这种人真是机会难遇，万不可失的，其如庙规不好何？"

环翠说："我想这一层倒容易办，他们凡剃过头的就不陪客，倘若去时先剃头后去，他就没有法子了。只是有两条万过不去的关头：第一，承你从火水中搭救我出来，一天恩德未报，我万不能出家，于心不安；第二，我还有个小兄弟带着，交与谁呢？所以我想只有一个法子，明天等他来，无论怎样，我替他磕个头，认他做师父，请他来生来度我。或者我伺候你老人家百年之后，我去投奔他。"

老残道："这倒不然，你说要报恩，你跟我一世，无非吃一世用上一世，那会报得了我的恩呢？倘若修行成道，那时我有三灾八难，你在天上看见了，必定飞忙来搭救我，那才是真报恩呢！或者竟来度我成佛作祖，亦未可知。至于你那兄弟更容易了，找个乡下善和老儿，我分百把银子替他置个二三十亩地，就叫善和老儿替他管理抚养成人，万一你父亲未死，还有个会面的日期。只是你年轻的人，守得住守不住，我不能知道，是一难；逸云肯收留你不肯收留你，是第二难。且等明日逸云到来，再作商议。"德夫人道："铁叔叔说的十分有理，且等逸云到来再议罢。"大家又说了些闲话，各自归寝。

次日八点钟，诸人起来，盥漱方毕，那逸云业已来到。四人见了异常欢喜，先各自谈了些闲话，便说到环翠身上。把昨晚议论商酌的话，一一告知逸云。逸云又把环翠仔细一看，说："此刻我也不必说客气话了。铁姨奶奶也是个有根器的人，你们所虑的几层意思，我看都不难。只有一件难处，我却不敢应承。我先逐条说去：第一条，我们庙里规矩不好，是无妨碍的；你也不必先剪头发，明道不明道，关不到头发的事。我们这后山，有个观音庵，也是姑子庙。里头只有两个姑子，老姑子叫慧净，有七十多岁。小姑子叫清修，也有四十多岁了。这两个姑子皆是正派不过的人，与我都极投契。不过只是寻常吃斋念佛而已，那佛菩萨的精义，他却不甚清楚。在观音庵里住，是万分妥当的。第二条，他的小兄弟的话呢，也不为难：我这傲来峰脚下有个田老儿，今年六十多岁了，没有儿子。十年前他老妈妈子劝他纳个妾。他说：'没有儿子将来随便抱一个就是了。若是纳了妾，我们这家人家，今儿吵，明儿闹，可就过不成安稳日子了。你留着俺们两个老年人多活几年罢！况且这纳妾是做官的人们做的事，岂是我们乡农好做得吗？'因此他家过得十分安静。从去年常托我替他找个小孩子，他很信服我，非我许可的他总不要，所以到今儿还没选着。他家有二三百亩地的家业，不用贴他钱，他也是喜欢的，只是要姓他的姓。不怕，等二老归天后再还宗，或是兼祧两姓俱可。"环翠说道："我家本也姓田。"逸云道："这可就真巧了。第三层，铁老爷，你怕你姨太太年轻守不住，这也多虑，我看他一定不会有邪想的。你瞧他眼光甚正，外平内秀，决计是仙人堕落，难已受过，不会再落红尘的了。以上三件，是你们诸位所虑的，我看都不要紧。"

"只是一件甚难：姨太太要出家是因我而发。我可是明年就要走的人，把他一个人放在个荒凉寂寞的姑子庵里，未免太若。倘若可以明道呢，就辛苦几年也不算事。无奈那两个姑子只会念经吃素，别的全不知道。与其苦修几十年，将来死了，不过来生变个富贵女人，这也就大不合算了！倒不如跟着铁老爷，还可讲几篇经，说几段道，将来还有个大澈大悟的指望。这是一个难处。若说教我也不走，在这里陪他，我却断做不到，不敢欺人。"环翠道："我跟师父跑不行吗？"逸云大笑道："你当做我出门也像你们老爷，雇着大车同你坐吗？我们都是两条腿跑，夜里借个姑子庙住住。有得吃就吃一顿，没得吃就饿一顿，一天尽量我能走二百多里地呢。你那三寸金莲，要跑起来怕到不了十里，就把你累倒了！"环翠沉吟了一会，说："我放脚行不行？"逸云也沉吟了一会，对老残说道："铁爷，你意下何如？"老残道："我看这事最要紧的是你肯提掣他不肯，别的都无关系。"

环翠此刻忽然伶俐，也是他善根发动，他连忙跑到逸云眼前，泪流满面说："无论怎样都要求师父超度。"逸云此刻竟大剌剌的，也不还礼，将他拉起说："你果然一心学佛，也不难。我先同你立约：第一件到老姑子庙后，天天学走山道，能把这崎岖山道，走得如平地一般，你的道就根基立定了。将来我再教你念经说法。大约不过一年的恨苦，以后就全是乐境了。古人云：'十月胎成。'也大概不错的，你再把主意拿定一定。"环翠道："主意已定，同我们老爷意思一样。只要跟着师父，随便怎样，我断无悔恨就是

老残立起身来，替逸云长揖说："一切拜托。"逸云慌忙还礼说："将来灵山会山，我再问你索谢仪罢。"老残道："那时候还不知道谁跟谁要谢仪呢？"大家都笑了。环翠立起来替慧生夫妇磕了头道："蒙成就大德。"未后替老残磕头，就泪如雨下说："只是对不住老爷到万分了。"老残也觉凄然，随笑说道："恭喜你超凡入圣。几十年光阴迅倏，灵山再会，转眼的事情。"德夫人也含着泪说："我伤心就不能像你这样，将来倘若我堕地狱，还望你二位早来搭救。"逸云说："德夫人却万不会下地狱。只是有一言奉劝，不要被富贵拴住了腿要紧！后会有期。"

老残忙去开了衣箱，取出二百两银子交与逸云设法布置。又把环翠的兄弟叫来，替逸云磕头。逸云收了一百两银子说："尽够了说。不过田老儿处备份礼物，观音庵捐点功德，给他自己置备四季道衣，如此而已。"德慧生说："我们也送几个钱，表表心意。"同夫人商酌，夫人说："也是一百两罢。"逸云说："都用不着了，出家人要多钱做什么？"

店家来问开饭，慧生说："开罢。"饭后，逸云说："我此刻先去，到田老儿同观音庵两处说妥了，再来回信。究竟也得人家答应，才能算数呢。"道了一声，告辞去了。

这里老残一面替环翠收拾东西，一面说些安慰话。环翠哭得泪人儿似的，哽咽不止。德夫人也劝道："在旁的人万不肯拆散你们姻缘，只因为难得有这么一个逸云。我实在是没法，有法我也同你去了。"环翠含泪道："我知道是好事，只是站在这里就要分离，心上好像有万把钢刀乱扎一样，委实难受！"慧生道："明年逸云朝南海，必定到我们那里去，你一定随同去的，那时就可以见面，何必伤心呢！"过了一刻，环翠也收住了泪。

太阳帮下山的时候，逸云已经回来，对环翠说："两处都说好了，明日我来接你罢。"德夫人问："此刻你怎样？"逸云说："我回庙里去。"德夫人说："明日我们还要起身，不如你竟在我们这儿睡一夜罢。本来是他们两个官客睡一处，我们两个堂客睡一处的，你竟陪我谈一夜罢。你肯度铁奶奶，难道不肯度我德奶奶吗？"逸云笑道："那也使得。您这个德奶奶已有德爷度你了。自古道：'儒释道三教'，没有你们德老爷度他，他总不能成道的。"德夫人道："此话怎讲？"

逸云道："'德'字为万教的根基，无德便是地狱。种子有德，再从德里生出慧来，没有一个不成功的了。"德夫人道："那不过是个名号，那里认得真呢？"逸云说："名者，命也，是有天命的。他怎么不叫德富、德贵呢？可见是有天命的了。我并非当面奉承，我也

不骗钱花，你们三位将来都要证果的，不定三教是那一教便了。"德夫人说："我终不敢自信，请你传授口诀，我也认你做师父。"逸云道："师父二字语重，既是有缘，我也该奉赠一个口诀，让您依我修行。"

德夫人听了欢喜异常，连忙扒下地来就磕头喊师父。逸云也连忙磕头说："可折死我了。"

二人起来，逸云说："请众人回避。"三人出去。逸云向德夫人耳边说了个"夫唱妇随"四个字。德夫人诧异道："这是口诀吗？"逸云道："口诀本系因人而施，若是有个一定口诀，当年那些高真上圣早把他刻在书本子上了。你谨记在心，将来自有个大澈大悟的日子，你就知道不是寻常的套话了。佛经上常说：'受记成佛'，你能受记，就能成佛；你不受记，就不能成佛。你们老爷现在心上已脱尘网，不出三年必弃官学道，他的觉悟在你之先。此时不可说破。你总跟定他走，将来不是一个马丹阳、一个孙不二吗？"德夫人凝了一会神，说："师父真是活菩萨，弟子有缘，谨受记，不敢有忘。"又磕了一个头。

其时外间晚饭已经开上桌子，王妈竟来伺候。德夫人说："你病好了吗？"王妈说："昨夜吃了铁爷的药，出了一身汗，今日全好了。上午吃了一碗小米稀饭，一个馒头，这会子全好了。"

当时五人同坐吃饭。德慧生问逸云道："您何以不吃素？"逸云说："我是吃素。佛教同你们儒教不同，例得吃素。"慧生说："我看你同我们一样吃的是荤哩。"逸云说："六祖隐于四会猎人中，常吃肉边菜。请问肉锅里煮的菜算荤算素？"慧生说："那自然算荤。"逸云说："六祖他却算吃素。我们在斗姥宫终日陪客，那能吃素呢？可是有客时吃荤，无客时吃素，您没留心我在荤碗里仍是夹素菜吃？"环翠说道："当真我倒留心的，从没见我师父吃过一块肉同鱼虾之类。"逸云道："这也是世出世间法里的一端。"老残问道："倘若竟吃肉，行不行呢？"逸云道："有何不可？倘若有客逼我吃肉，我便吃肉，只是我不自己找肉吃便了。若说吃肉，当年济颠祖师还吃狗肉呢！也挡不住成佛。地狱里的人吃长斋的，不计其数。总之，吃荤是小过犯，不甚要紧。譬如女子失节，是个大过犯，比吃荤重万倍。试问你们姨太太失了多少节了？这罪还数得清吗？其实，若认真从此修行，同那不破身的处子毫无分别。因为失节不是自己要失的，为势所迫，出于不得已，所以无罪。"大家点头称善。

饭毕之后，连贵上来回道："王妈病已好了，辕骡又换了一个，明天可以行了。请老爷示下，明天走不走呢？"慧生看德夫人。老残说："自然是走。"德夫人说："明天再住一天何如？"老残说："千里搭凉棚，终无不散的筵席。"逸云说："依我看，明天午后走罢。清早我先同铁老爷，奶奶送田家兄弟到田老庄上。去后同铁老爷到观音庵，都安置好了您再走，铁老爷也放心些。"大家都说甚是。

一宿无话。次日清晨，老残果随逸云将环翠兄弟送去，又送环翠到观音庵，见了两个姑子，嘱托了一番。老姑子问："下发不下呢？"逸云说："我不主剃头的，然佛门规矩亦不可坏。"将环翠头发打开剪了一络，就算剃度了。改名环极。

诸事已毕，老残回店，告知慧生夫妇，赞叹不绝。随即上车起行，无非"荒村雨露眠宜早，野店风霜起要迟"。八九日光阴，已到清江浦。老残因有个亲戚住在淮安府，就不同慧生夫妇同道，径一车拉往淮安府去。这里慧生夫妇雇了一个三舱大南湾子，径往扬州去，未知后事如何，且听下回分解。

卷七

银汉浮槎仰瞻月姊　森罗宝殿伏见阎王

话说德慧生携眷自赴扬州去了，老残却一车迳拉到淮安城内投亲戚。你道他亲戚是谁？原来就是老残的姊丈。这人姓高名维，字曰摩诘。读书虽多，不以功名为意。家有田原数十顷，就算得个小小的富翁了。住在淮安城内勺湖边上。这勺湖不过城内西北角一个小湖，风景倒十分可爱。湖中有个大悲阁，四面皆水，南面一道板桥有数十丈长，红栏围护；湖西便是城墙。城外帆樯林立，往来不断。到了薄暮时侯，女墙上露出一角风帆，挂着通红的夕阳，煞是入画。这高摩诘在这勺湖东面，又买了一块地，不过一亩有余，圈了一个槿篱，盖了几间茅屋，名叫小辋川园。把那湖水引到园中，种些荷花。其余隙地，种些梅花、桂花之类，却用无数的小盆子，栽月季花。这淮安月季，本来有名，种数极多，大约有七八十个名头，其中以蓝田碧玉为最。

那日老残到了高维家里，见了他的胞姊。姊弟相见，自然格外地欢喜。坐了片刻，外甥男女都已见过，却不见他姊丈。便启口问道："姊丈哪里去了？想必又到哪家赴诗社去了罢。"他大姊道："没有出门，想必在他小辋川园里呢。"老残道："姊丈真是雅人，又造了一个花园了。"大姊道："咦，哪里是甚么花园呢，不过几间草房罢了。就在后门外，不过朝西北上去约一箭多远就到了。叫外甥小凤引你去看罢。昨日他的蓝田碧玉，开了一朵异种，有碗口大，清香沁人，比兰花的香味还要清些。你来得正好，他必要捉你作诗哩。"老残道："诗虽不会作，一嘴赏花酒总可以扰得成了。"

说着就同小凤出了后门，往西不远，已到门口。进门便是一道小桥，过桥迎面有个花篱挡住，顺着回廊往北行数步，往西一拐，就到了正厅。上面横着块扁额，写了四个大字是"散花斗室"。进了厅门，只见那高摩诘正在那里拜佛。当中供了一尊观音像，面前正放着那盆蓝田碧玉的月季花、

　　小凤走上前去，看他拜佛起来，说道："二舅舅来了。"高维回头一着，见了老残，欢喜得了不得，说："你几时来的?"老残说："我刚才来的。"高维说："你来得正好。你看我这花今年出的异种。你看这一朵花，总有上千的瓣子。外面看像是白的，细看又带绿色，定神看下去，仿佛不知有若干远似的。平常碧玉，没有香味，这种却有香，而又香得极清，连兰花的香味都显得浊了。"老残细细地闻了一回，觉得所说真是不差。高维忙着叫小童煎茶，自己开厨取出一瓶碧萝春来说："对此好花，若无佳茗，未免辜负良朋。"老残笑道："这花是感你好诗来的。"高维道："昨日我很想作两首诗贺这花，后来恐怕把花被诗薰臭了，还是不作的好。你来倒是切切实实地作两首罢!"老残道："不然，大凡一切花木，都是要用人粪做肥料的。这花太清了，用粪恐怕力量太大。不如我们两个作首诗，譬如放几个屁，替他做做肥料，岂不大妙!"二人都大笑了一回。此后老残就在这里，无非都是吃酒、谈诗、养花、拜佛这些事体，无庸细述。

　　却说老残的家，本也寄居在他姊丈的东面，也是一个花园的样子。进了角门有大荷花池。池子北面是所船房，名曰"海渡杯"。池子东面也是个船房。面前一棵紫藤，三月开花，半城都香，名曰"银汉浮槎"。池子西面是一派五间的水榭，名曰"秋梦轩"。海渡杯北面，有一堂太湖石，三间蝴蝶厅。厅后便是他的家眷住居了。老残平常便住在秋梦轩里面。无事时，或在海度杯里着棋，或在银汉浮槎里垂钓，倒也安闲自在。

　　一日在银汉浮槎里看《大圆觉经》，看得高兴，直到月轮西斜，照到槎外如同水晶世界一般。玩赏许久，方去安睡，自然一落枕便睡着了。梦见外边来了一个差人模样，戴着一顶红缨大帽，手里拿了许多文书，到了秋梦轩外间椅子上坐下。老残看了，甚为诧异。心里想："我这里哪得有官差直至卧室外间，何以家人并不通报?"

　　正疑虑间，只见那差人笑吟吟地道："我们敝上请你老人家去走一趟。"老残道："你是哪衙门来的，你们贵上是谁?"那差人道："我们敝上是阎罗王。"老残听了一惊，说道："然则我是要死了吗?"那差人答道："是。"老残道："既是死期已到，就同你走。"那差人道："还早着呢，我这里今天传的五十多人，你老人家名次在尽后头呢!"手中就捧上一个单子上来，看真是五十多人，自己名字在三十多名上边。老残看罢说道："依你说，我该甚么时候呢?"那差人道："我是私情，先来给你老人家送个信儿，让你老人家好预备预备，有要紧话吩咐家人好照着办。我等人传齐了再来请你老人家。"老残说："承情得很，只是我也没有甚么预备，也没有什么吩咐，还是就同你去的好。"那差人连说："不忙，不忙。"就站起来走了。

　　老残一人坐在轩中，想想有何吩咐，直想不出。走到窗外，觉得月明如昼，景象清幽，万无声籁，微带一分凄惨的滋味。说道："嗳! 我还是睡去罢，管他甚么呢。"走到自己卧室内，见帐子垂着，床前一双鞋子放着。心内一惊说："呀! 谁睡在我床上呢?"把帐子揭开一看，原来便是自己睡得正熟。心里说："怎会有出两个我来? 姑且摇醒床上的我，看是怎样。"极力去摇，原来一毫也不得动。心里明白，点头道："此刻站着的是真我，那床上睡的就是我的尸首了。"不觉也堕了两点眼泪，对那尸首说道："今天屈你冷落半夜，明早就有多少人来哭你，我此刻就要少陪你了。"回首便往外走。

煞是可怪，此次出来，月轮也看不见了，街市也不是这个街市了。天上昏沉沉的，像那刮黄沙的天气将晚不晚的时候。走了许多路，看不见一个熟人，心中甚是纳闷，说："我早知如此，我不如多赏一刻月明，等那差人回来同行，岂不省事。为啥要这么着急呢？"

忽见前面有个小童，一跳一跳地来了，正想找他问个路，径走到面前，原来就是周小二子。这周小二子是本宅东头一个小户人家的娃子，前两个月吊死了的。老残看见他是个熟人，心里一喜，喊道："你不是周小二子吗？"那周小二子抬头一看，说："你不是铁二老爷吗？你怎么到这里来？"老残便将刚才情形告诉说了一遍。周小二子道："你老人家真是怪脾气。别人家赖着不肯死，你老人家着急要死，真是稀罕！你老人家此刻打算怎样呢？"老残道："我要见阎罗王，认不得路。你送我去好不好？"周小二子道："阎罗王宫门我进不去，我送你到宫门口罢！"老残道："就是这么办，很好。"说着，不消费力，已到了阎罗王宫门口了。周小二子说道："你老人家由这东角门进去罢。"老残道："费你的心，我没有带着钱，对不住你。"周小二子道："不要钱，不要钱。"又一跳一跳地去了。

老残进了东角门，约有半里多路，到了二门，不见一个人。又进了二门，心里想道："直往里跑也不是个事。"又走有半里多路，见是个殿门，不敢造次，心想："等有个人出来再讲。"却见东边朝房里走出一个人来。老残便迎了上去。只见那人倒先作了个揖，口中说道："补翁，久违得很了。"老残仔细一看，见这人有五十多岁，八字黑须，穿了一件天青马褂，仿佛是大呢的，下边二蓝夹袍子。满面笑容问道："阁下何以至此？"老残把差人传讯的话说了一遍。那人道："差人原是个好意，不想你老兄这等性急，先跑得来了。没法只好还请外边去散步一回罢。此刻是五神问案的时候，专讯问那些造恶犯罪的人呢。像你老兄这起案子，是个人命牵连，与你毫不相干。不过被告一口咬定，须要老兄到一到，案就了结的。请出去游玩游玩，到时候我自来奉请。"

老残道了"费心"，径出二门之外，随意散步。走到西角门内，看西面有株大树，约有一丈多的围圆，仿佛有一个人立在树下。心里想走上前去同他谈谈，这人想必也是个无聊的人。及至走到跟前一看，原来是个极熟的人。这人姓梁名海舟，是前一个月死的。老残见了不觉大喜，喊道："海舟兄，你在这里吗？"上前作了一个揖。那梁海舟回了半个揖。

老残道："前月分手，我想总有好几十年不得见面，谁想不过一个月，竟又会晤了，可见我们两人是有缘分。只是怎样你到今还在这里呢，我不懂得很。"那梁海舟一脸的惨淡颜色，慢腾腾地答道："案子没有定。"老残道："你有甚么案子？怎会耽搁许久？"梁海舟道："其实也不算甚事，欠命的命已还，那还有余罪吗？只是蟊蟊的了不得。幸喜我们五弟替了个人情，大约今天一堂可以完了。你是甚么案子来的？"老残道："我也不晓得呢。适才里面有个黑胡子老头儿对我说，没有甚么事，一堂就可以了案的。只是我不明白，你老五不是还活着没有死吗，怎会替你托人情呢？"梁海舟道："他来有何用，他是托了一个有道的人来解散的。"老残点头道："可见还是道比钱有用。你想，你虽不算富，也还有几十万银子家私，到今日一个也带不来。倒是我们没钱的人痛快，活着双肩承一喙，死后一喙领双肩，歇耗不了本钱，岂不是妙。我且问你：既是你也是今天可以了案的，案了之后，你打甚么主意？"梁海舟道："我没有甚么主意，你有甚么主意吗？"

老残道："有，有，有。我想人生在世是件最苦的事情，既已老天大赦，放我们做了鬼。这鬼有五乐，我说给你听：一不要吃，二不要穿，三没有家累，四行路便当，要快顷刻千里，要慢蹲在那里，三年也没人管你，五不怕寒热，虽到北冰洋也冻不着我，到南海赤道底下也热不着我。有此五乐，何事不可为？我的主意，今天案子结了，我就过江。先游天台、雁宕，随后由福建到广东看五岭的形势，访大庾岭的梅花。再到桂林去看青绿山水。上峨眉。上北顺太行转到西岳，小住几天，回到中岳嵩山。玩个够转回家来，看看家里人从我死后是个甚么光景，托个梦劝他们不要悲伤。然后放开脚步子来，过瀚海，上昆仑。在昆仑山顶上最高的所在结个茅屋，住两年再打主意。一个人却也稍嫌寂寞，你同我结了伴儿好不好？"梁海舟只是摇头说："做不到，做不到。"

老残以为他一定乐从，所以说得十分兴高采烈。看他连连摇头，心里发急道："你这个人真正糊涂！生前被几两银子压得气也喘不得一口，焦思极虑地盘算，我劝了你多回决不肯听；今日死了，半个钱也带不来，好容易案子已了，还不应该快活快活？难道你还去想小九九的算盘吗？"只见那梁海舟也发了急，皱着眉头瞪着眼睛说道："你才直下糊涂呢。你知道银子是带不来的，你可知道罪孽是带得来的罢！银子留下给别人用，罪孽自己带来消受。我才说是这一案欠命的案定了，还有别的案子呢！我知道哪一天是了期？像你这快活老儿，吃了灯草灰，放轻巧屁哩！"老残见他十分着急，知他心中有无数的懊恼，又看他面色惨白，心里也替他难受，就不便说下去。

正在默然，只见那黑胡子老头儿在老远的东边招手。老残慌忙去了，走到老头儿面前。老头儿已戴上了大帽子，却还是马褂子。心里说道："原来阴间也是本朝服饰。"随那老头儿进了宫门，却仍是走东角门进。大甬道也是石头铺的，与阳间宫殿一般，似乎还要大些。走尽甬道，朝西拐弯就是丹墀了。上丹墀仿佛是十级。走到殿门中间，却又是五级。进了殿门，却偏西边走约有十几丈远，又是一层台子。从西面阶级上去，见这台子也是三道阶路。上了阶子，就看见阎罗天子坐在正中公案上，头上戴的冕旒，身上着的古衣冠，白面黑须，于十分庄严中却带几分和蔼气象。离公案约有一丈远的光景，那老者用手一指，老残明白是叫他在此行礼了，就跪下匍匐在地。看那老者立在公案西首，手中捧了许多簿子。

只见阎罗天子启口问道："你是铁英吗？"老残答道："是。"阎罗又问："你在阳间犯的何罪过？"老残说："不知道犯何罪过。"阎罗说："岂有个自己犯罪自己不知道呢？"老残道："我自己见到是有罪过的事，自然不做；凡所做的，皆自以为无罪的事。况且阳间有阳间律例，阴间有阴间的律例颁行天下。但凡稍知自爱的，皆要读过一两遍，所以干犯国法的事没有做过。至于阴间的律例，世上既没有颁行的专书，所以人也无从趋避，只好凭着良心做去。但觉得无损于人，也就听他去了。所以陛下问我有何罪过，自己不能知道，请按律定罪便了。"

阎罗道："阴律虽无颁行专书，然大概与阳律仿佛。其比阳律加密之处，大概佛经上已经三令五申的了。"老残道："若照佛家戒经科罪，某某之罪恐怕擢发难数了。"阎罗天子道："也不见得，我且问你，犯杀律吗？"老残道："犯。既非和尚，自小茹荤。虽未擅宰牛羊，然鸡鸭鱼虾，总计一生所杀，不计其数。"阎罗颔之。又问："犯盗律否？"答曰："犯。一生罪业，惟盗戒最轻。然登山摘果，涉水采莲，为物虽微，究竟有主之物，不得谓非盗。"又问："犯淫律否？"答曰："犯。长年作客，未免无聊，舞榭歌台，眠花宿柳，阅人亦多。"阎罗又问口、意等业，一一对答已毕。每问一事，那老者即举簿呈阅一次。

问完之后，只见阎罗回顾后面说了两句话，听不清楚。却见座旁走下一个人来，也同那老者一样的装束。走至老残面前说："请你起来。"老残便立起身来。那人低声道："随我来。"遂走公案前绕至西，距宝座不远，旁边有无数的小椅子，排有三四层，看着仿佛像那看马戏的起马坐位差不多。只是都已有人坐在上面，惟最下一层空着七八张椅子。那人对老残道："请你在这里坐。"

老残坐下，看那西面也是这个样子，人已坐满了。仔细看那坐上的人，煞是奇怪。男男女女参差乱坐还不算奇，有穿朝衣朝帽的，有穿蓝布棉袄裤的，还有光脊梁的；也有和尚，也有道士；也有极鲜明的衣服，也有极破烂的衣服，男女皆同。只是穿官服的少，不过一二人，倒是不三不四的人多。最奇第二排中间，一个穿朝服旁边椅子上，就坐了光脊梁赤脚的，只穿了一条蓝布单裤子。点算西首五排人，大概在一百名上下。却看阎罗王宝座后面，却站有六七十人的光景，一半男，一半女。男的都是袍子马褂，靴子大帽子，大概都是水晶顶子花翎居多，也有蓝顶子的，一两个而已。女的却都是宫装。最奇者，这们多的男男女女立在后面，都泥塑木雕的相仿，没有一人言笑，也无一人左右顾盼。

老残正在观看，忽听他那旁坐的低低问道："你贵姓呀！"老残回头一看，原来也是一个穿蓝布棉袄裤的，却有了雪白的下须，大约是七八十岁的人了，满面笑容。老残也低低答道："我姓铁呀。"那老翁又道："你是善人呀。"老残戏答道："我不是善人呀。"那老者道："凡我们能坐小椅子的，都是善人。只是善有大小，姻缘有远近。我刚才看见西边走了一位去做城隍了，又有两位投生富贵家去了。"老残问道："这一堆子里有成仙成佛的没有？"那老翁道："我不晓得，你等着罢。有了，我们总看得见的。"

正说话间，只见殿庭窗格也看不见了，面前丹墀也不是原来的样子了，仿佛一片敞地，又像演武厅似的。那老翁附着老残耳朵说道："五神问案了。"当时看见殿前排了五把椅子、五张公案。每一张公案面前，有许多差役跕班，同知县衙门坐堂的样子仿佛。当真每个公堂面前，有一个牛头、一个马面，手里俱拿着狼牙棒。又有五六个差役似的，手里也拿着狼牙棒。怎样叫做狼牙棒？一根长棒，比齐眉棍稍微长些，上头有个骨朵，有一尺多长，茶碗口粗，四面团团转都是小刀子如狼牙一般。那小刀子约一寸长三四分宽，直站在骨朵上。

那老翁对老残道："你看，五神问案凄惨得很！算计起来，世间人何必作恶，无非为了财色两途。只图了片时的快活；财呢，都是为人忙，死后一个也带不走。徒然受这狼牙棒的苦楚，真是不值。"

说着，只见有五个古衣冠的人从后面出来，其面貌真是凶恶异常。那殿前本是天清地朗的，等到五神各人上了公座，立刻毒雾愁云，把个殿门全遮住了。五神公座前面，约略还看得见些儿，再往前便看不见了。隐隐之中。仿佛听见无数啼哭之声似的。未知后事如何，且听下回分解。

卷八

血肉飞腥油锅炼　骨语言积恶石磨研魂

话说老残在那森罗宝殿上面看那殿前五神问案。只见毒雾愁云里靠东的那一个神位面前，阿旁牵上一个人来。看官，你道怎样叫做阿旁。凡地狱处治恶鬼的差役，总名都叫做阿旁。这是佛经上的名词。仿佛现在借留学生为名的，都自称"四百兆主人翁"一样的道理。

闲话少讲。却说那阿旁牵上一个人来，稍长大汉，一脸的横肉，穿了一件蓝布大褂，雄赳赳的，牵到案前跪下。上面不知问了几句什么话，距离的稍远，所以听不见。只远远的看见几个阿旁上来，将这大汉牵下去。距公案约有两丈多远，地上钉了一个大木橛，橛上有个大铁环。阿旁将这大汉的辫子从那铁环里穿过去，收紧了，把辫子在木橛上缠了有几十道，拴得铁结实，也不剥去衣服。只见两旁凡拿骨朵锤鎚、狼牙棒的一齐下手乱打，如同雨点一般。看那大汉疼痛得乱蹿。起初几下子，打得那大汉脚蹿起直竖上去，两脚朝天。因为辫子拴在木橛上，所以头离不了地，身子却四面乱摔，蹿上去，落下来，蹿上去，落下来，几蹿之后，就蹿不高了。落下来的时候，那狼牙棒乱打，看那两丈围圆地方，血肉纷纷乱落，如下血肉的雹子一样；中间夹着破衣片子，像蝴蝶一样地飘。皮肉分量沉重，落得快，衣服片分量轻，落得慢，看着十分可惨。

　　老残座旁那个老者在那里落泪，低低对老残说道："这些人在世上时，我也劝过许多，总不肯信。今日到了这个光景，不要说受苦的人，就是我们旁观的都受不得。"老残说："可不是呢！我直不忍再望下看了。"嘴说不忍望下看，心里又不放心这个犯人，还要偷着去看看。只见那个人已不大会动了，身上肉都飞尽，只剩了个通红的骨头架子；虽不甚动，那手脚还有点一抽一抽的。老残也低低地对那老者道："你看，还没有死透呢！手足还有抽动，是还知道痛呢！"那老者擦着眼泪说道："阴间那得会死，迟一刻还要叫他受罪呢！"

　　再看时，只见阿旁将木椿上辫子解下，将他搬到殿下去。再看殿脚下不知几时安上了一个油锅。那油锅扁扁的形式，有五六丈围圆，不过三四尺高，底下一个炉子，倒有一丈一二尺高，火门有四五尺高，三只脚架住铁锅，那炉口里火穿出来比锅口还要高二三尺呢。看那锅里油滚起来也高出油锅，同日本的富士山一样；那四边油往下注如瀑布一般。看着几个阿旁，将那大汉的骨头架子抬到火炉面前，用铁叉叉起来送上去。那大炉旁边也有几个阿旁，站在高台子上，用叉来接，接去望油锅里一送。谁知那骨头架子到油锅里又会乱蹿起来，溅得油点子往锅外乱洒。那站在锅旁的几个阿旁，也怕油点子溅到身上，用一块似布非布的东西遮住脸面。约有一二分钟的工夫，见那人骨架子，随着沸油上下，渐渐地颜色发白了。见那阿旁朝锅里看，仿佛到了时候了，将铁叉到锅里将那人骨架子挑出，望锅外地上一摔。又见那五神案前有四五个男男女女在那里审问，大约是对质的样子。老残扭过脸对那老者道："我实不忍再往下看了。"

　　那老者方要答话，只见阎罗天子回面对老残道："铁英，你上来，我同你说话。"老残慌忙立起，走上前去。见那宝座旁边，还有两层阶级，上了阶级就紧在阎罗王的宝座旁边，才知阎罗王身体甚高，坐在椅子上，老残立在旁边，头才同他的肩膊相齐，似乎还要低点子。那阎罗王低下头来，同老残说道："刚才你看那油锅的刑法，以为很惨了吗？那是最轻的了，比那重的多着呢！"老残道："我不懂阴曹地府为什么要用这么重的刑法，以陛下之权力，难道就不能改轻了吗？臣该万死，臣以为就用如此重刑，就该叫世人看一看，也可以少犯一二。却又阴阳隔绝，未免有点不教而杀的意思吧。"阎罗王微笑了一笑说："你的憨直性情倒还没有变哪！我对你说，阴曹用重刑，有阴曹不得已之苦衷。你想，我们的总理是地藏王菩萨。本来发了洪誓大愿，要度尽地狱，然后成佛。至今多少年了，毫无成效。以地藏王菩萨的慈悲，难道不想减轻吗？也是出于无可奈何！我再把阴世重刑的原委告你知道。第一你须知道，人身□分善恶两根，都是历一劫增长几倍的。若善根发动，一世里立住了脚，下一世便长几倍。历世既多，以致于成就了圣贤仙佛。恶根亦然，历一世亦长几倍。可知增长了善根便救世，增长了恶根便害世，可知害世容易救世难。譬如一人放火，能烧几百间屋；一人救火，连一间屋也不能救。又如黄河大汛的时候，一个人决堤，可以害几十万人；一人防堤，可不过保全这几丈地，不决堤，与全局关系甚小。所以阴间刑法，都为炮练着去他的恶性的，就连这样重刑，人的恶性还去不尽。初生时很小，一入世途，就一天一天地发达起来。再要刑法加重，于心不忍，然而人心因此江河日下。现在阴曹正在提议这事。目下就有个万不得了的事情，我说给你听，先指给你看。"

说着，向那前面一指。只见那毒雾愁云里面，仿佛开了一个大圆门似的。一眼看去，有十几里远，其间有个大广场，场上都是列的大磨子，排一排二地数不出数目来。那房子大约有三丈多高，磨子下面旁边堆着无数的人，都是用绳子捆缚得像寒菜把子一样的。磨子上头站着许多的阿旁，磨子下面也有许多的阿旁，在下的拿一个人往上一掷，磨上阿旁双手接住，如北方瓦匠掷瓦，拿一壮几十片瓦往上一掷，屋上瓦匠接住，从未错过一次。此处阿旁掷人也是这样。磨子上的阿旁接住了人、就头朝下把人往磨眼里一填，两三转就看不见了。底下的阿旁再掷一个上去。只见磨子旁边血肉同酱一样往下流注，当中一星星白的是骨头粉子。

老残看着约摸有一分钟时的工夫，已经四五个人磨碎了。像这样的磨子不计其数。心里想道："一分钟磨四五个人，一刻钟岂不要磨上百个人吗？这么无数的磨子，若详细算起来，四百兆人也不够磨几天的。"心里这么想，谁知阎罗王倒已经知道了，说道："你疑惑一个人只磨一回就完了吗？磨过之后，风吹还原，再磨第二回。一个人不定磨多少回呢！看他积的罪恶有多少，定磨的次数。"

老残说："是犯了何等罪恶，应该受此重刑？"阎罗王道："只是口过。"老残大惊，心里想道："口过痛痒的事，为什么要定这样重的罪呢？"其时阎罗王早将手指收回，面前仍是云雾遮住，看不见大磨子了。阎罗王又已知道老残心中所说的话、便道："你心中以为口过是轻罪吗？为的人人都这们想，所以犯罪人多了。若有人把这道理说给人听，或者世间有点惊惧，我们阴曹少作点难，也是个莫大的功德。"老残心里想道："倘若我得回阳，我倒愿意广对人说。只是口过为什么有这么大的罪，我到底不明白。"

阎罗王道："方才我问你杀、盗、淫这事，不但你不算犯什么大罪，有些功德就可以抵过去的。即是寻常但凡明白点道理的人，也都不至于犯着这罪。惟这口过，大家都没有仔细想一想。倘若仔细一想，就知道这罪比什么罪都大。除却逆伦，就数他最大了。我先讲杀字律。我问你，杀人只能杀一个罢！阳律上还要抵命。即使逃了阳律，阴律上也只照杀一个人的罪定狱。若是口过呢，往往一句话就能把这一个人杀了，甚而至于一句话能断送一家子的性命。若杀一个人，照一命科罪。若害一家子人，照杀一家子几口的科罪。至于盗字律呢，盗人财帛罪小，盗人名誉罪大，毁人名誉罪更大。毁人名誉的这个罪为甚么更大呢？因世界上的大劫数，大概都从这里起的。毁人名誉的人多，这世界就成了皂白不分的世界了。世界既不分皂白，则好人日少，恶人日多，必至把世界酿得人种绝灭而后己。故阴曹恨这一种人最甚，不但磨他几十百次，还要送他到各种地狱里去叫他受罪呢！你想这一种人，他断不肯做一点好事的。他心里说，人做的好事，他用巧言既可说成坏事；他自己做坏事，也可以用巧言说成好事，所以放肆无忌惮地无恶不作了。这也是口过里一大宗。又如淫字律呢，淫本无甚罪，罪在坏人名节。着以男女交媾谓之淫，倘人夫妻之间，日日交情，也能算得有罪吗？所以古人下个淫字，也有道理。若当真地漫无节制，虽然无罪，身体却要衰弱了。身体发肤，受之父母。若任意毁伤，在那不孝部里耽了一分罪去哩。若有节制，便一毫罪都没有的。若不是自己妻妾，就科损人名节的罪了。要知苟合的事也不甚容易，不比随意撒诳便当。若随口造谣言损人名节呢，其罪与坏人名节相等。若听旁人无稽之言随便传说，其罪减造谣者一等。可知这样损人名节，比实做损人名节的事容易得多，故统算一生积聚起来，也就很重的了。又有一种图与女人游戏，发生无根之议论，使女人不重名节，致有失身等事，虽非此人坏其名节，亦与坏人名节同罪。因其所以失节之□，因误信此人游谈所致，故也。若挑唆是非，使人家不和睦，甚至使人抑郁以死，其罪比杀人加一等。何以故呢？因人受挫折抑郁以死，其苦比一刀杀死者其受苦犹多也。其他细微曲折之事，非一时间能说得尽。你能照此类推，就容易明白了。你试想一人在世数十年间，积算起来，应该怎样科罪呢？"

老残一想，所说实有至理，不觉浑身寒毛都竖起来，心里想道："我自己的口过，不知积算起来该怎样呢？"阎罗王又知道了，说："口过人人都不免的，但看犯大关节不犯。如不犯以上所说各大关节，言语亦有功德，可以口德相抵。可知口过之罪既如此重，口德之功亦不可思议。如人能广说与人有益之事，天上酬功之典亦甚隆也。比如《金刚经》说：若有善男子、善女人，以七宝满尔所恒河沙数三千大千世界以用布施，得福多否？须菩提言甚多。世尊佛告须菩提，若善男子、善女人于此经中，乃至受持四句偈等为他人说，而此福德胜前福德。这是佛经上的话，佛岂肯骗人。要知'受持'二字很着力的，言人能自己受持，又向人说，福德之大，至比于无量数之恒河所有之沙之七宝布施还多。以比例法算口过，可知人自身实行，又恶业向人演说，其罪亦比恒河中所有沙之罪过还重。以此推之，你就知道天堂地狱功罪是一样的算法。若人于儒经、道经受持奉行为他人说，其福德也是这样。"老残点头会意。阎罗王回头向他侍从人说："你送他到东院去。"

老残随了此人，下了台子。往后走出后殿门，再往东行过了两重院子，到了一处小小一个院落，上面三间屋子。那人引进这屋子的客堂，揭开西间门帘，进内说了两句话。只见里面出来一个三十多岁的人，见面作了个揖说："请屋里坐。"那送来的人，便抽身去了。

老残进屋说："请教贵姓？"那人说："姓顾名思义。"顾君让老残桌子里面坐下，他自己却坐桌子外面靠门的一边。桌上也是纸墨笔砚，并堆着无穷的公牍。他说："补翁，请宽坐一刻，兄弟手下且把这件公事办完奉陪说话。"看他把几件公事笔不停挥地办完，交与一个公差去了。却向老残道："一向久仰得很。"老残连声谦逊道："不敢。"顾君道："今日敝东请阁下吃饭，说公事忙，不克亲陪，叫兄弟奉陪，多饮几杯。"彼此又说了许多客气话，不必赘述。

老残问道："阁下公事忙得很，此处有几位同事?"顾君道："五百余人。"老残道："哦——，如此其多?"顾君道："我们是幕友，还有外面办事的书吏一万多人呢!"老残道："公牍如此多，贵东一人问案来得及吗?"顾君道："敝东亲询案，千万中之一二;寻常案件，均归五神讯办。"老残道："五神也只五人，何以足用?"顾君道："五神者，五位一班，不知道多少个五位呢。连兄弟也不知底细，大概也是分着省份的吧。如兄弟所管，就是江南省的事。其管别省事的朋友，没有会过面的很多呢!即是同管江南省事的，还有不曾识面的呢!"老残道："原来如此。"顾君道："今日吃饭共是四位，三位是投生的，惟有阁下是回府的。请问尊意，在饭后即回去，还是稍微游玩游玩呢?"老残道："倘若游玩些时，还回得去吗?"顾君道："不为外物所诱，总回得去的。只要性定，一念动时便回去了。"老残道："既是如此，鄙人还要考察一番地府里的风景，还望阁下保护，勿令游魂不返，就感激得很了。"顾君道："只管放心，不妨事的。但是有一事奉告，席间之酒，万不可饮。至嘱，至嘱!就是街上游玩去，沽酒市脯也断不可吃呢!"老残道："谨记指教。"

少时，外间人来说："席摆齐了，请师爷示，还请哪几位?"听他说了几个名字，只见一刻人已来齐。顾君让老残到外间，见有七八位，一一作揖相见毕。顾君执壶，一座二座三座俱已让过，方让老残坐了第四座。老残说："让别位吧!"顾君说："这都是我们同事了。"入座之后，看桌上摆得满桌都是碟子，青红紫绿都有，却认不出是甚么东西。看顾君一径让那三位吃酒，用大碗不住价灌，片刻工夫都大醉了。席也散了。看着顾君吩咐家人将三位扶到东边那间屋里去，回头向老残道："阁下可以同进去看看。"原来这间屋内，尽是大床。看着把三人每人扶在一张床上睡下，用一个大被单连头带脚都盖了下去，一面着人在被单外面拍了两三秒钟工夫，三个人都没有了，看人将被单揭起，仍是一张空床。老残诧异，低声问道："这是什么刑法?"顾君道："不是刑法，此三人已经在那里'呱呱'价啼哭了。"老残道："三人投生，断非一处，何以在这一间屋里拍着，就会到那里去呢?"顾君道："阴阳妙理，非阁下所能知的多着呢!弟有事不能久陪，阁下愿意出游，我着人送去何如?"老残道："费心感甚。"顾君吩咐从人送去，只见一人上来答应一声"是"。老残作揖告辞，兼说谢谢酒饭。顾君送出堂门说："恕不送了。"

那家人引着老残，方下台阶，不知怎样一恍，就到了一个极大的街市，人烟稠密，车马往来，击毂摩肩。正要问那引路的人是甚么地方，谁知那引路的人，也不知道何时去了。四面寻找，竟寻不着。心里想道：这可糟了。我此刻岂不成了野鬼了吗?然而却也无法，只好信步闲行。看那市面上，与阳间毫无分别，各店铺也是悬着各色的招牌，也有金字的，白字的，黑字的;房屋也是高低大小，新旧不齐。只是天色与阳间差别，总觉暗沉沉的。老残走了两条大街，心里说何不到小巷去看看。又穿了两三条小巷，信步走去，不觉走到一个巷子里面。看见一个小户人家，门口一个少年妇人，在杂货担子买东西。老残尚未留心，只见那妇人抬起头来，对着老残看了一看，口中喊道："你不是铁二哥哥吗？你怎样到这里来的？"慌忙把买东西的钱付了，说："二哥哥，请家里坐吧。"老残看着十分面熟，只想不起来她是谁来，只好随她进去，再作道理。毕竟此人是谁，且听下回分解。

卷九

德业积成阴世富　善缘发动化身香

话说老残正在小巷中瞻望，忽见一个少年妇人将他叫住，看来十分面善，只是想不起来，只好随她进去。原来这家尽有两间楼房，外面是客厅，里间便是卧房了。老残进了客屋，彼此行礼坐下，仔细一看，问道："你可是石家妹妹不是？"那妇人道："是呀！二哥你竟认不得我了！相别本也有了十年，无怪你记不得了。还记当年在扬州，二哥哥来了，上上下下没有一个人不喜欢。那时我们姐妹们同居的四五个人，都未出阁。谁知不到五年，嫁的嫁，死的死，五分七散。回想起来，怎不叫人伤心呢！"说着眼泪就流下来了。老残道："嗳！当年石婶娘见我去，同亲侄儿一般待成。"谁知我上北方去了几年，起初听说妹妹你出阁了，不到一二年，又听你去世了，又一二年，听说石婶婶也去世了。回想人在世间，真如做梦一般，一醒之后，梦中光景全不相干，岂不可叹！当初亲戚故旧，一个一个的，听说前后死去，都有许多伤感，现在不知不觉的我也死了，凄凄惶惶的，我也不知道在哪里去的是好。今日见着妹妹，真如见着至亲骨肉一般。不知妹妹现在是同婶婶一块儿住不是？不知妹妹见着我的父亲母亲没有？"石姑娘道："我哪里能见着伯父伯母呢？我想伯父伯母的为人，想必早已上了天了，岂是我们鬼世界的人所能得见呢！就是我的父母，我也没有见着，听说在四川呢。究竟怎样也不得知，真是凄惨。"老残道："然则妹妹一个人住在这里吗？"石姑娘脸一红，说道："惭愧死人，我现在阴间又嫁了一回了。我现在的丈夫是个小神道，只是脾气非常暴虐，开口便骂，举手便打，忍辱万分，却也没一点指望。"说着说着，那泪便点点滴滴地下来。

老残道："你何以要嫁的呢？"石姑娘道："你想我死的时候，才十九岁，幸尚还没有犯甚么罪，阎王那里只过了一堂，就放我自由了。只是我虽然自由，一个少年女人，上哪里去呢？我婆家的翁姑找不着，我娘家的父母找不着，叫我上哪里去呢？打听别人，据说凡生产过儿女的，婆家才有人来接，不曾生产过的，婆家就不算这个人了。若是同丈夫情义好的，丈夫有念系之情，婆家也有人来接，将来继配生子，一样的祭祀。这虽然无后，尚不至于冻馁。你想我那阳间的丈夫，自己先不成个人，连他父母听说也做了野鬼，都得不着他的一点祭祀，况夫妻情义，更如风马牛不相干了。总之，人凡做了女身，第一须嫁个有德行的人家，不拘怎样都是享福的。停一会我指给你看，那西山脚下一大房子有几百间，仆婢如云，何等快乐。在阳间时不过一个穷秀才，一年挣不上百十吊钱。只为其人好善，又孝顺父母，到阴间就这等阔气。其实还不是大孝呢！若大孝的人，早已上天了，我们想看一眼都看不着呢。女人若嫁了没有德行的人家，就可怕得很。若跟着他家的行为去做，便下了地狱，更苦不可耐，像我已经算不幸之幸了。若在没德行的人家，自己知道修积，其成就的比有德行人家的成就还要大得多呢。只是当年在阳世时不知这些道理，到了阴间虽然知道，已不中用了。然而今天碰见二哥哥，却又是万分庆幸的事。只盼望你回阳后努力修为，倘若你成了道，我也可以脱离苦海了。"

老残道："这话奇了。我目下也是个鬼，同你一样，我如何能还阳呢？即使还阳，我又知道怎修积！即使知道修积，侥幸成了道，又与你有甚么相干呢？"石姑娘道："一夫得道，九族升天。我不在你九族内吗？那时连我爹妈都要见面哩！"老残道："我听说一夫得道，九祖升天。那有个九族升天之说吗？"石姑娘道："九祖升天，即是九族升天。九祖享大福，九族亦蒙少惠，看亲戚远近的分别。但是九族之内，如已下地狱者，不能得益。像我们本来无罪者，一定可以蒙福哩！"老残道："不要说成道是难极的事，就是还阳恐怕也不易罢！"石姑娘道："我看你一身的生气，决不是个鬼，一定要还阳的。但是将来上天，莫忘了我苦海中人，幸甚，幸甚！"老残道："那个自然。只是我现在有许多事要请教于你。第一鬼住的是什么地方。人说在坟墓里，我看这街市同阳间一样，断不是坟墓可知。"石姑娘道："你请出来，我说给你听。"

两人便出了大门。石姑娘便指那空中仿佛像黄云似的所在，说道："你见这上头了没有？那就是你们的地皮。这脚下踩的，是我们的地皮。阴阳不同天，阴阳更不同地呢！再下一层，是鬼死为聻的地皮。鬼到人世去会作祟，聻到鬼世来亦会作祟。鬼怕聻，比人怕鬼还要怕得凶呢！"老残道："鬼与人既不同地，鬼何以能到人世呢？"石姑娘道："俗语尝言，鬼行地中，如鱼行水中；鬼不见地，亦如鱼不见水。你此刻即在地中，你见有地吗？"老残道："我只见脚下有地，难道这空中都是地吗？"石姑娘道："可不是呢！我且给凭据你看。"便手搀着老残的手道："我同你去看你们的地去。"仿佛像把身子往上一攒似的，早已立在空中。原来要东就东，要西就西，颇为有趣。便极力往上游去。石姑娘指道："你看，上边就是你们的地皮了。你看，有几个人在那里化纸呢。"

看那人世地皮上人，仿佛站在玻璃板上，看得清清楚楚。只见那上边有三个人正化纸钱。化过的，便一串一串挂下来了。其下有八九个鬼在那里抢纸钱。老残问道："这是件甚事？"石姑娘道："这三人化纸，一定是其家死了人，化给他死人的。那死人有罪，被鬼差拘了去，得不着，所以都被这些野鬼抢了去了。"老残道："我正要请教，这阳间的所化纸钱银锭子，果有用吗？"石姑娘说："自然有用，鬼全靠这个。"

"我问你，各省风俗不同，银钱纸锭亦都不同，到底哪一省行的是靠得住的呢？"石姑娘道："都是一样。那一省行甚么纸钱，那一省鬼就用甚么纸钱。"老残道："譬如我们遨游天下的人，逢时过节祭祖烧纸钱，或用家乡法子，或用本地法子，有妨碍没妨碍呢？"石姑娘道："都无妨碍。譬如扬州人在福建做生意，得的钱都是烂板洋钱，汇到扬州就变成英洋，不过稍微折耗而已。北五省用银子，南京、芜湖用本洋，通汇起来还不是一样吗？阴世亦复如此，得了别省的钱，换作本省通用的钱，带了去便了。"

老残问道："祭祀祖、父，能得否？"石姑娘道："一定能得，但有分别。如子孙祭祀时念及祖、父，虽隔千里万里，祖、父立刻感应，立刻便来享受。如不当一回事，随便奉行故事，毫无感情，祖、父在阴间不能知觉，往往被野鬼抢去。所以孔圣人说'祭如在'，就是这个原故。圣人能通幽明，所以制礼作乐，皆可极精微的道理。后人不肯深心体会，就失之愈远了。"老残又问。"阳间有烧房化库的事，有用没用呢？"石姑娘说："有用。但是房子一事，不比银钱，可以随处变换。何处化的库房，即在何处，不能挪移。然有一个法子，也可以行。如化库时，底下填满芦席，莫教他着土，这房子化到阴间，就如船只一样，虽千里万里也牵得去。"老残点头道："颇有至理。"

于是同回到家里，略坐一刻，可巧石姑娘的丈夫也就归来，见有男子在房，怒目而视，问石姑娘："这是何人？"石姑娘大有觳觫之伏，语言謇涩。老残不耐烦，高声说道："我姓铁，名叫铁补残，与石姑娘系表姊妹。今日从黄宅门口过，见我表妹在此，我遂入门问讯一切。我却不知阴曹规矩，亲戚准许相往否？如其不许，则冒昧之罪在我，与石姑娘无涉。"那人听了，向了老残仔细看了一会，说："在下名折礼思，本系元朝人，在阴曹做了小官，于今五百余年了。原妻限满，转生山东去了，故又续娶令表妹为妻。不知先生惠顾，失礼甚多。先生大名，阳世虽不甚大，阴间久已如雷震耳。但风闻仙寿尚未满期，即满期亦不会闲散如此。究竟是何原故，乞略示一二。"老残道："在下亦不知何故，闻系因一个人命牵连案件，被差人拘来。及至见了阎罗天子，却一句也不曾问到原案究竟是那一案，是何地何、人何事，与我何干系，全不知道，甚为闷闷。"折礼思笑道："阴间案件，不比阳世，先生一到，案情早已冰消瓦解，故无庸直质询的。但是既蒙惠顾，礼宜备酒馔款待，惟阴间酒食，大不利于生人，故不敢以相敬之意致害尊体。"

老残道："初次识荆，亦断不敢相扰。但既蒙不弃，有一事请教。仆此刻孤魂飘泊，无所依据，不知如何是好？"折礼思道："阁下不是发愿要游览阴界吗？等到阁下游兴衰时，自然就返本还原了，此刻也不便深说。"又道："舍下太狭隘，我们同到酒楼上热闹一霎儿罢！"便约老残一同出了大门。

老残问向那方走？折礼思说："我引路罢。"就前行。拐了几个弯，走了三四条大街，行到一处，迎面有条大河，河边有座酒楼，灯烛辉煌，照耀如同白日。上得楼去，一间一间的雅座，如蜂窝一般。折礼思拣了一个座头入去，有个酒保送上菜单来。折公选了几样小菜，又命取花名册来。折公取得，递与老残说："阁下最喜招致名花，请看阴世比阳间何如？"老残接过册子来惊道："阴间何以亦有此事。仆未带钱来，不好相累。"折公道："些小东道，尚做得起，请即挑选可也。"老残打开一看，既不是北方的金桂玉兰，又不是南方的宝宝媛媛，册上分着省份，写道某省某县某某氏。大惊不止，说道："这不都是良家妇女吗？何以当着妓女！"折礼思道："此事言之甚长。阴间本无妓女，系菩萨发大慈悲，所以想出这个法子。阴间的妓女，皆系阳间的命妇，罚充官妓的，却只入酒楼陪坐，不荐枕席。阴间亦有荐枕席的娼妓，那都是野鬼所为的事了，"老残问道："阳间命妇，何以要罚充官妓呢？"折礼思道："因其恶口咒骂所致。凡阳间咒骂人何事者，来生必命自受。如好咒骂人短命早死等，来世必夭折一度，或一岁而死，或两三岁而死。阳间妓女，本系前生犯罪之人，判令投生妓女，受辱受气，更受鞭扑等类种种苦楚。将苦楚受尽，也有即身享福的，也有来生享福的。惟罪重者，一生受苦，无有快乐时候。若良家妇女，自己丈夫眠花宿柳，自己不能以贤德感化，令丈夫回心，却极口地咒骂妓女，并咒骂丈夫；在被骂的一边，却消了许多罪，减去受苦的年限。如应该受十年苦的，被人咒骂得多，就减作九年或八年不等。而咒骂人的，一面咒骂得多了，阴律应判其来生投生妓女，一度亦受种种苦恼，以消其极口咒骂之罪。惟犯此过的太多，北方尚少，南方几至无人不犯，故菩萨慈悲，将其犯之轻者，以他别样口头功德抵消。若犯得重者，罚令在阴间充官妓若干年，满限以后，往生他方，总看他咒骂的数目，定他充妓的年限。"

老残道："人在阳间狎妓饮酒，甚至眠花宿柳，有罪没有？"折公道："不能无罪，但是有可以抵消之罪耳。如饮酒茹荤，亦不能无罪，此等统谓之有可抵消之罪，故无大妨碍。"老残道："既是阳间狎妓饮酒有罪，何以阴间又可以狎妓饮酒，岂倒反无罪耶？"折公道："亦有微罪。所以每叫一局，出钱两千文，此钱即赎罪钱也。"老残道："阳间叫局，也须出钱，所出之钱可算赎罪不算呢？"折公道："也算也不算。何以谓之也算也不算？因出钱者算官罪，可以抵消；不出钱算私罪，不准抵销，与调戏良家妇女一样。所以叫做也算也不算。"老残道："何以阳间出了钱还算可以抵消之公罪，而阴间出了钱即便抵消无罪，是何道理呢？"折公道："阳间叫局，自然是狎亵的意思。阴间叫局则大不然，凡有钱之富鬼，不但好叫局，并且好多叫局。因官妓出局。每出一次局，抵消轻口咒骂一次。若出局多者，早早抵消清净，便可往生他方，所以阴间富翁喜多叫局，让他早早消罪的意思，系发于慈悲的念头，故无罪。不但无罪，且还有微功呢。所以有罪无罪，专争在这发念时也。若阳间为慈悲念上发动的，亦无余罪也。"老残点头叹息。

折公道："讲了半天闲话，你还没有点人，到底叫谁呀？"老残随手指了一名。折公说："不可不可！至少四名。"老残无法，又指了三名。折公亦拣了四名，交与酒保去了。不到两秒钟工夫，俱已来到。老残留心看去，个个容貌端丽，亦复画眉涂粉，艳服浓妆；虽强作欢笑，却另有一种阴冷之气，逼人肌肤，寒毛森森欲竖起来。坐了片刻各自散去。

折公付了钱钞，与老残出来，说："我们去访一个朋友吧。"老残说："甚好。"走了数十步，到了一家，竹篱茅舍，倒也幽雅。折公叩门，出来一个小童开门，让二人进去。进得大门，一个院落，上面三间敞厅。进得敞厅，觉桌椅条台，亦复布置得井井有条；墙上却无字画，三面粉壁，一抹光的，只有西面壁上题着几行大字，字有茶碗口大。老残走上前去一看，原来是一首七律。写道：

野火难消寸草心，百年荏苒到如今。墙根蚯蚓吹残笛，屋角鸦臬弄好音。

有酒有花春寂寂，无风无雨昼沉沉。闲来曳杖秋郊外，重迷寒云万里深。

老残在墙上读诗，只听折礼思问那小童道："你主人哪里去了！"小童答道："今日是他的忌辰。他家曾孙祭奠他哩，他享受去了。"折礼思道："那么回来还早呢。我们去吧。"老残又随折公出来。

折公问老残："上那里去呢？"老残道："我不知道上哪里去。"折公凝了一凝神，忽然向老残身上闻了又闻，说："我们回去，还到我们舍下坐坐吧。"

不多几时，已到折公家下。方进了门，石姑娘迎接上来，走至老残面前，用鼻子嗅了两嗅，眉开眼笑的说："恭喜二哥哥！"折公道："我本想同铁先生再游两处。忽然闻着若有檀香味似的，我知道必是他身上发出来的，仔细一闻果然，所以我说赶紧回家吧。我们要沾好大的光呢！"石姑娘道："可盼望出好日子来了。"折礼思说："你看此刻香气又大得多了。"老残只是愣，说："我不懂你们说的甚么话。"石姑娘说："二哥哥，你自己闻闻看。"老残果然用鼻子嗅了嗅，觉得有股子檀香味，说："你们烧檀香的吗？"石姑娘说："阴间那有檀香烧！要有檀香，早不在这里了。这是二哥哥你身上发出来的檀香，必是在阳间结得佛菩萨的善缘，此刻发动，顷刻你就要上西方极乐世界的。我们这里有你这位佛菩萨来一次，不晓得要受多少福呢！"

正在议论，只觉那香味越来得浓了，两间小楼忽然变成金阙银台一般。那折礼思夫妇衣服也变得华丽了，面目也变得光彩得多了。老残诧异不解何故，正欲询问。未知后事如何？且听下回分解。

【《刘鹗集》原说明】

《老残游记二集》原发表在《天津日日新闻》。

日本京都大学存《天津日日新闻》剪报装订本，封面署"老残游记上"另行为"丁未莫冬既望订"（1908年1月19日）。全书七十七页（中缺五十六页、六十七页和七十一页的一面），始自光绪丁未七月初十日（1906年8月18日）。

《老残游记》二集版本甚多，并有日文译本。

《刘鹗集》据日本大阪经济大学樽本照雄先生提供的京都大学图书馆藏本标点。对原书中的前后不一，错字、衍文、误植等一仍其旧，不做任何改动。

《老残游记·外编》（残稿）

卷一（残稿）

"堂堂塌！堂堂塌！"今日天气清和，在下唱一个道情儿给诸位贵官解闷何如？唱道：

尽风流，老乞翁。托钵盂，朝市中。人人笑我真无用。

远离富贵钻营苦，闲看乾坤造化工。兴来长啸山河动。

虽不是，相如病渴；有些儿，尉迟装疯。

在下姓百名鍊生，鸿都人氏。这个"鸿都"，却不是"南昌故郡，洪都新府"的那个"洪都"，到是"临邛道士鸿都客，能以精神致魂魄，"的那个"鸿都"。究竟属那一省那一府，连我也不知道。大约不过是北京、上海等处便是。少不读书，长不成器，只好以乞丐为生。非但乞衣乞食，并且遇着高人贤士，乞他几句言语，我觉得比衣食还要紧些。适才所唱这首道情，原是套的郑板桥先生的腔调。我手中这鱼鼓、简板也是历古相传。听得老年人说道，这是汉朝一个钟离祖师传下来的。只是这"堂堂塌"三声，就有规劝世人的意思在内，更没有甚么工、尺、上、一、四、合、凡等字。嗳！"堂堂塌！堂堂塌！"你到了堂堂的时候，须要防他塌，他就不塌了；你不防他塌，也就是一定要塌的了。

这回书，因老残游历高丽、日本等处，看见一个堂堂箕子遗封，三千年文明国度，不过数十年间，就倒塌到这步田地，能不令人痛哭也么哥！

在下与老残五十年形影相随，每逢那万里飞霜、千山落木的时节，对着这一灯如豆、四壁虫吟，老残便说，在下便写。不知不觉已成了《老残游记》六十卷书。其前二十卷，已蒙《天津日日新闻》社主人列入报章，颇蒙海内贤士大夫异常称许。后四十卷因被老残随手包药，遗失了数卷，久欲补缀出来再为请教，又被这"懒"字一个字耽阁了许多的时候。目下不妨就把今年的事情叙说一番，却也是俺叫化子的本分。

却说老残于乙巳年冬月在北京前门外蝶园中住了三个月，这蝶……（编者按：这中间遗失稿笺一张，约四百字左右）也安闲无事。一日正在家中坐着，来了两位，一个叫东阁子、一个叫西园公，说道："近日朝廷整顿新政，大有可观了。满街都换了巡警兵，到了十二点钟以后，没有灯笼就不许走路。并且这些巡警兵都是从巡警学堂里出来的，人人都有规矩。我这几天在街上行走，留意看那些巡兵，有站岗的，有巡行的，从没有一个跑到人家铺面里去坐着的。不像以前的巡兵，遇着小户人家的妇女，还要同人家胡说乱道，人家不依，他还要拿棍子打人家。不是到这家店里要茶吃，便是到那家要烟吃，坐在板凳上跷着一只脚唱二簧调、西帮子。这些毛病近来一洗都空了。"

东阁子说道："不但没有毛病，并且和气得很。前日大风，我从百顺胡同福顺家出来，回粉坊琉璃街。刚走到大街上，灯笼被风吹歪了。我没有知道，那知灯笼一歪，蜡烛火就燎到灯笼泡子上，那纸灯笼便呼呼地着起来了。我觉得不好，低头一看，那灯笼已烧去了半边。没法，只好把它扔了。走了几步，就遇见了一个巡警兵上来，说道：'现在规矩，过了十二点钟，不点灯笼就不许走路。此刻已有一点多钟，您没有灯笼，可就犯规了。'我对他说、'我本是有灯的，被风吹烧着了，要再买一个，左近又没有灯笼铺，况且夜已深了，就有灯笼铺，已睡觉了，我有甚么法子呢？'那巡兵道：'您往哪里去？'我说：'回粉坊琉璃街去。'巡兵道：'路还远呢，我不能送您去。前边不远，有东洋车子，我送您去雇一辆车坐回去罢。'我说：'很好，很好。'他便好好价拿手灯照着我，送到东洋车子跟钱，看着坐上车，还摘了帽子呵呵腰才去，真正有礼。我中国官人总是横声恶气，从没有这们有礼过。我还是头一遭儿见识呢！"老残道："巡警为近来治国第一要务，果能如此，我中国前途大有可望了。"

西园公道："不然。你瞧着罢，不到三个月，这些巡警都要变样子的。我说一件事给你们听，昨日我到城里去会一个朋友，听那朋友说道：'前日晚间，有一个巡警局委员在大街上撒尿。巡警兵看见，前来抓住说："嘿！大街上不许撒尿，你犯规了。"那委员从从容容地撒完了尿，大声嚷道："你不认得我吗？我是老爷，你怎样敢来拉我！"那巡警兵道："我不管老爷不老爷，你只要犯规，就得同我到巡警局去。"那委员更怒，骂道："瞎眼的王八旦！我是巡警局的老爷，你都不知道！"那巡兵道："大人传令时候，只说有犯规的便扯了去，没有说是巡警局老爷就可以犯规。您无论怎样，总得同我去。"那委员气极，举手便打。那巡警兵亦怒道："你这位老爷怎么这们不讲理！我是办的公事，奉公守法的，你怎样开口便骂，举手便打？你若再无礼，我手中有棍子，我就对不起你了。"那委员怒狠狠地道："好东西，走走走！我到局子里揍你个王八旦去！"便同到局子里，便要坐堂打这个巡兵。他同事中有一人上来劝道："不可！不可！他是蠢人，不认得老兄，原谅他初次罢。

'那委员怒不可遏，一定要坐堂打他。内中有一个明白的同事说道："万万不可乱动，此种巡兵在外国倒还应该赏呢。老兄若是打了他或革了他，在京中人看着原是理当的。若被项宫保知道，恐怕老兄这差使就不稳当了。"那委员怒道："项城便怎样？他难道不怕大军机么？我不是没来历的人，我怕他做甚么？"那一个同事道："老兄是指日飞升的人，何苦同一小兵怄气呢?"那一个明白事的,便出来对那拉委员来的巡警兵道:"你办事不错,有人撒尿,理当拉来。以后裁判,便是我们本局的事了。你去罢。"那兵垂着手,并一并脚,直直腰去了。'老兄试想一想,如此等事,京城将来层见迭出,怕那巡警不松懈么?况天水侍郎

由下位骤升堂官,其患得患失的心必更甚于常人。初疑认真办事可以讨好,所以认真办事,到后来阅历渐多,知道认真办事不但不能讨好,还要讨不好;倒不如认真逢迎地讨好还靠得住些,自然走到认真逢迎的一条路上去了。你们看是不是呢?"

老残叹道:"此吾中国之所以日弱也!中国有四长,皆甲于全球:廿三行省全在温带,是天时第一;山川之孕蓄,田原之腴厚,各省皆然,是地理第一;野人之勤劳耐苦,君子之聪明颖异,是人质第一;文、周、孔、孟之书,圣祖、世宗之训,是政教第一;理应执全球的牛耳才是。然而国日以削,民日以困,骎骎然将至于危者,其故安在?风俗为之也。外国人无论贤愚,总以不犯法为荣;中国人无论贤愚,总以犯法为荣。其实平常人也不敢犯法,所以犯法的,大概只三种人,都是有所倚仗,就犯法了。哪三种人呢?一种倚官犯法;一种倚众犯法;一种倚无赖犯法。倚官犯法的,并不是做了官就敢犯,他既做了官,必定怕丢官,倒不敢犯法的。是他那些官亲或者亲信的朋友,以及亲信的家丁。这三种人里头,又以官家亲信的家丁犯法尤甚,那两样稍微差点。你想,前日巡警局那个撒尿的委员,不是倚仗着有个大军机的靠山吗?这都在倚官犯法部里。第二种就是倚众犯法。如当年科岁考的童生,乡试的考生,到了应考的时候,一定要有些人特意犯法的。第二便是今日各学堂的学生,你看那一省学堂里没有闹过事。究竟为了甚么大事么?不过觉得他们人势众了,可以任意妄为,随便找个题目暴动暴动,觉得有趣。其实落了单的时候,比老鼠还不中用。第三便是京城堂官宅子里的轿夫,在外横行霸道,屡次打戏园子等情,都老爷不敢过问,这都在倚众犯法部里。第三种便是倚无赖犯法。地方土棍、衙门口的差役等人,他就仗着屁股结实。今日犯法,捉到官里去打了板子。明日再犯法,再犯再打,再打再犯,官也无可如何了。这叫做倚无赖犯法。大概天下的坏人无有越过这三种的。"

西园子道:"您这话我不佩服。倘若说这三种里有坏人则可,若要说天下坏人没有越过这三种的,未免太偏了。请教:强盗、盐枭等类也在这三种里吗?"老残道:"自然不在那里头。强盗似乎倚无赖犯法,盐枭似乎倚众犯法,其实皆不是的。"西园子道:"既是这么说,难道强盗、盐枭比这三种人还要好点吗?"老残道:"以人品论,是要好点。何以故呢?强盗虽然犯法,大半为饥寒所迫,虽做了强盗,常有怕人的心思。若有人说强盗时,他听了总要心惊胆怕的,可见天良未昧。若以上三种人犯了法,还要自鸣得意,觉得我做得到,别人做不到。闻说上海南洋公学闹学之后,有一个学生在名片上居然刻着'南洋公学退学生',竟当做一条官衔,以为天下荣誉没有比这再好的。你想是不是天良丧尽呢?有一日,我在张家花园吃茶,听见隔座一个人对他朋友说:'去年某学堂奴才提调不好,被

我骂了一顿，退学去了。今年又在某处监督，被我骂了一顿。这□奴才好不好，都是要骂的。常骂几回，这些监督、教习等人就知道他们做奴才的应该怎样做法呢。可恨我那次要众人退学，众人不肯。这些人都是奴性，所以我不愿与之同居，我竟一人退学了。'"老残对西园子道："您听一听这种议论，尚有一分廉耻吗？我所以说强盗人品还在他们之上，其要紧的关键，就在一个以犯法为非，一个以犯法为得意。以犯法为非，尚可救药；以犯法为得意，便不可救了。我再加一个譬语，让您容易明白。女子以从一而终为贵，若经过两三个丈夫，人都瞧不起他，这是一定的道理罢？"西园子道："那个自然。"老残道："阁下的如夫人，我知道是某某小班子里的，阁下费了二千金讨出来的。他在班子里时很红。计算他从十五岁打头客起，至十九岁年底出来，四、五年间所经过的男人，恐怕不止一百罢？"西园子道："那个自然。"老残道："阁下何以还肯要他呢？譬如有某甲之妻，随意与别家男子一住两三宿，并爱招别家男子来家随意居住，常常骂本夫某甲不知做奴才的规矩；倘若此人愿意携带二千金来嫁阁下，阁下要不要呢？"西园子道："自然不要。不但我不要，恐怕天下也没人敢要。"老残道："然则阁下早已知道有心犯法的人品，实在不及那不得已而后犯法的多矣。妇人以失节为重，妓女失节，人犹娶之，为其失节出于不得已也。某甲之妻失节，人不敢要，为其以能失节为荣也。强盗、盐枭之犯法，皆出于饥寒所迫。若有贤长官，皆可化为良民，故人品实出于前三种有心犯法者之上。二公以为何如？"东阁、西园同气说是。

东阁子道："可是近日补哥出去游玩了没有？"老残道："没有地方去呢。阁下是熟读《北里志》、《南部烟花记》这两部书，近来是进步呢，是退化呢？"东阁子道："大有进步。此时卫生局已开了捐，分头二三等。南北小班子俱是头等。自从上捐之后，各家都明目张胆地挂起灯笼来。头等上写着某某清吟小班，二等的写某某茶室，三等的写三等某某下处。那二三等是何景象，我却不晓得，那头等却是清爽得多了。以前混混子随便可以占据屋子坐着不走，他来时回他没有屋子，还是不依，往往得把好客央告得让出屋子来给他们。此时虽然照旧坐了屋子尽是不走，若来的时候回他没屋子，他却不敢发膘了。今日清闲无事，何妨出去溜达溜达。"老残说："好啊！自从庚子之后，北地胭脂我竟曾寓目，也是缺典，今日同行甚佳。"说着便站起身来，同出了大门。

过大街，行不多远，就到石头胡同口了。进了石头胡同，望北慢慢地走着，刚到穿心店口，只见对面来了一挂车子，车里坐了一个美人，眉目如画，面上的光彩颇觉动人。老残向东阁子道："这个人就不错，您知道他叫甚么？"东阁子说："很面熟，只是叫不出名字来。"看着那车子已进穿心店去，三人不知不觉地也就随着车子进了穿心店。

东阁子嚷道："车子里坐的是谁？"那美人答道："是我。你不是小明子么？怎么连我也看不出来哪？"东阁子道："我还是不明白，请你报一报名罢。"车中美人道："我叫小蓉。"东阁子道："你在谁家？"小蓉道："荣泉班。"说着，那车子走得快，人走得慢，已渐渐相离得远了。

看官，你道这小蓉为甚么管东阁子叫小明子呢？岂不轻慢得很吗？其实不然，因为这北京是天子脚下，富贵的大半是旗人。那旗人的性情，最恶嫌人称某老爷的，所以这些班子里揣摩风气，凡人进来，请问贵姓后，立刻就要请问行几的。初次见面，可以称某大爷，某二爷，汉人称姓，旗人称名。你看《红楼梦》上，薛蟠是汉军，称薛大爷，贾琏、贾环就称琏二爷、环三爷了，就是这个体例。在《红楼梦》的时候，琏二爷始终称琏二爷，环三爷始终称环三爷。北京风俗，初见一二面时称琏二爷、环三爷。若到第三面时，再称琏二爷、环三爷，客人就要发噱闹脾气，送官、封门等类的辞头汩汩地冒出口来的，必定要先称他二爷、

三爷才罢。此之谓普通亲热。若特别的亲热呢，便应该叫小琏子、小环子。汉人呢，姓张的、姓李的，由张二爷、李三爷渐渐的熬到小张子、小李子为度。这个道理不但北方如此。南方自然以苏、杭为文物声明之地，苏、杭人胡子白了，听人叫他一声"度少牙"，还喜欢得了不得呢。可见这是南北的同情了。

东阁子人本俊利，加之他的朋友都是漂亮不过的人，或当着极红的乌布；或是大学堂的学生；或是庚子年的道员，方引见去到省；或是汇兑庄的大老板。因为有这班朋友，所以各班子见了他，无不恭敬亲热，也无人不认识他，才修出这"小明子"三个字的徽号，在旁人看着，比得头等宝星还荣耀些呢。

闲话少讲，却说三人慢慢地走到了荣泉班门口，随步进去，只听门房里的人"嘌"地叫了一声，也不知他叫的是甚么。老残便问，东阁子答道："他是喊的'瞧厅'两个字。"原是叫里面人招呼屋子的意思。三人进了大门，过了一道板壁腰门，上了穿堂的台阶，已见有个人把穿堂东边的房门帘子打起，口称："请老爷们这里屈坐屈坐。"

三人进房坐下，看墙上口口，知是素云的屋子。那伙计还在门口立着，东阁子道："都叫来见见！"那伙计便大声嚷道："都见见咧！都见见咧！"只见一个个花丢丢、粉郁郁的，都来走到屋门口一站，伙计便在旁边报名。报名后立一秒钟的时候，翩若惊鸿，婉若游龙地去了。一共来了六七个人，虽无甚美的，却也无甚丑。伙计报道："都来齐了。"东阁子道："知道了，我们坐一坐。"

老残诧异，问道："为何不见小蓉？"东阁子道："红脚色例不见客，少停自会来的。"约有五六分钟工夫，只见房门帘子开处，有个美人进来：不方不圆的个脸儿，打着长长的前刘海，是上海的时装，穿了一件竹青摹本缎的皮袄，模样也无甚出众处，只是一双眼睛透出个伶俐的样子来。进门便笑，向东阁子道："小明子呀，你怎么连我也不认得了呀！你怎么好几个月不来，公事很忙吗？"东阁子道："我在街上，你在车子里一晃……（下缺）

【《刘鹗集》原说明】

1929 年刘蕙孙先生于天津勤艺里旧宅书箱中发现刘鹗《老残游记·外编（残稿一卷）》手稿，但无作者署名。刘鹗生前从未示人。

《老残游记·外编（残稿一卷）》约写于光绪丙午（1906）秋后至丁未（1907）年初。生前未公开发表。关于《老残游记·外编》与《老残游记二集》写作前后至今研究者意见不一。

原手稿现存计十五页，为第一到第十六页，其中缺第十三页。

《老残游记·外编》有马衡先生题签、胡适先生、顾廷龙先生观款和刘蕙孙先生跋。内容如下：

马衡先生题签：

刘铁云先生老残游记外编残稿　　　　　　　马衡

胡适先生观款：

民国廿四年十一月胡适得见刘铁云先生的小说手稿，敬记年月以志欢喜。

顾廷龙先生观款：

吾友蕙孙先生一别四十余年。去冬偕令侄德隆过访寓斋、畅叙旧情，积愫为之冰释。顷德隆以先德《老残游记外编》手稿见示。夙闻其名，无缘寓目。今得留置案头，展读再三，曷胜欣幸！

　　　　　　　　　　　　　　1982 年 9 月 1 日苏州顾廷龙敬记时年七十又九

刘蕙孙先生跋：

《老残游记外编》，先王父铁云公 鹗遗稿。属草于何年不详。家人父老亦本不知有是帙。公元 1929 年僦居天津小营门勤艺里楼下，有斗室辟之为书垒，余朝夕讽咏其中。藏书十余筐，则庋其南墙下。岁暮祀东厨毕，俗拂拭屋宇几席名为扫尘。余亦随家人尽出筐中书一一整洁之。入夜书毕整，自以箕帚粪其余纸，暗中见有蓝绸带束纸委地。取而启视，乃石印题跋数纸而外编十余页赫然在其中，不禁狂喜，奔告先君子于楼。先君子亦诧为未知，□盖老人偶然兴到之笔，随手束之，未再赓续者。

顾自 1908 年家难前数月，京寓藏书十九皆先君子手自装箱南运。难作，先王父遣戍新疆，长物逐皆散失。劫余物析产时，诸父各分散数箱。先君子及胞叔涵九先生名下者悉庋一处。加以先君子已物共二十余箱，初置苏州，移家至沪，先置打铁浜润德南里楼，后移合兴里 6 号、祥瑞里 90 号、霞飞路宝康里 57 号。1920 年迁居天津，又装载至天津吉野街侨寓，时叔父在京，遣老仆王少庵取其所分大半以去。次劫余之余也。又自吉野街而协昌里而花园街，而后之勤艺里。前后盖十余迁矣。

　　初以书箱入大板箱，复入书箱亦一再易。且藏书先君子十九手自点勘，即厚滋亦无不披卷页者，乃皆未之见，亦迄未遗失，而是日忽然出，奇已。其第三页原缺，则千方百计求之不得。因付天津葆莘垒齐君殿华装池为此册，今又 30 年矣。

　　30 年中，惟在北平研究院日，绩溪胡适之取看题观款相还及吾师马叔平先生衡为署一签。它虽先君子亦未尝着一字于册。今约付景印，因记其因缘。得此卷时，年初弱冠，两大人皆在盛年。吾妇初来，尚未有子。今老人久委吾去，有外孙三而发皆种种矣。慨夫！

　　1960 年人民第一庚子 12 月 11 日丹徒刘厚滋题

第三编 《老残游记》百年来重要评论选载及论文综述

夏志清教授（Tf2006）

胡　适：《老残游记》序（1925）

林语堂：《老残游记二集》序（1933）

夏志清：《老残游记》新论（1968）　《人的文学》（1976）

周汝昌：《老残游记》评论及刘鹗评价　《"游方郎中"的足迹与心迹——纪念〈老残游记〉问世90周年》（1995）　《得〈红楼梦〉精神灵魂的一部杰作》（1998）　《谈刘鹗和〈老残游记〉》（2009，录音整理）　《刘鹗年谱长编》序（2010—2012）

刘蕙孙：我与《老残游记》补编（节录，1989—1993）

刘德隆：《老残游记》版本概说（1992）

任光宇：一百年来《老残游记》研究重要论文选引综述（2023）

胡适：《老残游记》序（1925）[①]

胡适

一、作者刘鹗的小传

　　《老残游记》的作者自己署名为"洪都百炼生"；他的真姓名是刘鹗，字铁云。罗振玉先生的《五十日梦痕录》里有一篇《刘铁云传》，记叙他的事实和人品都很详细；我们没有更好的材料，所以把这篇转录在这里。

罗振玉的《刘铁云传》

　　予之知有殷虚文字，实因丹徒刘君铁云。铁云，振奇人也，后流新疆以

---

　　① 编著者在论文《〈老残游记〉的超时空成就和文化小说定位新论》中，专有一部分讨论胡适此序中对《老残游记》思想性的评价，具体内容在此不再赘述；录自（欧阳哲生编《胡适文集4》（胡适文存三集卷六），北京大学出版社1998年版，第430页）；原载《老残游记》上海亚东图书馆民国十四年版）。

死。铁云交予久；其平生事实，不忍没之，附记其略于此。

君名鹗，生而敏异。年未逾冠，已能传其先德子恕观察（成忠）之学，精畴人术，尤长于治河。顾放旷不守绳墨，而不废读书。予与君同寓淮安；君长予数岁。予少时固已识君，然每于衢路闻君足音，辄逡巡避去，不欲与君接也。是时君所交皆井里少年；君亦薄世所谓规行矩步者，不与近。已乃大悔，闭户敛迹者岁余。以岐黄术游上海，而门可罗雀。则又弃而习贾，尽倾其资，乃复归也。

光绪戊子（1888），河决郑州。君慨然欲有以自试，以同知往投效于吴恒轩中丞。中丞与语，奇之，颇用其说。君则短衣匹马，与徒役杂作；凡同僚所畏惮不能为之事，悉任之。声誉乃大起。河决既塞，中丞欲表其功绩，则让与其兄渭清观察（梦熊）而请归读书。中丞益异之。

时方测绘三省黄河图，命君充提调官。河图成，时河患移山东，吾乡张勤果公（曜）方抚岱方。吴公为扬誉，勤果乃檄君往东河。

勤果故好客，幕中多文士，实无一能知河事者。群议方主贾让不与河争地之说，欲尽购滨河民地，以益河身。上海善士施少卿（善昌）和之，将移海内赈灾之款助官力购民地。君至则力争其不可，而主束水刷沙之说。草《治河七说》，上之。幕中文士力谋所以阻之，苦无以难其说。

时予方家居，与君不相闻也；忧当世之所以策治河者如是，乃著论五千余言，以明其利害，欲投诸施君，揭之报纸，以警当世。君之兄见而大题之，录副寄君。君见予文，则大喜，乃以所为《治河七说》者邮君之兄以诒予，且附书曰："君之说与予合者十八九。群盲方竞，不意当世尚有明目如公者也！但尊论文章渊雅，非肉食者所能解。吾文直率如老妪与小儿语，中用王景名，幕僚且不知为何代人，乌能读扬马之文哉？"时君之玩世不恭尚如此。

岁甲午（1894），中东之役起，君方丁内艰归淮安，予与君相见，与君预测兵事。时诸军皆扼守山海关，以拱京师。予谓东人知我国事至熟，恐阳趋关门而阴捣旅大以覆我海军，则我全局败矣。侪辈闻之，皆相非难。君之兄且引法越之役法将语，谓旅大难拔，以为之证。独君意与予合，忧旅大且旦夕陷也。乃未久竟验。于是同侪皆举予与君齿，谓二人者智相等，狂亦相埒也。

君既服阕，勤果卒官，代之者福公（润），以奇才荐。乃征试于京师，以知府用。君于是慨然欲有所树立。留都门者二年，谓扶衰振散当从兴造铁路始，路成则实业可兴，实业兴而国富，国富然后庶政可得而理也。上书请筑津镇铁路，当道颇为所动。事垂成，适张文襄公请修京鄂线，乃罢京镇之议。而君之志不少衰，投予书曰："蒿目时艰，当世之事百无一可为。近欲以开晋铁谋于晋抚，俾请于朝。晋铁开则民得养，而国可富也。国无素蓄，不如任欧人开之，我严定其制，令三十年而全矿路归我。如是，则彼之利在一时，而我之利在百世矣。"予答书曰："君请开晋铁，所以谋国者则是矣，而自谋则疏。万一幸成，而蜚斐日集，利在国，害在君也。"君不之审。于是事成而君"汉奸"之名大噪于世。

庚子（1900）之乱，刚毅奏君通洋，请明正典刑。以在沪上，幸免。时君方受廛于欧人，服用豪侈。予亟以危行远害规君。君虽韪之，不能改也。联军入都城，两宫西幸。都人苦饥，道殣相望。君乃挟资入国门，议振恤。适太仓为俄军所据，欧人不食米，君请于俄军，以贱价尽得之，粜诸民，民赖以安。君平生之所以惠于人者实在此事，而数年后柄臣某乃以私售仓粟罪君，致流新疆死矣。

当君说晋抚胡中丞奏开晋铁时，君名佐欧人，而与订条约，凡有损我权利者，悉托政府之名以拒之，故久乃定约。及晋抚入奏，言官乃交劾，廷旨罢晋抚，由总署改约。欧人乘机重贿当道，凡求之晋抚不能得者，至是悉得之，而晋矿之开乃真为国病矣。

……至于君既受廛于欧人，虽顾惜国权，卒不能剖心自明于人，在君乌得无罪？而其所以致此者，则以豪侈不能自洁之故，亦才为之累也。噫！以天生才之难，有才而不能用，执政之过也。怀才而不善自养，致杀身而丧名，吾又焉能不为君疾哉？书毕，为之长叹。

我们读了这篇传，可以想象刘鹗先生的为人了。他是一个很有见识的学者，同时又是一个很有识力和胆力的政客。当河南初发现甲骨文字的时候，许多学者都不信龟甲兽骨能在地中保存几千年之久。刘先生是最早赏识甲骨文字的一位学者。他的一部《铁云藏龟》要算是近年研究甲骨文字的许多著作的开路先锋。罗振玉先生是甲骨文字之学的大师，他也是因为刘先生的介绍方才去研究这些古物的。只可惜近二十年来研究甲骨文字的大进步是刘先生不及见的了。

刘鹗先生最自信的是他对于治河的主张。罗先生说他在郑州河工上"短衣匹马，与徒役杂作"，我们读《老残游记》中描写黄河与河工的许多地方，也可以知道他的治河主张是从实地观察得来的。罗《传》中记刘先生在张曜幕府中辩论治河的两段也可以和《老残游记》相参证。张曜即是《游记》中的庄宫保。第三回中老残驳贾让"不与河争地"的主张，说："贾让只是文章做得好，他也没有办过河工。

刘先生自己是曾在河工上"与徒役杂作"的，所以有驳贾让的资格了。当时张曜却已行过贾让的主张了。罗《传》中的施善昌大概即是《游记》第十四回的史观察。他的主旨载在第十四回里。这回试行"不与河争地"，"废了民埝，退守大堤"的结果是很可惨的。《游记》第十三回和第十四回在妓女翠环的口里极力描写那回的惨劫很能教人感动。老残的结论是：

然创此议之人却也不是坏心，并无一毫为己私见在内；只因但会读书，不谙世故，举手动足便错。……岂但河工为然？天下大事坏于奸臣者十之三四，坏于不通世故之君子者倒有十分之六七也！（十四回）

刘先生自己主张王景的法子。老残说：

他（王景）治河的法子乃是从大禹一脉下来的，专主"禹抑洪水"的"抑"字。……他是从"播为九河，同为逆河""同""播"两个字上悟出来的。（三回）

这就是罗《传》说的"束水刷沙"的法子。刘鹗先生自信此法是有大功效的，所以他在《游记》第一回楔子里说一段黄瑞和浑身溃烂的寓言。黄瑞和即是黄河。

每年总要溃几个窟窿；今年治好这个，明年别处又溃几个窟窿。

老残"略施小技"：

说也奇怪，这年虽然小有溃烂，却是一个窟窿也没有出过。他说：

别的病是神农黄帝传下来的方法，只有此病是大禹传下来的方法；后来唐朝有个王景得了这个传授，以后就没有人知道此方法了。

这段话很可以看出他对于此法的信仰了。

我们拿罗振玉先生做的那篇传来和《老残游记》对照着看，可以知道这部小说里的老残即是刘鹗先生自己的影子。他号铁云，故老残姓铁。他是丹徒人，寄居淮安；老残是江南人，他的老家在江南徐州（三回）。罗《传》中说

— 237 —

刘先生曾"以岐黄术游上海,而门可罗雀";老残也会"摇个串铃,替人治病,奔走江湖近二十年"。最明显的是治河的主张;在这一方面老残完全是刘鹗,毫没有什么讳饰。

刘鹗先生一生有四件大事:一是河工,二是甲骨文字的承认,三是请开山西的矿,四是贱买太仓的米来赈济北京难民。为了后面的两件事,他得了许多毁谤。太仓米的案子竟叫他受充军到新疆的刑罚,然而知道此事的人都能原谅他,说他无罪。只有山西开矿造路的一案,当时的人很少能了解他的。

他的计划是要"严定其制,令三十年而全矿路归我。如是则彼之利在一时,而我之利在百世矣。"这种办法本是很有远识的。但在那个昏愦的时代,远见的人都逃不了惑世误国的罪名,于是刘先生遂被人叫做"汉奸"了。他的老朋友罗振玉先生也不能不说:"君既受廪于欧人,虽顾惜国权,卒不能剖心自明于人,在君乌得无罪?"一个知己的朋友尚且说他乌得无罪,何况一般不相知的众人呢?

《老残游记》的第一回"楔子"便是刘先生"剖心自明于人"的供状。这一回可算得他的自叙或自传。老残同了他的两个至友德慧生与文章伯——他自己的智慧,道德,文章,——在蓬莱阁上眺望天风海水,忽然看见一只帆船"在那洪波巨浪之中,好不危险"。那只帆船便是中国。

船主坐在舵楼之上,楼下四人专管转舵的事。前后六枝桅杆,挂着六扇旧帆;又有两枝新桅,挂着一扇簇新的帆,一扇半新不旧的帆。

四个转舵的是军机大臣,六枝旧桅是旧有的六部,两枝新桅是新设的两部。

这船虽有二十三四丈长,却是破坏的地方不少:东边有一块,约有三丈长短,已经破坏,浪花直灌进去;那旁,仍在东边,又有一块,约长一丈,水波亦渐渐浸入;其余的地方,无一处没有伤痕。

二十三四丈便是二十三四个行省与藩属。东边那三丈便是东三省;还有那东边一丈便是山东。

那八个管帆的却是认真的在那里管,只是各人管各人的帆,仿佛在八只船上似的,彼此不相关照。那(些)水手只管在那坐船的男男女女队里乱窜,不知所做何事。用远镜仔细看去,方知道他(们)在那里搜他们男男女女所带的干粮，并剥那些人身上穿的衣服。

老残和他的朋友看见这种怪现状，气的不得了。德慧生和文章伯问老残怎样去救他们，老残说：

依我看来，驾驶的人并未曾错，只因两个缘故，所以把这船就弄得狼狈不堪了。怎么两个缘故呢？一则他们是走"太平洋"的，只会过太平日子，若遇风平浪静的时候，他驾驶的情状亦有操纵自如之妙，不意今日遇见这大的风浪，所以都毛了手脚；二则他们未曾预备方针，平常晴天的时候，照着老法子去走，又有日月星辰可看，所以南北东西尚还不大很错。这就叫做"靠天吃饭"。那知遇了这阴天，日月星辰都被云气遮了，所以他们就没了依傍。心里不是不想望好处去做，只是不知东南西北，所以越走越错。为今之计，依章兄法子驾只渔艇追将上去，他的船重，我们的船轻，一定追得上的。到了之后，送他一个罗盘，他有了方向，便会走了。再将这有风浪与无风浪时驾驶不同之处告知船主，他们依了我们的话，岂不立刻就登彼岸了吗？

这就是说，习惯的法子到了这种危险的时候就不中用了，须有个方针，认清了方向，作个计划，方才可行。老残提议要送给他们"一个最准的向盘，一个纪限仪，并几件行船要用的物件"。

但是他们赶到的时候，就听见船上有人在那里演说，要革那个掌舵的人的命。老残是不赞成革命的，尤其不赞成那些"英雄只管自己敛钱，叫别人流血的"。他们跳上船，把向盘、纪限仪等项送给大船上的人。

正在议论，那知那下等水手里面忽然起了咆哮，说道："船主！船主！千万不可为这人所惑！他们用的是外国向盘，一定是洋鬼子差遣来的汉奸！他们是天主教！他们将这只大船已经卖与洋鬼子了，所以才有这个向盘！请船主赶紧将这三人绑去杀了，以除后患；倘与他们多说几句话，再用了他的向盘，就算收了洋鬼子的定钱，他就要来拿我们的船了！"谁知这一阵嘈嚷，满船的人俱为之震动。就是那演说的英雄豪杰也在那里喊道："这是卖船的汉奸！快杀！快杀！"

船主、舵工听了，俱犹疑不定。内中有一个舵工，是船主的叔叔，说道："你们来意甚善，只是众怒难犯，赶快去罢。"三人垂泪，赶快回了小船。那知大船上人，余怒未息，看三人上了小船，忙用被浪打碎了的断桩破板打下船去。你想，一只小小渔船怎禁得几百个人用力乱砸？顷刻之间，将那渔船打得粉碎，看着沉下海中去了。

刘先生最伤心的是"汉奸"的喊声不但起于那些"下等水手"里面，并且出于那些"演说的英雄豪杰"之口！一班"英雄豪杰"只知道鼓吹革命是救国，而不知道献向盘与纪限仪也是救国，冒天下之大不韪来借债开矿造铁路也是救国！所以刘鹗"汉奸"的罪是决定不可改的了，他该充军了，该死在新疆了。

二、《老残游记》里的思想

《老残游记》有光绪丙午（1906）的自叙，作者自述这部书是一种哭泣，是一种"其力甚劲，其行弥远，不以哭泣为哭泣"的哭泣。他说：

吾人生今之时，有身世之感情，有家国之感情，有社会之感情，有种教之感情。其感情愈深者，其哭泣愈痛：此洪都百炼生所以有《老残游记》之作也。棋局已残，吾人将老，欲不哭泣也得乎？

这是很明显地说，这部小说是作者发表他对于身世、家国、种教的见解的书。一个倜傥不羁的才士，一个很勇于事功的政客，到头来却只好做一部小说来寄托他的感情见解，来代替他的哭泣：这是一种很可悲哀的境遇，我们对此自然都有无限的同情。所以我们读《老残游记》应该先注意这书里发挥的感情见解，然后去讨论这书的文学技术。

《老残游记》二十回只写了两个酷吏：前半写一个玉贤，后半写一个刚弼。此书与《官场现形记》不同：《现形记》只能撷拾官场的零星罪状，没有什么高明或慈祥的见解；《游记》写官吏的罪恶，始终认定一个中心的主张，就是要指出所谓"清官"之可怕。作者曾自己说：

赃官可恨，人人知之；清官尤可恨，人多不知。盖赃官自知有病，不敢公然为非；清官则自以为不要钱，何所不可，刚愎自用，小则杀人，大则误国。吾人亲目所见，不知凡几矣。试观徐桐、李秉衡，其显然者也。廿四史中，指不胜屈。作者苦心愿天下清官勿以不要钱便可任性妄为也。历来小说皆揭赃官之恶；有揭清官之恶者，自《老残游记》始。（十六回原评）

这段话是《老残游记》的中心思想。清儒戴东原曾指出，宋明理学的影响养成一班愚陋无用的理学先生，高谈天理人欲之辨，自以为体认得天理，其实只是意见；自以为意见不出于自私自利便是天理，其实只是刚愎自用的我见。理是客观的事物的条理，须用虚心的态度和精密的方法，方才寻得出。不但科学家如此，侦探访案，老吏折狱，都是一样的。古来的"清官"，如包拯之流，所以能永久传诵人口，并不是因为他们清廉不要钱，乃是因为他们的头脑子清楚明白，能细心考查事实，能判断狱讼，替百姓伸冤理枉。如果"清官"只靠清廉，国家何不塑几个泥像，雕几个木偶，岂不更能绝对不要钱吗？一班迂腐的官吏自信不要钱便可以对上帝，质鬼神了，完全不讲求那些搜求证据，研究事实，判断是非的法子与手段，完全信任他们自己的意见，武断事情，固执成见，所以"小则杀人，大则误国"。刘鹗先生眼见毓贤、徐桐、李秉衡一班人，由清廉得名，后来都用他们的陋见来杀人误国，怪不得他要感慨发愤，著作这部书，大声指斥"清官"的可恨可怕了。

《老残游记》最称赞张曜（庄宫保），但作者对于治河一案，也很有不满意于张曜的话。张曜起初不肯牺牲那夹堤里面几万家的生产，十几万的百姓，但他后来终于听信了幕府中人的话，实行他们的治河法子。《游记》第十四回里老残评论此事道：

创此议之人却也不是坏心，并无一毫为己私见在内；只因但会读书，不谙世故，举手动足便错。……岂但河工为然？天下大事坏于奸臣者十之三四，坏于不通世故之君子者倒有十分之六七也！

这不是很严厉的批评吗？

他写毓贤（玉贤），更是毫无恕词了。毓贤是庚子拳匪案里的一个罪魁；但他做山东曹州知府时，名誉很好，有"清官"、"能吏"之称。刘先生偏要描写他在曹州的种种虐政，预备留作史料。他写于家被强盗移赃的一案，上堂时，

玉大人拿了失单交下来，说："你们还有得说的吗？"于家父子方说得一声"冤枉"，只听堂上惊堂一拍，大嚷道："人赃现获，还喊冤枉？把他站起来！去！"左右差人连拖带拽拉下去了。（四回）

"站"就是受"站笼"的死刑。

这边值日头儿就走到公案面前，跪了一条腿，回道："禀大人的话：今日站笼没有空子，请大人示下。"那玉大人一听，怒道："胡说！我这两天记得

— 241 —

没有站甚么人，怎会没有空子呢？"值日差回道："只有十二架站笼，三天已满。请大人查簿子看。"玉大人一查簿子，用手在簿子上点着说："一，二，三，昨儿是三个。一，二，三，四，五，前儿是五个。一，二，三，四，大前儿是四个。没有空，倒也不错的。"差人又回道："今儿可否将他们先行收监，明天定有几个死的，等站笼出了缺，将他们补上，好不好？请大人示下。"

玉大人凝了一凝神，说道："我最恨这些东西！若要将他们收监，岂不是又被他多活一天去了吗？断乎不行。你们去把大前天站的四个放下，拉来我看。"差人去将那四人放下，拉上堂去。大人亲自下案，用手摸着四人鼻子，说道："是还有点游气。"复行坐上堂去，说："每人打二千板子，看他死不死！"那知每人不消几十板子，那四个人就都死了。

这是一个"清官"的行为！

后来于家老头子先站死了，于学礼的妻子吴氏跪倒在府衙门口，对着于学礼大哭一场，拔刀自刎了。这件事感动了三班差役，他们请稿案师爷去求玉大人把她的丈夫放了，"以慰烈妇幽魂"。玉大人笑道：

你们倒好！忽然的慈悲起来了！你会慈悲于学礼，你就不会慈悲你主人吗？……况这吴氏尤其可恨：他一肚子觉得我冤枉了他一家子！若不是个女人，他虽死了，我还要打他二千板子出出气呢！

于是于家父子三人就都死在站笼里了。

刚弼似是一个假名，只借"刚愎"的字音，却不影射什么人。贾家的十三条命案也是臆造出来的。故出事的地方名叫齐东镇，"就是周朝齐东野人的老家"。而苦主两家，一贾，一魏，即是假伪的意思。这件命案太离奇了，有点"超自然"的色彩，可算是这部书的一个缺点。但其中描写那个"清廉得格登登的"刚弼，却有点深刻的观察。魏家不合请一位糊涂的胡举人去行贿，刚弼以为行贿便是有罪的证据，就严刑拷问贾魏氏。她熬刑不过，遂承认谋害了十三命。

白喾复审的一回（十八回）只是教人如何撇开成见，研究事实，考察证据。他对刚弼说：

老哥所见甚是。但是兄弟……此刻不敢先有成见。像老哥聪明正直，凡事先有成竹在胸，自然投无不利。兄弟资质甚鲁，只好就事论事，细意推求，不敢说无过，但能寡过已经是万幸了。

"凡事先有成竹在胸"，这是自命理学先生刚愎自用的态度。"就事论事，细意推求"，这是折狱老吏的态度，是侦探家的态度，也就是科学家寻求真理的态度。

复审的详情，我们不用说了。定案之后，刚弼还不明白魏家既无罪何以肯花钱。他说：

"卑职一生就没有送过人一个钱。"白公呵呵大笑道：老哥没有送过人的钱，何以上台也会契重你？可见天下人不全是见钱眼开的哟。清廉人原是最令人佩服的，只有一个脾气不好，他总觉得天下人都是小人，只他一个人是君子。这个念头最害事的。把天下大事不知害了多少！老兄也犯这个毛病，莫怪兄弟直言。至于魏家花钱，是他乡下人没见识处，不足为怪也。

有人说：李伯元做的是《官场现形记》，刘铁云做的是做官教科书。其实"就事论事，细意推求"，这八个字何止做官教科书？简直是做学问做人的教科书了。

我的朋友钱玄同先生曾批评《老残游记》中间桃花山夜遇玙姑、黄龙子的一大段（八回至十二回），神秘里夹杂着不少旧迷信，他说刘鹗先生究竟是"老新党头脑不清楚"。钱先生的批评固然是很不错的，但这一大段之中却也有一部分有价值的见解，未可完全抹煞。就是那最荒谬的部分也可以考见一个老新党的头脑，也未尝没有史料的价值。我们研究思想史的人，一面要知道古人的思想高明到什么地步，一面也不可不知道古人的思想昏谬到什么地步。

《老残游记》里最可笑的是"北拳南革"的预言。一班昏乱糊涂的妄人推崇此书，说他"关心治乱，推算兴亡，秉史笔而参易象之长"（坊间伪造四十回本《老残游记》钱启猷序）；说他"于笔记叙事之中，具有推测步算之妙，较《推背图》《烧饼歌》诸数书尤见明晰"（同书胶州傅幼圃序）。

这班妄人的妄言，本不值一笑。但这种"买椟还珠"的谬见未免太诬蔑这部书了，我们不能不说几句辨正的话。

此书作于庚子乱后，成于丙午年，上距拳匪之乱凡五年，下距辛亥革命也只五年。他说拳祸，只是追记，不是预言。他说革命，也只是根据当时的趋势，作一种推测，也算不得预言。不过刘鹗先生把这话放在黄龙子的口里，加上一点神秘的空气，不说是事理上的推测，却用干支来推算，所以装出预言的口气来了。若作预言看，黄龙子的推测完全是错的。第一，他只看见甲辰

（1904）的变法，以为科举的废止和五大臣出洋等事可以做到一种立宪的君主政治，所以他预定甲寅（1914）还有一次大变法，就是宪政的实行。

"甲寅之后，文明大著，中外之猜嫌，满汉之疑忌，尽皆消灭。"这一点他猜错了。第二，他猜想革命至庚戌（1910）而爆发，庚戌在辛亥革命前一年，这一点他几乎猜中。然而他推算庚戌以后革命的运动便"潜消"了，这又大错了。第三，他猜测"甲寅以后为文明华敷之世，……直至甲子（1924）为文明结实之世，可以自立矣"。这一点又大错了。

总之，《老残游记》的预言无一不错。这都是因为刘先生根本不赞成革命，"北拳南革都是阿修罗部下的妖魔鬼怪"，运动革命的人"不有人灾，必有鬼祸"，——他存了这种成见，故推算全错了。然而还有许多妄人把这书当作一部最灵的预言书！妄人之妄，真是无药可医的！

然而桃花山中的一夕话也有可取之处。玙姑解说《论语》"攻乎异端"一句话，说"端"字当"起头"讲，执其两端是说执其两头；她批评

"后世学儒的人，觉得孔孟的道理太费事，不如弄两句辟佛老的口头禅，就算是圣人之徒。……孔孟的儒教被宋儒弄的小而又小，以至于绝了"。（九回）

这话虽然表示作者缺乏历史眼光，却也可以表示作者怀疑的态度。后来，

子平闻了，连连赞叹。说："今日幸见姑娘，如对明师！但是宋儒错会圣人意旨的地方，也是有的，然其发明正教的功德，亦不可及。即如'理'、'欲'二字、'主敬'、'存诚'等字，虽皆有古圣之言，一经宋儒提出，后世实受惠不少。人心由此而正，风俗由此而醇。"

那女子嫣然一笑，秋波流媚，向子平睇了一眼。子平觉得翠眉含娇，丹唇启秀，又似有一阵幽香沁入肌骨，不禁神魂飘荡。那女子伸出一双白如玉软如棉的手来，隔着炕桌子，握着子平的手。握住了之后，说道："请问先生：这个时候比你少年在书房里贵业师握住你手'扑作教刑'的时候何如？"子平默无以对。女子又道："凭良心说，你此刻爱我的心，比爱贵业师何如？圣人说的："所谓诚其意者，毋自欺也。如恶恶臭，如好好色。'孔子说：'好德如好色。'孟子说：'食色，性也。'子夏说：'贤贤易色。'这好色乃人之本性。宋儒要说好德不好色，非自欺而何？自欺欺人，不诚极矣！他偏要说'存诚'，岂不可恨！圣人言情言礼，不言理欲，删诗以《关雎》为首。试问'窈窕淑

女，君子好逑'，'求之不得'，至于'辗转反侧'，难道可以说这是天理，不是人欲吗？举此可见圣人决不欺人处。《关雎》序上说道：'发乎情，止乎礼义。'发乎情，是不期然而然的境界。即如今夕嘉宾惠临，我不能不喜，发乎情也。先生来时，甚为困惫，又历多时，宜更惫矣，乃精神焕发，可见是很喜欢，如此亦发乎情也。以少女中男，深夜对坐，不及乱言，止乎礼义矣。此正合圣人之道。若宋儒之种种烂人，口难罄述。然宋儒固多不是，然尚有是处；若今之学宋儒者，直乡愿而已，孔孟所深恶而痛绝者也！"（九回）

这是很大胆的批评。宋儒的理学是从中古的宗教里滚出来的。中古的宗教——尤其是佛教——排斥肉体，禁遏情欲，最反乎人情，不合人道。宋儒用人伦的儒教来代替出世的佛教，固然是一大进步。然而宋儒在不知不觉之中受了中古禁欲的宗教的影响，究竟脱不了那排斥情欲的根本态度，所以严辨"天理"、"人欲"的分别，所以有许多不人道的主张。戴东原说宋儒的流弊遂使后世儒者"以理杀人"；近人也有"吃人的礼教"的名言，这都不算过当的判断。刘鹗先生作这部书，写两个"清官"自信意见不出于私欲，遂固执自己的私见，自以为得理之正，不惜杀人破家以执行他们心目中的天理：这就是"以理杀人"的具体描写。玙姑的一段话也只是从根本上否认宋儒的理欲之辨。她不惜现身说法，指出宋儒的自欺欺人，指出"宋儒之种种欺人，口难罄述"。这虽是一个"头脑不清楚"的老新党的话，然而在这一方面，这位老新党却确然远胜于今世恭维宋明理学为"内心生活"、"精神修养"的许多名流学者了。

三、《老残游记》的文学技术

但是《老残游记》在中国文学史上的最大贡献却不在于作者的思想，而在于作者描写风景人物的能力。古来作小说的人在描写人物的方面还有很肯用气力的；但描写风景的能力在旧小说里简直没有。《水浒传》写宋江在浔阳楼题诗一段要算很能写人物的了；然而写江上风景却只有"江景非常，观之不足"八个字。《儒林外史》写西湖只说"真乃五步一楼，十步一阁；一处是金粉楼台，一处是竹篱茅舍；一处是桃柳争妍，一处是桑麻遍野"。《西游记》

与《红楼梦》描写风景也都只是用几句烂调的四字句，全无深刻的描写。只有《儒林外史》的第一回里有这么一段：

王冕放牛倦了，在绿草地上坐着。须臾，浓云密布，一阵大雨过了，那黑云边上镶着白云，渐渐散去，透出一派日光来，照耀得满湖通红。湖边山上，青一块，紫一块，绿一块。树枝上都像水洗过一番的，尤其绿得可爱。湖里有十来枝荷花，苞子上清水滴滴，荷叶上水珠滚来滚去。

在旧小说里，这样的风景画可算是绝无而仅有的了。旧小说何以这样缺乏描写风景的技术呢？依我的愚见看来，有两个主要的原因。第一是由于旧日的文人多是不出远门的书生，缺乏实物实景的观察，所以写不出来，只好借现成的词藻充充数。这一层容易明白，不用详细说明了。第二，我以为这还是因为语言文字上的障碍。写一个人物，如鲁智深，如王凤姐，如成老爹，古文里的种种烂调套语都不适用，所以不能不用活的语言，新的词句，实地作描写的工夫。但一到了写景的地方，骈文诗词里的许多成语便自然涌上来，挤上来，摆脱也摆脱不开，赶也赶不去。人类的性情本来多是趋易避难，朝着那最没有抵抗的方向走的；既有这许多现成的语句，现成的字面，何必不用呢？何苦另去铸造新字面和新词句呢？我们试读《红楼梦》第十七回贾政父子们游大观园的一大段里，处处都是用这种现成的词藻，便可以明白这种心理了。

《老残游记》最擅长的是描写的技术，无论写人写景，作者都不肯用套语烂调，总想熔铸新词，作实地的描画。在这一点上，这部书可算是前无古人了。

刘鹗先生是个很有文学天才的人；他的文学见解也很超脱。《游记》第十三回里他借一个妓女的嘴骂那些烂调套语的诗人。翠环道：

我在二十里铺的时候，过往的客人见得很多，也常有题诗在墙上的。我最喜欢请他们讲给我听。听来听去，大约不过这个意思。……因此我想，做诗这件事是很没有意思的，不过造些谣言罢了。

奉劝世间许多爱做诗的人们，千万不要为二十里铺的窑姐所笑！

刘鹗先生的诗文集，不幸我们没有见过。《游记》有他的三首诗。第八回里的一首绝句，嘲讽聊城杨氏海源阁（书中改称东昌府柳家）的藏书，虽不是好诗，却也不是造谣言的。第六回里的一首五言律诗，专咏玉贤的虐政，有"杀民如杀贼，太守是元戎"的话，可见他做旧律诗也还能发议论。第十二回里的一首五古，写冻河的情景，前六句云：

地裂北风号，长冰蔽河下。后冰逐前冰，相陵复相亚。河曲易为塞，嵯峨
银桥架。

这总算是有意写实了。但古诗体的拘束太严了，用来写这种不常见的景物
是不会满人意的。试把这六句比较这一段散文的描写：

老残洗完了脸，把行李铺好，把房门锁上，也出来步到河堤上看，见那黄
河从西南上下来，到此却正是 [河] 的湾子，过此便向正东去了。河面不甚
宽，两岸相距不到二里。若以此刻河水而论，也不过百把丈宽的光景。只是面
前的冰插的重重叠叠的，高出水面有七八寸厚。再望上游走了一二百步，只见
那上流的冰还一块一块的漫漫价来，到此地被前头的阑住，走不动，就站住
了。那后来的冰赶上他，只挤得嗤嗤价响。后冰被这溜水逼的紧了，就窜到前
冰上头去。前冰被压就渐渐低下去了。看那河身不过百十丈宽。当中大溜约莫
不过二三十丈。两边俱是平水。这平水之上早已有冰结满。冰面却是平的，被
吹来的尘土盖住，却像沙滩一般。中间的一道大溜却仍然奔腾澎湃，有声有
势，将那走不过去的冰挤得两边乱窜。那两边平水上的冰被当中乱冰挤破了，
往岸上跑。那冰能挤到岸上有五六尺远。许多碎冰被挤得站起来，像个小插屏
似的。看了有点把钟工夫，这一截子的冰又挤死不动了。

这样的描写全靠有实地的观察作根据。刘鹗先生自己评这一段道：

止水结冰是何情状？流水结冰是何情状？小河结冰是何情状？大河结冰是
何情状？河南黄河结冰是何情状？山东黄河结冰是何情状？须知前一卷所写是
山东黄河结冰。(十三回原评)

这就是说，不但人有个性的差别，景物也有个性的差别。我们若不能实地
观察这种种个性的分别，只能有拢统浮泛的描写，决不能有深刻的描写。不但
如此，知道了景物各有个性的差别，我们就应该明白：因袭的词章套语决不够
用来描写景物，因为套语总是浮泛的，拢统的，不能表现某地某景的个别性
质。我们能了解这段散文的描写何以远胜那六句五言诗，便可以明白白话文学
的真正重要了。

《老残游记》里写景的部分也有偶然错误的。蔡子民先生曾对我说，他的
女儿在济南时，带了《老残游记》去游明湖，看到第二回写铁公祠前千佛山
的倒影映在明湖里，她不禁失笑。千佛山的倒影如何能映在明湖里呢？即使三

十年前明湖没有被芦田占满，这也是不可能的事。大概作者有点误记了罢？

第二回写王小玉唱书的一大段是《游记》中最用气力的描写：

王小玉便启朱唇，发皓齿，唱了几句书儿。声音初不甚大，只觉入耳有说不出来的妙境：五脏六腑里像熨斗熨过，无一处不伏贴；三万六千个毛孔，像吃了人参果，无一个毛孔不畅快。唱了十数句之后，渐渐的越唱越高，忽然拔了一个尖儿，像一线钢丝抛入天际，不禁暗暗叫绝。那知他于那极高的地方，尚能回环转折。几转之后，又高一层，接连有三四叠，节节高起，恍如由傲来峰西面攀登泰山的景象：初看傲来峰削壁千仞，以为上与天通，及至翻到傲来峰顶，才见扇子崖更在傲来峰上；及至翻到扇子崖，又见南天门更在扇子崖上：——愈翻愈险，愈险愈奇！

那王小玉唱到极高的三四叠后，陡然一落，又极力骋其千回百折的精神，如一条飞蛇在黄山三十六峰半中腰里盘旋穿插，顷刻之间，周匝数遍。从此以后，愈唱愈低，愈低愈细，那声音渐渐的就听不见了。满园子的人都屏气凝神，不敢少动。约有两三分钟之久，仿佛有一点声音从地底下发出。这一出之后，忽又扬起，像放那东洋烟火，一个弹子上天，随化作千百道五色火光，纵横散乱。这一声飞起，即有无限声音俱来并发。那弹弦子的亦全用轮指，忽大忽小，同他那声音相和相合，有如花坞春晓，好鸟乱鸣。耳朵忙不过来，不晓得听那一声的为是。正在撩乱之际，忽听霍然一声，人弦俱寂。这时台下叫好之声轰然雷动。

这一段写唱书的音韵，是很大胆的尝试。音乐只能听，不容易用文字写出，所以不能不用许多具体的物事来作譬喻。白居易、欧阳修、苏轼都用过这个法子。刘鹗先生在这一段里连用七八种不同的譬喻，用新鲜的文字，明了的印象，使读者从这些逼人的印象里感觉那无形象的音乐的妙处。这一次的尝试总算是很成功的了。

《老残游记》里写景的好文字很多，我最喜欢的是第十二回打冰之后的一段：

抬起头来看那南面的山，一条雪白，映着月光分外好看。一层一层的山岭却不大分辨得出。又有几片白云夹在里面，所以看不出是云是山，及至定神看去，方才看出那是云那是山来。虽然云也是白的，山也是白的；云也有亮光，山也有亮光，只因为月在云上，云在月下，所以云的亮光是从背面透过来的。

那山却不然：山上的亮光是由月光照到山上，被那山上的雪反射过来，所以光是两样子的。然只就稍近的地方如此，那山往东去，越望越远，渐渐的天也是白的，山也是白的，云也是白的，就分辨不出什么来了。

这种白描的工夫真不容易学。只有精细的观察能供给这种描写的底子；只有朴素新鲜的活文字能供给这种描写的工具。

民国八年（1919）上海有一家书店忽然印出一部号称"全本"的《老残游记》，凡上下两卷，上卷即是原本二十回；下卷也是二十回，说是"照原稿本加批增注"的。书尾有"著述于清光绪丙申年山东旅次"一行小字。这便是作伪的证据。丙申（1896）在庚子前五年，而著者原序的年月是丙午之秋，岂不是有意提早十年，要使"北拳南革"都成预言吗？

四十回本之为伪作，绝对无可疑。别的证据且不用谈，单看后二十回写老残游历的许多地方，可有一处有像前二十回中的写景文章吗？看他写泰安道上——

一路上柳绿桃红，春光旖旎；村居野妇联袂踏青；红杏村中，风飘酒帜；绿杨烟里，人戏秋千；或有供麦饭于坟前，焚纸钱于陌上。

列位看官在《老残游记》前二十回里可曾看见这样丑陋的写景文字吗？这样大胆妄为的作伪小人真未免太侮辱刘鹗先生了！真未免太侮辱社会上读小说的人们了！

四、尾声

今年我作《三侠五义》序的时候，前半篇已付排了，后半篇还未脱稿。上海有一位女士，从她的未婚夫那边看见前半篇的排样，写信来和我讨论《三侠五义》的标点。她提出许多关于标点及考证的问题；她的热诚和细心都使我十分敬仰。她的未婚夫——一位有志气的少年，——投身在印刷局里做校对，所以她有机会先读亚东标点本的各种小说的校样。她给我作了许多校勘表。我们通了好几次的信。六月以后，她忽然没有信来了。我这回到了上海，就写信给她，问她什么时候我可以去看她和她的未婚夫。过了几天，她的未婚夫来看我，我才知道她已于七月八日病死了。这个消息使我好几天不愉快。

　　我现在写这篇《老残游记》序，心里常常想到这篇序作成时那一位最热诚的读者早已不在人间了！所以我很诚敬地把这篇序贡献给这位不曾见过的死友，——贡献给龚羡章女士！

一九二五年十一月七日作于上海

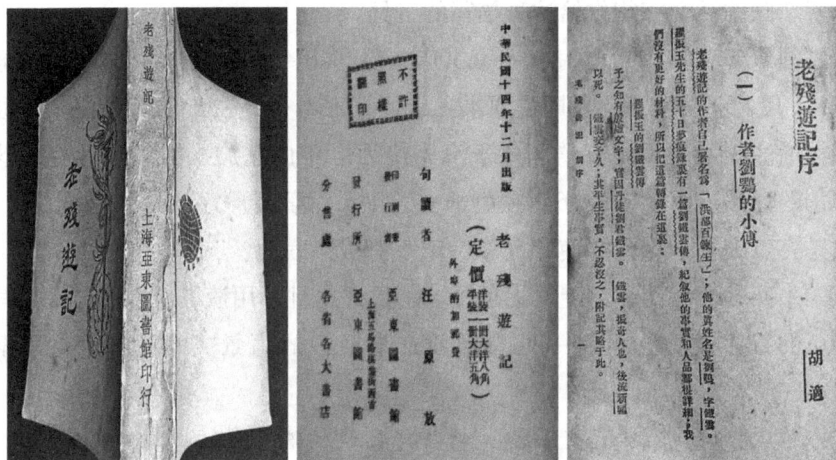

《老残游记》上海亚东图书馆 民国十四年版

林语堂:《老残游记二集》序 (1933)[①]

林语堂

  刘铁云此人,吾看得甚重。初喜读其《老残游记》,尤好玙姑。又早闻近代龟甲文之收藏研究始于《铁云藏龟》。不知何天,忽然了悟《藏龟》之铁云即著《游记》之铁翁。由是吾知此公是一识力过人之人。又过几年,始知著《游记》之铁云即刘季陶先生之先叔,亦即季陶侄刘铁孙之铁公。因急向季陶访问其先叔之行述轶事,又知其在晚清,系一思想急进而因请筑铁路开矿被骂为"汉奸"之人,又系因赈粮被诬流发伊犁而死之人。其人其事,皆足有动于吾心。

  夫时代之不了解,乃先觉之常刑。及过些时,世人亦知龟甲文之重要矣,亦知《老残游记》之价值矣,甚至亦懂得筑铁路之非必汉奸矣。因此又重读《游记》,始恍然大悟正集第一回锲子所言山东海面之破坏大船乃指中国,向船客捐钱然后自己站在安逸地方喊"杀""杀""杀"者,乃指当时之革命党,被抛入大海作牺牲之"不懂事的少年"乃真正不懂事之少年,而奉送洋罗盘救船而被寓为"天主教""汉奸"者,即作者自身。全段系一中国之影子无疑,其语何沉痛也!

[①] 编著者在本书和论文《〈老残游记〉的超时空成就和文化小说定位新论》的第六部分"中国古典文学前所未见的智慧独立女性"引用了林语堂此序,具体内容不再赘述。转录自魏绍昌编《老残游记资料》,中华书局 1962 年;原载《老残游记二集》,上海良友图书公司 1935 年。

一日，季陶送来一书即《老残游记二集》，供吾阅读。吾惊喜，乃与良友商量发刊，并先在《人间世》发表一部分，以引读者注意。而季陶亦作一文，述其先叔轶事，登该刊第四期。

铁云先生作此二集时，季陶居其家，共见六回，述铁老与慧生游泰山，此不必季陶亲见其属稿，亦可一望而知为铁云手著。此中有三事最显著。第一，第一回预言东北必失之于日本，眼光适与初集楔子相同，今日之我，读之不免惊叹。第二，初六回专写泰山斗姥宫之尼姑逸云，其才识与初集中之玙姑适同气味。大概铁翁最喜才识高超议论风采十足之女子。玙姑与逸云又同是得道隐居韬晦自适之才女，想见其为人，如嗅空谷兰之味。时人只赏识靓云，铁翁始知逸云之曲高和寡。第三第四第五回全是逸云议论。斗姥宫果有此人，吾非上泰山不可。惟是梦非梦，吾焉得而知，吾总愿其非梦而为泰山增色也。逸云议论与玙姑一样高超，第二回逸云论州县老爷曰：

你不知道象我们这种出家人，要算下贱到极处的。可知娼妓比我们还要下贱，可知那州县老爷们比娼妓还要下贱，遇见驯良百姓，他治死了还要抽筋、剥皮、锉骨、扬灰。遇见有权势的人，他装王八蛋给人家踹在脚底下，还要昂起头来叫两声，说我唱个曲子您听听吧。他怕京官老爷们写信给御史参他。你瞧着吧！明天我们这庙门口，又该挂一条彩绸两个宫灯哩！

第四回，逸云评斗姥宫之游客曰：

也有花得起钱的，大概不象个人样子；象个人的呢，都没有钱。我想到这里可就有点醒悟了。大概天老爷看着人与钱两样都很重的，所以给了他钱就不教他做人，给了他做个人，就不教他有钱。这也是不错的道理。

第五回她叙述她对才子英雄感想前后之变，亦系绝好文章。

第六回论吃素与女子失节，亦议论不凡。逸云道：

有何不可，倘若有客逼我吃肉，我便吃肉，只是我不自己找肉吃便了。若说吃肉，当年济颠祖师还吃狗肉呢，也不挡住成佛。地狱里吃长斋的不计其数。总之，吃荤是小过犯，不甚要紧。譬如女子失节，是个大过犯，比吃荤重万倍。试问你们姨太太失了多少节了？这罪还数得清吗？其实若认真从此修行，同那不破身的处子毫无分别。因为失节不是自己要失的，为势所迫，出于不得已，所以无罪。

这种女子，不会因被人奸污而目寻短见。所以与那最古怪的道人赤龙子同居四十多天。

老残道："他就住在你这庙里吗？"逸云道："岂但在这庙里，简直住在我炕上。"德夫人忙问："你睡在那里呢？"逸云道："太太有点疑心山顶上说的话罢？我睡在他怀里呢。"

山项上的话是说逸云仍是处子。

二集与初集相同之第三点是老残具一副慈悲心肠，对落难女子常怀救度之念。初集把环翠拔出火坑，二集又把环翠送交逸云修道了。此种地方可见其思想之连贯。即文字之机趣，描写之生动，有眼者自会辨别。惟有一点，其描写泰山看太阳日出，虽亦生动，惜寥寥数行，并未着意写去，不然又可与初集月下遇虎一段媲美了。

一九二五年正月二十二日龙溪林语堂序

《老残游记二集》，上海良友图书公司 1935 年

夏志清:《老残游记》新论（1968）；《人的文学》（1976）

夏志清（任光宇摄于 2006 年，纽约）

《老残游记》新论（1968）[①]

　　清末十年所出的小说中,《老残游记》最受人爱戴。是书风靡一时,而所获得学者的注意,过于同期的任何一部小说。可是,虽有人下过这种种可嘉的功夫,此书无可置疑的力量和艺术成就,却还没有人用比较严密的批评方法去

---

　　① 在本书导论和论文《〈老残游记〉的超时空成就和文化小说定位新论》中,编著者对夏志清教授此两篇文章多有引用,具体内容在此不再赘述。此文为节选,由黄维樑翻译。转录自刘德隆等编《刘鹗及〈老残游记〉资料》,四川人民出版社 1985 年版。

分析、讨论。拥戴这本小说的，征引数节原书，把其中要义和辞彩，孤立起来，略评一下，便心满意足了。殊不知在评论任何伟大性已得到假定的作品时，思想与风格的衡量是不宜分开的。论者特别赏慕刘鹗对官吏的严酷批评，以及若干章节中对景物和曲乐的精摹细绘，以见作者的开明政见和文学才华。可是，强调作者的留心贪官酷吏，反而容易令人忽略了他对整个中国命运的更大关怀；单纯褒扬作者的描写能力，则他在中国小说传统中形式与技巧两方面所作的革新，我们便可能觉察不到，而这革新远较描写能力来得卓绝。这篇文章想深入一点，探讨《老残游记》的艺术成就和政治意义，以为更全面地评价这本小说的伟大的初阶。

　　这本小说结构松散，对故事的布局显然不太关心，这可能是一般批评家对它了解比较机械化的一个原因。《老残》英译者谢迪克教授力称"作者对人对物的兴致无时或已，加上他的道德勇气和幽默感，造成此书气氛上的完整性。"可是，他仍不得不承认，"按照西方的小说概念"：则这书情节和题材的完整性，两皆缺乏。然而，刘鹗对叙述、对话、描写的经营，表现出他是个卓然有成的艺人，而非初出茅庐，心不自知其力的小说作者。因此，此小说之所以缺乏后者那类完整性，与其说由于拙劣和粗疏，毋宁说作者故意如此。最末两回，正好说明刘鹗并不是不会撰述面面俱圆的故事的。前十八回，刘鹗并没有这样做，大抵因为他不满前人以情节为中心的小说，又有野心包揽更高更繁杂的完整性，以与他个人对国计民生的看法互相呼应。刘鹗身处的时代中，小说家瞩目所见，尽是大批从翻译而来的西方小说；时论所趋，又驱使他们心怀家国。方此之时，刘鹗握管而书，所享获得成功，似乎大于他当代杰出而多产的李宝嘉和吴沃尧；他脱掉传统的小说家那件说故事的外衣，又把沿习下来的说故事的所有元素，下隶于个人的识见之内，而为其所用。如果在行文上用的不是第三人称，它会是中国第一本用第一人称写的抒情小说。同时，作者与当代的讽刺小说和谴责小说的作者迥不相侔，他探究国家的现在与未来，所以，它可被称为中国的第一本政治小说。

　　以上各点，下文将予以论证。这里只谈小说结构中最特出的一点——中间第八至第十一回这部份；它是一大段哲学性和预言性的插曲，几乎可以完全从老残的游历的主线割离出来。这一部份记述申子平到桃花山之行，表面上为了寻访隐者刘仁甫，实际上则领受了女智者玙姑和预言者黄龙子的一番道理。申

子平启程之际，老残并无要事等他去办，所以，倘若作者要维持小说的完整
性、使它彻头彻尾是老残的游记，则大可叫他踏上旅途。然而，刘鹗故意冒个
险，从主干枝裂出来，以便完完全全地表达出他对时局错综而矛盾的看法。这
些看法分由老残和黄龙子道出。至于枝裂的理由，稍后将会说到。因此，为了
评论上的方便，这本小说可分两个步骤来阅读：我们可先览主人翁的完备自足
的记述，然后把它与中间部份合起来读。现代读者对主人翁的自述早有同情，
中间部份尽管满是玄思奥说和神机妙算，而大大促使它与整本小说的感性沉瀁
一气，又大大渲染了整本小说的政治意义。本文第一节中，我先从第一步骤入
手。中间部份的风格与记述手法和主线鲜有出入，因而在该节我讨论小说家刘
鹗的技巧的贡献，我以为不必顾及这中间部份了。然而，由于主线议论中国，
情深而意切，本身即已引人入胜，我也会讨论主线的这一方面，以为读者进入
第二节的准备。本文的第二节，则想针对那哲学性和预言性的插曲。我希望这
两节合起来时，有助于对此小说的技巧和意义的进一步了解。

（一）

义和团攻打东交民巷，引起报复，一九〇〇年八月，八国联军攻占北京。
此事之后，即使最顽固的中国读书人，也感到时乎不再，对国家的前途，忧心
忡忡。刘鹗于一九〇三、四年撰写他的小说：虽然它所追述的年代，中华帝国
并未临到山崩地裂的危险关头；可是难逃的劫数，则人人感而知之。作者的序
言末段，对此说得清清楚楚：

吾人生今之时，有身世之感情，有家国之感情，有社会之感情，有种教之
感情。其感情愈深者，其哭泣愈痛：此洪都百炼生所以有《老残游记》之
作也。

棋局已残，吾人将老，欲不哭泣也得乎？吾知海内千芳，人间万艳，必有
与吾同哭同悲者焉！

因而在序言中，刘鹗压抑了小说预言性部份较为自信的声音，主要唤起人
注意他对中国的衰弱的深切悲痛。金圣叹的《水浒》自序开了小说家在序言
中表明自己忧戚态度的先例；而刘鹗的论哭，即承袭金氏而来的名篇。序中谓
其哭也有两端：

灵性生感情，感情生哭泣。哭泣计有两类：一为有力类，一为无力类。痴

儿呆女，失果则啼，遗簪亦泣：此为无力类之哭泣。城崩杞妇之哭，竹染湘妃之泪：此有力类之哭泣也。有力类之哭泣又分两种：以哭泣为哭泣者，其力尚弱；不以哭泣为哭泣者，其力甚劲，其行乃弥远也。

刘鹗把自己列为第二类的哭者中：屈原、庄子、司马迁、杜甫、李后主、王实甫、八大山人和曹雪芹。他相信这些哭者多情善感，以见其灵性的深邃。他们大半皆变一己之哀而为人类之哭，因此，我们可说刘鹗服膺济慈所谓没有人是真诗人，

除了那些人间世之悲惨

为悲惨，且把它们永驻心头。

有力类之哭，使忧天下的诗人有别于"梦族"。这伙梦族，擅于柔弱之哭，而对"人间世之大悲大痛"无痛于中。

在所列举的有力类的哭者中，刘鹗与杜甫最为接近。刘鹗与诗圣杜甫相形之下，毫不逊色，由此可见他的伟大。他能摹擅写，在传统中国小说家中，无人能出其右，犹如杜甫之于众诗人。二者同样忧时感世，虽然极其悲戚沮丧，但对中国的传统，信念坚贞不渝。杜甫中期的诗，是浪游于苦难时局中的记录，犹如《老残游记》。二者既对暴戾和不平痛心疾首，而又同样表现出热爱山水和率真的意趣。

我的提及杜甫，乃用以阐明刘鹗的记述手法。要求紧凑完整的布局，或要求一连串紧凑完整的情节——以此传统的准绳去衡量《老残游记》的批评家，就无可避免地发现它的结构未臻善境了。然而，这本小说，一如书名所云，是游历的记录；而作者构思那独特的情景、独特的经验时，似乎仰赖自然诗人和小品文家，远多于传统的小说家。《老残游记》文如其题，是主人翁所视、所思、所言、所行的第三人称的游记（即使那预言性部份，亦可当作申子平的游记）。这游记对布局或多或少是漫不经心的，又钟意貌属枝节或有始无终的事情，使它大类于现代的抒情小说，而不似任何型态的传统中国小说。刘鹗变旧小说而为抒写人物深蕴五中的情与思的编制，可惜他下一代的作家，步武西方小说，以致刘鹗那近乎革命式的成就，一直未获承认。

所以，《老残游记》并非《儒林外史》那种风格的讽刺小说。第四回中，有两个做官心切的送钱给老残，托他保举一官半职。可是，除了诸如此类的小场面外，揭人隐私，以嘲之辱之的讽刺色彩是极少的。它也绝非与《官场现

— 257 —

形记》和《二十年目睹之怪现状》同类的谴责小说，如鲁迅所称述的。刘鹗不是查根究底，为揭发而揭发的新闻记者。每当有人告以官吏的失职时，老残即大吃一惊。这惊恐以及无可奈何的怜恤之感，为读者提供了适当的情绪的反应。虽然书中的两个主要酷吏——玉贤和刚弼——残忍到令人难以置信，我们并不认为作者把他们漫画化了；换作李宝嘉和吴沃尧，则必会如此。反之，他认真断言刚弼的"清廉"，而认为玉贤清廉之外，更具"才"干。刘鹗率先揭露所谓清官的面目，几乎所有的批评家都对此啧啧称赞。然而，事实似乎是他竟把同情心延及这班残虐的人。他们愚昧；他们迫害弱小而引以为乐；他们——至少玉贤如此——野心勃勃要向上迁升；这愚昧，与乎迫害之乐和迁升的野心，同样是他们残忍的根由。

作为一本新型的小说，而以游记的形式出之，《老残游记》最末布局紧凑那两回，最为脆弱。这两回述及老残摇身一变而为私家侦探，在他助于许亮乔装诱捕恶棍吴二浪子时，无端销声匿迹了好几页。侦探小说大盛于晚清，刘鹗技痒而用之，情有可原。可惜他以侦探故事终结全书，却破坏了前此善为经营游记体裁的完整性。

这侦探故事削弱全书的另一原因是：这椿揭发出来的案件，只是家庭内争，与官吏酷虐百姓的主题无关。贾魏二家的故事引人入胜，因它举例说明了刚弼那令人悚然以惊的残忍和愚昧。刚弼挫败了，这故事的主要目的也达到了。是以小说的高潮发生在第十六和十七回之际：刚弼下令对贾魏氏用刑，老残勃然大怒，急忙抢上堂去，对质审官，斥其严刑迫供那荏弱女子及其垂死老父。刘鹗明知这家庭案件无涉于全书大义，乃将被毒死的悉数复活过来，把这椿罪恶消于无形，以皆大欢喜作小说的收场。翠环与翠花二妓刚从火坑赎身出来，前途也较前光明了。

主人翁的嗜好、兴趣、关怀等等，一一从游记中呈现出来。首章写他治愈黄瑞和（暗喻黄河）的病；另有梦境，记那代表中国的帆船船破入水，在洪波巨浪上翻闯，一片叛乱，好不危险。他对中国的关怀，在此表露无遗。然而，他同时是个酷爱山水和音乐的走方郎中。他随身携备古书数卷，既诵诗又赋诗，旅途上和客栈中，喜与平民百姓为伍。第二回记他旅次山东首府济南时，先则游当地的山水名胜，听白妞的清唱绝响，一如旅人所为。后来听到骇人的惨事，乃难免转注于官场的罪恶和无辜百姓的苦难。可是，老残的好奇心和兴致无时或已。他心怀国事，然而，除了忿怒和忧思的时候外，这关注并没有完全盖过他多方面的兴趣。

主人翁既有种种兴趣，为求与此吻合，作者乃能妙笔生花，把小说写得趣味盎然，或苦或乐，乍惊乍喜，跃然纸上。早期的中国小说家，着重布局，对场面的烘托则极少考究，绝少能把在场人物的举止谈笑和盘托出。《红楼梦》的作者，写初看起来似乎无关宏旨的人物，对话迫真肖妙，但对场面的营造，则逊于刘鹗。从第十二回老残与黄人瑞在一傍晚邂逅时起，至第十六回他俩于翌晨入睡时止，我们读到接近四十页的叙述，生动活泼地道出二人在翠花、翠环陪同下的言谈举止。这场面连绵不断，无疑地记述了传统中国文学中最长的一夜。就小说技巧而言，也是描摹最为逼真的一夜。四个角色全部栩栩如生，尤以黄人瑞至为突出，可说是中国小说中最可爱的瘾君子。

诚然，水灾以及贾家谋杀的复述，颇伸延了那夜一节的长度。不过，它们绝非完全独立的加插，水灾故事尤其不然。这故事的展开，把四个人都引到里面去。夜叙一节，表面看来，乃为了向读者交代水灾和凶案，其实作者紧握时机，尽量描写真象，呈露了老残深一层的性格，表明了他三个友伴的身份和性情。黄人瑞一再拖延，最后才把凶案道出，此乃作者的典型记述技巧。倘若晚饭既毕，故事立刻如诺道出，则夜叙瞬即结束，我们也就没有机会好好认识他们各人了。

晚饭刚刚用完时，老残从黄人瑞所请而赋诗。从早一天他目睹黄河冰封时起，腹稿已定，是以顷刻写在墙上。诗云：

地裂北风号，长冰蔽河下。后冰逐前冰，相陵复相亚。河曲易为塞，嵯峨银桥架。归人长咨嗟，旅客空叹咤。盈盈一水间，轩车不得驾。锦筵招妓乐，乱此凄其夜。

这诗不离唐前五言古诗窠臼，落得个平平无奇。然而，前此老残既闻玉贤的种种暴行后，乃吟诗以泄义愤，如今他亦缀句以舒激情。中国文人，素以散文冠于诗首，序诗之所由作：因诗的篇幅短小，为了交待背景，俾供读者全面鉴赏，所以有此必要。这样说来，则几乎第十二回全回到老残握笔在墙上挥写时止，都可以说是那诗的序。可是，这段散文描述，诗意盎然，相形之下，原诗本身不过用传统的方法，把诗情浓缩起来，对用以入诗的那些独特经验，少有表示。

老残受困于东昌府，乃因他不能渡过黄河，以抵济南。与黄人瑞邂逅的前一天，他走在河堤上，看看有什么方法渡河。然而，河上的浮冰和船上以木杵打冰的一干人太把他迷住了，以致在客栈中用完晚膳后，便穿上羊皮袍子，又到堤岸闲步。彼时雾月交辉，他忆起谢灵运的诗句，岁月如流，国事忧纷，老残不禁悲从中来。翌晨，他又走到岸边，探听怎样渡河。斯时河已全被冰封。返客栈时，他踯躅途中，城里景象，寥落荒凉。返抵客房，无疑地因曾忆起谢灵运的诗，他便读起一本新编的《八代诗选》来，心中把它与同类选集比较。看了半日，在店门口闲立一会，黄人瑞差来的家人进门请见。黄氏也住在城里，不久便约他一同用晚膳。这顿颇饶生趣的饭，诗中以末二句概括了事，实在不够。

那下午黄河冰封一场，就是诗的首六句所吟述的，刻划的维妙维肖，洵为佳构。云开月明，银光映照雪山，良夜里老残矫首对月一场，亦是传世的名篇。但对了解该小说写作技巧而言，则随之而来冥思一节更值得我们注意：

老残对着雪夜交辉的景致，想起谢灵远的诗。"明月照积雪，北风劲且哀"两句，若非经历北方苦寒景象，那里知道"北风劲且哀"的个"哀"字下的好呢？这时月光照得满地灼亮，抬起头来，天上的星，一个也看不见；只有北边北斗七星，开阳摇光，象几个淡白点子一样，还看得清楚。那北斗正斜倚在紫微垣的西边上面，杓在上，魁在下。心里想道："岁月如流，眼见斗杓又将东指了，人又要添一岁了。一年一年的这样瞎混下去，如何是个了局呢？"又想到《诗经》上说的"维北有斗，不可以挹酒浆"，"现在国家正当多事之秋，那王公大臣只是恐怕耽处分，多一事不如少一事，弄的百事俱废，将来又是怎样个了局？国是如此，丈夫何以家为？"想到此地，不觉滴下泪来，也就无心观玩景致，慢慢回店去了。一面走着，觉得脸上有样物件附着似的，用手一模，原来两边挂着了两条滴滑的冰。起初不懂甚么缘故，既而想起，自己也就笑了。原来就是方才流的泪，天寒，立刻就冻住了，地下必定还有几多冰珠子呢！闷闷的回到店里，也就睡了。

精描细摹的段落，人多知之。如上那些，则极为人忽略，而刘鹗的抒情小说家的真正本领，即在此表现出来。若说这里写主人翁的灵思冥想在他的诗里沦为一对质木无文的偶句（"归人长咨嗟，旅客空叹咤"），则这段散章，直抒胸臆，使眼前所见物色与脑中浮现诗句，浑然呼应，最后归于仰观天象的怅然感叹。自然，这里所述的经验，已司空见惯，任何忧时感世的中国骚人墨客，明月当头之际，都会有此心怀。纵使中国诗词中诗有咏述（杜甫即是显著的一例），但中国小说向来对主角的主观心境不肯着力描写，刘鹗摸索以意识流技巧表现这种情景，不但这里如此，好几处亦如此，且同样精采，这确是戛戛独造的。

作者曾自拟此书于一种"其力甚劲，其行甚弥远"，不以哭泣为哭泣之哭泣。如此看来，本段更饶有趣味。在一本涉及人类的受苦的小说中，眼泪自然是不能避免的，我们特别想起于学礼的媳妇在他丈夫断气前哭得死去活来，然后刎颈殉之。翠环对老残和黄人瑞倾诉身世时，还忍得泪；最后一闻他们允诺相助，却号啕大哭起来。贾魏氏泣不成声，一丝半气地供说实在无从捏造一个奸夫出来。这等女子，都是"有力"的哭者，倘若上苍俯听，他们直会"崩城""染竹"。甚至第二回所述那被官府的轿夫踢倒的街童，也是个"有力"的哭者，因为在一个天下为公的社会中，那轿夫应该更加谨慎小心，更加照顾别人。如果这意外真的无可避免，则那轿夫——轿内的官大人更好——会抚慰那孩子并向他母亲陪个不是。这里的情形则是：那妇人只有挈了孩子，嘴里咕噜咕噜的骂着，就回去了。

老残借悬壶济世，尽他所能扶助残弱的和被害的，俨若一不携刀剑的侠士，他不效英雄之所当哭。然而，曾几何时，每当痛心恶吏，感怀国事，他便热泪盈眶。正如有一次，他怒火中烧，欲杀玉贤，发髭因之竖起。可是，老残往往自加克制，不让愁郁和忧愤一发不可收拾。这正道出一更深沉的忧虑：眼见"棋局已残"，孤掌难鸣也。这里，泪水又掉了一次。可是，在泪已成冰后，他才知曾苍然落泪。他还戏用陈词（"冰珠子"）去描写那些溅在地上的泪滴哩！他这自嘲不单写活了个"冷"字，且挽回了流于感伤性之弊，而感伤性适足以掩盖这千古共感的悲恸。这类哭泣，眼泪的宣泄是不济事的。

何以故？尽管他的旅程暂以快事作结，促使老残夜行时落泪的疑问，在小说的主要部分中，并没有获得解答。他虽然侠骨柔肠，却不是孔武骁勇的剑客，惩戒恶人，彰显公义，使人读之而震摄，而称快。即使老残一见不平便起而纠之，他明知自己所未闻的多少恶事，正日日发生，此外，对于国家大势，他是有心无力的。他谙治水之道，这套学问对他前途可大派用场。然而，就此小说本身之内而言，我们甚至可以质问道：对于反抗专横势力，解救黎民疾

— 261 —

苦，老残究竟做了什么？他纳翠环为妾，又把翠花配作黄人瑞的妾侍。他上书巡抚张曜，使张宫保免去刚弼主审凶案的专差，贾魏氏及其老父因而得直。可是，前此致宫保述玉贤失职的信却徒劳无果。第十九回说他会晤宫保：

> 宫保说："日前捧读大札，不料玉守残酷如此，实是兄弟之罪。将来总当设法。但目下不敢出尔反尔，似非对君父之道。"老残说："救民即所以报君，似乎无所谓不可。"宫保默然。又谈半点钟功夫，端茶告退。

老残识见不群，独来独往，在山东可以有所作为，主要因为衙门中人知道宫保十分尊敬他，又欲聘用他。如果没有宫保撑腰，一个无官衔的走方郎中，是不能对刚弼面斥廷询的。然而，可笑的是，虽然口碑皆谓宫保贤良，他却误信玉贤和刚弼，引以为左右辅佐。即使相信了玉贤的残酷时，由于官僚气习已成，乃不欲罢之，免使因他荐举非人而致龙颜不悦。更不可恕的是他曾采纳一书生之见治河，卒使黄河两岸泛滥成灾，杀害了几十万百姓。身受其害的翠花，说张抚台勉强接受了那不合人道的治河法时的情景："张抚台没法，点点头，叹了一口气，听说还落了几点眼泪。"也许这也是"有力类"的怜恤之泪吧！可是，在这紧要关头，他良知不安，与乎后来他对老残的咎责不置复，似乎在说明：象他这样的重要官员，实施或赞助不智的决定，是免不了的。《老残游记》一片侠气，满腔热血，却是本基于政治现实的小说。主人翁成功地把几个困顿的生灵，救出水火，这不过表现出众多受虐吏劣政所残害的百姓，其处境益加艰窘而已。

（二）

《老残游记》是本政治小说，不论行文立意，对义和团事变倍加关注。如所周知，刘鹗的颠沛际遇，与一九〇〇年的事故牵连一起。那年秋天，他由上海抵北京，通过俄国友人，经过一番斡旋，终于购得储于太仓而为俄军所据的大批米粮，以贱价粜诸城中饥民。可是，因此慈善心肠，却惹来仇人袁世凯之谗，谓他私售仓粟罪君。一九〇八年刘鹗被流放新疆，部份原因在此。翌年在迪化去世，享年五十三岁。在他正要为《绣像小说》写稿时，关于拳乱的小说正大行其道，他一定也想把北京失陷时的目睹耳闻现诸笔墨（刘鹗为接济友人连梦青，始作小说。那时，连梦青正被官府追迫，匿于上海。《老残游记》刊出前数期，《绣像小说》正开始连载连梦青的《邻女语》。此小说所述主角的经历，与刘鹗北上被攻陷的京城，极为仿佛）。不过，虽然刘鹗向早期生活寻觅灵感，大概由于庚子之乱大难处理所致，他仍然别具心裁，把对拳民之祸的关怀设法搬入小说中去。

考察刘鹗一生行迹，他的小说一定大大借重于他一八九〇那年的回忆。他那年在山东入官，为张曜治水谘议。张抚台于一八九一年去世，小说把他们的相遇安排于秋冬之际，所以这事可说只能在一八九〇年发生。那时刘鹗三十四岁，与老残的年龄相仿（"不过三十多岁"）。当时满人毓贤为曹州知府（相应于书中的玉贤），虽然他的官衔，甚至一八九一年才正式确立。

......

中国正值存亡之秋的主题，已证诸序言，又于第一回的寓言梦中被戏剧化起来，而小说中酷吏的行为，亦证实了它。不过，作者心中又不甘愿接受这个主题，遂有那哲学性和预言性的插曲。刘鹗在工商界曾做过一番事业，这代表他对西方的大大仰慕（老残在梦中呈献西方的罗盘和纪限仪器，以挽救中国之舟）。可是，他晚清那代的读书人，与后起否定中国传统的知识分子鲁迅、陈独秀等，并不相伴。前者受中国传统的薰陶更深，不可能否定它。刘鹗为中国而哭，可谓既因热烈眷恋着小说中所描述的安份守己的百姓和秀丽可爱的河山，亦因他对文化传统的系连，牢不可破。他弱冠时曾拜于李平山（号龙川）门下。李平山为太谷教一派之主，倡儒、释、道合一之说。刘鹗极重所学，与同门友谊，至死不渝，黄归群即为其中之一。刘大绅持黄龙子影射黄归群之说，因皆以黄为姓，但除了六首玄言诗外，我们对黄龙子的生平一无所知。同时，刘大绅又谓这六首七绝，乃述刘鹗受业于李平山之学境。我们由此可谓黄龙子其人实为作者的理想化身，他对中国文化怀着信心，与作者的另一化身——冲动的哭者老残——的消沉沮丧颉颃着。

虽然同样借鉴于作者的生平行谊，这两个角色自是各有不同，对政府极感失望的老残，曾雄心勃勃，结纳朋友，讲舆地、阵图、制造、武功等实学，相约报国。然而黄龙子的述怀诗表现出他在淡泊中讲学论道，而自得其乐。老残不作隐逸山林的高士，不受一官半爵，而做个走方郎中，扶危济颠。黄龙子清楚地预见时凶世乱，却一直做个隐士，因他搜诸国史，证诸天地、洞悉吉凶兴衰之道。如前所述，若要使老残的游历连贯不断，作者大可撇弃申子平这角色，而让主人翁到桃花山去。他之不能这样做，乃因不欲使这针锋相对的自我的两面对垒起来。没有老残那样的阅历，比较单纯的人，对黄龙子和玙姑所论是尽会接受的。

玙姑剖论国势，兼有老残的消沉和黄龙子的达观，她仿佛是作者思想的代言人。玙姑向申子平阐释的是太谷学派教义，讲儒释道三教的同处在"诱人为善，引人处于大公"。然而，她的说法，本乎孔孟之道；又把千年来中国的积弱，归咎于一种偏狭的道德观，而以韩愈无理由的辟佛老为代表，宋儒的存理去欲，压抑本性亦为中国积弱之由。我们因此可说酷吏的残虐，直接源于这传统，没有通变的礼教和过份关注、压抑人欲所导引的"罪恶"。玙姑以为大公即无私，为善即顺乎自然，即礼行孔子直正的仁道。她自己便是这种善的代表，这善直与孔子的"礼"自然相应。续编中，刘鹗借尼姑逸云写出佛家慈悲更精纯的一面，即从欲念中自然超升（与宋儒的压抑完全不相同），便得人类的自由。

今天的读者，少有会与玙姑的道德哲学争辩的，它远远瞻及胡适、周作人、林语堂等具影响力的现代思想家的反道学思想。黄龙子的学理玄妙，对"南革"的虚言妄见使许多中国读者感到无聊，或毫无同情可言。南方的革命军终于推翻满清，建立民国，在这科学时代，没有人会根据印度神学和《易经》而建构一套宇宙哲学，或引用一个卦象来征明革命的危险。不过即使自认比黄龙子开明的读者，至少应欣赏刘鹗的道德想象力，它驱使他塑造了先知一角，非仅为了说明中国面临大乱的原由，更为了矢言中国文化的命脉源远而流长。据黄龙子所言，革命党人闯下的纷扰，至甲寅（一九一四）年的政治改革而告终：

甲寅以后，为文明华敷之世。虽灿烂可观，尚不足与他国齐驱并驾。直至甲子（一九二四），为文明结实之世，可以自立矣。然后由欧洲新文明，进而复我三皇五帝旧文明，骎骎进于大同之世矣。然此事尚远，非三五十年事也。

西方许多《圣经》上"启示录"式的思想家的预言，为历史所推翻，乃势所必然。不过预言是表露心声的一种，对某些关心政治和文明存亡大问题的作者，自有其必要。诗人之不得不构筑一套私人的神话或哲学体系，以扩大其视界，从心所欲地预言世事，英国文学中，布来克和叶慈是佼佼的代表。克连斯·勃罗克斯教授曾把叶慈《幻梦录》一书的诗功能扼要地道出："细言之，这体系使叶慈得以一场大戏剧视世界；许多大事是可预测的（如此则诗人不致在纷乱杂沓中迷然失所），可是，这场大戏的规模容许复杂错综的经验，以及分明是矛盾冲突的经验（如此则诗人不致流于过份简单化）"。黄龙子的体系亦正如此。事实上，他这体系与传统的中国思想一脉相承，远过于叶慈的之于传统西方思想。黄龙子演释泽火革卦，以为是个凶卦，犹如二女嫁一夫而同居，其志不相得。这说法叶慈当会闻之色喜吧！刘鹗申斥拳民和革命党人，却不能因此而视他对满清效忠，虽国祚危颠，而仍一腔热情依附之。他反对非理性和无政府主义，实表示他维护文明，且非仅中国文明而已。他认定拳民的胡作妄为，起于野蛮的排外主义，其根源则为对神灵鬼怪的迷信。此说少有不以为然者。他视南方的革命党人为无神论者，要亵渎对祖先的敬拜，要破坏家庭制度，这看法也多少有事实的根据。但孙中山先生对儒家文化的尊崇，不下于刘鹗；他所领导的革命，实际上是温和的。刘鹗不明此点，所以，对这班革命党人的破坏性估计太高了。

姑勿论我们对黄龙子的见解反应如何，刘鹗已为桃花山的居民，提供了一个自由而和平的宁谧环境，与小说中其他部份所弥漫的不平和苦难，正强烈对比着（在本书的续编里，即使泰山的尼庵也免不了有官府作后台的土豪劣绅的期凌）。玙姑、黄龙子及其亲朋戚友全然说不上已逃过了人世的烦扰，也避不开山林隐居的不便；玙姑的外甥受儿童所难免的疾病折磨，而他们点灯所用的生油，也不能与洋油相比。不过，他们至少超越了宋儒人欲罪恶感的困扰，互诉心曲，慧语如珠；又抚弦弄曲，以寓其悦生之情。黄龙子与玙姑，一琴一瑟，各乐其乐，而其律协音谐，有胜于中国传统众乐工齐鸣一音调的奏法。此段同随后与桑家姊妹和奏的，刻画灵妙，使人心醉。诚然，第二回白妞王小玉的说书，下笔更为传神，更令人击节赞赏。然而，这里所写，天趣盎然，世间独步；王小玉无论怎样不同凡响，毕竟是伶人之艺，供人取乐而已。

桃花山中，也有虎啸狼嗥。对玙姑和黄龙子而言，这些野兽享有"言论自由"，一如他们所应有。虎啸一声，陌生人会闻之丧胆，象申子平那样。可是，这也是自然而悦耳之声，与后来他们娱宾的《海水天风之曲》而无二致。不过倘谓在道家消遥的精妙世界中，老虎是布来克的精力的堂皇象征，那末，在人世间中，它即传统中国所谓的"苛政"。老残感愤于玉贤的专暴，在街上访问本府政绩：

竟是异口同声说好，不过都带有惨淡颜色。不觉暗暗点头，深服古人

"苛政猛于虎"一语，真是不错。

即使在山居中，他们对老虎的消遥自在，自表同情；可是一触及政治时，山中居民仍以之作为凶恶的象征。因而，黄龙子一面惋惜那离开山林，在人世丧失了自由的老虎，一面却能把它对比作在朝廷里做官的人，受了气，只是回家来"对着老婆孩子发发悚"。申子平在玙姑家中唸了那篇关于义和团事变的诗。所以诗中老虎以一强有力的象征出现，是顺理成章的。……

《老残游记》这既抒情又具政治意味的小说，之所以扣人心弦，而又结构独特，大有赖于这万千的感慨。

一九六八年冬

※ 选自台北联经出版事业公司一九七六年八月初版之《老残游记》一书附录。

夏志清：人的文学（1976）[①]

胡适、陈独秀倡导文学革命，一转眼已是六十年前的事了。六十年来用白话书写的新文学，其成就早已有目同睹，不再有人加以鄙视。一九四九年前的作品，大部分不易在台湾见到，但近年来有好几部新文学史问世，至少青年学子可借以知道些人名、书名和一九四九年前文学发展的概况。不久前，我在报章上见到《中国新文学大系》重印的广告，好像重印的仅是郁达夫主编的《散文二集》。事实上，民国十七年（1928）以前，左派文人尚未得势，《中国新文学大系》里明白宣传共产思想的文章可说绝无仅有，真不妨把十巨册一并重印。仅能看到新编的文学史而不能看到文学理论、批评、创作的原始资料，对青年学子来言，总不免有隔靴搔痒之感。

在文学理论方面，新文学初创期最大的特色是对中国固有文学传统的猛烈抨击。民国六年胡适提出八条"文学改良刍议"之后，陈独秀即写篇《文学革命论》响应他，大声疾呼推倒固有的"贵族文学"、"古典文学"、"山林文学"而代之以"国民文学"、"写实文学"、"社会文学"。陈氏梁启超式的社

---

① 节录自《人的文学》，福建教育出版社 2010 年版；初版为 1977 年 4 月台北纯文学出版社。"……"处有删减。

论，读起来令人心烦，我曾在《文学革命》一文里（收入《文学的前途》中），取笑过他。但值得注意的是，他对传统文学里加以肯定的作品和作家，类如"国风"、"楚辞"，魏晋五言诗，唐代的韩柳元白，以及元明以来的"文豪"马致远、施耐庵、曹雪芹，即在今日，也大家公认为代表了旧文学里活的传统（当然施耐庵著《水浒传》之说，不一定可靠）。近人唐文标的观点同陈独秀尤其相像：他所肯定的也是以"国风"、汉乐府为代表的"国民文学"或"社会文学"，他所否定的也是古代读书人包办的"雕琢的阿谀的贵族文学"和"陈腐的铺张的古典文学"。

民国七年十二月，周作人在《新青年》杂志上发表了一篇《人的文学》。在他看来，中国文学的致命伤不是文字问题（"雕琢"、"阿谀"、"陈腐"、"铺张"），而是道德问题，也就是人生态度不够严肃的问题。他自己提倡的是"人道主义"，即是"一个个人主义的人间本位主义"。"人的文学"即是"用这人道主义为本，对于人生诸问题，加以纪录研究的文字"（"文字"恐系论文，似应作"文学"）。"中国文学中，人的文学，本来极少，从儒教道教出来的文章，几乎都不及格"。即如胡适、陈独秀对少数小说戏剧加以称许的通俗文学，周作人也认为是"非人的文学"。他把通俗文学分为十类：一、色情狂的淫书类，二、迷信的鬼神书类，三、神仙书类，四、妖怪书类，五、奴隶书类（"甲种主题是皇帝状元宰相"，"乙种主题是神圣的父与夫"）六、强盗书类，七、才子佳人书类，八、下等谐谑书类，九、黑幕类，十、"以上各种思想和合结晶的旧戏。""这几类全是妨碍人性的生长，破坏人类的平和的东西，"周作人认为"统应该排斥。这宗著作，在民族心理研究上，原都极有价值。在文艺批评上，也有几种可以容许，但在主义上，一切都该排斥"。同时期周作人写了另一篇名文（平民文学），提倡类属"人生艺术派"，内容充实，"研究平民生活——人的生活——的文学"。《红楼梦》描写的虽然是贵族生活，周作人却认为是中国文学史上够得上"平民文学"资格的唯一杰作："因为他（它）能写出中国家庭中的喜剧悲剧，到了现在，情形依旧不改，所以耐人研究。想来，凭周作人的标准，《红楼梦》算得上是"人的文学。"

……

胡适倡导文学革命，引起了文言自话优劣之争辩。周作人排斥旧文学，认为关键问题在其代表旧社会的思想性上。同时期他写了篇《思想革命》的短文（该文以及《人的文学》、《平民文学》二文皆集于《中国新文学大系·建设理论集》），明说"表现思想的文字不良，固然足以阻碍文学的发达。若思想本质不良，徒有文字，又有什么用处呢？……我见中国许多淫书都用白话，因此想到白话前途的危险。中国人如不真正'洗心革面'的改悔，将旧有的荒谬思想弃去，无论用古文或白话文，都说不出好东西来"。他的见解，较诸胡适，更精深一步。

我认为中国新文学的传统，即是"人的文学"，即是"用人道主义为本"，对中国社会、个人诸问题，加以记录研究的文学。那些作家，自己的新思想，可能相当幼稚，唯对旧思想、旧道德、旧社会的抨击和揭露，的确尽了最大的努力。我有篇文章，曾被译为《现代中国文学感时忧国的精神》。其实原标题"Obsession with China"的含义，"感时忧国"之外，更强调作家们被种种不平的、落后的、"非人的"的现象占据其心头，觉得不把这些事实写下来，自己没有尽了作家的责任。巴金三十年代初期的长篇《家》，以小说艺术而论，是部非常拙劣的作品，但当年是最畅销的小说，青年男女读了莫不深深感动，主要是在读的时候，想起自己家庭里种种丑剧悲剧，不由得不一洒同情之泪。……

《红楼梦》目今是中国文学最热门的研究题材。我自己也曾细读过四遍，每读一遍不得不叹服为中国最伟大的小说。但写完《中国古典小说》后，我还没有再从头到尾读它一遍，实在不想读也不忍读。有些红迷陶醉于大观园里的赏心乐事，有空即挑几章读读。我倒同意王文兴的看法，大观园实在是多少小姐、丫环的集中营，一点自由也没有，活着有什么乐趣，且不提好多女子下场何等悲惨。即如贾宝玉自己，一年难得两三回上街逛逛，这算是什么生活？最后出家做和尚，也只能算自寻寂灭，倒不如哈姆雷特胡乱杀几个人，自己也中剑身亡，痛快得多。

读历史演义小说，虽然艺术水准不齐，不容易使人联想到旧社会的可怕。那些忠心耿耿的名臣大将，虽然受尽昏君的气，我倒不觉得是皇帝的"奴隶"。但即在此类小说里面，不少有关女人的情节，读来总教人感到不舒服。《三国演义》五十二回里，赵范同赵云结拜弟兄，好意要把守寡三年，"有倾国倾城之色"的嫂子配给他，赵云一下子翻过脸来，变成了武松、石秀型的汉子。第十九回，刘备"匹马逃难"，借宿少年猎户刘安家：当下刘安闻豫州牧至，欲寻野味供食，一时不能得，乃杀其妻以食之。玄德曰："此何肉也？"
安曰："乃狼肉也。"玄德不疑，乃饱食了一顿，天晚就宿。至晓将去，往后
院取马，忽见一妇人杀于厨下，臂上肉已都割去。玄德惊问，方知昨夜食者，
乃其妻之肉也。玄德不胜伤感，洒泪上马。刘安告玄德曰："本欲相随使君，
因老母在堂，未敢远行。"

这段小穿插，近代《三国》评家从未提过，我总觉得是全书最大的一个
污点。当年毛宗岗改订《三国演义》时，没有把这段文字删掉（无时间查看
各种版本，想不可能是毛氏新添的），想来也感到刘安的大义大孝，值得世人
赞叹。刘备吃一顿素菜淡饭，有什么关系？但刘备既是朝廷官员，刘安不把自
己年轻的妻子杀掉，烧一锅肉给他吃，对不住这样一位上宾。如此巴结刘备，
原可跟随他去博一个功名，但临别前说"因老母在堂，未敢远行"，表示自己
是孝子，杀妻而不求报，态度更何等落落大方！只吃了臂上肉，刘安至少可以
十天不打猎，在家里伴着老母吃媳妇的肉。

读章回小说，一直要读到二十世纪初年的《老残游记》，我们才碰到一位
在专制政治下真正为老百姓请命，人道主义的作家。周作人在《人的文学》
里没有提到它，想来他觉得刘鹗有些地方还是旧脑筋，执迷于"三教合一"
的想法，不够开明。但刘鹗大力抨击清官酷吏，坚决否定一千年来理学思想、
"吃人礼教"的传统，关心民间疾苦，更同情不幸女子的遭遇——单凭其人道
主义之精神，实已和胡适、鲁迅、周作人这一代站在同一阵线。《老残游记》，
同杜甫不少诗篇一样，是真正"人的文学"的杰作。

……

中国读书人应该关心中国文化的前途。中国传统思想、文学本身就是中国
现代文化的主要部分，今天不会再有人像有些五四时代的思想家一样，向祖宗
宣告独立，发誓不读古书。唯其我们相信中国文化是一脉相传的，而且唯其我
们希望国家富强，人民安居乐业，在文艺科学各方面有光辉灿烂的表现，我们
研究传统的思想、文学和一切文物制度不得不抱一种批判态度。周作人《人
的文学》代表了五四时代的精神，说话不免过分激烈，但在多少中西学者用
纯文学观点来研究中国古典文学的当口（且不谈少数人以中国古人自居来欣
赏古代文学），"人的文学"这个观念仍是值得我们借鉴活用的。

一九七六年十二月廿九日完稿

【编著者按】夏志清（1921—2013）江苏吴县（今苏州）人，美籍中国文学评论专家、哥伦比亚大学教授。1942 年自沪江大学英文系毕业时已阅读了大量中外文学名著。1946 年 9 月随长兄夏济安至北京大学担任助教，醉心于欧西古典文学，因研究威廉·布莱克档案论文脱颖而出，取得留美奖学金，至耶鲁大学深造，1951 年取得博士学位。先后执教于美国密歇根大学、纽约州立大学、匹兹堡大学等校，1961 年出版了英文著作《中国现代小说史》一举成名。1962 年任哥伦比亚大学东方语言文化系副教授，1969 年升为教授，1991 年退休后为该校名誉教授。著作有《文学的前途》《人的文学》《新文学的传统》《谈文艺 忆师友》等，英文著作有《中国现代小说史》和《中国古典小说史论》等。

　　编著者在 21 世纪初的几年中，有幸两度在美国纽约与夏志清教授晤面。第一次是 2000 年春遵刘德隆嘱专程去夏老家中呈送《刘鹗散论》，另一次是与几位师友一起在纽约下城餐叙。当年尚忙于稻粱，难以向这位中国近现代文学专家请教一二，然在府上夏老兴致很高地出示新书《台湾·香港·海外学者论中国近代小说》，并翻出他的《〈老残游记〉新论》，我当即表示很想拜读，夏老即让我带回去"好好看看"。2006 年秋亚一毛（巫宁坤女）在著名的兰登书屋出版新书《Feather in the Storm》（《暴风雨中一羽毛》），邀我拍些照片，还一起参加了她与师友夏老夫妇、董鼎山、王渝午间餐聚（夏老、董老都曾拜见，王渝更相识多年）。没想到六年之后再见夏老，他第一句话竟是"我的那本书看了没有？看好了要还给我！"而这本没有机会还给夏老的书，不但令我对他的有关《老残游记》的评论印象深刻，且在随我漂泊近二十年后还能成为我书稿的重要参引书，想来也是对九泉之下夏老的最好纪念。

夏志清　　　　　　董鼎山　　　　　　王　渝

夏志清：《老残游记》 新论（1968）；《人的文学》（1976）

聚餐后合影，从左至右分别为：夏志清夫人王洞女士、夏志清教授、王渝、巫一毛、董鼎山。任光宇 2006 年 10 月 26 日摄于美国纽约

夏夫人在签字

夏夫人与周励女士合照

更加幸运和感人的是，笔者为能够拿到出版社要求的夏志清大作"转载授权说明书"，自 2023 年春夏即开始拜托美国老朋友帮助联系夏夫人王洞女士，先后麻烦过巫一毛、王渝、高伐林、陈远焕、王威、梓樱（许芸）等人，但因耄耋之年的夏夫人身体欠安或省亲在外，电邮电话都一直没能联系上。直到金秋十月经梓樱得知著名女作家周励（《曼哈顿的中国女人》作者）拟亲临纽约夏府拜访，才转托到周女士代为请求，最后得到了夏夫人的亲切签字授权，并传来相关照片和视频。在此一并特别致谢！

周汝昌：《老残游记》评论及刘鹗评价

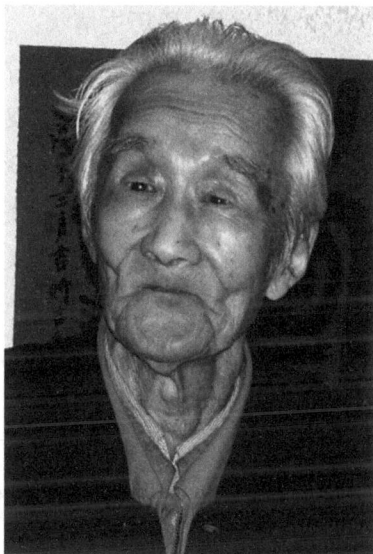

周汝昌

《"游方郎中"的足迹与心迹
——纪念〈老残游记〉问世 90 周年》（1995）[①]

刘铁云（鹗）先生著有《老残游记》正集二十回，二集十四回（今只发现九回），尚有《外编》残稿少许。[1]"正集、二集，分行本、合订本，都曾有之，也有西文译本，而且还流行过伪托的假续集数十回（据云出于陈莲痕之手笔）。这部小说之受到欢迎，足征概略。正集问世，先刊于《绣像小说》，

---

① 本书导论和论文《定位新论》对周汝昌先生的评论及评价多有引用，具体内容在此不再赘述。应周老生前意愿转载。原载《文艺报》1995 年 9 月 25 日第三版，后收入周汝昌《砚霓小集》，山西教育出版社 1998 年版。

后复连载于《天津日日新闻》报。迄今将近一个世纪，已成为世界文学名著。晚清以来，小说出版的多得不可胜数，除很少数几部尚为人知人读之外，皆归湮灭，而独《老残》一记，光焰不磨，魅力长驻。[2]其故安在？这是我们在纪念此书问世 90 周年的时机，应当思索的一个文学课题。

刘铁云生于咸丰六年（1857），卒于宣统元年（1909）。而作于光绪三十二年（1906）的《小说闲评》曾说明一段历史情状：

十年前之世界为八股世界，近则忽变为小说世界，盖昔之肆力于八股者，今则斗心角智，无不以小说家自命。于是小说之书日见其多，著小说之人日见其伙。略通虚字者无不握管而著小说。循是以往，小说之书有不汗牛而充栋者几希？顾小说若是其盛，而求一良小说足与前小说媲美者卒鲜。何则？昔人之为小说者，抱才不遇，无所表见（现），借小说以自娱，息心静气，穷十年或数十年之力，以成一巨册，几经锻炼，几经删削，藏之名山，不敢遽出以问世，如《水浒》、《红楼》等书是已。今则不然，朝脱稿而夕印行，——刹那已无人顾问。盖操觚之始，视为利薮，苟成一书，售诸书贾，可博数十金。……"

这所记的一段历史情景，却正是刘铁云生活的年代。由此可知，他之作《游记》，也是时代的潮流与风习的一种产物。

但由《闲评》的话，我们却又可以悟到事情的另一面：不可胜数的小说出来了，转眼之间即少有人再去顾而问之，而《游记》独独不然，而它又并非穷十年、数十年之力的巨著，也是很快就印行了的。那么，这其间定然另有原因了——这才是我们此刻想要探究的中心点。

《闲评》提出了一个重要的问题，即：昔人之为小说，是借小说以表现其才智抱负，而并不是以此为牟利博名的捷径。这一点，对刘铁云来说，是对景的。大家皆知，刘氏是当时一位奇士，一身兼着学者、文人、哲士、科技家、实业家、政治改革家……的"综合构成体"，满腹才学，一腔志愿，意在为国为民，而一生抱负未得大展，结局是含屈忍辱，流死于边疆。所以，他之作《游记》绝不同于只为从书贾博取数十金的那类小说作者。

刘氏是奇士，他的智能所涉甚广，精通治河、数学、医道、文物，不在本文范围之内列叙。如今只就文艺这一个层次来略申浅见。试看，他那一篇自序，堪称大笔、卓识、奇文、宏论。此序，以"哭泣"为文纽，为句眼，而展示了他的性情、心灵、志节与气概。他的奇论是如此地惊世骇俗。他以为:——

比如牛马,生来最苦,食草受鞭,辛酸劳作,可是它们不会哭。而猿猴能啼,"巴东三峡巫峡长,猿啼三声泪沾肠"!盖猿猴与人之性最近之故也。是以哭泣乃是人的灵性的一种表现。

他因此说:唯人有灵性,"灵性生感情,感情在哭泣"。如此论证者,已经很是警策了。但他又进而指出:

哭有两类,一类无力,一类有力;前者如小儿争物、失意之哭,是无力的,而后者则如杞梁妇之哭倒长城,舜湘娥之哭成斑竹是也,是有力的。复次,此有力类之哭,又分两种:一种即以哭泣为哭泣,而另一种却以文学为哭泣;前者力犹弱而其行也不能远,后者其力劲而其传也永久!

——论述到了这个层次,他才庄严地引列出了中华的几位最伟大的文学家:

屈大夫以《离骚》哭,漆园叟以《庄子》哭,太史公以《史记》哭,杜少陵以诗哭,李后主以词哭,八大山人以画哭,王实甫以《西厢》为哭泣,而曹雪芹则以《红楼》为哭泣!

有人可以提出批评意见,说这种文艺理论观点太消极悲观了,与我们的时代关系太小了——这实在只看到了事情的最表层。如果论事不能脱离开历史背景,时代环境,那么你就会惊讶,刘铁云能发此论,却正说明他是一位具有卓识的非凡之士。

犹不止此。他指出的"灵性生感情",那感情又是什么样子的呢?试听其言:——

吾人生今之时,有身世之感情,有家国之感情,有社会之感情,有种教之感情。其感情愈深者,其哭泣愈痛:此鸿都百炼生所以有《老残游记》之作也。

对于我们今日纪念他的人来说,这话就异常之重要了。只看这段话,也就明白,他讲哭泣,一点儿也不是什么消极悲观,真是适得其反。刘氏的用世之思想与志向,正是构成他的小说的质体。

刘氏在当时是个极先进的改革派政治实行家,是个"新派",他的主张如修筑铁路、开采矿产等有识见的主张与计划,都被守旧派视为邪说,诬为汉奸。他的关心水利治河，他的愤恨酷吏害民，也都冶铸成为了小说的情节内容，——其实，他把老残托写为一个游方郎中（走江湖闯四方的巡游医生），其中正包涵着一个"不为良相，则为良医"的信念，安心立意要治国救民，为群生疾患解除痛苦。

由此可见，他倾注于小说中的感情，并非"闲情"、"艳情"之类（当时小说界流行的），而是一种至为复杂、至为深厚的感情，高层次的诸种感情：由身世到家国，由社会到种教。"种教"者何？我妄拟大约接近于今日大家都谈的民族文化者是。

以此心此志，此感此情来写小说，自然与当时为了"博数十金"的利薮观念者的作品不同，自然不会刹那即无人再问了。

但是，从文学角度来思索问题，有一点特别引动我的心绪，即：他的自序虽然列及了从屈原以下的多位伟大作家，而全序却是以曹雪芹的《红楼梦》为之结穴的！这实在是应当着重研论的一大题目。

由于天资秉赋的超常卓绝，刘铁云对小说《红楼梦》的理解认识是远远胜过当时一般文人的。曹雪芹著书的总纲领与大主题是八个字的谐意隐语："千红一窟"、"万艳同杯"，这表面只是赞茶酒之美的词句，实际则是为普天下女子痛哭而悲悯，"窟"谐音哭而"杯"谐音悲，这个奥秘，是他在自序中第一次为人们揭出的！如果未忘记这是一百年前脂批本《石头记》早不再流行时的事，那么你就会醒悟：这真是一桩了不起的文化误解和心灵投契——因为，时至今日，有不少人还是看不到雪芹的这一博大无俦的精神境界，而仍以"哥妹爱情小悲剧"来作为评价和赞美《红楼梦》的唯一"标准"与"理论根据"。对比，回顾，"反思"，就实在不能不承认刘铁云的超乎时代的识力了。

他的自序竟然是这样结语的：——

"棋局已残，吾人将老，欲不哭泣也得乎？吾知天下千红，人间万艳，必有与吾同哭同悲者焉。"我们略知一点儿清末政局国势的今日读者，未必完全领会与赞同他的这种身世家国的感情的基础观点，但从社会的与"种教"的感情上来论事论文，不也是能够引起深衷极大的共鸣与钦佩吗？

《老残游记》绝不同于晚清出现的那种"谴责"、"暴露"的小说。它是一部内涵丰厚的综合性作品。它受前人小说的影响，我们是可以追寻痕迹的；但我却强调一点：刘铁云所受于曹雪芹的影响，至深且钜，也许是超过了所有别的说部名著的。

这表现在，他于国计民生的主题中，却夹写了几个异样的不凡的女子。他写的女子，是前人没写过也写不出的，是一种"崭新的类型"。这当然和他的妇女观是密切关联的——这就须饮水思源于雪芹的《红楼梦》。

中华人的历史妇女观，是我们文化史、文学史上的一大课题，比如若能单从历代小说戏剧中写妇女的系统研究论述，也将会是极有价值的学术著作，可惜至今未见其书。简单地说：截至曹雪芹写书，他的妇女观与表现法开启了一个划时代的大变化。作《儿女英雄传》的文康，竭其才思，意欲与雪芹争胜，才写出了一个"十三妹"何玉凤——她不凡，可佩，可慕，在文康心中目中那是绝顶理想人物了，再也难有超越者；但试与刘铁云写出来的，特别是像泰山斗姥宫尼僧逸云来比比看，真是雅俗不同，高下立见了。

《红楼梦》出现后，模仿者（不指"续书"类）很多了，知名者如《青楼梦》、《镜花缘》、《海上花列传》等等皆是。但都写不出逸云这样的女性人物来。其故安在？

我以为，在众多因素之中，有一条很重要，即：那些写妇女的书总缺少刘氏那样思想、文化的高超境界，因此总成凡品。比如逸云的讲男女之情，那与俗品中的"花前月下"、"卿卿我我"式的"谈情说爱"是如何地悬殊大异！更不要说《金瓶梅》的妇女观与"女性境界"的事了。

所谓高超境界，并不是指脱离社会现实的虚无缥缈的乌托邦式"理想"，如逸云者，你看在他笔下，这是很具体的真实的。这就是一种伟大民族的精神境界的射影反光，这就是一种高层次的民族文化修养造诣的文学气质。

再举小例来说，张恨水的《啼笑姻缘》也颇脍炙人口，那乃是以旧京城"鼓姬"沈凤喜（旧日对大鼓曲艺女演员的称呼）为主眼人物的，但他写公子哥儿樊家树到天桥去听她唱，连一句写鼓艺的话也写不出，而刘铁云的大明湖听白妞儿的唱——以至包括弦师的指法，却写得是那样引人入胜，几乎像"折子戏"的精彩段一样，总被选入语文教材，百读不厌。那么张、刘之间，分别究竟又在哪里？这除了"文才"之外，用我的话来说：就是张氏没有这一大方面的文化造诣的那种审美高境界。

在小说名著中，这种境界，虽诸"大奇书"亦实不多有，《三国》的秋风五丈原，《水浒》的风雪山神庙，偶尔一鳞半爪，已如宝光显灵了。只有到了雪芹《红楼梦》八十回原本书中，这才首次出现了一种"诗的高境界型"的小说整体奇迹。无论传人、叙事，还是写景、寓意、抒情，都具有了别处所无的高层文化境界之美。这是首例。

看来，刘铁云那样写自序，不是偶然的——他从雪芹那里接受的领悟的"东西"，是使《老残游记》成为名著的重要因素之一端。在若干点上，刘氏又能有所发展。

刘铁云之写妇女，是直承曹雪芹这一脉高手卓识而来的，至写逸云而发展到一个新的高峰。此外，他的以老残为自况，而又参以"假语"，如二集中"梦游"阎罗殿的奇想等处，也是从雪芹得来的"意法"，这都显然可按。刘氏是家传太谷学派，除了以学术为用世的一方面，又有令一般人感觉神秘以至"迷信"的一面。但这些属于思想哲理的问题，就不在此详及了。

有识者倡议"作家学者化"，这是不无所见的主张，因为刘铁云就是"学者小说家"的良例。但我也想说一句：仅仅"学者化"似乎还恐不够，还应当"诗人化"。拙见以为，小说文学固然是反映现实生活的"书面"，但中华文化从来不是可以与外国文化"看齐""拉平"的事物，中华文化从来讲究表现境界，——不是仅仅诗词，任何文艺形式在我中华都不例外。没有或缺少境界的作品，可以在思想、理智上起某种作用或发生"效应"，但仅仅如此，那对人的心灵上却是贫瘠枯涸的东西，因此就不能成为上乘的传后的艺术财富。

谨以此意，纪念刘铁云先生的小说成就。粗略浅薄，谬陋之处，定然多有，更不足以尽刘先生之全美也。

1993 年 10 月

（原注：）

①原著正集、二集、外编之外，今又有作者之孙刘蕙孙教授代作《补编），即自二集第九回后续补至第二十回结束。

③原二集第六回后，写及梦游阴曹地府，意在讽世（劝善惩恶），但写"阴间"治罪"酷刑"，笔致过实，而意味无多，与作者风格不甚一致。疑出他人代笔。如系刘氏原文，则实为不足取之败笔部分，难免宣扬迷信之嫌。此为疑点，尚不敢断言。

《得〈红楼梦〉精神灵魂的一部杰作》（1998）[①]

谈这个题目，可不大容易——因为极易"落套"。落套的东西（够不上"文章"）太多，比如一提"书"，第一句就是"浩如烟海"呀，"汗牛充栋"呀什么的冒出来了，这岂有可观？落套的另一种，就是先想"名著"，比如"六才子书"，金圣叹人家早定了的，你今日再举什么《史记》《杜诗》《西厢》……那太"多劳"你了，似乎不必了吧。因此我说谈喜欢的书先得避"套"——这就难了。

我斗胆来写此文，也有预定"规矩"："不参死句"，就是不能字字句句不离那本书，不能成了"书评"或"出版广告"。谈书，也无非是"借书"说些别的"书外语"。具眼者会心者一齐来"看"——太古老的不想举，太新近的也不想举：古的我若举《说文解字》，则此拙文一定没人来睬。太新的，当代人的大著，先勿论内涵，就是那文字，扭扭捏捏，罗罗嗦嗦，在那里"堆话"而不是行文。再看那句法，与"翻译文学"全然无别，已然不大像中文华语了，——更离中华传统讲究的文采风流十万八千里。要我喜欢它，我怎么也办不到，只好割爱。

不古不今，而又恰通古今的，还得是"通俗文学"体的，那么我举《老残游记》。

我喜欢这本书，种因很早，大约是中学时代。那时只是喜欢，不会是由于已经作出了"科学分析"，列出了理由第一条、第二条……

如今想来，倒有所悟：这是一位根柢深厚的学者，有意地"降低"了身份来写"稗史"小说，然而"俗"而非理非陋，不粗不野——也不卖弄"机灵""纤巧""俏皮"那类"好行小慧"以迎合某种口味。一句话，它有情有味，有事有文，——即有文化，有境界。

虽说"有事"，它并不靠"情节"来诱引读者，不是"武侠""侦探"，什么离奇、惊险、悬念、"包袱"这一套"手法"的事情，高级多了。

[①] 录自《群言》1998 年第一期，《我喜欢的一本书》栏目，第 23 页。

我说有文，它笔墨实佳，有文采，不酸不腐，不逞"才"，不使"气"，是一种中华文人的文化造诣的自然流露。所以也不扭捏，不做作，不"打扮"，不炫耀。高在这里。

"大明湖"那一段，出了名，似乎教科书上都选录课徒。为什么？据说是"描写"得好。这就泄露了奥秘——靠"描写""刻划"（今日又加上"塑造"了），是西方文艺理论的观念与标准。中华的文采，并不指此，毫厘之际，千里之别。

刘铁云先生懂音乐，境界也极高，所以两处写乐曲真是不凡。我尝举例比较：享名的张恨水《啼笑姻缘》（未必不受《老残》影响）开头就写樊家树到天桥去听沈凤喜的大鼓书，而他对三弦与唱段，连一句话也写不出！这就比出了刘铁云的本领与识解。

大家欣赏"大明湖"的"写景"，似乎谈他如何写人——尤其是写女子的，就很少很少。其实刘先生的真高处并不在什么景不景，是在写人，写异样的妇女人才。

大约正因他在正集里没有来得及放笔写女子异才，乃决意再写《二集》，而二集里再没有什么"描写风景"，整副精气神是用在写两个超凡的青年尼僧，靓云与逸云。

这儿，刘先生也写了"爱情"。但这又与西方传来的那种"爱情"是多么的悬殊大异！

我无意要"导"人赞同刘先生的一切学识观点理论等等，我只是说，我自己喜欢这部书的文采、境界。因为它是中华文化的反映，而其时代又已与往古不同——"通"向了清末以后的中国文史的另一阶段。它并不媚外。

把范围缩小到小说史的血脉来看，《老残游记》才是真正得《红楼梦》精神灵魂的唯一的一部杰作，它已离形取质，不是低级的"仿""续"那一号货色，它比《儿女英雄传》以至《海上花列传》等，境界高出万万。

这种小说，好像从那以后也未再见其同行并坐的倩影——也许是那一时期中华文化正处于剧烈动荡变化的原因？这就是学者专家之论题，我岂敢妄下雌黄乎。

（丁丑初冬偶记于惜纸轩）

《谈刘鹗和〈老残游记〉》（2009，谈话录音整理）

（一）①

德隆先生，今天承你远路来看我，咱们又不住在一地。虽然神交已久，但是想坐在一起谈谈心，不是那么很容易找到机会。所以呀，今天我们会面了，我特别高兴。因此存在心里的许多话，见了你就想尽先倾诉于你。好在咱们都不见外，我先说话，你别见笑，啊！

周汝昌与刘德隆亲切交谈

因为我们要自由，你一句我一句那样交谈呢，我耳朵已经不是那么很方便了。这一点首先请你谅解。

然后我说说。第一条我就想说：我和铁云先生，好像冥冥之中前世有文化

---

① 简要说明：2009年10月11日，上海刘德隆专程到北京红庙北里拜望周汝昌先生。周老与刘德隆亲切交谈约70分钟。参加谈话的还有周月苓、周伦玲。此为前10分钟的谈话。

因缘。不用这样的话来解释，我就不会说你到底是什么原因那么喜欢《老残游记》，以及铁云先生的一切文化成就和他的生平事迹。所以呢，我就自个创下了这么一个名目叫作，叫作什么呢？就是说天生带来以前所有的文化因缘，不是一般的关系啊！

然后解释一下这个话的具体内容吧！就是我本人出生在天津的一个郊区，距离渤海边不过四五十里。那个地方古代没有什么居民，也不能生产农产品，没有田地可种。因此文化非常落后。我出生在这种地方，自己素来把我个叫作一个村童。我是个名副其实的村童，并没有什么谦虚可言。从这儿来推理、讲道理，就更加冥冥感觉到，有微妙的因缘关系。怎么说呢？就是我们的那个地方的文化，我的家庭的文化层次，那没法跟那个、多少世代的书香世家，如何如何，那没法来比。而我作为一个这样的村童，我一见铁云先生的作品，我就那样的、用我们本地话来说，不仅仅是什么景仰、钦佩，我应该说，我用天津的土话说，就是着了迷的一般。这不但是我个人，我有一个四胞，他叫祜（音护）昌，我们两人一切趣味、爱好、文化等级都有相近之处，他和我一样，对于铁云先生的一切文献，有竭力收集的这么一种愿望。当然那种我们所能得到的很有限，品级也很低，但是我们那一份认真的热诚，却是别人还没有、可以与我们两个村童相比的。当然，我要说的是在我们出生的那一带地方，不是说别处，这个不要误会啊！这是第一点。

然后从这一点出发，这么多年来，我对于铁云先生，怎样的打比方、说他是一位怎样的——是学者呀？还是才子啊？是何如人也啊？这个，我就感觉到难住了。我为什么说难住了呢？我的意思是说，"大道无名"，"大师无界"！真正的最广大的道，是老子说的那个道。本来是没有名字可以称呼的，所以，勉强用一个"道"字来怎么称呼他。同样道理，"大师"你叫他什么？他属于哪一界，他擅长的道理是哪一方面，你就没法给他定界了。啊，还是文艺界呀？文史界呀？学术界呀？还是什么界呀！你这么一说界，就把大师给框住了，那就不是他那个伟大的全面。所以呢，我说，我没法给铁云先生定界，那样子就是把他狭隘化了，这一点我要着重说明一下。此刻呢，为了方便，我只好说，我认为这是，不仅是有清一代的，一位奇才，奇啊！就是超乎一般群众极高极高的奇，这是不寻常啊！他不仅仅是个奇才。而是一位奇人！这个人，就是他的才、学、识、性灵、天赋、智慧，我无以名他的哪个精神境界的高度，学识的广度、深度，我都没有、找不着合适的、现成的词语，来形容他。这是我要向你表一表，我多年来积在心里，我是这样看待铁云先生的：推崇，钦佩，景仰！某一位有名的学者也好、作家也好，不是这样一个比较狭隘的范围。可是呢，我不善于表达，我说的很多很乱，到底是否把我的意思说明了，我自己也觉得有点啰嗦，有点可笑，你别，就是说不以辞害义吧！这是一点，这个，在最后再想想看……

（录音：周伦玲；整理：刘　瑀；校对：任光宇）

（二）

"……一提起铁云先生，我想的事情很多，铁云先生有典型性、有代表性、有突出……什么性，使我每提起就非常感动，我说得太啰嗦了……

当这个十年前，好象要纪念铁云先生逝世 90 周年吧（伦铃插话：那是《老残游记》问世 90 周年，是 93 年我记得）……我写了一篇纪念文章，发表在当时的《文艺报》上。① 这篇文章我早就忘却了，不知何故，前几天我这女儿、就眼前的这个伦玲，忽然她提起来，她说你已经收在某一个随笔集里了。我说是吗？你快给我念念听听。她念了一遍，哎呀，我说我当时还能写出这样的文来！呵呵！太惭愧，我今天啊不会了，写不出来了。我说等着刘德隆先生来了，你复印一份送给刘先生看一看……

我们通信的时候，已经告诉你，我写过一个元杂剧体裁的，可惜不见了。那个东西呢，我的老师顾随先生，我寄给他，他还啊，他对我（说），我不是常作曲的人。他见了——他是元杂剧的大师，人家一辈子出过好多本杂剧了——没想到，没加什么贬词、摇头说不行，还居然还有几句好评，我挺高兴。这个呢，这都成为以往的陈迹，化为烟云了，但是你可以通过这些，我刚说的，伦玲给你说的，就可以看出我对铁云先生的那个景仰。他，上海老"有正书局"，石印的那些碑帖，我都有一些，我一看铁云先生有题跋，那就成了我的宝贝了。至于他老人平生的那么多方面的学识，那我知道得太有限，所以，不是说我是真认识了人家，那谁敢说这个话！

---

① 皆揩周汝昌作《"游方郎中"的足迹与心迹——纪念《老残游记》问世 90 周年》。此文随即预先打印，在 2009 年底的"纪念刘鹗逝世 100 周年学术讨论会"上作了散发，后收入《刘鹗辞世百年祭》（刘德枢、任光宇编，香港：中国文化出版社 2015 年版）。

哎，这个，再说两句，再说两句。两句什么呢，就是说，有清一代纯儒，就是说，完全是，比如说段玉裁、戴震，这种纯儒，完全是学问家，啊，人家不弄这个文艺，那个地方的我不谈。至于说，通才、思想家、文艺的多方面的那个，那个超、远远超出普通人的那个品格、等级，我从这个坐标来说，我平生，嘿嘿，所阅，嘿嘿，我孤陋寡闻啊，但是我好大胆说话：我平生所见有清一代的、我刚说的这奇才、异人，你们没法框他的人，我最佩服的只有两个人：前有曹雪芹，后有刘铁云！哎，我要说的，都对你说了！

……这个这样吧，我刚说的我那篇拙文呐，就是十年前的那个，我拜托啊，如果你看完认为有可能，我再加一个或者前面小引，或者后面题跋，我想把那个重发一发①，让有些人看看，我对铁云先生的看法，十年前的评价，我把铁云先生摆到我们中华文化的那个位置。我认为，我又自己狂妄，那么，有几个人能……的小驻哦，来看看他老人家。你看过以后考虑考虑啊，有这个可能吗？……

（整理：刘德隆、任光宇，2012年1月）

周汝昌及女儿周伦玲与刘德隆的合影，2009年10月11日

---

① 2009年10月，时年91岁的周汝昌因身体原因难再亲临会议，故委托刘德隆将此谈话录音在2009年12月淮安召开的《纪念刘鹗逝世100周年学术讨论会》上做了部分播放。编著者有幸在现场聆听，颇为震动，随后参与整理并保存了相关资料。

《刘鹗年谱长编》序（2010—2012）①

代　序

奉题铁云先生年谱长编

稗史出乙部，虞初百可数。汉志虽具存，黄车半委土。

唐宋皆零篇，明清续绝缕。脂粉筑红楼，英雄聚水浒。

意气何风发，悲欢已凄楚。元人善作剧，关王汤洪伍。

花落水流红，倾倒王实甫。桥亭沁方溪，崇拜曹芹圃。

后来更谁何，叹慨膺常抚。丹徒刘铁云，天生异灵腑。

老残游四方，为民问疾苦。大道本无名，大师本无属。

所究际天人，所通变今古。先生生咸同，阅世光宣止。

光绪三十四，奇葩绽文府。游记作自序，石破天可补。

屈庄史杜王，以泪带笔楮。红楼归结穴，警幻携于语。

梦里赏茗茶，千红泪如雨。脂砚尚未传，先生已先悟。

此为大智慧，慈悲同佛祖。当时几个知，讶笑惊迂腐。

至今历百年，卓识谁敢忤。齐痦悲万马，麟凤降何许。

洪都百炼生，守缺古斋主。我作此歌时，新秋尚余暑。

眼前佳节至，笙歌乐三五。宝婺晴孤洁，银蟾气吞吐。

乾坤接素彩，东坡又起舞。

2010 年 8 月 30 日

　　德隆兄见示，他正为其先德曾大父铁云先生撰作年谱长编，欲我为制一短序，以结因缘。我常谓，清季异才我所崇拜者唯有二家，前者曹公子雪芹，后为刘大师铁云先生，此二人者皆属前无古人，后无来者之圣贤。龚定庵有诗云："万人丛中一握手，令我衣袖三年香。"这是说他极为佩服常州派学者宋翔凤先生，如今我愿借来以表我对曹、刘两大奇士之衷心膜拜。然自觉为年谱

---

① 录自刘德隆、刘瑀编著《刘鹗年谱长编》，上海交通大学出版社 2019 年版。

长编制序者，学力、精力已然难以如愿，不得已为赋二诗奉达德隆兄，不知可否以此俚句代序，望以酌量。当此之际，我本有万千言语，于此发我狂言拙见，但如今既不能遂我心愿，只得以俟异日再为补作，并望德隆兄多谅，而不以为罪。

庚寅中秋佳节之上午周汝昌拜书于燕京之东皋

附：

本书完稿前周汝昌先生于 2012 年 5 月 31 日逝世于北京，享年 95 岁。悲痛之余，将 2012 年 5 月 3 日得奉周老 2012 年 4 月 26 日（逝世前一个月，94岁）作《风入松》一阕录于此，以志怀念：

风入松·赞《老残游记》寄德隆兄

雪芹之后属何人，游履记津门。抱残守缺听来旧，又谁知、化腐生新。公子尼庵情话，郎中湖畔知音。天公抖擞忒辛勤，威凤与祥麟。洪都应作丹徒读，化指柔、百炼成云。心识千红一窟，神伤万马齐喑。

壬辰四月初六

【编著者按】周汝昌（1918—2012），生于天津咸水沽镇。字禹言、号敏庵，后改字玉言，别署解味道人。中国红学家、古典文学研究家、诗人、书法家，是继胡适等诸先生之后新中国红学研究第一人，考证派主力和集大成者，被誉为当代"红学泰斗"。其红学代表作《红楼梦新证》是红学史上一部具有开创和划时代意义的重要著作，奠定了现当代红学研究的坚实基础。另在诗词、书法等领域所下功夫甚深，贡献突出，著作等身，名满天下。

在编著者看来，周汝昌先生是现当代中国文学界罕有的极具文学天才、文化修养，又极富诗人情怀的文学艺术评论家，故能与异代文艺宗师心有灵犀、投契交融（同时也就难免受到同代误打误撞进入文艺批评界的一众人等的非议）。

刘蕙孙：我与《老残游记》补编^①
（节录，1989—1993）^②

刘蕙孙

---

① 《老残游记·补编》是刘蕙孙以自己勠力成书的《铁云先生年谱长编》和《铁云诗存》为基本素材，将祖父的《老残游记二集》九回之后续写十一回，作为完成刘鹗当年二十回计划的努力尝试。该书先由北京文化艺术出版社于1992年2月出版，又被北京燕山出版社于1995年11月出版的《老残游记全编》收入，再被台北建安出版社于1996年出版。

② 据"1993年初完稿的《我与〈老残游记·补篇〉》油印原始版"节录，刘德威、刘德康提供。刘蕙孙（1909—1996）简介见本书引言脚注。刘德威：刘蕙孙长子；刘德康：刘蕙孙次子。刘德威对本文有如下专门说明："油印原始版与1996年台北建安出版社出版的《老残游记全书》中的《我与〈老残游记·补篇〉》不同。台湾建安出版社拟出版《全书》时，因为油印版涉及家族的所谓琐事过多，限期要求父亲删除与《补篇》无关章节，文字压缩20%。当时父亲双目几近失明，就把删改的任务交给了我，表示怎么改他不再过问，我改好即可发稿。《全书》在1996年底正式出版：原始版，三十一章；删改后的台湾版仅留下二十四章。遗憾的是父亲在1996年2月8日突发脑溢血昏迷不醒，医治无效，于3月20日与世长辞。父亲曾为《全书》付出多年心血，竟未能目睹《全书》之出版！父亲写《我与〈老残游记·补篇〉》的初衷，一是应香港大公报和明报月刊等稿约，为《老残游记·补篇》的出版发行提供一些背景资料，二是想借此机会为后人留下些鲜为人知的家族历史资料。……德威 2016-6-21。"

前　言

　　铁云先生之所写《老残游记》是出于偶然的客观原因所推动；我写《老残游记补篇》，也是出于客观原因。写这本小册子更是出于偶然，但内因是基础，外因是条件。写一本什么书，总有潜在的内因，只因有了某种外在的条件而触发。《补篇》写完以后，事实上已无再写之必要。但沈国祥先生，素昧平生，登门向我组稿，提出这个题目。最初，我知道这是画蛇添足；后来想一下，我写《补篇》的目的，是为了把人所未知的有关铁云先生的生平及思想活动向世人汇报。用小说体裁，写起来有许多方便。但小说毕竟是小说，总有其虚构的地方。送给周汝昌先生的一本《补篇》，汝昌先生要我在上面题几句话，我就写了一首七言绝句，其中第二句说"几分虚构几传真"，盖记实也。也就因此，有些事实不可能说得那么清楚。倘能把小说的背景，再写上一本小册子，互相表里，也有好处。开始写了十目，放了下来。本来想未必再写了；但又有外因，终于推动我写完。主观想法，是因为近年研究铁云先生生平的文章不少，因为材料和考据的问题，尤其值得商榷。例如，根据当时一位与铁云先生相识而交往不深的人，在他的一本著作中说，铁云先生逝世是在 1909 年旧历八月，就因此写了文章说七月初八是错误的，是我父亲年久记错了。这种情况似乎不大可能。经我们根据家中的牌位、家谱考订，并得到《历史档案》公文书，里面写明铁云先生逝世是在七月初八，著作作者正误的好意才得到纠正，否则就将成为一个疑案了。这种情况不止一例，还有将也许可能而尚非事实的事，未加严格的考证，即行立论。倘能把我们知道的事实背景尽量写清楚，可能有利于澄清事实。

　　又《老残游记》一书，《前篇》未完，《二篇》也未写完，举世读者，颇以为憾。《补篇》写出，尽管是狗尾续貂，不少读者觉得是欣然可喜。我表弟罗继祖教授见书来信说："兄家有此传说，先君（罗君美，我的大舅父）在日，曾希望能由姑父续完，惜姑父在银行工作，无力及此，今由兄完成，是大快事。"又说："又细读一遍，此书只有兄写，才能到好处。"国内《老残游记》英译本译者杨宪益博士读此书后说："此书也只有你们家里人才能续，看来也要把它继续译为英文，把书译完。"我表妹在北京社科院搞研究工作，得书正在看，一位老专家看到了，说："书我也读了，《补篇》与正《续篇》分不出是出于两手。"上海《解放日报》有篇关于《补篇》的书评，说这是一部生动的刘鹗半生的年谱。这说明读者对《老残游记》能有补篇希望迫切，空各绝□，见似人而喜。实际上，《补篇》是不足当此的，我毕竟是第三代人，又未见过祖父，错误还是不免而且是必然。如《补篇》中说到淮安邱李良是邱于蕃的儿子，经人指教我才知道。又清庚子年福山王懿荣，洋兵入京，他本意随帝后前往西安行在，又不能真办团练，更不能向洋人屈膝，所以就投缳殉国，后谥文敏。我主观认为既是殉国大臣，应为文愍，文敏应为铁云先生笔误。没再查阅典籍就写了出来。像这样主观自信的疏忽可能还有，实在担当不起读者的过奖，尚请原谅，并希望随时给我指出错误，不胜感激。

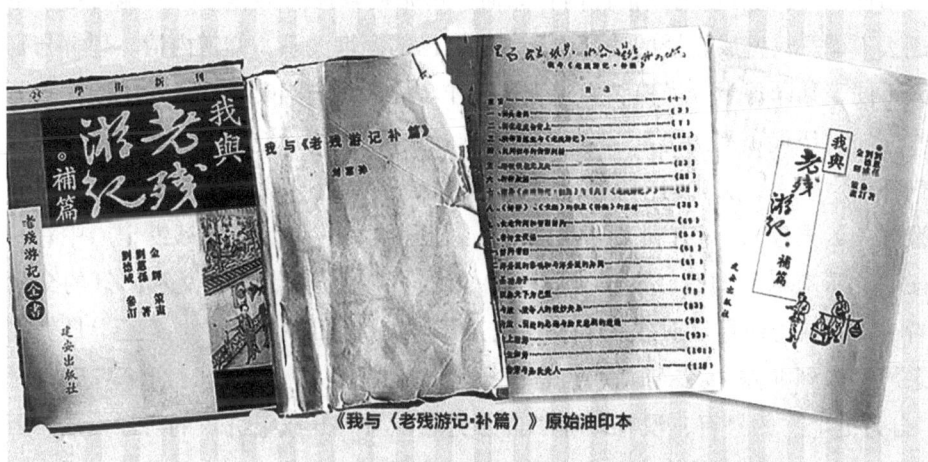

《我与〈老残游记·补篇〉》原始油印本

左为 1997 年台湾版《我与〈老残游记补编〉》；右为《我与〈老残游记·补篇〉》原始油印本

一、佛头着粪

"佛头着粪"的意思是给金碧辉煌、庄严慈悲的塑像抹黑，是很不对的事。但是，我近二年却做了这么一件事，就是写了《老残游记·二集》的补编。

　　大家都知道，《老残游记》是清末洪都百炼生所写的一部社会小说。洪都百炼生姓刘名鹗，字铁云，是我的祖父。其书虽是不经意之作，意想不到却成为蜚声世界的名著。现在已有了英、法、德、日、俄、捷六种文字译本，英文译本共有三种。只因是偶尔涉笔，写时比例未着意经营。据我父亲说：我祖父只是每晚十点、十一点中应时回家，随意写上几张纸，连看也不看上一遍，就令人送出或寄出。看他日记，住在奉天省会沈阳旅馆无事，两三天就写两回，其不经意可见。也就因此，书中并未充分表达他自己的政治思想，特别是世界观的全貌。因此，对此书的评论，只认为是谴责小说揭露了清官，主要是以清官自命的人所产生的流弊，或者欣赏其状物写景的深刻与生动。鲁迅先生《中国小说史略》对于申子平与玙姑、黄龙子等谈道一段，也只是说："作者的信仰。"并没有说出其信仰内容如何？杨宪益教授的英译本，干脆将这一章删去不译。只盛成教授的法译本，因他自己的家世关系，知道内情，理解与别人不同，翻译得十分谨慎，力求表达出作者的大意。同时，铁云先生的其它著作，如《历代黄河图考》、《铁云藏龟》、《铁云藏陶》、《铁云藏货》、《要药分剂补正》等书，又都自有其专门性，不甚涉及作者的思想及抱负，要了解老残（铁云先生），只有到《老残游记》中去找材料。因为《老残游记》中有一段"北拳南革"的话，本来是假托性的寓言，并非作者对于义和团等的全面看法，就认为他是反对农民起义、反对革命。又像罗振玉氏的《五十日梦痕录》中说到办路办矿，认为他是洋务派。在当时思潮干扰时期，基于当时"自力更生"的号召，没有理解"自力更生"与"开放引进"的辨证关系。因作者主张引进外资外技，开发富源，就认为是"汉奸"。虽然后来做此论的同志，自己也认识到是一时的认识的偏激，态度十分客观与光明磊落。我仔细思索，基本上是大家对老残的世界观、经济主张、政治态度不了解，也没有材料可以使人了解所致。直到抗日战争期间，我父亲季英先生刘大绅为我在燕京大学的同事、英人谢迪克教授翻译《老残游记》的需要，为他口述了一些情况，又因辅仁大学《辅仁文艺》的编者朱兆洛先生的要求将口述的情况写了下来，名为《关于〈老残游记〉》，在《辅仁文艺》发表。朱先生和我及亡弟刘厚泽是辅仁大学同事，又是我五弟刘厚祜的老师，谊不可却，我父亲就写给他。不久，为上海《宇宙风》月刊所见，又予转载，从而世人渐知《老残游记》真相和作者生平。只当时我父亲是凭回忆写成，其中难免有个别失误之处，而且也未提供原始资料。

1963 年，周扬同志任中宣部副部长后，到福州视察。在一次座谈会上向我提议将未经发表的材料拿出来，供大家研究，以使得到正确的评价。于是，我在"文革"以后，先后在山东济南齐鲁书社出版了《铁云诗存标注》及《铁云先生年谱长编》两书，其后亡弟刘厚泽之子，我侄刘德隆及其弟刘德平、姐夫朱禧，将家中所藏资料合编了《刘鹗及〈老残游记〉资料》，在四川人民出版社出版。又合编了《刘鹗小传》，在天津人民出版社出版，本来拟名为《闲话刘鹗》，意在供研究者参考，出版单位改为《刘鹗小传》，不但体裁不合，而且这似乎就是刘鹗本传，不甚贴切。与此同时，我儿子刘德威、朱禧的爱人（即）我侄女刘德菜也写了文章，国内外研究同志写作更多了。如严微青所写《刘鹗与太谷学派》，日本樽本照雄教授《清末小说研究论集》实际上几乎就是《老残游记论集》，都使研究者与读者对作者刘鹗了解日深。

我因想：世人对铁云先生的了解，既一般由于《老残游记》，《老残游记》又未写完，何不物色一位大手笔，由我们提供素材，将《老残游记》续完，将铁云先生在山东以后的半生事迹轮廓、世界观、经济思想和政治态度，向读者适当地表达呢？久荒此志，难得其人，因循未果。

十一届三中全会国内实行对外开放政策，联想到铁云先生主张引进外资、外技，开发富源的思想，在当时虽难予实现，而且有其进步性。1989 年 11 月，由江苏省社会科学院、淮安县（现已改市）文联、南京大学、山东大学、上海市杨浦区教育学院等单位发起"刘鹗诞生 130 周年纪念学术讨论会"在淮安举行，并由县政府拨款十四万元修缮了我家寄寓淮安的旧宅，改为"刘鹗故居"，与"周总理纪念馆"、"吴承恩故居"，同时为淮安重点文物保护及旅游单位，由县工业局沈局长亲自督修，也通知我家人参加会议。

既然参加学术讨论会，当然要拿出论文，于是就写了一篇《刘鹗的经济思想》小文，同时与一些同志们说起想找人续写《老残游记》的愿望。同志们则怂恿我自己写。说："无论哪一本小说名著未写完，必有人续。《水浒》《红楼梦》就是先例。《红楼梦》续书多字七八种，曾朴的《孽海花》也有人续完了。《老残游记》将来必有人续，与其以后有外人续，不如你续还真实一些。"

　　我想：自己的学术思想水平和文学修养与我祖父相比不啻千里。有（由）我续写，不仅是狗尾续貂，而且是佛头着粪，如何使得！继而又想，自己虽出生几个月，祖父就在迪化逝世了，并未见过祖父，但父亲、继祖母、亲祖母、亲友、老辈及祖父生平知好，十九都见过，知道不少祖父的生平，头脑里还是有个祖父的影子，而且他是清季太谷学派的核心人物之一。我因家世及工作关系，二十几岁就研究太谷学派的历史及思想，虽所知不深，理解祖父的世界观，总比外人接近。时不我与，1987 年已七十八岁，谁还知有没有机会将所知情况，说给所期待的大手笔？不如先写个素材，以待"行人子羽修饰之，东里子产润色之"（见《论语》）也许是一个办法。因而不惜"佛头着粪"，试写了第十、十一两回征求意见稿，打印了向淮安研讨会提出。

二、骑在老虎的脊背上

　　决定自己写个素材之后，就动手来写。哪知，未动手不觉怎样；真地动手，问题就来了，时代的矛盾，阶级的矛盾，都摆在了面前。

　　说时代，现在与原著相隔百年，又与高鹗续《红楼梦》时不同，高鹗与曹雪芹虽相隔数十年，社会性质并没有变化。我们则就先经过了约半个世纪日益深化的半殖民地社会，又经过四十年翻天覆地，把颠倒过的历史颠倒过来的日子，思想感情、生活习惯和语言都变了，怎样学得来？说阶级，《老残游记·初集》中的老残，虽走方郎中的姿态出现，自己也说，还是书香门第，父亲是做官的；书中对话的人物，黄人瑞、王子隆、姚松云，以至庄宫保之间所使用的语言，基本还是当时上流社会的语言，说白了，就是官僚地主阶级的词汇；就是翠花、翠环也非无产者的语言。我们虽不敢说背叛了自己阶级，但也已在红旗下生活了四十多年，朝夕接触马克思列宁主义、毛泽东思想，感情、语言词汇，不知不觉已有了些变化，日久天长，看戏、看电影中人服装、言语，总觉格格不入。听说"内人""先生"也觉得别别扭扭，不如叫"爱人""同志"那样自然，和解放之初听人叫"爱人"，总想"爱人"是"lover"嘛，妻子还叫爱人，岂有此理，是一样地不习惯。是有了变化了，这样，再要回过头去，说一百年前所说的话，表达一百年前人的思想感情，实在是难题！

　　所幸小时家庭已中落，父亲已经成为靠拿工资生活。住在上海弄堂，一楼一底房子里的职工阶级，但毕竟还是没落的官僚地主阶级。亲友往来者都是这一阶级中人。教我们书的先生也还是晚清秀才，满耳听到的都是清季的封建语言词汇。后来在北京读书也接触了不少所谓"胜国遗民"的老人家，听过他们的语言词汇，还学习得来。不过孙猴子的尾巴，有时总要露出来。比如我在行文中用了"搞"字，我女儿为我清缮时，就问"老残那时候有这话吗？"我又写了一句"弟妇没有意见吗？"朋友也给我指出说："不如改为'弟妇舍得吗？'适合当时时代。"诸如此类，自己写时不觉得，唯恐还有很多。

　　另一方面，使用当时语言，是续书了；现在的读者，又会感到陌生，甚至根本不能理解。比如"八行书"或"八大行"意思是拜托有权有势的人写封信，以走后门。当时的信笺都是一张八行，官方的信笺格外大一些，故有此名。好几位小青年都不知所云，这并不稀奇，也没有这样客观存在，当然不可能有此认识，都要加注。一位看过了《征求意见稿》的青年文艺兴趣者，给我写信说："文学作品，总要令人感到有现代气息才好。"话是不错，但所写的是《老残游记》的补篇啊，怎样能有现代气息？现代气息要用现代的语言、行动来表现，总不能老残与庄宫保的文巡捕高绍殷见面，上前握手说："同志，你好！"高绍殷也不能两手接握老残的手连声说"您好！您好！"老残见到庄宫保，也不能称之为"宫保同志"啊，而且注解也不胜其烦。面对这些矛盾和困难，我真想打退堂鼓，事实当然办不成，就想早把《征求意见稿》拿出去，有同志对此有兴趣，就请他玉成此事，否则等提出批评意见以后，我就声称，力不能胜，鸣金收兵。

　　意想不到，大概是大家都希望《老残游记》能成为完璧吧，遂"爱屋及乌"，一致鼓励我写下去。并说，只要多加点注，那些矛盾可以解决，语言问题在出版时，出版时编辑可以帮助纠正。中州出版社的两位同志并表示深感兴趣，愿意回社请示领导，承担出版。

　　会上如此，会外我已将打印本寄请山东师范大学严薇青教授请教，严教授回信，力促我要写下去。同时寄给北京语言学院教授盛成前辈。盛老是《老残游记》法文译本译者，年已九十，他来信说：写的亦庄亦谐，内容丰富，读之令人忘倦，尤其谈学部分能阐发《老残游记·初集》、《二集》的涵义，可惜自己已老，不能继续翻译。德国屈汉斯博士，也就是德文本译者，也向我表示：书成，他将继续为译成德文。北京中央文化部文化艺术出版社，因我有一本《中国文化史稿》在那里出版，即将发行，责任编辑耿再镥同志来到我家，见了此稿，将前两回打印拿走，说："还是我们合作吧！"回京就来信说：他们副总编辑见了，决定要他联系，由他社出版，并由副总编亲自审稿。不久，该社一位同志来，又带话来决定，我说："好意是感谢的，但我能否写得成，尚无自信。"该同志说："领导说，写不成又当别论，写成就由我社出版。"这样，指腹为婚的精神实在令人感动，就约定了。也就因此稍后中州出版社同志也通知该社决定出版此书，一个女儿无法嫁两家。只好辜负同志们的好意，抱愧万分。

左为 1992 年文化艺术出版社《老残游记补编》；中为 1996 年台北建安出版社《老残游记·补编》；右为 1995 年燕山出版社《老残游记全编》

尤其是解放日报的《连载小说》主编郑秀章（阿章）先生看到后，表示立即登载，并预发了预告。全文登载以后，不时有人来问：几时出书？是否即由解放日报出版？希望先睹为快。一位西安的民盟盟友来信说："一定要写下去，很好，文笔与《初稿》也不多让。瑞将军唱昆曲'弹词'一段，几乎能与'白妞说书'相比。"又一位同志说："没有去过普陀，哪知有这样好。一定要争取去一趟！"其实我也没有到过普陀，只是根据我父亲所说将近百年前的情况，并参考老书和旅游指导书所写，是闭门造车。

当然，这都是过誉。但这样热情，却使我骑在老虎脊背上下不来，只好写了下去。

所写的内容，拟了个回目，第十回，也就是《补篇》的第一回"海水天风，潮音见佛；惊涛骇浪，香客谈云"。内容是说老残游普陀和在海船中谈《庄子·至乐篇》"马生人"说的道理；第十一回"一片荐贤，匆匆回故里；百年开济，落落少知音"，内容是说，老残被荐进京去总理各国通商事务衙门，考验候补的事。第十二回"卢沟珠海通天堑，黄鹤晴川帐落晖"，内容是说老残被张之洞、盛宣怀骗去武汉，为他们办事借教垫背的情节。第十三回"一士壮怀兴故里，群育浅见阻新猷"，是说老残倡办津镇铁路，为镇江同乡阻扰未成的事。第十四回"一路弦歌归日下，百年经济起关西"，是说老残议开晋矿的事。第十五回"昏庸当国，翻教义民成大祸；权宜互保，喜教半壁待偷安"，内容是说戊戌变法、义和团的问题及老残对他们的看法。第十六回"八国来兵，六龙出狩；万民涂炭，一士拯饥"，系清帝后西逃和老残北上办赈。第十七回，"八代文华沦劫火，千年遗宝出殷墟"，是说乱中的文物散失及甲骨出土情况。第十八回"会愚园，牧马泳归群；焚桃源，孑遗悲惨睹"，内容是说上海愚园雅集，创办苏州"归群草堂"，并追溯山东黄崖惨案。第十九回"走辽东，海角辟盐田；返江南，沙洲建商埠"，是说在辽宁貔子窝办"海北盐公司"事和在浦口办"九袱州地产公司"事。第二十回"梦中祖帐，先兆岂行边；心头信念，名世必兴国"，是借梦中在伊犁为人饯行，暗示遣戍，并自信开放、引进的主张，百年内必有伟大的人物完成大业。

《老残游记·初集》《二集》共合成四十四回。作为小说家言，自然有渲染烘托，时话细节，也必多些想象，粗线条的情节，但均为事实，所表达的思想感情，也接近原作者的实际。

三、洪都百炼生与《老残游记》

要写《老残游记·二集》补篇，少不得先要谈《二集》；要谈《二集》，又要先谈《老残游记·初集》。洪都百炼生为什么要写《老残游记》和怎样写《老残游记》？

"洪都百炼生"，大家都知道是铁云先生的笔名。为什么叫"洪都百炼生"、又为什么叫"老残"？这以后再谈①。洪都百炼生为什么要写《老残游记》？听我父亲说，完全是事出偶然，是为了帮一位名连梦青的朋友的忙，事实也就是这样。连梦青和狄平子（葆贤，字楚青）、沈虞希等人因与唐才常的自立军有关。沈虞希就是自立军的副统帅沈荩。自立军失败，唐才常被害。沈等化名逃来北京，投奔铁云先生避难。其时我家住在板章胡同，房子很大，有个后花园，就将他三人留住在后花园的三间书房之中。我继祖母郑夫人说，她天天教人给三人送饭，一连好几个月，足迹不出园门，渐渐事情淡了下来，三人才离开我家。沈去天津其好友方药雨处，帮他办《天津日日新闻》报，担任主笔，连、狄则回南去到上海。连先生本来家道寒薄，堂上只有一位老母，他唯恐老人家受自己牵连，也设法接到上海，住在一个亭子间里，经济相当困难，又赋性清介，不肯受人资助，只以"虎口余生"笔名写了部《邻女语》小说，卖给上海商务书馆《绣像小说》，拿些稿费维持日食，是很微薄了。铁云先生无法，也就写了《老残游记》赠给连先生，由他一并卖给《绣像小说》，以便多拿些稿费，连梦青先生情不能却，接受了，与编者李伯元说明此稿一字不能改动，以示尊重。想不到"桃花山遇虎"一节，编者认为申子平与玙姑的关系事涉迷信，要求改写，连先生就将稿子取回，送还铁云先生不再为《绣像小说》续写。这几张原稿，一直放在我母亲的衣箱中。一年开箱取出，亡弟刘厚泽索去保存。新中国成立后又赠予"南京博物院"。数年前报载"南京博物院所藏《老残游记》残稿"，就是这三张②。

不过，据我父亲说，其初铁云先生本意是要写月下遇狐，不是月下遇虎。那么说，事涉迷信，可以说得过去，但原稿明明是遇虎，并非遇狐。又近年还发生了一件写作史上的纠纷。就是魏绍昌同志在李伯元的一部小说中有一段议论与《北拳南革》一段一字不差，在《光明日报》文学遗产上提出"究竟是

---

① 刘蕙孙在本文第六章（略）的相关解释为：一位曾为天津《商报》编辑的山东人王小隐，因洪都百炼生之名考订作者是江西南昌人，是因为《滕王阁序》"南昌故君，洪都新府"，洪都为南昌别名之故，是弄错了。洪都也就是洪炉。洪都百炼生是说"铁乃以天地洪炉所生"之意。老残是江苏丹徒人，并非南昌人，镇江丹徒是东晋的侨郡南徐州，所以书中自己说是徐州府人士。其孙女刘蕻在《〈老残游记〉作者的名、字、笔名、室名》（《河南大学学报》1991 年第 2 期）中解释：实际这里的"洪（鸿）都"是指太上老君的炼丹炉，即以天地为炉，磨炼良铁。所以又有"老铁"和"百炼老铁"这两个字号。

② 此"遗稿三张"图影见本书第一编"《老残游记》初编 第十一回手稿"。应为装裱成三幅的六页手稿，每页又分上下部。

李伯元抄刘鹗，还是刘鹗抄李伯元？"的问题。日本樽本照雄为此还写信征求我的看法。事隔百年，当事人都已作古，谁能说得清楚？以理而论，编者容易看到作者的稿子，作者却不易见到编者的稿子。《绣像小说》在当时也只是茶余酒后的消闲读物，编者随便裁取一段作者的议论文字，也不算什么抄袭，而且要前后文笔调语气连贯起来看。后来也没有人再讨论此事。现在看来，停写不知是否与此有关？"其所不知，盖阙如也。"停写究竟因为什么，姑且存疑。

中止在《绣像小说》写稿以后，铁云偶然与《天津日日新闻》报方药雨先生说起，方先生要求续写，铁云先生同意了。后来在《天津日日新闻》报登载之后，还出了单行本。

以上是洪都百炼生写《老残游记》的具体过程，看来确实是出于偶然。但天下偶然的事，必有必然因素，也就是作者若没有创作的生活、创作的意愿、创作的修养，不可能写出如此生动、如此成熟的作品。

据我父亲说：铁云先生曾和他说过，林纾所译《迦茵小传》结局投水而死，不好。他等《老残游记》写完，想写一部《迦茵外传》，说迦茵透（投）水遇救，再开辟一个局面，后来还在《老残游记》以外写了《老残游记·外编》，虽然只留下十六页，没有能再写，但也说明他精力充沛，富有创作的意愿。关于创作修养，不但从作品中可以看出，而且说过一段话，说写长篇传记，要保持不同人物的不同性格，千古作品，惟司马迁《史记》最长于此，其次则施耐庵的《水浒》。这除要具有不同人物的形象外，要有一个写作技巧，就是先分别一个人、一个人地写小传，然后再连起来，写成长篇，就自然各自面貌不同。这方法，清人金圣叹懂得，他所批的《水浒》，常说"人某某传"就是说明此法，指出其接榫处。这话不知铁云先生是有所受、或是自己的心得体会，确是写传记，特别是写小说的诀窍，为他人所未言。从这一点就可以看出铁云先生对创作，确有读（独）到的修养。《老残游记》的写成，有其偶然性，也有其必然性，或者说是必然的因素在偶然的条件下所促成。

至于铁云先生是怎样写《老残游记》？上节已经说过，往往是晚上回家，随手写两三张看也不看，就令人送出或寄出，特别是在上海生活时，往往是在外吃花酒、翻台子到一两点钟回家，才动笔来写，不但如此，己巳年（1905年）九十月间去东北沈阳等地活动盐务，在旅馆中还抽暇来写。《乙巳日记》十月初三："归寓，撰《老残游记》卷十二，一卷成。"初五日"决计回京……撰《老残游记》卷十五"。十九日回程,在天津日记也说:"余亦无事,撰《老残游记》二纸"。照惯例,其时应住在《天津日日新闻》报馆,到二十一日才回到北京家中。铁云先生写《老残游记》完全是抓时间、挤时间,见缝插针,有不少章回是成于车马当足之间,这不仅说明他才思敏捷,胸有成竹,而且可以说是他的丰富生活的火花升华为文艺,喷薄而出。

（此后略去 9 章如下：四、民国初年的伪作纠纷；五、踏破铁鞋无觅处；六、种种疑团；七、谢译《老残游记·初集》与《关于〈老残游记〉》；八、《诗存》《长编》的积累,《补编》的素材；九、长老传闻和耆旧访问；十二、洋务派的影响和与洋务派的异同；十三、圣功弟子；十四、以养天下为己任。）

十、鲁诗堂夜话（节选）

鲁诗堂是罗振玉先生的斋名之一,《诗三百篇》有齐、鲁、韩三家,《鲁诗》不传,罗先生从《汉石经》中得到一块《鲁诗》,就将他旅顺寓居的一间房子名为"鲁诗堂"。1929 年曾去外家,从老先生问学,准备考北京大学研究所国学门,就住在那座楼里,暑夜无事,外祖父就走来和我闲谈,谈了许许多多的往事,其中有不少与铁云先生有关的轶事。刘罗两家都是淮安的侨寓,流寓于此；刘家是镇江丹徒人,罗家是浙江上虞人；刘家是致士（仕）官员,罗家则是盐漕幕客,安家于淮安。铁云先生和雪堂先生是由神交、知己,宾东而儿女亲家。不但一生莫逆,学术上相辅相成。雪堂先生甲骨之学由铁云先生开山,铁云甲骨金石之学的遗愿,也多赖雪堂完成。但雪堂先生从小生长在淮安,铁云先生则二十岁才随父致休到淮,而且在外游学多时,少时并不相识。……（相识过程多已知,略）

雪堂先生和我说：他在河工、历算、测绘、音律、医学方面往往不如铁云,而于金石、考据则铁云以为雪堂胜他一筹,实务、经济之学,两人见解往往差不多。性格上,铁云放纵,自己谨饰而互不为忤。住在上海安庆里时,两家大门后门斜对,晚上铁云先生没有应酬时就走过来,或将自己请过去讲论金石。鉴定所藏字画、碑帖,看后加圈,一圈至四圈不等,以评定甲乙。我家的文物圈基本都是雪堂所加。后来我看家中遗物、签条之下方,果然多有这样的圈，才知道是雪堂鉴定的记号，又说，铁云先生在上海每晚都有应酬。一天和雪堂说，胃不太好。雪堂就说："天天吃花酒，顿顿鱼翅、海参，胃如何会得好？你一个礼拜如不出门，吃白菜豆腐，包你好！"铁云先生笑了笑说："非不知也，势不能也。"庚子年北京放赈，又收购了一些文物，是出奇的都函告商论，收到甲骨就立即飞函相告。雪堂先生又说："铁云在板章胡同将所藏造像嵌在院中假山上，名为'千佛岩'。恰好我有事进京，王孝禹（瓘）、方药雨也从天津来了，铁云请我们在家午饭，看他所得的《崔敬邕墓志》，在千佛岩前照了一张合影，这张照片就贴在《崔敬邕墓志》之前。日本博文堂影印本上尚有此照。"云云。按原拓我未见过，博文堂本我是见过，福建师范大学图书馆藏有一本，是铁云先生赠刘福仲先生的，是我从北京为学院购得，事情我是知道的，但写《铁云先生年谱长编》，插图说明却弄错了。五舍弟来信告我是王孝禹、赵紫衡，及琴师张瑞珊。我一时疏忽，如言这样注了。后经表弟罗继祖教授发现函告，并复制了影印本前页，始觉《铁云先生年谱长编》有意再版，尚未实现，先于此纠正，谨附粗疏。

雪堂先生也谈到铁云先生和袁世凯的嫌隙问题。雪堂说："袁世凯对铁云颇有嫌隙，铁云回顾平生并未共事，没有得罪过袁，只报效的那年是二人同时禀见，大帅立时传见铁云，敬礼有加，谈的也很投机，一直未召袁进见，铁云心中不安，就告退，并说：'还有袁某在候见。'大帅说：'你坐，还有话说。这就传见他。'铁云只好坐候。袁世凯入见，大帅毫不假以辞色，劈头说：'听说你在家乡不务正业，不学好，但既然来了，我正少个烧鸦片的人，先给我烧烧看再说。'袁惶恐而退，铁云也为他难堪。后来袁阔起来，怕人揭他微时丢人的事，可能问题就在于此。"说得如此详细，绝非向壁虚造，必然是听铁云先生自己所说。而且1909年改元宣统，大赦时铁云先生写信给陕甘布政使毛庆蕃（实君）说，"联大帅已将遣戍人名奏请赐还验行，南皮长者，应能蒙批准，若项城则无望矣。"可见确有嫌隙，说明外祖父雪堂先生的话并非无据，外间类似的传说，也事出有因。只是大家以为是谒张曜时事。因为袁是淮军将领袁甲三之族侄，张曜也是淮军的人，和袁甲三是旧时袍泽（战友），袁去找张，很是自然。张曜是行伍出身，因武官被人轻视，发奋延师求教，能写八股文了，请收文职，曾刻有一方"不识一丁"的图章，这样的人对后辈毫不客气，出言直率，很有可能，所以未加考虑，在《铁云先生年谱长编》中写入。先是严薇青教授发现这一问题，驰函相问，说："袁世凯并未入过张曜的幕。"我则以为报效与入幕是两件事，投效碰了钉子，不入幕也很自然。后来我侄刘德隆翻阅史料，铁云入张幕时，袁在朝鲜，任驻朝鲜总理通商事务大臣。虽然这总理通商事务大臣品级还不到道员，决不会与铁云先生同谒张曜，事实是弄错了。我想事情可能是有的，但不在见张曜时，可能是在见吴大澄时。吴调任河督，一筹莫展，到处招贤纳士，一时投效的不止一人，袁世凯也在其中，碰了钉子，才回家召集数十人到吴长勋处投军。朝鲜事起，吴大澄调筹边事，吴长勋在其部下，袁在其时立了专功，一下子飞黄腾达起来，时间和铁云先生调鲁的时间差不多，只是吴大澄是科第出身的苏州文人，会不会说话那么粗鲁。可惜当时我没有追问雪堂先生这位大帅是谁？是吴大澄还是另外一人？老成凋谢，无从得详，只好存疑，以待文献有证。

至于袁在外务部所打击的人也不止铁云一人，凡王文韶时期的部员，先后都寻件事，发往军台效力，如与铁云相友善的高子衡、钟笙叔等都先后到了迪化。只是这些先生都生入玉门，只铁云先生卒于戍所。我十四岁时听伯父著伯先生（大章）说：他在京见到钟笙叔先生，钟老说：铁云先生在戍所住的那所房子最不吉利的，有清二百余年，住在那所房子里的，无一人生还。铁云逝后，管理戍所的人向钟老们这样说，并说这所房子又要安排人住。铁云来前，特令人将房子收拾出来，安顿铁云，也不是偶然的事。钟老说，联大帅对铁云毫无嫌隙，来后并很敬重，此举必中枢有人授意。这种齐东野语，而且事涉迷信，未必可以据为典要。不过当时同戍人中既然有这样的传说，可见遣戍之处就有人想置之死地，说明铁云被罪真因，除派系之争外，必有私人嫌隙。

雪堂先生又谈到太仓米的事，说确是以贱价买得俄军要烧的太仓米，救活北京全城几十万人，众目共睹，京人个个称颂。铁云一生立志济世救民，只这件事达到他的心愿，想不到竟以此获罪，身死边疆，真是天下最不平的事，和我说，对这叹息不已。

雪堂先生除谈了有关铁云先生的一些事，也谈及其它清季史实。特别值得注意的是马眉叔先生（马建忠）将一张威海军港草图被族中不肖子弟偷去，转售于国际间谍之手，造成威海卫的失陷。马即因此郁郁而死，为外间未知的秘史。我在《铁云先生年谱长编》中收入此事，又在《老残游记·二集·补编》小说中，做了一番加工的描绘。雪堂与王国维的关系，与此关系不大，已写过一篇《观堂别传》，并另写有文涉及，不谈。

十一、访问耆旧（香港版未收）

我生于 1909 年六月，铁云先生故于同年七月初八，没有见过祖父。铁云先生的生平我是不可能了解的。父亲季英先生（大绅）十四岁时，常跟随铁云先生到处走，知道的事情不少，但毕竟岁数很小。铁云先生逝世时，父亲住在北京，才二十一岁，有许多铁云先生的主要活动他也不了解，他所了解的是铁云先生与太谷学派的关系，学术思想方面。但伯父著伯先生（大章）是长子，年岁较长，铁云先生晚年的社会活动往往以著伯为助手。所以弹折折子上，刘大章也同时名列奏章。民国十年左右，著伯先生在北京寻找工作，被一位父执符老先生引荐到京东密云县担任一个科级的人员，符老先生是密云县知事。密云离北京很近，著伯先生有时到北京访问故旧，顺便清理一些铁云先生未了的手续。后来，符老先生解组了，著伯先生也连带去职，就来到天津住在我家另找机会。其时正是曹锟做了总统，董康当了财政总长，我母亲的舅父范子衡先生是董的秘书，酝酿要放他做榷务局局长，著伯先生正等待机会，范先生倘真放了榷务局长，著伯先生的工作是不成问题。他在我家等机会，不幸后来病逝于天津。我们在天津租的房子是两排两底，楼下的前房是家馆先生的住房和书房，后房空着，著伯先生就住在那，我也铺张小床在伯父旁边，晚上在那儿自习，其时已十二三岁了。伯父晚上无事也和我谈北京的亲故和铁云先生的旧友，因而我知道北京有些有什么关系的人。后来我想做《铁云先生年谱》，要访问耆旧，我父亲在铁云先生逝后愤世嫉邪，自己在银行工作，很少与父亲的朋友们往来，甚至可以说，除方药雨先生外，都不往来。我在北平研究院工作时，按所知名字去访问耆旧，回来再向父亲汇报，再与铁云先生留下的几本日记核对。首先访问了大兴冯公渡先生（恕），其实他是北京自来水公司常务董事，年已八十有余，精神还很好，我到了他家自报履历之后，老先生眼泪落了下来，两手抓住我的手说："你是铁云的孙子，自从那年著伯来到公盛书庄办理退款，算清了账目后就未再见你们家人，现在北平还有你们家人吗？"我告诉他说："回老太伯话，是新近才从天津搬回北平来的，在西单城坊街三十号。"他听了，点点头，又看了看我的名片，说："噢，你在北平研究院工作，在中南海，是哪一房的?"我告诉了他，冯老又说："噢，你是季英的儿子，罗叔老的外孙是吗?"我回答说："是。"他说："前几年，叔老在京办京旗生计维持会。我见到你父亲，才三十多一点嘛。现在怎样?"我告诉他父亲在金城银行工作，并说明来意。他说："当初，整天在一起办事，现在老了，许多事也忘了，有令祖、有龚心湛、丁仲丹，我们在办京西煤矿与自来水公司，还有钟笙叔、宋伯鲁等人，后来龚心湛阔起来了，他和安福派的福建人一起在段祺瑞手下当过国务总理，丁仲丹死了，钟笙叔与奉系在东北。宋伯鲁回到西安后，刘镇华在做山西督军时他做秘书长，现在也死了，北京自来水公司就剩下我一人，也是很不景气。记得当时和令祖一起去看二闸，在那儿建水塔，款项还是令祖筹的，后来水塔建成了他人也走了。还有在京西一带买了许多小煤窑，器具都存在丁家，我告诉著伯去取，可能已取走了。"说到小窑的事，我回忆著伯伯父在天津逝世时，伯母从苏州来，打开他的箱子清理遗物时，是有好几包京西小窑的器具，现不知哪去了。民国之后，北京办了包兴煤矿和门头沟煤矿。这些东西恐早已成废纸。说到钟笙叔，名广晋，是杭州人，也在总理各国通商事务衙门工作过，曾被袁世凯迫害，遣戍新疆，和铁云先生在一处。宣统初年大赦，钟先生回来了，祖父不幸绝于新疆。他在东北，无法去拜访了。后来华北沦陷，听我在银行一位同事诸公熙说，笙叔老先生已回到北京，因是杭州同乡，还常去他父亲朱倚仁先生处闲谈，还谈到和铁云先生的事。可惜当时忙于生活，日薄暇给，失去机会，未得一见。时机一过，想不到钟、诸二老已作了古人。诸公熙建国初期随中元实业公司去缅甸工作，年龄也八十一周岁了，不知何在，尚在人间否? 想间接向他问问钟老说过什么也不可能。去年偶然想到钟笙叔老先生曾作过新闻记者，又亲身到过西北，而且是诗人，一定有著作，特请老友吴丰培学长查查在京是否有遗著，果然找到《湖滨补读庐丛刊》，吴手中并有其书，代我翻阅一遍，只有一条记载铁云先生在途中发现残碑的事，未及其它，未免失望。关于宋伯鲁先生，铁云先生逝世那一年，他路过伊犁还有馈赠。后来，在西安发现了颜勤礼碑石，他将该碑移至省长公署，并在后边题了一段跋。伯鲁先生世代以书法名，1992 年四五月间，他的后裔在北京开书法展览会，因不知通讯住址未能联系。另外，还有一位高子衡先生（名尔伊）是铁云先生的拜弟，杭州人，是杭州大姓锻商高义泰家的，曾经铁云先生介绍参加太谷学派，也同样遣戍。他住在铁云先生寓所旁边。1952 年尚健在，已七十八岁，住在杭州。我请老友严群教授陪我去谒见他，那天他房里很多客人，经严教授的介绍，我向他致敬后，他知我在之江大学任副教授，他非常高兴，说："想不到二哥还有这么个孙子，现在你们家人都怎么样了？"我就把家中情况向高老回报了。他很欣然。我说明了来意，他说有两件事可以说给我，他说："至于在新疆，名字叫充军，实际谁也不管你，爱干什么就干什么，偶然派一两天的差，如此而已。官大一点，可以不住在指定地点，可以自己租房子住、带家眷，门上可以贴公馆条，刘二哥当时就带了家人，又在伊犁讨了个伺妾，他平时在那儿主要是著医书，其余时间大家一起作诗。那年，也就是宣统元年己酉年初一，他占一个周易卦，问问年运怎样，结果得的'归妹'卦，永中止敝。我在旁边说：四海困穷，天禄永终。我是随口说的，他怫然说：'哪里的话，是永远监禁终止'。相与大笑，也就过去。想不到他就真在那年过世了。还有一件事，他和我说，他本来的名字叫梦鹏，说是老太太梦见大鹏鸟而怀孕生的他，故名。后来他问龙川夫子，自己是不是岳飞转世，先生回答说：'天地浩然之气就那么一些，就是那几个人转来转去'。因此刘二哥很高兴，颇为自负，立志以济世救民为己任。此事不知你们知不知道？"梦鹏的事我们知道，但后面这段话没听说过。高老又说："铁云先生临终那天早上，在房门口被人推倒，得了中风。当时请了伊犁县知县杨增新来看，其人就是后来的新疆督军，是伊犁最好的中医，诊断是内中，以为不治之症。"云云。铁云先生与高老的交往事情很多，在几本日记中都有记载，就是庚子年放赈，也与他有关，所以在《游记补编》中有关高老的篇幅不少。主要的事情，在《铁云先生年谱长编》中也有所记载。

与方药雨先生的关系。大概除去罗雪堂先生外，恐就是和方药雨的关系最多了。1920 年后，我们从南方移居天津，和方先生经常见面。天津《日日新闻报》也是由铁云先生支持组织的，后来我父亲季英先生和叔父涵九（大经）都在报社当过主笔。报馆就是在涵九先生手中结束倒出的，《老残游记·二编》九回就是当时清理仓库时发现。

还有一位王孝禹先生（名瓘），是无锡人。与端方和铁云先生都是结拜兄弟。铁云先生被祸时，王正在南京做电报局局长。当接到军机处密电时，端把电报给王看，暗示王通知铁云先生连夜去沪躲避，王也派人送了密信给铁云先生，时铁云先生已睡觉，下人不予通报，以致贻误。王后来绝于天津，只有一个小儿子，家境颇为没落。我未见过王老，继祖母郑氏夫人曾见过王的夫人。又铁云先生的日本朋友不少，大都是方药雨先生的关系。如当时的政客牧放浪、百浪滔天（宫奇青天）、中岛真雄等人，以至郑永昌及《补篇》中所说的太伊永久，都是方的关系。有唱和的诗若干为《铁云诗存》所未收，等待有机会再版时收入。

家中老辈，如继祖母郑氏、生祖母茅氏所说的祖父的事情。茅氏祖母的母亲茅老太太和她的妹妹青老太太，还有家里的老嬷嬷王妈妈，也说了许多祖父铁云先生的生活琐事，都已经铭记在《年谱长篇》中了。只有一条青老太太说住在济南时，铁云先生从河工工地回来，常用一张藤躺椅躺在院中，看一本很大的书，也不知是什么书。估计有两种可能，其一可能是太谷学派的《周氏遗书》，另一种可能是他测绘的黄河图。现已无法证明，姑且也记在这里。

十五、与康、梁等人的微妙关系

铁云先生盛年在北京活动的时候，正值中国封建社会极端没落，半封建半殖民地时期；更是举国有志的人士纷纷图谋匡救国家的高潮之际。当时，最大的两个派别，一个是以孙中山为首的"革命党"，主张推翻封建的清政权，建立资产阶级民主中国：另一派则是康有为、梁启超为首，主张进行改革，推翻慈禧太后，拥戴清光绪帝——爱新觉罗载湉，进行一种像帝俄彼得大帝和日本明治维新那样的改革。一时朝野的清流多数倾向于康梁。正是盛年的铁云先生是不赞成"革命党"那样的暴力革命，也不赞成康梁的主张，除去在《老残游记·前编》中透漏这一观点外，还在光绪二十八年，壬寅（1902）给罗振玉的信中说："今日国之大病，在民失其养，各国以盘剥为宗，朝廷腌削为事，民不堪矣。民困则思乱，迩者又有康梁之徒，出而鼓荡之，天下殆者岌岌乎。"说明他对康梁是很不赞成，天下的事是"不归杨，则归墨"。铁云先生既不赞成"革命党"，也不赞成康梁，那么他的立场究竟是什么呢？所以过去有人把他归为"洋务派"。也有人，如林语堂等则称之为"老新党"，也就是无派别的改革人士。在当时将"洋务派"不加区别的全盘否定，不知搞洋务只是一种形式与手段，其动机与目的各不相同，要具体人物具体分析。近年，对"洋务派"在中国近代史上所起的作用也做了正确的评价，对铁云先生搞洋务的动机与目的，与一般"洋务派"有根本不同并不了解，出于好心肠千方百计把铁云先生说成是康梁一派，与"戊戌变法"有关。客观上，当时有志于改革的人即所谓清流，与康梁和铁云先生都分别有些交往，或者是事实，或者是出于主观推测和附会，于是铁云先生和康梁之间存在一种微妙关系。

不但外人，就是我们家里的人也有这种情况。譬如我的侄儿刘德隆，他是一位专力研究刘鹗与《老残游记》者，就持这种观点。他在 1987 年日文《从清末小说研究》第六期上发表一篇文章就提出这个论点，认为刘鹗曾参加"戊戌变法"。德隆所以这样说的原因，是他发现了两则新材料，一则是在旧的《国文报》上提到组织"京城保国会"的事，铁云先生曾名列其中；第二是在铁云先生日记中有题《十五小豪杰》书笔的话。《十五小豪杰》是梁启超所翻译，原来在《新民丛报》上连载，"戊戌变法"失败后，梁启超亡命日本时，先后在横滨和东京出版。德隆根据这两点材料加以其它，组成三个论点：其一，"京城保国会"与康梁有关，是康梁等组织，铁云先生既然参加了保国会，也就是参加了"戊戌变法"；其二，铁云先生为梁启超的《十五小豪杰》题笔，又是在梁启超失败亡命日本的时候，说明两人交情深厚，参加康梁两人的"戊戌变法"是很自然的；其三，从另一方面来说，宋伯鲁是参加"戊戌变法"的，同时又是铁云先生的好朋友；大刀王五也是同情"戊戌变法"的人物，传说"变法"失败后，他要保护谭嗣同出京。大刀王五也是铁云先生的好朋友、老邻居，因友及友，铁云先生也必然参加了"戊戌变法"。《清末小说研究》主编樽本照雄教授是把这篇文章发表了，但同时也写文章提出自己的看法，对此结论有所怀疑。第一，认为和铁云先生写给罗振玉的信的观点不同，是不是铁云先生的思想变化了？第二，认为《十五小豪杰》是在《新民丛报》连载的，根本不要题笔。后来出单行本是在日本横滨和东京，万里迢迢到中国来请铁云先生题笔，是否有此必要？很可能是把《新民丛报》上连载剪下来装成一册，自己在上面题了笔。但日本印的单行本没有找到，不能确实证明是否非为铁云先生所题。当然，仅凭日记上孤零零一句话就说是给梁书题笔，也难成立。同时，樽本照雄教授又写信给我征求意见，我倒有点尴尬了。因为看德隆所提出的论据，都是或然，而不是必然，也就是说也许是这样，也许并不是这样。在逻辑推理上是不周延的前提，不可能得出正确的结论，也不能用作论据，不便苟同。但因为是德隆提出的，也不便由我加以否定；樽本照雄来征求意见，更不便置之不理。

考虑之后，就丢开德隆文章不管，就这个问题另写一篇文章，摆了摆我所掌握的有关资料，而不做结论。其一，关于"京城保国会"并不是在《国文报》上才被发现，而是早已在《中国近代史资料·戊戌变法》的附录中就将参加的一百余人的名单和"保国会"的章程全部公布了。当时北京的清流，如傅曾湘等全部在内，康梁和康广仁也在内，铁云先生也在内，谭嗣同倒没有。后来"戊戌变法"问题发生了，除康梁等外，任何人皆未牵连。原因是"保国会"所以组织的缘故和宗旨在章程内说的很明白，是因为当时德国兵在胶州湾破坏了孔庙，激起京城文人学士的义愤，组织此会以示抗议，宗旨是"保国、保民、保教"，与改革变法丝毫无关，而且组成不过几个月就被顺天府下令解散了，理由是谴责他们保国、保民、保教，独不保清。事在"戊戌变法"之前，所以说和"戊戌变法"毫不相干。只因有康梁等人在其中，可能是康梁等人想借此扩大自己的影响。也正是在"戊戌变法"以前的事，所以《近代史资料》将它作为"戊戌变法"的附录，参加"保国会"并不能算是参加"戊戌变法"。其二，铁云先生与康梁的关系一直是个谜。铁云先生当时在北京社会上是一位很活跃的人物，康梁同样是很活跃的人物，不应该互不相识，而且铁云先生的名字是挂在总理衙门的，康有为也有一段时间被派在总理衙门行走，又都参加了"保国会"，总会见过面，但是找不出两人往来的痕迹。康有为的全集《万木草堂丛书》是康的门人广东东莞人张篁溪所编，张篁溪的儿子张次溪和我在原"北平研究院史学研究所"是同事，张篁溪以为铁云先生应该与康有为有往来，但是在那么多的材料中一封往来的信也没有，他叫张次溪问我，我们也没有听说过二人有书信往来，看来是没有什么关系。但他和梁启超是有过一点接触。即铁云先生初去北京写《春郊即目》的诗时，回到上海，在《农报》馆给罗振玉先看，罗又给《时务报》的汪康年看，传颂一时，当时有十几个人和诗。其时梁启超正在《时务报》任主笔，也和了一首。可能就是这样的泛泛之交，后来就没有听到再有什么接触。梁启超《饮冰室全集》的编者、福建林志钧先生，即林庚教授的父亲。我在"北平研究院史学研究所"时，林老先生在同院"字体研究会"担任常务理事，和我们办公室是前后院子，我们在中南海怀仁堂西四所，他在西三所。他办公室只有两个人，林老先生和一位叫魏娜飞的女士。林老也不常来，来了也没有事，就到四所来和我们聊天。也以为铁云先生应和梁启超有往来，但是他也没发现过一封往来的书信，向我提出这个问题。我说也没有，倒是近年发现一封铁云先生给梁启超和汪康年的信，是发表在《汪康年往来书信》第四节中，是铁云先生写给《时务报》馆汪康年和梁启超两个人的。内容是看见《时务报》上登载了一位康女士的信，她要办女学，声称如果有谁拿出钱帮她办，她就嫁给谁。铁云先生很同情她。当时我王氏祖母已经逝世，还没有继正室继祖母，他写信给汪梁，是请他们介绍和康女士联系，信很简单，最后并说，你们二位对我不了解，可以打听《农报》馆我的亲戚罗式如即罗振玉。此信也无下文，说明对汪梁关系也还是比较泛泛，至少可以说明铁云先生和康梁关系并不密切，甚至非常疏远，和他给罗振玉的信中对康梁的评价是一致的。其三，据说宋伯鲁和康梁等人比较接近，所以"戊戌变法"失败后，他单独自己跑回陕西家乡，但也并未真正参加"戊戌变法"。并不是核心人物。慈禧太后对康梁一派人物是恨之入骨，凡参加他们的核心的人物都是杀无赦。宋伯鲁和康梁的关系较深，一般都这样说。后来在西安有人攻击宋伯鲁，向官方控告他的罪名只是"诬讪宫掖"，并未说到"戊戌变法"，可见关系拉不上，并未参加"戊戌变法"。此事就在铁云先生日记中。《铁云先生年谱长编》也写过这件事。至于大刀王五，和铁云先生并不相识，他被洋兵打死以后，铁云先生叫掩埋局好好地埋葬他而已（详情见后）（见第 27 章，编者注）。为了减少在国内影响，我的文章是用日文写的，登在日本《清末小说研究》同年第八期。

但在另一方面，铁云先生和唐才常的自立军的核心人物关系颇深。如和自立军的副统帅沈荩是莫逆；连梦青、狄葆贤都和唐的自立军有很深的关系，他们是铁云先生的好友。在自立军失败后，连、狄二人就躲在我家北京板章胡同的花园里。郑氏继祖母说她天天派人送饭给他们吃，后来还是铁云先生通过外国使馆的关系护送二人回上海。《老残游记》就是为了帮助连梦青而写的。沈荩改名沈愚溪或者虞希，铁云先生还请他做《天津日日新闻报》的主笔，可见关系之深。唐才常自立军起于 1900 年，是与康有为的"保皇党"有关的。《天津日日新闻报》是方药雨从文廷式手里接过来的，本名《国文报》，文廷式是珍妃的老师，是"戊戌变法"背后的支持者。从这些关系来看，铁云先生与"戊戌变法"有不少的间接关系。近年皮明麻所著《唐才常和自立军》中说，唐才常实际是同情孙中山的"革命党"，只因为在当时保皇党的口号容易被群众接受，所以才走康梁的路线，并不是真正想保清、保皇。皮书中提出过唐才常的一件事，说当时"保皇党"的十三太保，包括梁启超和唐才常在内，写了一封信给康有为，主张不一定要保皇，"自立军"成功以后可以通过民选选康有为做大总统，要是选不上就请康有为退归林下，惹得康有为勃然大怒。后来唐才常的儿子唐蟒做过国民政府的参军长，说明唐才常还是和革命党有关系的，此事可作为皮书的旁证。（皮书1984年1月由湖南人民出版社出版。）说明当时这些革命和改革人士派别之间的关系是非常复杂微妙的。铁云先生和他们之间的关系也是很微妙的，他对于有志改革的人是同情的，对他们的主张和办法则有所保留，有自己的主张，就是以"养天下为己任"的太谷学派的思想为中心，而不倾向某一个派系。所以我在《补编》中把这些复杂微妙的关系通过具体情节或者假托老残的思想活动写了进去，而不加结论。而最关键的是老残对宋碧柳谈对"戊戌变法"的看法，老残不主张大刀阔斧，从上到下的进行全面政治改革，而主张从下到上一件件地做具体的经济改革。老残认为全国的铁路筑起来，煤、铁矿开了，当然要有具体的管理机构，不能再像现在归六部的工部管，而要另有建制，各种经济全面都得到了改革，现在六部九卿的制度就必然要打散重建，政治就自然改革了。若先从上面攻起，阻力大，易出偏差。所以像唐朝的李德裕、宋朝的王安石、明朝的张居正都未十分搞好，从下到上做具体的经济改革，纵然失败了，也只是一点一滴的损失，影响不大。当然，通过暴力革命或者从上到下的先做政治改革，先把政权拿在自己手里，办事要痛快得多，但往往"我志未成民已苦"。这是铁云先生改革的主张，也是太谷学派济世救民的主旨。现在看来，上层建筑是由经济基础决定，经济基础改革了，上层建筑必然随之改革，可能慢一点，但是稳健。

十六、开放、引进的思想与历史悲剧的遭遇

铁云先生是一个具有开放、引进先进思想的人。他认识到时至今日，再不开放、引进，吸收人家的长处进行改革而深闭固拒，夜郎自大，闭关自守是不

行的。但是，人们的思想往往落后于存在的，特别是在旧时代将要过去，新时代将要到来的过度时期更是如此。旧的生产力与生产关系已经在崩溃，新的生产力与生产关系还没有十分成熟的时候，旧的生产力与生产关系所派生的思想意识形态不会轻易离开人们的头脑，尤其是依靠旧生产力和生产关系取得既得利益的人们，更是如此。他们对于代表新的生产力和生产关系的思想意识形态怎样也看不惯，总要千方百计予以压制和扼杀，在此时期，具有新的意识思想形态的人往往就成为牺牲者。对于他们来说，这种压制与扼杀就是历史悲剧的遭遇。譬如到了辛亥资产阶级革命的时候，世界客观环境的决定，封建君王制度已不可能存在，袁世凯就是拼接这个机会攫取了政权，当上了民国大总统，但是他是并不满足，终于恢复帝制，搞得身败名裂。在袁世凯手下一些为他吹喇叭的知识分子，如严复、刘光汉（刘师培）、杨度等人总是呼吸西方民主空气，沉浸中国古学的学者和才子了。其中除去杨度晚年走上了正路以外，其他都是甘心作为袁世凯"筹安会六君子"的骨干，这就是就得思想意识所决定。有些人在袁世凯时代过惯了似民主又似帝制的畸形官僚生活，到抗战初期，还死灰复燃组成了伪华北政府和伪南京政府，重建他们失去的天堂。如王揖唐在举行为高等文官考试以后立即组织一个"辛巳学会"，作封建科举的大宗师，殷同死了还有人为他上了一个"殷文安公"的封建谥法，都说明了旧意识形态顽固地不肯离开人们的头脑。因此，具有先进思想的人就会收到这些顽固事物的迫害。但是新的思想意识形态终于要随着新的生产力、生产关系而出现。历史车轮不会因为压制与扼杀而停止。

铁云先生一生就最鲜明地体现了这一规律。他最初认识到要"养天下"一定要开发中国潜在的生产力。要开发潜在的生产力的捷径又是引进外资外技，借水行舟。中国是个大国，地大物博，要开发，首先要发展交通，于是建筑铁路为首要的任务，突破落后的生产关系，筑路也是尖兵。所以铁云先生首先计划以都城北京为起点建筑卢汉铁路，跑了一趟武汉，结果失败了，是有具体的原因，姑且不论；接着，想改变依靠运粮河沟通南北经济的中古落后面貌，建议筑津镇铁路，就是被这个落后的思想和一些依靠落后生产关系的既得利益者反对掉了，所以在《补篇》中特意塑造出这样一些人物和个别的正面人物，以体现两条路线、两种思想的斗争。不久，津浦铁路还是建筑了，而且延伸到上海（原沪宁铁路），他又去山西办煤铁矿筑铁路，被谋求私利的官僚、绅士和不懂得历史已变迁与风水迷信者等等落后反动势力所扼杀，停顿了几十年，解放以后，终于成为我国能源的最大根据地；后来，他到东北预备炼制精盐，没有成功。不久，范旭东、景本白等人还是成立了"久大精盐公司"，又发展出"永利㿟厂"，成为我国解放前两大民族工业。在北京提倡办自来水公司，办电车公司，投进了一些资本，办不成，但不久别人在他的基础上发展起来；他首先提出办"大清银行"没有反响，不过一年，终于出现了"户部银行"，不久就改为"大清银行"。以至今日的国家银行的根子就在那里；又提议铸铜圆，颁布商律、设商官，也没有反响，但不久都实现了。说明这些事业都是新的经济基础，是必然要出现的。但是，别人都还没有看到，铁云先生嗅觉灵敏，观察敏锐，先提出了，先伸手要办，你认识了伸手要办，别人还不认识，甚至触犯了他们依靠落后生产关系的既得利益，当然要打击你、压制你、扼杀你。这就是铁云先生的一生，这也就是历史的悲剧。我在《补篇》中通过具体事实阐明这个规律，作为来者的殷鉴。

（此后略去11章如下：十七、淮上旧游；十八、平生知好；十九、魏静芳与茹氏夫人；二十、六位郎君；二十一、从赛金花与金小（筱）宝说起；二十二、义和团和太仓米；二十三、古书、名画百余箱；二十四、从焚桃源到牧马归群；二十五、遣戍的恩恩怨怨；二十六、恨未能生入玉门；三十、铁云先生后裔对《老残游记》和铁云先生的研究。）

二十七、三场武打场面

写《补篇》本不一定写武打，我小孙女刘芩说："小说总要有武打才好。"我想，也有一点材料，就写了三段。

第一个材料是蒋君白的新娘打轿夫。蒋君白是太谷学派龙溪先生蒋子明，是泰州姜堰人。在封建社会，抬新娘的轿夫总是闹着多要喜钱。蒋子明先生本是寒门，房子很浅，轿夫在外面闹，被新房中新娘听见，跑到门口干涉，轿夫们是又气又笑，不知说了什么不得体的话，而且气势汹汹欲动手。新娘也生气了，一伸手就把几个轿夫打得落花流水，包头鼠窜。一时蒋家新娘打轿夫的笑话，传遍了姜堰。后来，归群草堂中，蒋老师母打轿夫的事也传为美谈。我小时见过蒋老太太，看起来也是个很文雅的寻常的老太太。我的表兄弟等小朋友说老太太会变戏法，怎样变？是孩子们磨她叫她变的。当时习惯卧床是宁波八铺床，床前有块脚踏板，蒋老太太床面前放一张八仙方桌，桌上靠墙放自鸣钟、盖碗、镜子、瓷缸等装饰物品。蒋老太太被孩子闹急了，把腿一伸，用脚尖把桌子挑起，平平正正离地几寸，后又放下，孩子们满足了，一哄而散。试想一只红木桌很重，一个男人扛起来都很吃力，何况一个老太太，又是缠足，能把桌子轻轻挑起，上面东西不动，这要有多大功夫、多大力量才行。蒋家后辈说："老太太夏天洗澡，把房门关起，洗完之后穿上衣服，就跑到床顶上跑步转圈子。宁波八木床顶是木头的，可以经受住一个人，但要在上面兜圈跑步，没有很好的轻功也不可能。我的弟媳蒋纫秋，就是亡弟厚泽之妻，是蒋老太太的孙女，也说老太太常常跑上高墙去跑，家里人都装看不见，她就自己下来了。要是大家一说，老太太就要发脾气说："你们谁把我弄上墙的，快拿梯子让我下去。"不要说自己随便跳上墙再跳下来是个奇迹，一个七十多岁缠足老太太能从竹梯上轻易上下也是不简单的。我写这段的时候，特意向蒋纫秋了解老太太生平。蒋纫秋说："祖母姓徐，父亲是武官，没有儿子，祖母是独生女，从小在父亲衙门里骑马、射箭，扮男装，叫别人喊自己大老爷，来到蒋家，确是规规矩矩，恪守妇道。"我就把打轿夫这个故事加上想象，在《补篇》中写了一段武打。

另一段是有关大刀王五，也就是北京震远镖局（应是"源顺镖局"，编者按）的镖师，是清末白道上有名的英雄人物。我的再从兄刘厚载读书时，因身体不好，曾从北京太极拳名家杨班侯杨三先生学太极拳、形意拳、八卦掌等所谓的内家拳，后曾任上海国术馆馆长，颇跟有名武师接触，知道大刀王五的故事。我的叔父涵九先生和他们在一处，多知道当时江湖情况和大刀王五的事迹。据说王五本来是和戏剧中的窦尔敦一样，善用护手双钩，又名钩王五，后又认为双钩是兵器中的贼，单刀是兵器中的王，就不用双钩，改用单刀，并改称大刀王五，一时行侠仗义，威名远震。据说"戊戌变法"失败后，他曾挺身而出，保谭嗣同出京辩护，谭不肯而罢。民国十年左右，天津《益世报》有个名董令狐的写了一部《新新补史》曾说过这件事，不知真假。但大刀王五和铁云先生并不相识。至于辛丑年初，被洋兵打死，没有人敢收尸，铁云先生在京办赈，听说此事，认为他是个义士，令瘗埋局的人在南下洼一带选择一块高燥地将他厚葬。说铁云先生和王五交厚，刘大白（应为刘大杰，编者注）所写《刘铁云轶事》其中说：他有一老辈朋友和刘铁云在北京所住的半壁街寓所是邻居，大刀王五也住在那里。铁云所住房是七进大房的后进，从戊戌年间一直住到庚子年，和大刀王五非常要好，王五死后，刘铁云十分悲痛。其实，铁云先生进京远在戊戌变法之前，进京后，先住椿树上三条赵子衡先生家，与赵合住。戊戌第二年（乙亥年）回南。庚子秋又去北京放赈，其时赵子衡先生已回云南。铁云先生住在东城大甜水井宝熙家西院，辛丑后期家眷去百佳，搬到崇文门外板章胡同，是北京四大凶宅之一。《补篇》中说老残的儿子小四去北京住老残书房，一人跑到楼上看月，家中人以为闹鬼，就是在板章胡同，事情也是真的。一直住到戊申年（光绪三十四年）回南，并未再到北京，从未住过半壁街。辛丑年曾讨了一个郭氏做外室，因郑氏祖母不容，没有回板章胡同，在南下洼子一带，四五个月就故去。情节都对不上。可能刘大白这位老朋友不是张冠李戴就是信口开河，但说得那么活灵活现。连我家人都信以为真。我的上一辈虽是大字排行，但刘大白与我家无关。至于王五之死也有两说，一说在义和团在北京横行之时，王五约束镇远镖局人不准和拳民接触，派人守住镇远镖局所住胡同两头，义和团也不敢进去。洋兵京城，误以为他们也是拳民，派兵去镇远镖局将其打死。另一说是洋兵进城后，有几个洋兵在琉璃厂附近要侮辱民女，王五路过其地，伸手打了洋兵，救了民女，事后自己跳上房屋要走时，被流弹打死。从铁云先生为王五收葬情况看，后者较可信。在《补篇》中，按此情节写了。

以上两段都是有事实依据的。第三场是写官兵去黄崖山剿山时，守山口的黄崖的子弟和民兵十几人，把所谓官兵打得落花流水，这完全出于虚构。

二十八、几件人所未知的史实

在《补篇》中，我写了两件人所未知的史实。

一件是明末清初，明朝史阁史可法困守扬州将要破城时，深夜去见豫王死在清宫，并非投江而死。内容在《补篇》中已写得很详细，就不再重复。此事是我在十岁时，在上海听我父亲和我三舅父罗君楚先生（福苌）所说，说是铁云先生听宝二爷所说。宝二爷是豫王的后人，事情经过刻在一个刀匣上，当时小孩子听壁角就记住了，根本不知道豫王和宝二爷是谁，但史可法是知道的。一九三七年初，在北平研究院工作时，同事张次溪为浙江《越风文史半月刊》向我组稿，其时已懂得宝二爷是宝熙，豫王是多铎，这件事好像无人知道，就将此事写了一篇文章，名《史阁部死难事》，是用古文体写的，在《越风》发表。写完也没再注意。后来看见北大教授清朝开国史的专家孟心史先生（森）的《新史丛刊》第四集也记有此事，一开头就说：乡人刘佩韦曾在《越风》发表此事，他才知道。因和宝熙是熟人，特意去宝家调查此事，宝熙详详细细和他说了，并拿出刀匣上刻字的拓本给他看了。孟先生是我老师一辈，又是同乡前辈，虽然没听过他的课，总是学生。刘佩韦是我四十年前用过的字，老先生称我的字，又只说是同乡，没有说是学生，实在太客气了，不敢当。因为《越风》发行很少，见的人不多，《新史丛刊》也是非亲家不看，就将这个情节组织在《补篇》中作为铁云先生和宝二爷交谈的情节。

另一件事是甲午战争的一件秘史，是我在旅顺听罗振玉先生说的。是说威海卫刘公岛海军军港，是马眉叔先生所建的非常巩固的堡垒。有一张草图还留在马眉叔先生手中，被他一个抽鸦片的侄子偷了去，不知有什么用。甲午之战。日本人打刘公岛，死了不少人也没打下来。后经国际间谍弄到此图，以三十万元卖给日本人，从而打下刘公岛。马眉叔先生既不敢说，心里又难过。此事我在《铁云先生年谱长编》中简单说了一下。因为罗先生说的过程很详细，这次在《补篇》中详详细细写了经过，特意详细的组织进去。当然，具体的细节只能想象，有关的人名也只能假设，是小说家没有办法的事。大体情节和罗先生说的差不多。因在《补篇》中说得很详细，这里就不再多说了。

最后一件事，是中国文化史上一件多年疑案。因铁云先生在庚子年间收买古书、名画而得到解决问题的论证，因从来没写过，也就附在这里。

清初诗人王渔洋（士禛）所著《池北偶谈》说了一件事。说："明朝大学士王鏊的孙子尚宝郎王延喆欢喜收藏宋、元版古书。一次有一位书贾拿了一本宋版《史记三家注》要卖给他，王延喆叫先放下。过一个月，卖书的又至，王将原书还给他，说：我也有一部，和你的差不多。就拿给书贾看，书贾说：也是宋本，但不如我这部精。就把书拿走了。据说，王延喆是雇了许多工人照书贾那本翻刻的，一个月刻成。后王家的《史记三家注》颇为流传，称为王本，是名刻。当时印书是刻板，哪能一个月刻一百三十卷书，有点像神话。前几年，我在福建师大图书馆发现一部百薄衲本《史记三家注》，图书馆书目原定为明版，我拿来一看书上所盖图章是清朝大内"石渠宝笈"中的书。《天禄琳琅书目》中著录的长图章都有，说是宋版。另有几本和叶昌炽《藏书记事诗》所说的宋版完全相同，我认为应该是宋版，不是明版，建议图书馆请国家专家鉴定。图书馆带原书去了上海、北京。上海图书馆明版专家潘师郑（景富）拿到手内一看，说这是明版。拿到北京图书馆，赵万里教授已经逝世，他的高足接班人冀书英女士也说是明版，我的假设被否定了。衲本上都有"邵享贞"的图章，都不知道他是什么人。后偶然看到铁云先生在庚子年间买到两部残本——半部的《史记三家注》，当时是作为明本卖给他的，上面也都有"邵享贞"的图章，铁云也不知道是何人。铁云先生一次翻阅《四库全书总目》，发现邵享贞是元朝人，既是元朝人的盖上图章，当然不会是明版了，故《天禄琳琅书目》把它定为宋版，琉璃厂书贾也不知道"邵享贞"是元朝人，只看象是王本，就把它作为明版来卖。要说书店作假，没有打上元朝人的图章作为明版卖的道理。我又发现图书馆藏的那本有"姚安道"的印，《天禄琳琅书目》所著录的"石渠宝笈"本也有这个图章，"天禄"书目也不知道姚是何人。我也是偶然发现。衲本二十四史《宋史》的后面有一个参加编写的人名"姚安道"，是元朝杭州路儒学训导，是元朝人，说明此书确实是宋版，就是《天禄琳琅》著录本，恍然大悟。大家都是认为宋刻版的都是非常精美，没有意会到宋版也有普及本，就像福建麻沙本那样随手用的本子。同时也体会到所谓王延喆翻刻史记的事情应该是宋版的木板片被他买到了，但不完整，书贾所送为完整，就将其留下补课若干片配全，印出后，书贾承认是宋版，但没有他的精。因而可以知道这个《史记三家注》的本子本是宋刻，也有宋刻宋印传世，如有"邵享贞""姚安道"之印，王本则是宋版明配明印。木板用用就会坏，随时要补刻，渐渐配片比较多，最后甚至全成明刻明印。一个月刻一百三十卷书的谜也就可解了。所以传世的本子除去有"邵享贞""姚安道"印的证明还是宋版宋印。如《天禄琳琅》所著录本也就是师大现藏衲本外，很大一部分都是明补明印，所以有此误会。这件事情，我还要写专文讨论，因为与铁云先生藏书发现有关。先附录于此。

二十九、《老残游记》研究资料

关于《老残游记》的研究资料，一本是一九六二年上海中华书局出版。大约在一九六零年是时，我的北京大学校友、山东大学中文系关德栋教授知我手中尚有几篇《老残游记补篇》的手稿，二编九回也还有三回未发表，在上海和已故复旦大学赵景深教授谈起。赵景深先生认为最好印出。关德栋和我联系，说如我们同意，他和中华书局商量出版，作为一种研究资料。因当时《老残游记》还被否定，不便直接出《老残游记》。关德栋给我来信了，我和兄弟们商量了一下，认为拿出去总比放在那里好，就将这两种残本和我父亲刘大绅先生所写《关于老残游记》文章（曾在辅仁大学《文苑》和上海《宇宙风》发表）、我所辑的《铁云先生年谱初稿》等都拿出去。赵先生很是欣然，中华书局也同意。商定由我亡弟刘厚泽和上海文联魏绍昌先生三人合编，名为《老残游记资料》。厚泽是在上海工作。联系比较方便，我就将手中材料带去上海，由厚泽和魏绍昌先生具体联系办理。一些外边已经发表过的文章，由魏绍昌先生收集。那年，当时的中国共产党中央宣传部周扬副部长来福州，也向我建议将未发表的东西东西拿出来供大家研究。我告诉他正在编辑中，周副部长说："好极了！好极了！印出来先给我一本，以先睹为快。"等一九六二年书印出来，编辑人员只有魏绍昌先生一人署名，我的年谱未收进去，换了一篇同乡蒋逸雪老先生已经发表过的《刘鹗年谱》小册子，用我的年谱稿本作了一点修改，不知什么原因。厚泽问了魏绍昌，魏也说不出原因。书寄给周扬，因与原来口头说的情况不同，问我为什么，我说我也不知道。周扬给上海文联主席叶以群写信了解，特别对没有家里人写的年谱感到遗憾。叶和中华书局联系，书局说因年谱太长，可作为第二辑资料单独印行，前有不妥处，亦可纠正，由厚泽和书局磋商，正式订合约。年谱修改了几次，尚未涉及付印，"文化大革命"开始了，事情停顿，厚泽受到冲击，几天就逝世了，存在上海的材料，除孙女们所读小学课本外，连直排的毛泽东选集都被抄走。经交涉，才将毛选退还。拨乱反正以后，刘德隆从新疆石河子调回上海照顾家庭。中华书局又来联系再版。其时，厚泽处材料已被抄的一干二净，我写的《年谱清稿》

也被抄走，因去杭州，由德隆陪同中华书局竺少华在杭州和我谈了一次，后又在上海和副总编辑包敬第先生谈过一次，没有结果。恰好厚泽的儿媳、德隆的嫂子陶凌云是成都日报的编辑，和四川人民出版社相熟，经凌云联系，在四川人民出版社另行出版，所有材料均拿出，由德隆、德隆的姐夫朱禧和他弟弟刘德平编辑。我去成都开"先秦史讨论会"时，当面商定，于一九八五年出版了《刘鹗及老残游记资料》，约五十万字，是较完整的资料。

我的《年谱清稿》被抄没，原始材料《铁云先生日记》"文革"中也在上海丢失（现已大部收回），年谱中访问所得材料出于老辈之口，这些老辈也多做了古人，亦无法再写。想不到在乱纸堆中发现了初稿，重加整理，一九八二年在山东齐鲁书社出版了《铁云先生年谱长篇》，约十三万字。德隆回上海后，专力作刘鹗及《老残游记》研究，除编那本资料外，在上海图书馆翻阅了几年旧报刊杂志及外人有关记载，集成一本资料，本名《闲话刘鹗》，由其长姐刘德符在天津联系出版。因这些材料多系当时传闻或后来传闻，不一定符合事实，《闲话刘鹗》名称可用，或老老实实《刘鹗生平传闻辑录》。出版社大概由于生意眼，自改名《刘鹗小传》就不相当了。这本书约有十四万字。希将来再版时，名字订正一下。也许不能再版。先在此说明一下。其中有些材料是很好的，有些只不过是传闻，不能作为典要。特在此说明。

三十一、尾声

这本小册子是承上海《文汇报》半月刊编辑沈国强先生向我组稿，推动我写的，写作的轮廓是我二人协商设想的。但因为我当时手中自有任务没有下笔。到次年一九八九年以后，我和老伴到浙江衢州儿子德威处探亲，没有事，手边没有书，其它研究不能做，就开始写了十个目录，请及门刘康博士誊清送给沈先生，请看能否采用，能用就继续写下去，不能用就算了。想不到文汇半月刊停刊，未成稿，一直放在那里未动，摆了好几年。去年一九九二年，次子刘德康、长子刘德威前后去香港，和《明报》月刊潘、蔡两位先生谈起，二位表示可拿到他们处发表，最好先连载，后单行。德康回后，就将初写十目约三万字复印拿给两先生看，并说要我写一短篇，概括说一说此书内容，先在报纸发表，以配合《补篇》在香港发行。德威去后，潘先生约他两次都因事忙未能见面。后来信说：因明报版挤，单篇文得到大公报张文通先生的同意，该文已在大公报大公园发表。今年春节前，蔡先生又给德康来电话催稿。我想朋友们的好意难拂，不好再拖，但我眼睛不好，写的字难认，写好还要誊清，多费时日。正好乘春节假期，外孙等寒假有空时我口说，他们笔记，然后自己再看。前由已经工作的外孙刘征、续由在福州大学读书的徐海涛、徐海鲲兄弟前后执笔，写了十几天，学校开学了，还有七目未写，由我二女、福州师范专科学校离休副教授刘德明续写，今天终于完成此使命。因为是口授笔录，虽经修改，文字恐怕难免有些疙瘩。又自己年纪大了一些，我生于一九零九年，虚岁已八十五岁，本来记忆力还是好的，现在有些具体的事不像以前回忆起来那么顺利。且不说来日无多，现在记得的东西，过几年也许就忘记了。因为所记多为回忆，已无人可以查对，为了保存资料，将来也许用到，有些可写可不写的东西，如某些没有太大关系的人名、居住门牌号数，琐琐碎碎还是能记得的都写了进去，因此就不免啰啰嗦嗦，但想到这些竹头、木屑也许还有可用到的时候。这啰啰嗦嗦是有意识做的。尚请读者原谅。

最后，又邀请福建师范大学历史系校友姚锦胜同志为我校正一次，以力求正确，专此致谢。

刘蕙孙　一九九三年二月十二日

刘德隆:《老残游记》版本概说 (1992)

刘德隆

被鲁迅先生称为"谴责小说"的《老残游记》自 1903 年刊出已有 90 年了。在这 90 年中,中国已经历了大清帝国、中华民国和中华人民共和国三个历史时期。

正如所有名著一样,《老残游记》经受了时间的考验,它没有被时间所淘汰,而是不断地被印刷出版。虽然此间毁誉不一,褒贬不同,但是人们不能不承认《老残游记》确具有生命力,确是值得一读的作品。

90 年来,中国的三四代人凡是在学校读过书的人几乎没有人不知道《老残游记》的。写作中国文学史,特别是写作晚清小说史,不能不承认《老残游记》的文学地位。

正因为如此,回忆《老残游记》的出版过程,探讨《老残游记》各种版本的异同,就是研究《老残游记》所必然应有的内容之一了。

录自《刘鹗散论》,云南人民出版社 1998,第 49-67 页;本文最初发表于《清末小说》(日)第 15 期,1992 年 12 月 1 日出版。

本文试就所见《老残游记》的各种不同版本，各种不同的版本目录及探讨《老残游记》版本的论文，介绍并评述之，以就教于各位方家。

《老残游记》的署名：

《老残游记》1903 年最早刊于《绣像小说》，署名"洪都百炼生"。此后各种版本署名不同，或署"鸿都百炼生"，或署"刘铁云"，或署"丹徒刘铁云"，或署"铁云"，或署"刘鹗"，或署"刘锷"。

实际作者是刘鹗（1857—1909），字铁云，笔名：洪（鸿）都百炼生。刘锷之"锷"疑为误植。江苏丹徒人。

笔者所见《老残游记》版本目录：

1.《老残游记》的版本 清末小说研究会刊《清末小说研究》第 1 号

2.《老残游记》版本目录 刘德隆、朱禧、刘德平刊《刘鹗及老残游记资料》

3.《老残游记》目录 清末小说研究会刊《清末民初小说目录》

笔者所见探讨《老残游记》版本的文章：

1. 关于《老残游记》二题·老残游记版本考 阿英，刊《小说二谈》

2. 天津日日新闻版《老残游记·二集》 樽本照雄，刊《野草》第 18 号

3. 有关《老残游记》版本史论 黄宗泰，刊《通报》[1]

《老残游记》收录范围：《老残游记》一般是指《老残游记》初集 20 回而言。但全部《老残游记》则由《老残游记》初集 20 回，《老残游记》二集 9 回，《老残游记》外编残稿三个部分组成。今年将有最新的《老残游记》出版，那就是由刘鹗嫡孙刘蕙孙续写的《老残游记》二集 10—20 回的版本。

目前笔者所能见到的《老残游记》从其收录范围而言有以下数种：

1. 初集十三回连载本：《老残游记》最初于《绣像小说》以连载形式刊出，计刊出《老残游记》卷一至卷十三。但刊出时删去了作者原著之第十一回"疫鼠传殃成害马 瘈犬流灾化毒龙"。所以《绣像小说》第十一回"寒风冻塞黄河水 暖气催成白雪辞"是以后各种版本的第十二回；其第十二回"娓娓青灯女儿酸语 滔滔黄水观察嘉谟"是以后各种版本的第十三回；其第十三回"大县若蛙半浮水面 小船如蚁分送馒头"是以后各种版本的第十四回。

2. 二集九回本：此本系发表在《天津日日新闻》上《老残游记》二集装

订而成，计线装两册，上册扉页有毛笔题记"丁末莫冬既望订"。这种版本系由日本大阪经济大学樽本照雄先生在日本所发现，现存京都大学人文科学研究所。

3. 初集二十回本：这是人们常见的版本。收录《老残游记》初集二十回。最初的版本是《天津日日新闻》印刷。孟晋书社出版本。据《清末民初小说目录》记载，截至 1988 年，收录《老残游记》初集二十回的版本计有 56 种之多。

4. 二集六回本：收录《老残游记》二集一至六回的版本计有四种。系1935 年上海良友图书公司印刷之一种，1943 年良友复兴图书印刷公司在桂林出版的一种（此版本《清末民初小说目录》所未收），1956 年良友图书公司出版、香港太平洋公司发行的一种，还有京都恒星社印刷一种。

5. 二集四回本：收录《老残游记》二集四回，1934 年《人间世》第 6—14 期。

6. 二集三卷本：收《老残游记》二集第七一九卷。《老残游记资料》中华书局 1962 年出版。由刘蕙孙、刘厚泽辑，署名魏绍昌。

7. 外编残稿：此件原手稿珍藏于福建师范大学刘蕙孙教授外。1939 年原燕京大学西语系主任哈洛德·谢迪克曾见此手稿，1952 年其翻译之英文《老残游记》在康奈尔大学出版，有此残稿第一页图版。1962 年中华书局出版之《老残游记资料》全文刊出。

8. 初集手稿影印本：《老残游记》初集手稿，现仅存六页。"写在印有淡绿直行格的毛边线上，中缝印有'百登斋摹古'五字，内容即商务所删第十一回的后面大半回，从申子平听得欢欣鼓舞，'因又问道'四字起，直至'且听下回分解'止，共三千另八十四字，和单行本核对，中间除了少'总之这种乱党'至'要紧要紧'一小段七十八字之外，其它一字不异"[2]。原件存南京博物院。《清末小说》1986 年 12 月 1 日之第 9 号，影印全文。

9. 初集二十回，二集六回本：收《老残游记》初集二十回及二集六回本，其时间均在良友图书公司之《老残游记二集》出版之后。据《清末民初小说目录》记载计有 16 种。

10. 初集二十回、二集四回本：收《老残游记》初集二十回，二集四回本，仅台湾书局 1960 年出版之一种。

11. 初集二十回、二集九回本：收《老残游记》初集二十回、二集九回本计见两种。一是人民文学出版社 1982 年北京第 2 版之横排本。一是岳麓书社 1989 年 6 月第一版印刷本。此书封面作者署名：刘鹗。版权页署名：刘鹗。

12. 初集二十回、二集九回、外编残稿本：收《老残游记》初集二十回、二集九回、外编残稿本。是近年出版的《老残游记》常见版本。最新版为上海古籍出版社 1991 年出版之"十大古典白话长篇小说"丛书之《老残游记》。

13. 二集十四回本：《老残游记》二集究竟写作几回，至今仍是谜。刘大绅云："……暨海北公司失败，乃复着手写之，是为二编。仍逐日发表于《天津日日新闻》，共计十四卷"[3]。刘大绅又云："当时所写确为十四卷。先君于清光绪三十三年（1907）六月间赴汉口，临行曾谕绅剪留，并嘱登完后向报馆多索数份。且谓已语方叔，不再续写云云。虽曾遵办，但自经家难后，百计寻求，迄不可复全……"[4]。据此可知《老残游记》又有二集连载及剪存本，惜至今尚无人亲见此书存世。

《老残游记》版本内容简述：

《老残游记》近百种版本，其内容据其收录范围而各异，但基本仍是根据作者本人原著文字照录。但仍有不少版本多有改动。现将笔者所见简述于下：

1. 节选本：上海少年儿童出版社 1958 年 6 月第 1 版，1982 年 4 月第二次印刷本。书名为《老残游记的故事》，全书 23 页，计约 13000 字。节选《老残游记》第四回"宫保求贤爱才若渴　太尊治盗疾恶如仇"后半部分，第五回"烈妇有心殉节　乡人无意逢殃"全部，以及第六回"万家流血顶染猩红　一席谈心辩生狐白"的部分。此书正文前有李楚城写的《〈老残游记〉和它的作者》写明"尽管刘鹗的政治立场反动，……但他对生活某些方面的真实描写，在客观上有一定的暴露意义，……作者的描写技巧比较高，……这就是给少年朋友出版这个节选本的原因"。

2. 编校本：上海文明书局 1926 年 8 月初版，1930 年 2 月再版。书名上方有"标点绘图小说片锦"，书名下为"陆衣言编校"，全书 30 页，计约 11500 字。全书收录、编写第一回"土不制水历年成患　风能鼓浪到处可危"的"土不制水历年成患"之治河部分，第二回"历山山下古帝遗踪　明湖湖边美人绝调"全部，第三回"金线东来寻黑虎　布帆西去访苍鹰"之前一部分和

第十二回"寒风冻塞黄河水　暖气催成白雪辞"之前一部分。此书最后有"附·胡适之先生的评语",系胡适关于《老残游记》"擅长的是描写"、"写王小玉唱书的音韵是很大胆的偿试"、"写黄河上打冰的景致,全是白描"等三段论述。最后编校者以"读者看了适之先生的三段评语,可以知道《老残游记》的文学价值"为结。

3. 删节本:通俗文艺出版社出版 1956 年 5 月本。全书 143 页。前有"重印说明"全文如下:

《老残游记》是清朝末期一部著名的小说。作者刘鹗是清朝的一个官吏。这个人的政治立场是拥护封建统治的。但他没有得到朝廷的提拔,对朝廷里的当权派有很多不满意的地方。刘鹗在书中借用"老残"这个人的名义,用游记的形式,生动地暴露了清朝统治集团的腐败、黑暗、残酷、凶暴的情形,并概括地画出了当时人民在封建统治阶级压榨下的凄惨生活景象。这本书写景写人都相当生动,生活气息浓厚,有相当的艺术水平。这些就是《老残游记》这本书的主要方面,也是好的方面。但是,作者的思想,只是要求在维护封建统治这个前提下,进行一些枝枝节节的改良。他对当时的革命势力是反对的。所以,这部作品中,又有一部分对当时革命党和义和团进行咒骂和攻击,这是不好的一面。我们在校勘过程中,把这类反动的章节和词句,进行了必要的删节(约删去原书的十分之一的篇幅)。

通俗文艺出版社的这一删节本,删去原书第九回"一客吟诗负手面壁三人品茗促膝谈心"和原书第十一回"疫鼠传痒成害马　瘫犬流灾化毒龙"两回回目,全书仅剩十八回。总共约删去第八回、第九回、第十回、第十一回、第十二回中的部分,共约 11000 字。

4. 改写本:《老残游记》改写本,共见两种:(1)台湾时报文化出版企业有限公司 1983 年。(2)香港学林书店·启明书局 1989 年 5 月本。

(1)台湾时报文化出版企业有限公司本:编撰者:简锦松。书名:《帝国的最后一瞥——老残游记》。其内容有:原著者简介、编撰者简介、致读者书、目录、正文、总结、附录·原典精选。全书 327 页,约 138900 字。

其目录:

一. 蓬阁风多,败橹波立,梦回少驻初程

二. 过千年历下,正水霁烟澄

三. 自曹府，传闻酷吏；寒天孤旅，忽遇良朋

四. 访贤跌，惊虎桃山，人入仙城

五. 冻河夜话，问愁娥，堤决生灵

六. 又大案联翩，奇冤似海，准救严刑

七. 借著更谋长策，沈冥事，探访分明

八. 趁新春花烛，匆匆双燕南征

（2）香港学林书店·启明书局（出版）公司本：改编者：陈一舟、翁新。书名：《老残游记》彩色精印编写本。其内容有：编者的话、作者介绍、时代背景、内容提要、主要人物、正文、赏析。其目录：

第一回　有缘略医黄家奇病　　惊梦难挽风浪危舟

第二回　秋色宜人济南府　　美人绝唱明湖居

第三回　宫保爱才礼贤下士　　太尊治盗殃及良民

第四回　发淫威一个活交阎王　　入站笼几多屈死鬼

第五回　治盗安民代筹良策　　谈兵讲武力荐高人

第六回　求贤人踏雪进深山　　历惊险过桥遇猛虎

第七回　青楼女子齐诉辛酸　　风雨故人同舒闷气

第八回　治河无能酿成河患　　救难乏术遗害难民

第九回　为十三命民女遭严刑　　报数千金清官是酷吏

第十回　老残修书拯救无辜　　太守明鉴初平冤案

第十一回　郎中权充福尔摩斯　　衙役计赚吴二浪子

第十二回　由生而死"千日醉"　　起死回生十三魂

5. 续作本：书名《绘图老残新游记》。中华民国13年5月出版。署名：淮北杨尘因。

此书系《老残游记》初编之续作。所记者，皆为清鼎既革，民国兴起之初的史实。第一回"烽火漫天懒云出岫　烟霭横野孤客违途"。演老残自撮合黄人瑞与翠花的一段姻缘后，束装南渡，不意在南京乌衣巷口巧遇申子平。两人谈申东造辅助城武县的种种事迹，不由得唏嘘一番。此时的申子平已着西装，俨然一副革命党的模样，让人忍俊不禁。可惜作者未沿着刘鹗的原著发展趋向续写下去，不久便另起炉灶。[5]

6. 合印本：世界书局中华民国24年1月出版《足本·儒林外史·老残游

记》。《老残游记》部分，其内容为：本书特点、标点符号说明、老残游记考、本书作者刘铁云传、自序、回目、正文、人名辞典。

其"本书特点"全文如下：

李伯元的《官场现形记》，全从黑暗方面描写，只是一部官僚罪恶史。刘鹗的这部《老残游记》，却教人应该如何的做官，简直可称得做官教科书。更进一步说，还是做学问做人的教科书。这是特点一。

赃官是人人所恨的，不论哪个说部中都在揭发他们的罪恶。独有这本书作者，不作人云又云之谈，却偏说清官尤为可恨，把他们的罪恶，描写得一个淋漓尽致。实是说部中破天荒的一个举动。这是特点二。

距今二三十年以前，宋儒的理学还正在耀武扬威，十分抬头的时候，从没有人敢说它一句半句坏话的。作者以生在那个时代的人，竟敢在书中直斥其非，真是大胆极了！这是特点三。

不谙世故，大家都认为是一件小事，无关紧要的。作者却把来看得很重，说是可以由此而引出大大的祸事来；当时就在书中引了一事为证。如此的一种见解，可谓高超极了。这是特点四。

书中写齐东镇那十三条人命的案子，曲折离奇，正似一篇侦探小说，顿时又另为一番光景。这种随时变换读者眼光的方法，在说部中是最需要的；作者却懂得了这一个诀门了。这是特点五。

本书虽是社会小说，却也是言情小说。然而，它又与别的言情小说不同：每于绝平淡的笔墨中，见出现极深挚的爱情来。而以"愿天下有情人，都成了眷属"；"是前生注定事，莫错过姻缘"一联，前后两相对映，成就了两起姻缘；尤为神来之笔！这是特点六。

这部书在描写的一方面，是最擅胜场的。它不但能写人物动作时的情形；它还能写人物静止时的情形；它不但能为形象的东西写照，它还能为无形象的东西传神。这是特点七。

旧时的小说，对于写景一事，素不注意的，总是用几句不痛不痒的词章套语，就算过了门。本书却不然：它一写起景来，喜先作实地观察，然后以白描之笔出之，又细腻，又真切，不肯苟且一点。并喜自出机杼，熔铸新词句，摒绝了一切的套语和烂调。这是特点八。

本书究竟是不是和《推背图》、《烧饼歌》一类的预言书？这是十分重要而值得讨论的一个问题。如今，在我们这个新标点本中，已写了一篇考，切切实实地辨正了一下了。这是特点九。

本书虽是近代的著作，然而错误较少的本子，却是很难找到。我们这一次是用了不少本子互相对照过，而校正为如是的。如此，大概总可以减少一点错误罢？这是特点十。

在以上所述的十大特点中，只有第九点是含有讨论这部书的一种性质；余九点都是关于正书的本身的。特又在这里声明一句。

7. 仿续本：《老残游记》初集二十回后，曾有人续写，但仍署名刘鹗者应称之为"伪续本"。笔者仅见一种，系上海百新公司出版，初版时间为"中华民国5年8月"。版权页著者：前人。批阅者：胶州傅幼圃。校阅者：岑右昭州使者。复校者：澄江徐鹤令。此书至"中华民国25年10月再版"未署作者姓名。笔者所存之"中华民国26年5月29版"版权页作者署名：原著：洪都·刘铁云，别号百炼生。此书上、下两册。上册封面"刘氏原本·老残游记·上编"有"精校无漏　增加批注"八字，下册封面"刘氏原本·老残游记·下编"有"欲知未来之结局不可不看"十一字。

此书最少有廿九版或署"百新公司"，或署"百新书店"，其中有一版，封面有提示数行，为："注意：此书原本共四十章，分上下两编。在清光绪丁酉岁将全书之半披露于天津日日新闻报。南革后津沪书坊摘抄印成铅石印小本，并将其原文割裂改动。本公司以是为之憾，特觅得此两编之原本印行，公之同好，一字不漏。愿爱诸君览别是幸。"

此书上编系《老残游记》初集之原二十回，下编系伪作。其目录如下：

第二十一章　携眷回乡路逢故友　勾留逆旅巧遇姑娘
第二十二章　老夫人训侄叙家常　祝清虚游山邀益友
第二十三章　招商店至亲惜别　黑龙潭逆旅留宾
第二十四章　求其友声订交倾盖　巧譬物理垂钓深潭
第二十五章　黑龙潭边风云变色　蒿里山内宾主偕游
第二十六章　访古迹相携游岱庙　理行装乘兴登泰山
第二十七章　匍爪寺和尚待茶　斗姆宫淫尼宴客
第二十八章　探真相巧人眠云阁　游极巅借住碧霞宫
第二十九章　登绝顶五更观日出　会方丈三教纵谈锋

第三十章　黄华洞内快睹仙踪　碧霞宫前畅谈天道

第三十一章　世局变迁高僧先觉　感恩酬报魏氏传书

第三十二章　魏诚报恩赠骏足　老残游历进燕京

第三十三章　徐子平慨赠升元帖　铁补残移居稽居斋

第三十四章　翁尚书抑郁染沉疴　铁先生展才施国手

第三十五章　托庇居停神医发达　谈论朝政尚书自危

第三十六章　感群鸟避患京城　赠古书多情饯良友

第三十七章　太原府仗义救难士　絛梅楼无心遇故人

第三十八章　铁补残受聘为经理　王兴汉张筵悦嘉宾

第三十九章　受职还乡阖家欢聚　购机聘匠亲得重洋

第四十章　伤黍离感通惊梦　写怀抱慷慨吟诗

《老残游记》各种版本出版时间简述:

《老残游记》1903 年在《绣像小说》刊出,此后不断翻印出版,其版本之繁多远远超过与之同被称为"谴责小说"代表作的《官场现形记》,《二十年目睹之怪现状》和《孽海花》。笔者所见最早为《绣像小说》1903 年十三回连载本,最新者为 1991 年 10 月上海古籍出版社本。

上海古籍出版社 1991 年出版"十大古典白话长篇小说"丛书,计选《水浒传》、《三国演义》、《西游记》、《封神演义》、《儒林外史》、《红楼梦》、《镜花缘》、《儿女英雄传》、《老残游记》、《孽海花》十种,称之为"中国古典白话长篇小说的杰出代表"。

据笔者所知,《老残游记》尚有三种版本不久当问世。

1. 由上海书店出版部出版之《中国近代文学大系·小说卷》收入。将于 1992 年底出版。

2. 由江西人民出版社出版之《中国近代小说大系·第四辑》收入。将于 1993 年出版。

3. 由刘鹗之孙刘蕙孙先生续补之《〈老残游记〉二集初编》本。将于近日出版。

按时间排列,《老残游记》出版情况可见下表:

种类 ＼ 时间	1903—1910	1911—1920	1921—1930	1931—1940	1941—1950	1951—1960	1961—1970	1971—1980	1981—1990	1991以后	刊年不明
初集20回本	5	7	14	11		2	2	4	9		2
二集本	2		2	1	1						1
初·二集合印本					1	3	2	3	8		1
初·二集和外编								2	4	1	
其他版本					2	1		1	3		1
总计	7	7	14	13	4	7	4	10	24	1	5

注：此表根据《清末民初小说目录》（日本）及本人所见编制。

笔者浅见：

1.《老残游记》一书发行至今已90年。在这90年中其版本不断增加，且不断地被翻译成他国文字广泛流传。其版本之多说明了《老残游记》存在的价值，但是，可以说，至目前为止，对《老残游记》的版本数量并无确切数字。按郭延礼先生所说"仅《老残游记》一种，就有译成日文、英文、法文、俄文、捷克文、匈牙利文六种文字的17种版本在国外发行，倘连同中文版本，80年来，仅一部《老残游记》就有七种文字的128种版本行销世界（此统计仍有遗漏）"[6]。确实如此，笔者近日又收到了德国慕尼黑东方文化研究所屈汉斯博士寄来他翻译的德文译本。因此可以说，对《老残游记》目前尚无一个准确的版本统计数字。

2.《老残游记》除中文版外，尚有7种非中文的译本，约20种版本。但笔者所见不多，因此本文未能写入。

3.《老残游记》一书，最早刊于《绣像小说》，但是仅仅刊出十三回。笔者认为《老残游记》初集二十回，最早的刊本，应是刊于《天津日日新闻》的连载本，时间应是1905年下半年。其第一回刊出，当在1905年农历8月或9月。至迟在1906年初全书刊毕。笔者之所以做如此推测原因如次：

（1）1903年《绣像小说》开始刊出《老残游记》，刘鹗并非一气呵成，而是"方先君初草此稿赠连时，不过三数回。迨连与商务订约，始继续作之。每晚归家，信手写数纸，翌晨交汪剑农先生录送连寓"[7]。也就是并非全书完稿后的连载，而是边写边连载。至《绣像小说》停止连载之时，亦就是刘鹗停止写作之时。因此，至 1903 年底，《老残游记》仅写至第十四回。

（2）刘大绅云："连怒其违约，与有违言，遂不复售稿。先君因亦中缀。然当时稿在商务未经刊出者，尚有数卷"[8]。这一"数卷"就是指被商务删改之第十一回（实际上的第十二回）和第十二回，第十三回。商务将所存有之稿刊完，《老残游记》第一次刊出亦就结束。

（3）刘大绅云："翌年，先君至津，方药雨先生询不作原委，先君语之。方先生劝续作，在《天津日日新闻》逐日发表"[9]。这一"翌年"就是指 1905 年。因 1905 年刘鹗于 7 月 6 日离开上海，7 月 10 日到天津。在 7 月、8 月刘鹗往返于天津与北京之间。在这两个月间，刘鹗便住在《天津日日新闻》报馆。在他此段时间的日记中，直接写到方药雨或《天津日日新闻》事就有 9 次。"方药雨先生询不作原委"、"劝续作"亦应当在此时。

（4）刘鹗于 1905 年农历 9 月初 10 离开天津到沈阳，至 10 月初 9 日回到天津，整整一个月。在这为海北公司奔波之时，他不忘《老残游记》的创作。日记中记录：

十月初三日：撰《老残游记》卷十一告成。

十月初四日：撰《老残游记》卷十五。

十月初五日：撰《老残游记》卷十六。

十月十九日：撰《老残游记》二纸。

之所以要写"卷十一"系因"卷十一"已被《绣像小说》删去，之所以要撰"卷十五"、"卷十六"，因此书到此时仅写到卷十四。之所以要在 10 月，在沈阳赶写，是因在《天津日日新闻》连载之《老残游记》卷一至卷十已将刊完，亟等下文。

我们可以从《老残游记》二集的刊出来推测。《老残游记》二集九回，在 1907 年阴历 7 月初 10 日起至 10 月初 6 日止，逐日刊载，其中卷八与卷九之间隔一星期，计 77 天。也就由此可以推出刊出九回，约需二个半月时间。那么《老残游记》初集二十回的刊出应用五个月左右的时间。樽本照雄先生在天津见到了当时《天津日日新闻》连载时的抽印本，其每回刊印的天数分别是：

序 1 天　卷一 6 天　卷二 6 天　卷三 6 天　卷四 6 天　卷五 6 天　卷六 7 天

卷七 8 天　卷八 6 天　卷九 6 天　卷十 6 天　卷十一 7 天　卷十二 8 天

卷十三6天

卷十四6天　卷十五6天卷十六7天　卷十七7天　卷十八6天　卷十九7天　卷二十7天

共计131天，大约连载四个半月时间。那么我们推测《老残游记》倘从1905年农历7月底或8月初开始连载，20回连载，共131天，则在农历十二月中旬连载结束。倘中间或有间隔，那么最迟在1906年农历正月连载全部结束。这样的推算与刘鹗1905年农历7月初10日到天津完全吻合。

4. 以上所述，为《老残游记》在《天津日日新闻》连载时间。那么《天津日日新闻》社印刷，天津孟晋书社所出版之《老残游记》单行本，则应在1905年之后出版。具体时间应在1906年。原因是，在《老残游记》初集出版之后，《老残游记》二集的连载已有实物可证是在1907年下半年开始。那么二集的写作最迟亦不会晚于1907年农历6月。而在初、二集之间，又有《老残游记外编》之写作。倘按时间排列，那么可以是：

（1）《老残游记》初集后数回写作——1905年农历10月—11月。

（2）《老残游记》初集全部刊出——1905年农历8月—1905年农历12月或1906年农历正月。

（3）《老残游记》初集单行本印行——1906年上半年。

（4）《老残游记外编》写作——1906年下半年。但未完成。

（5）《老残游记》二集写作——1907上半年。

（6）《老残游记》二集在《天津日日新闻》连载——1907年农历7月至10月。

由以上时间推测，笔者以为《老残游记》一书在刘鹗的思想中是给予一定重视的。因为从1903年动笔至1907年的5年中，他断断续续地一直在进行着《老残游记》的创作。以上仅是笔者的推测，尚请方家教正。

倘以上推测成立，那么笔者认为出版《老残游记》最好的版本，应是《天津日日新闻》印刷，天津孟晋书社出版于1906年的这一种版本。因为这一版本是确能经过刘鹗本人过目，最能反映刘鹗本人思想、代表本人风格的版本。

5. 现存南京博物院的《老残游记》六页手稿写于何时？笔者以为，这一手稿是刘鹗1903年所写的手稿，亦是1905年再写《老残游记》第十一回的底稿。原因是：

（1）刘鹗交商务印书馆稿有 14 回。但刘鹗手稿并未交给商务。交给商务之手稿均系汪剑农之抄录稿。汪剑农是刘鹗聘请之家庭教师。因此可以说《老残游记》手稿应全部保存在汪剑农处。

（2）商务印书馆虽然未刊出这份手稿的内容，但断无仅将此三页手稿退回刘鹗之理。

（3）1905 年刘鹗要重写十一回，实际上是要重抄第十一回。而手稿在汪剑农处，索回则应不成问题。

（4）刘鹗交《天津日日新闻》手稿亦无索回之必要。因此可以推测，这六页手稿是刘鹗为了重写《老残游记》第十一回，从汪剑农处索回的一部分。而这一手稿亦正是在《天津日日新闻》刊出时所用的底稿。也就是说，刘鹗并未重新写第十一回，而仅是按相同格式为《天津日日新闻》重抄一遍，在抄写中小有改动而已。

正因为如此，刘鹗写给商务印书馆的全部手稿未能保存，刘鹗写给《天津日日新闻》的手稿亦未能保存，而仅仅保存了这六页手稿。此说不知能成立否？

6.《老残游记》各种版本虽多雷同，但从收录范围及选录内容而言，却各有侧重，此说明了对于《老残游记》的理解不尽相同。《老残游记》各种版本据原作最初刊出时版本翻印者不多，大部分以 1935 年上海亚东图书馆本为底本，屡经翻印，错讹甚多。

7.《老残游记》之翻印本自 1903 年始以十年为一计算单位，而 1981—1990 年间印本最多，说明此书至今仍被出版界及读者所重视，因此对其研究亦应继续进行。

8.《老残游记》自最初初集二十回至出版初集二十回、二集九回及外编残稿合印本，但研究仍限于对初集二十回的内容，对二集往往不置一词。笔者以为《老残游记》二集，是研究《老残游记》、研究其作者刘鹗的思想的不可或缺的一个重要部分，应该加强对二集的研究。

由于笔者所见有限，将所知所见形诸文字，是为《〈老残游记〉版本概说》，自知错漏仍多，愿请方家及研究者指正。

1992 年 6 月 30 日—7 月 12 日修改于杨浦区教育学院

原注：

[1] 黄宗泰《有关〈老残游记〉版本史论》一文，已由舍弟刘德平译为中文，惜不慎将原文及译文全部遗失。作者黄宗泰先生系美国人，他在 1984 年 8 月 13 日给笔者的信中写到"在《通报》出版那篇有关《老残游记》的文章，就是拙作。可是您应该知道，《通报》不是出于香港大学，而是荷兰国跟法国合办的汉学杂志。我平常研究的问题，都是对中西比较文学理论有关的。这次试写那篇版本研究的一文，实在是做文学批评以前的一个小练习而矣，绝对没有樽本教授的作品那么透彻。我对老残的兴趣，是起于要讨论中国小说跟欧洲小说的基本分别。用我们今天的眼光来看，《老残游记》不能说是一部伟大的作品，可是我们能从它的缺点来分析新旧小说的种种不同，而最后达到对各种小说深奥的了解。我现在就是按着这些原则来再写一本关于老残的艺术的书，书写完了才一小半。以后把稿子改好，就寄给您请教"。笔者很想拜读黄宗泰先生那本"关于老残的艺术的书"，可惜通讯地址遗失，无法联系。望了解黄宗泰先生通讯地址的同仁能将地址告诉我。

[2]《老残游记资料》。中华书局. 1962 年 4 月第 1 版，第 95 页注［十二］。

[3] 同上。第 58 页。

[4] 同上。第 60 页注［十三］。

[5] 张纯《〈老残游记〉续作》。《明清小说研究信息》油印本，1987 年第 1–3 页。

[6] 郭延礼《中国近代文学发展史》，第 1 册。山东教育出版社，1990 年 3 月第 1 版，第 9 页。

[7][8][9] 刘大绅《关于老残游记》。引自《刘鹗及老残游记资料》，四川人民出版社，1985 年 7 月第 1 版，第 392 页。

任光宇：一百年来《老残游记》研究重要论文选引综述（2023）

【摘要】2023 年是《老残游记》发表双甲子即 120 周年的纪念年。回顾一百年以来关于《老残游记》的评论研究，除笔者在 2019 年发表的论文《〈老残游记〉的超时空成就和"文化小说"定位新论》中翻查出一系列鲜为人知的中外名人学者对《老残游记》的赞赏、评价之外，和笔者重点推崇的、海内外遥相呼应开创了《游记》评价新阶段的夏志清和周汝昌之外，还有相当数量的学者、专家也对《老残游记》作出了重要、独到、或值得深究探讨的专业评论。本文就至今个人查看到的相关论文做出选择、摘引、微评，大致按发表时间先后、分为四个阶段排列，尝试做一篇尽可能全面的研究综述。所引论述来自百年来的新老学者共 35 人、论文和专著近四十篇/部。纵观这些对《老残游记》的研究，在各个方面和很大程度上支持了笔者在前作中的研究结论，即：《老残游记》"是继《红楼梦》之后，对中国传统文化做出多方面精彩提炼和呈示的高峰之作，不但具有高度的文化性、思想性、哲学性、文学性、艺术性，而且还是中国历史上鲜见的现实主义和浪漫主义、东方传统文明与西方现代文明高度结合的文化经典，对于中国和人类文明的走向、发展和升华，都具有相当的启示意义和研究价值。"[①]

---

① 引文出处同下注。此处新加了"传统""现代"四字，以强调《老残游记》应是中国古典文学中，罕见（甚至仅见）的"东方传统文明与西方现代文明高度结合的文化经典"。

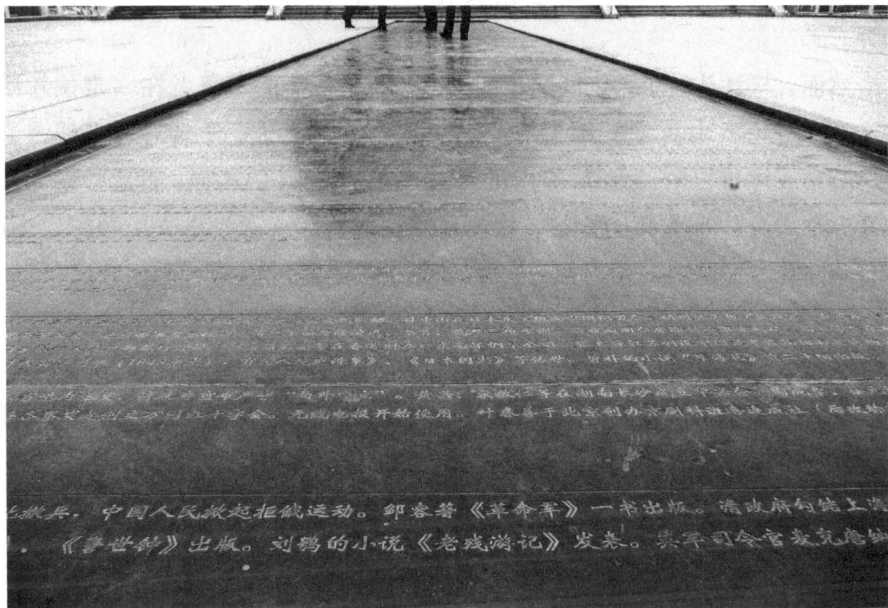

"刘鹗的小说《老残游记》发表"已被选定为中国近代大事件之一，在20世纪末镌刻于北京"中华世纪坛"青铜甬道上的 1903 年段（见题图）。时至今日，这本最受读者和专家追捧的晚清小说已经面世整整两个甲子，即 120 周年，但其整体研究状况，却似乎依然可以参照编著者论文《〈老残游记〉的超时空成就和"文化小说"定位新论》①（以下简称《定位新论》）中所引夏志清教授在 1968 年的总结：

虽然有人下过种种可嘉的功夫，此书无可置疑的力量和艺术成就，却还没有人用比较严密的批评方法去分析、讨论。……强调作者的留心贪官酷吏，反而容易令人忽略了他对整个中国命运的更大关怀；单纯褒扬作者的描写能力，则他在中国小说传统中形式与技巧两方面所作的革新，我们便可能觉察不到，而这革新远较描写能力来得卓绝。"②

另一位美国大学文学教授马幼垣也曾在一篇文章中说："港台两地近年所

---

① 任光宇：《〈老残游记〉的超时空成就和"文化小说"定位新论》，《淮阴师范学院学报》2019 年第 4 期，第 367—386 页。

② 夏志清：《〈老残游记〉新论》，黄维樑译，收入夏志清《文学的前途》，三联书店 2002 年 12 月版。

刊有关刘鹗的文章，包括学位论文在内，十之八九都谈不上发明，不必细评。"①

然而，毕竟斗转星移之间又是四十多年过去了。除编著者在《定位新论》和本书"导论"中新翻查出一系列少为人知的中外名人、学者对《老残游记》有所赞誉或评价之外（包括国内的严复、梁启超、王国维、胡适、蔡元培、林纾、章太炎、毛泽东、张毕来等，海外有普实克、谢曼诺夫、顾彬、李辰冬、李鸥梵、王德威、龚鹏程等②），和编著者着重推引的、遥相呼应开创了《老残游记》评价新阶段的夏志清和周汝昌之外，还有相当数量的学者专家也对《老残游记》作出了重要、独到或值得关注的评论。编著者在此就个人至今已查看到的相关论文及不揣浅陋的选择，大致按发表时间先后，分作四个阶段排列，略加微评，尝试做一篇尽可能全面的选引综述。

一、1922—1949

早在 1917、1922 和 1925 年，胡适分别在《文学改良刍议》《五十年来的中国文学》和《老残游记》序中，对《老残游记》作出了高度评价，开启了专家学者对刘鹗和《老残游记》的第一波高度关注。因文学界和本人在《定位新论》中已对 1917 和 1925 年的胡文有较多介评，本文不再赘述。而在 1922 年的《五十年来的中国文学》中，胡适开始对《老残游记》有较为正式完整的评论，文字加引文共达一千四百余字。其中包括："他写玉贤的虐政，写刚弼的刚愎自用，都是很深刻的；大概他的官场经验深，故与李伯元、吴沃尧等全是靠传闻的，自然大不相同了。他写娼妓的问题，能指出这是一个生计的问题，不是一个道德的问题，这种眼光也就很可佩服了。……但《老残游记》的最大长处在于描写的技术。第二回写白妞说大鼓书的一大段，读的人大概没

---

① 马幼垣：《读刘著〈老残游记·二编存疑〉》，转载于刘德隆等编《刘鹗及〈老残游记〉资料》，四川人民出版社 1985 年版，第 528 页。

② 参见本书导论和《定位新论》，出处同前。

有不爱的。我们引一小段作例：……"①

1924年，对中国小说史研究作出了早期贡献的蒋瑞藻教授（1891—1929）在其编著的《小说枝谈》中辑录了对《老残游记》的早期评论：

近来新撰小说风起云涌，无虑千百种，固自不乏佳构。而才情纵逸，寓意深远者以孽海花为巨擘，惜乎……。其略足比肩者有《老残游记》，虽篇幅稍短而意趣渊厚，取境遒奇，底是作手。虽立言诞怪，不免贻讥，而文字固不以此高下。著者自署洪都百炼生，闻之人云，系刘姓名鹗字云端，丹徒人，倜傥不群，负异才，尝寓稷下金泉精舍，宾友还踮（音踏叫，意繁忙喧嚣。编者注）。有所作，操笔立就。亦壮岁陨折，天公忌才，真果尔乎！（负暄絮语）"②

著名作家郁达夫（1896—1945）在1927年专门写了一篇《读〈老残游记〉》的读后感。文中先举例分析道："我们读过 Joseph Conrad③ 的小说的人，总没有一个不佩服他的用一个人来陈述小说内容的方法的灵巧的，这一位洪都百炼生，也有这一副手腕……这一种很自然，很简清的 Narrative power（叙事能力），实在可以比得上 Joseph Conrad，只有过之，不会不及。"关于刘鹗的"反革命思想"，郁达夫的看法是："他竟把那些投机师，无赖子当作革命者看了，所以他切劝大家不要去入革命党。这一宗见解，要说他错，原也是不错的。因为中国人的根性太腐劣了，实在在吃革命饭的人，在假借革命而贪图官位的人，有一大半还不能脱他所说的范畴……我想假使他是生在目下的中国，那么他的对于革命的见解，总要完全变过。我想若他现在还是不死的时候，他一定会去参加革命，因为他的那一种愤世疾邪，渴慕正义的精神，就是现在的革命精神。所以看一种文学作品，非要设身处地的把作者当时所处的时

① 胡适在其名篇《文学改良刍议》中仅有一句提及《老残游记》。而在1922年的《五十年来的中国文学》中，方有对《老残游记》比较正式完整的评论，文字加引文共有一千四百余字。此文初载1922年《申报》五十周年纪念特刊，此处引自《胡适文集3》，北京大学出版社1998，P.248。

② 蒋瑞藻：《小说枝谈》，上海古典文学出版社1958年版，第196页；初版为商务印书馆1931年版。据蒋逸人《蒋瑞藻生平及其著述》（《浙江学刊》1984年第5期），此书完成于1924年，但病逝后才得出版。蒋瑞藻（1891—1929）字孟洁，1915即发表成名作《小说考证》，后任浙江之江大学中文系教授。而此段《老残游记》评论引自《负暄絮语》，出版信息不详；查作者似为王小隐（1895—1947）字梓生，民国著名记者、报人，历任《京报》《益世报》主笔、山东《民国日报》总编辑等。

③ 约瑟夫·康拉德（Joseph Conrad，1857—1924），"英国现代八大作家"之一，有"海洋冒险小说大师"之称。

代环境仔细想一想不可。"①

关于《老残游记》的早期译介，据中岛利郎的《刘铁云研究在日本》一文，"第一次把刘铁云的《老残游记》翻泽出来的是松本二郎"，而且早在百年前的二十年代。② 虽然他的译作"没有译出原文的地方很多，而且译文也拙劣"，但这位松本先生的眼光和评价却难得敏锐。如他在译者"前言"中说道："这种写作技巧是一种纪行文的写法，对于我们外国人来说，可以认为是了解中国内情、了解中国家庭生活、了解中国各地民情方面具有很高价值的作品"；并且松本"还以'中国近代小说中的最优秀'来评价这部小说"。

无独有偶，在最早出版、今已罕见的英文全译本《老残游记》（TRAMP DoCToR'S TRAVELoGUE, 1938）中，译者林疑今③、葛德顺（LIN YI CHIN & Ko TE-SHUN）在书前的英文"译者记"里写道："这位不幸的士大夫没有想到，他的《流浪医生游记》有一天会风靡全国，蔡元培、胡适、林语堂等当时的著名作家和思想家都会对这部独特的小说给予高度评价……在这本书揭示了中国人内心的真正品味和古老智慧，同时忠实地描绘了一个民族在与先进物质文化的冲击中艰难挣扎的痛苦。然而，作者用了轻描淡写的手法来描绘这些悲惨，省略而不是堆积可怖细节。就此而言，她已被认为成为了中国漫长文学史上独一无二的杰作。"④

蒋逸雪教授（1902—1985）于 1944 年发表的《〈老残游记〉考证》长文，⑤ 应是早期《游记》考证中比较完备的一篇。该文前言谈及山东考古大家王献唐的关键引导作用："比与琅琊王献唐先生同寓蜀中歌乐山，先生渊雅博洽，胸罗故记，间有请益，如挺撞钟，小叩小鸣，大叩大鸣。一夕论及《老残游记》，清言亹亹，悬泻不竭，空谷细雨，漏尽未休，亦播迁以来一乐事

---

① 郁达夫：《读〈老残游记〉》，1927 年作于上海，收入《敝帚集》，上海现代书局 1928 年版；本文引自《郁达夫文论集》，浙江文艺出版社 1985 年版，第 354-357 页。
② 中岛利郎：《刘铁云研究在日本》，东炎译，《固原师专学报》1990 年第 4 期，第 49-50 页。
③ 《TRAMP DoCToR'S TRAVELoGUE/老残游记》，译者林疑今（哥伦比亚大学艺术硕士）、葛德顺（圣约翰大学艺术学士），中国商务印书馆 1939 年。林疑今（1913—1992），双向翻译家、作家、教授，最早研究美国文学的学者之一。
④ 编著者根据原书书影的英文"译者记"内容中译。
⑤ 蒋逸雪：《〈老残游记考证〉》，《东方杂志》第 40 卷，1944 年 1 月 15 日出版，第 59-75 页。

也①。长夏无俚，聊次所闻，更旁征他书以广之，成《〈老残游记考证〉》一卷。"此文中包含的 4000 字"刘鹗年略"在之后 36 年中三次补充修改并发表，最终在 1980 年扩充至 3.7 万字，以单行本《刘鹗年谱》出版②，成为早期刘鹗研究的重要依据。蒋逸雪的这篇考证目的明确，"专重史事考证"而几乎不涉评论，然在最后颇长的"余论"中，先是在提及《铁云藏龟》后披露一段关于"甲骨文发现过程"的重要传闻（相关详情和分析见编著者发表的论文《王献唐日记等文献佐证甲骨文发现新说——再论"王刘联合发现说"及"刘鹗发现说"》③）；然后蒋氏忍不住在结尾对《老残游记》的政治预言做了评判。蒋逸氏的这段评判虽与胡适观点类似，只是因为写作又晚于"胡序"（1925）近二十年，且因蒋氏曾供职体制内的"国史馆筹备委员会"，所以他的结论下得更为直白果断："革命大义，倡于孙公……鹗与维新诸人接近，自以为中道而处，无过不及之弊。其实革命之义，顺天应人，虽有大力，莫之能逆。鹗平生以识大知远自许，而竟智不及此，故记中于革命有贬词，吾焉能为之讳耶？"然而对一点，近年已有越来越多的论者提出异议。（如编著者在《定位新论》中有专论指出，"百年之后的今人，在更大时空尺度上回首审视可见，刘鹗在《游记》中所展示的政治立场既不保守，更非狂热，确可说是不偏不倚、中而不庸，不但颇具穿透时代的清醒和先见之明，且蕴含了对普世文明的思考和启发。"（详见本书导论）

---

① 十分遗憾的是，编著者至今尚未见到王献唐本人关于《老残游记》"悬泻不竭，空谷细雨，漏尽未休"中的任何文字。

② 参见戴健编：《蒋逸雪文集》"后记"，凤凰出版社 2022 年。相关文字为：【《〈老残游记〉考证》中"刘鹗年略"只得 4000 余字，而至 1980 年，《刘鹗年谱》以单行本面世时，内容已增至 37000 字，三十六年间，篇幅增加近 9 倍。……事实上，《刘铁云年谱》原文刊发于《扬州师院学报》1959 年第 3 期，1962 年编入《老残游记资料》时又作修订，此有编者文末注释为证："原刊《扬州师范学院学报》第三期，1959 年十二月出版。本书转载时，经作者根据刘厚滋同志的材料，作了较大的修订和补充。"故而今日所见，至少有四个版本的刘鹗年谱内容，蒋先生对自我要求之严格、学术目标之高远，由此皆可略见。】

③ 任光宇：《王献唐日记等文献佐证甲骨文发现新说——再论甲骨文发现之"王刘联合发现说"及"刘鹗发现说"》，《南都学坛》2022 年第 6 期，并再获人大《历史学》2023 年第 5 期转载。文中转引、再论山东图书馆馆长李勇慧的论文中对蒋文的分析，将此记载列为"王刘联合发现甲骨文说"的又一独立旁证，但也指出其多处细节误传。

二、1950—1976

　　1949 年至 1976 年的二十多年里，关于《老残游记》和刘鹗的评论自然也深受影响。1954 年底开始的全国性批胡适运动，很快促成张毕来的长文《〈老残游记〉的反动性和胡适在〈老残游记〉评价中所表现的反动政治立场》在 1955 年 2 月号的《人民文学》发表，也标志了对《老残游记》批判的全面升级。作者在文学评论界可算内行①："一向受外国豢养的刘鹗，从思想上说，他反对革命，痛骂'拳匪'主张保皇。从行动上说，他当时本已早有'通洋'之举，并被刚毅凑请明正典刑……他在'联军入都城，两宫西幸'的时候，居然带了大批金钱到北京来向俄军买太仓精粟。平常的人，能这样么？既与革命势力无关系，又和皇室脱了关系，不是'汉奸'，如何能够做出这样的事来？""（揭清官之恶）这一中心思想，也是彻头彻尾反动的。……在清廷摇摇欲倒之际，在全国充满了贪官污吏之时，刘鹗写《老残游记》来反对清官，歌颂皇室及其封疆大吏的清明，为皇朝张目，为它的日趋于亡的命运哭泣。这说明什么呢？除了说明他的彻底的反动政治立场外，再没有什么了。"在艺术上，"应该承认《老残游记》有它的一定的艺术水平……但是，我们不能把艺术性和作品的思想内容分开来谈。毛主席在《在延安文艺座谈会上的讲话》中指示过我们：'有些政治上根本反动的东西，也可能有某种艺术性。内容愈反动的作品而又愈带艺术性，就愈能毒害人民，就愈应该排斥。'……《老残游记》的情形正是如此。……《老残游记》既然在思想内容上是反动的，它就不是好的文学作品。它和它的作者在文学史上便没有地位。"文终的结论是："《老残游记》是一部反动的书；刘鹗是一个反动的政客；胡适用他对《老残游记》的荒唐的推崇，宣传了《老残游记》的反动思想，开脱了刘鹗的反动罪行……。我们应该从一切教材中取消《老残游记》的文章；过去对学

---

　　① 张毕来（1914—1991），著名文学史家、红学家，政治活动家。贵州凯里人。浙江大学肄业，1938 年入党，1942 年开始发表作品。50 年代初期至中期任东北大学和东北师大教授、中文系主任，华东师大教授，后调至北京任人民教育出版社中学语文编辑室主任。1980 年任民盟中央宣传部部长，《红楼梦》学会副会长。全国政协第四、五届委员，第六、七届常委。

生所作的关于《老残游记》及其作者的错误介绍，必须更正。"

五十年代的文学争论被政治主导，但还能听到一些反驳的声音。如刘维俊（1929—，天津新华职大教授，河北大学特约研究员）的 7000 字长文《〈老残游记〉简论——兼评张毕来对〈老残游记〉的观点》尚能在 1957 年 3 月 20 日的《河北日报》得以发表。此文指出："刘鹗去买太仓积粟是出自他对于人民的深刻的同情，他是不顾世俗的诽谤，冒着身家性命的危险，在拯救那些无辜的饥寒交迫的民众的。并且正因为如此，他还遭受到统治王朝残酷的惩罚，被流配新疆而死。在这一点上，鲁迅给与了公允的历史批评……。他不是为创作而创作，不是无动于衷的创作，而是要表达他对于身世、家国、社会、种教之深切感情；并且他是以杰出的文学大师屈原、庄子、司马迁、杜甫、王实甫等为他的创作楷模。……张毕来同志对于这方面的事实却熟视无睹，以粗暴的态度横加诋毁，在打击胡适的同时，也无情地撕毁了这部现实主义杰作，我是坚决不能同意的。……刘鹗的错误的政治立场或者是反动的政治观点和人生哲学就在老残的思想和行为之中投上了一层阴影，但作为老残身上主要的和基本的东西是对于国家和人民的命运的无限关怀，对于酷吏的深切痛恨。这便是我和张毕来同志意见之间完全的分歧。""《老残游记》的艺术性也是很高的……。我们姑且抛开一切不谈，仅就这一段鼓书欣赏的描写，也是值得我们永远珍藏，传颂不绝的。——谁又能否认《老残游记》的高度的艺术性呢？总结起来，我认为《老残游记》是一部好书、一部成功的著作，它像一朵奇花，照耀着晚清的文学史。"

贵州大学教授张启成曾在 2001 年著文，回忆他在 45 年前作为一个高三学生，给张毕来写信质疑他对《老残游记》的评论，并公布张毕来落款于"一九五五年六月廿日"的回信。张毕来在信中再称："我承认这部书中有暴露黑暗的部分，但是，因为它的立场既然是站在封建王朝方面反对革命，这个暴露黑暗的部分就不可能起真正的进步作用，我们不能把作品的这一部分从作品的其他部分孤立起来，因此作为一个整体看，这作品是反动的。……从政治标准看，是反动的，就不能从艺术标准说它是进步的。……如果把这种书当作精神粮食供给我们的年青读者，我应该补说一句，'它是毫无可取的'。"①

---

① 张启成：《重温张毕来先生 45 年前的复信有感——再谈对"老残游记"的评价问题》，《贵州文史论丛》2001 年第 1 期。

　　另刘鹗文孙、实为《老残游记资料》（1962）编著者之一的刘厚泽先生，也撰有《与张毕来同志商榷》（1958）一文①，他在此文中指出："鲁迅先生也曾更明确的指出过，对待古典文学的具体态度应该是：'倘要论文，最好是顾及全篇，并且顾及作者的全人，以及他所处的社会状态，这才较为确凿，要不然是很容易近乎说梦的。'……在批判接受古典文学遗产和评价一个文学作品的价值时，所谓具有历史唯物观点的意义，我理会是应该除就当时的特定历史条件加以分析认识外，更重要的是辨别其在历史前进的道路上起了什么作用。""看了张毕来、念如、劳洪、时萌、洪子兴等诸同志过去分析批判这一作品的文章和对出版方法上，也就有以下几点不同的看法，其中以与张毕来同志意见不同的地方较多。首先，……张毕来同志没有做到慎重严谨的态度……。第二，由于毕来同志的轻率态度，证明自然就不足或错误，首先连作品的年月都没有搞对，具体分析自然就有出入……。第三，我认为在思想方法上，毕来同志也是违反辩证唯物观点从全面出发、有机联系；与历史唯物主义从在历史进程中的作用来进行分析，而只是抓住一点片面的材料孤立起来，作出论断的……。第四、对一个文学作品只看到它的艺术性而不考虑其政治思想内容是完全错误的，但相反，只看到部分反动的政治思想内容就否定这一作品全部的艺术价值也未必是正确的……。第五，毕来同志另一个不够妥当处是故意玩弄词汇的概念，扩大渲染来证实其所谓反动性……。'由于以上的不同意见，我对毕来同志的结论：'一、我们应该从一切教材中取消老残游记的文章'，我认为无此必要；'二、过去对学生所做关于老残游记的错误介绍必须更正'，应该是：过去不全面的介绍今后应该予以分析批判说明。"据《刘鹗辞世百年祭》一书所载此文的"编者按"："厚泽先生冒了极大的政治风险，写出这篇长文予以反驳，投书于《文史哲》寻求发表。曾经接到编辑部'同

---

　　① 刘德枢、任光宇编《刘鹗辞世百年祭》，中国文化出版社（香港）2015 年版，第 146-150 页。刘厚泽（1915—1970），字博言、季同，刘鹗孙、罗振玉外孙，刘大绅四子。1938 年毕业于北京辅仁大学经济系，1940 年毕业于同校史学部并获硕士学位。历任北京大学兼任讲师、中国大学商学系兼任讲师/副教授、建安公司合伙人、天津木斋中学兼任教师、上海华东交通专科学校及华东机关多部门教师、上海市建筑工程局《生产技术》杂志编辑、建工局技工学校教务主管。

意发表'的通知，后又被告之'抽出'。"①

　　根据刘瑜的《四十五年来刘鹗及老残游记〉研究述评》② 一文，针对张毕来的论点尚有念如、劳洪、许政扬、时萌、严薇青等发表文章"主张从正反两方面看即两点论"；另有评论支持"全盘否定"，如 1964 年尺松的《不能为刘鹗的卖国言行辩护》、1965 年李永先的《为什么要为汉奸辩护——读〈关于老残游记的作者刘鹗〉》和王俊年的《〈老残游记〉是一部什么样的作品》，不久这场尚未分晓的争论就被"文革"洪流冲断，"概括起来，这一时期有些论文是对《老残游记》全盘否定或近于全盘否定的，显然这是受'左'的思潮影响。"

　　同期的海外学者自然坚持自己的判断。法国著名华裔作家盛成（1899—1996）曾两度回忆道："1962 年，联合国科教文组织寄我一份列入世界名著的中国小说的单子，征求翻译，有《红楼梦》、《儒林外史》、《老残游记》等，我将《老残游记》译为法文（全译文）。国难家仇时现脑际，我是在悲愤之情中完成这一译作的，后由巴黎很有名的哥里玛书局出版，并有两种袖珍木印出。"③ "1959 年，由法国已故文豪瓦乃理（Paul Valery）的夫人推荐，联合国教科文组织约我译《老残游记》为法文，1962 年译成。1964 年 12 月在巴黎出版，不久又有袖珍本问世……小说中的老残作为一个走江湖摇串铃的医生，访查民情，叙人民之疾苦，感同身受，如泣如诉。对官场的腐败狠毒，进行了深刻的揭露，对壮丽的河山，风景名胜，风土人情又描绘得如诗如画，文笔简练

---

　　① 刘德枢所作"编者按"全文为："本文摘自厚泽先生遗作《关于〈老残游记〉评价问题的商榷》长文，全文约 4 万字，共为五个部分，写于 1957 年底，成稿于 1958 年 7 月。1955 年，在全国'批判胡适及其反动思想'的政治运动中，张毕来先生公开发表了《〈老残游记〉的反动性和胡适在《老残游记》评价中所表现的反动政治立场》一文，开始了一场全国性的对刘鹗及《老残游记》的政治围剿。厚泽先生冒了极大的政治风险，写出这篇长文予以反驳，投书于《文史哲》寻求发表。曾经接到编辑部'同意发表'的通知，后又被告之'抽出'。'文革'之后，文稿在厚泽先生的个人档案中发现，始知曾作为'罪证'留存。后退还家属，惜先生已经过世。该文至今未全文发表。现在辑录的，是其第五部分的前半部分，原来的小标题是'个人对古典文学批判接受的理解及对过去对本书批判的不同意见'，内容是指出张文的错误及自己的看法。现在的文题是编者所拟，全文的文字则按原状，只字未动，保存了当时语境下遣词用句的通病，也可以看出政治高压下他的戒备心态。"刘德枢（1937—），刘鹗曾孙、刘厚泽子。1962 年毕业于同济大学铁道建筑专业。高级工程师，曾任铁道部成都铁路局副总工程师、局党委书记，铁道部南昆铁路指挥部指挥长兼党委书记，西南交通大学特聘顾问、教授。

　　② 刘瑜：《四十五年来刘鹗及〈老残游记〉研究述评》，《文学遗产》1998 年第 2 期。

　　③ 盛成：《翻译〈老残游记〉三十年后感言》，《明清小说研究》，1992 年第 2 期。

而寓意深长，是一部特殊的民族文学。它被列为世界名著是当之无愧的。"①

尤其还有夏志清所作的英文论文《〈老残游记〉新论》在 1968 年面世，此文对《游记》多方面精彩独到的高度评价至今鲜有超越，因本书导论有重点介绍、第三编有全文转载，故在此不赘述。

另编著者在本书导论及《定位新论》中，曾引用了台湾李辰冬教授（1907—1983）在同期的《老残游记的价值》（1976）一文②中的文字，而该文中尚有更多的精彩分析。如文中指出："（玙姑和黄龙子的论道）是作者思想的渊源，也是作者思想的伟大处。他要融合儒释道三教而为一，融合之点就是大公。由于大公，作者心胸才能开扩；由于大公，作者的眼光才能远大；也由于大公，作者才能以民胞物与③的心肠来处世接物。"（价值，是指作品对人类的恩泽而言。恩泽愈大的，其价值也愈高。讲到这里，我认为《老残游记》有下列几点价值。第一，他的大成思想。他说："殊途不妨同归，异曲不妨同工。只要他为透人为善，引人为公起见，都无不可。"这种见解是了不起的。世人往往诱于师承，诱于宗教，诱于主义，而坚持自己所信所宗所言为正，别人的所宗所信所言为邪。实际上，所有伟大的思想家、宗教家、革命家、文学家，无不为人类的和平幸福而努力；方法尽有不同，而终极则一。可是世人仍然诱于小利，私人的、团体的、民族的、国家的，而舍弃了大同，以致大同的世界仍遥远无期。大同这一天，终于要达到的，只要我们继续努力。刘鹗体会到了这种思想，然而他对基督教等又持异见，这是由于环境使然。在他那个时候，敢于把三教的界限打破，敢于同西洋人接近，已经是不容易了。第二，由于他的大成思想，博爱精神，在事业方面，他处处以富国裕民为标向，在作品里面处处表现民胞物与，人溺己溺的热情。使我们读这部小说的时候，处处感

---

① 盛成：《齐鲁菁华 中华瑰宝 世界名著——研讨〈老残游记〉之我见》，《南京理工大学学报社会科学版》，1994 年 Z1 期。盛成先生是集作家、诗人、翻译家、语言学家、汉学家于一身的著名学者。早年秘密加入同盟会，参与五四运动，1919 年赴法勤工俭学，1928 年以《我的母亲》震动法国文坛，30 年代先后在北京大学、广西大学、中山大学和兰州大学执教，并曾任十九路军政治部主任，1948 年出任台湾大学教授；1965 年离台居美，再回法国从事写作研究，1978 年回国担任北京语言学院一级教授，1985 年获法兰西荣誉军团骑士勋章，其作品曾被收入法国中小学课本。

② 李辰冬：《李辰冬古典小说研究论集》，中华书局 2006 年版；原载李辰冬《文学欣赏的新途径》，台湾三民书局 1976 年版。

③ 民胞物与：成语，意为人民是同胞、万物为同类。出自（宋）张载《西铭》："民吾同胞，物吾与也。"

到温暖，处处感到人情味，可是也处处忧虑的是人类的自私，自私到可怕的程度。玉贤与刚弼之所以那样酷虐，就由于要作大官的自私心作祟。第三，由于他的博爱精神而感到清末政治的黑暗，使我们可以把《老残游记》当成断代史来看……不朽的作品都是如此，《老残游记》如此，所以《老残游记》也就不朽了。）

三、1977—1999

1976 年以后，随着拨乱反正、思想解放和改革开放在社会全面展开，中国文学文艺评论界也逐步进入了百花开放的春天，对《老残游记》和刘鹗的评论也终于呈现出畅所欲言的局面。据前述刘瑜《四十五年来刘鹗及〈老残游记〉研究述评》一文的统计，新中国成立后至 1998 年，"总计发表论文 180 篇左右（包括国际学术会提交）。'文革'后的论文约为'文革'前的六倍，出版的专著资料，约为'文革'前的八倍。"而自新世纪开始，转眼又过去的二十二载中又有许多相关论文面世，故对于在 1977 至 2022 年间关于《老残游记》和刘鹗的大量评论，编著者只能凭搜索所见和个人偏好，大致按时间先后择而引述。

改革开放初期在文学评论界有力反驳极"左"思潮的代表作之一，是1983 年华南师范大学中文系教授钟贤培发表的论文《刘鹗论辩》①。此文明确指出："《老残游记》正如它的作者一样，毁多于誉，而最初把它列入思想倾向反动的作品之列的是张毕来先生。自从这个基调出世之后……六十年代前后出版的文学史，大多沿袭此调。我认为，《老残游记》并不是'一部反动的书'，而是一部瑕瑜互见的作品。"对刘鹗的洋务思想，该文争辩道：【从刘鹗的经历来看，他主张引进外资办矿筑路，目的在于"养民""富国"，这是"洋务"救国的思想，和当时一些具有爱国思想的洋务派成员如郑观应、马建中、王韬等人主张办矿筑路，发展工商，保权保利，求富致强的思想是一致的。同时，刘鹗在实业活动中，根据现有材料看，他并没有拿国家主权来做交

---

① 钟贤培：《刘鹗论辩》，《华南师范大学学报（社会科学版）》，1983 年第 1 期。

易。……当时具有爱国思想的留日学生斥骂经办借款办矿的刘鹗为汉奸，也是可以理解的。但是，这只能说明刘鹗对帝国主义的侵略本质缺乏认识，他与那些卖身投靠，为帝国主义侵华张目的汉奸却是有着本质的区别。同时必须指出，对帝国主义侵略本质的认识，具有浓厚的封建性和买办性的洋务派固然不可能做到，就是改良派、革命派（虽他然们对帝国主义侵略的认识有程度上的不同），同样也不可能做到……孙中山的《同盟会对外宣言》，就明白宣告，"所有中国前此与各国缔结之条约，皆继续有效"，"所有外人之既得权利，一体保护"。】① 关于庚子赈灾，刘鹗"是自动要求参加的，而且慷慨解囊，几乎倾尽家财，并且是冒着生命危险化装进入北京的。如果我们拿刘鹗的作为同《官场现形记》里所揭露的借救济营私的善士相比较，就更显出刘鹗爱民侠义的可贵②……总之，刘鹗作为一个历史人物，他的政治思想既有救国爱民的积极的一面，也有反对革命、顽固维护清朝政权的反动的一面，而洋务救国的思想是他政治思想的主要方面。""中国近代的小说家，不少与巴尔扎克、托尔斯泰有类似之处……对巴尔扎克、托尔斯泰一类举世公认的伟大作家，现在不会再有人简单地以他们的政治思想来否定他们的作品了，对《老残游记》自然也应持这种马克思主义的态度……《老残游记》揭露了'清官'虽然不象贪官那样搜刮钱财，而在'枉法'上却是一丘之貉，同样是压迫屠杀人民的刽子手，这就大大丰富了我国古典小说的艺术形象，也使揭露封建社会的腐败黑暗达到了一个新的高度。"

时任台湾淡江大学教授的龚鹏程在其论文《看〈老残游记〉的内在精神》（1986）中，除笔者在《定位新论》中所引关于黄龙子预言的精彩评论之外，尚有一些精到之论。关于刘鹗的隐喻，此文论道：

【《老残游记》有着更多的影射，借着寓言、象征或暗示等形态，做极深刻而又极真实的表达……即使是实指直陈的铺说，刘鹗也常运用情节与人都穿插予以展现。就清末民初的小说界来说，这已经是相当成功的作品了，也正因它掺杂了想象与寓言，它才能跻身小说之列，而非仅仅是一篇类似日记的实

---

① "【 】"为编著者所加，其用意在体例中有说明。下文不再作说明。龚鹏程：《看〈老残游记〉的内在精神》，引自龚鹏程《中国小说史论》，北京大学出版社 2008 年版，第 181 页（原载《幼狮月刊》，一九八六年四八卷五期）。

② 关于刘鹗庚子北上赈灾原委，可参见本书第三编辑录的刘鹗《关于赴北京赈济事致陆树藩信》全文及按语。

录。……革命的意图，他何尝没有？只是他又思忖："他们船上驾驶的不下两百多人，我们三个人要去杀他，恐怕只会送死，不会成功。"这正是他看出革命之可行与必行，却终只赞成"送他一个罗盘，他有了方向，就会走了"这种维新途径的缘故。一旦当他被船上嘈杂言乱的人们，用断桩破板将老残的渔船打得粉碎后，老残便"只好闭着眼睛，听他怎样"（第二回）！这是彻底绝望后的听天由命与无可奈何！刘鹗在光绪丙午（1906）写的《老残游记·自叙》曾说："棋局已残，吾人将老，欲不哭泣也得乎？"此即刘鹗之所以化名老残的缘故。面对着一个顽旧的社会，他维新的企图，付出了太多的代价（充军新疆）；换来的，却是无限的疲惫与灰心。无可奈何，坐而哭泣之余，除了一些甲骨印鉥，还有什么能慰藉这位老人的心灵呢？】关于预言，龚鹏程还有如下评论：【从同治三年甲子1924到民国十三年甲子（1923）之中，刘鹗估计中国将经历一场前所未有的大变局。北拳南革以后，中国才有了自立的基础与吸收欧美文明、重中国旧文明的进程（此处所谓文明，含义略似史怀哲所论，与文化一词，在哲学与史上并无太大差别）。身处在五千年专制政体下的文人，能有这种眼光和见识，能不令人感到惊诧吗？此书成于丙午（光绪三十二年，1906），是以北拳之变已为实录而非预估。但他预测革命将成于庚戌（宣统二年，1910），竟比实际上还早了一年。换言之，他对清廷即将覆灭的形势，已觉得是"不旋踵"的事了。这种观念直接导源于第一章横流失楫与寒日无辉的意象展示，而身处满人淫威尚存之世，自我理想与推断的铺陈，也必须假借类似神话的形式予以宣诉。钱玄同讥嘲它"神秘里夹杂着不少旧迷信"，未免不懂得神话与象征结构在文学中运用的情形。至于刘鹗推料革会成功以后，直到甲寅，即是"文明大著，中外之猜疑，满汉之疑嫌尽皆消灭"的时代。恰与革命后国父不排满的主张相合，也不能不说是他的卓识。胡适一笔抹杀，后为猜测错误，直是妄说，不足信据。在此我们须注意：刘鹗虽以为北拳南革都是"瞎捣乱"，但他也说："此二乱党，皆所以酿劫运，亦皆所以开文明也。"国父曾说过，革命是破坏后的建设。就其破坏言，岂可谓为非劫运？就其建设言，又宁非开文明？刘氏此说并无错误。在刘氏本人，只是害怕搅入革命党要送掉性命；中国非革命不可的情况，他却是看得极清楚的。】

江苏省社会科学联合会的徐保卫在1988年发表了《〈老残游记〉：一种现

代化理论和一位思想者命运的检讨》，认为"如果说他对于甲骨文、数学、音乐等的钻研，纯然出乎一种个人的兴趣，或者说消遣他那过人的智慧和精力的方式的话，那么他致力于水利工程技术、工商业和小说创作，则表现了他一种更深沉、更内在的动机。……他们存在的最终目的和价值，不是为了尘世的荣耀，也不是为了感性的物质的占有，而是为了致力于一个美好的社会政治理想，即所谓'大同世界'的实现，以及在实现上述理想的过程中努力使自己的人格臻于至善至美之境。而这个现实中的'大同世界'对于他们来说，此刻就是中华民族迈入现代化的理想。……但是这样一来，也就注定了刘鹗将要成为一个悲剧性的尽管是伟大的人物。……但是刘鹗是不会也不应该被忘记的。刘鹗属于我们。作为一个为祖国的富强而奋斗终身的伟大的爱国者，作为一个以自己的失败为后来人提供了超越和成功可能的先驱者，刘鹗活在今天的现代化事业中。而他的《老残游记》也正是这样一部双重意义上的遗产。……《老残游记》的这种不断内化的思想艺术行程，最典型地表现了中国古典知识分子的情感心理特征：一种从孔子、屈原以来就形成的、我称之为人格心理上的'纳茜斯自恋情结'。在中国近代史上，沿着这条道路走来的远非刘鹗一人，它还包括林则徐、康有为、梁启超、谭嗣同，乃至青年时代的鲁迅这样一大批先进的中国知识分子……。但是这仅仅是极少数人的活动，人民只是群氓，只能等待。……中国的现代化这一页，最终是由吸收了马克思主义理论的中国新知识分子来翻开的。"[①]

刘鹗曾孙刘德隆（1942—）在主编《刘鹗与老残游记资料》（1985）等重要资料之外，还撰写并发表了一系列的相关研究文章。诸如在 1989 年《〈老残游记〉手稿管见》中写道：【南京博物院珍藏谴责小说《老残游记》手稿六页。这六页手稿是刘鹗文孙刘厚泽一九六二年捐献的。……共计 8054 字，约占第十一回的四分之三。……刘鹗写《老残游记》第十一回共有两次。第一次是 1903 年 10 月写于上海新马路安庆里，第二次是 1905 年 10 月写于沈阳西门永昌栈。那么现存手稿写于何时呢？笔者以为这六页手迹是 1903 年的遗稿。……南博存的这六页手迹，刘鹗的涂、改、增、删 82 处，计 175 个字。值得注意的改动有两种。第一种是将文中所有的"天帝"都改为"上帝"，共

---

① 徐保卫：《〈老残游记〉：一种现代化理论和一位思想者命运的检讨》，《明清小说研究》1988 年第 3 期。

计 7 处，将原有的"上帝"都改为"上天"计 2 处。这一改动反映了作者世界观的变化……。关于（《老残游记》和《文明小史》）两者雷同的一段文字，虽然新版《文明小史》将其删去，但因刘鹗六页手迹尚存，因此讨论时，"证据确凿"。】① 在 1994 年发表的《刘鹗的梦说》中，刘德隆指出："通过刘鹗的梦，笔者以为看到了一个中国知识分子代表人物的内心世界，从而推及当时知识阶层的普遍心理，可以说无论他们用什么形式表达他们的对祖国最深沉的爱，这种爱都是最真挚的，对今天最有实际的教育意义的。而这种爱也是今天最需要的"。② 在 2000 年的《明湖居"美人绝调"考析》中指出："笔者以为，一、刘鹗的'明湖湖边美人绝调'完全是写实，并无虚构之处。二、刘鹗的'明湖湖边美人绝调'是文学、艺术结合的绝妙典范。"③ 2006 年的《李素心〈素心女史诗馀〉论略》指出："李素心是太谷学派北宗张积中的女弟子、南宗李龙川的侄女，刘鹗《老残游记》中的玙姑的原型，是太谷学派中的一个重要人物。……随着这些研究的深入，张积中、李素心的诗文及其审美取向、文学思想能够被发掘出来，这对于太谷学派的文学思想及太谷学派女性诗歌的研究意义重大。"④

南京大学教授王立兴的长文《刘鹗与〈老残游记〉》（1990），对刘鹗生平做了比较全面和深入的介绍，同时也对《游记》的思想性和艺术性给予了较为专业和充分的肯定。例如关于"清官误国"："《老残游记》对清官的批判与否定，表现了忧愤深广的社会内容，具有鲜明的时代色泽。作者关于清官的许多见解，确实发前人所未发，豁人耳目，掀动人心，为众多读者所激赏，这是《老残游记》获得重大声誉的主要原因之一。"关于桃花山论道："作者展示了一个桃花源式的理想境界——桃花山。这里环境幽美，景物如画，人们过着自由、平和而安谧的生活，甚至虎啸狼嗥都无所拘束。而太谷学派代表人物黄龙子、玙姑等即隐居于此，他们精通物理，洞察世运，超尘脱俗，逍遥自在，可以自由地宣讲教义，纵论时局。这样的理想境界和玉贤、刚弼残暴统治

---

① 载《文学遗产》1989 年第 3 期，第 124-126 页。

② 源自"刘鹗和《老残游记》国际学说讨论会论文"，载《南京理工大学学报（社科版）》1994 年第 4 期，第 13-18 页。

③ 载《明清小说研究》，2000 年 02 期，第 232 页。

④ 刘德隆、刘弘逵：《李素心〈素心女史诗馀〉论略》，《南京理工大学学报（社科版）》2006 年第 3 期，第 82-89 页。

下的苦难现实,自然形成强烈的反差。小说的这种描写,显然寓含着深意。"关于"诋毁南革"和未来预言:"反映了其对革命浪潮即将溃决大堤时的一种抗阻惶惧的心态。但作者并没有因此就对未来失去希望……从他的这些预言和寓言中,可以了解作者对国祚兴衰和文明存亡的关切之情,以及对复兴传统文化的期望和信心,也可以窥见作者对清王朝及其当政者所持的政治态度。"关于此书艺术性:"我们如果稍加比较,就可看出,《老残游记》不仅成功地继承了古典小说的优秀艺术传统,而且在艺术表现方法上有自己的创新与发展,它在晚清小说之林中技高一筹,艺术上被誉为四大谴责小说的榜首,确实当之无愧。"① 在 1991 年的一篇会议论文中,王立兴先考证了"清官批判"的历史渊源,列举了《周礼》、《史记》、宋元小说戏曲等对清官的赞扬,以及李贽、冯梦龙、李渔、袁枚对清官的非议,再对《游记》的相关描写、思想意义做了对比,最后强调:"刘鹗笔下的清官形象,是《老残游记》的主体部分。它的独特的思想内容和审美意蕴,不仅大大超越了以前同类题材的小说,而且成为我国小说史上闪耀异彩的一株奇葩,卓然特立于晚清小说之林,即使在今天,对我们仍具有一定的借鉴意义和认识价值。"②

山东大学教授、前任中国近代文学学会会长郭延礼,在 1990 年出版了被认为是一部"个人高水平拓荒之作"的《中国近代文学发展史》。其第二卷(1991)第二十六章"刘鹗和他的《老残游记》"包括五个小节,应是在刘鹗后人刘蕙孙、刘德隆等人之外,对刘鹗和《老残游记》作出最完整评介的论者。在第一节"刘鹗:一个充满悲剧色彩的人物"的结尾,作者还指出:"刘鹗的命运似乎还不如郭嵩焘。他生前就被封建顽固派刚毅参奏'通洋',请'明正典刑',因在上海得免;继而袁世凯等人挟私报复,以'私售仓粟'为罪名将他流放新疆。不仅惨遭迫害,含冤而死,而且在死后半个世纪仍然被人指为'汉奸',他的名著《老残游记》也被视为一部'反动的小说',屡遭批判,其不幸和悲惨,在近代小说家中恐怕莫此为甚了吧!"在第二节"哭泣与醒世:《老残游记》的创作意向",作者肯定《游记》"以其深刻的思想意义、别具一格的艺术构思、不同于传统模式的叙事方式,在中国近代小说史上占有

① 王立兴:《刘鹗与〈老残游记〉》,收入王立兴《中国近代文学考论》,南京大学出版社 1992 年版。

② 王立兴:《刘鹗笔下的清官形象平议》,为"海峡两岸明清小说金陵研讨会"而作,出处同上。

重要的地位。但《老残游记》又不是人们所理解的一般意义上的'谴责小说'，它是一部表现了作者政治观点、道德观念、美学理想的富有哲理意味而在艺术上又有创新的近代小说。它丰富的意蕴有待于进一步的探讨和研究"。在第三节"刘鹗的艺术化身：老残"中作者有如下分析："作者在描写老残对人民苦难的同情时，有一段心理描写很值得注意。……作者在这里多层次地揭示了老残内心深处对曹州人民苦难的同情。他先想到冬天雪后鸟雀无食可寻的可怜；又想到他们虽遭冻饿，但尚无人伤害他，比起玉贤统治下的曹州人民似还强一些；鸟雀有苦尚能自由倾吐，而曹州人民则有冤不能伸、无处伸；相比之下，曹州百姓的命运比鸟雀还要悲惨。这段心理描写，十分深刻而又令人信服地表现了老残对人民苦难的深切同情。老残出于对国家民族命运的关注和对人民的爱，不仅想根治黄河（即小说中的黄大户），而且还想给这个古老的中华民族指明前进的方向。"①

在该书第四节"《老残游记》的艺术特色"中，作者还总结了《游记》的早期国际影响："《老残游记》是一部很有影响的近代小说，它问世之后，不仅在国内广为流传，而且在国外也有英、法、德、俄、日、捷、匈、朝鲜八种文字的19种翻译本出版。据不完全统计，80年来即有130余种版本行销世界（包括中文版本百余种）。这一发行情况即可说明，《老残游记》拥有广大的读者，它具有相当高的艺术水平。"如编著者在本书导论所作的引用，郭延礼之后又在2003年将此方面研究扩展为《〈老残游记〉在国外——为〈老残游记〉发表百周年而作》，不但增加了大量详细内容，而且明确指出："一个世纪以来，各国汉学家对体现了作者政治思想、道德观念、美学理想和富有哲理意味而在艺术上又有创新的这部近代小说表现了巨大的热情。在全球范围内，能够引起如此强烈反响的中国近代小说，《老残游记》独占鳌头。《老残游记》多种文字译本的出现和对其思想意蕴、艺术技巧的研究，无疑提升了这部近代小说在全球的知名度。"第五节"《老残游记》续集、外边及其他"中介绍了刘鹗各方面的才能、著作，包括："刘鹗不仅能写小说、诗词，喜爱音乐，弹一手好琴，而且还是一位博学多识的学者，他涉猎的领域极广，有算学、医学、史地、治黄、考古、古文字、金石学等。据统计，他撰有各类著作三十六

① 郭延礼：《中国近代文学发展史》第2卷，山东教育出版社1991年版，第405—437页。

种。……刘鹗于学问的兴趣是多方面的,这我们从他的著述情况可以看出,但贡献最大的要推他关于甲骨文的研究。……刘鹗还写了一篇(《铁云藏龟》)自序……这篇《自序》可以说是研究殷墟甲骨文字的第一篇学术论文。他第一个把甲骨文公之于世并肯定其史料价值和学术价值。有论者称刘鹗为我国'甲骨文之父',我以为是正确的。"(此一看法在多年后终于有了严谨论证:关于刘鹗至少为"甲骨文之父之一"的最新考证,可参见本书附录中的笔者已发表论文《"王刘联合发现说"和甲骨文发现研究新论》和《王献唐日记等文献佐证甲骨文发现新说——再论"王刘联合发现说"及"刘鹗发现说"》。)

淮阴师范学院教授蔡铁鹰在 1991 年发表了《〈源委〉的真与伪〈老残游记〉成书"资助说"质疑——兼论〈邻女语〉作者当为刘鹗》一文,认为"刘鹗创作《老残游记》应有另外的动机,《邻女语》的作者似应是刘鹗本人,其问世也应属于刘鹗创作计划的组成部分。"文章根据张纯《连梦青与天津〈大公报〉》(载《清末小说》18 期,1990 年 7 月 1 日)中提供的《大公报》创始人英敛之的日记,佐证"连梦青并未受沈案太多牵连,也不存在须人资助的问题"。再通过对《邻女语》内容和写法与《老残游记》比较,参考刘鹗行止,推断"1903 年上半年,刘鹗全家由北京迁回上海……是年除九月著成《铁云藏龟》外,刘鹗没有从事重要的商务活动……遂起作小说以述平生甘苦的心意,起初可能是由修改《商界第一伟人》译作开始,其后试以自己庚子放赈的经历为原型初涉小说,作《邻女语》。大约反应不错,遂一发而不可收,再作《老残游记》,以补《邻女语》之不足。"

近三十年后的 2019 年,南京大学教授苗怀明也发表了《〈老残游记〉写作缘起新考》一文,根据相似史料加许宝蘅论日记论证得出了部分相似的结论,但以多方面分析有力否定了刘鹗还是《邻女语》的作者。编著者也认同的结论为:"连梦青未在沈荩案中受到牵连……也没有出现经济窘迫需要朋友帮助的情况。刘鹗……受到《邻女语》的启发,有所借鉴,两书由此形成一些相似之处",但"依据目前所掌握的资料还不能否定连梦青(《邻女语》)的著作权,更无法确认刘鹗的著作权。"①

---

① 蔡铁鹰:《〈源委〉的真与伪:〈老残游记〉成书"资助说"质疑——兼论〈邻女语〉作者当为刘鹗》,《淮安师专学报》1991 年第 3 期。苗怀明《〈老残游记〉写作缘起新考》,《文献》2019 年第 5 期。

名满天下的红学家周汝昌先生，在 1993 年写出了少为人知的论文《"游方郎中"的足迹与心迹——纪念〈老残游记〉问世 90 周年》，与夏志清的《新论》遥相呼应，联合开启了高度评价《老残游记》的新纪元。此文具有的划时代意义，在本书导论中也有重点介绍，在本书第三编还有全文转载，在此不再多言。

而在九十年代初也曾发表过评论见解的，还有欧阳健教授（曾任江苏省社会科学院文学研究所副所长、《明清小说研究》杂志主编）。其论文《爱国志士对于改革维新的深层思考——〈老残游记〉新论》（1992）① 在开篇即明确指出：【《老残游记》是晚清改革形势下涌现的以启迪民智为主旨的新小说中最有力度的杰出作品之一。在《老残游记》命笔前一年，即光绪二十八年正月元旦（1902 年 2 月 8 日）的日记中，刘鹗写道："朝廷变法维新，元旦暖而有风，春气风行天下之象也。"……两宫还京的第三天，就宣布了几条决定……其中"整顿路矿，以开利源"的方针，尤与刘鹗的一贯主张相吻合。甲午以后，刘鹗"痛中国之衰弱，虑列强之瓜分"，认为"亟求防御之方，非种种改良不可"。】但历史的社会现实却是：【老残送向盘的美意却并未得到身处危船的人们的理解。一班下等的水手咆哮说他们是"洋鬼子遣来的汉奸"，连鼓吹要替大家"挣个万世安稳自由的基业"的英雄豪杰，也跟着骂他们是"卖船的汉奸"。这就不仅道出了刘鹗对挽救中国危亡局面的忧虑，更道出了他对于民智未开的更大的忧虑。他执笔写《老残游记》，根本的意愿就是唤醒愚蒙……中国举世皆病，虽需通过改革来加以根治；而在着手改革之前，必先唤醒沉睡的民众。这就是《老残游记》"具菩萨心"的大旨所在。】【可以毫不夸张地说，刘鹗基于兴办实业的实践而获得的对于社会种种弊端的了解，比李伯元、吴趼人要深刻得多，痛切得多。按理说，他完全可以调动自己几十年的生活蕴积，写出《二十年目睹之怪现状》、《官场现形记》那样暴露型的长篇巨著，将自己强烈的"身世之感情""家国之感情""社会之感情""种教之感情"倾泻无遗；然而，在社会实践中介入很深的刘鹗，却让他的主人公以一个与世无争的旅游者的身分，在一边细细地赏鉴、揣摩、咀嚼、品评他所见所闻的自然风光和社会世相。……正是这样一种切入角度的选择和情绪基调的

① 欧阳健：《爱国志士对于改革维新的深层思考——〈老残游记〉新论》，《齐鲁学刊》1992 年第 2 期。

确定，使作者找到了表现自己对于家国、社会前途的理性思考的极好形式。】对于揭露清官，刘鹗【要剖析的是另一种类型的、在一定程度堪称为清官的官僚，并由此揭示官僚体制的弊病的更为本质的方面，道出如何着手改革的正面意向来……从表面看，《老残游记》是在抨击任性妄为、不恤民情的"清官"，实际上是在宣扬重证据、重调查研究、不轻信逼供的新型法律精神。……刘鹗是"学术渊深，通晓洋务"的人才，而在《老残游记》中，却绝少正面描述洋务，甚至也极少使用新概念新名词，唯有在写到刚弼与玉贤的时候，却标举了福尔摩斯和"言论自由"，他的主旨，就是向往法治，向往民主。……立足于改革官制的刘鹗，不满足于对"做官的坏处"的一般的揭露与抨击，李伯元虽已想到而未能写到的更为深层的问题，刘鹗却思考到了，这是他胜过同时代作家的地方。】

欧阳健还深刻指出：【给即将沉覆的帆船送去一个向盘，明明是一件绝大的好事，为什么却被水手和英雄豪杰异口同声地骂为"汉奸"呢？刘鹗当然不会懂得阶级分析的方法，但他从自己的困惑中已经意识到，在同一个社会里，人们有自己不同的地位，不同的意图，不同的目标，考虑中国的改革，离不开对这种客观现实的高度正视和充分估计。当然，在关于"汉奸"的描述中，饱含着刘鹗"身世之感情"里极为强烈的委曲。他主张"用洋商之款，以兴路矿"，认为"前可以御各强兵力之侵逐，渐可以开通风气，鼓舞农工，卒之数十年期满，路矿仍为我有，计之至善者也，故毅然决然为之"（《矿事启》），完全是出于爱国公议，可悲的是到头来，竟落得"一国非之，天下非之"的下场，而攻讦他为"汉奸"的逻辑，就如船上下等水手一般的简单："他们用的是外国向盘，一定是洋鬼子遣来的汉奸"，"他们将这只大船已经卖与洋鬼子了，所以才有这个向盘"。毫无疑问，刘鹗向往的是和谐，而不是紊乱。当然，这种和谐，是运动中的和谐，变革中的和谐，而不是静止不变的凝固和同一。第十回写申子平听黄龙子与玙姑弹奏《海水天风之曲》，"初听还在算计他的指法、调头，既而便耳中有音，目中无指。久之，耳目俱无，觉得自己的身体飘飘荡荡，如随长风浮沉于云霞之际。久之又久，心身俱忘，如醉如梦。"琴瑟本为二物，为什么会有如此绝妙的艺术效果呢？玙姑指出，这是因为他们弹的不是"一人之曲"，而是"合成之曲"，"此宫彼商，彼角此羽，相协而不相同"，这就是"君子和而不同"的道理。承认有不同的力，并且承认不同的力的存在的合理性和必要性，不要求它们完全归于同一，只要求它们相协。看来是片断支离、漫不经心的笔墨，都汇成为作者理性思考的内容。】

该文还进一步指出：【刘鹗是寄希望于改革的，这是他提倡兴办实业以救国的理想所决定的。所以，他主张和谐，主张稳定，而不赞成"北拳南革"的"不受天理国法人情的拘束"的过激行为。第一回写老残对文章伯"打死驾驶的人"的痛快主张的反应是："此计甚妙"，只是"不会成事"。第十一回又写黄龙子谆谆告诫说："太痛快了，不是好事。吃得痛快，伤食；饮得痛快，病酒。今者不管天理，不畏国法，不近人情，放肆做去，这种痛快，不有人灾，必有鬼祸，能长久吗？"他在《风潮论》中，再三强调"核实"二字的宗旨，说义和拳的"欲兴清灭洋，忠义之气也，特未核实其果能兴清灭洋与否？"近日"排外""收回利权"之论，"忠义之气勃勃然从喉舌出"，然"用收回利权之美名以暗竭天下之脂膏、使民饥寒以生内乱，用排外之美名激怒各国以生外患"，都不能达到富国富民的目的。】【刘鹗认为，"坏即是好，好即是坏，坏非不好，好非不坏"，坏事（即他所不赞同的暴力冲突）可以引出好的结果，这种思考已不限于当前的改革阶段，还预见到在引进西方文明的同时，进一步保存和弘扬中国传统文明、开辟文明大著的新天地的大问题，这种豁达的心志和乐观的信念，通过独有的哲理形式表现出来，在当时的作家群中，堪称独一无二。……《自叙》说"不以哭泣为哭泣者，其力甚劲，其行乃弥远。"刘鹗满怀救国之志写作《老残游记》，却有意不让自己的悲愤的感情流于笔端。从开篇的为帆船送向盘到结尾的进山"走两步，回头看看"的诀窍，都只是为了写出自己对于改革的深层思考，堪称为其力甚劲、其行弥远的"不以哭泣为哭泣"的真正的哭泣。】

江苏社科院文学所研究员王学钧《〈老残游记〉新解》① 提出了"这部小说其实就是作者未经明言的即艺术了的自辩状"。根据是【《老残游记》初集和二集虽然题材庞杂，但却始终灌注了作者统一的自辩意图。小说的各个部分都是围绕着这一意图选材和抒写的。这一自辩，乃是针对着作者所身受的来自官场，社会舆论等外部遗责、和以黄葆年为首的太谷学派的内部遗责而发。】具体理由包括：【刘鹗与这个学派的关系相当复杂而又微妙。他一方面公然表

① 王学钧：《〈老残游记〉新解》，《明清小说研究》1993 第 4 期。另在 1995 年的第 3—4 期《南京理工大学学报》的《刘鹗的自辩状—〈老残游记〉》一文中，作者再次论证了这一论题。

白自己对这个学派"海枯石烂，无有二心"，但另一方面，又公然宣称，自己与这个学派"绝不能共辙"。他虽然崇奉这个学派，但在学派内部，并不像评论界所认为的那样，属学派的重要弟子或上座弟子，而是恰恰相反，在继李龙川而后的学派山长黄葆年（1845—1924）心目中，刘鹗经常是作为不合格的弟子，甚至反面教员受到长久而严厉的责难。这种责难从 1902 年起一直延续到刘鹗死后。……《老残游记》确乎"攻击官吏之处亦多"，但既非一概攻击官吏，也不是以攻击官吏为目的，而是与作者本人的遭际有直接关系。】

王学钧还在其《以理杀人与有罪推定——《老残游记》对理学化清官的批判》（《明清小说研究》2007 第 2 期）一文中敏锐指出，【刚弼是对晚清徐桐、李秉衡之类乃至历史上"刚愎自用"清官的性格概括。……对刚弼，小说其实也没有一味"攻击"，而是赋予他终于被白子寿"制伏"而悔过的过程。……对白子寿，则推崇和树立为公正廉明、救民于水火的真正清官。】作者更进一步指出：【只要有国家，就有官吏。国家和人民都需要清官。这是既古老又现代的事实。……由于明清两朝五百多年持续运用国家权力推行程朱理学，尤其是科举制度和考试规范的有效实施，使它对中国人文学术和社会文化的影响极为深远。这也是从晚清启蒙思潮到"五四"启蒙思潮何以持续批判程朱理学的根本原因。】【与李贽、戴震的思想前提不同，也比《狂人日记》对"仁义道德吃人"的机理描写清晰，《老残游记》发现"以理杀人"的前提是人民没有言论自由的权力保障，也即没有民权。……在玉贤统治下，曹州百姓虽饱受冤狱之灾，却"吓的连一句话也说不出来"，根本的原因便在于权力集中于官府，而百姓毫无人权保障。这样的观察和见解，与 1902 年梁启超《论政府与人民之权限》一文发表的见解一致。】【……这一点与刚弼总是以"君子"自居，而"总觉得天下人都是小人"一致，构成了他在思维和德性上的基本特性。这既是理学化清官的性格特征，是刚愎自用的内在原因，也是目无民权的表现。他一旦拥有审判权，这种性格便表现为"有罪推定"原则的施行。……在刘鹗创作这个"侦探故事"近百年之后，直至 1997 年 10 月 1 日新修订的《中华人民共和国刑事诉讼法》第 12 条才规定："未经人民法院依法判决，对任何人都不得确定有罪。"……他（马克思）明确指出，人民的"自尊心"实即"对自由的要求"，这是建设民主国家的社会文化前提。】

盛成教授在《齐鲁菁华 中华瑰宝 世界名著——研讨〈老残游记〉之我

见》（1993）一文中，还高屋建瓴地指出：【《老残游记》是一部地方文学，是一部民族文学，也是一部国际文学。……《老残游记》又是太谷学派北宗的内典传道书。作者刘鹗是太谷学派第三代传人（之一，笔者注），李晴峰（龙川先生）的学生。我跟《老残游记》还有一层特殊因缘：因为刘鹗的老师，周太谷的入室弟子李晴峰是我母亲的外祖父的二哥；李素心（小姑，《老残游记》中的玙姑），是我母亲的外姑祖母，张积中是我母亲的外祖母的堂兄。1902年我四岁的时候，我母亲的外祖父母还在世。】【面对列强侵略，国家危难，作者力图警醒世人，察觉危机，救亡图存，顺应世界潮流。对所谓"清官"痛加抨击，指出"天下大事坏于奸臣者十之三四；坏于不通世故之君子者，倒十有六七"。……我想，老残未必就始始终终反对革命，他被过早地夺去了生命，惜哉！"其人虽已殁，千载有余情"，《老残游记》对官僚制度的谴责，对天下命运的关怀，对民众疾苦的同情，对汉学精华的阐扬，都很值得我们珍视。它是一面明亮的镜子，映照出社会的丑恶，也显示出中华文化的强有活力。我们要振兴中华，使二十一世纪真正成为中国的世纪，应当有清醒的头脑，发扬我们古老文化的精华。必须杜绝形形色色的假、大、空，反对各种形式主义，革除机构痈肿吃皇粮的积弊。世界已进入高科技，高难度、高速度、高智力的时代。我们必须轻装前进，把一切历史的积垢扫进垃圾筒。】

另一位美籍华裔教授林顺夫，则注重于《老残游记》的结构和叙述方法特征：【刘鹗的作品代表了清末小说的一个典型倾向：本民族的传统方法与受西方启发的创新方法相结合的创作手法。……《老残游记》在中国小说史上享有特别而又重要的地位，是因为它有趣地融合了两种根本不同的文学和文化的因素。】【《老残游记》在中国叙述方法的发展上，具有重要地位。虽然小说描述的是老残的"游历"，但用亨利·詹姆斯的话来说，主人公并不是"意识中心"。……老残与其它人物的不同表现在两个方面：一个是他对社会和政治的忧心，另一个便是他的科学精神。……《老残游记》可以被认为是中国最后的一部古典小说，因为它说明了作者在作品的形式上和主题上恢复一个自我抑制、自我发展、自我调节的世界的传统观念的努力。"】①

山东大学教授王平在1995年第3期《齐鲁学刊》上发表了论文《论〈老

---

① ［美］林顺夫：《中国最后一部古典小说——论〈老残游记〉的境界和结构》，《文艺理论研究》，1984年第4期。

残游记〉的文化内涵及其渊源与价值》①,在周汝昌之后明确提出了《游记》"具有了一种文化小说的特征"。该文指出:刘鹗掌握诸多实学,参与行医、治河、开路矿等【所有这些活动,固然与太谷学派"立功、立言、立德"的主张密切相关,但更重要的文化根源还在于明清时期的实学思潮。只有把《老残游记》置于这样一个更广阔的文化背景之下,才能真正把握住它的文化渊源。……清代中后期的几位思想家如汪中、洪亮吉、焦循、阮元、龚自珍、魏源等,都是实学思潮的参加者。《老残游记》所体现的求实精神也正是源于这一强劲的文化思潮。换句话说,刘鹗以其小说《老残游记》继承并发展了这一思潮。因为在小说领域贯彻这种文化精神,当时还没有其他作品可与《老残游记》相比,所以,就更显示了它的价值。""能够形象而生动地将自己的文化思想和主张用小说的形式表达出来,丰富发展了传统文化中的进步因素,应当说是《老残游记》的又一重要价值所在。……我们可以这样说,《老残游记》的文化内涵非常丰富和深厚,作者努力将其融入小说的情节与人物形象之中,尽管还有许多勉强之处,但毕竟是一种有益的尝试。这些文化内涵既有传统文化的渊源,又有时代和外来文化的影响。无论对近代小说的主旨、内容,还是情节、人物,以及表现方法都有所开拓和创新。而其负面的价值也不容忽视,因为它也有着一定的文化依据,值得我们去深入研究和探讨。"】

青岛大学教授徐鹏绪在《论〈老残游记〉的艺术形式革新》②(1995)中断言:"在近代长篇小说中,《老残游记》是一部可读性最强,最耐人寻味的作品。……它在晚清乃至整个中国小说发展史上,是一部流露出最强烈的自我表现欲望和具有最浓厚的主观抒情色彩的作品。……这种植根于深厚文化传统基础上的韵味和情调,是个人的,也是民族的。它一旦被凝聚成艺术作品,就会成为民族文化财富而具有永久的魅力和价值。……处于这样的时代,加之《老残游记》的作者刘鹗无论从生活经历、文学修养、才华气质方面,还是从接受新事物、新思想开放意识方面,他都具有在更大规模和更深层次上改革小说文体的条件。所以,他的《老残游记》如果单从文体改革的角度而言,比《红楼梦》、《儒林外史》显示出更多具有革新意义和破坏传统小说艺术形式的因素。""《老残游记》出现的意义,首先在于它是近代第一部采用第三人称限

---

① 王平:《论〈老残游记〉的文化内涵及其渊源与价值》,《齐鲁学刊》1995 年第 3 期。
② 徐鹏绪:《论〈老残游记〉的艺术形式革新》,《东方论坛/青岛大学学报》1995 年第 2 期。

制叙事的有影响的长篇小说。书中的老残，是作者的艺术化身，是作者抒情写意的寄托。作为旅游主人公他被限定为一个观察者。作者不仅利用他来贯串全书，使一些本来不相连属的人、事、场、景、物，因了老残的游历而形成了一个整体，而且利用他抒写了作者的身世之感，家国之痛，乃至爱好和情趣，使作品带上了浓重的主观抒情色彩，从而改变了中国长篇小说的传统品格。这在中国小说史上是前所未有的。……可惜以往的研究往往孤立地肯定《老残游记》精于描写的技巧，而对它在中国小说整体改革中的重大意义则认识不足、肯定不够，这是在今后的研究中需要加以纠正的。"

1997 年李瑞腾出版了《〈老残游记〉的意象研究》一书①，全书分为"自然意象"的上篇（冰雪、山、水、日月、动物），和"人文意象"（哭泣、文化、声音、衣衫、灯烛、香气）。作者以"晚清文学思想之研究"为专业（博士论文），以研究诗词见长，在绪论中云："意象论，过去主要是用在诗学领域，而今拟以之进行一种小说阅读，可以说是一种微观小说学。……刘鹗及《老残游记》的研究正在逐渐深化，'老学'之名②已经非正式出现在论者的口耳之间，本论文在其艺术性和文化性的分析上应可提供一些思考。"例如第三章"水意象"的开头："地球表面潴水之区域，最大者为洋，次于洋而近于陆者为海。海洋合称，相对于陆地；而陆地之上，水源为泉；潴水之区域，大者湖泊，小者池塘；其间更有大小河流纵横连接，在山与海之间，孕育万物，输生命的机能。《老残游记》最特别的地方是从海洋开始写起，其次写湖、写泉、写山间溪水，然后放大特写黄河水患及治河之道，众水分流，或汪洋恣肆，或静如明镜，或乱冰奔窜，冻河成路；或潺潺湲湲，细语低唱。景绝美，而因水所引发的人事乖离现象，则是小说情节中的冲突所在。刘鹗关心天下苍生，探索世乱之因，'润万物'之水，'缘理而行，不遗小'的水，无疑是他省思的起点。……"此书作者还以附录形式，提供了难得的台湾地区"老学（残学）"的研究数据，诸如：1949 至 1997 近 50 年中出版《老残游记》至少 39 种（包括书名、出版社、时间、内容简介），及相关论文、文章至少 73 篇（包括篇名、作者、报刊名、日期）。

---

① 李瑞腾：《〈老残游记〉的意象研究》，台北九歌出版社 1997 年版。
② 如将"刘鹗及《老残游记》研究"称为"老学"，笔者担心易与"老子"等混淆，故在《定位新论》中名之为"残学"。

四、2000—2022

淮阴师范学院教授李士金的《〈老残游记〉新论》（2000）① 应可称是《游记》评论中激情四射的一篇力作。在该文"内容提要"里作者即指出："我们企图告诉人们的是：《老残游记》的思想和艺术的价值是有着严密的内在逻辑和系统的，思想的价值不仅仅是客观的历史内容，更有深层的超越时代的意蕴，作为内核成为本小说流传不朽的决定性因素！现实主义的杰构，深沉苍凉的情感，独步一时的探索，则构成了《老残游记》艺术成就的三大要素。"其后的"引论"中作者再指出：【谴责小说乃是时代的产物。……这个批评对整个谴责小说是大体适宜的，但惟独对《老残游记》不相符合。……正如恩格斯评论巴尔扎克时所说的："他就看出了他所心爱的贵族的必然没落而描写了他们不配有更好的命运……这一切我认为是现实主义最伟大的胜利之一。"这也同样适合于对《老残游记》的评价。……文学的长久的魅力恰恰不是一看即见的客观的历史内容，而是作品中所隐藏的难以言状的作为内涵的深层的象征意蕴！至于艺术形式就更不止是"叙景状物，时有可观"所能概括得了的了。】文中的独到评论尚有：【刘鹗是生活在任何一个有远见的中国人正在竞相打破数千年的惰性，并使自己去掉传统文化意识适应由西方文明冲击所产生了急剧变化的新旧交替时期的先行者。……太仓米的案子竟然叫他受充军到新疆的刑罚；山西路矿叫他担了"汉奸"的罪名！更令人痛心的是，"汉奸"的骂名不但起于那黑暗王国的昨日，而且在几十年后的今日还是呼声震天！……爱国家和爱人民是血肉相联的。一个充满着爱国的热情的人不能不对民生有深切的关心。爱国，是从强调在整体上对国家民族命运的关注而奉献自己的生命，而爱民则是爱国主义精神的具体内容，是实质，是内核！……严薇青在他校点的《老残游记》序言中说"侠客"在清晚时期已经成为封建统治者的帮凶，并以此来断言这种描写是落后的、反人民的。这种说法显然是违背

---

① 李士金：《〈老残游记〉新论》，《中国古代小说社会心理分析》，中国文联出版社 2000 年版，第 195-248 页。

科学研究的方法的。……天下没有这么个道理，为人民做好事反成了反动统治者的帮凶，这岂不是大笑话吗！……综上所述，爱国、爱民、揭露官吏之罪恶、提倡实事求是，是《老残游记》思想内容的一个坚实而有力的价值系统，组成了一支合奏曲。这抑扬顿挫的交响乐，宽广而深厚、飘逸又低沉、苍凉而悲壮，浑然一体，复杂多变，闻者动心，听者下泪，入其思想境界，则物我一体；出其悲凉之境，则感慨万分。它包含着丰富复杂的内容，构成了《老残游记》思想内容的重大意义。】

作者还进一步指出：【《老残游记》在人间流行了数十年，历久不衰，人们往往简单地把这生命力常青的根源归结为它的客观的历史内容和一些艺术技巧如风景描写之类。这些原是有相当道理的。但不免看浅了些，充其量不过是其传诵不朽的第一层和第二层的原因，深层的根源乃是它的象征意蕴。……此种意蕴因欣赏者不同的经历和文化修养，不同的性情和欣赏环境而产生千差万别的效应。它具有超越时空的普遍性，使得作品在代代相传的人类的心目中成为象征的形式而被吸收和改造，欣赏者将以自己的时代特征和自己的特殊心境而渗透进不同的历史内容和人生的经验。《老残游记》之所以能久诵人口、影响人类的心灵，正是因为它具有这种超越时空的象征意蕴。……黑格尔为此曾说道："艺术的真正职责就在于帮助人认识到心灵的最高旨趣"，艺术家在他的创造过程中使得他杰出的创造物"比起原来非艺术的现实世界所能表现的更为纯粹，也更为鲜明"，"显现出一种内在的生气、情感、灵魂、风骨和精神"，那就是"意蕴"。】【《老残游记》对"理想人"的追求是强烈的，也是有系统的。这当然同其它的思想内容有密切的关联。对于民族的劣根性的批判，是希望找出民族积弱不振的根源，把病根挖掉；对于"理想人"的追求则是要树立一种中华民族的完美的人格形象，以为世楷模，渐渐造成一个健康的强大的民族整体和素质。使每一个炎黄子孙的人格都能充分发展，呈现出千姿百态的美景，更加丰富整个民族的完美的伟大形象。】

在"《老残游记》新论：艺术篇"里，李上金总结道："《老残游记》的艺术成就在于内在的美感效应的各种因素，这些因素概括地说来有三个方面：真、诚、新。……1. 真——现实主义的杰作。……可以看出老残这个人物形象既符合生活之理，又合主观人情之常，在他的身上生活真理和审美情感天衣无缝地融合在一起，在我们读者的心理造成了合适的真实感。这是现实主义描写的伟大胜利。2. 诚——苍凉悲壮的情感。……诚挚是《老残游记》的艺术魅力的第二个因素……。感情是文学作品的血液，没有感情的文学是不存在的，感情平平的文学作品是苍白无力的。3. 新——独步一时的探索。……《老残游记》在继承发展创造中国古典小说的艺术传统上作出了极大的贡献，它的多方面的创新，多方面的尝试，大大丰富了中国古典小说艺术的优秀传统，甚至其影响已远远超越了小说的范畴。……这种开拓精神在人类，在整个国民精神中所含有的不容低估的时代意义。……第一它是独创的、游记体的、带着浓厚的抒情色彩的政治小说。……第二是它的独特的风景描写和音乐描写。……最后，我们在《老残游记》中也可以看到情节表现手法上的独到之处。……淡淡的艺术笔调，创造了一种自然和超自然交融的气氛，增加了本书一种超脱、高雅、空灵、明净的神秘的艺术魅力！"

长春师范大学古代文学教研室主任郭长海（1936—）于 2005 年发表了《刘鹗"养天下为己任"思想的具体体现》一文，对刘鹗的《上政务处书》给予了相当肯定。郭教授在此文中指出："这篇文章的价值首先在于，它为研究刘鹗的政治思想提供了宝贵的资料。……此前刘鹗的所作所为，都属于商业的、经营的、社会慈善方面的活动。虽然他的'养天下'的思想，有合理的和进步的成分在内，但却不如这封信所表现出来的爱国主义思想那么深沉，那么浓烈。而这封信，正是刘鹗政治观的体现，是对国家大事的直接陈述。变法之前刘鹗虽然参加过保国会的活动，和康梁的关系比较密切，但完整的、存世的讲话和文件并不多。这篇文章的出现，可以说是填补了刘鹗政治思想研究方面的一段空白。其次，研究一下这篇文章出现的背景，我们更可深刻地体会到刘鹗这种爱国思想是如此深沉，如此浓烈。譬如，……从本文中可以看出，他是一直注视着日俄之战的进程的，无论日本胜利也好，失败也好，或是俄国人胜利也好，失败也好，时局对中国都一样不利。……正像他自己（说的和）做的那样，他不是那种胡乱上万策、进万言书，以危言耸听为进身之阶的人。他确实从内心出发，一心一意地在为祖国的前途担忧。这不正好反映了他的爱国思想么？又譬如，1903 年以后，刘鹗从北京南下，功也成，名也就，他本来可以在上海安稳地做寓公，或……于抱残守缺斋中，朝夕摩挲，终日鉴赏，愿刊刻者刊刻，愿流布者流布，跻身于学者之林，名列于士籍之中，悠哉游哉，乐以逍遥，岂不是好!? 可是刘鹗偏偏坐不住，呆不下，他偏偏要对国家大事发表意见，表示看法，提出对策，公开上书，指陈利弊。这不正好反映了他的爱国思想么？……当然，历史的演进并不如刘鹗所预料的那样，俄国并未出兵中国。这并非刘鹗所测不准，或是俄国改变了侵略政策。主要是……发生于同年年末的第一次资产阶级革命，使沙皇政府无暇东顾，所以，东方有了暂时的稳定局面。但决不能因此就判定刘鹗的提法是书生之见，是杞人之忧。我们在研究历史问题的时候，必须把它放在当时的环境中来考察，这样对其历史价值就能作出比较公正的判定。……就是（刘鹗思想的）这一闪，也就值得后人去追寻，去探索，把这位一生活动广泛，思想丰富，学业有成，于国、于民、于历史都做出了一定贡献的人物的丰满形象重新塑造出来。这才是我们对这位小说家的最好纪念。"①

浙江大学段怀清（1966—）在其论文《最长的一夜：论〈老残游记〉的整体性》（2006）② 中，深度讨论了普实克和夏志清在评价《游记》时未能给出的理想答案。夏志清认为【作者并不是被动机械地追随着故事、情节和铺陈开来的场景，而是将对于抒写人物的关注，熔铸于故事、情节和场景之中。夏志清高度评价了《老残游记》在此方面所取得的成就："刘鹗变旧小说而为抒写人物深蕴五中的情与思的编制；可惜他下一代的作家，步武西方小说，以致刘鹗那近乎革命式的成就，一直未获承认。"……这篇发现并提出了极有价值的问题的文论，却并没有给出与问题同样引人注目的解释。】而关于普实克的评论，【遗憾的是，尽管高度评价了《老残游记》所表现出来的独一无二的"整体感"和"艺术的统一"，普实克并没有对此展开具体而必要的论述，特

① 郭长海：《刘鹗"养天下为己任"思想的具体体现——谈刘鹗〈上政务处书〉》，《南京理工大学学报》2005 年第 6 期，第 90 页；并收入同前注《郭长海学术文集上》，第 238-248 页。刘鹗《上政务处书》发表于《时报》1905 年 4 月 21—22 日，及同年 4 月出版的《华北杂志·卷四》。日俄战争于 1904 年 2 月 8 日在中国东三省爆发，清政府声明中立，至 1905 年 2 月奉天会战俄方败局已现。刘鹗于同年 2 月 17 日开始动笔上书政务处，非常担心俄国不甘心失去东北而悍然入侵新疆和外蒙、英国则将抢占西藏，引发各国列强大举瓜分中国。另，晚清"督办政务处"设于光绪二十七年（1901）三月，为总办改革政治的特设机关。光绪相关上谕云："着设立督办政务处，派庆亲王奕劻、大学士李鸿章、荣禄、昆冈、王文韶、户部尚书鹿传霖为督办政务大臣，刘坤一、张之洞亦着遥为参预。"

② 段怀清：《最长的一夜：论〈老残游记〉的整体性》，《浙江大学学报（人文社科版）》2006年第 6 期。

别是没有直接说明这些独特的、革新的要素，又是如何朝着现代文学而不是对于传统文学的一种回光返照式的提升。】之后作者给出了自己的思考：【用"哭泣感情"来解释写作动机目的，显然并非孜孜于一般意义上的所谓"小说与群治之关系"——就其动机而言，《老残游记》确非一般所谓政治小说可比。……阿英《晚清小说史》认为……这种对于《老残游记》作者之哭泣的理解，显然求之于过实而失之于当。将《老残游记》作者之"哭泣"简单地系缚于一个具体的政权之上，实际上大大降低了"哭泣"的文化意义。……如果我们能够充分理解刘鹗所要表达的这种感情的对象、强度、深度，如果我们能够充分理解这一感情与作品中人物、故事、情节之间的统摄与统一之关系，特别是如果我们能够充分理解这一感情与作品中"最受人误会"的表现思想处之间的内在关联，我们似乎正在不断丰富深化对于《老残游记》的认识。陈寅恪在解释王国维"自沉"原因时，提出"殉文化"之说，以回应时人所谓王国维"殉清"或者"避祸"的说法……。这种解释，用之于《老残游记》的叙述者身上，似乎并无不当。所不同者，《老残游记》的作者并没有做出王国维那样的选择……。在这部长期被视为"谴责小说"、"政治小说"、"讽刺小说"的作品背后，潜隐着一种虽然被冲淡，但却不时以一种余味悠长的方式传递弥散开来的整体性的文化意蕴，一种已入化境的精神思想力量，渗透于同时又弥散在文本的字里行间，自始而终。所谓对时世、社会、政治的讽喻，不过是这种力量的有形的边角随带扫过所留下的痕迹而已，其无形之核心，是对中华文化至高境界的向往、追求和极富个性色彩的阐释。】

江苏社科院文学研究所王韬的《刘鹗与〈老残游记〉：个体启蒙的一个例证》（2013）①认为，【刘鹗所奉行的"核实"思维方式，正近似启蒙哲学的事实逻辑；……刘鹗对清官的"谴责"旨趣是出于启蒙时代的资产阶级参政要求，但他的自由主义政治理想违背了"核实"思维方式。】②作者分析指出：【对于伏尔泰、达朗贝尔、康德等人来说，一切政治革命、改良只不过是进步之末流，甚至是步入歧途，只有思维方式的根本变化才是最重要、最根本的进步。刘鹗曾表明："吾之宗旨，惟核实二字而已。"此言正近似启蒙哲学之

---

① 王韬：《刘鹗与〈老残游记〉：个体启蒙的一个例证》，《明清小说研究》2013 年第 1 期。
② 刘鹗对"核实"的强调出自他的政论文章《风潮论》。

"实证"与"推理"精神。……（阿英）敏锐地觉察到刘鹗思维方式的独特，但却止步于针对胡适的观点……。而作为一种思维方式，则必然是统摄小说全局的。】【刘鹗还曾与算学大家贾步纬赌胜，演算黄河下游堤工所需数据。铁云立竿为据，步纬则以对河宝塔为据，结果刘胜贾败，事实逻辑胜过了经院逻辑。这个活生生的例子正表现了以实证精神与推理精神相结合的启蒙思想，是如何去对抗经院派的教条癖。①】【康德有言："从迷信解放出来唤做启蒙。"逸云的"变"让我们看到个体启蒙的一个实际应用过程：从迷恋肤表到激赏气质是一变；从倾慕务实的精神境界，到崇敬务虚的精神境界又是一变；最后一变则是不再于思想上依靠他人。逸云所爱之对象越来越超凡入圣，这一过程也折射出她自己的悟性越来越高，思想越来越自由，最终接近于康德用以作为启蒙准则的那条致思格律："自己思想"。】作者更进一步敏锐指出【清官才是传统政治体制真正的捍卫者，尤其是那些兼具酷吏特点的清官。他们同样是阻碍新兴资产阶级参政的强敌，因为清官不要商人的钱，酷吏更有可能要商人的命。刘鹗把清官等同于酷吏，这不过是政客们所惯用的利用道德义愤的思维诡计。"守一府，则一府伤；抚一省，则一省残；宰天下，则天下死！"这句话又岂只是否定玉贤之流，铁云所欲否定的是整个传统政治体制。……对于自由主义者来说，无论是传统特权还是革命专政都是不正当的，因为它们都不以个人权利作为正义的首要原则。】

四川外国语学院的蒋浩伟所作硕士论文《论〈老残游记〉的传统与现代性》（2018）②，应是一篇在深度广度上有着独立思考的新生代评论。论文指出：对《老残游记》的评论【进入当代之后，有三个方面值得关注，即《老残游记》中抒情性、叙事形式和现代性的论述。……关于《老残游记》与现代性的论述，主要体现在王德威和陈平原所开启的两种不同的研究视角。究竟如何为《老残游记》，甚至晚清小说作出历史定位，这是本文关注的焦点。……本文认为《老残游记》虽然还保留着许多古典文学的传统因素和规则，但在西方世界的冲击下，已经开始产生了一些与传统文学不同的微弱特

---

① 相关事迹原载《铁云先生年谱长编》，第27页。还可参见本书第四编、第一篇所附《黄河全图》的相关按语脚注。
② 蒋浩伟：《论〈老残游记〉的传统与现代性》，指导教授：张旭春，专业：比较文学与世界文学，提交时间：2018年4月。

征。这些特征分别是，国家想象上的从"天下"走向"民族国家"、抒情情态上的从"兴"、"怨"到"疏离"，以及在创作原则上的从"谶纬"或"科学"的现实价值导向走向了"随意笔墨"的审美自娱。这些特征既有对"西方"冲击的回应，又来自于其自身所属的文学传统的缓慢变革，但总体来说，还是源自于中国文学传统自身的适应力和创造力。因而，《老残游记》的个案从侧面也说明了中国文学现代性的发生有其自身的传统动力，只是这种动力太过微弱，需要经过外界刺激，才能创造性转化。正是如此，中国文学的传统也得以更新和延续。】

该论文经过论证认为：【《老残游记》有着浓厚的传统因素，但也有许多背离传统，有所革新的地方。这些因素基于的原因、过程和结果都各有不同，但丝毫并不影响《老残游记》的丰富和独特。从文学史本身的发展来看，《老残游记》与"五四"新文学有所联系，但却不是事实和接受上的联系，而其革新的地方也被"五四"有所遮蔽。因而《老残游记》不是一部过渡之作，而有自己独特自足的价值，这些价值有些并没有沿着"五四"继续发展，而是成为历史断裂的痕迹。这些断裂的痕迹并不因为一时的阻挡所消失，而是如阴魂一般，在此后的历史中辗转反侧，对线性的历史观和现代性提出质疑。……刘鹗无论在小说中，还是在现实都是一个近乎"百科全书"式的人物，对中学和西学都有很深的了解，并且不泥书，不泥古，有人格独立之精神。而根据他的身世经历，他实际的种种工作也不可能是一个"谶纬"色彩浓重的人可以兼顾的。……"完全"的现代之作却是任何时候和空间上都不可能的。只要文明的历史继续发展，所有"现代"都终将成为传统的一部分。而反之，只要观察的角度够微观和细腻，任何传统的作品也可能拥有"现代"的可能性。在《老残游记》的传统与现代之间，我们应该沿着这两个角度继续前行，往更远看到其与"现代"之间的相通，往更近看到其与"传统"的背离和接续。以此，我们或许可以打破横亘在中国历史面前一个多世纪的凝固着的"现代性"的沉重包袱，不过是一场历史哲学的症结。】【刘鹗借由"诗文"入"小说"的"自我表演"不仅超出了旧派人士的"谶纬"观念，也超越了"五四"文学所承载的"现代"视阈，既表现出对于文学传统的消解和重构，又表现出对"五四"文人的政治现代性追求的超越。】

　　论文中可圈可点的评论尚有：【在《老残游记》中，老残在中国国土上的游历不很完整，他只在前一编的二十回中在山东进行了短暂的游历，并时常从现实的游历中跳到传统说部的套路情节中去，而在二编中则几乎完全坠入了精神上的游历。……不过，虽然老残的游历未能展现的更为广阔，但依照刘鹗对老残开局的描写，他实际上已经游历了很多年了。而这种游历的动因，则是基于其对国家和民族的忧虑……因为中国一直在海上不断飘荡，没能在世界上安定它的位置。这种飘荡的疏离感表达了老残对民族在情感和记忆上的认同，召唤着更多的人为此"痛哭"——"棋局已残，吾人将老，欲不哭泣也得乎？吾知海内千芳，人间万艳，必有与吾同哭同悲者焉！"】作者在"人类大同"上将刘鹗与梁启超进行的对比，则更加出彩：【在经过漫长夜晚中玙姑对儒释道的惊人之论和众人的弹乐助兴之后，刘鹗把其对中国建立起民族国家与大同社会的想象在即将天明的时刻，推到了最高潮。……刘鹗对"大同"的表述很少涉及到与其他民族国家之间的具体关系。"齐趋并驾"也只是表明了刘鹗对中国建设民族国家和回复文明的厚望，并没有像梁启超那样期望"万邦来贺"。实际上，刘鹗的国家想象虽以西方现代民族国家为背景，但关注的对象还是集中于中国的古典文化本身。刘鹗更在乎个人心性的自然修养……。在这个层面上，强调"和而不同"的刘鹗可能并不狭隘，而更加富于平等和开放的精神。】

　　江苏大学的李金坤教授在《〈老残游记〉创新意识探略》[①] 中称刘鹗为"晚清士林之翘楚"，赞誉《游记》"以高度自觉的创新意识与难能可贵的创新精神，在首揭'清官'之恶的主题展示与叙事模式、心理摹写及状物拟人等艺术表现方面都给人以"陌生化"的全新审美感受，其成就与贡献都是空前的。就此展开全面而深入的研究，这对于继承优良传统、提升自身价值、促进社会发展，都将具有重要的启迪作用与现实意义。"该论文的具体分析尚有："首先是在叙事模式方面，由传统的说书人叙事转为由作家本身直接叙事，……从而使得作者对社会、政治、人生、理想等可以因事而异、灵活自如地抒发情感，作者的创作个性和主体意识便因此而可以淋漓尽致地充分体现出来，开启了我国抒情小说的先河。其次是心理分析手法的成功运用。……刘鹗

---

① 李金坤：《〈老残游记〉创新意识探略》，《古典文学研究》，2022 年第 1 期。

如此成功的心理描写，委实是中国古典小说描写技巧的新创造、新拓展，具有里程碑式的方法论学术史之重要意义。再次，杰出的状人拟物的描写艺术，体现了中国传统小说由叙事型向描写型转变的鲜明特征。""作者不屑矫揉造作、无病呻吟，不是'为文而造情'，而是'为情而造文'，一任真挚情感的抒发.所以，其笔下之风景与人物的描写总具有动人的艺术魅力。凡爱国主义诗人如屈原、杜甫、陆游、辛弃疾等人，无一不是如此。……正是由于刘鹗一腔真挚的爱国热情与锐意进取的小说改革精神，才因此而成就了《老残游记》这部独具风采、魅力四射的伟大小说。"

编著者最近看到的《老残游记》研究具新意之作，是河南大学郑学博士的论文《"光绪废立"与〈老残游记〉：重释刘鹗的救国理想与文体革新》①。该文认为："《老残游记》是中国近代最受关注的小说名著……。如此盛名之下，该书的创作动机、主题思想和篇章结构，却都存在若干未解的谜题：这是中国文学史上的一处奇景。……刘鹗通过《老残游记》，对'如何拯救中国'这个时代难题做了完整思考，提出了一套系统的方案。唯此一主题，只有在重新认识创作背景的基础上，方能充分揭示。"作者经过分析"福公司""太仓米案""经元善案""沈鹏案""沈荩案"与"刘鹗被捕发配"的原委和联系，推断【第十一回的"北拳南革"之论，向来最受诟病，也最难理解。这段文字中，全书主人公老残并未现身，论题的引出也十分突兀。实际上，刘鹗是在为庚子年间自己的政治立场表态。……所以刘鹗在小说中同时贬斥"北拳南革"，应视为他对庚子前事的自白，以及对清廷的示好。就作者而言，这段文字意旨明确，并且精准地预设了听众。然而对普通读者来说，由于不掌握前因后果，自然也无从体会作者心曲，只好误认作"信口雌黄"，"老新党头脑不甚清晰之见解"。……对"北拳南革"的批评，则一向被视为保守落后。总之，本书盛名之下，难掩知音寥寥。】作者主张：【小说第十一回是全书最核心的篇章，刘鹗在本回集中表述其政治思想。他借黄龙子之口预言中国未来，乃是对斯宾塞"用科学之律令，察民群之变端，以明既往、测方来"的模拟。……《老残游记》的奇特结构，制造了一种文备众体的"集大成"姿态，

---

① 郑学：《"光绪废立"与〈老残游记〉：重释刘鹗的救国理想与文体革新》，《文学评论》，2022年第4期。

暗合"通百家之变，成一家之言"的中国立言传统，从中不难觇见作者的野心。……包括鲁迅本人在内，论者普遍注意到《官场现形记》《二十年目睹之怪现状》与《老残游记》《孽海花》之间明显的差异：前者更符合"谴责小说"的典型定义，而后者则在结构复杂性上明显胜出，并在艺术水准上高出一筹。至于本文所论，则希望在此基础上继续推进，通过寻根导源，来重新定位《老残游记》这部名著：一起突如其来的政治事件，导致刘鹗陷入危机，不得不为己辩白。他选择时会所钟的小说文体表述政见，以集大成的姿态对"中国问题"做了系统论述，这才是《老残游记》的真正主题。】

余 论

编著者以为，以上所引所论百年来新老学者专家对《老残游记》作出的评论，在各个方面和很大程度上，支持了编著者在《定位新论》论文和本书导论中所作的如下结论和倡议：

不应再将《老残游记》归类于谴责小说、揭露小说、公案小说、政治小说等等，它更恰当的定位和归属，应该是继《红楼梦》之后又一部上乘的"文化小说"，而且是一部古往今来原生于中华民族，乃至全世界民族之林的，具有一流思想、哲学、文学、和艺术境界的"文化小说"。这部作品是继《红楼梦》之后，对中国传统文化做出多方面精彩提炼和呈示的高峰之作，不但具有高度的文化性、思想性、哲学性、文学性、艺术性，而且还是中国历史上鲜见的现实主义和浪漫主义、东方文明与西方文明高度结合的文化经典，对于中国和人类文明的走向、发展和升华，都具有相当的启示意义和研究价值。……纵观百年来中国文学界的研究状况，"红学"门庭若市，长盛不衰，难免有挤踏和异化之虞；而"残学"（即《老残游记》及刘鹗研究）蕴藏丰富却门庭冷落，值得、亟待全面研究，深度开掘。不妨仿照周汝昌先生在其《红楼梦与中国文化》一书中推崇《红楼梦》的句式，来向全世界推介《老残游记》：如果你想要了解中华民族文化精华的特点特色，最好的——既最有趣味又最为便捷的办法，就是去细读《老残游记》。

鉴于中国在大国崛起过程中增强文化自信和文化软实力、大力向世界传播中华文化精华的需要和必要,根据本文各节所述的多方面理由,参照前述中外学者们百年来的推崇,笔者在此谨向中国文化界和文学界倡议:将《老残游记》放到弘扬、复兴中国文化精粹的层面上,重新审视,重新定位,重新评价,深入研究开发。

2023 年 1—5 月于成都恒大绿洲蠡云台

第四编　刘鹗遗文遗墨及轶事选辑

刘鹗西装照（1902）

一、刘鹗遗文及轶事

《治河七说》《〈铁云藏龟〉自序》《刘铁云轶事》等 11 篇

二、刘鹗碑跋遗墨

《崔敬邕墓志铭》《颜文忠祭侄稿》跋等手迹辑存 23 篇（1899—1907）

一、刘鹗遗文及轶事

1.《治河七说》（节选，1889—1891）[①]

河患说

窃考山东河患所以日甚一日者，实由河身愈垫愈高耳。河高则水溢，上溢则下淤。由淤生溢，由溢生淤，其患环兴，未易已也。近十年来，秋则堵塞，夏则漫溢，无年不塞亦无年不溢。人与河争，官民交困于此。而复持贾让不与河争地之说者，是误以纵水为顺水，犹之人以任性为率性也。

盖治河祖禹。孟子云：禹抑洪水，未尝云禹纵洪水也。今年既割济阳以下数百余庄以与河矣，而河患更烈。推之明年又当复然。况今年业已南乱小清，北靡徒骇，灾区则愈推愈广，经费则愈筹愈艰。官私赈抚，南北义绅皆有难乎为继之势。不早图维，伊于胡底。说者曰：明年河堤必加高，河防必加谨，可以无患。嗟乎！以今年而归过于河防之疏，不亦冤哉。谨即今年伏汛水势而论：齐河上下水深四丈，济阳、齐东三丈五六，蒲台、利津以次递减。至铁门

---

① 录自刘德隆、刘瑀编著：《刘鹗年谱长编》，上海交通大学出版社 2019，第 213 页。"……"处有删减。《治河七说》是刘鹗在而立之年之后（32 岁），承传父亲治河经验积累的家学（刘成忠著有《河防刍议》），并综合多年杂学知识，更加上亲身调查和治河体验，厚积薄发，苦心孤诣，向多灾多难的乡亲和国家贡献的第一篇治河务实力作。《五说》全文分"河患说、河性说、治河说、估费说、善后说"五个部分，共约 6500 字，逻辑清晰，侃侃而论。其内容之广博、数据之扎实、见解之专业自信，绝非一般的书生之论可以同日而语。比起当年曾实任河南道台的父亲刘成忠所作《河防刍议》，应说是青出于蓝而胜于蓝。两年后的《治河续说》是《治河五说》之续，故罗振玉等有"治河七说"之称。续说全文 2800 余字，"续说一"详解"淤之患远，祸在后人；溢之患近，害则切已。所以人争尚贾说，而不悔也。此河所以数十百年而不一治也"的原委，指明"河员只讲习于三汛四防，而不能统筹全局。文士徒沉湎于宏搜远引，又不能切近事情"的弊端。"续说二"详述针对山东河患提出的四条措施建议、大办和小办两种选择及预期资金费用和回报，周密合理，难能可贵。

关上下仅一丈有奇，其为尾闾淤垫明矣。又查现在铁门关上下仅三尺有奇。试问明年上游堤顶可以使高，下游河身何以使深耶？不使之深何由宣泄？说者又曰：若徒以尾闾不畅为虑，今年韩家园分泄在先，何以上游仍多漫溢？不知韩家园特平地耳，浅水漫流，终未遂其就下之性。况尾闾虽通，胸腹犹滞，患岂遽能已耶？且也杞人之忧，犹不止于年年漫溢已也！昔者南河由云梯关出海，亦因日垫日高，改道山左。今山东河门淤垫，又若南河矣。一旦改道，非南即北。南河故道，高若丘陵，水不能逆行，必然北向。北向之道近则沧州、庆云，远则天津、静海。畿辅之间将无宁岁。黎庶流亡，固已伤心惨目。况遗君父之忧耶！

河性说

万物各有其性，圣人尽其性以治之；水亦有其性，圣人因其性而导之。后之人，时势与古异，能不践古人之迹，而不能外古人之法。后汉王景治河，历千余年无河患，其迹非禹之迹也，而其法实禹之法也。伏读《禹贡》导漾、导江、导沇、导淮、导渭、导洛皆以一"导"字贯之。惟河，则于导河、积石而后又复曰播，曰同。其故何哉？盖他水之性皆首弱而尾强，故势顺而易治。独河之性首尾弱而中强。中强故易溢，禹是以播为九河。尾弱故易淤，禹是以同为逆河。播为九河者所以消其涨，同为逆河者所以攻其淤。

尝考历代治河，首推王景。其于德棣之间，分为八河。播河意也。其合于千乘入海，同为逆河意也。其法最良，故其效亦最著。其次，则潘季驯、靳文襄、黎襄勤等。诸名公设闸坝以泄黄，仍播河意也。引清以逐淤，束水以攻沙，仍同为逆河意也。虽其效较之王景，久暂殊时，由于南北异地耳。

今年黄河复由千乘入海。何以未及三十年而水患频仍？推原其故，皆由铜瓦厢决口之后，未曾加之意耳。曩令早为之计，遵禹法而播之，同之，虽谓至今无恙可也。何也？顺河之性也！圣人顺河之性以立法，岂强河之性以从人哉！由播、同而旁求之，更有数则：

一河宜窄不宜宽也。窄乃力在下而攻底，宽乃力在上而攻堤。攻底则河日深，攻堤则河日溢。定理也！何以证之？试造甘蔗段圆木桶二具，一桶底内径二尺，高一尺，计受水三千立方寸……。

一河能湾不能直也。河湾则水有所消息而流匀，河直则水泄太急。水泄太急，则其来易涨，其去易淤。夫江水永也，未尝无诸山暴涨之水也。赖有鄱阳、洞庭二湖以消息之。故江水流匀，而民获其利。黄河不能有湖也，有湖淤亦满之。故借湾以消息其水，亦湖之理也。故曰能湾不能直。然亦不能使之直也。如去年所挑逢湾取直之引河，未有不淤满者是其证也。

一停淤不在水中所含之沙多，而在洄溜也。幼时皆闻斗水六沙之说。潘季驯至谓：伏秋斗水八沙，盖未核其实耳。试取伏讯水一盏，以矾澄之，从无有三成沙者，况六沙、八沙乎！然先知水中无含六沙、八沙之理，而后知斗水可以有斗沙之理，且有不止斗沙者矣。盖洄溜行一转，留淤一层。一层之淤其实不过水中所含沙百分之一。但一日之间洄溜不止百转，则所留者为甚多矣！譬如税局抽捐，千金货船所抽者不过一金。然一月之间过者不止千船，则一月税金较一船之货不啻倍蓰。推此可知洄溜积淤之理矣！

治河说

国朝治河，以靳文襄公为第一人。文襄治河，以大兴经埋为第一事。其词曰：凡大功之兴，先审其全势。全势既审，必以全力为之。未有畏其大且难，而曰：吾姑以纾目前之急已也。当其时正值军兴旁午，筹饷维艰，疏凡八上，请帑至数百万计，而卒以成其大功，名垂不朽。兹者时则□①盛世也，河则巨患也。当此之时而不求一劳永逸之计，不綦可惜哉！

窃考黄河全势，巩、洛以上从来无患。巩、洛以下至于濮、范，患虽巨而不恒有。长清，齐河而下灾患连年，民多失所，正所当全力为之者也。历稽古训，广核舆情，谨拟治法三条用备□采择。

一宜修缕堤，以攻积淤也。

夫水不束则流不紧，流不紧则淤不去。窃查齐河上下，两岸缕堤相去多不过百数十丈。自鹊山以下，渐放至二三百丈矣，五六百丈矣！昔者黄河与淮水合流，尝见安徽省镇阳关前，淮水之大与今河水相埒。现在黄河与大清河合流仅与淮溙一水相仿。推此可知，今日东省之河，比之当日南河之河，不过一半耳。而当日南河缕堤相距仅三百丈，而河大治。今东省之河既小于南河，则堤亦当窄于南河，而河方可治。乃反阔至五六百丈之多，能无淤乎？查济阳以下，宽河之处大概溜水，只有二支，或只有一支，不过居全河十分之一而已。其余皆洄溜也。洄溜之病与止水相同，无风则停淤生患，有风则激浪攻堤。况

---

① 原文缺字，用"□"替换。下同。

河窄只有坐湾之处方有顶冲，尚可随时防护。河宽则风激浪湧，在在均成风冲，防不胜防。何如将缕堤一律修复故势，不惟收束水攻沙之效，且先免风冲之患矣！

一宜播支河以消盛涨也。

夫治河原有两难：缕堤不紧，无以收束水攻沙之效；缕堤既紧，又无以消盛涨之波。尝见遥堤以内，夹河之间，万民沦没，惨不可言。在上曾设法以迁民，在下则至死而不去。若弃患遥堤而守民埝不可，弃万民而守遥堤尤不可。反覆筹画，只有师禹播九河，王景八河之意。多播支河以泄涨水。有格堤之功而无格堤之害。复法禹厮二渠之意，略为变通。分为南北二渠，以收支水。均就遥堤为外堤，再加筑以内堤，每两堤相去以六十丈为率。北岸起长清，齐河界至利津上遥堤尽处止。南岸起济阳，章邱界至利津下遥堤尽处止。仍令合而为一，以法禹同为逆河之意。再于各支河口建立石闸，汛至则启闸泄水，汛退则闭闸攻沙，亦王景十里立一水门，更相洄注之意也。曾以此意遍访民间，无不欢跃……。

《周髀算经》云：故禹之所以治天下者，此数之所由生也。汉赵君卿注云：禹治洪水，乃勾股之所由生也。夫治河不求上理而徒以模棱之说，以谋旦夕苟安。正靳文襄所谓姑以纾目前之急已也。若夫支河分入徒骇，未尝测量高下，是否有害，未敢妄断。惟水出不归，揆之大禹同为逆河之义，究有不合。今于遥堤缕堤之间，已尝大致测量，实无甚高甚低等弊。无甚高则不致淤塞，无甚低则不致夺溜。既不淤塞，又不夺溜，而建闸犹有他患乎？……抑知九河不曰厮而曰播。播字从番。《说文》：兽足谓之番。番从采，采别也、八也，象分别相背之形。晋郭璞去古未远，其训《尔雅》九河。于马颊、钩盘，皆主象形。其非条条皆直，可想见矣！

一宜改河门以就便捷也。

窃查河门旧道，从韩家园起，经铁门关过牡蛎嘴以下入海，计九十五里零。河道则迂曲难行，河门则垫塞不畅。尾闾不通，胸腹易滞，为害于口门者尚小，为害于全河者甚大矣！传闻施道补华曾有改河从洼拉入海之议，其法甚善。惟查洼拉口门系属向北。每值北风司令，风与水争，恐易淤塞。即如今年二月初八日朔风大作，北面旧河口为风吹塞，现在太平湾之船皆绕道由南河门出入，是其证也。今年韩家园漫溢，业已冲成河槽数道。直东一道最近，约不过四十余里即达大海。计其程，五里达杨家河滩。过此约三十里，两旁荻草，四无人烟，水皆深六七尺。近海有青垞子、小沙岭，亦为水冲开河槽，已深三四五尺。海中渔舟避风泊此。过此则达海矣。谨按此道，既较旧河门，近至五十余里之多，又比洼拉，更无犯风之弊。洵为天造地设之新河门也……。伏读靳文襄治河工程第十二条，南河曾有水中筑堤成案。每方土费银二钱六分。较之东省干地筑堤成案，每方土价一钱五分八厘七毫三丝零。所多者不过一钱零一厘二毫七丝耳。韩家园入海，四十余里有水者，不及一半也。筑堤不过作三十五里已也。即使三十五里全在水中两岸七十里所多费者不过五六万金已尔！夫统筹全局，大兴经理，必不省此五六万金。况犹不及一半耶！或又曰：……

估费说

古谚云：曲突徙薪无恩泽，焦头烂额为上客。此讥世俗之无见者云尔。若上智必不然也。如郑工一决，糜帑千万，焦头烂额矣。考其所以有郑工之变，实由山东淤垫故耳。即山东近十年来除岁修不计外，仅以堵塞，挑挖等费，算之恐亦不赀。今欲使之一劳永逸，虽费二三百万，仍不失曲突徙薪之意。亡羊补牢未为晚也。其治法已详前说。兹略估其费从宽计算，约不过三百万而已。谨逐一陈之。

窃查东省遥堤成案，每方土津贴银一钱五分八厘七毫三丝零。照高一丈，顶宽二丈，底宽八丈起算。每丈用土五十方，每里九千方。合银一千四百二十八两五钱七分八毫三丝零……以上七项共计银二百七十二万一千九百四十二两七钱二分零二毫。委员、绅董薪水伙食作十万两，仍余十七万八千零五十七两二钱七分九厘八毫，以作琐屑杂项当可足用。

善后说

或曰：缕堤修矣，石闸建矣，支河播矣。逆河同矣，海口改矣，遂能保其永无患乎？曰：不能。昔者潘季驯始创遥堤、缕堤。每年必有大汛一二次，溢出缕堤漫滩直逼遥堤，三四日即退。三年之后河槽刷深至五丈以外，不复漫过缕堤矣。

盖王道无近功，虽不能遽然无患，第漫溢亦不能成灾耳。此善后之说所不容已也。或曰：善后之事，何者为最急？曰：莫急于平河底也。河底常有两头皆深，中间独浅者。名曰：中梗，为害最巨。大汛一至，无不旁溃。宜仿嵇文敏公对坝之制。其法极妙，世称白堤嵇坝，颂其功也。包世臣云：黄河之淤，非人力所及。法惟相度水势，做对头束水斜坝，以逼其溜，使冲激底淤。淤随浪起，而淤更重。淤重则积淤尽去，而中梗平矣！此善后之首务也。或曰：善后之次何者为最先？曰：莫先于救顶冲也……道光元年，曾上疏极言其利。光绪五年，钦差夏同善奏保护利津城。请仿照康熙年间，令回空粮船装载石块运赴河工之法。令回空临船载石块以填之。至今利津县块东南角不续塌者，碎石坝之功也。此后，可在逐年岁修项下拨款，令回空盐船载石于各湾顶冲之处抛置。十年之后，所有秸料埽坝将鲜若晨星矣！此善后所必需也。或曰：经河决口奈何？曰：有救之之法。在所拟十闸北岸姑命之曰：甲、乙、丙、丁、戊、己；……或曰：凡事预则立，亦有须早为置备之物乎。曰：有。即如水车一物，黄水用处极多。宜采江南脚车样式，令本地匠人造之。须造一千余副以备上下游不时之需。又如《史记·河渠书》"禹抑鸿水，泥行蹈橇"。橇之制虽不可详，即就一蹈字。可想见其法。宜置备多副，以救溺人。尝见夹河之间，水退淤存，陷深丈许，即不能泅，又不能践。仅隔数十余丈即坐见饿死，而不能救。当决口之旁，此事尤多。每当宜存储数副，且使勇夫数人常常习蹈，以备不虞。又如初起一二年间，每段宜多积土坯，倘遇经河决口，待内外水平，即可抛坯堵塞。较之积料捆占。工即速而费更省。惟止水口门最宜用之。又如石闸，闸板中国制法甚笨，宜采用西法，以机器起落方得灵活。此则善后之余事也。

治河续说　一（1891）

昔者韩昌黎云：读孟子书，然后知孔子之道易行，王易王，霸易霸也。今读《禹贡》、《周官》之书，然后知王景，潘靳之所为。圣人之言易行，河易平，水易治也。然而今河之不治何哉？河员只讲习于三汛四防，而不能统筹全局。文士徒沉湎于宏搜远引，又不能切近事情。互诋交非，其实皆误。

窃考古今言治河者约分两派：一主贾让不与河争地之说，其蔽也易淤；一主潘季驯束水功沙之说，其蔽也易溢。然淤之患远，祸在后人；溢之患近，害则切已。所以人争尚贾说，而不悔也。此河所以数十百年而不一治也。不知主潘之说，有善用者，即可不溢；主贾之说，虽神禹复生，不能不淤。试观贾让上书，在哀帝初年。王景治河，在光武初年。其间相去不过三十载。而王景以能治河名者，绝不采用其说。则贾说之不适用，亦可证已。然主潘氏之说，而使无漫溢何以致之？尝读《周官·考工记》云："善沟者水漱之，善防者水淫之。"注云："滠，读为钦。谓水淤泥土留着，助之为厚"。《唐书·薛大鼎传》云：沧州无棣渠久厩塞，大鼎浚治。"注：厩，淤也。按"水漱之"，即潘氏之束水攻沙；水滠之，即靳文襄之放淤也。放淤之法，其妙无比。后人只间一用之，惟王景用诸全河。《王景传》云：十里立一水门，令更相洄注，无复有溃漏之患。水门者，闸坝也。立水门则浊水入，清水出。水入则作钺以护堤。水出则留淤以厚埝……。故《禹贡》导漾、导江、导沇、导淮、导渭、导洛皆以一"导"字贯之。水势夏洪而冬涸，大抵皆然。他水但宽其河面，足容盛涨可矣。冬之涸不顾也。黄河之性斗水六沙，水涨则溢，水落则淤。河宽则淤，河窄则溢。甫不溢已淤，甫不淤已溢。是以《禹贡》于导河积石之后，复曰"播为九河，同为逆河"。涨溢为害，播以制之；落淤为害，同以制之。播、同，亦圣人之大经，百世不能易者也。倘合二圣人之精义以治今之河，河有不治者哉？

治河续说　二（1891）

然则当今之世，欲合禹、周二圣人之精义以治此河，计将安出？曰：其要有四，请陈其异。

一宜修民埝以束水攻沙也。今之民埝，即古之缕堤，所以束水者也。溯自咸丰五年，黄河初至山东，大清河身仅三十余丈而已。而历十余年，无漫溢之患者，河狭束水故也。至同治初年，人始争言展宽河面矣。于是十年遂有候家林之工，十二年遂有贾庄之工……十四年乃尽废济阳以下南岸民埝而退守大堤，河面遂展宽至一千余丈，可谓极矣！窃考潘印川之时，河面不过宽三百丈（见《经世文编》）……。今河面或数倍或十倍于古人，而人犹有以展宽河面为言者，不亦过乎？是以十五年遂一漫于韩家垣，再漫于大寨，三漫于纸坊，四漫于张村。十六年请款至二百八十万加高培厚。水之高者仍与堤顶平，终不免高家套之溢。则河宽之害，不亦昭昭可见乎？今年虽幸安澜，实由山陕久旸，来源不旺，未足恃也。设明年异常汛至，何以御之？故为今之计，不如早为之备，而修民埝以攻沙，乃其一也。先就南岸之民埝，残者修之，断者补之。不必过于高厚，但取大汛水，至不致外溢，则河自日深，再辅以斜堤，助以滚坝，虽有盛涨亦不足为虑。此即《周礼》"水漱之"之法也。

一宜筑斜堤以澄淤填堤也。斜堤之制，略仿格堤，而其势斜，其功巨。斜堤之用大端有二：其水自上游来者，斜堤以旁面受水，撇溜归河。其自下游来者，斜堤以逼水成涧，挂淤厚垲……。然二百余村庄年年浸于水中，而年年赈济者，今已麦秋二季，一律丰收矣。约涧复膏腴之地，可二千余顷。河身自利津以下，至海口数十里间，年年淤垫者，今则反加刷深矣。海口去年不能进之船，今年能进矣。利津县城著名极险之区，年年抢护旧用大埽四十余段者，今多淤成滩地矣。一隅用之，其效如此，推之全河，其利可胜言哉！

一宜建滚坝以播河泄涨也。黄河闸坝，人人多怯言之。其实皆因噎废食也。苟得地势，土泥可固；苟失地势，金石不坚。王景治河千年无患，实得力于善用闸坝。其本传云：十里立一水门，非闸坝而何？……此所谓以水敌水者也。及至夹河水满，正河水消，汛后泥浑，最易淤垫。而其时夹河屯水，业已澄清。正河水低，清水就下。雨清来归，刷淤甚速。此所谓以水攻水者也。王景之妙用如斯，禹周之精义，亦如斯也。或曰：夹河之间，村庄甚多，水由滚坝分入，村庄不受水乎？曰：正所以救村庄也。现在济阳以下，南岸民垲，尽被水冲。所有村庄，皆当大溜，终年浸于水中。今既修民垲，初一二年，每年不过略有十余日之水。三年之后，夹河淤高，水即不能上岸矣。

一宜补大堤以同河启塞也。北岸大堤，自李家岸后，遂废置不修。历城以下，各县均有残缺之处，为官守民垲也。然而北岸一经漫溢，水势横流，无所归宿。小则泛滥数县，大则波及邻省。所以今春前，有武定府德禀：请修沙河北垲。后有直隶爵阁督李，咨商修沙河北垲。均欲拦水北泛。今若将大堤一律修补，则重城之御以澹民灾亦一道也……。

以上四事，缕堤也、遥堤也、滚坝也、斜堤也。四者皆相需为用者也。而其办法，亦可大可小。大办之法，每年筹款二三十万，三年之后埽坝可省十之六七，勇夫可省十之五六，赈济可以全免。闻现在每年岁修四十万，备科二十万，恒若不足。倘如此办法，三年之后，薪水勇粮等项不过二十余万。购料买土等项不过十余万足矣。每年所省不下二三十万。而放赈堵口所省之数，不在此内统计。三年之用，不足百万。而十年之间，约省二三百万。放赈堵口，又省一二百万。共省五六百万。不可谓非至计也。其小办之法，就已有之斜堤略为加培，迤上择地，再添一道。而于民垲下口建一滚坝，所费不过二三万金而已。一目之罗，已可观效。试之，果验再为推广。谨绘图注说，以明其意。

附：斜堤大意图（略）

（录自《治河五说》原文）

【编著者按】刘德隆整理的《刘鹗集》（吉林文史出版社 2007 年版，第 49 页）中《治河五说》"说明"摘录如下：《治河五说》是现知刘鹗的第二部著作，也是刘鹗第一种河工著作。《治河五说》现在能见到的有两种版本：第一种：封面《治河五说》。全书由河患说、河性说、治河说、估费说、善后说，五个部分组成。第二种：封面《治河五说》。全书由河患说、河性说、治河说、估费说、善后说、治河续说一、治河续说二，七个部分组成。两书版式完全一样，显然"后二说"是对"前五说"的补充。因此《治河五说》是初版，另有一种《治河五说》是增订后的再版。根据刘鹗《河工禀稿》等可知，《治河五说》中的"五说"完成于光绪十五年九月初三日（1989 年 9 月 23 日）之前，将书稿送呈山东巡抚张曜和河图局总办易顺鼎。"治河续说一"、"治河续说二"完成在光绪十七年七月二十一日（1891 年 8 月 25 日）之后。书成后，增订为第二种《治河五说》送呈山东巡抚福润。日本大阪经济大学樽本照雄教授提供的日本东方文化研究所存第二种《治河五说》复印件，首页天头有刘鹗手书"前五说己丑上张朗帅，后二说辛卯上福少帅"13 个字。《刘鹗集》根据《治河五说》第二种版本标点。

《刘鹗年谱长编》（上海交通大学出版社 2019 年版，第 256 页）有如下相关"编著者按"：上述刘鹗《治河七说》一书，应为《治河五说》之误，罗振玉所藏《治河五说》尚存世。2007 年上海嘉泰拍卖有限公司春季大型艺术品拍卖会于 6 月 30 日—7 月 1 日举行，最引人注目的是罗振玉大云藏书楼"大云烬余"珍藏古籍善本专场。笔者所知其中就有《治河五说》一本，首页钤"大云烬余"印。"大云烬余"为罗振玉嫡孙、著名史学家罗继祖先生请好友孙晓野教授刻的一方藏书印。《治河五说》是刘鹗的第一部河工著作，但是分两个时间段完成，故刘鹗最先完成的是与"三省黄河全图"相关的资料，其全文收入《刘鹗集》，主编刘德隆专门对该图、说的出版、署名、实际作者、具体内容等有全面和详尽的说明，包括比较权威的、山东巡抚福润在 1892 年就该图作者向朝廷递呈的奏片，称刘鹗在"前河臣吴大澂、前河南抚臣倪文蔚于郑工合龙后，测量直、东、豫三省黄河，绘画全图，进呈御览，即委该员办理。"

附：《御览 山东·直隶·河南三省黄河全图》图影

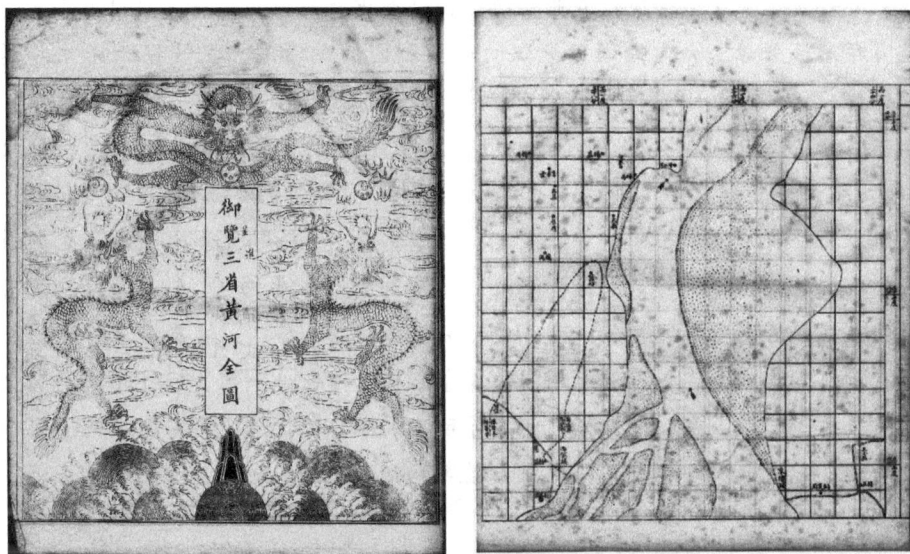

《御览 山东·直隶·河南三省黄河全图》图影

【编著者按】 此为《御览三省黄河全图》的封面和内图。此书共计 5 册 160 篇，是中国第一次用近代技术实测的黄河图，比例为 1：36000，以当时工部尺寸计算，每里 180 丈，每一方格为 1 里。并注经纬线，经线以北京为本初子午线。[1]（清）易顺鼎[2]、刘鹗等纂修，（清）顾潮等测绘，清光绪十六年

---

[1] "开封市图书馆第九届黄河治理主题珍贵古籍展——《山东直隶河南三省黄河图》"，2022 年 10 月 5 日发布于开封市文广旅局公众号。具体介绍引自"秋水时至 百川灌河——第九届黄河治理主题珍贵古籍展"的"展品赏析"，文中的相关介绍尚有："此图清晰的展示出九曲黄河在开封最后一道弯的情况。图示右下角为兰考东坝头，位于今开封市兰考县城西北 7 公里东坝头村西。黄河由西而来，在这里拐了个将近 90 度的弯，东坝头被称为九曲黄河的最后一弯，是黄河下游较大的险工之一。……这也是中国第一次用新法开展黄河测绘工作。刘鹗此行亲自带队进行沿黄实地的考察勘测，结合翻阅沿黄各州县县志以及河工资料，于次年（1890）完成了三省黄河的全部测绘工作，形成《三省黄河全图》。在治河堵口和测绘工作的实践基础之上，刘鹗另撰有《治河五说》《历代黄河变迁图考》等书，这些著作共同奠定了他在治黄史上的重要地位。"

[2] 易顺鼎（1858—1920），清末官员、诗人，"寒庐七子"之一，龙阳（今湖南汉寿）人。1875 年举人，约 1888 年以同知候补河南，捐道员，总厘税、赈抚、水利三局，后官至多地道台。易氏以工诗著称，著有《琴志楼编年诗集》等。但他并不擅长治河测绘，故《铁云先生年谱长编》有"易于此道根本是门外汉，实际工作均由提调官一人担任。铁云先生当时不但事无巨细，躬亲处理，而且有若干图均系亲手所测绘"（第 25 页）之语。

(1890) 上海鸿文书局石印本。来源：开封市文广旅局。

刘鹗是否真正懂得现代专业测绘？辅证至少有两项。其一，刘鹗早年就用过百年后编著者上大学期间才见识的专业制图的鸭嘴笔。据《铁云先生年谱长编》（齐鲁书社 1982 年版，第 11 页），刘鹗曾"究心勾股、开方等数学问题，注意西洋绘图工具。曾一度出门，岁暮方归。据我伯祖味青先生的日记《阅历琐记》光绪五年辛卯十一月二十二日记："筼弟向晚抵家，携有长江图，洋人用新法所绘，用石印法印出。"二十三日条："早起，云拈至房，见其所购洋人诸笔：铅笔一枝，铁镊笔一枝。铁镊笔专为画线之用。其端甚薄，上有螺丝。螺丝进则所画线甚细，退则粗，法至巧也。"其二，据罗振玉讲述，刘鹗在黄河勘测中，曾与年长十几岁的算学家贾步纬在一个测量标杆算法问题上发生争执，惊动山东巡抚张曜过问，导致二人以职位打赌，而实测结果使得贾氏认输，羞愧走人（详情见《铁云先生年谱长编》第 27 页）。

2.《刘铁云呈晋抚禀》（节选，1898）[①]

敬禀者：

窃某于前月接商务局函，称拟向福公司筹借洋债一千万两，章程必须拟妥，利息须必最轻等情。嘱拟大略章程恭呈宪鉴。当将此意与西人罗沙弟[第]商之，据云无所不可。

谨案：洋债计有两种方法，并山西现在情形，敢据实直陈，如有可采之处，某当驰赴太原面求训诲。

一曰"国家借款法"。官借官还，以海关作抵。先定合同，奏准之后洋商即将款项交官，任凭若何派员开办，一切盈亏洋商概不过问。本利到期自向海关支付，此与国债无异，所谓"全权借款"。然现在海关余款甚少，国家尚需留作不时之须，恐未必能资山西路矿之用也。

二曰"官商借款法"。不用海关作抵，亦不用国家作保，但银钱出入，洋商主之。如何办法，可行可不行仍决之于官，洋商不能擅主也。若官饬以必不

---

① 录自刘德隆、刘瑀编著：《刘鹗年谱长编》，上海交通大学出版社 2019 年版，第 323 页。此文曾公开发表于 1903 年 11 月 25 日（光绪癸卯十月初七日）《中外日报》。

能遵之事，亦只得陈明款曲往返互商，不敢显抗官府。所办之事定以限期，至期则全产报效国家，盈余酌提充公，亏折与官无涉，此所谓半权办法也。而半权办法之中又有官借商借之别：官借则由商务局出名与立合同，商借则由商家出名与立合同。其半权情节，虽似无殊，实则出入甚大。何也？……

若华商业之所在，即身家之所在，慎其始更图其终，朝夕审计，其利害奥窍知之较详，故其操纵之术，必胜官家十倍。或虑华商与洋商有通同作弊之患，此说近是而实未深思者也。夫作弊者果何为乎？必为利矣。利之与权，不能暂离者也。有权即有利。路也，矿也，利之所生也，利在路矿，不在官家。华商欲攘路矿之利，必争路矿之权。争权利于路矿之中，则不得不与洋商相持相挤矣。人或不忠于国家，断无不厚于己身者。与洋商通同作弊则自失其利权，虽愚者必不出此，可以不必多虑者也。此借两种洋债办法之实在情形也。

至于路之与矿，虽属并称，其情形又迥有不同者。

铁路之事大纲只有二端：一曰修造之难易，二曰人货之多寡。修造易则资本轻，人货多则获利厚，故盈亏之数可预决也，不必洋人之精于核算，即华人亦可得其梗概焉。果为易修之路，而人货亦丰，则可用官借官还，官认盈亏之法办理。将来若无意外之损伤，不过三数十年，资本还清，其路即可收回，此上策也。如现在芦汉办法是也。

若矿则大不然矣，其盈亏之数断难预决。近十余年来，由李中堂批准办矿者不下二三十处，除漠河、开平外无一处得法。即开平之矿，倘非李中堂屡次济以官款，亦倾仆久矣，可见办矿之难。某曾访之西人云，欧洲矿股资本全覆者亦不一而足，虽头等矿师亦不能如操左券也。故办矿一事，总以半权借款，商借商还者为无流弊。此路矿办法不同之实在情形也。

或曰章程所载，不过除去开销，以四分之一报效国家，其四分之三固皆为洋人所得也。取我山西之利而洋人所得转三倍于国家，至于地方百姓则毫无利益，夫何乐而为此哉？此说亦近理，故不可不早为辨明也。

夫利之所属，当审其在人在地。若在人是朘削我之脂膏，以畀外人，断不可为者也。若在地，则大有辩矣。在地而为吾人之力之所及者，亦不可为。盖既为吾人力之所及，今虽不为后犹可为，仍不必畀请外人也；若为吾力之所不可及，又为将来必被他人之所攘者，则不如早自为之之为愈也。况我早自为之，固阳为利益归人，而实则利益归我者恒数倍于人，更何所顾忌而不为哉？

请以其资本用项考之，可以明矣。

今所借资本一千万两，大概用凡三项：一曰造铁路，二曰建矿厂，三曰资转运。造铁路姑以五百万计，取之外洋者，仅铁轨、车头一事而已，所费不过十分之一。其余大宗买地、土工、石工，实占十分之九，是有四百九十万散在中国也。建矿厂姑以二百万计，机器等件不过百万，其余买地、土木、人工，约百余万，是销于中国者又三分之二也。资转运作为三百万则全在中国，何也？姑以开平比之。开平每日工人约三万余名，泽、潞两府断不止两开平也。即以每日六万人，每人一日开银一钱五分计之，每日计销九千两，其余工人以上一切司事等人作一千两，每日实耗银一万两。一年三百六十万皆耗于中国也。工人所得之资不能无用也，又将耗于衣食。食则仰给于庖人，衣则仰给予缝工。庖人不能自艺蔬谷也，又转仰给于农圃；缝工不能自织布帛也，又转仰给于织人。如是辗转相资，山西由此分利者不下十余万人矣。

我国今日之患，在民失其养。一事而得养者十余万人，善政有又过于此者乎？况有矿必有运矿之路，年丰谷可以出，岁饥谷可以入，隐相酌剂，利益于农民者，更不知凡几。我国出口货值，每不敌进口货之多，病在运路不通。运路既通，土产之销场可旺，工艺之进步可速。倘能风气大开，民富国强屈指可计也。而开矿实为之基矣。

更有一事不忍言而不能不言者。古人云慢藏诲盗。今我山西煤铁之富甲于天下，西人啧啧称之久矣。必欲闭关自守，将来无知愚民烧一两处教堂，杀三五名教士，衅端一开，全省矿路随和约去矣。其中犹有绝大之关键存焉，则主权是也。兵力所得者，主权在彼；商力所得者，主权在我，万国之公例也。然有一国商力所到之处，则别国兵力即不能到。今日亟亟欲引商权入内者，正恐他日有不幸而为兵权所迫之事。必早杜其西渐之萌，为忠君爱国者当今之急务矣。

知蒙宪台奏准，无识者或群起而谤之。窃虑数年之内，设有因兵权而得之路矿，两者相形，稍有人心得，心转谤为颂矣……

昨日伏读宪台奏稿，大义凛然，文正不能专美于前。韩昌黎云："至于举世非之，力行而不惑者，则千百年乃一人而已耳。"舍宪台吾谁与归！狂瞽之言，伏乞裁察。

（录自《刘鹗集》第 657 页）

【编著者按】刘鹗于 1897 年 4 月 3 日前，撰写《上晋抚禀》向山西巡抚胡聘之建议、敦促开发山西煤矿。刘鹗在文中详解了借外资开矿的意义和其必要性、合理性，相关理念在当时极具超前性，刘鹗此篇文献近 3000 字，有理有据，有测有算，特别强调投资基础资源的开发，利益将通过工程和参与者向产业链的下游层层传递，高效促进民富国强，是一篇不可多得的、集古今中西智识于一身的近代中国"富国论"。刘鹗在文中明智指出："我国今日之患，在民失其养。一事而得养者十余万人，善政有又过于此者乎？况有矿必有运矿之路，年丰谷可以出，岁饥谷可以入，隐相酌剂，利益于农民者，更不知凡几。我国出口货值，每不敌进口货之多，病在运路不通。运路既通，土产之销场可旺，工艺之进步可速。倘能风气大开，民富国强屈指可计也。而开矿实为之基矣……"并提出了当年的中国在列强（尤其是俄、日）觊觎威逼之下，不得已的现实应对之策："兵力所得者，主权在彼；商力所得者，主权在我，万国之公例也。然有一国商力所到之处，则别国兵力即不能到……。"1897 年 10 月 25 日刘鹗代表"晋丰公司"与"北京福公司"签定《晋丰公司与福公司办矿合同》《晋丰公司与福公司借款合同》，11 月 25 日得到山西巡抚胡聘之批准。随后引起国内各方强烈抗议，晋省各界更是激烈反对。刘鹗遂被视为"汉奸"，刚毅谓之"售国"、迭电政府请明正典刑。转年 2 月底上谕明确"该京官原呈所指方孝杰、刘鹗二员，声名甚劣，均着撤退，毋令与闻该省商务"。但河南巡抚刘树堂对另一"豫丰公司"（刘鹗主导、吴式钊和程恩培出面主办）与福公司签订的相似合同充分肯定，并于 3 月初上折请旨。6 月 20 日光绪皇帝批准了由总理衙门会同户部上奏的《豫丰公司与福公司议定的河南开矿制铁以及转运各色矿产章程》二十条。据此，河南焦作一带的路矿遂在二十世纪初成功借助外资得到了历史性的大开发。

根据武汉大学教授薛毅所著《英国福公司在焦作》[①]《焦作日报》系列报道"《厚重怀川·寻根》"（记者王玮萱，2015.5）及中国煤炭博物馆网站等资料：1896 年，意大利工程师、冒险家安吉罗．罗沙第（Angelo Luzzatti，1858—?）在中国调查矿产资源后，回到欧洲游说、筹资，于 1897 年 3 月 17 日在英国注册创设了福公司（Pekin Syndicate Limited）。地址初设在伦敦堪农

---

① 薛毅：《英国福公司在焦作》，武汉大学出版社 1992 年版。

街 110 号，注册资本两万英镑，大股东背景深厚，包括意大利前首相罗迭尼（Rudinì）、英皇快婿劳尔纳侯爵及伦敦若斯求德洋行（Rothschild，即《货币战争》一书主角"罗斯柴尔德"家族，欧洲近代银行金融及国际贸易先驱巨擘）等。1897 年，英国驻中国公使萨道义指派英国驻上海总领事、"中国通"哲美森（George Jamieson，1843—1920）担当英福公司在华董事长。1898 年 5 月福公司与山西商务局代表正式签订了《山西矿务章程》，后因地方各界强力反对未能实施。同年 6 月，与河南豫丰公司在清政府总理各国事务衙门签订了《议定河南开矿制铁以及转运各色矿产章程》（简称《河南矿务章程》），开采期限为 60 年，自此焦作地区采矿权悉数落入福公司手中。在 1901 年年底到 1902 年 2 月间，中国出现了一连串有关英福公司建立基地的事情。……慈禧太后和光绪皇帝在从西安返回北京的途中，急不暇待地喻令河南巡抚妥办英福公司矿务。因为太着急，英国公使萨道义又照会清政府外务部，要求发给英福公司矿地凭单。……大清政府通过利益共享实际上成为福公司的无声合伙人。……1898 至 1913 年，福公司先后在焦作煤矿投资 1398.6 万元，占这一时期资本在 10 万元以上的 136 家在华外资企业投资总额的十分之一强。1903 年福公司在未经清政府批准的情况下公然开工，修建的"道泽铁路"一段线路竣工，1906 年福公司各矿井陆续投产出煤，雇佣 3000 余名中国工人。至 1916 年福公司雇佣工人近万人，年产煤炭 42 万吨，煤炭产量仅次于当时的开滦、抚顺，位居全国第三位。焦作迅速成为中国最早建立的煤矿城镇，一方面为地方官府提供了税收，一方面带动了地方经济的活跃（一定程度上实现了刘鹗在 1897 年所作《呈晋抚禀》中预言的"国民受益"）。1910 年清政府才将哲美森镇更名为焦作镇。

3. 关于赴北京赈济事致陆树藩信（1900）[1]

今年北省大难，蒙诸大善长发慈悲力，猛勇救济，先援德州之滞客，次拯天津之难民，凡有血气者，皆宜感动。试思同为黄种，同是三王五帝之裔孙，

---

[1] 录自刘德隆主编：《刘鹗集上》，吉林文史出版社 2007 年版，第 748 页，"1900 年 10 月初"条。

何以北省独遭大劫？而南省独得完全？盖十数年来，上海义赈捐款不下数百万，感召昊苍，所以天留刘岘帅等，以福庇我南民也。由此观之，天恩不可不感，即解囊不可稍缓。譬如大舟触礁而沉，舟人登陆者半，沉溺者半，则登陆者不当尽力拯救沉溺之人乎？譬如通衢火起，已焚其半，余不焚者，不当群起灌救被难之家乎？今日之事何以异此。

弟寒士也，掫挡一切，愿凑捐银五千两，又筹借垫款银七千两，共一万二千两，送呈贵会，伏希察入，惟此款愿专作救济北京之用。

窃谓此次京师大难，与寻常水旱偏灾不同，平民之受害也轻，而士大夫之受害也重。良民宜惜，良士尤宜惜；难民可怜，难官更可怜。京官苦况，平时且不免支绌，当此大难猝兴，走则无资，留则无食。月初有西友自京师来云，见京官宅中，有陈设依然，而男子逃走，女子自尽，尸横遍地者；有大门紧闭，而举家相对饿者。闻之不自知其泪下涔涔也。

人才为国之元气，京师为人才渊薮，救京师之士商，即所以保国家之元气。办法当以护送被困官商人口出京，为第一要义，平粜为第二要义，其余尤其次矣。是否有当，尚祈裁察。

以地而论，北京为最急；以事而论，北京为最难。如无人去，弟愿执役，为诸君前驱可乎？所有随带翻译人等川资、薪水均由弟捐款发给，不支善会分文。譬如行军，前敌为难，而接济为尤难，故汉室论功，肖何为首。以后之源源接济，是所望于诸大仁人矣。

【编著者按】1900 年 10 月 7 日（旧历闰八月十四日）《申报》发表刘鹗给救济善会关于愿意捐款并赴北京赈济信后，救济善会的评论：特颂巨款　本善会昨奉刘铁云大善士来函，略谓：（即上信，略）云云，伏诵之余，莫名钦佩。规银一万两千两，照数敬收。当筹款艰难之际，遇一代伟特之人，慨解腰缠，万金不吝。其用心之厚，任事之勇，求之古人，亦不多见。万家生佛，定起四海之讴歌；九种慈云，永作群生之功德。除付收照外，合请登报，以志不忘。①

另据刘蕙孙《铁云先生年谱长编》（齐鲁书社 1982 年版，第 55—56 页）：

---

① 郭长海：《中国近代文学史证——郭长海学术文集》上册，吉林人民出版社 2005 年版，第 225 页。

树藩和铁云先生所办善会则以对京津两地居民的平粜、掩埋为主。除去自己斥产捐款以外，也有募来的捐款。其中有上海戏剧界人士义演收入数千元。名妓金小宝除捐出一些钗环，又画扇二百把助赈。……关于铁云先生当时在北京办赈的事迹，住在北京的老辈，尚有人能说。我业师满洲人定向震，庆王奕劻的内侄，当时因有事往平粜局，震于先生的名望，曾遣人指识。他说："那天老先生穿一件二蓝绸夹袍，正拿一块布拂拭一件铜器。旁边有几个平粜局的司事请示，均口授指划，顷刻停当，才思实在敏捷。"云。又一九三七至一九四六年之间，我在北京中国大学教书时，法律系教授唐嘉甫（纪翔）也曾谈过：庚子年家中仅母子二人，平时靠一点市房的房租糊口，洋兵入城，城中缺米，满街都是饿死的人。他母子天天到赈局领赈。当时规定除平粜外，无告贫民每人每天可以领米一斤四两，妇幼酌减，父母夫妻子女可以代领。唐每天都去领二斤米。后因路远荒乱，母亲不放心，要求一次多领几天。司事不敢做主，领他和铁云先生见面。铁云先生因他是年青学子，又有寡母，很表同情，特别给他一月一发，并给他十五块钱。如是三月，局面渐定，当时谈到对先生所赐，终身感念不忘。

关于刘鹗买下俄占太仓粮食赈济饥民并因此获罪一事长久以来流传较广，但相关史料很少。郭长海教授写有《刘铁云庚子北上之行踪》一文，其中提供了一些新资料和评论。郭长海查到 1901 年 1 月 1 日的《申报》上刊有"刘铁云的第八封信"，提及"平粜成本三万，弟垫一万，沪垫二万"；1901 年 2月 24《申报》有消息提及"目下民食维艰，委员在前孙公园地方添设平粜局，……已于去年十二月二十四日开粜。禄米仓未划归俄人自办，亦于是日起，将米悉数散给贫民，每人日领二十余斤，并不与值，故领者殊形拥挤也"；1901 年 3 月 3 日《申报》再刊"京城纪事 俄人施放禄米仓余米，贫民男女来往领米者，不下数万口，颇形拥挤。孱弱老病时被挤倒，甚至受伤"；随后并有分析："以上几则消息，有两处可注意，一是平粜局设于前孙公园，这是过去所未闻。前孙公园在宣武门外，为士人经常聚会之处，地方开阔，可容多人。刘蕙孙《年谱》记叙其师长辈年轻时曾至平粜局领米，大约即是此地。数目也是 20 斤，与此相符。另一件事，是禄米仓由俄人办理平粜之事，正是刘铁云的事迹，因为刘铁云购买俄占太仓米一事，已由多方证实，但不知是何仓。现在知道，应是禄米仓。所谓'并不与值'乃是刘铁云已经全部购下，然后转手发给百姓，才有此举。"①

4.《致黄葆年书》（1902）②

锡朋三哥亲家执事：

屡奉手教，皆以不谨小节，曲为原谅。谅之者，勖之也，敢不勉诸！闻诸夫子云："君子和而不同。"每蒙不以强同苦我，真知我者矣。弟与诸君子殊途而同归，必不能共辙者也。尝自谓平生知已，除父师外，惟实甫及公二人而已。弟于诸学长或由敬而爱或由爱而敬者，比比皆然，然心悦诚服者，亦惟公一人而已。公之德望，门中人无不俯首至地，心悦诚服。然诚服则有之，知公则未能尽也。妄自以为知公之深，罕有其匹。

来示云：公力于内，弟力于外。"同为空同之子孙，同培古今之道脉，同身同命，海枯石烂，无有二心，不以形迹拘，更不以他端为疑也。"是言也，公由踵趾发出，弟受之至于踵趾。上自昊天、上帝，太谷、龙川，下至蠢动含灵，无不允诺，弟与公所可同信者也。弟之所为，几无一事不与公相反；然至于所以为，窃又自以为无一事不与公相合也。此公所谓不以形迹拘，更不以他端为疑也。弟从夫子之日甚浅，即与公周旋之日亦甚不深。上海虽有数十日之聚，所议论者，观剧而已，看花而已。济南相聚多日，亦所谈者，公之吏治，弟之河工而已。公固未尝一日以道诏我，我亦未尝一日以道质疑问难于公之前。然私心之所步趋者，实惟公是式。年来每当得意之时，辄击节自赏曰："此黄三先生法也！"盖受教在无言之顷，有相感以气者焉。弟既深自信以能窥见公之一斑，故谤满天下不觉稍损，誉言满天下不觉稍益，惟一事不合龙川之法与公所为，辄怏怏终夜不寐，改之而后安心，此又不足为外人道者也。

---

① 郭长海：《刘铁云庚子北上之行踪》，原载《清末小说》（日）2004年第27号，收入《郭长海学术文集上》，吉林人民出版社2005年版，第233页。

② 录自《刘鹗集上》，第754页。此信写于1902年11月16日/农历十月十七日。黄葆年（1845—1924），字锡朋，一作隰朋，号希平。泰州姜堰人。光绪九年（1883）进士，历任山东临淄、莱阳、滕县、福山、泗水等知县。1864年拜从李光炘，后成为太谷学派第三代山长。1902年辞官后在苏州创办归群草堂讲学，兴盛时徒众达万余人。著有《黄氏遗书》《天籁集》《归群草堂诗集》《归群草堂语录》《归群草堂函稿续编》等。

弟之于公，其所以同者志也，所不同者学与养也。公能知天，公能信天，此公学养之至也。弟固未尝知天，弟固未尝不信天。惟其不能知天，故竟以天下为己任。天下之安危，匹夫与有责焉。

今日国之大病，在民失其养。各国以盘剥为宗，朝廷以胺削为事，民不堪矣。民困则思乱，迩者又有康、梁之徒出而鼓荡之，天下殆哉岌岌乎！颇不自揣，欲以渺渺之身，潜移而默运之。行与不行虽未可知，先自妄命之曰必行，此不能知天之过也。唯其未尝不信天，故十余年来所如不合，未尝一动怨天尤人之心，可以进则进，不可以进则不进，待时而动，不敢以私智强行于其间，殆非信天之亚欤？

同门诸君子，爱弟者众矣，谅弟者多矣，知弟者鲜矣。至于知弟而又深信不疑者，惟公一人而已。窃忆夫子主云溪家时，坐客房之里室，宣巽二之旨曰："将来天下，二巳传道。"是日也，侍坐者，公及弟及云溪夫人、小宝四人，皆巳年生人也。尔时私用自负，至今日者，更有不容推诿也已。

圣功大纲，不外教、养两途，公以教天下为己任，弟以养天下为己任。各竭心力，互相扶掖为之。上报四重恩，下济三途苦。同为空同之子孙，同培古今之道脉，同身同命，海枯石烂，无有贰心。

书不尽言，言不尽意。千万珍摄，为道保重。敬请

宏安。

壬寅十月十七日，弟铁云顿首

【编著者按】据刘蕙孙《铁云先生年谱长编》（齐鲁书社 1982 年版，第 104-105 页）。按，这一封信是铁云先生一生事业的基本动力，也是主导思想的反映，不见此信，不了解太谷学派的内容，对其所作所为很难理解，故录全文，供研究者参考。信内空同指周太谷，太谷自称空同子，学派中并传太谷晚归空同山，太谷学派，为空同一脉。先生也曾刻有一方"空同最小弟子"的图章。……按铁云先生与颜实甫先生最为莫逆，实甫家贫先殁，有三个女儿，先生皆锐身代为安置。长次二女均由先生认为义女，长女颜复清，嫁泰州王葆和，次女即函中所说的二姑娘，在其家中实行四，嫁龚仙洲之弟龚哲卿。幼女娶为儿媳即我三伯母。后龚夫妇均早死，王葆和亦早殁，复清姑守节食贫数十年，解放后，死于苏州。三伯母一九五六年亦殁于天津。函中所谓两家姑娘，

另一人为王二姑娘。

刘蕙孙有记录如下：一九〇二年，铁云先生和同门毛庆、程恩培、杨士晟等就合议在苏州葑门内十全街建立一个学舍，请原在山东作县官的黄葆年和在江北小规模讲学的蒋文田作为学舍的主讲，黄正蒋副。又因为蒋在江北讲学是为了继承黄崖张石琴的道统，故称之为北宗，黄葆年则为南宗，是为南北合宗。由于此时星散在四面八方的龙川弟子又渐渐回到苏州，取"牧马归群"之意，命其学舍为"归群草堂"。铁云先生是归群草堂的骨干，我的姑母也嫁给黄葆年的次子黄寿彭，我的父亲贞观先生刘大绅拜从黄葆年门下。我的继祖母也是黄的门人，我们一家与太谷学派的关系可以说是很深的。①

另据《刘鹗年谱长编》：11 月 7 日黄葆年致刘鹗信有"今接手书……"，可知此前刘鹗曾经给黄葆年去过信。又 11 月 16 日刘鹗回黄葆年信时有"屡奉手教……"。可见黄葆年给刘鹗信不会少于三封。如此推断，刘鹗、黄葆年在这一阶段书信来往不只《刘鹗年谱长编》所记录之两封。最少亦不少于五封。刘蕙孙先生说到上封信时又讲到"同函"所提及的"颜实甫之二姑娘"事。所说"同函"有误，原因是：一、此函手稿尚存，并无"颜实甫之二姑娘"事。二、刘蕙孙先生引文中有"弟拟于八月底力筹千金为两家姑娘制奁之用"。而此信写于十月初八。因此刘蕙孙先生所说当另有写于八月之前的一信。

5.《题"愚园雅集图"抚本后并序》 图影及释文（1903）②

泰山颓，梁木坏，龙川夫子上升于□□③之冬；三年心丧毕阕，弟子东西南北飘泊于天各一方，历十有七年。岁在壬寅，黄先生希平由山东解组至海陵，而蒋先生子明会，相携来沪上。予亦因事至自北京。程子绍周闻两先生毕

---

① 方宝川编撰：《太谷学派遗书》第三辑第一册，广陵古籍刊印社 1998 年版，第 5 页。

② 画作、题字、题跋图影来自家藏及《翰墨清芬——刘鹗、刘大绅、刘蕙、孙三世手迹辑存》，释文录自《刘鹗集上》第 575 页。附中所说的周太谷行书条幅拍自此书 36 页。

③ 原作此两处方框为留白。刘鹗之所以有"龙川夫子上升于□□之冬"，是因为他在李光炘逝世时（1885 农历十一月初三）遭父丧在家守制，没有参加龙川葬礼，之后也很少参加学派活动，十七年后记不清是哪一年了。

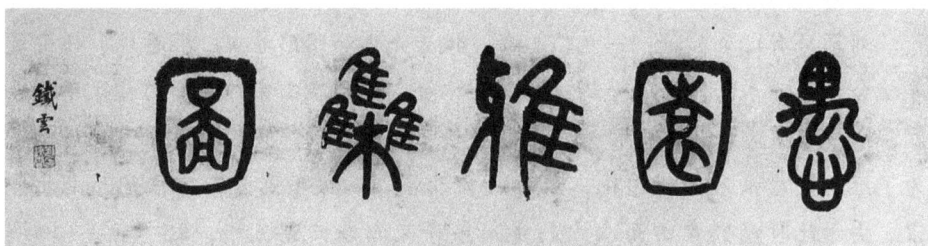

刘鹗题《愚园雅集图》抚本（落款：铁云［刘铁云印］）

至，自杭州来迓。毛实君适总理江南制造局事，为东道主人焉。迩时同学之来会者凡十余人。毛公曰："自夫子去后，同人之聚，未有若今日之盛者也。"于是假愚公之园，为尽日之欢。午饭方毕，散步园林，各适其适。吹笛于小亭之上者，杨子蔚霞，过三折桥负手听者，程子心泉也。蒋先生取伯牙之琴，奏水仙之操。傍坐静听者，徐君月楼也，侍立蒋先生后者，王子仲和。焚香者，蒋子元亮也。黄先生方据大石坐，毛公实君恭敬启请曰："不闻先生至德要道久矣。请宣海潮之音，震我聋聩，可乎？"执拂侍立者江子月三。抱卷者毛子子逊也。立毛公之侧而听道者，毛子勉初、刘子子缵也。家兄味青与谢君平原，契阔良久，对坐树之石，叙离衷也。江君子若，坐溪水之南，昂首长吟，声出金石。吟曰："溪水清兮，莲花之馨兮，周茂叔所好也，适以契吾心兮。"李子平孙钓于溪水之北，达子粹伯倚石而观之。溪之上有枇杷一树，金丸累累然。程绍周曰："此佳果也，可采可食。"援树而取者，汪子仲衡，捧盂承之者，程子定斋也。园之西有竹林焉，不知其若干亩也。主人以为未足，植新篁而补之。予适任斯役，挥锄筑之，拥土栽之。助予培土者，黄子仲素也。竹园之东有茶灶，方煮茗者，王子位中也。居园之中为敞轩数楹。轩之中立长几一。轩之西有朱栏焉。栏外石参差立，素心之兰，群花怒发，清芳袭人。凭栏对花凝睇者，朱君莲峰也。对花侧其首，若听琴，若有所构思者，赵君明湖也。

《愚园雅集图》（拓本）及刘鹗题名

《愚园雅集图》部分（拓本）

刘鹗所作序文手迹及题字

　　饲鹤竹篱之间者颜子信甫。扫径者卞子子沐也。诸君四芗顾而乐之曰：
"如此雅集，不可以无图。"遂据东轩长几，奋笔急写。但闻稷稷如春蚕食叶
之声。为之振纸研墨者，诸子光和也。不食时顷而图成。图成黄先生为之序，
传其神也。同时诸人，皆有题咏。卷存归群草堂。迟一年，予属胡子仲尹图一
副本，不敏僭作后序，记其事也，俾后之人有所考焉。重缀以诗曰：

　　　　愚公园，愚公谷，黄山之南蒋山北，中有青青万竿竹。
　　　　瑶琴锦瑟张高秋，玉液金泥应丹篆，仙人如麻颜如玉。
　　　　朝看素女采玄芝，夕览青童荐黄菊。蛱蝶图中梦可寻，
　　　　希夷榻上书堪读。愚公园，极乐国！

　　【编著者按】 据孙庆飞《晚清的扬州名画家诸乃方》一文①：《愚园雅集图》
现藏于扬州博物馆，此幅为时隔不久的临摹本。光绪二十八年（1902）四月，
太谷学派重要骨干毛庆番以道员身份任上海江南制造局总办，邀请学派同人到
上海愚园聚会，商讨太谷学派南北两宗合一、开创太谷学派以苏州为讲学据点
的新局面等事宜。会上决定推举黄葆年、蒋文田为山长，在苏州设归群草堂传
授太谷思想，此图正是此次聚会的现场写真。……从中可以看到诸乃方画人物
的速度之快，连同假山、楼台、草木、十几个人物形象在不到一顿饭的时间内
完成，而且是真人写真，没有深厚的功底，是不可能完成的，况且从刘鹗到毛
庆番均是文化修养极高之人，能够得到他们的赞赏，真是不易。"奋笔急写，
稷稷如春蚕食叶之声……传其神也"，这在中国现代画家中还无人能够达到这
种人物写真水平。以画的形式记录中国近代史上一次重要的学派活动，也是十
分罕见之事。从绘画技术、思想内容、文物价值等方面来衡量《愚园雅集
图》，真本和摹本都具有多方面的研究价值。

　　如上二图即为刘鹗请胡仲尹为《愚园雅集图》原作所作的抚本（加刘鹗
为抚本题字）和刘鹗所作序文的手迹。三图均取自刘德焕、刘德康等编《翰
墨清芬——刘鹗、刘大绅、刘蕙孙三世手迹辑存》，编著者再根据刘鹗"抚本
后并序所记"内容，试为画中的各位人物加上了人名标注。雅集与会者共29
人（画中共30人，左中一立观者漏记）。惜多人的生卒生平不可考，现根据

---

　　①　孙庆飞：《晚清的扬州名画家诸乃方》，《扬州晚报》2007 年 8 月 26 日 A7 "解密新闻"版。

《刘鹗年谱长编》相关按语，再经编著者尽量搜寻到的相关信息，简介如下：

1. 杨蔚霞（约1858—?），名士晟，祖籍安徽泗州，祖父任漕运总督时移居淮安。1892年与蔡元培同年进士，后任江苏无锡知县等。杨门八兄弟中出了四个进士，被传为美谈，其中四弟杨士骧谥文敬，1886年进士，官至山东巡抚、署理直隶总督。大哥杨士燮为1894年进士，曾任淮安知府，其孙即为新中国著名翻译家杨宪益。

2. 程心泉（生卒年不详），安徽阜阳人，程恩培同族幼弟。

3. 蒋文田（1843—1909），字子明，江苏泰县姜埝镇人。1863年拜太谷学派二代传人李光炘为师，因勤学仁厚，故后成为三代传人之一。著有《龙溪先生诗钞》《龙溪先生文钞》。后人中有孙女蒋纫秋，后嫁与刘鹗孙刘厚泽（刘大绅第四子），即刘德隅、刘德枢、刘德隆、刘德平的母亲。

4. 徐月楼（生卒年不详），铁云先生门客。后于刘鹗被流放新疆之际，与抱残守缺斋的二百余箱收藏一起不知所终。

5. 王仲和（生卒年不详），泰州人，早卒。

6. 蒋元亮（生卒年不详），江苏泰县人，蒋文田长子。

7. 黄葆年，前文《刘鹗〈致黄葆年〉书（1902）》页下注有介绍，在此不赘述。

8. 毛庆蕃（1846—1924），字实君。江西丰城县人。1873年中举后游学各地，在扬州与刘鹗一同拜从李龙川，后与刘鹗成为儿女亲家。1889年中进士，1902年由直隶派抚局道员调上海机器局总办，不久调任南京金陵机器局总办。1905年起历任直隶布政使、江苏提学使（其间曾义释黄炎培）、甘肃布政使、护理陕甘总督。促成建造"天下黄河第一桥"，配合及时拯救敦煌珍籍8000余卷。后被诬，罢职寓居苏州，曾拒绝袁世凯的电请出仕，后贫病而逝。著有《江苏学务公牍》《奏议》《书牍》《古文学余》等。

9. 江泰初（生卒年不详），字月三。江岷子。

10. 毛子逊（生卒年不详），毛庆蕃第四子。

11. 毛勉初（生卒年不详），毛庆蕃第五子。

12. 刘子缵（生卒年不详）。

13. 刘梦熊（1850—1905），字味青，渭卿。附监生。江苏镇江人，刘鹗长兄。配庞孺人、朱氏，生子大镛、大临、大猷、大钧，女适淮安林念堂。精

算学、外文。据《罗振玉年谱》，1895
年罗振玉曾打算在淮安开设"西学书
院，教算学、舆地、时务、外国语文，
聘刘渭卿授算学、外文。先生授舆地、
时务，以无从筹费而止。"

14. 谢平原（1837—?），字石溪。
江苏溧阳人。李龙川重要弟子，著有
《龙川先生年谱》。

15. 江岷（生卒年不详），字子若。

16. 李泰阶（1871—1927?），字平
孙。江苏泰州人，李光炘孙。为黄葆年
首席弟子，1924 年黄逝后成为太谷学派
第四代传人。不久李亦亡，由黄葆年二
子、刘鹗长婿黄寿彭继之。

17. 达锡纯（生卒年不详），字粹
伯，大概为江苏徐州人。

18. 程恩培（1854—1918?），原名
程云章，字绍周，又字少周、筱周。祖
籍安徽阜阳，1854 年生于安徽颍州，兄
妹 9 人，排行第二。其父程文炳，淮军
名宿，官至湖北提督、福建陆路提督、
长江水师提督。毕业于水操学堂，任职
于户部、海军衙门，曾两次赴日本考察，
学贯中西。因办路矿实业有功，被朝廷
赐予二品封典。与刘鹗结为儿女亲家，
同属太谷学派重要人物。一生著述颇丰，
传世的有《东瀛观兵纪事》《日本变法
次第类考》《拙盒诗草》等。又有孙女
程家芬适刘鹗孙刘蕙孙（厚滋）。

19. 江仲衡（生卒年不详），安徽人。

周太谷（太谷学派创始人）行书条
幅及题跋、观款

20. 程传厚（生卒年不详），字铸九。安徽阜阳人，程恩培侄。

21. 刘 鹗（1857—1909），字铁云，江苏镇江人。生平略。

22. 黄寿彭（约1880—1953），字仲素，江苏泰县人，黄葆年次子，刘鹗长婿，太谷学派末代传人。

23. 王位中（生卒年不详），生平无信息。

24. 朱莲峰（生卒年不详），山东长清人。

25. 赵永年（生卒年不详），字明湖。

26. 颜信甫（生卒年不详），其兄颜实甫为李光炘弟子。

27. 卞子沐（生卒年不详），江苏扬州人，刘鹗表弟。

28. 诸乃方（1822—1908），字四芗，浙江仁和人，原籍安徽。原姓方，祖父是著名学者、书画家方元鹿。诸乃方年轻时到扬州求学，拜当时扬州名画家诸炘（杭州人，专学扬州八怪的画）为师，后过继给诸炘，所改名意为"我本是姓方"。光绪五年（1879）拜太谷学派南宗传人李光炘为师，随师住扬州海岛巷。1882年随师举家迁居上海愚园路，86岁去世。《中国书画名人大辞典》有介绍，诸乃方为当时名重一时的书画家，从仪征至扬州、最后到上海，其人物画影响到整个海上画派对人物个性张扬的追求。（诸氏生平信息主要根据前述孙庆飞《晚清的扬州名画家诸乃方》）

29. 诸光和（生卒年不详），诸乃方之子。

附：周太谷（太谷学派创始人）行书条幅及题跋、观款

【编著者按】《刘鹗年谱长编》（第271页）有相关按语为："此书法中堂是太谷学派创始人周太谷书赠"智归贤棣"的书法作品。周太谷书法传世极少。太谷本人也说："后世知我事迹者少。"1983年9月，我在上海宗伯轩先生处，1984年2月，我又在福州刘蕙孙先生处前后两次见到相同的这幅"太谷遗墨"复制件。……周太谷所书正文为：天潢疏润，圆折夜光之采；若木分晖，襛华朝阳之色。故能聪颖外发，闲明内瑛；训范生知，言容成则。智归贤棣 正可 太谷〔太谷氏〕〔周星垣〕"

刘鹗的两条题识为：1. 右下内一："周太夫子，多才多艺，既擅岐黄，复精《周易》。片褚零丝，隋珠和璧。况此楷模，端严正直。每一瞻对，顽廉懦

立。谨识小言，百世共式。光绪十九年岁在癸巳（1893）七月既望 丹徒刘铁云拜题［老残］（白）"。2. 左下内一："光绪癸卯九月小门生铁云刘鹗再观［铁云］"

关于刘鹗第一条题识后面的用印，《刘鹗年谱长编》尚附有如下相关探讨：张纯在《〈太谷遗墨〉上的刘鹗跋文》中认为，刘鹗在此"使用了'老残'这一印章。这一'老残'的出现，比他的小说《老残游记》的写作早了整整十年。可见，'老残'不但是刘鹗《老残游记》的书中人物，而且早已成为刘鹗自认的一个'别号'。"刘德隆以《也谈〈太谷遗墨〉上的刘鹗跋文》回复："这无异是一个重要发现。我两次得观此条幅都注意到这枚印章，但印字模糊不清，无法确定，因此在我的笔记中记下'似是老残、老铁？'张纯先生得见原件，确认'老残'印章，将'老残'这一别号提前整整十年，自然为研究者们提出了研究的新课题。"编著者以为复制件上的刘鹗题识印文过于模糊，看似为4—6字，且刘鹗在太师遗墨上岑"老残"似有不当，故此事还应存疑待考。特给出"老铁"印，以便读者对比。

据《刘鹗年谱长编》（第272页），条幅上的另外几条重要题跋包括：右上内·金文：先生之风，飘然若仙；先生之教，迈绝前贤；我今见之，曷深忻美。愙斋吴大澂拜题。右中上内·楷书：周太夫子书名遍天下，狂草久为世所重。至于楷书，实所罕见，今得拜观此幅，雍容华贵，信饶生趣，始信名下无虚，自幸眼福非浅也。小门生诸乃方敬志。左中内·隶书：今之善书者虽不多而仍有。若知讲《易》而见天心者，舍太谷更无其人。世人只知太谷之善书，绝无人知太谷精于《易》学者。可见真学问非自号斯文所可窥耳。阅此附志数言，不禁为之三叹也。德清曲园老人俞樾敬跋。左下外·行书：秀外慧中、俊美丰润。门小子李光炘拜题。

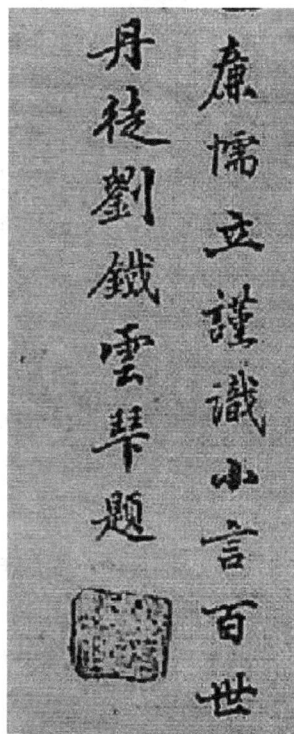

《抱残守缺斋遗印谱》及观题岑印

6.《铁云藏龟·自序》（1903）[①]

龟板己亥岁出土在河南汤阴县属之古牖里城。传闻土人见地坟起，掘之，得骨片与泥相粘结成团，浸水中，或多或少数日，或月余，始渐离晰。然后置诸盆盎，以水涤荡之。约两三月，文字方得毕现。同时所出，并有牛胫骨，颇坚缀。龟板，一种色黄者稍坚，色白者略用力即碎，不易拓也。

既出土后，为山左贾人所得，咸宝藏之，冀获善价。庚子岁，有范姓客挟百余片走京师，福山王文敏公懿荣，见之狂喜，以厚值留之。后有潍县赵君执斋，得数百片，亦售归文敏。未几，义和拳乱起，文敏遂殉难。壬寅年，其哲嗣翰甫观察售所藏，清公夙责，龟板最后出，计千余片，予悉得之。定海方君药雨，又得范姓所藏三百余片，亦以归予。赵执斋又为予奔走齐、鲁、赵、魏之郊，凡一年。前后收得三千余片。总计予之所藏，约过五千片。己亥一坑所出，虽不敢云尽在于此，其遗亦懂矣。

毛锥之前为漆书，漆书之前为刀笔。小篆聿字，漆书笔也。从手持口，象注漆形。盖汉人犹得见古漆书，若刀笔无有见者矣。是以许叔重于古籀文，必资山川所出之彝鼎。不意二千年后，转得目睹殷人刀笔文字，非大幸与？

以六书之恉推求钟鼎，多不合，再以钟鼎体势推求龟板之文，又多不合。盖去上古愈远，文字愈难推求耳。

龟板可识者，干支而已。如甲申（四三·四）、乙酉（二、二·三）、丙寅（五九·一）、丁卯（三六·一）、戊午（四二·一）、己亥（四六·二）、庚戌（二四·三）、辛丑（四六·三）、壬辰（六〇·二）、癸未（四〇·四），惟"巳"字不见。其百十三叶第四片，仿佛"辛巳"，是否？未敢定也。

龟板岁皆残破，幸其卜之繇辞文本甚简，往往可得其概。如"丁酉卜大问角丁亥肜日"（二二·三），"庚戌卜哉问雨帝不我口"（散五·三）之类。若百廿七叶，左行曰"庚申卜厌问归好之子"，右行曰"辛丑卜厌问兄于母庚"。凡两段皆完好也。"兄"疑即"况"字。

---

① 录自刘德隆、刘瑀：《刘鹗年谱长编》，上海交通大学出版社 2019 年版，第 508 页。

凡称问者，有四种：曰哉问、曰厌问、曰复问、曰中问，中字作□。哉、厌两问最多。疑"哉"为初问，"厌"为再问。故《诗》曰"我龟既厌不我告"，犹言：我已再问，而龟不我告也。其称甲子有与后人不同者，如"乙子卜"（四·一），"今巳子月不雨"（二三·二），"癸子卜厌问虺父卜"（六七·三）之类。其称乙子、己子、癸子，皆后世所无也。

钟鼎凡有象形者，世皆定为商器。此于车、马、龙、虎、豕、豚等，皆象形也。其他象形之字甚多，钟鼎有立戈形，此"戊""戌"二字皆本之。然则立戈者，有成边之意，"戊""戌"二字，并由"戊"字来也。

□，雨字象形；□，角字象形。石鼓文"君子云猎"，"猎"字下从云从角，与此正同。凡问角皆为雨旸事。《春秋传》"龙见而雩，雩雨祭也。"龙，东方苍龙七宿，角实为之首也。

象形之字既多，可知其为史籀以前文字。何以别其非周初？观其曰"问之于祖乙"（三·三）、"问之于祖辛"（五四·一）、"乙亥卜祖丁十五牢"（三三·一）、"辛丑卜厌问兄于母庚"（一二七·一），祖乙、祖辛、母庚，以天干为名，实为殷人之确据也。

□字，见杞伯每父敦。□字，疑其象虺形，以与鼎彝虺文相近也。"虺父"，当是掌卜者之名，故称"虺父"。卜者甚多，其卜占二字，往往加□，以为识别。未详其谊。

龟板、牛骨两种，牛骨居十之一二。初本分别拓之，后因装治淆乱，遂不及厘正，然不举其概，恐阅者病焉。其五十一至六十，此十叶中，正五十六、七、八，皆牛骨，余悉龟板，以此类推可知矣。

龟板文字极浅细，又脆薄易碎，拓墨极难。友人闻予获此异品，多向索拓本，苦无以应。然斯实三代真古文，亟当广谋其传。故竭半载之力，精拓千片，付诸石印，以公同好。任是役者，直隶王瑞卿也。

　　　　　　　　　　　　光绪癸卯九月既望，丹徒刘铁云识

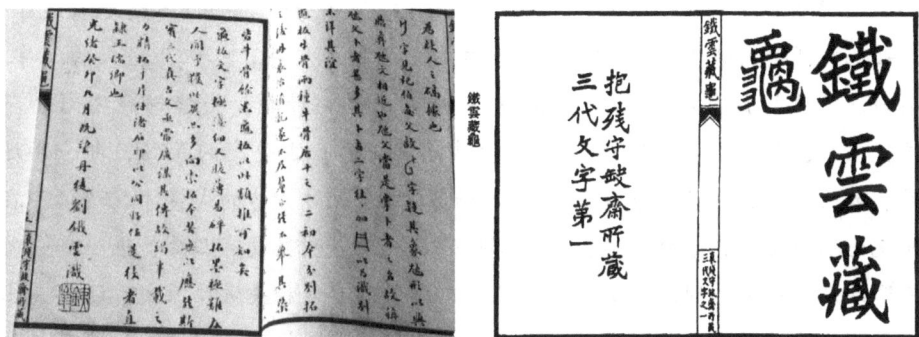

1903 年刘鹗 "抱残守缺斋" 石印本《铁云藏龟》扉页题字及自序手迹

【编著者按】120 年以来，《铁云藏龟》（简称《铁》书）鉴定、破解、考释、研究的内涵和重要性一向被学界忽视或严重低估。如编著者长篇重要论文《"王刘联合发现说"和甲骨文发现研究新论》①（下简称《新论》）第四部分"对《铁云藏龟》仅被定位为著录的质疑"所说：【几乎所有学术著作和一般性读物在谈及甲骨文的"发现"和"研究"这两大领域时，都仅把刘鹗和其《铁云藏龟》归入前者，即仅是发现与"著录"的范围。安阳"殷墟博物馆"、烟台福山"甲骨学发展史馆"等权威性展览的固定解说词，也只标明刘鹗为第一部"著录"甲骨文（著作）的出版人。王宇信著《甲骨学通论》在专门讨论甲骨文的初期考释研究章节中没有提及刘鹗，王宇信、杨升南主编的《甲骨学一百年》（社会科学文献出版社 1999 年版）第四章"甲骨文的考释及其理论化"亦从《契文举例》开讲。李学勤在其甲骨百年总结文章中也说："甲骨文字的考释，是古文字学最明显的一项成果。自 1904 年孙诒让著《契文举例》发端……"，继续给出刘鹗和《铁云藏龟》与考释无缘的印象。】但是，【只要翻开刘鹗的《铁云藏龟·自序》，就明明可见大量的考释文字……。自序中诸如"龟板虽皆残破，幸其卜之縣词文本甚简，往往可得其概"、"龟板可识者，干支而已。如甲、申（四三·四，此识别言四十三页第四片也，下仿）"、"□，雨字象形；□，角字象形……'乙亥卜祖丁十五牢'（三三·

---

① 任光宇：《"王刘联合发现说"和甲骨文发现研究新论》，《广西师范大学学报》2018 年第 6 期，第 1-15 页；随后被中国人民大学"复印报刊资料"《历史学》2019 年第 3 期全文转载，及《历史学文摘》2019 年第 1 期摘要转载。论文摘要及首页见本书附录。

一)、'辛丑卜厌问兄于母庚'（一二七·一）"等等，再明确不过地表述了，刘鹗已将所附内册中某页、某片龟甲拓印上的甲骨文字，断识为当代的某字、某句。纵观刘鹗自序全文，凡 1467 字（根据电脑计数，空格转行不计，下同），此类探讨具体辨识的考释文字至少有 777 字，占全文的 53%，即一半还多。如此还不算释读，难道只有那种把释文列在拓片旁边的式样才算释读？在发现之初所得甲骨十分零碎、破译有限的状况下，明显没有必要将很小部分的考释结果与原文并列。据类似上述从序文所引的多处相关考释原文，还可看出刘鹗不仅为 6 册整书设置了页码，也为每页拓片原图指定了顺序，使其可与序中的考释文字内容前后对应、相互参照，可见这篇序文已初步具备了学术论文的严谨性。……董作宾看重的台湾甲骨学大家严一萍更有明确论断，在其力作《甲骨学》中，不但在"传拓与著录"一章中明言"甲骨的传拓可说是由刘铁云才开始的"，而且还在"释字与识字"一章中明确指出："研究甲骨，首重文字。……识甲骨文字，当以刘铁云为第一人。……刘氏不以甲骨文为业，只是举例而已"。大陆学者方面，陈梦家在其名著《殷虚卜辞综述》的第二章"文字"的第一节"甲骨文字的初期审释"中，开篇明言："1903 年刘铁云在《铁云藏龟》自序上，曾尝试读了几条卜辞。他所认的 40 多字中，有 34 字是对的……。"中国社会科学院历史所的甲骨文专家罗琨研究员在《甲骨文解谜》一书中也以专业眼光公平指出："他（刘鹗）释读了几条卜辞，释文涉及 40 个甲骨文字中，34 个是正确的……实际上，他认出的字还不仅此……刘铁云根据文献记载和当时金文研究成果，判定甲骨文是'殷人刀笔'，有理有据，可见他不仅仅是收藏者，还是最早研究、考释甲骨文的学者之一"。】

《新论》第四部分中尚有如下总结：【甲骨文之所以成为重大学术发现，其核心价值无疑在于古文字的解读。刘鹗率先考释文字，历历在目印在 112 年前出版的原始书页上，而且他还是 1903 年初见甲骨的三个学人（刘鹗、罗振玉、吴昌绶）中唯一一位在《铁云藏龟》序文中留下文字考释成果的人；其"卜之縣辞"、"殷人刀笔文字"的鉴定也是最早的创见，比罗振玉同时"夏殷之龟"的断代更加准确。故笔者认为，谈甲骨文考释研究，言罗不能弃孙，说孙不可忘刘。刘鹗的《铁云藏龟·自序》应被确立为迄今世界上最早考释并成功破译断识甲骨文的论文，并凭借此一开创性工作，刘鹗领衔罗振玉和吴昌绶，一同率先拉开了甲骨学史中"考释研究甲骨文"的序幕。】

编著者者在最新发表的长论文《王献唐日记等文献佐证甲骨文发现新说——再论"王懿荣刘鹗联合发现说"及"刘鹗发现说"》①第五部分"'刘鹗发现说'的线索分析和蠡测推断"中，还探讨了"如刘鹗先于王懿荣或同时发现甲骨，为何不写入《铁云藏龟·自序》"的疑题：【在当时"特定境遇"下为使甲骨文发现得到中国学界和社会尽快的认同、保护、研究，最好的办法就是公布此一重大学术发现的发现人为当时金石学权威学者加最高学术官员王懿荣。这个当时"特定境遇"的含义，大致包括如下三个重要因素：社会状况、科举出身、学术水平。……可预期如宣称"甲骨文的发现鉴定"始于王懿荣，其公信力、可信度、影响力都会大幅提升。这个预期虽因风雨飘摇的环境在初期未见大的成效，但在其后的百余年里，就不出所料地被几代学者公认王懿荣为"甲骨文之父"的事实所证明。……尚有线索指向另一种可能："刘鹗早年独自发现甲骨文"说。……此一"大胆设想"之说如能在今后被可靠的史料"小心求证"，则甲骨文发现过程就又可能成为：刘鹗因精通医道、不时为患者开方子早已遇到过"龙骨"这味药，且在19世纪末期河南一带药铺出售的"龙骨"上发现了疑似古文字刻画，以他所具备的金石学学识随即判定这应是"史籀以前文字"，并开始注意收集，只是在洋务繁忙中未及细究。随后恰在1899年夏遇到了为王懿荣诊病、开药的机会，便特意在所开药方中包括了这味"龙骨"，于是就发生了在王宅再次"巧遇"带字龙骨、并与王懿荣一起当场鉴定甲骨文、亦暨"周汉光忆述王献唐所记"的1899年"王刘联合发现甲骨文"的历史性事件。】

7.《矿事启》（节选，1903—1906）②

近来读各报纸，痛责仆与浙绅高子衡私卖全省矿产，云得银三百万两，每百万两与高十二万，继又谓贾四府云云。致动留学日本学生之众怒，有指仆为

---

① 任光宇：《王献唐日记等文献佐证甲骨文发现新说——再论"王懿荣刘鹗联合发现说"及"刘鹗发现说"》，《南都学坛（人文社会科学学报）》2022年第6期，第22-36页。论文摘要及首页见本书附录。

② 录自刘德隆、刘瑀：《刘鹗年谱长编》，第509页。

罪魁者，且逐日登报，冀激动全省绅商与高为难。此事仆本可不辩，因其论说有害大局，故不得不详陈始末，俾天下明哲，共决此案，以定是非。

仆自丙申年即与义商罗沙第君定交，帮同办理各项事宜。福公司、惠工公司皆所创也。沙彪纳君系罗沙第之代表人，于今九年矣。

山西、河南、浙江三处借款办矿皆仆经手，无庸讳也。浙江之矿经前抚奏明，奉外部饬照新章，改定合同，于去冬照改覆奏，奉旨依议，至公非私也。借款办矿，商借商还，六十年后全矿报效国家。若有华人筹得巨款，立刻可以收回，非卖也。浙江事浙江抚台奏之，中国事中国皇上许之，非擅也。至云得贿三百万，每百万高子衡得十二万，其余八十八万必为仆所有矣。夫三百万巨款也，非可提挈而至者，由义汇华，由华转入各处，必有银行、汇号、钱庄等处经过，皆有底账可稽，诸公未必随意捏造，自当有所见闻。款既由仆分派，仆即有此款之主权。请诸君明查暗访，如查有实据，仆愿将此款罚出充公；如查无实据，诸君其何以教我？不但三百万也，无论或百万，或十万，或一万，如果查出系仆与高子衡因浙矿所得之贿，皆愿悉数充公，断无怨悔。

古人云："以己之心，度人之心，未尝不同。"实有不尽然者焉。德国之兴也，以得赉赐；日本之兴也，以福泽谕吉。往往以一二人之力，挽回国运。范文正公曰："天下之兴亡，匹夫与有责焉。"诚至论也。

仆自甲午以后，痛中国之衰弱，虑列强之瓜分，未可听其自然。思亟求防御之方，非种种改良不可。欲求改良必先开风气，欲开风气必先通铁路，欲通铁路必先筹养路之费，筹养路之费舍农工商矿更有何赖？而农工商三者之利，其兴也必在风气大开之后。缓不济急，只有开矿一事见功易而收效速，为当务之首矣。然二十年前开矿者不下三四十处，率皆半余（途）而废。盖以华人非所专长，故易败也。又思凡外国商力所到之地，即为各国兵力所不到之地，则莫若用洋商之款，以兴路矿，目前可以御各强兵力之侵，逐渐可以开通风气，鼓舞农工。卒之数十年期满，路矿仍为我有，计之至善者也，故毅然决然为之。一国非之，天下非之，所不顾也。其中有利无害情形，前上山西抚帅禀稿言之甚详，附呈请鉴。

诸君之误，误在不知商力、兵力之分，所以如此，请再以实事证之：福公司道口铁路，豫抚派韩观察总办一切。韩于去年禀抚宪云，福公司所造系运矿铁路，固请外部照会英使，不准载客装货。夫铁路而不准载客装货，犹人扼其吭而绝其饮食也，不死何待！英使回文，力言断不能遵云云。然以外部尚未有准其装客载货明文，迄今半年有余，仍不敢装载人货。人以一候补道之所言，即不敢违如此，况督抚乎。此商力所限，不能不遵国宪之证也。倘增将军饬俄国铁路不准装客载货，周中丞饬德国铁路不准装客载货，二国遵乎不遵？兵力、商力固判若天渊矣。

中国地方繁富，长江绾其要冲，然旅顺可去，胶州可去，而长江一带独安然无事者，各国商力所在也。旅顺不如营口，旅顺去而营口留；胶州不如烟台，胶州去而烟台留，非兵力之不足，商力阻之也。商力之功，岂浅鲜哉。假使东三省有高子衡、刘铁云其人者，早引商力于内地，俄人虽强，亦断无今日之事，不待智者可知也。况矿路与租界犹大有别，租界系永远租与洋人，主权在彼；借款办路矿系我借洋人之款，我请洋人办事，主权在我。若云既谓主权在我，何以工程师、矿师不能听我调度？譬如使缝工裁衣，不能任主人之横下刀剪，其理一也。总之人各有学，学各有宗旨，仆之宗旨在广引商力以御兵力，俾我得休息数十年以极力整顿农工商务，庶几自强之势可成，而国本可立。抚念时局，蚤夜傍徨。捧土塞河，诚自知其不量；竭愚尽瘁，要无非忠君爱国之忱，知我罪我，惟诸君裁之。

诸君又以湖南之举为善，不知此举只可以拒商力，不足以拒兵力，庄子所谓为大盗守也。将来设遇教案，恐举全省而卑人矣。诸君所欣羡者，仆所痛苦流涕者耳。仆之宗旨如此，高子衡信仆之言，激动爱国主义，愿任其事，顾少关系局外，与此毫无干涉，北洋官报乃传闻之讹，理合附白。

（《浙江潮》第十期）

【编著者按】1903 年 11 月 24 日（十月六日），刘鹗就浙江开办煤矿事在《中外日报》上发表《矿事启》，回答《浙江潮》及各报纸关于"与高子衡私卖全省矿产"事。启示公开声明："山西、河南、浙江三处借款办矿皆仆经手，无庸讳也。……浙江事浙江抚台奏之，中国事中国皇上许之，非擅也"，并晓之以理，苦口婆心："仆自甲午以后，痛中国之衰弱，虑列强之瓜分，未可听其自然。思亟求防御之方，非种种改良不可。欲求改良必先开风气，欲开风气必先通铁路，欲通铁路必先筹养路之费，筹养路之费舍农工商矿更有何赖？……总之人各有学，学各有宗旨，仆之宗旨在广引商力以御兵力，俾我得休息数十年以极力整顿农工商务，庶几自强之势可成，而国本可立。抚念时局，晝夜傍徨。捧土塞河，诚自知其不量；竭愚尽瘁，要无非忠君爱国之忱，知我罪我，惟诸君裁之。"

8. 时报《三代文字》告白（暨"甲骨文发现公告"）戴图及释文（1904）[①]

三代文字

　　士生三千年后，而欲上窥三代文字，难矣！虽山川往往出鼎彝，十之八九归诸内府，散在人间十之一二而已。而收藏家又每以保护古器物为辞，不肯轻易示人。人之所得见者，仅摹刻木版耳。至其摹刻之精者如"积古斋"、"两罍轩"之类，又复行世甚希，好古者憾焉。

　　近来新学日明，旧学将坠，愿与二三同志抱残守缺，以待将来。故出敝藏古文，拓付石印。兹先成二种：一曰《藏龟》，乃己亥年河南汤阴县出土，皆殷商纪（后期疑似错排为"绝"——笔者注，下同）卜之文，以刀笔劙（音离 li2，意划、刻）于龟骨，即殷人亲笔书也。凡一千余品，装订六本，售价六元。二曰《藏陶》，系十年前山东临淄等处出土，亦商、周文字，计五百余品，附以汉人泥封。泥封者，封苞苴之泥也，官名多史册所遗。共装四本，售价四元。又石印明拓《石鼓文》，每份一元。三曰《藏货》（原文为"化"，通"货"，意货币），四曰《藏铢》（后期疑似错排为"藏拓"），两种（后期错排为"铃种"）明年续出。此皆本斋所藏之器物也。至海内各家收藏钟鼎彝器，敝处搜辑拓本已得二千余品，拟参合诸家之说彝，撰释文次第付印，以公同好。

　　四方君子，或有秘藏古器以拓本寄示，或有心得释文以说稿惠教，皆祷祀以求，不胜感激者也。○寄售处：北京、上海有正书局及本馆账房　抱残守缺斋刘铁云启

[①] 据任光宇《1904 年中国甲骨文发现公告之再发现》对比订正之《时代》刊载告白。

【编著者按】《三代文字》告白经编著者论文《1904 年中国甲骨文发现公告之再发现》考证、校订，并参考刘德隆《刘鹗集》收录的"《铁云藏龟》《铁云藏陶》出版广告"重新断句。该篇论文记述了翻查、对比、考订的详细过程和此告白的重要历史意义，其相关摘要为：经对其刊载间隔情况、每日版面、文字变化等信息详加分析，并对其文本和意义进一步校正、研究，从而详实确证了刘鹗在 115 年前即借助现代媒体《时报》，率先以这条在中国近代学术转型历史上应具里程碑意义的大型告白，一百多次向包括在华外国人（日、美、加等）的世人宣告了"中国甲骨文发现"这一重大历史事件。原本有欠完整和确凿的中国甲骨文发现学术史，将由此得到进一步重大改观。

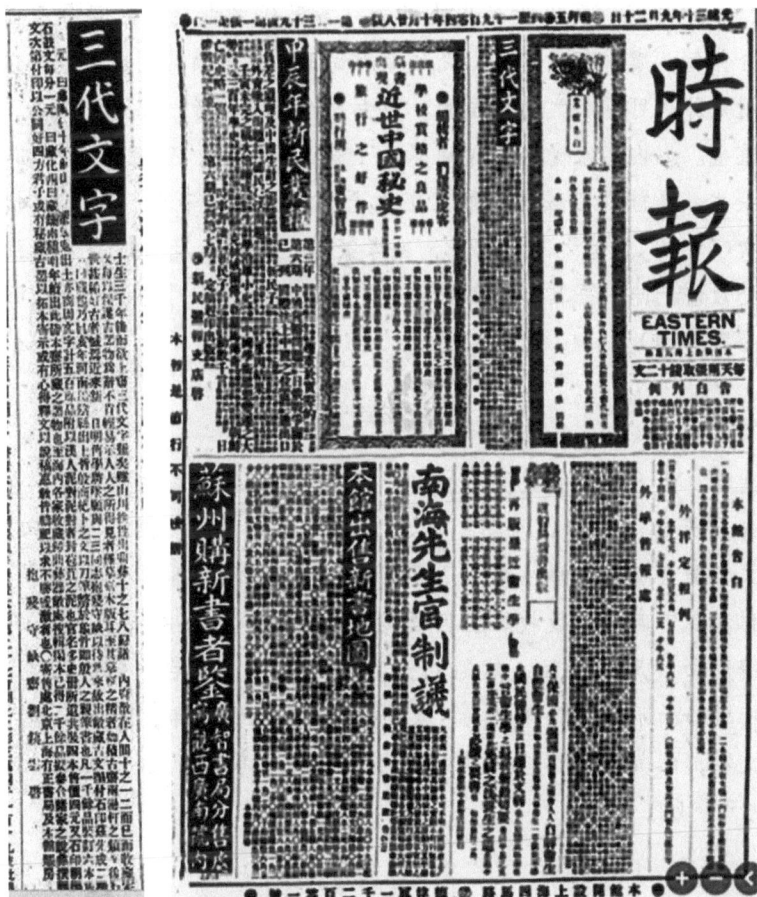

刊载刘鹗《三代文字》告白的 1904 年 10 月 28 日上海《时报》（EASTERN TIMES）单独截图及头版截图

附:《铁云藏陶》《铁云泥封》自序（1904）①

铁云藏陶·序

《易》曰"艮，万物之所成终而成始也。"予比来研究历朝书体，始恍然于成终之义，万物自成而始亦至成而终。真楷成于唐，唐以后无真楷；分隶成于汉，汉以后无分隶；篆籀成于周，周以后无篆籀。虽谓之曰真楷终于唐，分隶终于汉，篆籀终于周，不亦可乎？欲探隶楷之原汉魏六朝碑版，存者不下千通，可沿流而溯也。至于篆籀之原，舍钟鼎彝器款识而外，几无可求，学者憾焉。物不终阙，天未丧文。己亥岁，汤阴出土古龟甲盈万。予既精拓千品，付诸石印，以公同好。又以近年出土匋器，多三代之古文，品驾彝鼎而上。古者，昆吾作匋，虞舜匋于河滨；阏父做周匋正，武王赖其利器用也，以太姬妻其子而封之陈。可见匋之为器虽微，而古人作之正之者，皆圣贤之资，宜其文字之足重也。海内名家尚未显诸著录。于是选择敝藏，嘱直隶张茂细心精拓，得五百余片。更益以旧藏陈寿卿家拓本七十余纸并付石印，是为"抱残守缺斋三代文字之二"。世之闳博君子，欲考篆籀之原者，庶有取焉。计海内收藏家所得必数倍于此，吾其为之嚆矢也夫。　光绪甲辰正月丹徒刘铁云识（"铁云所藏金石"印）

铁云泥封·序

泥封者，古人封苞苴之泥而加印者也。封背麻丝粘着往往可见，昔不见于著录。自吴荷屋《筠清馆金石》始录六枚，称为印玺，误以为铸印之范也。云道光二年蜀人掘山药得一窖，凡百余枚。估人赍至京师，大半坏裂。诸城刘燕亭、仁和龚定庵各得数枚。山西阁帖轩藏数枚，余不知落何处。予考《长安获古编》所载凡二十品，然则刘氏复有续得也。其后，蜀中山左各有出，为数当曰夥，予不能得其详矣。姑以敝藏所有，拓付石印，附诸匋器之后。虽非三代文字，然其中官名多为史籍所不载，殆亦考古者之一助云。刘铁云识（"刘铁云"印）

---

① 录自《刘鹗年谱长编》，任光宇校正。

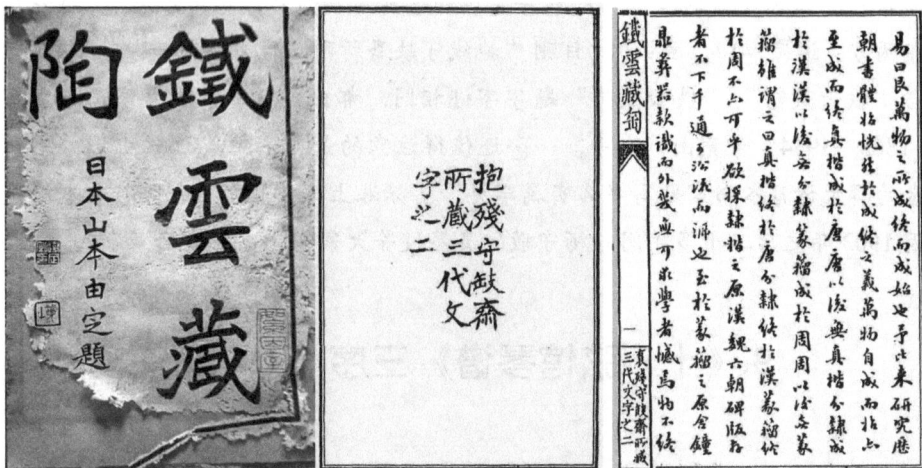

《铁云藏陶》封面、扉页题字及自序手迹（扉页摄自刘德隆藏 1904 年石印本）

【编著者按】《刘鹗年谱长编》原有"▲编著者按"：光绪二十九年（1903）刘鹗刊行《铁云藏龟》时，命其为"抱残守缺斋所藏三代文字之一"，紧随其后的光绪三十年（1904）刊行《铁云藏陶》作为"抱残守缺斋所藏三代文字之二"。《铁云藏陶》是刘鹗拓印、研究三代文字著作中的第二种，可以说是我国研究古陶文的第一本专门著作。刘鹗在《铁云藏陶序》中说明拓印《铁云藏陶》的目的是探讨中国文字的演变过程。《铁云藏陶》全书四册，由日本人山本由定题签。其中第一到第三册拓印所藏陶器铭文，有刘鹗自序；第四册拓印刘鹗所藏泥封，有吴昌绶序和刘鹗自序。

《铁云藏陶及泥封）》虽远不及《铁云藏龟》广为人知，但学术价值也不容小觑。正如自序所指出："篆籀之原，舍钟鼎彝器款识而外几无可求，学者憾焉。物不终閟，天未丧文"，甲骨之外，还有"近年出土匋器，多三代之古文，品驾彝鼎而上"；再加泥封的"官名多为史籍所不载"，无疑都是当年和今天的"考古者之一助"。关于《铁云藏龟》和《铁云藏陶》扉页的题签人，可参见任光宇编著者《甲骨文发现研究新论·〈铁云藏龟〉纪念研究版》① 一书导论中的相关文字：笔者经比对《铁云藏龟》书和《铁云藏陶》扉页的书

名题字、落款（《铁云藏陶》题字左边的落款为"日本山本由定题"，再左钤印两方：遯定私印、竟山），目测"抱线守缺斋所藏三代文字第一"（及第二）与"铁云藏龟"、"铁云藏陶"题字字迹相同，都出自日本书法大家山本由定（1863—1934，号竟山）之手。……还值得注意的是，不但"近代中国知名学者的辑录请日本书家题写书名实属罕见"（苏浩上文中语），而且山本本人是因 1903 年之后二十多年间与杨守敬、吴昌绶等大家密切交往才名声渐起。

9.《十一弦馆琴谱》三序（1907）[①]

《十一弦馆琴谱》序一

嵇叔夜《广陵散》绝传于世，固人人所得而知也。嵇叔夜《广陵散》实未绝传于世，则非人人所得而知也。《晋书·嵇康传》临行东市顾视日影，索琴弹之，曰：昔袁仲尼尝从吾学《广陵散》吾固靳之。《广陵散》今绝矣！此《广陵散》绝传之证也。

《太平御览》引《文士传》"嵇稽康临死，颜色不变。谓其兄曰：向以琴来否？兄曰：已至。康取调之，为《太平引》。曲成叹息曰：《太平引》绝于今日耶！"此绝传者是《太平引》，非《广陵散》之证也。《琴历》曰：琴曲有《大游》《小游》《明君》《胡笳》《广陵散》《白鱼叹》《楚妃叹》。《陈氏乐书》曰：《广陵散》小序三段，本序五段，正声十八拍、乱声十拍。又袁孝尼续后序八段。此唐以前各家琴书俱载有《广陵散》，其果未绝传之又一证也。杨抡《太古遗音·抚琴转弦歌》云："试作广陵歌晋室，慢商弦徽同第一"，是明初其谱犹未失也。《广陵散》传世既历历可考如此，则嵇中散临刑所弹者为《太平引》可无疑矣。

窃意中散临刑鼓琴必有寓意，或者鼓《太平引》言己死，而天下之太平亦与之俱死，与义有合。袁仲尼从中散学琴为一事，中散临刑鼓《太平引》为又一事。史书误合为一耳，此书吾友杨周君济川家藏本。闻予好琴，邮寄见

[①] 录自《刘鹗年谱长编》，第 665 页。

赠。系金陵汪安侯从潞藩刻本手录。而关中云在青较勘者也。汪安侯为较
《五知斋琴谱》黄仲安之师（见《五知斋·序》），又为著《松风阁琴谱》之
程松涛所推崇者也（见程谱《释谈章注》）。云在东（"东"，原文如此。疑
为"青"之误）则辑《蓼怀堂琴谱》者。二公皆国初琴学专家，所鉴当无误。

吾琴师大兴张瑞珊先生取而操之，以旧谱稍有不谐，为之订正数处。音韵
铿然矣。

兹将两谱并刊传世，亦吾抱残守缺之职也。乐书所载四十四段，此仅十段，
或者正拍后之乱声欤。光绪丁未三月望日丹徒刘铁云识（据《十一弦馆琴谱》）

《十一弦馆琴谱》序二

琴之为物也，同乎道。《参同契》《悟真篇》传道之书也，不遇名师指授，
犹废书也。琴学赖谱以传，专恃谱又不足以尽琴之妙，不经师授，亦废书也。
故琴学重谱，尤重师传。张君瑞珊，得传于庆辉山、孙晋斋二君。孙得于庆，
庆得传于李澂宇。李澂宇得传于徐越千、周子安之徒。

张君曰："琴学真不易也。昔日游孙先生门者数十百人，而得其传者，寥
寥无几。吾所知者，其哲嗣汝亭先生、代州贾修五、福建黄菊三与予数人而
已。而予以琴学授徒，二十余年间，仅蓬莱王桐君女史一人尽吾之学。其他一
知半解，未足重也。"

铁云漫游吴楚秦晋燕齐之郊，见操缦者多矣，无如张君善。张君又工琵
琶，能以琵琶合琴曲，无不叶者。琴之妙用在吟揉，在泛音，张君悉能于琵琶
得之。谓非神乎技耶？琴之传，得诸孙氏，若琵琶，则张君所独创也。张君亦
颇自喜其琵琶，故颜所居曰"十一弦馆"。

昆明赵君子衡，文恪公哲嗣也，与予为二十余年之莫逆交。于声光、化
电、伦理、物理之学无不研究。工算，尤精音律，金石丝竹，匏土革木皆能
之。从张君学琴，兼学其箫，亦能以箫叶琴曲。

京师者名利渊薮也。四方豪杰之士，轶尘绝足，竞奔富且贵。于软红十丈
中，车轮马足之声不绝。乃于最繁盛之区之侧，有蝶园焉，铁云所赁以居者
也。园有山、有池。有楼以望月，有台正对西山之爽翠，有大树合三人抱。室
中有三代秦汉以来金石文字，有唐宋元明书画，有四朝古琴。每当辰良景美，
铁云鼓琴，张君弹琵琶，赵君吹箫，叶《广陵散》等曲，三人精神与音韵相

融化。如在曲江天下第一江山山顶，明月高悬，寒涛怒涌，嚣尘四绝，天籁横流。人耶？琴耶？情耶？景耶？俱不得而知矣！苏若兰之言曰："非我佳人，莫之能解。"陶靖节之言曰："此中人语，不足为外人道也。"铁云又识　　（据《十一弦馆琴谱》）

《十一弦馆琴谱》序三

《广陵散》之初见于世也，得诸鬼。《琴谈》引古说：嵇康游会稽，入王伯通家新馆内投宿。弹琴至三更，有八鬼出现，曰："吾是黄帝时乐官伶伦也。我教先生弹《广陵散》。"鬼取琴弹一遍，康即能弹。其后，康以是曲弹之，鬼神皆泣，金铁皆鸣。《广陵散》之再见于世，又得诸鬼。《世说》会稽贺思令，善弹琴。常夜在月中坐，林风鸣弦。忽有一人，形貌甚伟大，著械有惨色，在中庭称善。便与共语，自云"嵇中散"。谓贺云卿手下极快，但于古法未备，因授以《广陵散》，遂传之于今不绝。

然则《广陵散》其真为鬼曲矣乎？古来琴曲传于今者所矣，从未有离奇倪恍若《广陵散》者。岂真为鬼曲也耶？唐《卢氏杂说》：韩皋闻鼓琴，至于息。叹曰"妙哉！嵇生之为是曲，其在魏晋之际乎？其音商，商主金。晋承金运。此所以知魏季晋将代也。慢其商弦与宫同音，是臣夺君之义也。王陵、毋丘俭、文钦、诸葛诞继为扬州都督，咸有兴复之谋，皆为司徒所杀。康以扬州广陵地，故名《广陵散》，欲避晋祸。故托之鬼神焉。"呜呼，此说确矣！司马氏之心，路人知之。中散伤魏室之将亡，故借广陵观涛之意，而写如沸如羹之象，其寓意深矣。而卒以此贾祸，故后之传其曲者益更不敢彰，皆托诸鬼神云。学者不能得中散之用意，焉能识此曲之妙哉！

凡曲之妙在叶。此曲之妙在不叶。犹诗之拗韵也。丁未四月铁云又识。

【编著者按】 刘鹗在"小说家"、"金石家"、"医学家"、"治河专家"等众多头衔之外，也无愧"民族音乐家"的称号。所录的刘鹗为琴谱所作序文，可见其详细、丰富和专业程度已堪当那个年代的音乐领域论文。另有湖南科技大学彭岩的研究论文《刘鹗音乐成就探微》① 从七个方面进行了论述。在此仅将

---

① 彭岩：《刘鹗音乐成就探微》，《艺海》2012 年第 3 期。此文之后扩展为专著《凤哕龙吟——刘鹗琴学成就探赜》，中华工商联合出版社 2018 年版。

摘录两段内容：……"音乐家"是近代才出现的新词，源自意大利语"conserva"，主要是指专门从事演唱、演奏、教学、创作、研究，在音乐专业方面有较高造诣的人。作为音乐家必须要有几方面的成就：一是至少要精通一件乐器；二是有明确的理论观点；三是对相关知识有较深入的研究，并有一定的社会影响。关于刘鹗与音乐活动的相关资料，除了少量他曾经收藏过的古琴实物外，现在保留下来的只有少量的文字记载。这些记载主要集中在《十一弦馆琴谱》、《刘鹗日记》、《铁云诗存》、小说《老残游记》以及刘鹗后人的回忆文章等文献中。那么刘鹗涉猎的是哪方面的音乐？他的音乐造诣和艺术成就到底有多深？如何整体概括和评价他的艺术成就？给他冠以"音乐家"称谓是否恰当？这就需要我们运用胡适所推崇的考据学原理，对这些相关资料进行"大胆假设，小心求证"了。

从相关资料的分析来看，刘鹗对以古琴为主的文人音乐进行了深层次的探索。尤其在收藏古琴、抄录古谱、编撰《十一弦馆琴谱》等方面做出了重要的贡献，留下了非常有价值的实物和文字资料，对现代琴学研究与发展产生了深远的影响。与屈原、白居易、刘禹锡等以文学成就著称，同时在音乐方面有所造诣的文人相比，刘鹗在编撰琴谱、收藏古琴等方面所取得的成就更具体，对后世音乐发展的影响更深远；而与嵇康、徐上瀛、李贽等琴艺精绝、影响深远的古琴大家相比，刘鹗的音乐思想更明晰，更具前瞻性。和中国历代音乐家一样，音乐家刘鹗的"音乐"已成为历史的绝响，但是他曾经收藏的古琴、抄写的古谱、编撰的琴谱，以及在小说、琴谱、诗歌、日记中字字珠玑的相关描写，则"或如凤哕，或如龙吟"，不断诉说着他在音乐艺术上的巨大成就。应该说，他无愧于"音乐家"的称号。

附：朱松龄："百年抚琴照 一代儒雅人"①

本人手头有一张老照片，细算一下，至今已有106年了。照片不仅提供了100年前北京照相业的有关信息，更令人们感兴趣的是，照片中的人物竟是收入《辞海》的近代名人刘鹗（铁云）。

---

① 此文初发于"新浪博客 穆公688的博客2013-07-19"，2019年收入《家学拾零》文集。此照也被本书用作封面背景。作者朱松龄（1939—），刘鹗曾外孙，刘大绅外孙（母刘厚端、父朱右民）。1957年毕业于杭州师范学院。杭州市作协会员，高级教师，前任儿童文学创委会副主任、杭州市文联副主席。发表太谷学派、家学、刘鹗及《老残游记》研究论文多篇，著有《家学拾零》《岁月有情》《同心未泯》《罗守巽资料选编》等，并以穆公等笔名发布高质量网博文近两百篇。

　　此照片是一张 14×20cm（约相当如今 6 寸照片）的泛黄照，粘贴于 24.5×
31.5cm 的印花硬纸板上。纸板的印花相当精细，用赭石色线条和花卉图案围
成边框，中间用于粘贴照片。下边框空白处有"虎坊桥东路北　沈德昌照相
馆"字样，值得注意的是这一排紫色的宋体字似是用铅字蘸印色手钤上去的。
笔者猜想这种印花纸板是各照相馆通用的，并非一家专利，为作区分故用手工
钤上照相馆名字和地址，以作宣传。

　　照片中的人物有三，中坐抚琴者即《老残游记》《铁云藏龟》作者刘鹗，
左首弹琵琶者是刘鹗的古琴老师张瑞珊，右面年轻的持箫者是刘鹗第四子刘大
绅。照片是在一个草木扶疏、绿树成荫的花园中拍摄的，背景是一堵盖有琉璃
瓦的古色古香的围墙，近处的盆栽枝繁叶茂，花朵绽放，看似某王府或富家花
园之一隅。

　　笔者查阅到了刘鹗丁未年为《十一弦馆琴谱》写的叙（序），文中有一段
这样的描述："……乃于最繁盛之区之侧，有蝶园焉，铁云所赁以居者也。园
有山、有池。有楼以望月，有台正对西山之爽翠，有大树合三人抱。室中有三

代秦汉以来金石文字，有唐宋元明书画，有四朝古琴。每当辰良景美，铁云鼓琴，张君弹琵琶，赵君吹箫，叶《广陵散》等曲，三人精神与音韵相融化。如在曲江天下第一江山山顶，明月高悬，寒涛怒涌，嚣尘四绝，天籁横流。人耶？琴耶？情耶？景耶？俱不得而知之矣，苏若兰之言曰：'非我佳人，莫之能解。'陶靖节之言曰：'此中人语，不足为外人道也。'"

这段描写不仅告诉我们刘鹗在北京租了一所大宅门，庭院中的景色绝美，而且描绘了他和朋友在美景中抚琴奏乐的情形，这不由使人想起《老残游记》中对音乐出神入化的描写，原来是有深厚的现实生活基础的。

据《铁云先生年谱长编》记载：

光绪三十三年 丁未 公元一九〇七年 五十一岁 五月由南方到北京，住板章胡同。为琴师张瑞珊刊印其所著《十一弦馆琴谱》并作叙，述其渊源和成就。

由此可推断，上面所描写的花园即北京板章胡同一老宅——蝶园。

最后有两点还要说明一下：第一，为什么笔者认定照片中那年轻人并非"赵君"，而是刘大绅呢？因为笔者是大绅公的外孙，曾见过大绅公许多旧照。此外，赵君（子衡）是铁云公二十余年之莫逆交，年龄应更年长些才对。

第二，这张照片是室外照，可见当时沈德昌照相馆是可以扛了照相机上门服务的。铁云公《乙巳日记》（1905年）七月二十一日有如下记载："下午千佛岩落成，招王、赵来观并吃晚饭。"铁云公的亲家罗雪堂曾说："在板章胡同（铁云先生）将所藏造像嵌在院中假山上，名为'千佛岩'，恰好我有事去京，王效禹、方药雨也从天津来了，铁云先生请我们在家吃午饭，看他所得的《崔敬邕墓志》，在'千佛岩'前照了一张合影……"（详见《我和老残游记补篇》，第54页）由此可见铁云公拍户外照不止一张，早在抚琴照前二年就有"千佛岩"4人合影了①。但此照是否沈德昌照相馆拍的就不得而知了。

穆 公（朱松龄）2013年写于杭州嘉绿苑

---

① 此照即本书收入的《〈崔敬邕墓志铭〉跋记及合影》、照片及"编著者按"。

10.《致毛实君书》手迹及释文（1909）[①]

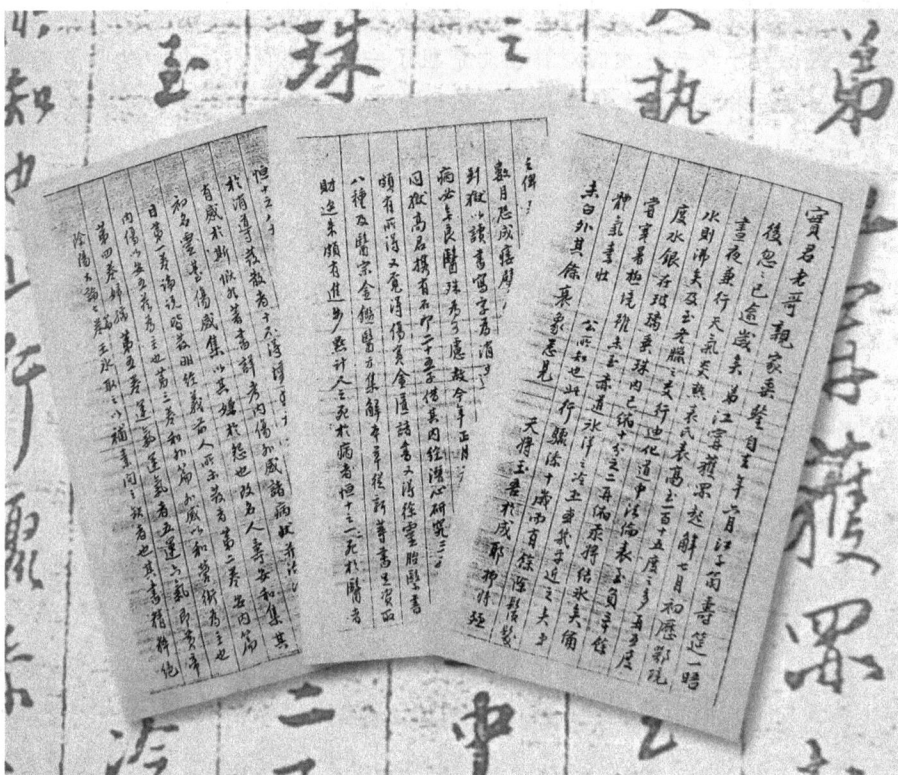

《致毛实君书》手迹

【释文】

实君老哥亲家垂鉴：

自去年六月江子翁寿筵一晤后，忽忽已逾岁矣。弟江宁获罪起解，七月初历鄂境，昼夜兼行。天气炎热，袁氏表高至一百十五度之多，再五度水则沸

---

① 信函为《翰墨清芬——刘鹗、刘大绅、刘蕙孙三世手迹辑存》书影，原件由刘蕙孙后人收藏；释文引自《刘鹗集》。

矣。及至冬腊之交，行迪化道中，法伦表至负三十余度，水银在玻璃垂珠内已缩十分之二，再缩，汞将结冰矣！备尝寒暑极境，虽未至赤道、冰洋之冷热，或几乎近之矣。弟体气素壮，公所知也。此行骤添十岁而有余，除须发未白外，其余衰像悉见，天将玉吾于成耶！抑将殛之俾死于穷边也。近因蜷曲日久，以致两腿麻痹日益，再数月恐成痿躄，纵获重生，亦成废弃，言之惨然。

去腊到狱，以读书写字为消遣。计腊尽，忽思狱中若得病必无良医，殊为虑。故今年正月为始，并力于医。适同狱高君携有石印二十五子，借其《内经》沥心研究，三两月间颇有所得。又觅得《伤寒》、《金匮》诸书，又得徐灵胎医书八种，及《医宗金鉴》、《医方集解》、《本草从新》等书，足资取财。

迩来颇有进步：

默计人之死于病者恒十之一二，死于医者恒十之八九；又外感之病不过十之一二，内伤之病恒十之八九；病之坏于消导发散者十不得一，坏于补药失当者十之八九也。有感于斯，慨然著书，详考内伤、外感诸病状并治法凡五卷。初名《灵台伤感集》，以其嫌于怨也，改名《人寿安和集》。其目第一卷"论说"，皆发明经义，前人所未发者。第二卷"安内篇"，内伤以安五脏为主也。第三卷"和外篇"，外感以和营卫为主也。第四卷"妇孺"。第五卷"运气"。运气者，五运六气即《黄帝阴阳大论》七卷（篇），王冰取之以补《素问》之缺者也。其书精粹绝伦，古今来医家得其解者，汉张机、唐王冰数人而已。宋已后识者盖寡。或有之，吾特未之见耳。汉以前人大约无不熟此。观《左传》晋侯有疾，秦使医和视之。和云：天有六气，降生五味，发为五色，征为五声，淫生六疾等云，皆本诸此也。鹗能粗通其义，然欲精其术，不知此生有望否耳？第二卷昨已编成，再修润数日即付钞胥。其余四卷，七月内可一律告成矣。

本月中旬，联大师以奉改元大赦恩诏：将新疆所有京外发来监禁及效力赎罪人员共计三十二名，一律开单奏咨请旨。闻十六日折已拜发。如执政仍是项城则无望矣。幸南皮仁厚长者，可有赐环之望。且观于起用发废员之诏，则摄政王之豁达大度可见一斑，与南皮济美。或者鹗竟获生入玉门也乎。倘有此幸事，计部文到迪，当在七八月之交。彼时即可释放。弟蒙释即行，约到兰州总在十月杪矣。谨将所著《人寿安和集》面呈鉴定，幸赐教正为盼。兼得从公作平原十日之饮，并与诸友作五泉之游，心向往矣！

弟去年来时，兰州押解委员典史刘玉亮沿路照料甚周，尤可感者不以待盗贼之法相待，获福多矣。该委员生返计程万余里，经时八阅月，可谓劳矣。甘省凡当此类苦差者，如平稳无过失，例得酌委，调剂差缺，非弟所敢与闻议。惟与其人周旋四五阅月之久，理合陈诸冰案前也。刘典史其人颇有干济才，且不贪小利。如治路索州县马匹、草料钱等弊，皆不屑为，在佐杂中佼佼出众者矣！至如何循例调剂之处，则非鹗所敢妄有干求也。

尊处幕宾同来者几人？叔平、班侯想俱来也。赵六先生亦能随行否？念念。

姻愚小弟刘鹗顿首　余容续备。

敬请

升安

诸同仁均此请安

（《刘鹗集》第 759 页）

【编著者按】 刘鹗此件长函作于病故（8 月 23 日）前两个多月的 6 月 9 日，信中刘鹗自言健康状况已堪忧："近因蜷曲日久，以致两腿麻痹日益，再数月恐成痿躄，纵获重生，亦成废弃，言之惨然。"然刘鹗并没有让流放的光阴虚度，"慨然著书，详考内伤、外感诸病状并治法，凡五卷。……皆发明经义前人所未发者"，更对恢复自由满怀憧憬："如执政仍是项城则无望矣。幸南皮仁厚长者，可有赐环之望。……兼得从公作平原十日之饮，并与诸友作五泉之游，心向往矣！"

11.《刘铁云轶事》（1936）[①]

我有一位四川朋友，他的年纪今年七十多了。年纪虽有了这么大，他的心还是很年青。因此他倒欢喜同青年人玩在一起。他虽是四川人，在外面奔波了几十年，中了举人，做过多年的官，教过书，最近才回到成都。我同他认识，

---

① 此文为刘大杰所作，叙说刘鹗的一些轶事，创作于 1936 年。录自魏绍昌、刘厚滋、刘厚泽编：《老残游记资料》，中华书局 1962，第 122-126 页。

是五年前在安徽大学教书的时候。他那时也寄居在安庆。他在文学上的表现，是词和曲，在学问上的研究，是金石学。他欢喜刻图章、买古董、收集古本书和古代的砖瓦。一个砚台、一条墨、一只磁瓶，到了他的手里，必得要费他一点多钟的功夫。摸来摸去，有时候用口呵着气，有时候用他的指甲敲着，尖着耳朵听声音。弄了半天，他说这是什么时代的什么地方的东西，可以值多少钱。所以我们在小古董店里找到一件东西想买的时候，必得找这一位老先生去鉴定一番，他从不辞劳苦，总是高高兴兴地同你一路去。

我有四年多没有见他了。但我常常想起他。这一次我到四川大学来教书，突然在成都遇面，"他乡遇故人"，真是感着非常高兴。

成都并不是他的故乡，他的家在川南的一个小县里，因此他在成都的朋友也就很少。下了课没有事的时候，我们时常会面，一谈便是几点钟。他的脑袋，真好象一部辞书，不知道他为什么能够记得那么多的东西，无论古代的或是近代的。有一天晚上，我们不知怎的，忽然谈到《老残游记》这一本书，他忽然叹息地说：

"我这位朋友，实在是一个很有抱负的人，想不到他是那样结果的。"我听了一惊，便抢着问他："老残同你是朋友吗？""老朋友哩！"

我听了真是高兴极了。刘铁云先生我一向很注意，我很早就读过他的《老残游记》。平日我在旧书店里跑来跑去，总想找着一点关于老残的作品，可是从没有发见过。这次听见他同老残是朋友，想从他的谈话里，知道一点老残的生平事迹。

"老先生！你这位朋友我很注意，在小说史里都是要讲到《老残游记》的，请你把他的故事讲点给我听听。"

他高兴得很，饮过一口茶，便滔滔不绝地讲下去：

"我同他认识，是我中了举人，预备到北京去会试的时候。那时候我住在上海一个朋友的家里。没有事，便时常到旧书店里去看书。那时南京路的后面有一条街，叫做铁马路，有个书店叫做慎记书庄（或为"石仓书局"①），便

---

① 据《刘鹗年谱长编》，郭长海教授找到了几条关于"石仓书局"（四马路西）的广告（见郭长海《刘铁云杂俎》，收入《中国近代文学史证——郭长海学术文集》，吉林人民出版社2005年版。蒋逸雪《刘鹗年谱》（齐鲁书社1980年版）："刘大杰《刘铁云轶事》谓鹗曾设慎记书庄于南京路之铁马路（即今之河南北路），为人顶去，只得银二百两。不知此慎记书庄与石仓书局是一是二，疑不能明，以俟知者。"笔者以为，刘鹗很可能在办石仓书局之前，曾短期经营过这家旧书店。

是刘铁云开的。我是在慎记书庄里认识他的。因为我常常到他店里去看书，渐渐地熟识起来，便成了好朋友。

"他是一个圆脸，眉毛浓得不得了，两只眼睛很有力，就是耳朵太小。他自己懂得看相，说他的耳朵太小，晚年一定要遭祸的。他当时最欢喜收藏古版书和那些考古学的材料，他的钱大半耗费在这一方面。当时我有一位老师收集了不少的龟甲文的材料，由我从中介绍，全部卖给他。他那时对于研究龟甲文，正发生着浓厚的兴趣①。他后来出了一部书，便是《铁云藏龟》。我同他在上海相熟的时候，慎记书庄已经是不能维持了。后来他把这书庄顶给旁人，只得到两百银子。以后他丢开书生意不做，便摇着串铃做医生。他由江苏到山东，一路走到北京，便在北京住下了。他在山东的生活，在《老残游记》里写得很清楚。

"我在北京又同他住了三年，是从戊戌到甲子（应为'庚子'之误，因本文结尾有'我是庚子年离开北京的'，笔者注）。他的房子在半壁街，是一栋有两个大院子的七重房子。这房子就在大刀王五的隔壁②。大刀王五这人你恐怕不大清楚。在北京住过的人，都会知道他的。他是当时的一个大侠客，飞檐走壁，本事真是好得很。他并没有正式的职业，开一个镖房，专替人保镖。同时他很有一点武松的气概，喜欢打抱不平。他的宗旨，是除暴安良。刘铁云的思想，实实在在是一个维新派。他提到满清的政治，就愤慨得很。对于当时维新派的六君子，他是满口称赞的。

"铁云住在北京的时候，我们几个人最相好。我们一见面，便同着到元兴堂去吃饭。元兴堂是一个回教馆子，因为大刀王五的女人是回教徒，所以我们总欢喜到这个教门馆子里去吃饮食。当时有许多外国人同刘铁云来往，我有时也问他同洋鬼子们干些什么，他说是替他们买古董。在他住的那一栋七重的大房子里，每一间房子都摆满了佛象。高的有五尺，小的小到一寸两寸，有木的有铁的有铜的也有玉石的；有清代的，也有明代的或是明代以上的。大大小小

---

① 刘鹗对甲骨文的最早确凿记载是 1902 年 11 月 5 日（见《新论》第二部分），但如编著者在刚发表的论文《再论》第五部分中所说，有线索显示"'刘鹗在河南（1888 至 1893 年—原注；更可能是 1897 至 1898 年编著者今注）独自从中药中发现甲骨文'的说法"，而刘大杰此文所说将这个可能提前至刘鹗去河南的 1888 年夏之前，虽可信度不高，也应算是又一条独立的线索。

② 关于刘鹗在这个时期的住址，此处所说与王五相邻的"半壁街"尚为孤证。详论请见本文之后的【编著者按】。

他收集了五千多个。这些都是很值钱的东西。我当时曾替他那栋屋子题过一个名字，叫做万佛堂。后来在义和团起事的时候，那栋房子和那些佛象，都被火烧光了。大刀王五也在那一次事变丧了身。大刀王五的死，刘铁云伤痛到了极点。

"铁云无论到什么地方，身畔总要带几部宋版书。有一部宋版的《南华经》，他最欢喜，是他的随身宝。这本书他读得很熟，他一生的人生观，也受了这部书很大的影响。他的书上都有他的图章，有时也加圈点，有时也加眉批，字体写得端端正正的，不知道那些好书，现在都流到什么地方去了。

"他很欢喜同寡妇讲交情。无论到什么地方，只要住到半年一载，他必得筹办一个秘密的小公馆。这小公馆必得是他的好朋友才可以出进。他在北京的小公馆，我去过好几次。他同普通人应酬，是在他自己住的那栋公开的房子里。这一点秘密，就是他的家庭也无从知道。他高兴的时候，便向朋友宣传他的寡妇哲学。他还写过咏寡妇的诗，不过他一写下来，随即把稿子毁了。我到现在还记得两句：'雨后梨花最可怜，飘零心事情谁传。'这两句诗，当时朋友们都说它好，所以我到现在还记得。

"他也喜欢进妓院，可是他和旁人不同。他叫起姑娘来，一次总是十几个，莺莺燕燕，坐满一房，唱的唱，闹的闹，到后来每人赏些钱就走了。

"我是庚子年离开北京的，临走时我们约了在南边会，但是以后我就没有同他见过面。他从庚子年以后的生活，我也就不大清楚了。……"

我这位老朋友说到这里，便停住了。他仰着头望着窗外的梧桐叶，好象是在思索什么的样子，我望着他头上那些全白的头发和胡须，不知怎的感到了一种轻微的伤感。

（原刊《宇宙风》半月刊第十一期，一九三六年二月十六日出版。本书转载时，经作者在文字上作了一些修改。）

【编著者按】刘大杰教授（与刘鹗没有亲属关系，简介见下）的此篇《刘铁云轶事》可谓羚羊挂角之作，不但文中的神秘回忆者没有姓名，而且其后的四十年里也未再见刘大杰任何相关的文字。然此文内容颇为详细、生动，不少部分较合情理，故频频被刘鹗及《老残游记》的研究者引用，但都不能断定这位"刘鹗的老朋友"究竟是谁。

刘大杰（1904—1977），著名文史学家、作家、翻译家。湖南岳阳人。早年经郁达夫指导并资助赴日攻读欧美文学，1930 年毕业于日本早稻田大学研究院。之后历任上海大东书局编辑、安徽大学教授、四川大学中文系主任、上海临时大学文法科主任、暨南大学文学院院长等。新中国成立后长期担任复旦大学教授兼中文系主任、中国作家协会上海分会副主席，及全国人大代表、全国政协委员等。著有《昨日之花》《德国文学概论》《魏晋思想论》《中国文学发展史》《红楼梦思想与人物》等。1965 年夏曾获毛泽东接见讨论中国文学史，"文革"后遭非议，"其荣也至极，其辱也难堪"（林东海语）。

关于这位"刘鹗老友"的身份，笔者也曾遍查相关资料，可能人物如乔树枏等都有重要履历不能契合。最近郑学在《"光绪废立"与〈老残游记〉：重释刘鹗的救国理想与文体革新》（2022）一文的注释中提及："刘大杰《刘铁云轶事》曾描述一位隐去姓名的神秘老者，事与吴式钊略似。然该老者为四川人，戊戌到庚子年曾与刘鹗同寓，而吴为云南人，辛丑年方与刘鹗同寓。或许老者另有其人，抑或许刘大杰为了保护当事人隐私，故意改动了身份信息。"①即怀疑刘大杰可能故意给出了讲述者的错误信息。另笔者从这位老友所说的"当时有许多外国人同刘铁云来往，我有时也问他同洋鬼子们干些什么，他说是替他们买古董"来看，他应该并非刘鹗密友，因为刘与外国人交往的主要内容是与英国福公司的路矿、股票业务，与日韩友人合伙创办实业，而非什么古董买卖。

刘大杰还在此文中自述"刘铁云先生我一向很注意，我很早就读过他的《老残游记》。平日我在旧书店里跑来跑去，总想找着一点关于老残的作品，可是从没有发现过"；故他在其几度修改的最重要著作《中国文学发展史》中，对刘鹗及《老残游记》也有专业、到位的专论，且在当年已算公允：

刘鹗……他的学问博而杂，理学、佛道、金石、文字，以及医算占卜等等，都有造就。诗文也写得很不坏。一生著作颇富，小说仅老残游记一种，而竟以此传名。……虽说是一时即兴之作，作者并非全无主旨，其自序云："吾人生今之时，有身世之感情，有家国之感情……。"作者的态度与心情，由此可见。他所要写的，是着重于国家社会的观感，而非个人的身世。他反对民主

① 郑学：《"光绪废立"与〈老残游记〉：重释刘鹗的救国理想与文体革新》，《文学评论》2022年第 4 期，第 76-77 页。

革命，而是一个拥护封建政权的改良主义者，但他也已意识到清朝已走到了不可挽回的残局，对于黑暗的官僚政治和国势的危急，表示深切的不满。他主张要挽救危亡，唯有提倡科学，振兴实业，才有希望。这是他的改良的政治主张。……所说的清官，正是那些表面以清廉为名，实际是用血腥手段，残民以逞，上邀高级统治者的宠幸，得以钓名沽誉、升官发财的酷吏。《老残游记》通过酷吏玉贤、刚弼的主要"政绩"，暴露出清代末年官僚政治的黑暗残暴和广大民众的惨痛生活。"冤埋城阙暗，血染顶珠红。""杀民如杀贼，太守是元戎"，在这些沉痛的题诗里，真实地揭发了封建统治集团和所谓清官的本质，以及作者对于他们的不满。因此，作者的政治观点虽是落后的，但《老残游记》在这一方面仍然显示出一定的现实意义。

《老残游记》因为是游记式的记事体，结构不很紧严，但在描写上表现了优美的技巧。文字清洁简炼，流利圆熟，在描写人物个性、山光水色时，能一扫陈语滥调，独出心裁，而非清末一般小说所能及。如写刚弼的性格，大明湖的风景，白妞、黑妞的说书，桃花山的月夜，黄河的冰雪，高升店的掌柜，翠环的悲史，吴二浪子的赌博，逸云的身世，都是较为生动的好文字，因为这些，增加了《老残游记》的价值。①

附：刘鹗"半壁街"寓所存疑及示意图

刘大杰《刘铁云轶事》所述事迹多与刘鹗的行止和习性相合，但也有不少重要信息尚属孤说、孤证。除上面正文脚注中提及的关注甲骨时间的存疑，最著名的还要数刘鹗与大刀王五的交往。据刘蕙孙《铁云先生年谱长编》、刘大绅《关于老残游记》、刘德枢《刘鹗的祖居及寓所小考》② 等，刘鹗在1896—1899 年间的住址有北京"贾家胡同"和"宣南之椿树下三条赵文恪住宅"；1900 年"庚子事变"后，住过"东城大甜水井宝熙宅"、"寓崇文门外木厂胡同"、"前门外骡马市大街板章胡同"（相关老地图标注见下）；并无住"半壁街"、与王五交往的记载。然此文尚有"我在北京又同他住了三年，是从戊戌到……""我们一见面，便同着到元兴堂去吃饭。元兴堂是一个回教馆子，因为大刀王五的女人是回教徒，所以我们总欢喜到这个教门馆子里去吃饮

---

① 刘大杰：《中国文学发展史下》，上海古籍出版社，1982 年 5 月第 1 版，第 1281-1283 页。

② 《刘鹗的祖居及寓所小考》收入刘德枢《吾家家世》，刘德符编，天津大学印刷厂 2009 年自印本，第 118 页。

食"、"他住的那一栋七重的大房子里，每一间房子都摆满了佛象……。我当时曾替他那栋屋子题过一个名字，叫做万佛堂。后来在义和团起事的时候，那栋房子和那些佛象，都被火烧光了"等相关细节，故也不像全部是错忆或编造。

刘蕙孙在《我与〈老残游记补编〉》（见本书第三编）中有与此相关的一些观点：其实，铁云先生进京远在戊戌变法之前，进京后，先住椿树上三条赵子衡先生家，与赵合住。戊戌第二年（乙亥年）回南。庚子秋又去北京放赈，其时赵子衡先生已回云南。铁云先生住在东城大甜水井宝熙家西院，辛丑后期家眷去百佳，搬至崇文门外板章胡同，……。一直住到戊申年（光绪三十四年）回南，并未再到北京，从未住过半壁街。辛丑年曾讨了一个郭氏做外室，因郑氏祖母不容，没有回板章胡同，在南下洼子一带，四五个月就故去。情节都对不上。可能刘大白（刘大杰之误，编者注）这位老朋友不是张冠李戴就是信口开河，但说得那么活灵活现。连我家人都信以为真。我的上一辈虽是大字排行，但刘大白与我家无关。而蒋逸雪在《刘鹗年谱》中推断，刘鹗早在20 岁之前就可能曾与王五有所交往①。另据林克光亲访王家后代所写《大刀王五和源顺镖局》一文②，王五早年曾为学武入回教，武艺学成之后，……起初出没于直隶、河南、山西、陕西、甘肃一带，广泛结交各地绿林豪侠。……光绪元年（1875），王五而立之年来到北京，在前门外珠市口东大街南的西半壁街路南开设源顺镖局……。王五的住家在香厂留学路，有前后两个院子……。此文所述王五的行止、时间，确实可能与刘鹗有交集，且"香厂留学路"更是恰与刘鹗 1905—1908 年间所居、并建有"千佛岩"的"板章胡同"仅一街之隔，故刘鹗的这位"老友"和刘大杰二人都有错忆（错记）、张冠李戴的

---

① 蒋逸雪在《刘鹗年谱》（第 6 页）中有如下推断：刘大绅云："……先君当时交游中，如柴某专治财赋，贾某专治推步，王某专治兵略，又一王某专治拳勇，均造诣深邃。"此可与《老残游记》第七回老残向申东造推荐刘仁甫互证："我二十九岁的时候，看天下将来一定有大乱，所以极力留心将才，谈兵的朋友颇多。……其时讲舆地、讲阵图、讲制造、讲武功的各样朋友都有，此公便是讲武功的巨擘。"案：鹗二十岁即由河南南归，交结才士，当系二十以前事。游记中所称之刘仁甫，系影射侠客"大刀王五"，当时南起清江浦，北至燕市，得五表识，纵运珍奇，群盗莫犯。……两昆仑，说者谓：一为康有为，一则王五。五欲为嗣同助，亦缘鹗之介云。正与大绅"又一王某专治拳勇"之言相应。

② 林克光《大刀王五和源顺镖局》收入《近代京华史迹》，中国人民大学清史研究所，林克光、王道成、孔祥吉编，中国人民大学出版社 1985 年版，第 331-332 页。

可能。

刘鹗是否住过半壁街，是否与王五有过交往，基于目前的有限资料，只能存疑待考。

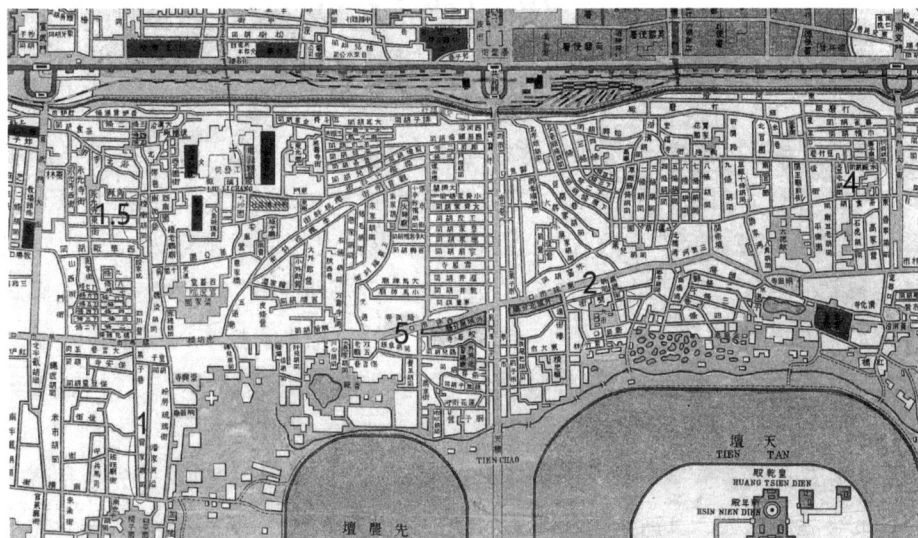

上图中所圈街名并标数字 1 至 5 为北京刘鹗曾经住址：1. 宣武门外贾家胡同（1896—1897）；1.5 侨寓宣南椿树下三条赵光谥文恪住宅（1897—1899）；2. 珠市口西半壁街一万佛堂；3. 东单大甜水井胡同（不在图内，1900）；4. 崇文门外木厂胡同（1901—1905）；5. 前门外骡马市大街板章胡同（1905—1908）。（地图来源于中华民国三年七月［1914］初版《北京地图》网络版，比例尺 1∶15850，印刷所：天津中东石印局）

二、刘鹗碑跋遗墨

本章选辑的刘鹗题跋手迹，皆可基本断定为刘鹗手笔。除《崔敬邕墓志铭》《北宋拓苏书醉翁亭记》跋记为编著者自藏，个别取自《刘鹗集》资料图片外，多为编著者近年零散收集的图影和书影，内容或墨迹多为《刘鹗年谱长编》《刘鹗集》及《刘鹗及老残游记资料》等书所未收（已发表的刘鹗碑跋手迹如《姑苏贝容斋塘千墨堂〈宝严集帖〉跋》、《北宋拓本〈唐临本荐季直表〉跋》等本编未收）。虽尺幅画质参差不齐，然其书法粲然之美，内容考辨之精，应可供书法、碑帖学者和爱好者欣赏、参考、研究。

古籍碑帖专家宗鸣安在《刘鹗碑帖鉴赏录》中介绍说："刘铁云先生是清末著名的金石收藏家，其所经眼、收藏的金石碑拓自然不少。……我们从铁云先生的日记中辑出相关内容，数量虽然不能称多，但足可展现清末金石学的研究水平、鉴定方法以及碑帖收藏的兴盛与价值观。这些信息无疑也是对晚清其他金石家研究文字的重要补充，因为他们之间都有一定的交集、联系与传承。"[1]

在近 40 年前的《刘鹗及老残游记资料》中，编著者曾"祈望今后能在学术界关心下，逐步将刘鹗的碑帖题跋搜集完备"[2]。而最近发表的一篇江苏大学的硕士论文《刘鹗书画鉴藏活动研究》[3] 的总结为："少许研究者开始关注刘鹗在美术史中的贡献和地位，但这仅是发掘了刘鹗书画鉴藏活动的皮毛。……国外有关刘鹗书法艺术和书画鉴藏的研究还尚未展开"。故希望本章的手迹辑存和相关注释，能够对进一步搜集研究刘鹗在金石碑帖书画鉴藏上的可观成就有所助益。

---

[1] 宗鸣安：《刘鹗碑帖鉴赏录》，载宗鸣安《晚清八家碑帖鉴赏录》，西安出版社 2022 年版，第 439 页。惜此书仅辑存了各大家日记笔记中与碑帖有关的文字，没有收入刘鹗等各藏家的任何碑跋文字和手迹。

[2] 《刘鹗及老残游记资料》，四川人民出版社，1985 年 7 月第 1 版，第 101 页。

[3] 王彦东：《刘鹗书画鉴藏活动研究》，江苏大学 2022 年 5 月美术学硕士论文。此文做了很有益的搜集整理，惜尚欠广厚。

1.《崔敬邕墓志铭》跋记及合影（1906）[①]

《崔敬邕墓志铭》[②]

① 书影：任光宇藏1976年台北艺文印书馆及网络；原版书影：1906年"大日本光村公司印行"写真版。据刘蕙孙及转述罗振玉言，初版出自"日本博文堂"（见本书第三编所收《我与〈老残游记·补编〉》的第十部分）。但编著者只见到封底书影有"大日本光村公司印行"，未见"博文堂"字样。

② 此跋所附四人合影曾多次被书籍和网络单独使用，但人物说明常有错误（包括《铁云先生年谱长编》齐鲁书社1982年版）。据刘鹗此跋的专门说明，四人左起为：王孝禹、罗振玉、方药雨、刘铁云。

《崔敬邕墓志铭》相关书影:

台北艺文印书馆 1976 年版《崔敬邕墓志铭》尾页及版权页书影（任光宇购藏）

刘鹗赠友人本书影　1906 年自印日本珂罗版百部之一书影，上三图左起为封面①、封底、扉页

---

① 此本封面有原藏者 1908 年题记："戊申春四月过上海访王寿萱丈于昌寿里，时刘铁云丈亦至、偕此赠寿老，余因得见饷一册。晚偕饮酒肆，向佣人索笔志之。"王锡祺（1855—1913），字寿萱，江苏淮安人。曾经营盐业及典当业，捐刑部候补郎中。书室名"小方壶斋"，精中外舆地之学，曾赴日本考察。著有《小方壶斋舆地丛钞》《方舆诸山考》《中俄交界记》等。刘鹗被密捕于 1908 年 7 月 20 日（农历六月二十日），此记录是他被捕前的交往行止之一，为各年谱所未载。

《崔敬邕墓志铭》碑拓始页

墓志铭后的陈奕禧①题跋（局部）
及藏家章

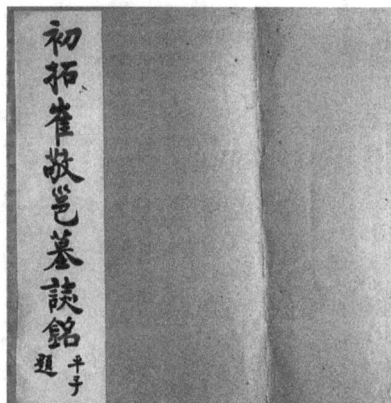

狄平子题签本《崔敬邕》封面书影

---

① 陈奕禧（1648—1709），字六谦，又字子文、文一，浙江海宁人。清代书法家、金石收藏家，诗、书著名当世。官户部郎中、贵州石阡府知府、江西南安知府。书《梦墨楼法帖》，辑《隐绿轩题跋》，著有《金石遗文录》《春霭堂集》等。

【释文】

　　崔敬邕墓志铭 此志石久佚，拓本传世甚稀，而书法实为北魏碑志之冠。流传人间，都所知者一两本而已，直与西岳华山碑等重。丙子八月得此本于京师扬州成氏所藏也。用日本写真版印百部分赠同好，共欣赏者，铜梁王孝禹、上虞罗叔耘、定海方药雨，下方写真由左而右是也。光绪丙午八月二五日丹徒刘铁云记于日本东京芝区乌森町吾妻屋旅馆。

2.《北宋拓苏书醉翁亭记》跋记（1906）[①]

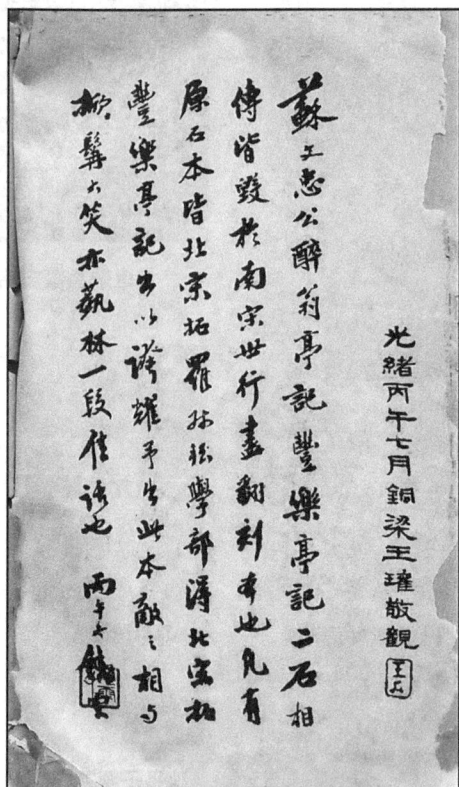

北宋拓苏书《醉翁亭记》

---

① 民国七年（1918）"有正书局"版《北宋拓苏书醉翁亭记》书影由任光宇藏。

有正书局1918年版宋拓苏书
《醉翁亭记》和《丰乐亭记》封
面书影

有正书局《醉翁亭记》第一页
及版权页书影

【释文】

光绪丙午七月铜梁王瓘敬观［王厶］印

苏文忠公《醉翁亭记》《丰乐亭记》二石相传皆毁于南宋，世行尽翻刻本也，凡有原石本皆北宋拓。罗叔耘学部得北宋拓《丰乐亭记》，出以夸耀，予出此本敌之，相与掀髯大笑，亦艺林一段佳话也。丙午冬铁云［蝶云父］印

（刘鹗原印 ）

【编著者按】"父"通"甫"，"台甫"之意，常跟在人名的"字"之后，以区别正式人名。

1905 年秋刘鹗密友、亲家罗振玉寻获《北宋拓苏书丰乐亭记》拓本，"有正书局"于民国七年（1918）与刘鹗的《苏书醉翁亭记》同时出版，编著者近年有幸陆续购得。该书后附有罗振玉、郑孝胥、刘鹗、王孝禹题跋，罗氏自跋得意难掩：【苏文忠公书法为有宋第一。顾因党禁，致丰碑巨碣一时毁扑殆尽。除《西楼帖》偶见宋拓本外，《姑熟帖》尚存断石，其余当时妙断，殆不存一字。此记明代复刻，几不存形皂尝以为憾。今年夏中于吴门得此北宋初拓，笔墨起转之迹跃然纸上，无异墨迹，唐风楼墨刻此为第一矣。虽碑首缺十九字，无损其为环宝也。乙巳秋装潢竟题记，上虞罗振玉〔罗振玉〕印】老友刘鹗见了难免艳羡，故在不久之后自己获得恰可"敌之"的《醉翁亭记》拓本时，更难掩狂喜之情，遂使"相与掀髯大笑"的"艺林一段佳话"跃然纸上，百多年之后的今人读来，仍如见当年其人其景。

3.《刘平国治关亭摩崖》拓本跋（1899）[①]

刘鹗题跋（见图中左，惜未见大图）

---

① 图文来源于卢芳玉《中国国家图书馆藏〈刘平国治关亭摩崖〉拓本简述》（网文节录），原载《刘平国刻石与西域文明学术研讨会论文集》。

【释文】

己丑、庚寅（1889—1890）之间，予在杭州张勤果公幕府，公出曩在新疆所拓各碑以贶，有此摹（摩）厓（崖）数纸，皆漫漶不清，据云地寒风燥，硾搨极难，盖硾未妥而纸已干矣，况左近无居人，驰马数十里，急搨数纸，匆匆驰回。过宴恐为猛兽所害云云。张公所贶，予已分散淮上诸君，今年复得此本，硾搨极精，致可宝也。唐诗云"不历边城苦，安知恩遇深"，不见其难得，不知其可贵也。己亥（1899）六月大暑节，刘铁云记。（钤"云抟"朱文扁方印）

【编著者按】 "刘平国治关亭摩崖"，全称"龟兹左将军刘平国治关亭摩崖"。东汉永寿四年（158）八月刻于龟兹国北境山崖（今新疆维吾尔自治区拜城县黑英山乡）上，摩崖分两段刻，皆隶书，记载东汉桓帝时龟兹左将军刘平国率领孟伯山等六人修筑列亭和关城之事。龟兹地处西域交通枢纽，汉西域都护曾驻节于此。这通摩崖石刻记录了汉代驻军在西域修亭隧以防备匈奴、维护丝绸之路畅通的史实。其发现和初拓，今人多据施补华《泽雅堂文集·刘平国碑跋》的记载，光绪五年（1879）夏，张曜出师新疆征讨阿古柏匪帮。军队在探寻路径时误入山沟，无意中发现崖壁上有残字，告知张曜幕中的施补华。当年初拓数纸，质量不佳。光绪九年（1883）施补华亲带拓工前往摩崖处再拓，可释读文字增加到一百多。遂分赠王懿荣、盛昱等友朋同好，《刘平国治关亭摩崖》声名大增，引起了学者们的广泛关注和研究。

4.《秦汉瓦当文》跋（1901）；
《三代瓦豆文》跋（1901）

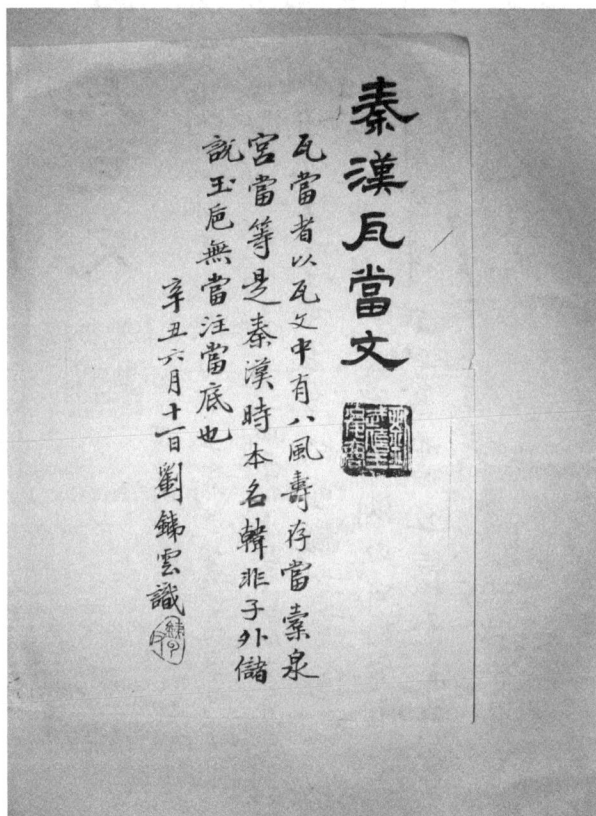

《秦汉瓦当文》

【释文】

秦汉瓦当文［刘武僖王后裔］

　　瓦当者，以瓦文中有"八风寿存、当橐泉宫"当 等，是秦汉时本名。《韩非子·外储说》："玉卮无当"。注：当，底也。

　　辛丑六月十一日刘铁云识［铁云父］印

【编著者按】图影来源于刘德隆《刘鹗集》图片资料。释文参考《刘鹗集》第642 页）。印文"刘武僖王"来自刘鹗先祖、宋代名将刘光世谥"武僖"。

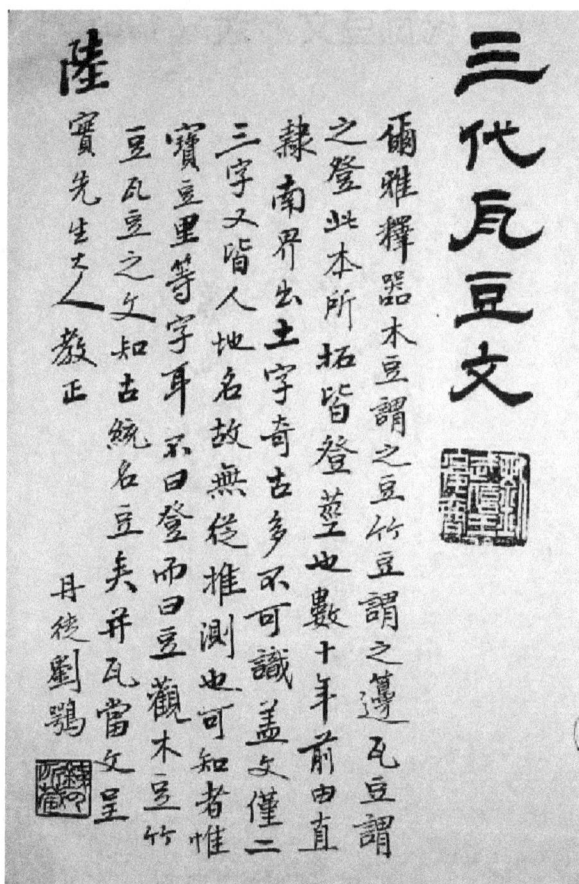

《三代瓦豆文》

【释文】

三代瓦豆文［刘武僖王后裔］《尔雅·释器》木豆谓之豆，竹豆谓之笾，瓦豆谓之登。此本所拓，皆登茎也，数十年前由直隶南界出土。字奇古，多不可识。盖文仅二三字，又皆人地名，故无从推测也。可知者惟"宝""豆""里"等字耳。不曰"登"，而曰"豆"，观木豆、竹豆、瓦豆之文，知古统名豆矣。并瓦当文呈　陆实先生大人教正　丹徒刘鹗［铁云所藏］印

【编著者按】释文录自《刘鹗集》。此《三代瓦豆文》跋未署年月，看字迹风格和所用印章与《三代瓦当文》跋同时，且有刘鹗 1901 年 7 月 26 日日记："午后往汇丰托吴幼塾汇《教育世界》五百元。……同日作《三代瓦当文》《三代瓦豆文》赠日本人陆实。"陆实（1857—1907），又名陆羯南，日本政论家。1901 年随政治家近卫文麿来华。曾任《日本新闻》《日本》社长、主笔等，曾参与日本政界暗助孙中山的活动。

5.《泰山刻石二十九字本》题跋（1901）[①]

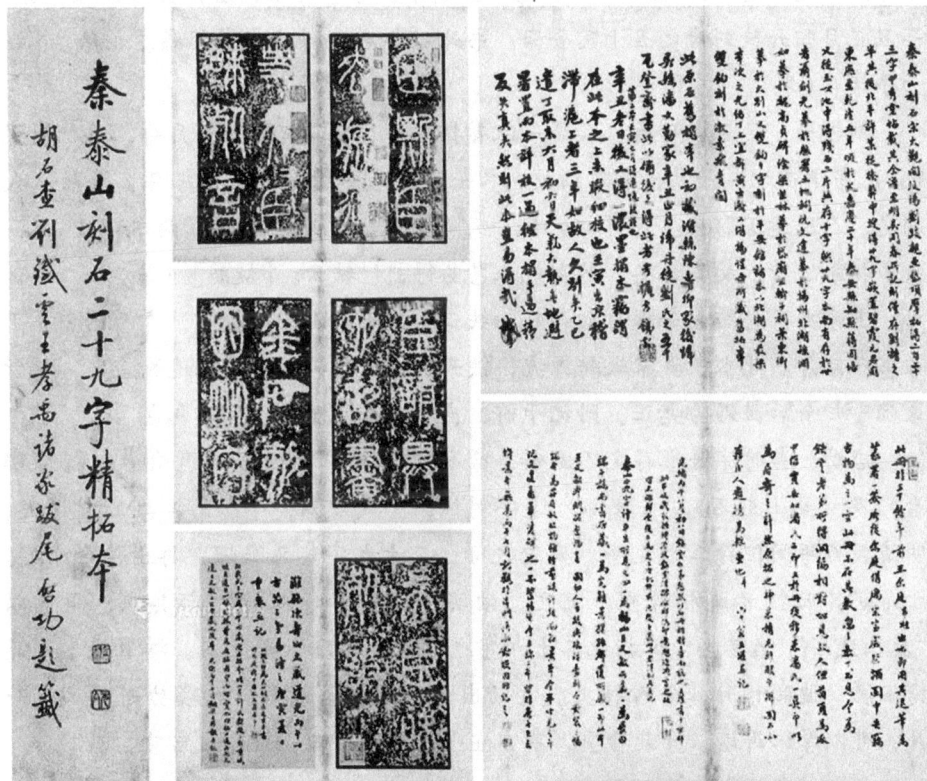

秦泰山刻石二十九字精拓本。胡石查、刘铁云、王孝禹诸家跋尾。启功题签。［启功］白，［元白］朱

【释文】

刘铁云：秦泰山刻石，宋大观间汶阳刘跂亲至岱顶摩拓，得二百二十三字，《甲秀堂帖》载其全谱，至明吴同春所记则仅存刘谱之半，其后北平许某从榛莽中搜得廿九字嵌置碧霞元君庙东庑，至乾隆五年毁于火，嘉庆二十年泰安县知县蒋因培又从玉女池中得残石二片，共存十字。然廿九字本尚有存于世者。聂剑光摹于县署土地祠，阮文达摹于扬州北湖，孙渊如摹于魏高贞碑阴，梁芷林摹于岱庙公输子祠，叶东卿摹于大别山，又双钩十字刻于平安馆。诸本以北湖为最，梁本次之。光绪丁丑，宜都黄士瀚又借杨惺吾所藏旧拓本双钩，刻于激素飞青阁。此原石旧拓本也。初藏潍县陈寿卿家，后归吴县潘文勤家。辛丑正月归丹徒刘氏之五十瓦登斋。书此以备后之得此者考据焉。铁云。[铁云手毕]（朱）

刘铁云：辛丑冬日后，又得一浓墨拓本。（第二本壬寅七月得，追忆致误也。）窃谓在此本之上，未暇细校也。壬寅出京，稽滞沪上者三年，如故人久别矣。乙巳遣丁取来。六月初六日，天气大热，无地避暑，置两本详校一过，彼本拓手过精，反失真矣。然则此本岂易得哉！铁云。[蝃翁]（朱）

王孝禹：光绪丙午八月初八日，铁云仁弟慨然以此册相赠，喜而志之。王瓘书于京师。此本收藏家辗转源流，铁云仅据厂肆伪印，意想追溯言之，故皆未确。归余后，乃为更正，附记于前，庶后之藏此册者得知其真也。

启功：秦时字迹唯存金石刻辞，今传世石刻中确出当时镌凿者仅《琅琊台》及《泰山刻石》。《琅琊》逐字剥蚀，全成方廓；《泰山》则断裂遗失，明清数百年间但存二十九字。雍乾之际，二十九字忽又沉埋，再出仅余十字。于是获其旧拓者遞相矜重。阮元、崇实俱以"泰华双碑"颜其馆，高邕以"泰山残石"名其楼，皆指此二十九字也。君郁孟兄世藏此本，蝉翼淡墨，锋锷不湮，披阅移时，令人神爽。近世出土秦时权量颇多，而颂功刻石只此一片，可以摩挲辨读，什袭珍重，不亦宜乎？一九七四年秋日，启功。

6.《北宋拓圣教序》题跋（1901）[①]

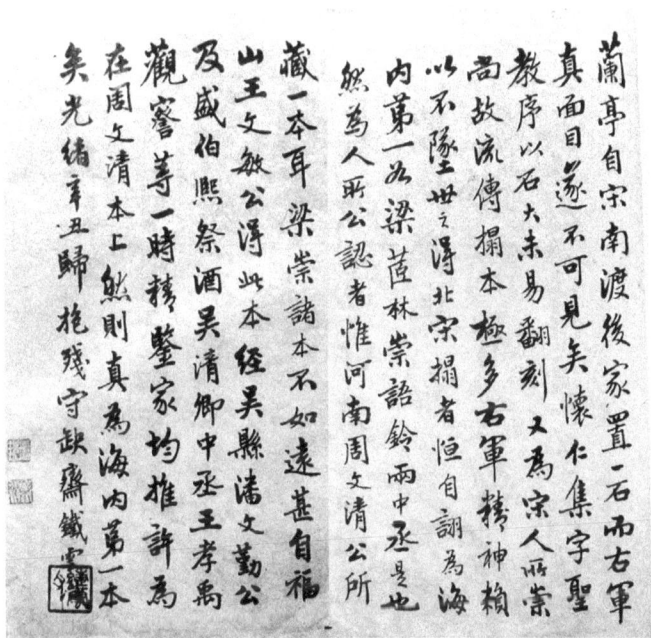

有正书局民国九年《北宋拓圣教序》图影合成

【释文】

兰亭自宋南渡后，家置一石，而右军真面目遂不可见矣。《怀仁集字圣教序》以石大未易翻刻，又为宋人所崇尚，故流传拓本极多，右军精神赖以不坠。世之得北宋拓者，恒自诩为海内第一，如梁茞林、崇语铃两中丞是也。然为人所公认者，惟河南周文清公所藏一本耳。梁、崇诸本，不如远甚。自福山王文敏公得此本，经吴县潘文勤公及盛伯熙祭酒、吴清卿中丞、王孝禹观察等一时精鉴家均推许为在周文清本上。然则，真为海内第一本矣。光绪辛丑归抱残守缺斋。铁云识［蝶云父］印（朱）

7.《宋拓皇甫诞碑》跋（1902）

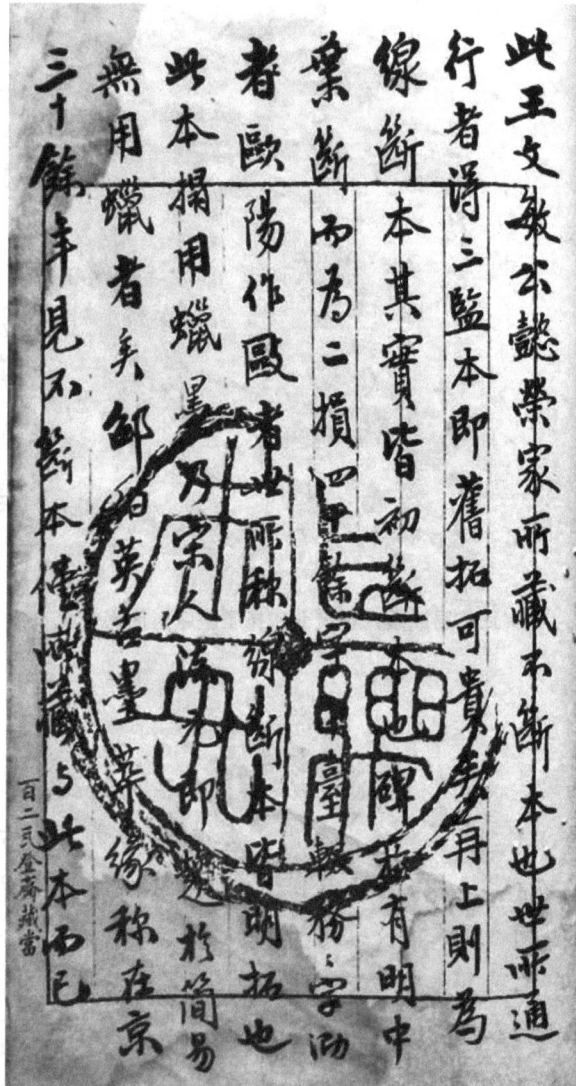

有正书局民国初年《宋拓皇甫君碑》书影

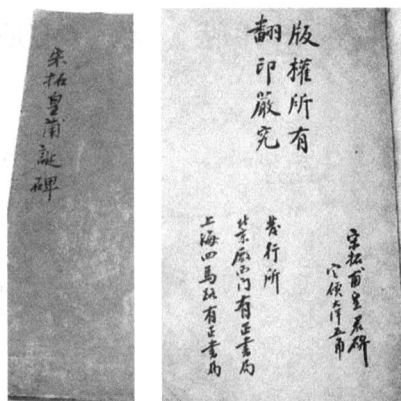

有正书局民国初年《宋拓皇甫诞碑》封面及《宋拓皇甫君碑》版权页

【释文】

此王文敏公懿荣家所藏不断本也。世所通行者，得三监本即旧拓，可贵矣，再上则为线断本，其实皆初断本也。碑□有明中叶断而为二，损四十余字，□台辄"务"。"务"字泐者，欧阳作"敺"者。世所称线断本皆明拓也，此本拓用蜡墨，乃宋人法，元即起于简易，无用蜡者矣。邵伯英《古墨萃缘》称，在京三十余年，见不断本仅所藏与此本而已。[长乐未央]（瓦当阳文）

【编著者按】此篇手迹书影似不完整，未见落款。然刘鹗《壬寅日记》有两处相关记载。7月14日："遂至德宝斋看王文敏所押宋拓六种：一、《九成宫》，二、《皇甫碑》，三、《圣教序》……"；8月19日："得《圣教序》一本，……又宋拓六种：《九成》《皇甫》《岳麓》《道因》各一，《智永千文》二，狂喜不禁。楚生赞曰：'可谓穷得阔极了，阔得穷极了。'二语至当。"网络见有正书局民初《宋拓皇甫诞碑》《宋拓皇甫君碑》各一，皆载刘鹗此跋，强调此"不断本"之珍贵。所用"百二瓦登斋藏当"纸，斋名为刘鹗在"抱残守缺斋"之前所用。网上有宋拓《皇甫诞碑》未断本展出，吴湖帆递藏，为馆藏国家一级文物，不知与此本有关否。

8.《东海庙残碑》跋（1902）[①]

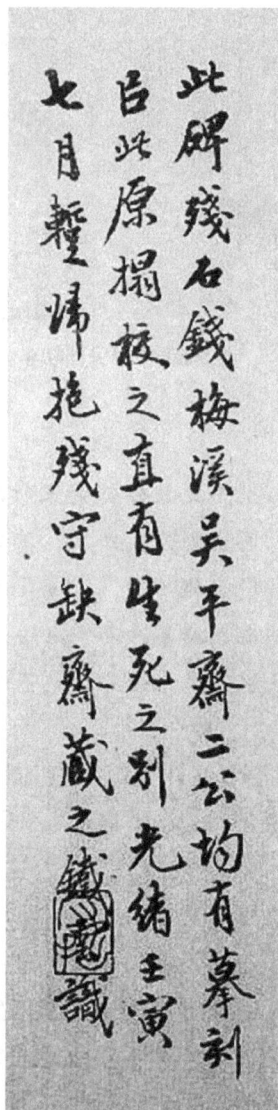

封面狄平子题签　　扉页梁章钜题字，及钤印多方　　刘鹗的阳文收藏章
　　　　　　　　　　　　　　　　　　　　　　　　　　　［抱残守缺斋长物］

① 图影为有正书局民国初年《海内无第二本 东海庙残碑》书影截图。

【释文】

（右）此碑残石，钱梅溪、吴平斋二公均有摹刻。以此原拓校之，直有生死之别。光绪壬寅七月暂归抱残守缺斋藏之，铁云识［守拙］（朱文印）

【编著者按】刘鹗《壬寅日记》中，有1902年8月7日（七月初四日）的日记内容与此跋相关：阴　读吴平斋所藏《东海庙残碑》及《嵩山三阙》，此二帖为翁印若大令携来。初索价二千金，予酬以二百金。京师人慑于索价之大，无敢议者，置之三月矣。予增价三百，大约可就矣，岂非幸事。……连日债务丛集而古缘独厚，天其所以考我乎？

此外，这段日记也再度佐证，刘鹗不会轻易以高价收购包括甲骨在内的文物的推断①。

---

①　在论文《"王刘联合发现说"和甲骨文发现研究新论》中，编著者有如下关于早期甲骨交易价格的推断：不少当事人和后世学者不谙商道，过分相信了估人所说价格。欲准确了解一项交易须从买卖双方调查出实际成交价，"字偿一金""每片二两""闻每字银四两"等都应是卖方哄抬，在最早买家王懿荣辞世后这种哄抬和谣传还会一度肆无忌惮。而刘鹗的经商背景和大买家地位，使他在价格上能够保持清醒，在《铁云藏龟·自序》中也没有相信和传播"字偿一金"之类的高价，仅说王氏"厚值留之"。笔者此判断也有原始记录支撑：刘鹗当年日记（1902.11.27）记下了甲骨价格查证，明确否定了估人和谣传的哄抬价。（《广西师范大学学报》2018年第6期，第3-4页）

9.《宋拓颜文忠祭侄稿》跋（1903）

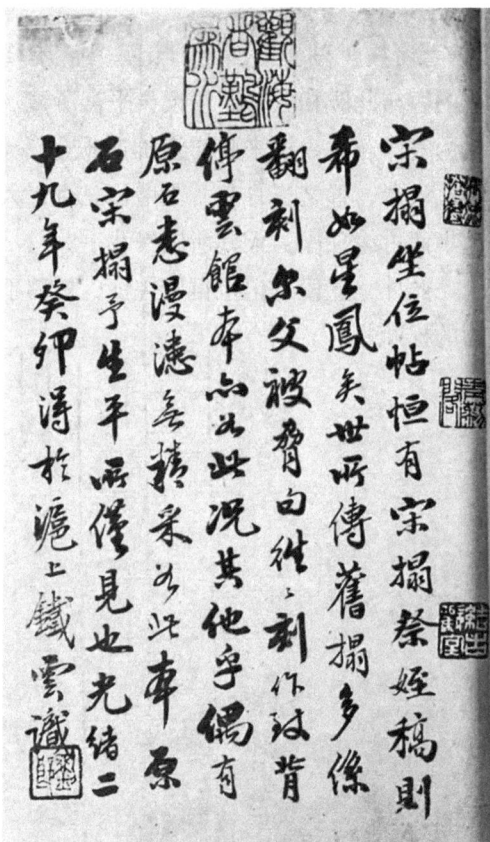

封面题字、印章　《颜平原祭侄季明文》，蕙塍题［闿运私印］① 扉页题字《宋拓颜文忠祭侄稿》，石□②

民国本"蕙塍题"《颜平原祭侄季明文/宋拓颜文忠祭侄稿》书影

---

① 封面题字人似为翁闿运（1912—2006），字慧仁。翁有成少子，国学大师唐文治及书家萧蜕弟子，少年即成名的书法家。

② 以下几字难以辨认，用"□"代替。

【释文】

［观海者难为水］（朱）［偶然拾得］（朱）［青藤阁］（朱）［结古欢室］（白）

宋拓《座位帖》恒有，宋拓《祭侄稿》则希如星凤矣。世所传旧拓多系翻刻，"尔父被胁"句往往刻作"致背"，停云馆本亦如此，况其他乎？偶有原石，悉漫漶无精采，如此本原石宋拓，予生平所仅见也 光绪二十九年癸卯得于沪上，铁云识［刘郎］（朱）

【编著者按】据中国国家博物馆晏晓斐《国博藏宋拓〈颜柳白米四家法帖〉概述》（载《艺术品》2019 年 1 月，第 74 页）一文：【唐摹宋拓，抚古开今，在书法史上的贡献巨大。在传世的各种宋拓碑帖中，王文治对越州石氏刻帖评价极高："余目中所见佳刻，无过越州石氏，然此本在人间者不可多得……似此纸墨皆精而神情迸露，殆人间仅有之物也。"馆藏《宋拓颜柳白米四家法帖》正是越州石氏刻帖。……《祭侄文稿》亦书于至德三载。墨迹存世，被后世推为"天下第二行书"，原卷现藏台北"故宫博物院"。】随后引刘鹗跋文："宋拓《争座位帖》恒有，宋拓《祭侄稿》则希如星凤，世所传旧拓多为翻刻。"

10. "此卷用笔"跋（1903）；
"遇高直与钟王并驾"跋（1905）

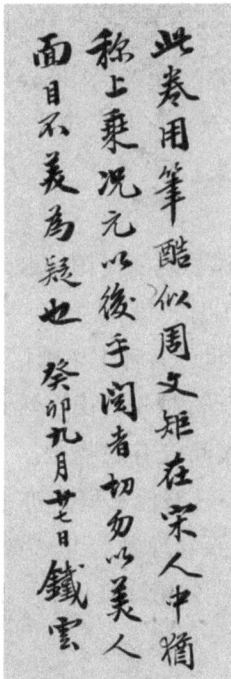

"此卷用笔"跋（1903）

【释文】

此卷用笔酷似周文矩，在宋人中犹称上乘，况元以后乎？阅者切勿以美人面目不美为疑也。癸卯九月廿七日铁云

【编著者按】 此篇所跋碑帖待考。集字网文的相关标注为"刘鹗《题明皇弈棋图卷》（钱选款）美国弗利尔美术馆藏"①，不知是否可靠。

---

① 引自网文"《老残游记》的作者刘鹗，不仅仅研究甲骨文，书法也颇有赵孟頫之书韵"。作者不详，"腾讯新闻客户端 书画名粹"上线日期 2022 年 1 月 13 日。文中此二图影和随后三件碑跋应为刘鹗真迹，但还有两三件对联应为赝品。

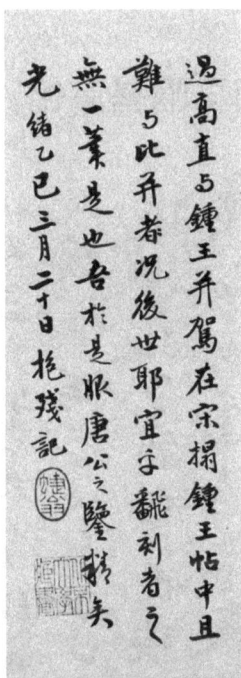

"遇高直与钟王并驾"跋（1905）

【释文】

　　过高直与钟王并驾，在宋拓钟王帖中且难与比并（此处"者"字旁边有两点，意为去掉此字），况后世耶？宜乎翻刻者之无一笔是也。吾于是服唐公之鉴精矣。光绪乙巳三月二十日抱残记 ［蝶翁］印 ［北京大学藏书］印。

【编著者按】 此篇开头文字似缺。查 1905 年 4 月 24 日（三月二十日）刘鹗日记有"午，程宾璇送唐家所藏《宝晋斋》残帖来。虽只数页，然数百年人所未见之帖，一旦获睹，岂非大幸"[1]，似与此跋有关联。查"宝晋斋"为米芾斋名，因米芾曾将所藏晋人谢安、王羲之、王献之真迹摹刻入石而得名。崇宁三年（1104）米芾取书迹入石，但原石遭兵火残毁。南宋曹之格于 1254 年至 1269 年据米芾残石及家藏晋人名帖汇刻成《宝晋斋法帖》，真迹上石者极少，多为模刻其他法帖，以其父曹士冕《星凤楼帖》为主。

---

① 刘德隆编《抱残守缺斋日记》，中西书局 2018 年 6 月影印手稿本，第 226 页。

11.《北魏司马昞墓志铭》跋（1904）

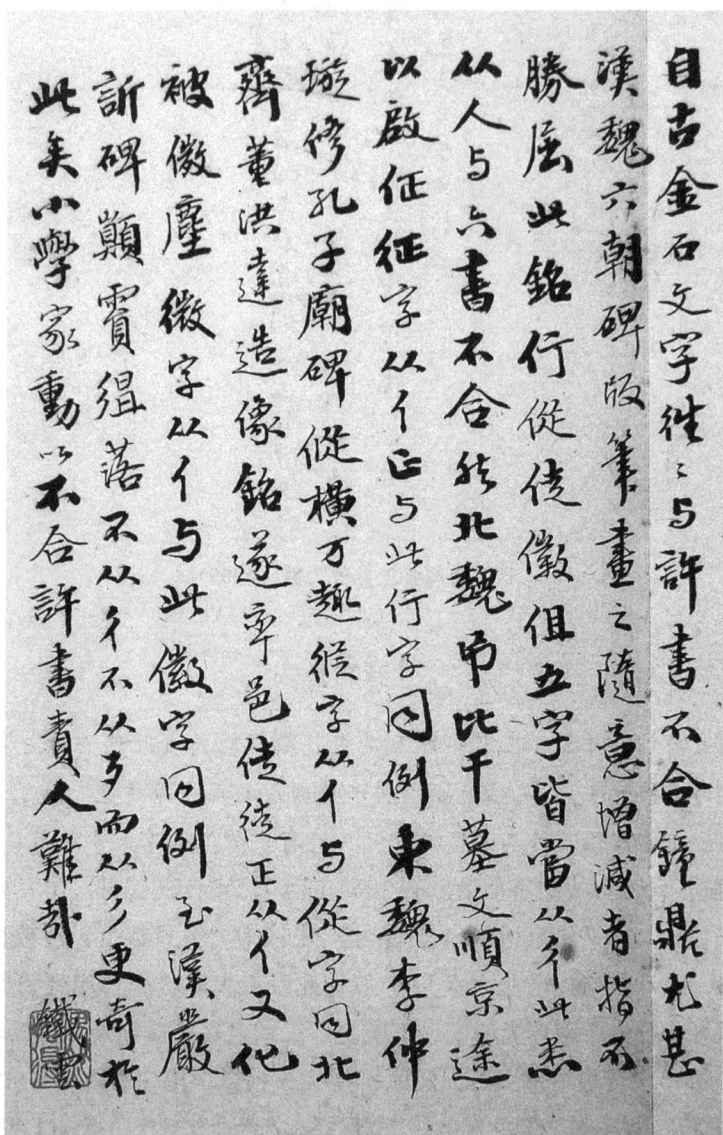

此美小學家動以不合許書責人難兮

訢碑顛賨緄諾不从彳不从彡而以彡更寄妖

被傲塵微字从彳与此傲字同倒玉溪嚴

齊董洪達造像銘逐卒邑佽徒正从彳又化

璇修孔子廟碑倢橫万趣緩字从彳与徎字同北魏李仲

以啟征征字从彳正与此行字同倒東魏

从人与六書不合於北魏帀比千墓文順京逮

勝屈此銘行倢佽傲俱五字皆當从千此志

漢魏六朝碑皆筆畫之隨意增減者指不

目吉金石文字徃~与許書不合鐘鼎尤甚

上海书画出版社《上海博物馆藏碑帖珍本丛刊·魏四司马墓志》（2023 年 6 月），刘鹗跋书影（任光宇购藏）

上海书画出版社《魏四司马墓志》封面及套盒书影

【释文】

自古金石文字，往往与许书不合，钟鼎尤甚。汉魏六朝碑版，笔画之随意增减者，指不胜屈。此铭"行""従""徒""徽""伹"五字皆当从"彳"，此悉从"亻"，与六书不合。然北魏《吊比干墓文》"顺京途以启征"，"征"字从"亻"，正与此"行"字同例；东魏《李仲璇修孔子庙碑》"従横万趣"，"従"字从"亻"与"従"字同；北齐《董洪达造像铭》"遂率邑徒"，"徒"正从"亻"；又"化被徽尘"，"徽"字从"亻"，与此"徽"字同例；至汉《严䜣碑》"颠賈温落"，不从"彳"、不从"歹"而从"彡"，更奇于此矣。小学家动以不合许书责人，难哉！钱云［偶然拾得］（朱）①

【编著者按】刘鹗此跋手迹因空间不足，故未能写上题写年月。然根据比邻而列的罗振玉题跋落款"甲辰五月上虞罗振玉"可知，刘鹗此跋应写于同一时间的1904年。碑拓原石出土于乾隆二十年河南孟县八里葛村，同时出土的有《司马昞墓志》《司马昞妻孟敬训墓志》《司马升墓志》《司马绍墓志》，合称《魏四司马墓志》。此《魏四司马墓志》为蒋祖诒旧藏清拓本，各志前分别有褚德彝、吴湖帆、赵叔孺、高时丰所篆志名，又有陈运彰、罗振玉、刘鹗跋，弥足珍贵。

---

① 为便于理解，"行""従""徒""徽""従""従"等字保留原样，未转为标准字，简体字。

12. 乾隆初拓《孔褒碑》跋（1904）

图中图为刘鹗跋文部分手迹放大图影

【释文】

张叔未云琦上众字。清仪阁藏雍正年拓本犹字上云集者，集者尚可辨。又清仪阁题乾隆戊午拓本云：余家有雍正初出土时所拓整幅，鳞浮下有云集者三字，第五行廉字上有高宓定三蹟，此本已缺。又此石足拓应有十四行，此仅十二行，盖工人省纸所致。然末二行全字亦止既字表字两文耳。铁云按戊午为乾隆三年，距出土仅十二年已损数字，此与张公戊午本符合，当为乾隆初年拓本，可无疑也。钤印［刘铁云、铁云审定金石书画］

光绪甲辰七月得，以张叔未雍核正拓本校之，已缺数字，当是乾嘉时拓本。其综核二字、危险险字均尚可辨，似校王兰泉司寇所据本为精也。铁云识。钤印［刘、铁云审定金石书画］

张叔未危之下显是险字，萃编作令非。碑出曲阜县东周公庙侧废田中，雍正三年乡民犁田得之，以告庙官陈百户，验是汉古文碑，迺辇置孔庙，金石图。钤印［蝶翁］

张叔未云综下是核字，王兰泉作极非。钤印［铁云长寿］

【编著者按】据网络拍卖信息（广东崇正2023年春季拍卖会，2023年7月25日），此碑拓尺寸155×63cm，上有四则刘鹗跋文，惜无跋文大图。《孔褒碑》原名《汉故豫州从事孔君之碑》。清雍正三年（1725）因乡人耕田发现于曲阜城外周公庙东侧。此碑系汉代名碑，碑主人孔褒即东汉时期孔宙之子、名人孔融之兄。孔褒之死与东汉时期著名的"党锢之祸"有关。据载，张俭为东汉名士，因被宦官迫害而结党谋反，亡命出逃至好友孔褒家，由孔融接待，后被人告发，官府以包庇同罪捉拿孔家兄弟，岂知孔褒兄弟争说由自己接纳张俭，官府不能断，询问孔母，则孔母以家长之责请罪，是为一门争死。后孔褒被处死，在历史上留下了"望门投止"的成语典故，清人谭嗣同的诗"望门投止思张俭"最为人熟知。此碑文字残漶过甚，但其残漶处反而为金石家提供了研究考证之题材，如王昶、马邦玉、卢文弨、万经、牛运震、杨守敬等人，均著录或考证过此碑。碑文隶书，风格端整骏发，朴厚隽雅，历来受到书法家的推重，将其与《曹全碑》《乙瑛碑》《礼器碑》并论。

13.《鲜于府君墓志》跋（1905）

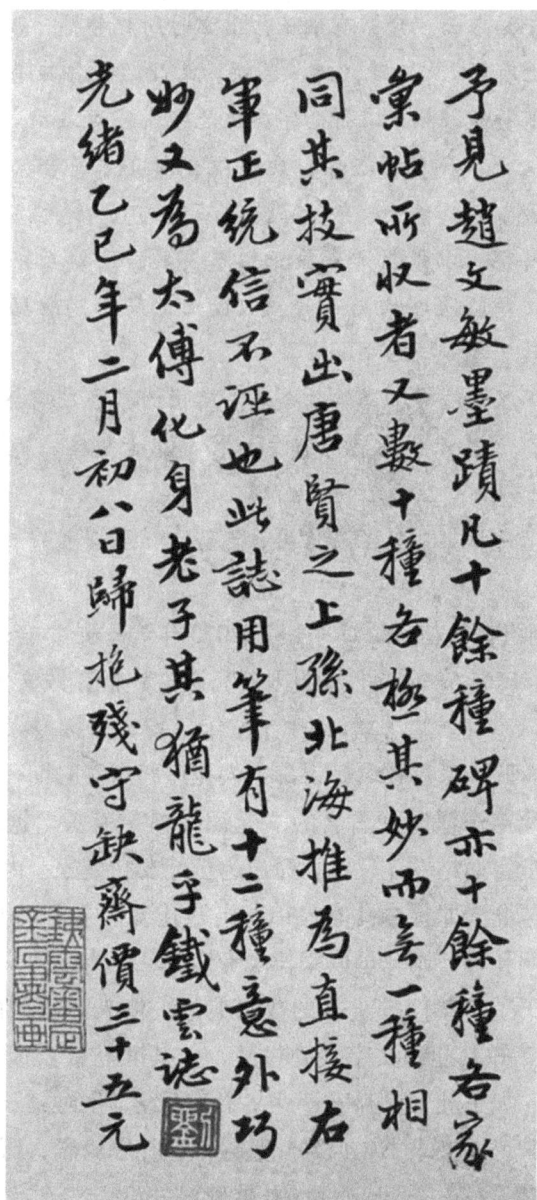

予見趙文敏墨蹟凡十餘種碑亦十餘種各家
彙帖所收者又數十種各極其妙而言一種相
同其技實出唐賢之上孫北海推為直接右
軍正統信不誣也此誌用筆有十二種意外巧
妙又為太傅化身老子其猶龍手鐵雲誌
光緒乙巳年二月初八日歸抱殘守缺齋價三十五元

《鲜于府君墓志》跋

【释文】

予见赵文敏墨迹凡十余种，碑亦十余种，各家汇帖所收者又数十种，各极其妙，而无一种相同。其技实出唐贤之上，孙北海推为直接右军正统，信不诬也。此志用笔有十二种，意外巧妙，又为太傅化身，老子其犹龙乎？铁云志［刘］光绪乙巳年二月初八日归"抱残守缺斋"价三十五元。［铁云审定金石书画］

【编著者按】据 1905 年 3 月 13 日（二月初八）刘鹗日记"周谨生送《鲜于子初墓志》来，合《杜顺和尚记》为五十元也"①，所跋碑拓应为元赵孟頫书《鲜于子初墓志》。

据陈麦青《元赵孟頫书〈鲜于府君墓志〉略说》②，"现知仅有二件原拓存世"之一的"北大本"上有刘鹗题跋二则，此应为其一。

另据宗鸣安《刘鹗碑帖鉴赏录》注："《鲜于子初墓志》即《鲜于光祖墓志》，原石上篆额题为《鲜于府君墓铭》，大约刻于元至元二十四年（1287），为元代大书法家赵孟頫三十四岁时所书，写作之精，可为小楷典范。"③

---

① 刘德隆编：《抱残守缺斋日记》，中西书局 2018 年 6 月影印手稿本，第 200 页。
② 陈麦青：《元赵孟頫书〈鲜于府君墓志〉略说》，《澎湃新闻》，https：//www. 163. com/dy/article/ERELL4RE0514R9P4. html。
③ 刘德隆：《抱残守缺斋日记》，中西书局 2018 年 6 月影印手稿本，第 451 页。

14.《爨龙颜碑》跋（1905）

此碑於道光十二年壬辰為阮文達公訪得邱君均愚適作州牧拓數本携至粵西此本百石琢堂先生跋甲午距壬辰僅二年耳又無阮文達剝跋於後可見是邱公出土時拓本展轉流入吳中者剝下碑已經石匠鑿過欲求原石拓本希如星鳳况出土本耶

乙巳五月鐵雲藏

《爨龙颜碑》跋

【释文】

此碑于道光十二年壬辰为阮文达公访得。邱君均恩适作州牧，拓数本，携至粤西。此本有石琢堂先生跋，甲午距壬辰仅二年耳，又无阮文达刻跋于后，可见是邱公出土时拓本，展转流入吴中者。刻下碑已经石匠凿过，欲求原石拓本希如星凤，况出土本耶！乙巳五月端阳铁云识［老铁］印

【编著者按】 据《刘鹗年谱长编》（第 592 页）有"▲编著者按"：《爨龙颜碑》，全称《宋故龙骧将军护镇蛮校尉宁州刺史邛都县侯爨使君之碑》。始建于公元 458 年的南朝，距今一千五百余年。与爨宝子碑相比，此碑较大，故称"大爨"。它是现存晋宋间云南最有价值的碑刻之一，碑文追溯了爨换家族的历史，记述了爨龙颜的事迹，为研究晋南北朝时代的云南历史提供了宝贵资料。康有为力倡碑学，对此碑推崇备至，其《碑品》将爨龙颜列为"古今中外楷书第一"。《老残游记资料》和《刘鹗集》都未收入刘鹗《爨龙颜碑跋》，但近日友人送来抄送刘德隆"乙巳五月端阳铁云识"跋文一纸，虽未提及"爨龙颜碑"，但文后落款日期与日记（1905 年 6 月 6 日有"跋出土本《爨龙颜》 "）相符，跋文亦与《爨龙颜碑》情况相符，故断定为《爨龙颜碑跋》。

15.《长安获古编》跋（1905）

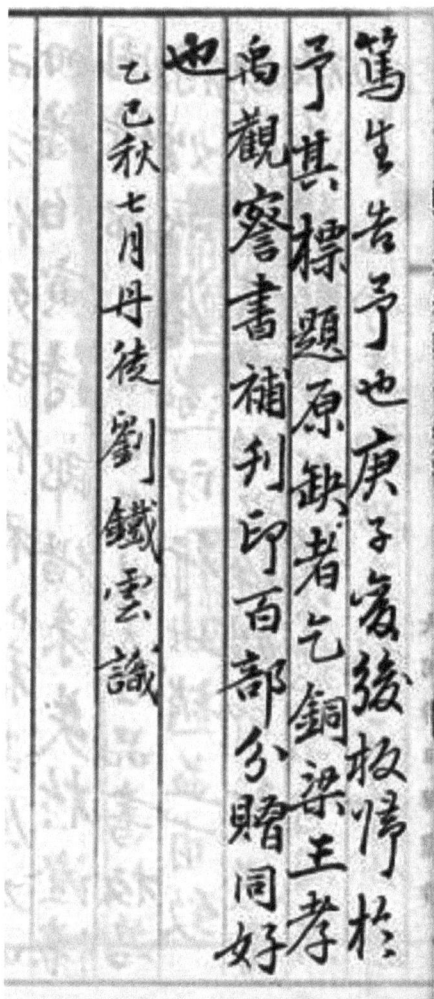

篤生告予也庚子亂後收憬於
予其標題原缺者乞銅梁王孝
禹觀窶書補刊印百部分贈同好
也
乙巳秋七月丹徒劉鐵雲識

韦力《刘鹗与甲骨：快乐中的抱残守缺》配图

【编著者按】手迹图影源自韦力《刘鹗与甲骨：快乐中的抱残守缺》（网络转载文章，其《书楼觅踪》书中未见）配图，惜仅有跋尾部分，未见印章，内容与记载相符，字迹暂难鉴别是否为刘鹗亲笔所书，存疑待考。

据《刘鹗年谱长编》（第 606 页）1905 年 7 月记载，8 月（七月）影印庚子年所得刘燕庭撰《长安获古编》并题跋。▲编著者按：《长安获古编》铜器图录书，清代刘喜海编，二卷。有光绪三十一年（1905）刘鹗补刻标题并题跋。全书收入《续修四库全书》。

《长安获古编》跋

《长安获古编》乃刘燕庭方伯所撰，一金一石皆有识跋，金甫刻图。而方伯殇，故仅存此稿。其原本四册，潘伯寅侍郎云借来，失于澄怀园。侍郎云：石亦无甚奇品。书板为徐姓所得。遂印。此赵孟甫致魏稼生书中语也。徐姓印行后，书板遂归福山王文敏公懿荣，自同治初年至今未印。北京都正文斋谭笃生告予也。庚子后板归予。其标题原缺者，乞铜梁王孝禹观察书补。刊印百部分赠同好也。乙巳秋七月　丹徒刘铁云识〔铁云手笔〕（《刘鹗集》第639页）

约8月（七月）王孝禹得《长安获古编》后写信给刘鹗。▲编著者按：刘鹗将《长安获古编》装印分赠同好。王瓘收到后给刘鹗回信。从信中可以知道，此书装印不止一次。

铁云仁兄大人阁下：昨由论古交来《长安获古编》二册，装印均精，远胜初印多多矣。《书谱》审是戏鸿堂刻纸，墨尚旧。戏鸿、停云二刻，大约皆从太清楼翻刻而出，神采全失。就中停云稍胜，转不如安麓印所刻。尚①是墨迹上石，故能转折灵通，毫芒毕现。未知精鉴以为何如？弟今日午车赴津，三数（日）回都，再趋领大雅矣。此请升安　弟瓘顿首　附卤拓本二纸，呈上希鉴纳。其器已归北通州张氏矣。（据原信手稿）

另据《长安获古编》清光绪三十一年（1905）刻本简介：《长安获古编》有不同的版本，所著录之器皆为刘喜海（1793—1852）在陕西任上所搜购，刘喜海本人所编仅绘图像，摹铭，以隶书标题器名，但无解说。其中也有四十四器没有标题，可见尚未完成。1852年，刘喜海得急病去世，胡琨为之整理，将记录有文字的二百二十三器编为《长安获古编》。刘喜海的稿本后来归于陈介祺，鲍康欲将其补充完成，但未能实现，最后是由刘鹗于光绪三十一年（1905）补刻而成。刘鹗刻本共二卷，共收一百二十一器，其中商周青铜器四十三件，秦汉及唐三十六件，杂器四十二件。

---

① 疑为"尚"字。

16.《牛空山金石图云碑》跋（1905）

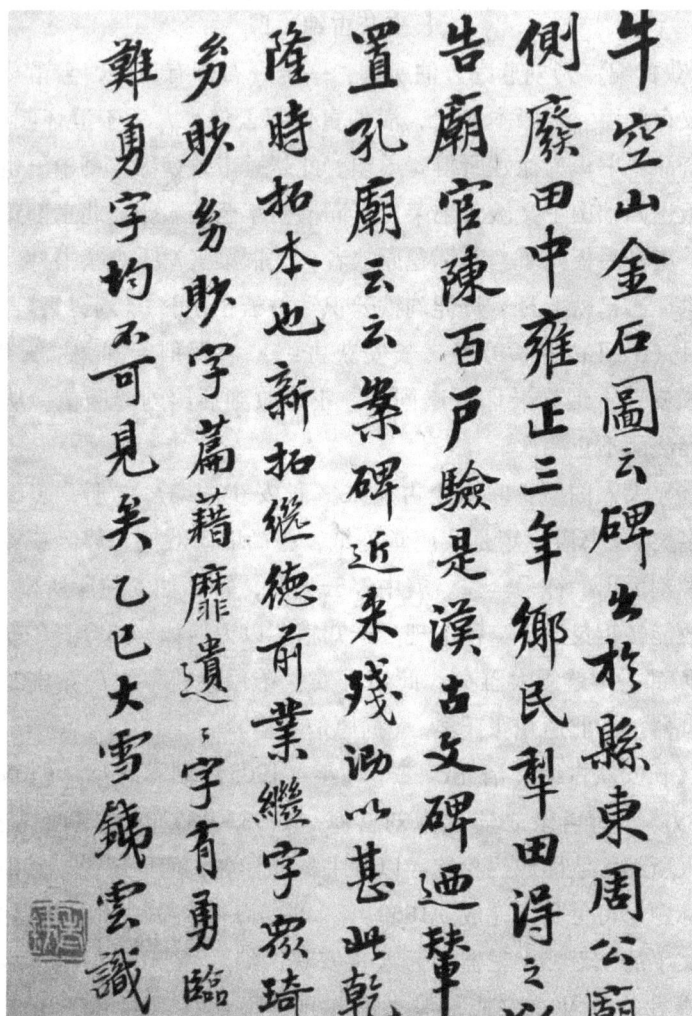

《牛空山金石图云碑》跋

【释文】

　　牛空山金石图云：碑出于县东周公庙侧废田中，雍正三年乡民犁田得之。以（此字只有一小半，应为"以"，编著者注）告庙官陈百户，验是汉古文碑，乃辇置孔庙云云。案碑近来残泐以甚，此乾隆时拓本也，新拓"继德前业""继"字、"众琦幼眇""幼眇"字"篇籍靡遗""遗"字、"有勇临难""勇"字均不可见矣。乙巳大雪铁云识 [老铁] 印

【编著者按】此跋缺下缘，故有二字只见其上半。查"百度百科"有"金石图"词条："兖州区图书馆古籍室中，藏有一部著名的古碑帖著作《金石图》的清样稿本，为世所独存，弥足珍贵。该书为兖州人牛运震编撰，……所收自周秦石鼓文下及历朝各代碑帖，几近百种。"

牛运震（1706—1758），字阶平，号空山。1733 年进士，后曾兼摄甘肃四县县令，清廉且政声极佳。好金石，精经术，工文章。著有《空山堂文集》十二卷、《金石图》二卷等。

17.《元公姬夫人墓志》跋（1905—1907）

元公姬夫人墓誌於嘉慶初年關中出土為
崑陵陸氏購得二十三年夏載之江左藏于家
見太倉陸增祥金石續編兵孫興後二石皆碎
舊拓傳世甚多蘇州有翻刻二本皆可以魚
目混珠而日本寫真板本无為精妙著石少墨
色辨之直可亂真此本乙巳中秋得於天
津尤可寶者是未歸陸氏以前之拓本也其
時石藏兩家故墨色拓法皆不一樣至歸
陸後墨色同而字之神氣尤差矣

《元公姬夫人墓志》

方藥雨云嘉慶間為武進陸劬聞耀遹所得攜歸

故里咸豐庚申遭兵燹二碣尚存四段再歸大興惲孟

孟樂毓嘉家則元公志缺十之二三姬夫人誌僅存百七十

餘字又俞曲園云長沙徐氏早有重刻本

光緒丁未八月重裝補記于北京抱殘守缺齋

元公姬夫人墓誌銘

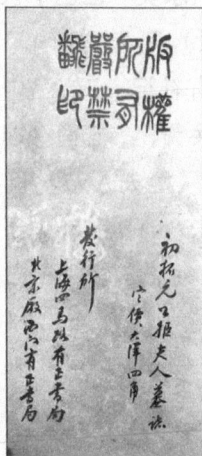

民初"有正书局"《初拓元公姬夫人墓志》（狄平子题签）、封面及版权页书影

【释文】

《元公姬夫人墓志》于嘉庆初年关中出土，为毗陵陆氏购得。二十三年夏，载之江左，藏于家，见太仓陆增祥《金石续编》。兵燹后二石皆碎，旧拓传世无多，苏州有翻刻二本，皆可以鱼目混珠，而日本写真板本尤为精妙，若不以墨色辨之，直可乱真。此本乙巳中秋得于天津，尤可宝者，是未归陆氏以前之拓本也。其时石藏两家，故墨色拓法皆不一律，至归陆后，墨色同而字之神气少差矣。［铁云手毕］（朱）

【编著者按】刘鹗此跋无写作日期，据内容"此本乙巳中秋得于天津"判断应写于其后。《刘鹗年谱长编》第 611 页有日记"9 月 12 日（八月十四日）午前，郝姓送《元公姬氏》来，六十金购之……是日，跋《元公姬夫人墓志铭》。"然《长编》随后所载的跋文与上面的手迹并不相同："▲刘鹗《元公姬夫人墓志铭跋》：此志于嘉庆初年关中出土，为毗陵陆氏购得。二十三年夏，载之江左，藏于家，见太仓陆增祥《金〔石〕续编》。兵燹后二石皆碎，所存不及半，当时旧拓传世无多，虽不能如《崔敬邕》、《常丑奴》之绝无仅有，所见亦罕矣。苏州有翻刻本二，皆足乱真。而日本写真版本尤为精妙，最难辨别。此本是原石初拓本，盖《姬夫人志》拓略后，墨又过重，与《元公志》未能一律。然予求之数年，今始幸得，不敢过于吹求矣。乙巳中秋前一日，丹徒刘铁云识于北京佛岩洞。（《刘鹗集》第 637 页）"。

因此篇手迹末尾已无空间，无落款，但后页有补记："方药雨云：嘉庆间为武进陆劭闻耀遹所得，携归故里。咸丰庚申遭兵燹，二志尚存四段。再归大兴恽孟孟乐毓嘉家。则《元公志》缺十之二三，《姬夫人志》仅存百七十余字。又俞曲园云：长沙徐氏早有重刻本。光绪丁未八月重装补记于北京抱残守缺斋，铁云〔刘拜〕（朱）"

18.《刁惠公帖》跋（1905，疑似草稿）

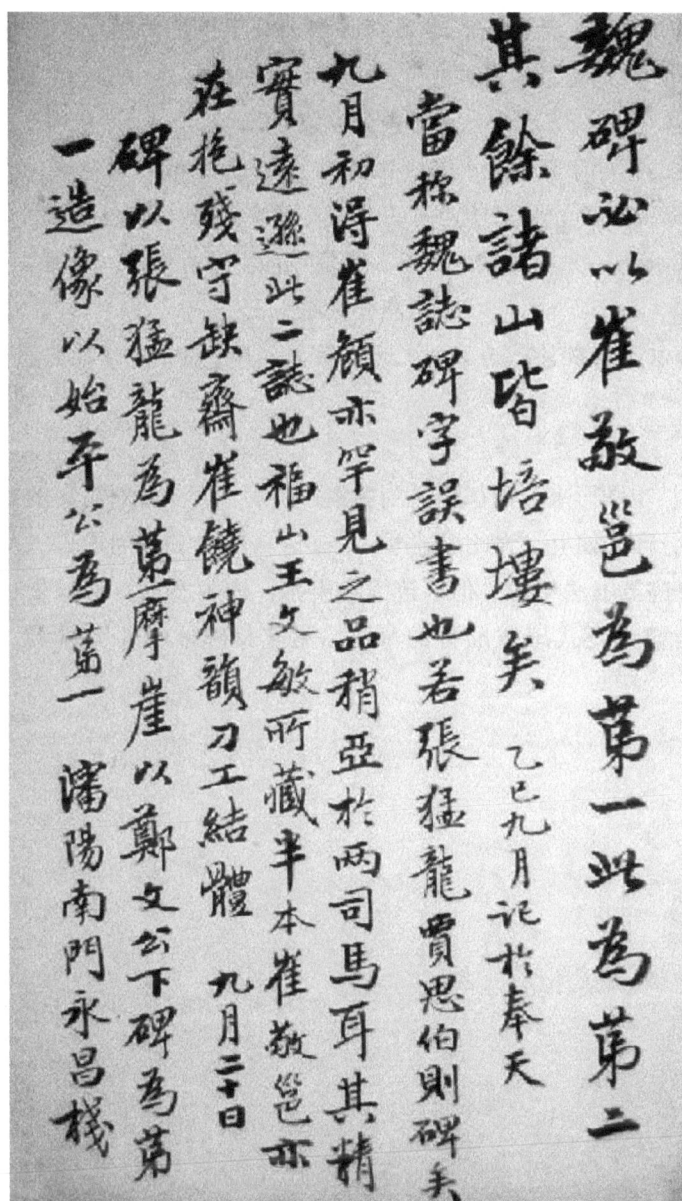

魏碑沁以崔敬邕為第一此為第二
其餘諸山皆培塿矣　乙巳九月記於奉天
當據魏誌碑字誤書也若張猛龍賈思伯則碑矣
九月初得崔顏亦罕見之品稍亞於兩司馬耳其精
實遠邁此二誌也福山王文敏所藏半本崔敬邕亦
在挹殘守缺齋崔饒神韻刀工結體　九月二十日
碑以張猛龍為萬摩崖以鄭文公下碑為第
一造像以始平公為第一　瀋陽南門永昌棧

《刁惠公帖》跋（1905，疑似草稿）

【释文】

《刁惠公帖跋》一

碑以《张猛龙》为第一，摩崖以《郑文公下碑》为第一，造像以《始平公》为第一。沈阳南门永昌栈。

《刁惠公帖跋》二

当称魏志，碑字误书也。若《张猛龙》、《贾思伯》则碑矣。九月初，得《崔颜》亦罕见之品，稍亚于两司马耳，其精实远逊此二志也。福山王文敏所藏半本《崔敬邕》亦在抱残守缺斋。崔饶神韵，刁工结体。九月二十日

《刁惠公帖跋》三

魏碑必以《崔敬邕》为第一，此为第二。其余诸山皆培塿矣。乙巳九月记于奉天

【编著者按】本图影来自刘德隆《刘鹗集》资料图片。《刘鹗集上》记有《刁惠公帖跋》，释文如上，为此墨迹第三、二、一段（顺序倒置）。

此篇墨迹虽书法精彩，但字迹大小有别，内容不一，落款处也未加盖印章，应是刘鹗为正式碑跋准备的草稿，然涉及碑帖的评骘排名，故颇值得研究。

19.《宋拓太清楼书谱》跋（1906）

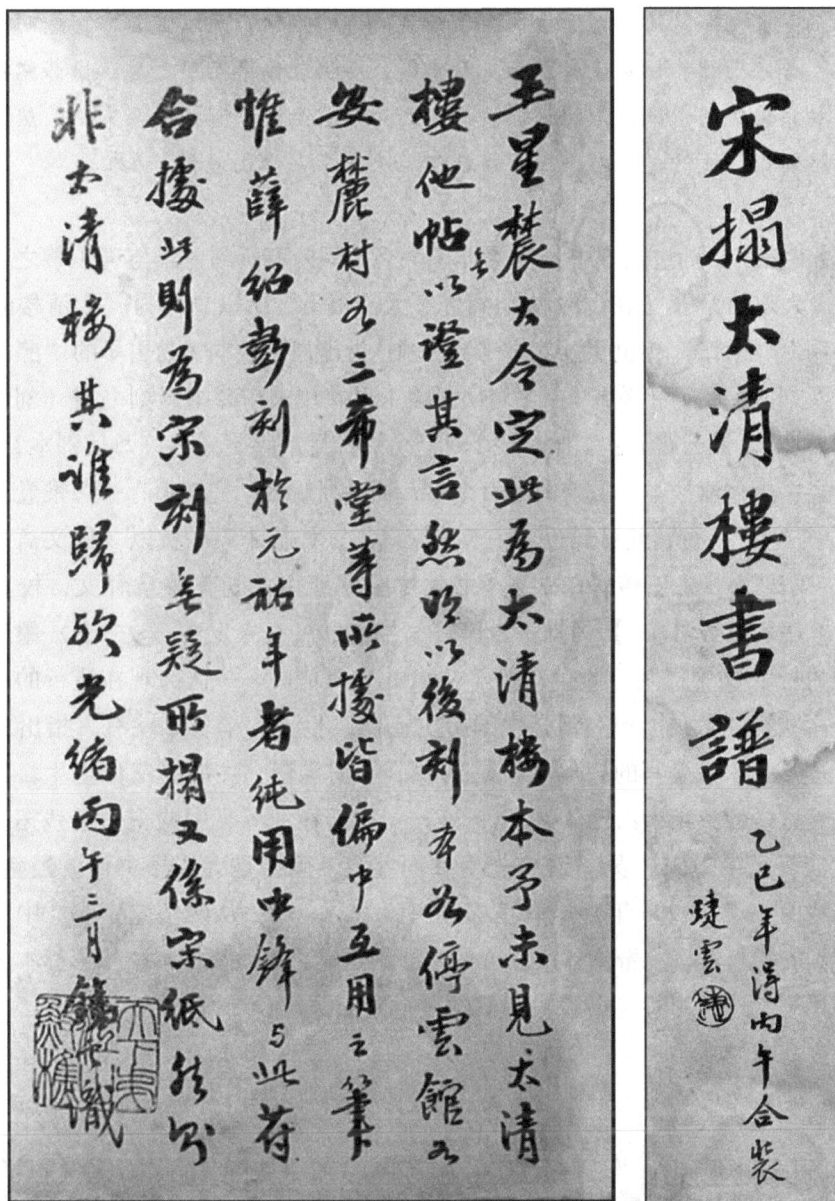

"有正书局"民国七年（1918）版《宋拓太清楼书谱》书影

【释文】

《宋拓太清楼书谱》乙巳年得，丙午合装　　蝼云［蝼］

王星农大令定此为太清楼本，予未见太清楼他帖，无以证其言。然明以后刻本，如停云馆、如安麓村、如三希堂等，所据皆偏中互用之笔，惟薛绍彭刻于元祐年者纯用中锋，与此符合。据此则为宋刻无疑。所拓又系宋纸，然则非太清楼其谁归欤？光绪丙午三月铁云识［天下第一江山渔樵］（朱）

【编著者按】唐孙过庭《书谱》为北宋大观年间内府所刻，因与《王羲之十七帖》《大观帖》及《秘阁续帖》同置于太清楼下，所以总称为《太清楼帖》。丁小明《〈书谱〉传世重要刻本考》一文①指出刘鹗藏本实为更早的"薛本"，并提及刘鹗另一篇相关跋文：【刘铁云藏王星农校宋拓薛绍彭刻书谱（刘误为太清楼本），铁云跋云："惟薛绍彭刻于元祐，河东薛刻亦然，乃从别本补足。今岁吴中出太清楼本，虽前缺七百余字，而薛所缺者，完然俱存……惟卷尾缺'垂拱三年'一行，此可异也。……尽聚诸本，详校十日，益以《佩文斋书画谱》、冯氏《书法正传》、朱氏《书学捷要》所引；既陈香泉释文，校其同异。……乙巳五月。"】另据王永镰百家号文章《有人发声：〈书谱〉墨迹似是假的》②，文中提及"康生写给王冶秋的一封信，……认为现在流行的墨迹本《书谱》是假的。……但是中国历史上比康生早六十多年就有人指出《书谱》墨迹是宋人摹写的。他们就是刘铁云、王宝莹、吴昌绶三位先生。具体情况是这样的：光绪乙巳年（1905 年）刘铁云在江苏吴中购得书谱残拓，经与王宝莹（字星农）吴昌绶二先生共同鉴定，确认是太清楼书谱。经整理，于光绪丙午年（1906 年）送有正书局出版发行。……从两位先生跋文中可清楚看到安麓村本、三希堂本所据皆偏中互用之笔，而太清楼本、薛绍彭本为纯中锋用笔，这是判断《书谱》真假的最重要依据。"

---

① 丁小明：《〈书谱〉传世重要刻本考》，《中国书法》2009 年第 1 期；作者时为苏州大学博士生。

② 引自百家号"王永镰 1936"。王永镰，高级工程师，马鞍山市美术家协会会员。整理《孙过庭书谱宋刻本合集》等，在《中国书画报》发表《书谱墨迹存疑》（2004 年 3 月）、《宋拓太清楼书谱探源》（2015 年 8 月），及多篇相关网文。

20.《汉郃阳令曹全碑——乾字未穿本》/ 《初断本曹全碑》跋（1906）

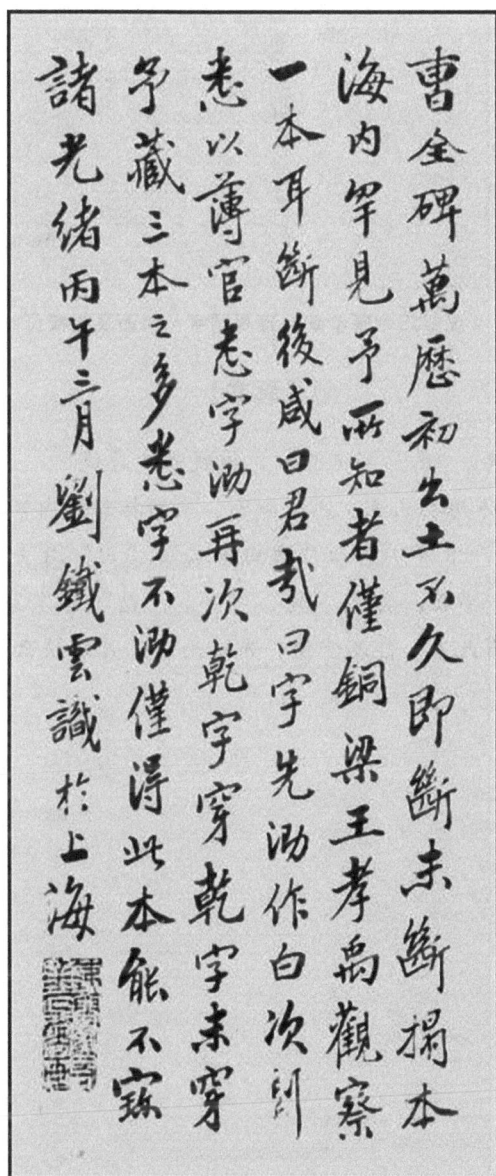

曹全碑萬曆初出土不久即斷未斷搨本海内罕見予兩知者僅銅梁王孝禹觀察一本耳斷後咸曰君我曰字先泐作白次則卷以薄官卷字泐再次乾字穿乾字未穿字藏三本之多卷字不泐僅得此本能不寶諸光緒丙午三月劉鐵雲識於上海

"有正书局"民国初年《汉郃阳令曹全碑——乾字未穿本》书影

— 465 —

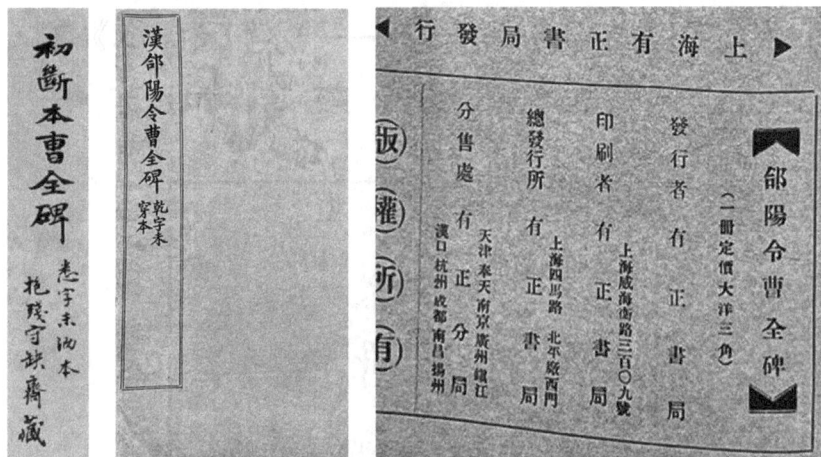

《汉郃阳令曹全碑》扉页题字，封面及版权页

【释文】

《初断本曹全碑》"悉"字未泐本，抱残守缺斋藏

跋文：曹全碑万历初出土，不久即断，未断拓本海内罕见。予所知者，仅铜梁王孝禹观观察一本耳。断后"咸曰君哉""曰"字先泐作"白"，次则"悉以薄官""悉"字泐，再次"乾"字穿。"乾"字未穿，予藏三本之多；"悉"字不泐，仅得此本，能不宝诸！光绪丙午三月刘铁云识于上海 [铁云审定金石书画] （朱）

21.《初拓张贵男志/张通妻陶志》/
《张夫人墓志铭》/
《陶夫人墓志铭》跋（1907）

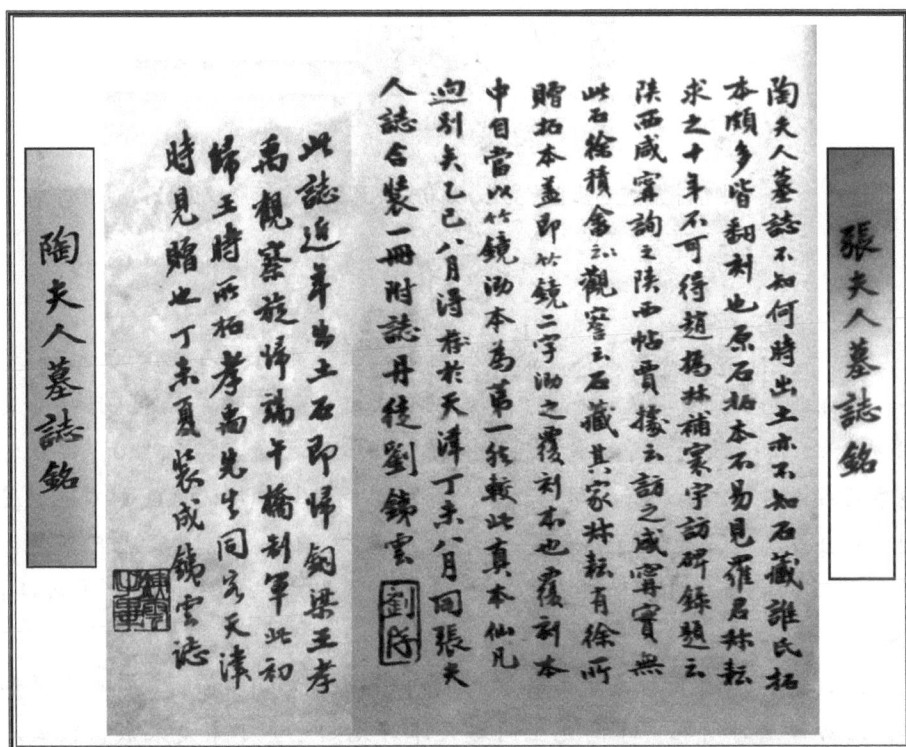

"中华书局" 1929 年发行、1934 年再版《张夫人墓志铭》《陶夫人墓志铭》书影

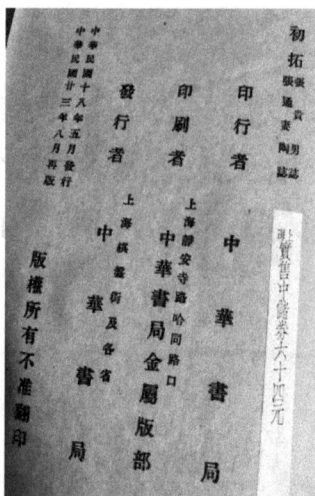

中华书局《初拓张贵男志》《初拓张通妻陶志》版权页

【释文】①

《陶夫人墓志铭》陶夫人墓志不知何时出土，亦不知石藏谁氏，拓本颇多，皆翻刻也。原石拓本不易见，罗君叔耘求之十年不可得。赵㧑叔《补寰宇访碑录》题云陕西咸宁，询之陕西帖贾，据云访之咸宁实无此石。徐积余观察云石藏其家，叔耘有徐所赠拓本，盖即"竹镜"二字泐之覆刻本也。覆刻本中自当以"竹镜"泐本为第一，然较此真本，仙凡迥别矣。乙巳八月得于天津，丁未八月同《张夫人志》合装一册，附志。丹徒刘铁云［刘拜］（朱）

《张夫人墓志铭》此志近年出土，石即归铜梁王孝禹观察，旋归端午桥制军。此初归王时所拓，孝禹先生同客天津时见赠也。丁未夏装成，铁云志［铁云手毕］（朱）

【编著者按】刘鹗日记1905年9月1日（八月初三日）记有："午后访哲美森，知伦敦电音尚未至也。有人持《陶夫人》《邓太尉》来卖，喜极，留之。"

---

① 此二跋释文参照《刘鹗集上》（第633页），稍有校正。

22. 致"巽仪三兄"手札（1902/1907？）^①

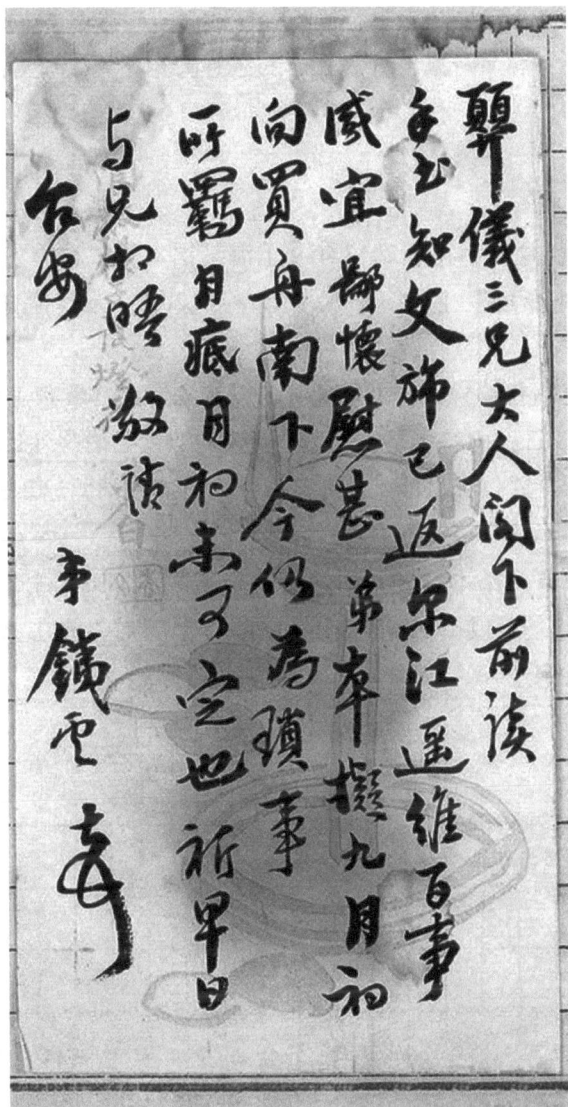

致"巽仪三兄"手札（1902/1907？）

【释文】

巽仪三兄大人阁下：

前读手书，知文旆已返尔江，遥维百事咸宜，鄙怀慰甚。弟本拟九月初间买舟南下，今仍为琐事所羁，月底月初未可定也，祈早日与兄相晤。敬请

台安

弟铁云顿首

【编著者按】 刘鹗这件手札于 2017 年在上海某拍卖行"秋季艺术品拍卖会/古籍善本名人手札专场"上拍。原尺寸 23×12.2cm，无其他详细信息，图影如示。

查《刘鹗年谱长编》未见刘鹗此扎，但有二信致"巽仪三兄"，可推定写于 1894 年 7 月 3 日，内容多是家事。吴巽仪疑似为吴佑曾（1853—1927），又名彝曾，字巽沂、巽仪，号沙庵。江苏镇江人，应是刘鹗远亲表兄。曾入张之洞、李鸿章、岑春煊等幕。善书画，喜金石。①

另据札刘鹗有"弟本拟九月初间买舟南下"，初步推测此扎应是 1902 年秋冬、或 1903 年初、或 1907 年秋南迁之前所作（刘鹗曾在 1903 年春、1907 年秋两次自北京南迁）。

---

① 参见《刘鹗年谱长编》，"7 月 3 日（元月初四）"的日记，"致信巽仪告与衡氏家人为'妻妾'之争已有结论"。上海交通大学出版 2019 年版，第 276 页。

23.《倪瓒·秋林寒舍图》题诗（1901）、
《致"大绅儿"书》（1908）

刘鹗《倪瓒·秋林寒舍图》题诗

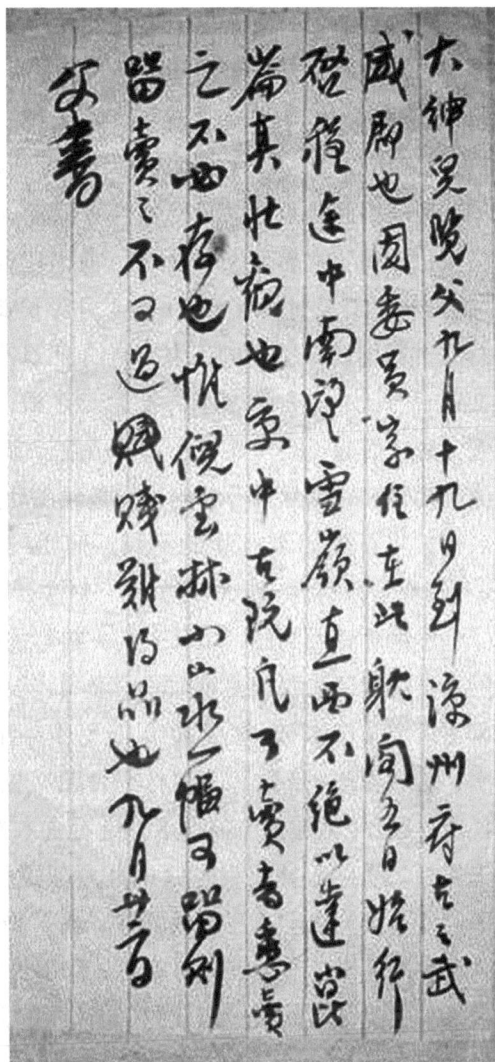

《致"大绅儿"书》

【释文】

大绅儿览：父九月十九日到凉州府，古之武威郡也。因委员家住在此，耽阁五日，始行启程。途中南望雪岭，直西不绝，以达昆仑，真壮观也！京中古玩，凡可卖者悉卖之，不必存也。惟倪云林小山水一幅，可留则留，卖之不可过贱，难得品也。九月二十二日父书。

【编著者按】据刘德隆《刘鹗年谱长编》（第 728 页），1908 年 10 月 16 日（九月二十二日）刘鹗在流放途中给四子刘大绅的信。

此信据刘鹗手迹抄录，原件存编者（刘德隆编著者注）处。……▲刘德隆按：刘鹗鉴赏珍藏书画无数。前已记录抱残守缺斋所藏情况。此信又谈及"倪云林小山水一幅"。2011 年 1 月彭长卿先生信告：2010 年上海天衡秋拍石涛《乱石堆云》图一幅，末有署时日刘铁云题跋，为《刘鹗集》所未收。全文录于下："云为石之胰，石为云之根；岩乱石间，日夕山气，如洪荒之浑噩，肤寸而起；皓然而合，若黄山之云海，汪洋浩瀚。远而瞩之，若波涛之汹涌，初知其蠕蠕然自石罅出也。兹卷飞动流，巧合自然，而能一炉冶之，打成一片，非石公其谁能臻此绝诣？蒲团中得来固有异。又观止矣不？大涤子《乱石堆云》诗卷未能尽其美也。刘铁云题［铁云长寿］（白文印）"。

然编著者近期在网络又查到一幅有关倪瓒画作的拍品信息，上有刘鹗鲜见的隶书题诗，说明刘鹗珍藏的倪瓒画作很可能不止一幅，而从画题上看，这幅画更近"小山水"。此画 2010 年 8 月 1 日在保利"中国古代书画"专场上拍卖，名"倪瓒①（款）《秋林寒舍图》立轴"，水墨纸本，尺寸 58cm×21cm。倪瓒自题："远望云山隔秋水，近看古木拥坡阤。居然相对六君子，正直特立无偏颇。瓒［云林子］"（故此画似更佳命名为"云山六君子图"）；鉴藏印：乾隆御览之宝；汪由敦题诗（右，释文略）；刘鹗题诗（左）释文："翠含眉宇削遥岑，亭子临波暮霭沉。淡墨天肤饶气韵，由来逸品数云林。光绪辛丑嘉平上浣，刘铁云检定敬题。［铁云审定］（朱）"

---

① 倪瓒（1301—1374），元代画家、诗人。字泰宇、符镇，号云林、云林子、云林散人等，无锡人。其绘画享誉极高，其书画实践和理论观点对明清文人画家有很大影响，画史将他与黄公望、吴镇、王蒙并称"元四家"。工书法，擅楷书，古淡秀雅，得魏晋人风致。

附：刘大绅、刘蕙孙、刘厚泽遗墨

刘鹗生前在其子女中与四子刘大绅（也是罗振玉长婿）交往最多最深。大绅的三子厚滋、四子厚泽也深谙刘鹗家学，书法也是传承之一。在此选载他们的遗墨三篇，以示怀念。

（1）刘大绅遗画题诗 《钟馗》图

刘大绅遗画题诗 《钟馗》图

刘大绅

　　刘大绅（1887—1954）简介见本篇正文编著者按。右上图为刘大绅与小女儿的合照。关于这幅画作，朱松龄有详细记叙：整理旧物，发现一幅旧画。画面是一站立的钟馗，身着红色官袍，手捧牙笏，满面胡须，面目严肃。画功虽非上乘，但也算传神。画右上角有诗一首："网两盈天地，凝眸意若何？终南山色秀，袍笏老婆娑。"落款是"贞观"，并盖有白文印"居夷"。从落款上可以确定作画人是我的外公刘季英，他晚年自号贞观或贞观老人。年轻时他曾居住在上海外国租界，取名"居夷"以自嘲，如今此印尚存笔者处。记得笔者小时候家中曾悬挂此画，母亲告诉我们兄弟："画中人是钟馗，是专门捉鬼的官。家里挂了他的像，小鬼就不敢来咱家了。"此画应绘于上世纪四十年代抗战时期。题诗出自何处？查遍网络未有答案。博友王银祥的《钟馗诗画题记欣赏》博文收集了自宋至清的 70 余首诗，未与这首题诗雷同。季英公本是作诗高手，想来不必抄他人诗作补画。……这幅"钟馗"是我见过的季英公的唯一画作，我发给表兄弟们观赏，他们也啧啧称奇，不知老爷子还有这么一手。惊奇中包含着无尽的敬佩。①)

（2）刘蕙孙（厚滋）遗墨　《愚园雅集图》跋记

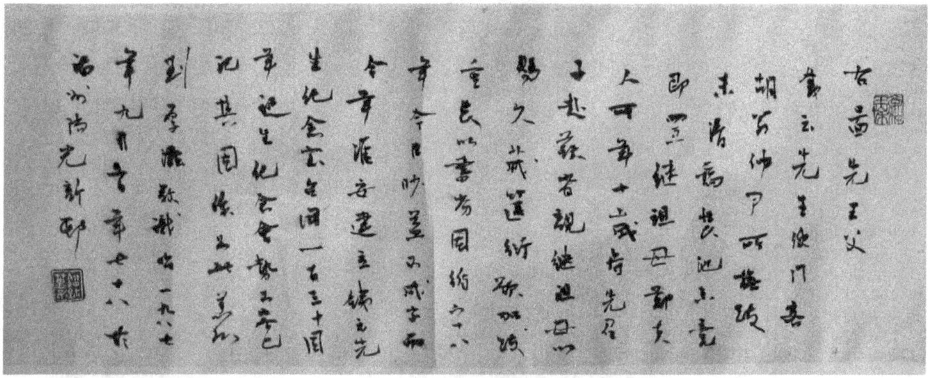

刘蕙孙（厚滋）遗墨　《愚园雅集图》跋记

【释文】

［学种玉山禾］（闲章）右图先王父 铁云先生使门客胡翁仲尹所抚，跋末

---

① 引自朱松龄《季英公的画作》，载其文集《家学拾零》，2019 年自印。

清稿、装池未竟，即置继祖母郑夫人所。年十岁，侍先君子赴苏省视继祖母，以赐。久藏筐衍，欲加跋、重表，以书劣因循六十八年，今目眇益不成字。而今年淮安建立铁云先生纪念室，召开一百三十周年诞生纪念会，势不容已，记其因缘如此。蕙孙刘厚滋敬识于一九八七年九月五日，年七十八于福州阳光新村［刘蕙孙玺］（白文印）

【编著者按】刘蕙孙的《我与老残游记补编》也谈及此"抚本"：郑氏继祖母，一直住在苏州望星桥下塘五号。我十岁时，父亲曾带我去过那里。其时继祖母的母亲郑老太太还在，继祖母给我一轴《愚园雅集图》胡仲尹的抚本，至今还在我手中。……原图不知何往。

（3）刘蕙孙书法五言联条幅

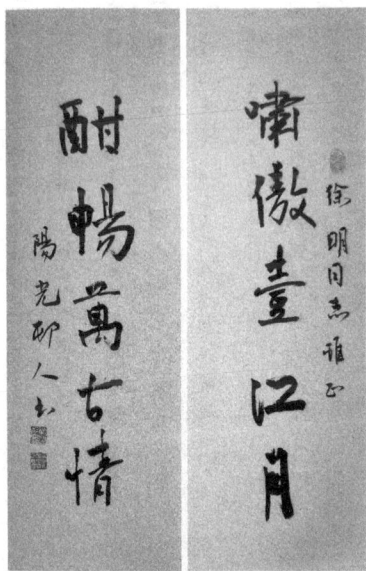

刘蕙孙书法五言联条幅

【释文】

［鸿角楼］（朱）

徐明同志雅正：

啸傲一江月，酣畅万古情。

阳光村人书 ［刘蕙孙印］（朱）、

［名厚滋四十岁字佩韦］（白）

（4）刘厚泽①遗墨：捐献《老残游记》"第十一回残稿三页"跋记

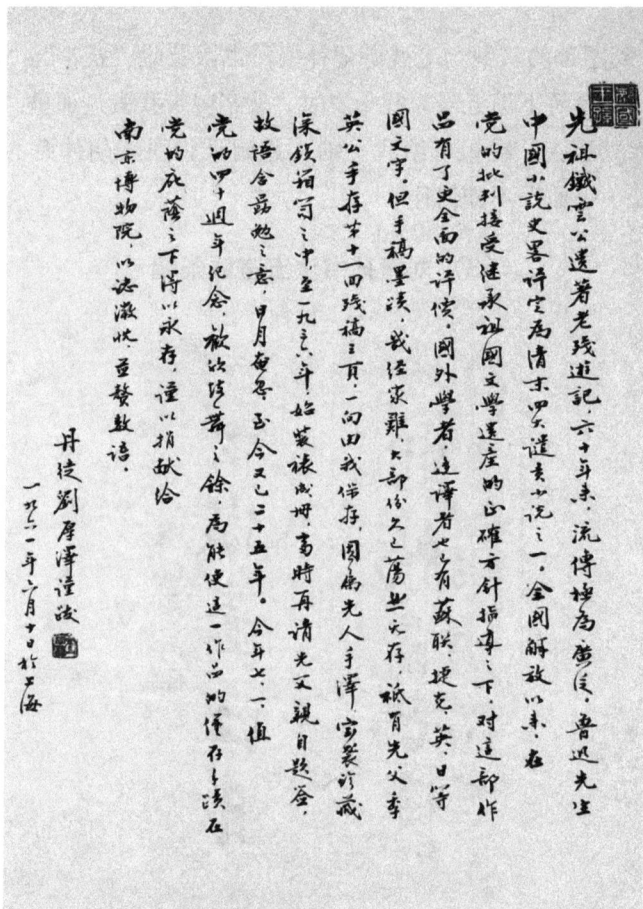

向南京博物院捐献《老残游记》"第十一回残稿三页"跋记

---

① 刘厚泽（1915—1970），字审言、季同，刘鹗孙，刘大绅四子。北京辅仁大学社会经济系学士、史学硕士。曾任北京大学法学院讲师，中国大学副教授。后任职于上海市建筑工程局，曾主编《生产技术》刊物。与魏绍昌合作成《〈老残游记〉资料》，发表有《明盐杂考》《虎丘塔千年竹钉调查记》《捻军资料拾零》等文。曾担任民盟上海市徐汇区委员，"文革"中去世。

【释文】

[郦国王孙]（白）先祖铁云公遗著《老残游记》六十年来流传极广……。但手稿墨迹，几经家难，大部份久已荡然无存，只有先父季英公手存第十一回残稿三页，一向由我保存，因属先人手泽，宝袭珍藏深锁箱筒之中。至一九三六年始装裱成册，当时再请先父亲自题签，故语含勖勉之意。日月奄忽，至今又已二十五年。今年七·一，值党的四十周年纪念，欢欣鼓舞之余，为能使这一作品的仅存手迹在党的庇荫下得以永存，谨以捐献给南京博物院，以志微忱，并赘数语。丹徒刘厚泽谨跋 [刘厚泽] 一九六一年六月十日于上海

【编著者按】 此"残稿三页"图影见本书第一编"《老残游记》初编 第十一回手稿"。因六页装裱成三幅，故又称"六页"。

（5）刘厚泽"铁云公自用印章四十二方"印谱跋记

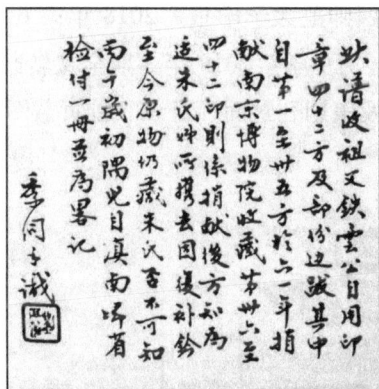

"铁云公自用印章四十二方"印谱跋记

【释文】

此谱收祖父铁云公自用印章四十二方及部份边跋，其中自第一至卅五方于六一年捐献南京博物院收藏，第卅六至四十二印则系捐献后方知为适朱氏姊所携去，因复补钤。至今原物仍藏朱氏否，不可知。丙午岁初隅儿自滇南归省，检付一册并为略记。季同手识 [刘厚泽]（朱）

附　录

附录 A　关于刘鹗及《铁云藏龟》的研究论文摘要①
任光宇

A1　《"王刘联合发现说"和甲骨文发现研究新论》（2018）

本论文发表于《广西师范大学学报》2018 年第 6 期，随后并被中国人民
大学"复印报刊资料"《历史学》2019 年 3 期全文转载、《历史学文摘》2019
年 1 期摘要转载。论文发表期刊封面、目录、首页截图见下，论文内容及摘要
见后。

---

① 摘录时未作改动。

第54卷 第6期　　　广西师范大学学报：哲学社会科学版　　　Vol.54　No.6
2018年11月　　Journal of Guangxi Normal University：Philosophy and Social Sciences Edition　　November,2018

【栏目主持人语】本期专题的3篇论文，聚焦中国传统文化基础部分的珍贵文献，提出了值得学术界重视的新观点。《"王刘联合发现说"和甲骨文发现研究新论》对甲骨文发现和初期研究史提出了诸多新见：论证主张新的"王懿荣—刘鹗联合发现说"，排除"吃药发现说"；给出期刊首发的刘鹗1904年《时报》公告并强调其意义，考辨《铁云藏龟·自序》为最早考释论文，质疑了"罗振玉怂恿—墨拓—编辑《铁云藏龟》"等误说。《老子政治哲学思想体系的考察》一文，从新的角度分析"北大简"《老子·上经》首章的关键字词，认为此章通过提出"礼"和"忠信"概念阐述了理想的为政模式，指出老子政治哲学体系具有君民双主体和严密的逻辑性。《汉唐铜镜铭文比较研究》综合比较汉唐时期的镜铭，以典型的祈愿祈福、质量自夸、相思闺怨等主题的镜铭为代表，探讨其区别与联系，得出二者形式、内容上的异同，反映汉唐时期人们不同的生活追求、社会心理、宗教信仰、家国情怀以及思想文化等。

——任光宇

　[论文摘要] 甲骨文发现百年之争应只有"王懿荣发现说"与"刘鹗发现说"可议。"刘说"据有确凿完整的证据链支撑，而符合现代学术规范且合情理的结论应为"王刘联合发现说"；"吃药发现说"尚不宜入正史。至今尚未为学界知晓与关注的、1904年多次刊登于《时报》的刘鹗自撰《铁云藏龟》公告（期刊全文首发），具有明确宣告甲骨文发现、化私藏为公器等重大意义。《铁云藏龟·自序》应确立为最早成功鉴定和考释甲骨文的学术论文；刘鹗领衔罗振玉、吴昌绥，一起在1903年即率先拉开了甲骨文考释研究暨创立甲骨学的序幕。罗振玉"怂恿—墨拓—编辑《铁云藏龟》说"、"1901年初见甲骨说"皆难以成立。对甲骨学史可重新划分阶段。

　[关键词] 甲骨文发现；刘鹗；王懿荣；联合发现说；《时报》公告

　[文献标识码] A [中图分类号] K203；K223 [文章编号] 1001-6597（2018）06-0001-15

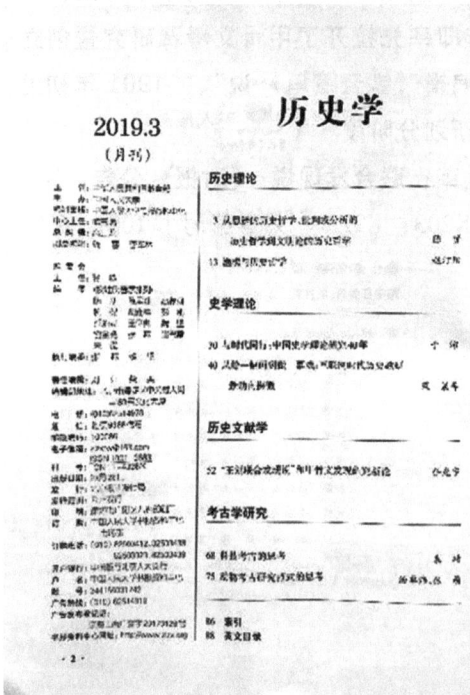

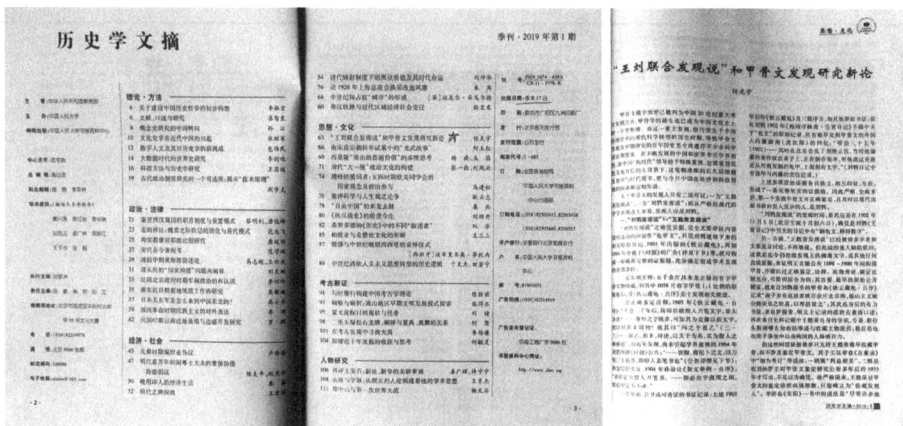

A2　《1904 年中国甲骨文发现公告之再发现》（2019）

本论文发表于《文化与传播》2019 年第 5 期。论文发表期刊封面、目录、首页截图见下。《文化与传播》所刊本论文不慎截掉了《时报》的重要日期上缘"1904 年 10 月 28 日"。《时报》该日的第一版全版完整截图请参见本书第四编"刘鹗遗文及轶事"8. 时报《三代文字》告白（暨"甲骨文发现公告"，1904）"。论文摘要如下：

摘　要：1904 年刘鹗所撰、所刊《时报》"三代文字"告白暨甲骨文发现公告，此前仅知一个确切刊登日期、仅存一个手录无题文本，且至今未被史学界、甲骨学界和传媒学界知晓或关注。现经网络平台对《时报》原版扫描的逐日查对，确切得知该告白自 1904 年 7 月中起、1905 年 1 月底终，在近七个月里共刊登 121 次。经对其刊载间隔情况、每日版面、文字变化等信息详加分析，并对其文本和意义进一步校正、研究，从而详实确证了刘鹗在 115 年前即借助现代媒体《时报》，率先以这条在中国近代学术转型历史上应具里程碑意义的大型告白，一百多次向包括在华外国人（日、美、加等）的世人宣告了"中国甲骨文发现"这一重大历史事件。原本有欠完整和确凿的中国甲骨文发现学术史，将由此得到进一步重大改观。

关键词：甲骨文发现公告；刘鹗；"三代文字"告白；1904 年《时报》；狄平子葆贤

中图分类号：K877 文献标识码：A

1904 年中国甲骨文发现公告之再发现

任光宇

摘　要：1904 年刘鹗所撰、所刊《时报》"三代文字"告白暨甲骨文发现公告，此前仅知一个确切刊登日期、仅存一个手录无题文本，且至今未被史学界、甲骨学界和传媒学界知晓或关注。现经网络平台对《时报》原版扫描的逐日查对，确切得知该告白自 1904 年 7 月中起、1905 年 1 月底终，在近七个月里共刊登 121 次。经对其刊载间隔情况、每日版面、文字变化等信息详加分析，并对其文本和意义进一步校正、研究，从而详实确证了刘鹗在 115 年前即借助现代媒体《时报》，率先以这条在中国近代学术转型历史上应具里程碑意义的大型告白，一百多次向包括在华外国人（日、美、加等）的世人宣告了"中国甲骨文发现"这一重大历史事件。原本有欠完整和确凿的中国甲骨文发现学术史，将由此得到进一步重大改观。

关键词：甲骨文发现公告；刘鹗；"三代文字"告白；1904 年《时报》；狄平子葆贤
中图分类号： K877　　　　**文献标识码：** A

经近代人物研究专家柳和城、刘德隆先生提供信息，笔者近期得以在网络平台查阅 1904-1905 年间上海《时报》的原版扫描。该报资料自 2018 年 9 月起，公开发布于《抗日战争与近代中日关系文献数据平台》（"中国社会科学院、国家图书馆、国家档案局版权所有，中国社会科学院近代史研究所、百度云承办"）。据笔者初步排查，刘鹗在《时报》刊登的此一有关甲骨文发现的重要公告，以"三代文字"四字大号楷体、黑底白色的醒目阴文为标题，以八个标准竖行、每竖行 64 标准字长的固定格式，自 1904 年 7 月 14 日（光绪三十年，农历六月初二）起，至 1905 年 1 月

（1904 年 10 月 28 日《时报》头版上半部分截图，并刘鹗所刊"三代文字"广告）

29 日（农历十二月廿四）终，长达近七个月的期间里，刊登于《时报》的第一、四、五、八版的

收稿日期：2019-9-30
作者简介：任光宇（Gary G. JEN），美籍独立学者。

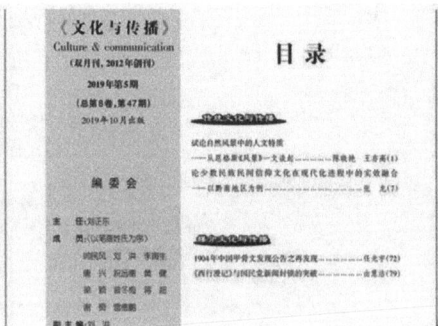

A3　《罗振玉等人早期甲骨文研究学术史新探》（2019）

本论文发表于《南都学坛》2019 年第 3 期。论文发表期刊封面、目录、首页 及文中的"刘鹗、孙诒让、罗振玉早期甲骨文考释成果简明推算对比表"截图见下。论文摘要如下：

摘　要：早期甲骨文研究学术史，刘鹗、孙诒让、罗振玉、王国维等诸位大家可谓居功至伟。通过用新创的计算方法对刘鹗、孙诒让、罗振玉考释成果进行比较，证明孙诒让的学术成果尤为突出。因一些主客观的因素，孙诒让的历史地位和学术功绩长期未能得到客观的评价与认识。孙诒让去世后，罗振玉的学术水平逐步提升，后来居上。林泰辅、内藤湖南两度在学术上形成挑战，激励罗振玉写出力作、王国维更上层楼，以"两剑封喉"确立了甲骨学领域罗、王"二骑绝尘"的格局。罗振玉卓越的学术成就，使甲骨学真正成为中国近代唯一的、从发现创立到发展壮大都由中国人主导并持续领先的、有世界影响的综合性现代学术领域。上述学人为中华文明继绝学和为当代中华民族复兴起到了重要的启蒙、奠基作用。

关键词：罗振玉；孙诒让；王国维；考释成果对比法；林泰辅；"两剑封喉"

中图分类号：K09　文献标识码：A　文章编号：1002-6320（2019）03-0022-14　收稿日期：2019-02-10

罗振玉等人早期甲骨文研究学术史新探

任光宇

（国际版权交易中心，北京 100007）

摘要：早期甲骨文研究学术史，刘鹗、孙诒让、罗振玉、王国维等诸位大家可谓居功至伟。通过用新创的计算方法对刘鹗、孙诒让、罗振玉考释成果进行比较，证明孙诒让的学术成果尤为突出。因一些主客观的因素，孙诒让的历史地位和学术功绩未能得到客观的评价与认识。孙诒让去世后，罗振玉的学术水平逐步提升，后来居上。林泰辅、内藤湖南两度在学术上挑战，激励罗振玉写出力作，王国维更上层楼，以"两剑封喉"确立了甲骨学领域罗振玉、王国维"二骑绝尘"的格局。罗振玉卓越的学术成就，使甲骨学真正成为中国近代唯一的、从发现创立到发展扩大都由中国人主导并持续领先的、有世界影响的综合性现代学术领域。上述学人为中华文明继绝学和为当代中华民族复兴起到了重要的启蒙、奠基作用。

关键词：罗振玉；孙诒让；王国维；考释成果对比法；林泰辅；"两剑封喉"

中图分类号：K09　文献标识码：A　文章编号：1002-6320(2019)03-0022-14

甲骨学在中国的萌芽和建立兴起，应从刘鹗、孙诒让、罗振玉和王国维为主的中国学人算起，至今已近120年。这段历史在中国学术史上成就辉煌，但其实际过程堪称筚路蓝缕，艰苦卓绝。由于它完成于中国传统学术向现代科学脱胎换骨的转型之中，故其中既包含了大量可歌可泣的人物和事迹，也难免遗留着不少历史疑案和学术误说。在急需重建民族文化自信的今天，对涉及中华文化根基之一的甲骨文早期研究学术史的清理和更正，不但能够进一步还原历史真相、公平评价前人的学术得失功过，还可为今日和未来的中国学术研究提供借鉴和指导。

在本人先前的研究中，已运用较为严谨的"预设前提条件"的论证方法，提出了百年甲骨文发现之争中只有"王懿荣—刘鹗联合发现说"既符合现代学术规范又合情合理；提出了甲骨文发现过程新表述并建议"吃药发现说"不宜入正史；

认为1904年《时报》上的刘鹗《铁云藏龟》公告具有重大历史意义，《铁云藏龟·自序》应确立为最早正确鉴定和考释甲骨文的学术论文；考辨了罗振玉"怂恿—墨拓—编辑《铁云藏龟》说"和"1901年初见甲骨说"皆难以成立；最后提出了对甲骨学史阶段划分的新建议[1]。在本文中，笔者将案有关孙诒让、罗振玉和王国维的甲骨文早期研究学术史，继续探寻孙诒让及《契文举例》的相关情况，尝试以新创计算方法应用于刘鹗、孙诒让、罗振玉的考释成果对比，考辨罗振玉研究甲骨文缘起真相，并论述日本学者的早期促进作用和罗振玉、王国维以"两剑封喉"确立"二骑绝尘"的过程，以及罗振玉主要的历史性功绩。

一、孙诒让及《契文举例》成书背景

1903年末出版《铁云藏龟》对甲骨文进行鉴

收稿日期：2019-02-10

作者简介：任光宇(Gary G. Jen)(1960—)，男，美籍华人，独立研究人，中美大学通讯工程学士、经济学硕士，曾任职于美国摩根大通、国际版权交易中心等，现主要从事甲骨文相关学术史及刘鹗相关研究。

表1　刘鹗、孙诒让、罗振玉早期甲骨文考释成果简明推算对比表

作者及成果	A：考释所用时间	A：借鉴前人成果字数	B：所见甲骨资料数量(片)	C：考释识别总字数	D：净识别字数(＝C－A)	E：成果/资料比(＝D/B)	F：考释正确字数	G：考释正确率(＝F/D)
刘鹗,1903《铁云藏龟》	6个月~1年	0(无)	5000	47	47	0.9%	34	72%
孙诒让,1904《契文举例》	3个月	34	1058	331	297	28%	175	59%
罗振玉,1907—1910殷商贞卜文字考	1~3年	175	6000~10000*	473	298	3.0%~4.9%*	298－64＝234*	78.5%**

(其中标"*"是估算数字,"**"为估值的再计算结果)

南都学坛

南阳师范学院人文社会科学学报

中国 南阳
Nanyang·China
ISSN 1002-6320

2019.3

期刊基本参数:CN41-1157/C·1981·b·A,·124·zh·P·¥10.00·1200·16·2019-05

A4 《王献唐日记等文献佐证甲骨文发现新说
——再论"王刘联合发现说"及"刘鹗发现说"》（2022）

本论文发表于《南都学坛》2022 年第 6 期，并再度被中国人民大学"报刊复印资料"《历史学》2023 年第 5 期全文转载。期刊目录、首页截图见下。摘要如下：

摘　要：李勇慧博士近年发现的、王献唐在日记中记载王懿荣玄孙口述"现场目睹甲骨文发现情形"的新史料（此文献及多项引用史料皆为学术期刊首发），具有前所未见的可靠性、可信性和合理性，并进一步有力佐证了前发论文提出的"王懿荣刘鹗联合发现甲骨文说"（首论论文已被人大《历史学》转载）。此一文献纠正了"汐翁文"及相似传说中的种种讹误，应可将长久以来有欠可靠的"吃中药发现甲骨文说"升华为学术信史。另有《盛宣怀档案》、"淮安殷氏日记忆述"、《东方杂志》刊文、"方法敛书信"等多处来源、相互独立的原始文献，支持"中药发现说"、"刘鹗发现说"、及"刘鹗自序开启甲骨文考释说"。关于刘鹗、罗振玉有可能在出版著作中隐瞒甲骨文发现真相的动机和原因，可从境遇、出身、学力三方面做出情理分析和逻辑推测。建议相关学术界对此件王献唐记载文献及时作出学术鉴定、达成共识并写入甲骨文发现学术史；同时建议将"王懿荣刘鹗联合发现甲骨文说"及相关新说议题（加"叶昌炽裴景福联合发现敦煌遗书并开启敦煌学"说，相关论文亦被《历史学》转载，见末页脚注），作为中国近现代学术史研究的系列新课题立项进行论辩论证，以求尽早、尽可能彻底解决百年以来留存于这些极具国际影响的学术史领域中的重大悬案疑题。

关键词：甲骨文发现；王献唐日记；李勇慧；吃药发现甲骨文；王刘联合发现说；刘鹗发现说

中图分类号：K06；K25 文献标识码：A 文章编号：1002－6320（2022）06-0022-15 收稿日期：2022-08-20

作者简介：任光宇（Gary G. Jen），美籍海归独立学者。近年专事甲骨学早期学术史、敦煌学早期学术史等领域的学术研究。（作者联系邮箱：gggjen@126. com）

历史学 2023.5
HISTORY

王献唐日记等文献佐证甲骨文发现新说

——再论"王懿荣刘鹗联合发现说"及"刘鹗发现说"

任光宇

【摘　　要】李勇慧博士近年发现王献唐在日记中记载王懿荣甥孙口述"现场目睹甲骨文发现情形"的新史料,具有可靠性、可信性和合理性,并进一步有力佐证了笔者曾提出的"王懿荣刘鹗联合发现甲骨文说"。此一文献纠正了"汐翁文"及相似传说中的种种讹误,应可将长久以来有欠可靠的"吃中药发现甲骨文说"升华为学术信史。另有《盛宣怀档案》、"淮安殷氏日记忆述"、《东方杂志》刊文、"方法敛书信"等多处来源、相互独立的原始文献,支持"中药发现说""刘鹗发现说""刘鹗自序开启甲骨文考释说"。关于刘鹗、罗振玉有可能在出版著作中隐瞒甲骨文发现真相的动机和原因,可从境遇、出身、学力三方面做出情理分析和逻辑推测。建议相关学术界对此件王献唐记载文献及时作出学术鉴定、达成共识并写入甲骨文发现学术史;同时建议将"王懿荣刘鹗联合发现甲骨文说"及相关新说议题,作为中国近现代学术史研究的系列新课题立项进行论辩论证,以求尽早、尽可能解决百年以来留存于这些极具国际影响的学术史领域中的重大悬案疑题。

【关 键 词】甲骨文发现;王献唐日记;李勇慧;吃药发现甲骨文;王刘联合发现说;刘鹗发现说

【作者简介】任光宇(Gary G. Jen)(1960－),男,成都市龙泉驿区龙华社区,美籍海归独立学者,主要从事甲骨学早期学术史、敦煌学早期学术史等领域的研究(四川 成都 610100)。

【原文出处】《南都学坛(南阳师范学院人文社会科学学报)》,2022.6.22～36

笔者在2018年发表的论文《"王刘联合发现说"和甲骨文发现研究新论》[1]中(下简称《新论》),论证提出了"王懿荣、刘鹗联合发现甲骨文"的学术新说,其主要内容可总结为:甲骨文发现百年之争应只有"王懿荣发现说"与"刘鹗发现说"可议("古董商/农民发现说"仅为"行为意义发现","王襄孟定生发现说"因缺乏"学术发现"所必要的、及时的"学术鉴定"难以成立)。"刘说"具有确凿完整的证据链支撑。而符合现代学术规范且合情理的结论应为"王刘联合发现说";"吃药发现说"尚不宜人正史[1]。然而笔者看到李勇慧的论文《再论甲骨文发现始末》(2016年6月)[2],以及《王献唐年谱长编》(2017)、《王献唐著述考》(2014),还有其他多种来源提供的史料文献和相关评述,为百年来流传极广的"吃药发现甲骨文文说"从传说进入学术史提供了可靠依据,也为"王刘联合发现甲骨文说""刘鹗开启甲骨文考释说""刘鹗发现说"等新说议题提供了有力的新文献证据支持,故有必要以本文作出进一步的多方面辨析论证。

一、李勇慧发现王献唐日记中记载的"甲骨文发现始末"

李勇慧《再论甲骨文发现始末》(为行文方便,下文有时简称"李文")[2],披露了民国时期山东文史大家王献唐在其"尘封近80年的尚未公开面世、尚未出版的《王献唐日记》"中,写下了一篇《记甲骨发现始末》的珍贵短文,记载了"王懿荣甥孙周汉光"向王献唐当面口述的"亲见刘鹗为王懿荣医病并首先发现从鹤年堂药店购买之甲骨上刻有文字之经过"(下简称《唐记》),其内容与学界争论至今的甲骨文发现之"10余种说法皆不相同"。

经笔者查阅,获知此一重要史料最早是由李勇慧在准备博士论文、整理王献唐后人提供的资料时发现,并先后公布于《王献唐研究》(博士论文,2011年)[①][3]、《王献唐著述考》(2014年)[4]、《王献唐年谱长编》(2017年)[5]。这条相当可靠的文献史料,无疑应该

历史学

2023.5
(月刊)

主　管：中华人民共和国教育部
主　办：中国人民大学
编辑出版：中国人民大学书报资料中心
中心主任：徐拥军
总 编 辑：高自龙
副总编辑：钱 蓉　李军M

顾 问 会
编　委：(按姓氏音序排列)
胡继林　彭 刚　伊会忠
王记录　王学典　俞金尧
张 昭

执行编辑：张 昭

责任编辑：刘 江　乘 昕
出版单位地址：北京市海淀区中关村大街
甲 59 号文化大厦
电　话：(010)62515819　62515820
电子信箱：zlsxw@163.com
刊　号：ISSN 1001－2583
　　　　　CN 11－4326X
出版日期：每月 28 日
印　刷：北京科信印刷有限公司
发行范围：国内外公开发行
国内发行：中国人民大学书报资料中心
市场部
订购电话：(010)82503412/28/39/40
另户部门：中国银行北京人大农行
户　名：中国人民大学书报资料中心
账　号：344156031742
国外发行：中国国际图书贸易集团
有限公司(北京 399信箱)
广告发布登记证：(010) 62514919
京海市监广登字 20170128 号

· 2 ·

首页

评论

南都学坛 (南阳师范学院人文社会科学学报)　　　目 次

期刊基本参数：CN41-1157/C · 1981 · b · A₄ · 124 · zh · P · ¥10.00 · 1000 · 15 · 2022-11

附录 B　刘鹗家族前后人世系简表

（刘德枢编制，刘德威校核，任光宇略加修订）

　　丹徒刘氏，是尊宋代名将刘光世为迁镇始祖的刘姓一脉。光世公有三子，吾族是第三子宗三公的后裔。现存《江苏丹徒刘氏宗三族谱》是本简表的依据（族中排辈为文、成、远、大、厚、德、宽、弘）。20 世纪五六十年代，蕙孙（厚滋）先生考订整理出世系简表，厚泽先生曾经做过修订，并公开发表。20 世纪八九十年代德威、德隆在先人考订、修订的基础上，曾续谱到部分厚字辈或德字辈。无奈家人分离久远，住地分散，失联者多，难以得全。本简表是按德威多年努力所掌握的资料绘制的，然仍多有不详，实属无奈，尚希见谅。因版面所限，用分表接续展示，阅读时请注意衔接。　（刘德枢　2015 年）

表 1　自第 19 世姜田公至 23 世刘鹗的远字辈

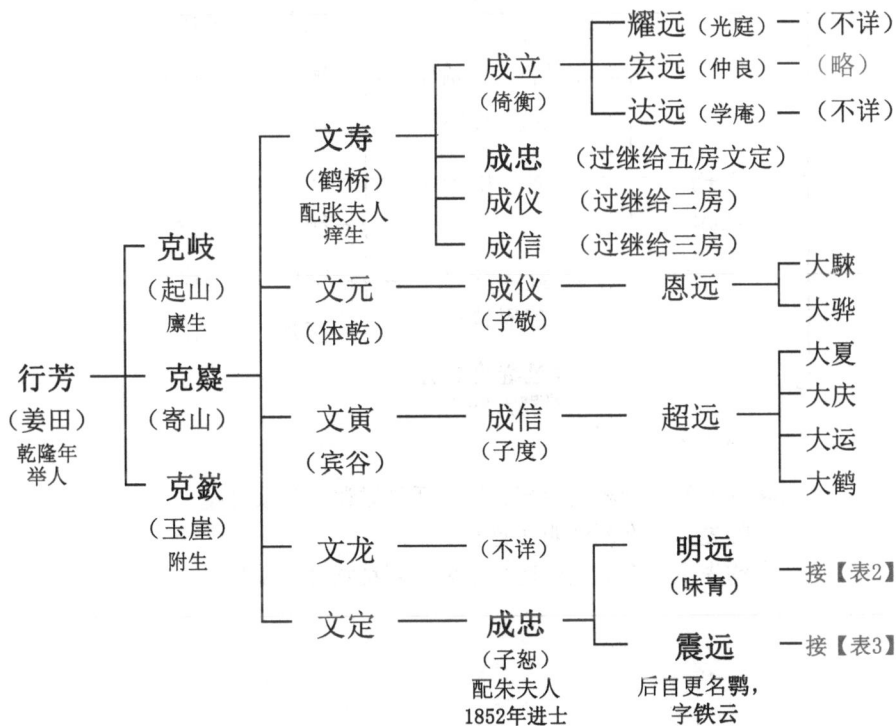

表2 第22世子恕公长子明远及后世家庭

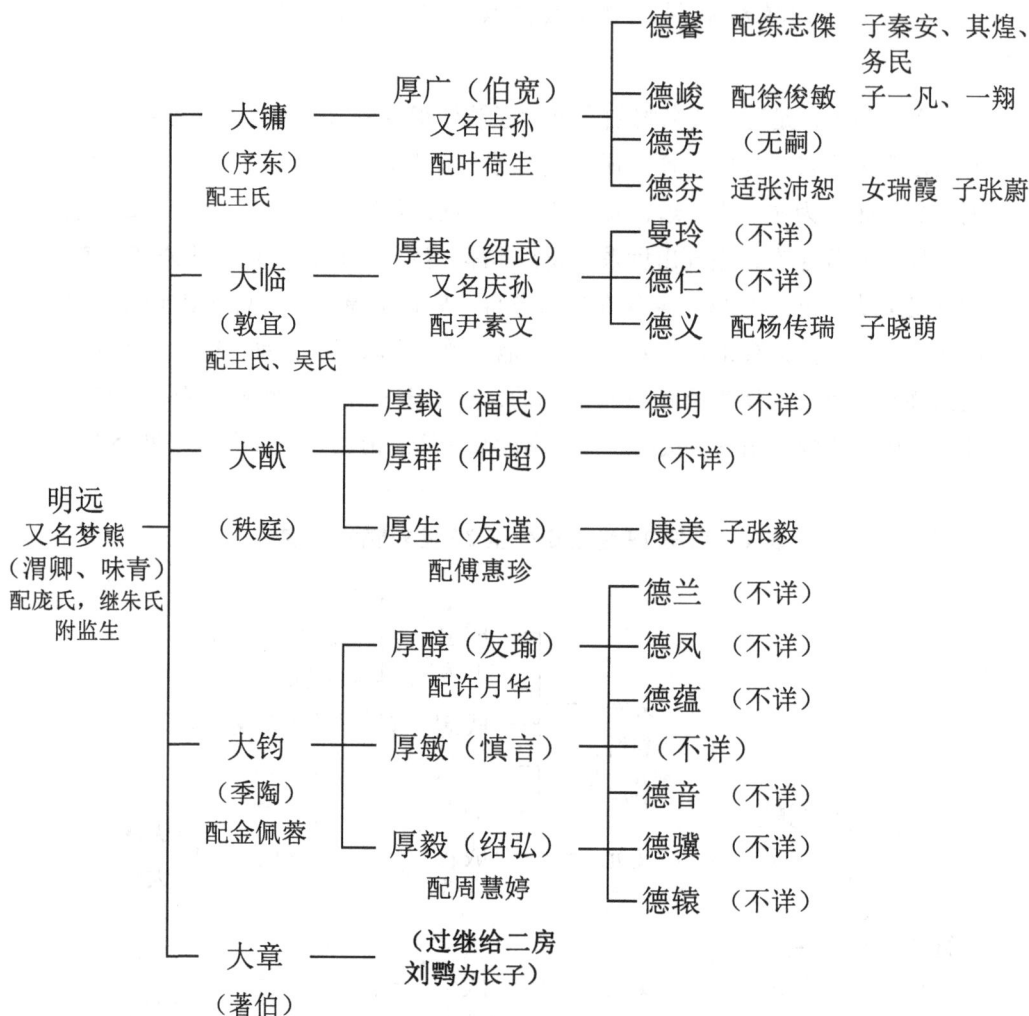

		德馨	配练志傑	子秦安、其煌、务民
	厚广（伯宽）	德峻	配徐俊敏	子一凡、一翔
大镛	又名吉孙	德芳	（无嗣）	
（序东）	配叶荷生	德芬	适张沛恕	女瑞霞 子张蔚
配王氏				
大临	厚基（绍武）	曼玲	（不详）	
（敦宜）	又名庆孙	德仁	（不详）	
配王氏、吴氏	配尹素文	德义	配杨传瑞	子晓萌
	厚载（福民）	德明	（不详）	
大猷	厚群（仲超）	（不详）		
（秩庭）	厚生（友谨） 配傅惠珍	康美 子张毅		
明远		德兰	（不详）	
又名梦熊	厚醇（友瑜）	德凤	（不详）	
（渭卿、味青）	配许月华	德蕴	（不详）	
配庞氏，继朱氏	厚敏（慎言）	（不详）		
附监生		德音	（不详）	
大钧	厚毅（绍弘）	德骥	（不详）	
（季陶）	配周慧婷	德辕	（不详）	
配金佩蓉				
大章	（过继给二房刘鹗为长子）			
（著伯）				

注：味青公长女刘淑仪适高、次女适刘君谔、三女适虞
大临先生有女刘洁明适赵友培
大钧先生有女刘稚梅适康来佑、刘稚莺适席德桢

表3　第22世子恕公次子刘鹗及后代家庭

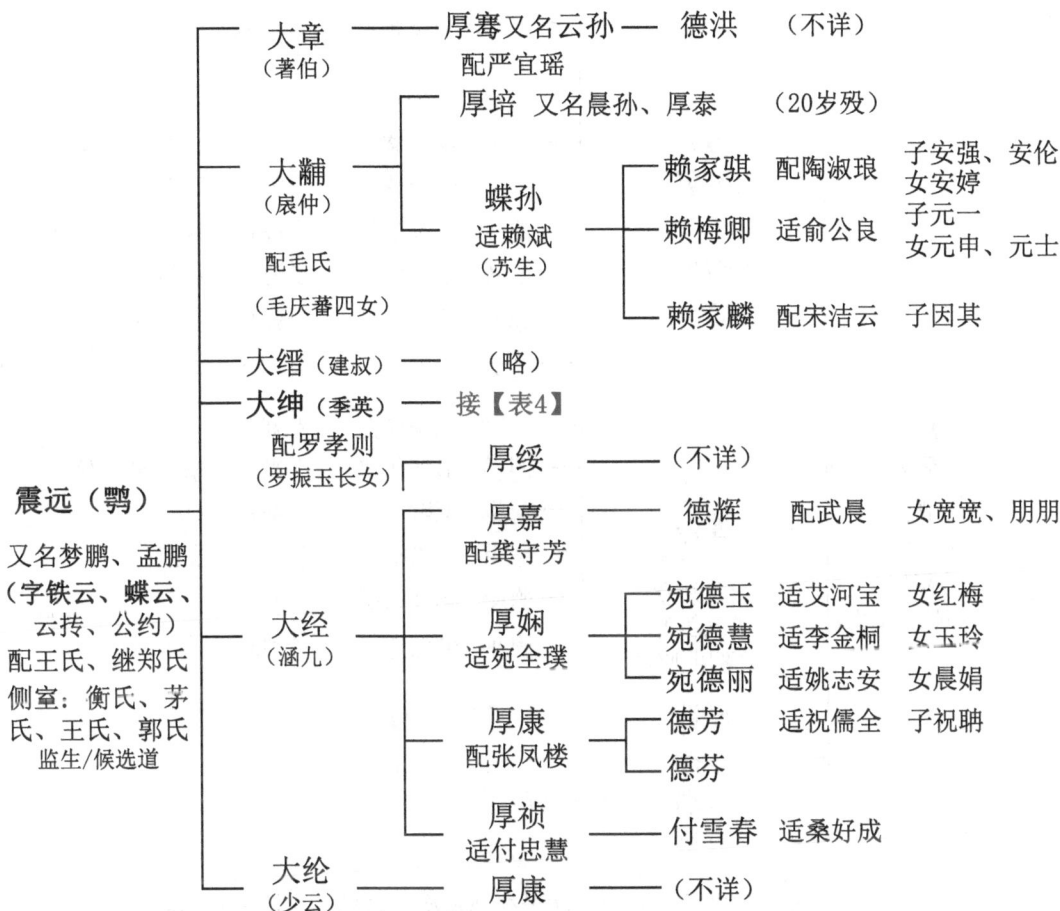

震远（鹗）
又名梦鹏、孟鹏
（字铁云、蝶云、
云抟、公约）
配王氏、继郑氏
侧室：衡氏、茅
氏、王氏、郭氏
监生/候选道

- 大章（著伯）——厚骞又名云孙　配严宜瑶——德洪　（不详）
- 大黼（宸仲）　配毛氏（毛庆蕃四女）
  - 厚培　又名晨孙、厚泰　（20岁殁）
  - 蝶孙　适赖斌（苏生）
    - 赖家骐　配陶淑琅　子安强、安伦　女安婷
    - 赖梅卿　适俞公良　子元一　女元申、元士
    - 赖家麟　配宋洁云　子因其
- 大缙（建叔）——（略）
- **大绅（季英）**——接【表4】　配罗孝则（罗振玉长女）
  - 厚绥——（不详）
- 大经（涵九）
  - 厚嘉　配龚守芳——德辉　配武晨　女宽宽、朋朋
  - 厚娴　适宛全璞
    - 宛德玉　适艾河宝　女红梅
    - 宛德慧　适李金桐　女玉玲
    - 宛德丽　适姚志安　女晨娟
  - 厚康　配张凤楼
    - 德芳　适祝儒全　子祝聘
    - 德芬
  - 厚祯　适付忠慧——付雪春　适桑好成
- 大纶（少云）——厚康——（不详）

注：铁云公长女儒珍适黄葆年（归群）先生之次子黄寿彭（仲素）
　　次女佛宝、三女马宝均早殇

表 4-1　第 23 世刘鹗四子刘大绅及厚镃/蕙孙、厚泽家庭

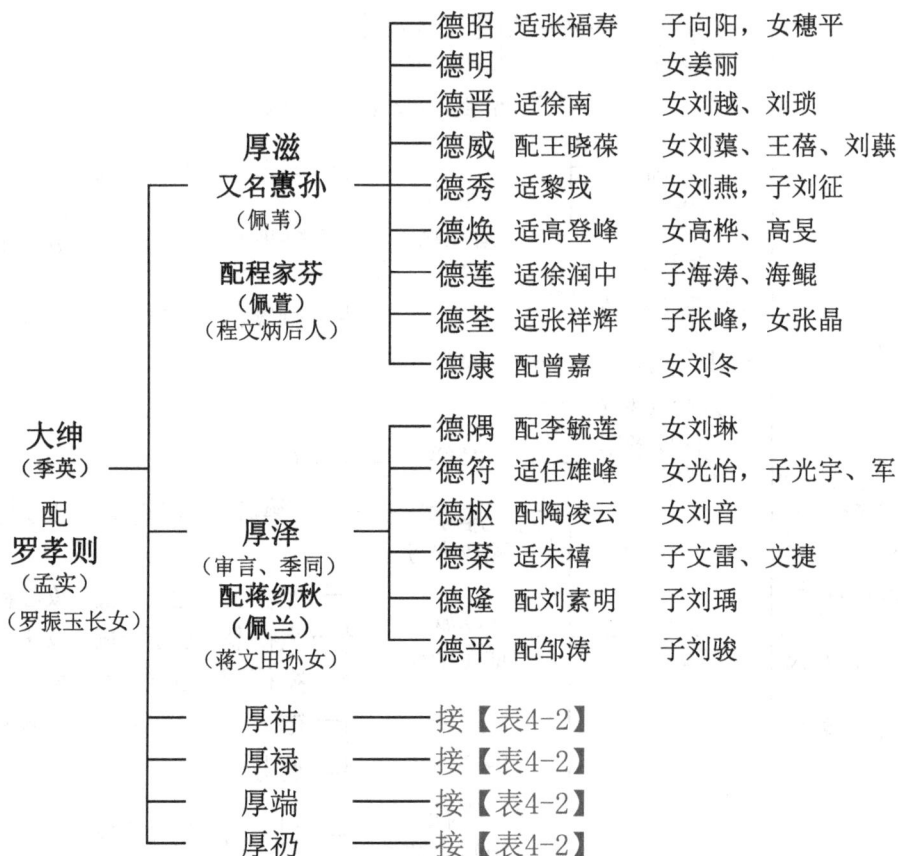

大绅 (季英) 配 罗孝则 (孟实) (罗振玉长女)	厚滋 又名蕙孙 (佩苇) 配程家芬 (佩萱) (程文炳后人)	德昭　适张福寿	子向阳，女穗平
		德明	女姜丽
		德晋　适徐南	女刘越、刘琐
		德威　配王晓葆	女刘蕖、王蓓、刘蕻
		德秀　适黎戎	女刘燕，子刘征
		德焕　适高登峰	女高桦、高旻
		德莲　适徐润中	子海涛、海鲲
		德荃　适张祥辉	子张峰，女张晶
		德康　配曾嘉	女刘冬
	厚泽 (审言、季同) 配蒋纫秋 (佩兰) (蒋文田孙女)	德隅　配李毓莲	女刘琳
		德符　适任雄峰	女光怡，子光宇、军
		德枢　配陶凌云	女刘音
		德棻　适朱禧	子文雷、文捷
		德隆　配刘素明	子刘瑀
		德平　配邹涛	子刘骏
	厚祜　——接【表4-2】		
	厚禄　——接【表4-2】		
	厚端　——接【表4-2】		
	厚礽　——接【表4-2】		

注：大绅先生长子兰孙、次子桂孙及次女均早殇，第三女15岁殁

表4-2　第23世刘鹗四子刘大绅及厚端、厚祜、厚礽、厚禄家庭

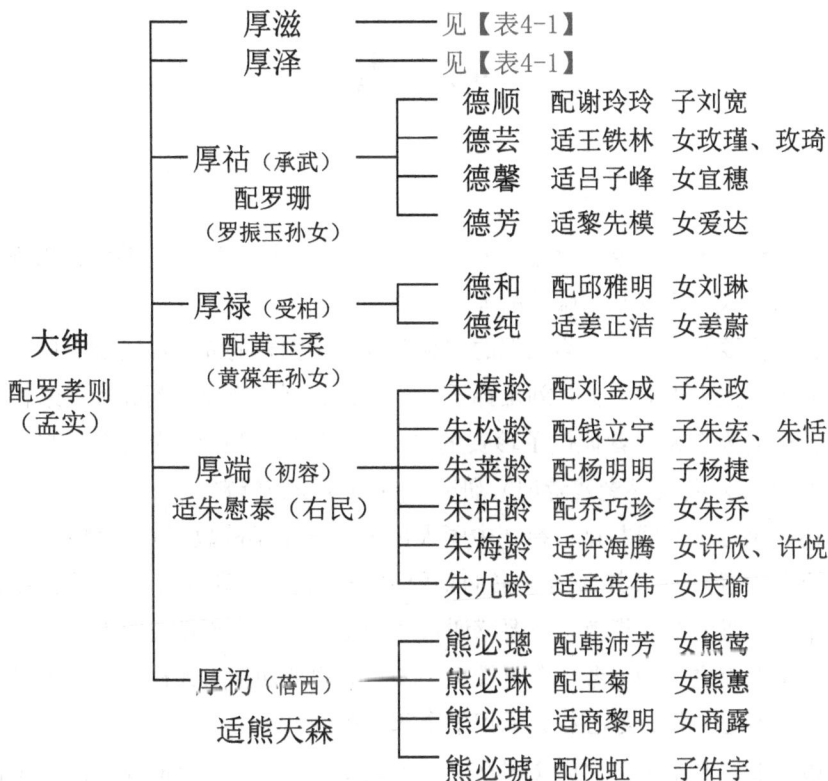

```
                              ┌── 厚滋 ──────── 见【表4-1】
                              ├── 厚泽 ──────── 见【表4-1】
                              │                ┌── 德顺　配谢玲玲　子刘宽
                              │                ├── 德芸　适王铁林　女玫瑾、玫琦
                              ├── 厚祜（承武） ──┤
                              │   配罗珊         ├── 德馨　适吕子峰　女宜穗
                              │  （罗振玉孙女）   └── 德芳　适黎先模　女爱达
                              │
                              │   厚禄（受柏）  ┌── 德和　配邱雅明　女刘琳
                              ├── 配黄玉柔 ─────┤
   大绅 ──────────────────────┤  （黄葆年孙女）  └── 德纯　适姜正洁　女姜蔚
   配罗孝则                    │                ┌── 朱椿龄　配刘金成　子朱政
   （孟实）                    │                ├── 朱松龄　配钱立宁　子朱宏、朱恬
                              │   厚端（初容）  ├── 朱莱龄　配杨明明　子杨捷
                              ├── 适朱慰泰（右民）┤
                              │                ├── 朱柏龄　配乔巧珍　女朱乔
                              │                ├── 朱梅龄　适许海腾　女许欣、许悦
                              │                └── 朱九龄　适孟宪伟　女庆愉
                              │                ┌── 熊必璁　配韩沛芳　女熊莺
                              │   厚礽（蓓西）  ├── 熊必琳　配王菊　　女熊蕙
                              └── 适熊天森 ─────┤
                                               ├── 熊必琪　适商黎明　女商露
                                               └── 熊必琥　配倪虹　　子佑宇
```

后　记

　　新型编排的《〈老残游记〉发表 120 周年纪念研究版》能够编辑出版，离不开一众学人、亲友和出版社的大力协助。

　　首先需要感谢为本书第三编的转载慷慨提供授权的周汝昌女公子周伦玲女士、夏志清夫人王洞女士、刘蕙孙子女刘德康、刘德焕以及刘德隆、朱松龄诸先生，他们为广大读者提供了珍贵的《老残游记》延展阅读论文和文章，及"残学"（即刘鹗及《老残游记》研究）的重要研究资料。

　　还需感谢学者朋友祁小春（中国人民大学艺术学院教授）、肖鹏（中国书法家协会理事）不厌其烦为本书的刘鹗碑跋、遗墨、印章等文献的释读，提供了难能可贵的专业指教。还要感谢长辈刘德枢、母亲刘德符等人，为本书中的相关文章提供了相关考证资料及文字校对。也要谢谢夫人杨江南，为本人多年来能够专心写作，尽心尽力承担了全部家务。

　　最后要感谢本书责编周文娟女士、美编姜老师，为本书的编辑设计工作付出了大量辛劳及湖南大学出版社的相关领导，为本书能够顺利出版提供了不可或缺的助力。

　　期待广大读者和学者方家对本书的批评指正；也期望本书的出版能如引言中所期："为中国和全球的广大中国文化爱好者，集中提供一本兼具文学性、可读性、学术性及纪念研究意义，并可引发进一步追寻探究中国文化精粹的高质量文化读物。'如果你想要了解中华民族文化的特点特色，最好的——既最有趣味又最为便捷的——办法，就是去细读《老残游记》。'"

任光宇

2024 年 1 月 5 日于成都龙泉驿蠡云轩